SV

Jürg Laederach
Emanuel
Wörterbuch des hingerissenen Flaneurs

Roman

Suhrkamp

Erste Auflage 1990

Druck: MZ-Verlagsdruckerei GmbH, Memmingen
Printed in Germany

Die Regelmäßigkeit muß als nackte Tatsache hingenommen werden. Und Wittgenstein sagt ebenfalls: »Das Hinzunehmende, Gegebene ... seien LEBENSFORMEN.«

Saul A. Kripke

Der Mensch – und die menschenähnlichen Tierarten, Menschenaffen – seien daher im Frühstadium eigentlich am angemessensten, »menschlichsten« ausgeformt: im ausgewachsnen Menschen- und Schimpansen-Embryo (d.h. im ausgewachsnen Menschen und Schimpansen) wage sich Tierisches wieder weiter hervor. Aber (abgebrochen)

W. Benjamin in einer Notiz zu Dacqués Keim-Theorie

Er rührte sich nicht von der Stelle.

Dashiell Hammett

Begehren

Nichts. Wenig. Etwas. Viel. Das Leben ist ein Dreieck. Es wird in dieser Folge niemals etwas anderes geben als die drei Eckpunkte, die ein Mann und zwei Frauen sind, und die geraden Schenkel, die sie, die drei, verbinden. Tamara kann schwarz sein, sicher ist sie anziehend. Agnes mag zerrissen sein, sicher ist sie mitgenommen. Emanuel ist ein schlechter, verstandesloser, zerknitterter Mensch: Untersuche die Reihenfolge der Adjektive und gradiere sie vom Einfachen zum Komplexen! Wie sieht die effektivste Reihe aus? Er ist stimmlos, nicht einmal achtbar. Seine schlechten Eigenschaften sind gewollt, sie gehen weiter als erlaubt. Bereits hat er eine Frau gefunden. Mit ihr lebt er ein Jahr lang auf engstem Raum, es kommt Selbstlosigkeit zustande. Agnes, so ist ihr Name, ist ein engstirniger Mensch, dem er kurzzeitige Befriedigung verschafft, indem sie an ihm feststellen kann, daß nicht sie das Letzte ist, sondern er. In dieser Feststellung liegt viel Glück für sie, und die Beziehung ist deswegen hellhörig für Schwächen, aber wohlwollend. Mit einem Anstellungsgeld hat er Mitte siebzig, als keiner sich dafür interessierte, das Haus an der steilen Schlucht erworben, ein gepanzertes Mansion, dessen Wert in der Zwischenzeit stieg. Agnes wollte es erst nicht betreten, es sah ihr zu finster aus, aber sie ließ sich durch die unvorstellbare Energie erweichen, mit der er es ihr schmackhaft machte; zuletzt war sie ganz sehnsüchtig danach. Nach dem einen Jahr verhältnismäßiger Zufriedenheit lud Agnes eine alte Freundin ein. Sie pflegt schreckstarr zu sein, bereitete Agnes ihn vor, aber sie ist exquisit; sollte sie intrigant werden, sieh weg. Wie heißt sie, fragte er, ich muß sie wenigstens anreden können. Es stellte sich heraus, daß sie Tamara hieß, Tamara war bereits eingeladen, stand bereits im Vorraum, warf die Tür des Mansion-Living auf. Damit waren ihre Energien erschöpft, Tamara wurde noch unter der Tür zu einem wehleidigen Menschen, einer spindeldürren, gebrechlichen Frau. Agnes brach in ein Toben aus, Tamara wurde noch stärker verschüchtert, Agnes schrie vor Freude, die alte Freundin war da und hatte die Tür aufgeworfen, ehe die Kräfte von ihr gewichen waren. Komm her, tritt näher, schrie und tobte Agnes, was wiederum ihn ganz rasend machte, Tamara tat keinen Schritt vorwärts und schien tatsächlich schreckstarr, Agnes hatte das nicht eingesehen und tobte weiter, er raste vor Wut, rannte da- und dorthin, immer kreisum im Raum umher, der sein rötliches Licht aus der tiefen Schlucht bezog; sie strahlte zum mannshohen Fenster herein und regte die Betrachter an. Er war bei einer Aufhänge mit Bürsten angekommen, riß eine aus der Halterung, schlug sie auf den Boden, rannte in die Toilette, hielt einen Finger unter den Hahn des Waschbeckens und fing an, den Wohnzimmerboden mit gezielten Wasserstrahlen zu nässen. Agnes empfing seine wütenden Blicke mit Gleichmut, der sich erst zu wirbliger Erregung steigerte, wenn sie auf Tamara starrte, die ein Tuch aus ihrer Handtasche gezerrt hatte und überall, wo er mit der Bürste den nassen Boden nachgewischt hatte, zu trocknen versuchte. War er eben in seiner Raserei ihr vor die Füße geraten, kniete jetzt sie neben ihm; was Agnes in maßloses Erstaunen versetzte. An der gegenüberliegenden Schluchtwand folgte ein schweres Mörserrohr den Aufenthaltern im Zimmer, bereit zum entscheidenden Schuß. Hab dich lange nicht mehr gesehen, sagte Tamara kniend zu ihrer alten Freundin; er hatte mit einem Spritzstrahl einen der schweren Sessel naßgemacht und war mit der Bürste darüber gefahren; Tamara trocknete mit ihrem Tuch am Sessel herum. Agnes keuchte vor Enttäuschung. Hört damit auf, fieses Spiel, schrie sie. Er platzte und schrie los. Tamara hielt die Spannung nicht aus und quiekte. Die drei Schreie hoben sich zu einem Höhepunkt; ein Bild fiel von der Wand; die drei sahen sich stumm an. Ich hängs auf, sagte er ernüchtert, kaltgeduscht wie ein wildwütiger Hund. Rannte hinaus, kam mit Nägeln und einem Hammer herein. Agnes hatte Tamara neben sich gebeten und erteilte ihr mit leiser Stimme Lektionen; so hatten es die beiden früher gehalten, als sie in einem Heim für nichtweiterwissende Studentinnen zwei Zimmer nebeneinander bewohnt hatten. Du bist ganz nett, sagte Tamara zu Agnes, die fragte, ob das alles sei, was sie ihr zu sagen habe. Ich entschuldige mich ja, ich benehm mich nicht immer so. Er ist schuld, und Agnes zeigte auf ihn, hatte ihren täglichen Sündenbock wieder. Er hatte das Bild ergriffen, es an die Wand hochgehoben, seine Waagrechtlage eingeschätzt, dann hatte er einen Nagel unter den Hänger plaziert und mit dem Hammer zwei Mal zugeschlagen; alles, ohne das Bild loszulassen. Tamara saß beeinflußt, vermutlich hypnotisiert neben Agnes und schob sich den Rock über die Knie hinunter, dann saß der Rock zu tief, sie zog ihn wieder etwas hoch. Agnes war ein verträumter, beachtenswerter Mensch, den er unbesehen für die elendeste Kreatur gehalten hatte, die die Welt hervorbringen könne, aber er wußte, er selbst war noch ein paar Grade mieser, vor allem zerknitterter. Das Entscheidendste, was ihm gegen sich selbst einfiel, war, daß er sämtliche niedrigen, verachtenswerten und schmutzigen Zustände beliebig lange durchhalten konnte, tags- und nachtsüber, jahraus jahrein. Auch Agnes hielt er in der Zwischenzeit für eine düstere, auf der Verliererseite stehende Frau, während ihm zu Tamara bisher nur einfiel, daß sie in ihm eine mächtige Aufregung hervorrief. Bleibst du heutabend bei uns, fragte er Tamara. Frag das nicht, zischte Agnes. Ich bleib gern, sagte Tamara knapp. Den ganzen Abend, fragte er nochmal. Hörst du sogleich damit auf, zischte Agnes. Seid ihr verheiratet, fragte Tamara. Bist dus, fragte jetzt Agnes, die neugierig geworden war. Der Mörserlauf kam unter zusammengestellten Felsplatten hervor, die auf der anderen Schluchtseite eine natürliche Geschützdeckung bildeten. Ich bleib die ganze Nacht, wenn ihr wollt, sagte Tamara, die, nicht unangenehm für Agnes' Ohren, leicht lispelte. Du kannst im Sessel übernachten, sagte er, ich hab ihn dir gereinigt. Tamara gab ihm mit einem Blick zu verstehen, sie danke. Sie kratzte sich hinter dem Ohr, verzog dazu das Gesicht. Etwas schien ihr wehzutun. Sie war vielleicht etwas wehleidig. Damals waren wir schön ziellos, sagte Agnes, die sich an damals erinnerte. Die beiden schwelgten in Erinnerungen, bemerkten nicht, wie er, Nagel und Bild mit der einen Hand haltend, mit dem Hammer nach wenigen Schlägen auf den Nagel nun das Bild traf; es nicht absetzte; mit Hochgenuß den Rahmen allmählich zertrümmerte und das Deckglas in Scherben zerlegte; einmal schrie Tamara, weil Agnes eine Einzelheit, die windgeschützte Eingangshalle des Studentenheims, so genau traf, daß beide sich wieder dort anwesend fühlten und einen Herrn Fernand, der die Eintretenden beobachtet und gemeldet hatte, leibhaftig vor sich sahen. Emanuel zertrümmerte still sein Bild vor sich hin, war steinhart ausgeschlossen von den Erinnerungen, schlug dann eine der herumliegenden Zeitungen auf. Ihr hättet sehen sollen, wie Pier sechs im Hafen nachts um zehn aussah! Bis dahin seid ihr Weiberwichte von eurem bescheuerten Studentenheim aus nie gekommen, aber ich, ich war da und trieb mich rum. Hatte er sagen wollen. Dann einen weiteren Wutanfall kriegen. Oder war es der erste? Sicher der erste echte! Man mußte es den beiden zeigen! Ruhig fuhr der kurze Lauf des Mörsers den Handelnden nach. Er würde ihnen etwas antun in der Nacht! Aber die beiden: egal, gleichgültig, Basedow war er ihnen. Ich. Emanuel. Versuch. Turnschuhe mit dicken Sohlen. Dämpfen den Gang. Körper wird weniger durchgeschüttelt. Der Schritt haut keinen Schlag von unten ins Knie. Die Turnschuhe mit Haftriemen geschlossen. In die Turnschuhe kommt Emanuel mit einem Schuhlöffel. Er reicht bis zur Hüfte. Plötzlich schalte ich auf elegante Schuhe um. Ich verachte Turnschuhträger. Ich befinde, Turnschuhe haben ihren Platz nur, wo die Lage sie erfordert. Das ist noch nicht wirklich wichtig. Mehr über mich. Ich kann mich nicht mehr bücken. Meine Daumennägel sind spitz geschliffen. In meiner Armbeuge stechen rote Löcher ins Auge. Mal war ein Pflaster drübergeklebt. Jetzt abgerissen. Schwarze Klebflecke, wo es haftete. Die roten Löcher in der Armbeuge. Kein Blut tritt mehr heraus. Ich hatte eine widerliche Sucht. Zunächst war es nur eine Gewohnheit. Kein Thema. Für mich aber wichtig. Nicht wirklich wichtig, aber erwähnenswert. Die Frage stellt sich, ob ich die Erwähnenswürdigkeit dieser Gegenstände noch eigens debattieren soll. Ist bereits geschehen. Emanuel kann sich nicht mehr bücken, also, keine Schuhe anziehen. Je länger ich diesem Thema nachlaufe, dem des Schuhe-Tragens, umso stärker überkommt den gewissenhaften Autor der Wunsch, das persönliche Thema möchte sich doch noch auf einen allgemeinen Nenner bringen lassen. Sicher möchte ich, daß alle sich mit mir identifizieren. Darum ziehe ich mir überhaupt Schuhe an: nämlich, weil das alle tun. Nun muß die Furcht beseitigt werden, Emanuel identifiziere sich mit mir unter Niveau, nämlich bei einem Vorgang, den Emanuel für zu unwichtig hält, um überhaupt erwähnt zu werden. Wichtiger wäre meine Hochzeit. Ich hole also aus, den Schuhen und ihrem Tragen die notwendige Wichtigkeit zu verleihen. Ich sagte schon: mir ist das essentiell. Ich fügte an: nicht bedingungslos. Das sagte ich, um meiner ersten Behauptung, das sei essentiell, höhere Glaubwürdigkeit und damit höhere Akzeptanz zu verleihen (wobei ich gnädigerweise die absolute Behauptung ins Subjektive drehte, indem ich »*für mich* essentiell« hinzufügte; die kleinen Schübe an Bedeutung summieren sich). Ich setze an, diese Essentialität an einem Beispiel zu schildern. Es fällt mir keines ein. Die erwähnte Sache bleibt für mich wichtig, ist aber offenbar nicht wichtig. Sagte ich sonst noch was? Überschrieb ich Emanuel das Essentielle? Irgendwas mit Blut. Interessanter. Weiß ich das alles schon nicht mehr? Riesige Mengen Blut verloren. Mir nicht bewußt. Naja, für mich wichtig. Sogar wirklich. Ich kriege, wenn ich mich umsehe, gerade eine Einladung zu einer Hochzeit, deren Vorfeier in einem Nobellokal am Neckar, deren echte Feier im Denver Buddhist Temple stattfindet. Emanuel hat die männliche Seite des Brautpaars einmal gesehen. Der Er drehte Filme an einem Steilhang vor Denver. In Mannheim hielt der Er des Paares sich selten auf. Es war dem Er wichtig, in einer Zeitdifferenz von 9 Stunden zu Mannheim zu leben. Die Sie war klein, grazil, zerbrechlich, und insgesamt viel schlauer, vermutlich, weil sie sonst zerbrochen wäre, und das wünschte sie nicht. Der Er, ob in Basel oder außerhalb, war, wie er war, er hatte keine Gebrochenheit. Die Sie allerdings fürchtete sich derart vor dem Zerbrechen, daß sie eine unvorstellbare Stärke entwickelt hatte, in welcher sie zwar nicht mehr originär sie war, aber, da niemand sie je ohne diese uneigentliche Stärke sah, dennoch sie selber blieb. Er saß die meiste Zeit hinter einem schweren Sekretär und beantwortete alle Aufforderungen, ein Filmemacher müsse sich oft erheben, mit stillem Sitzenbleiben. Als er später, außerhalb Basels, an dieser Ehe zerbrach wie ein Streichholz, war grundsätzlich der Stärkere der beiden von dem Schwächeren hingerichtet worden, mit einem Schnipsen übrigens, mit einem Fingerschnalzen, das immerhin sechs Jahre dauerte. Es war diejenige, deren Angst vor dem Bruch des eigenen Körpers sie in einer Dauerpanik leben ließ. Und diese Angst ließ jenen, Partner genannt, den Abwesenheit jeder Angst etwa mittelstark hatte werden lassen, zerbrechen. Dies alles war bei der Trauung in Ansätzen sichtbar, doch man legte es allseitig positiv aus. Dazu spielte auch die Orgel, wer wollte da den Bräutigam so schützen, wie seine fragile und damals schon angeschlagene Männlichkeit es verdient hätte. Der Organist war ein gesellschaftlich niedrigstehender, in jeder Hinsicht geringer Mann, bald dürr und bald fett, je nach Körperteil, doch insgesamt harmonisch, und er hatte seine gesammelten Notenschriften, die er bis zur letzten Triole mit Manual und Pedal durchzuspielen entschlossen war, auf einen Sekretär neben der Orgel abgelegt. Die Orgel war ein Geflecht beinerner Tasten mit cockpitartig gestaffelten Zieh-Knöpfen, der Sekretär war eine finstere, unbestimmte eschenhölzerne Gestalt auf der Empore. Als Arbeitsrequisit ist ein Sekretär viel gewichtiger als ein Schreibtisch. »Er schritt langsam zu seinem Sekretär, klappte ihn auf und entnahm ihm einen Beutel Dublonen« hat als Satz ein ganz anderes Arom als »Er zog einen Schieber aus seinem Schreibtisch und drückte mir zwanzigtausend Mark in die Hand«. Obschon vom Satz »Er sitzt an seinem Schreibtisch« noch immer eine gewisse Offizialität und Objekt-Trächtigkeit ausgeht, verglichen mit der Tatsache, daß E. meist nebenbei auf Schnipsel schreibt oder sich ganze Shorties auf dem Estrich zusammendenkt. Die unauffällige Variante »Er sitzt *vor* seinem Schreibtisch« rückt Emanuels Körpergewicht in den Vordergrund, womit er die Materie verdeckt; den Schreibtisch eskamotiert er durch kamouflierendes Sitzen: ein ökonomisches Verschwindenlassen. Im Grunde braucht er Arbeitsrequisiten nur ganz vorübergehend, er ist ein Kopf-Mann, der nur ganz wenig außerkopfig fest-notieren muß. Der Sekretär war aber doch wohl das Höchste: die bulligste, schrank-igste, mächtigste Erscheinung eines Schreibhilfsmittels vor dem Zeitalter absoluter Mikrofizierung. Gesundgeschrumpft findet alles auf einem Daumennagel Platz, der zugehörige Finger leidet an einem Sarkom, bereits amputiert, und damit ist das nächstgrößere, die Hand, gesundgeschrumpft. So gebrach es der Welt an einem Glied; dies war der Anfang.

Konstruierte er eine Erzählung, merkte Emanuel bald, daß ihre Vorstadien, wo das Material noch ungeordnet herumlag, eine viel massivere, breitere Erzählweise ergaben als das Stadium, in dem alles auf Linie gebracht war und für einen abschnurrenden Leseablauf zusammengestellt. Ordnung schwächte die Potenz, und die paar Leser, die es ordentlich haben wollten und die Emanuel mit seiner Prä-Ordnung verlor, mußten zugunsten zusätzlicher Kraft des Texts verschmerzt werden. Formale Glättung war in der Regel ein ästhetischer Verlust, der Strom an Assoziationen des Frühstadiums wurde eingedämmt. Emanuel bot gestutzte Bäume an. Formale Schönung entsprach inhaltlicher Pauperisierung: Ich habe mich immer gegen diese Gleichung gewehrt und habe das Schönen unterlassen, wo ich konnte, habe stets nach einer Ordnung ohne Glättung gesucht, nach einem Parcours ohne linealgezogene Linie. Der Vermeidung der Pauperisierung muß die aerodynamische Form geopfert werden. New Yorker Witz: Ein älterer Industrieller schüttelt einem vierjährigen Knaben auf einer Abendeinladung die Hand, und der Knabe sagt: Später müssen wir mal zusammen Lunch nehmen. Ein kurzer Landregen fiel, der kaum vermochte, die Steine des Gartenwegs zu nässen. Agnes und ich saßen auf den Stufen und sahen dem Regen zu: wie er die Befeuchtung nicht schaffte. Er war nicht eigentlich sexuell. Er hörte auf, bevor alles ganz naß war, zugleich kam seine Gegenkämpferin, die Sonne, hervor und trocknete sein Wasser weg, worauf ein unerträglicher Dunst und eine Schwüle entstanden, die dem Wetter, in seiner stillen Versprechung, etwas Kreisförmiges verliehen. Landregen war angesagt, alles lief rund. Ich habe Geschichten über ein Tier im Kopf. Kein bestimmtes

Tier. Es muß die Sexuallust in die Höhe treiben, so gut es kann. Dies ist die Aufgabe des Tiers, eine andere kan ich nicht sehen. Bulldogge. Taschenkrebs. Vogel ist zu ausgesprochen. Muß von der sexuellen Konnotation der Tiere loskommen. Sie mit Frauen auftreten zu lassen ist ungezogen, kommt gut an. Oshima kuppelt eine Dame der besseren Gesellschaft (sie ist eine ganze Schicht für sich) mit einem Affen zusammen (er ist die ganze Tierschaft und ein Teil der männlichen Menschheit). Dies könnte gehen, da eine kontinuierlich erzählte Geschichte, die keine Rücksicht auf zusätzliche Interpretationen nimmt, ihren Inhalt metaphorisiert. Ein »ungerührt durchgezogener« Affe ist dann mühelos das Bild des Mannes der Dame. Bleibt die Frage nach dem Glied des Affen. Es wird eskamotiert. Auch das nasse feigenlippige Behältnis der Dame: nicht gezeigt. In diesem Stadium genitalen Verschweigens treten auf zwei tierische Opernsänger: zwei schmetternde Vögel, eine Bachstelze und eine Amsel, wechseln sich auf dem höchsten Kamin des Hauses ab. Einer postiert sich dort und pfeift ca. zwei Strophen eines Liedes heraus, dessen Text er vergesen hat, dann fliegt er weg, und der andere kommt. Längeres Lauschen klärt mich nicht geradewegs auf, verschafft mir die Möglichkeit der Einsicht, wo und wie ich erleuchtet werden möchte. Die Lampe im Salon, ist elektrifiziert, enthält jene spitzen Birnen, von denen höchstens vierzig Watt ausgehen, stecken in der Gewinderöhre, und von ihr hängen noch die Dochtschere herunter und das Dochthütchen, zum Löschen der Kerze. Ein Schlauch, bei dem das Wasser im Schraubgelenk zwischen Mündungsspitze und Schlauch herausspritzt. Es ist der, der spritzt, sogleich nasser als der Brückenbogen, den er spritzt. Als ich mich an Berlin erinnerte, fuhr ich mit einem abgebrochenen trockenen Bambusschilfrohr dem Fischkopf durch den Mund hinein, spießte ihn auf und schleuderte ihn ins Schilf. Die Aasfliegen folgten auf dem Fuß. Unter den Dutzenden von Eisenbahnbrücken bei der Yorckstraße durchfahren. Es ist wohl so, daß es sich da um eine historische Stelle handelt. Zumindest die Aufbauten legen das nahe. Die Geschichte ist aber an diesen Brücken irgendwie vorbei; schade. Als Passant hatte Emanuel immer den Eindruck, er gerate auf die falsche Spur mit dem Wagen. Vor der Großbeerenstraße beinah ein Unfall zunächst, dann, als ich das Zeichen nicht las, ein echter Unfall. Ich fuhr auf der link-inneren Spur, neben mir ein Lieferwagen der Firma Eckscheidt KG, diese Eckscheidt sieht Emanuel an allen Ekken von Berlin, sie verkaufen elektronische Installationen von hoher Unsichtbarkeit; ihr Werbespruch ist: Willste nichts sehn, mußte zu Eckscheidt gehn. Ich hatte die unverzeihliche Lässigkeit, über zwei Spiegel den Fahrer von Eckscheidt anzusehen, voll mitten ins Gesicht. Es war eine schnauzbärtige Type, die gerade popelte. Es kam die letzte Eisenbahnbrücke, und ich dachte wiedermal über Geschichte nach. Irgendwas überforderte mich, entweder die Spiegelsicht auf den Fahrer oder die Markierungen auf der Straße. An Geschichtlichem geschah, daß Eckscheidt plötzlich in meinem Kotflügel saß und mir in einer Art Betriebs-Uniform von da zuwinkte. Insbesondere seine hochgewölbte Schirmmütze war mir niemals vorher aufgefallen, und wie er die Fäuste gegen mich hob, sah er bedrohlich aus, und eine Passantin, die Agnes glich und an einem verkümmerten Strauch vorbeilief, fiel um, als habe er sie schwer geschlagen und auf dem Boden weiter getreten, bis er nicht mehr konnte. Die Gestapo-Keller, in denen auch gern gefoltert wurde, aber geheim gefoltert, sodaß niemand es merkte, nur die unmittelbar davon Betroffenen, die Keller sind heute mit Grün überwachsen. Ich teilte Berlin ein in ein Teer-Berlin und in ein Strauch-Berlin, letzteres waren die Stadtteile, in welchen diese Milliarden kaputter, verblühter, erstickter Sträucher irgendwo am Straßenrand wachsen. Die Sträucher erweisen sich als Segen für die Gestapo-Keller, denn sie haben die Keller überwuchert. Damit die Keller doch noch für etwas zu brauchen sind, ist zwischen den Sträuchern eine Fahrschule, ein Führerschein-Parcours eingerichtet worden. Ein riesiges Schild verweist darauf, daß Emanuel sich hier auf den deutschen Führerschein vorbereiten kann, eine ganz kleine Tafel sagt an, hier waren die Folterkeller der Gestapo. Alles liegt in unmittelbarer Nähe der Mauer, die jedesmal, wenn Emanuel sie zu Gesicht bekommt, ein anderes Gesicht hat. Hier wirkt sie als

Verkehrsteiler, als vernünftige städtebauliche Anordnung; gäbe es sie nicht, Emanuel drohte sich zu verirren. Wo in Berlin früher der Sportpalast stand, steht heute ein riesiges Miethaus quer über die Straße, die unten durchfährt. Die Bewohner des Hauses leben über den Abgasen, sie liegen oft an der Sonne auf ihren Veranden, hinter einem Schirm, der sie aber vor der Sonne und nicht vor den Abgasen schützen soll. Fährt Emanuel, geschwindigkeitsübertretend wie immer, mit 90 bis 110 aufs Haus zu, fürchtet Emanuel, a. der erste Stock breche auf die Straße, dann führe Emanuel geradewegs in eine Mauer, b. das Haus verwandle sich plötzlich in den Sportpalast zurück und Emanuel tauche plötzlich in einer Zeitverschiebung hinter Jesse Owens auf, wie er durchs Ziel läuft. Muß sehr merkwürdig sein, mit 90 bis 110 am Führer und an Goebbels vorbeizusausen, die doch diesen neuen Volvo noch gar nie gesehen haben und darin eine neue Waffe der Engländer vermuten könnten. »Er muß Jude sein, auf ihn!« würden sie brüllen, und ganze SS-Horden würden einem auf Motorrädern nachjagen. Dann denkt Emanuel sich im Volvo, Na, kann nicht sein, denn dann bekäme Owens seine Medaille nicht, es käme nicht zum verweigerten Händedruck, und das wiederum hätte Emanuel bereits in der Geschichtsstunde gelernt. So was dämpft die Angst vor b. – Auf das quere Haus, ehemals Sportpalast, zusausend, gewahrt Emanuel offene Küchenfenster, die ganzen Wohnungen stehen an heißen Tagen offen und atmen, was von der Straße aufsteigt. Diese dichtgewobene nationalsozialistische Schicht über Berlin ist fast völlig abgetragen, und die Stadt als die Kinnbacken zusammenbeißende Metropole eines faschistischen Großreiches kann Emanuel sich kaum mehr vorstellen; die Berliner versuchen der Erinnerung beim Sportpalast und seinen Zufahrtswegen nachzuhelfen, sie lassen stehen und putzen regelmäßig die alles Andersdenkende niederwalzenden Führervillen in Grunewald. Grundsätzlich hätten sie nach Kriegsende mit allen Erinnerungen per Sprengstoff Schluß machen müssen, aber irgendwie reut sie das Verschwinden der großen Denkmäler dieser Zeit doch. In diesem Sinne planen sie überm Führerbunker oder in seiner Nähe eine Achterbahn, ein Jahr bleibt die Achterbahn stehen, dann ist der Ort, wo der Führerbunker lag, jetzt der Ort, wo die Achterbahn stand. Will sagen, sie lassen an dem Ort, wo der Bunker stand und wo sie eine Achterbahn hinstellten, nicht die Achterbahn einfach stehen, sondern die Achternbahn deutet semantisch den Ort, wo sie steht, um, und an dem Ort, wo offiziell die Achterbahn stand, kann wieder ein neues finsteres Haus erbaut werden, in welchem sich dann alle gern und straflos an die Vergangenheit, nämlich an die Achterbahn, erinnern.

Jedenfalls heißt »mit jemandem reden« unfehlbar, ihn unter Druck setzen. Die Attacke, die in jeder Rede liegt, wird mittels Verbosität unterstrichen, nicht so sehr im Tonfall. Deshalb fehlt der kurze kantige Fluch: Alles gerät zur Zornesrede, die in ihrer Weitschweifigkeit gedämpft, unbestimmt klingt, sich ihrer Latenzen nicht entledigen kann und deshalb nie Wut wird, sondern stets Drohung bleibt. Wer die Mitteilungswissenschaft nicht beherrscht, geht bereits im Gespräch unter, nicht zu reden von der schriftlichen Äußerung. Zuhause. Emanuel gewinnt unter Schweizern den Eindruck, daß es ihnen psychische Erleichterung verschaffte, wenn das Hochdeutsche verboten würde (oder wenn sies selbst verbieten könnten). So herrscht ein peinvoller Zustand der Halberlaubnis. Sie müssen dem Deutschen ständig signalisieren, daß er sprechen kann, wie er will, aber nur dank ihrer Erlaubnis. Eins der großen Vergnügen des Schweizers: Erlaubnis zu geben für etwas, was nicht verboten ist, und dadurch dessen mögliche Verbotenheit zu signalisieren. Agnes darf immerhin etwas Theorie betreiben. Die konvulsivische Schönheit wird erotisch-verhüllt, berstend-starr, magisch und umstandsbedingt sein, oder sie wird nicht sein, sagt Breton in L'Amour fou. Agnes, Theoretikerin. Sie hat lange geschrieben. Dann hat sie entdeckt, daß sie in ihrem Schreiben nicht vorkommt. Es tritt auch sonst nichts Menschliches auf. Das hab ich verloren, sagt sie sich. Sie will aber schreiben, es ist der alte Fall, daß etwas sich ausdrücken will, aber keine Welt zuhilfe nehmen darf. Sie kann nur schreiben, wenn der Inhalt dieses Schreibens strikt nichts ist; dieser Inhalt muß nicht nur weit weg von ihr selbst liegen, sie darf kein Teil dieses Inhalts sein. Andere Menschen dürfen dies in der Folge auch nicht, denn sie selber könnte sich via andere Menschen doch noch in den Inhalt einschleichen. Es ist eine ahumane Prosa, die nun einfach Beschreiben sein will. Schreiben kann aber nicht wie die Musik: einfach vor sich hinträllern, es braucht zu seiner Ausübung Bestimmtheit, von den Themen ist kein Wegkommen, von der Autobiographie ebensowenig. Sie hat ihre Wissenschaftssprache zum Thema ihres Schreibens ernannt. Was mir nicht eingefallen wäre. Ich schäme mich durchaus nicht, hier zu gestehen, daß ich gänzlch unempfindlich bin für Naturschauspiele oder Kunstwerke, die nicht im Akt der Wahrnehmung unverzüglich eine körperliche Erregung in mir auslösen, welche sich durch ein Sprühen und Wehen an den Schläfen bemerkbar macht und bis zu einem wirklichen Frösteln gehen kann, sagt Breton in L'Amour fou. Obwohl es mir, sagt er später, niemals gelingt, das, woraus diese Erregung besteht, in der Analyse restlos zu zergliedern – sie muß sich in der Tat meine tiefsten Verdrängungen zunutze machen –, so sagt mir doch die Erfahrung, daß allein die Sexualität hier am Werk ist. Breton schließt ein paar faszinierende Sätze an, die wir hier weglassen müssen, sagt sodann: Die Definitionen Lautréamonts, die mit »schön wie« beginnen, sind geradezu das Manifest der konvulsivischen Schönheit. Das Inventar ist die Sache. Grüne Schachtel frischgerahmter Lichtbilder, eine indische Elefantenglocke, ein Steiff-Knopf-im-Ohr-Tier, diesmal ein Wildschwein mit nach oben gebogenen schmutzigweißen Hauern, eine alte halb ausgelaufene Stabbatterie. Objektivität, dank Teleobjektiv. Von weitem sah Emanuels Schreibtisch aus wie ein Bulle, der von einem zweiten Bullen begattet wird; Stapel lagen auf ihm, erdrückten ihn. Meine wildesten und auseinanderstrebendsten Briefschaften hatte Emanuel in einen Karton Campari-Bitter gestopft, in dem vordem zwölf Flaschen Aperitif staken. Die ankommenden und meist unerledigten Briefschaften zwängte ich in mehrere Kunststoffkörbe, deren Geschmacklosigkeit darin bestand, daß die Kunststoffpressung das Flechtwerk von Weiden nachahmte; echt Plastic. Ich erblickte meinen

Schreibtisch aus der Perspektive eines fünf Meter weit von ihm Sitzenden, dessen Augen auf Tischplattenhöhe an die Wand starren. Unter dem Anblick, der sich mir, festgehalten, auf einer Fotografie bot, brach ich virtuell zusammen, da ich nicht mehr wußte, was ich mit den wilden und zerflatternden Papieren anstellen sollte, bald würden sie, bei zerfallenden Stapeln, den ganzen Garten bedecken. Es ist genug Papier vollgeschrieben, dachte ich mir, lest erstmal das, dann schreiben wir weiter. Aber bereits paarten sich weitere Bullen, falsche Tiere wälzten sich auf falschen Tieren, und ich dachte, ihr reißt mich mit, ich werde euch nie widerstehen können, aber was tu ich mit dem Widerstand gegen die Arbeit. Einer wird siegen, dachte ich und fühlte mich darwinistisch. Das Foto des Bullen mußte zerrissen werden. Ein Blick darauf. Die eifersüchtige frühere Geliebte, schon beim Beginn des Geliebte-Werdens Witwe, ist eifersüchtig auf Liebhaber, der, Elektro-Geselle bei der Schwalm AG, mit einer Gastwirtschaftserviererin schläft, und zwar allzu offensichtlich, bleibt jeweils lange aushäusig, bleibt bis abends zehn bei der Witwe, sie hat Erstnutzungsrechte an ihm, er verläßt sie dann, entsetzlich deutlich zeigt er der Erstnutzerin, was er bei der anderen will, holt es sich dann, die Witwe läßt es rasend vor Neid zwei Monde zu, aber in ihr siedet es, sie ist eine, bei der mit der Zeit diese Dinge schlimmer werden und nicht, etwa, sich beruhigen (wie sie es bei der Serviererin täten; die aber ist nicht gefragt, sondern beschlafen), und nach zwei Monden und vier Sonnen schraubt Witwe die Elektro-Sicherungen beim Eingang zu ihrer Wohnung heraus, der Elektro-Geselle kommt von der Wirtshausserviererin heim, die bereits wieder an die Frühschicht muß, er kann das Licht nicht anzünden bei der Tür der Witwe. In diesem Augenblick übergießt die frühere Witwe ihn mit Säure. Er brüllt, läuft zum Dorfbrunnen, wäscht sich das Zeug vom Gesicht, mehrere Löcher werden durch Kleider gebrannt, er wird ins Krankenhaus transportiert, bleibt blind. Ärgert sich, heiratet dann die Witwe. Ich möchte, daß von meinem Leben kein Laut bleibt, nur das Lied eines Spähers, der sich die Erwartung mit Singen verkürzt. Unabhängig von dem, was eintrifft oder nicht eintrifft, ist es wunderbar, in der Erwartung zu leben, sagt Breton in L'Amour fou. Die Tage waren anstrengend. Manchmal kamen wir raus. Gleich suchten wir fieberhaft Erholung. Wir taten einen Spaziergang oben bei der Borsig-Villa, auf einmal war Berlin ein See, es war der See im Norden, nicht der im Süden, dessen Ufer sich für Selbstmord eignet, immer geeignet hat; steht Emanuel am südlichen See, weiß Emanuel warum, die Melancholie ist größer, und zudem liegt im Ufer des südlichen Sees, im Ausblick in die Landschaft, nichts Strafendes, und es ist meine geheime Theorie, daß ein Selbstmörder Angst vor Strafe hat, und will er sich umbringen und steht zufälligerweise in einer Landschaft, die ihn bedroht, fürchtet er eine Strafe nach seinem Tod und bringt sich nicht um, das Ufer des südlichen Berliner Sees entmutigt Selbstmörder nicht und stellt ihnen Straffreiheit in Aussicht, darum führen sie ihre Absichten meist durch, was nicht heißt, daß an diesen südlichen Seen nicht auch die trivialsten Dinge geschehen, insbesondere stinkt es da nach Auspuff und sommers nach Bootslack und faul werdenden Eierbroten, nicht an diesem südlichen See waren wir spazierengegangen, sondern am nördlichen, in der Nähe der Borsig-Villa, zu der wir nicht kamen, vermutlich suchten wir sie auch nicht, der nördliche See war vermutlich noch melancholischer als der südliche, ich hätte jederzeit Selbstmord begehen können, aber ich kann jederzeit aus dem Stehen heraus Selbstmord begehen, das ist eine Eigenschaft, die Emanuel in sich heranzüchten und dann, wenn sie entwickelt ist, in sich pflegen muß, alles sieht sogleich viel leichter aus, und Emanuel muß den Selbstmord sehr oft so naturalistisch durchführen, wie Emanuel nur kann; um nicht in die Erleichterung zu fallen, die darin besteht, daß Emanuel zu mir sagen kann, du bringst dich ja doch nie um, du fürchtest dich, du hast nicht den Willen, an diesem Ort paßt es dir wieder nicht, der nördliche See hätte mich demnach bei einem Selbstmord nicht behindert, aber mir war deutlich, daß die Ufer eine leise Strafandrohung von sich gaben; welches deren Inhalt, war nicht gleich ersichtlich, vermutlich so etwas wie die Drohung, der eigene Leichnam verfaule im Strandschilf mitten in den regenbogenfarbenen Kreisen von Bootsbenzin und toten Libellen, einige Flüsse flossen dem nördlichen Berliner See zu. Sie waren breiter als gedacht. Emanuel überstieg sie auf melancholisch nach oben gewölbten Brücken. Und Berlin, eine Stadt, die an ständigen Funktionsstörungen leidet, nichts, kein Stadtteil wird jemals für das gebraucht, wofür er eigentlich gedacht ist, dieses Berlin war da oben am oberen See denkbar entfunktionalisiert, dienst- und ziellos, mit künstlichen Aufgabenstellungen überfrachtet, die Summe aller Künstlichkeit hieß wiederum Repräsentanz oder Status-Bewahrung, das Statische dieser beiden Begriffe auszusprechen war bei Todesstrafe verboten, und merken Sie sich eins zum Status: Er ist so beschaffen, daß er nur schlechter werden kann, die Alten, die Urvordenklichen wußten, was sie taten, wenn sie lebenslang Land rafften und ihre Gebiete erweiterten, auch wo nicht Not am Mann war. Sie wußten, wer knappen Boden oder wer gar keinen Boden hat, der hat verspielt, es reicht nicht mal zu einem Schwingen des Tanzbeins auf eignem Grund und Boden, will Emanuel, zum Beispiel auf einer Hochzeit, einmal pirouettieren, muß Emanuel die Grenzwache des Nachbarn um Erlaubnis fragen, und da frage ich Sie: Wie wollen Sie in Berlin pirouettieren, wo, da könnense kaum ein Riesenrad reinstellen, schon überlappts! Der mehr als unerhebliche Michel Féline, sagt Breton nachsichtig, ehe er eine Zeile zitiert »Et les vierges postulantes ... De l'accalmie pour leurs seins«. Auf der Hochzeit verlas die gefürchtete Mutter des Bräutigams die Glückwunschtelegramme. Der Bräutigam war erst in Mannheim nichts gewesen, dann im südlichen Denver Filmer gewesen und dann im nördlichen Denver Mönch geworden. Die Mutter las die Telegramme mit rissiger Stimme, es war ein Prosagesang wie von Billie Holiday, Stimmumfang eine große Terz. Der Vater bereitete ein Flötensolo vor. Er war begabter Hausmusiker. Die Mutter pflegte ihn zu entmutigen mit schneidender Stimme. Zur Hochzeit aber wollte Vater von sich hören lassen. Die Brautleute rieten ihm ab, und die Mutter, nachdem sie die beiden mit Eiswasser übergossen hatte, ließ Vater in der Hölle braten, weil er sich ihr, der Niederwalzerin, mit einer dünnen glänzenden Flöte entgegensetzte. Da, am Hochzeitstag, hatte ihre Stimme Metall geschluckt. Der Wind peitschte den Neckar, der Neckar peitschte zurück. Es waren eine Menge Glückwünsche zusammengekommen. Bloß mit den Unterschriften stimmte etwas nicht. Alle unterschrieben mit »Silberstern«, »Levy«, »Bronstein«. Genau gesagt stimmte auch der Inhalt nicht, zumindest kam auffallend häufig im Text der Ausdruck Mazel Tov vor, sehr häufig bestand der ganze Text aus diesen Mazel Tovs, die aneinandergereiht fröhlich und einladend klangen. Der Sohn und frühere Mönch (er war aus dem Kloster ausgerissen, um zu heiraten) trat auf seine gefürchtete Mutter zu und sagte, Mutter, das können nicht unsere Telegramme sein, wir kennen niemanden der Absender. In der Tat ergab ein Nachfragen, daß die Telegramme die Telegramme des Neben-Saals gewesen waren, wo eine andere Hochzeitsgesellschaft erwartet wurde, deren Hochzeit noch nicht angefangen hatte, da die beiden Hochzeiten zeitlich gegeneinander verschoben abgehalten wurden. Die Mutter verlor von ihrer angsteinflößenden Aura bei solchen Versehen, wurde purpurrot und legte das letzte, soeben gelesene, Telegramm in einer Art Verlegenheit (Scham war ihr fremd) nieder. Was sie klein machte, war der Eindruck, erwischt worden zu sein, nicht der objektive Tatbestand des Erbrechens fremder Post. Zudem ließ sich nicht herausfinden, ob die Telegramme nicht bereits vom Brautführer der anderen Hochzeit im voraus aufgeschlitzt worden waren, damit die andere Gesellschaft gleich mit der Lesung beginnen konnte. Hoffte da die Mutter, niemand sähe, wie sie das letzte falsche Telegramm ablegte, sie knüllte es vor Ekel zusammen, aber das sahen alle, da alle sich über den Zusammenbruch ihrer Macht freuten. Streich das Papier gerade, forderte sie der Sohn auf, und ohne Replik tat sie es. Der Vater hatte die ganze Zeit über seine Flöte gestimmt, es war ein lautes Stimmen gewesen, er hatte nichts bemerkt; hätte mit dem Einsetzen der Boismortier-Sonate viel von der Situation retten können, aber seine künstlerische Aufrichtigkeit kam ihm dazwischen, da sich die Flöte trotz Schrauben und pleuelhaftem Hineinstoßen und Herausziehen des Mundröhrengestänges nicht stimmen ließ. Papi, spiel den alten Franzosen, sagte die Braut, die in einem früheren Stadium noch steckte als der Bräutigam, also religiös geblieben war. Der Vater, obgleich zum Solospiel gezwungen, hatte sich zum Stimmen ein fiktives Cembalo erdacht, mit dem er die Flöte zusammen-temperieren wollte; doch das Cembalo ließ sich nicht in Übereinstimmung mit der Flöte bringen. Ein Diener der Saalvermietung der Hochzeitsorganisation war inzwischen gekommen und hatte den angegriffenen Stoß der halb aus ihren Umschlägen gezogenen Telegramme still in den anderen Saal hinübergetragen. Die Anwesenden erzählten sich alte Menükarten, jeder hatte eine von einem früheren Anlaß im Gedächtnis und gab sie, wie ein längeres Gedicht, seinem Ansprechpartner auf den Weg durch den Raum mit. Essen wurde serviert. Das Brautpaar saß an der Mitte einer Tischseite. Die ganze Suppe lief über die Beine. Sie sollten positiver über Ihre Gesellschaft schreiben, sagte Emanuels Tischnachbar säuerlich. Schwein, erwiderte Emanuel. Beim Nachtisch hatte sich alles eingerenkt, die Mutter war wieder so fürchterlich wie je und stellte neue Tyrannenwerke in Aussicht, während der Vater jetzt einen Rameau dazugeben wollte, da einer der jungen Freunde der Braut, für den sich die Braut zu interessieren schien, ein Cello mitgebracht zu haben behauptete, was sich aber trotz sorgsamer Suche in den umliegenden Hochzeitskammern nicht nachweisen ließ.

Emanuel sagt, das Schreiben für ein Kollektiv müsse immer etwas für das Kollektiv Förderliches enthalten, Emanuel nennt es das Positive, und er wünscht es sich, auch wo es nicht offen gefordert wird. Daß wir dieser selbstverständlichen Pflicht gern nachkommen, hat nicht etwa mit unserer Tugend etwas zu tun, obschon wir ganz natürlicherweise dem Kollektiv, in dem wir leben, zuliebe schreiben möchten; viele Untersuchungen weisen auf das hin, was wir gefühlsmäßig längst erfaßt haben: die Bedeutungs-Systeme sind zunächst fast automatisch, d. h. im Selbstgang, auf positive Berichterstattung hin angelegt, erst ihre Instrumentalisierung macht sie zu Vermittlern verhängnisvoller Botschaften, deren Terror keine pflichtbewußte Gans auf keinem Kapitol schreiend ankündigt, und wer würde ein prinzipiell nettes Bedeutungs-System denn instrumentalisieren wollen, wenn nicht ein ausgekochter Säureverbreiter? Daß wir dieser Versuchung, gerade weil wir sie kennen, niemals erliegen, sondern der süßen Versuchung, das, was tatsächlich positiv ist, nämlich das uns bergende Kollektiv, auch positiv zu sehen, längst mit Haut und Haaren verfallen sind; daß wir also unserem Kollektiv so zustimmend gegenüberstehen, hat nichts mit Lakaientum zu tun, sondern damit, daß wir oft erfahren haben, um wieviel stärker es ist als wir, und wie unvorstellbar kräftig es jene zurückgeordnet hat, die unsinnigerweise von ihrer positiven Grundhaltung abgekommen sind. Es ist dies eigentlich der einzige gute Grund, der für ein solches Abweichen von der aufbauenden, konstruktiven, äußerst maßvoll mit sanfter Kritik durchsetzten Linie anzuführen wäre: Der Abweichler bekommt die immense und wohltuende Macht des ihn umgebenden Kollektivs zu spüren und vielleicht auch seine strenge, aber gerechte Hand, mit der es ihn auf den der Sonne zugewandten Weg zurückholt. Der Abweichler lernt so die Macht und die wohltuenden Kräfte dessen kennen, das er in seiner Verwirrung verachten gelernt zu haben glaubt, und die große, ihn bergende, umfassende Hand des Kollektivs und seiner Öffentlichkeit schiebt ihn zurück, wo nicht zur Liebe, so doch zu der auf entsprechende Erfahrung gegründeten Achtung. Wir haben Grund, unsere Kollektive, insbesondere deren Rand, ganz besonders in Italien zu achten, und sie zeigen uns immer wieder, daß wir ein Interesse an dieser Achtung haben. Wir teilen mit unseren Kollektiven das Interesse an der Ungestörtheit und, allgemein, am Überleben. Zum Beispiel Italiens Rand. Der Irredentismus, die Triestinität, »Triest braucht keine Literatur, Triest ist die Literatur seiner selbst«, die Spitze eines – schmelzenden – Eisbergs, die klassische Stadt der bürgerlichen Senilität, der Svevosche Schreibtisch in der Union Bank, in jedem Kaufmann ist ein metaphysischer Schmerz, Mesalliance zwischen Apollo und Merkur, vide: Kunst und Handel schließen ihren Krüppelbund, wer ist, mit Musil zu sprechen, ein Österreicher minus ein Ungar, wer bloß?, fördert ein Bankangestelltendasein das literarische Schaffen oder behindert es?, vergleiche mit Thomas Stearns Eliot, warum gefielen Svevos Sachen Joyce so besonders?, der Irredentismus, eine eigene Triestiner Stimmung. Von Venedig aus bleibt die Straße flach, vor Triest wellt sie sich, Emanuel fährt mit wölfischer Geschwindigkeit in eine ganz und gar zusammengestauchte Landschaft hinein, die riesige Gesteinswellen wirft. Ab und an ein österreichisches Holzhäuschen an der Adria, der Hang, an dem es steht, ist steil, also Österreich. Die Triestiner sind nicht wählerisch, sie nehmen das Beste oder das am leichtesten zu Erinnernde aus drei Ländern. Die Steilheit der innertriestiner Straßen und Wege ist unbeschreiblich. Die Stadt ist in der Senkrechten erbaut. Gänge haben nur die Funktion, einen in ein anderes Stockwerk zu bringen. Die Hafenanlagen sind unermeßlich ausgedehnt, Emanuel verirrt sich gleich und verhungert. Millionen deutsch-österreichischer Lesezirkel, wo der Kaiser an der Wand hängt. Ein Herbeiführen statischer oder bewegter Lösungen, Svevos Faszinosum ist das Greisenalter, für uns ein Pudendum. Die knappen Sätze helfen uns darüber hinweg. Wir altern mit. Und genießen die sprachliche Verschlankung. Wir können alles von Svevo lesen, weil er es uns ermöglicht, es gern zu lesen. Wir können allenfalls dann nicht weiterlesen, wenn er über Hunde schreibt, nicht daß uns Hunde nicht interessierten, ebensowenig jener bestimmte Svevosche Hund, aber uns gefällt die Vermenschlichung eines Hundes nicht; ein Vorgehen, wovon Svevo reichlich Gebrauch macht, um uns am Text zu halten. Ein Hund ist liebenswert, er kann bei hinreichendem Affekt geliebt werden, wir wissen nur zu gut, daß das keineswegs unmöglich ist; aber ein Mensch ist der Hund nicht. Svevos Hunde haben Stimme, können sprechen, argumentieren, sie haben die Logik übernommen und damit aus sich Maschinen gemacht. Auch Triest kann aus keinem Hund eine Maschine machen. Das Zentralfriedhof-Bereinigen, einmal jährlich ein Schießen. Waffen, Munition, Anmeldung beim Wiener Bürgermeisteramt, kaum bekannt, lange Schlangen, exklusiver Charakter der Teilnahme. Aufbruch früh, vier Uhr, fünf Uhr, Gefahr beträchtlich, Triestiner drängeln sich, Lauerliegen im Friedhofgras, Emanuel erwartet den ersten Zentralfriedhofhasen, ein Zentralfriedhofrebhuhn, vielleicht ein flinkes struppiges zähes Zentralfriedhoffrettchen, das der guten Verpflegung wegen sich gern auf dem Friedhof aufhält. Lösen der Schüsse, der Führer schießt zuerst, der Bürgermeister als zweiter, die ganze Stadt Wien schießt als dritte, die Toten schießen als letzte, Agnes macht eine ihrer avant-gardistischen Notizen, halb sechs Uhr früh, Tiere stieben hinter den Grabsteinen hervor, Svevo legt an, schießt knapp am Kopf einer zweiten Teilnehmerin namens Agnes vorbei – und erlegt sozusagen den Friedhofsgärtner, der hinter einer mit Torf vollgeladenen Schubkarre seine erste Pflegerunde dreht. No gnuag, jetz gemma regiern! spricht der Bürgermeister, alle keuchen eine steile Triestiner Bergstraße hoch, zum Palais derer, die seit Jahrhunderten auf ihr schönes Selbst begrenzt leben.

Bemerkungen zu Agnes, einer treuen Anhängerin und Praktikantin der Avant-Garde. Ihre Werke haben diese Richtung weitergebracht, die von der Vergangenheit nur wenig wissen will, da sie fürchtet, unter ihr erdrückt zu werden. Agnes schrieb zunächst ein Buch aus Prosa, die sogleich eine Avant-Garde-Prosa genannt wurde, ich muß es wissen, denn auch ich bin in der Avant-Garde prominent gewesen und stolz gewesen und bereit zum Weitermachen gewesen, damals ist Emanuel noch stolz gewesen. Ihr erstes Buch mit dieser Avant-Garde-Prosa enthielt eine Reihe Erzählungen, wenn Emanuel sie denn Erzählungen nennen konnte, die über europäische Fürstenhöfe gingen, zugegeben, einige waren damals erstaunt, daß dies sich in einer Avant-Garde-Prosa so plötzlich finden sollte, aber die Prosa nahm sich der fürstlichen Gegenstände liebevoll an. Schon damals war festzustellen: die Prosa taugte nichts. Sie war gut gemeint, aber sie war nichts wert. Die Autorin hatte sich Mühe gegeben, aber sie war nicht hinreichend intelligent. Es handelte sich um aneinandergereihte Hauptsätze. Mit gutem Willen konnten einige Nebensätze ausgemacht werden. Agnes, die Autorin, setzte die Beistriche absolut korrekt. Sie war ihrem Thema bis in die letzte Verästelung gewachsen. Diese Prosa eine Avant-Garde-

Prosa zu nennen, war ein erlaubter Vorgang. Im Krieg der Worte ist alles gestattet. Wäre sie nicht eine Avant-Gardistin genannt worden, hätte die Avant-Garde sie nicht in der Folge an das Herz gedrückt, wäre nie etwas aus Agnes geworden. So wurde eine Avant-Gardistin aus ihr, aber innerhalb der Avant-Garde wurde nichts aus ihr. Sie hatte ihre Nichts-Werdung glücklich verlagert. Es war für sie angenehmer, in der Avant-Garde sitzenzubleiben, denn die Avant-Garde hatte sie lange willkommen geheißen. Es ging nicht um ihre Reihung von Hauptsätzen. Das allein hätte nicht ausgereicht, um aus ihr eine avant-gardistische, aber miserable Autorin zu machen. Es ging darum, daß alle ihre Sätze genau gleich aussahen. Es ist dies das Schlimmste, was einem Autor und insbesondere einer Autorin widerfahren kann. Alle ihre Sätze, von denen immerhin, auch bei höchster Gleichförmigkeit der Seelenanlage, jeder einwenig anders geschrieben ist als sein Vorgänger – diese ganzen Sätze wirken unverändert gleich, so, als ziehe sie immer wieder den identischen Satz aus der Tasche und stelle ihn hinter seinen Vorgänger, mit dem er sogleich eine Einheit von höchster Einfarbigkeit bildet. Zur selben Zeit, als sie ihr erstes Buch veröffentlichte, befand ich mich auf dem Weg zur Spitze derselben Avant-Garde, und ich darf sagen, daß mir ihre Fehler nicht unterliefen, im Gegenteil habe ich aus ihren Fehlern gelernt. Ich müßte ihr dankbar sein dafür, daß sie mir so oft vorgemacht hat, wie Emanuel es nicht tun soll. Sie zahlte mein Lehrgeld. Diesbezüglich ließ ich gern für mich bezahlen. Ich lasse, vielleicht gerade weil ich ein echter und guter Avant-Gardist bin, mit höchster Liebenswürdigkeit Rechnungen zurück, die von anderen beglichen werden müssen. Es ist mir noch nie im Leben eine solche Rechnung nachgesandt worden; die Menschen bemerken gleich, daß diese Rechnung, obgleich an mich adressiert, für sie bestimmt ist, und sie übernehmen sie wortlos, sie lassen sich nicht einmal danken für ihre Mühe zu meinen Gunsten. Dieser Dank käme mir auch nie in den Sinn. Ich stehe nun vor meinem dritten Buch, während sie schon ihr fünftes heraus hat. Sie hat sich vom europäischen Adel nicht lösen können. Der bestehende Adel ist ihr aber nicht mehr genug. Jetzt muß es der des achtzehnten Jahrhunderts sein. Sie greift bereits ins siebzehnte zurück. Ihr Stil ist, insbesondere sie auch Ahnungen vom Adel des sechzehnten Jahrhunderts vermittelt, noch avant-gardistischer geworden. Die Avant-Garde, der sie eine zeitlang zu vertraut schien, und in der Tat war sie ja bereits eine ältere Avant-Gardistin, diese Avant-Garde veranstaltet ihretwegen wieder Empfänge, organisiert Austellungen, läßt sie in Konzerten auftreten. Das Schrecklichste habe ich bis zuletzt zurückgehalten: Sie ist inzwischen eine vielseitige Künstlerin geworden, auf natürliche Weise hat sie die Literatur hinter sich, unter sich zurückgelassen. Sie ist eine furchtbare Autorin, sage ich, und hört Emanuel ihr zu, insbesondere als Avant-Gardist, so kriegt Emanuel Furcht und Sorge um sein eigenes Talent, das weiß Gott schon ohne ihre schlimmen Werke genügend gefährdet ist. Aber in ihren Augen ist sie natürlich großartig. So etwas wie sie hat die Welt noch nie gesehen, für so etwas wie sie zahlt die Welt jeden Preis. Leider haben die Avant-Gardisten nichts zur Vernichtung dieser Fehl-Selbsteinschätzung beigetragen, im Gegenteil haben sie sie in ihrer Überschätzung gefördert. Die Schrecken der Literatur hat Agnes unter sich zurückgelassen, denn plötzlich »vermittelte« sie ihre Literatur, obschon es da nichts zu vermitteln gab, indem sie zu jedem Prosa-Stück ein avant-gardistisches Dramen-Stück schrieb, und im Dramen-Stück kam regelmäßig die Rolle einer jetzt älteren Frau vor, die eine Avant-Gardistin ist und vor einem hartohrigen, schwer-verstehenden Publikum ihre Sachen lesen will, lesen muß, und während sie einerseits eben diese ältere Frau vor dem schwer hinhörenden Publikum war, trat Agnes nunmehr auch gleichzeitig im Stück als solch ältere Frau auf. Als Avant-Gardist darf ich sagen: Der Unterschied zwischen Fiktion und Wirklichkeit ist nicht so bedeutend, daß wir uns eigens seinetwegen den Kopf zerbrechen wollen, die Avant-Garde hat mit diesen verschiedenen Graden an Realität längst aufgeräumt. Demnach wollen wir uns nicht verwirren und uns fragen: War sie nun eine ältliche, ungenügende Vorleserin oder spielte sie diese Vorleserin in einem Vorleserinnen-Stück?, sondern wir wollen festhalten: Da stand vor uns, am

Stehpult, eine ältere Dame und las uns ihre gleichförmigen Sätze vor, die uns ungeheuer langweilten. Und wir mußten einsehen, daß die Dame ihre Vorlese-Kraft daraus bezog, daß sie sich selbst auch schon wieder zum Teil eines weiteren Kunstwerks erklärt hatte: Sie spielte die Hauptrolle im Stück »Die Vorleserin und ihr Publikum«. In diesem Stück trat die Prosa als Kunstwerk auf, und das Vorlesen dieser Prosa war abermals ein Kunstwerk, dieses zweite natürlich kein Sprachkunstwerk mehr, sondern ein dramatisches Kunstwerk, ein avant-gardistisches Kunstwerk, wenn ich mich so ausdrükken darf, denn ich habe ähnliche Kunstwerke geschaffen, nur daß sie viel besser sind, weil sie befragbar, durchsichtig, einsehbar, sozial nicht allzu aufdringlich relevant und einfach besser gearbeitet sind. Ihre neuen Lesungen waren noch schrecklicher als die alten. Das Einschalten eines Stückes tötete uns Zuhörer noch während der Lesung. Die Avant-Garde öffnete ihre Arme nicht mehr. Sie muß gefühlt haben, daß ihre Verstoßung mit jedem Wort, das sie las, energischer voranschritt. Sie hätte weinen mögen. Für eine Weinende war in ihrem Stück kein Raum. Ihr erstes Buch hatte mir zugesagt. Sie hatte mich von meinem Desinteresse für den europäischen Adel abgebracht, für einige Zeit sogar. Schon damals: ein Satz gleich wie der andere, dabei hatte sie wahrlich mehr als nur ein Thema. Oft läßt sich nicht genau sagen, was die Einförmigkeit von Texten ausmacht, Emanuel sitzt da, hört den Text vorüberziehen und denkt sich, Gott, ist das schlecht geschrieben, zusätzlich wird es tonlos vorgelesen, es werden keine Hebungen und Sekungen der Stimme dazwischengeschoben, zudem sind wir bereits müde an die Lesung gekommen, die uns zu einem Pflicht-Sitzen geworden ist, und natürlich schlafen wir ein, insbesondere bei Texten der Avant-Garde. Die Avant-Garde haßt sich inzwischen besser, als es die reaktionärsten Schreiber jemals mit der Avant-Garde tun konnten. Wir hassen uns selbst unaussprechlich, wir verabscheuen die anderen Avant-Gardisten, in uns ist kein Rest von der Liebenswürdigkeit zurückgeblieben, die damals von uns ausging, als wir von ganz hinten hervorpreschten und zur Avant-Garde wurden. Im Grunde ist sie, die ältliche Dame, die uns langweilt, die treueste Anhängerin unserer Gruppe. Sie ist mehr als ein Mitglied, sie ist eine Metapher für: Wir alle. Ich vermute, ich selbst bin ein artiger Autor geblieben, alle anderen aber sind schlecht geworden. Nicht so schlecht wie sie. Sie ist entsetzlich. Von ihr brauchen wir nicht zu reden. Über sie etwas zu sagen wäre Zeitverschwendung, sie wird die Avant-Garde nicht weiterbringen. Ihr nächstes Buch kann ihr eine Chance bringen. Es geht, originelles Thema, über den Verlauf von Untergrundbahn-Linien in großen Städten. Was wäre, wenn die U-Bahn zu ebener Erde verliefe; wenn sämtliche Tunnels hochgehoben würden, bis die Bahnlinien überall sichtbar würden? Durch wie viele Privat-Zimmer, Bade-Zimmer, häusliche Vorhallen würden die Züge fahren? Aus eigener Erfahrung – ich brach, unter meinem Pseudonym Emanuel, ein ähnliches Buch vor zwei Jahren ab – kann ich sagen, daß dieses Thema ihr, macht sie es gut, viel bringen kann. Es verlangt Fantasie, aber es gibt dieser Fantasie auch eine Bohrlafette, worauf sie sich bewegen kann. Es fantasiert nicht ins Leere, sondern den U-Bahnlinien entlang. Das kann gut ausgehen, das kann gar aufgehen. Agnes hat eine Verwandtschaft mit der U-Bahn. Sie ist ähnlich stur, und sie kommt im Bedarfsfall alle zehn Minuten. Das mag hinterhältig klingen, aber umsonst war die Avant-Garde nicht von ihr begeistert. Begeisterung, bis sie ihre Sätze zu Gesicht bekam, diese immergleichen, öden, aneinandergeschraubten Kongruenzen. Am Morgen, kaum aufgestanden, tanzten wir auf dem Steinboden vor dem Bade-Zimmer zu Sonny Clarks »Cool Struttin'«, bei Jackie McLeans Solo beschleunigten wir; Agnes ergriff die Führung, die Hände wurden anders zusammengehalten; auf einmal ragte meine rechte an ihrer linken in die Luft, während sie mich links um die Taille gefaßt hielt. Ich bin klein, sagte sie, deshalb muß ich stärker wirbeln. Ihre Rechte ließ die meine kurz los, kurz verfiel die Empfindung ihrer vielen einzelnen Finger auf meiner Handfläche, sie schob mir den Gürtel zurecht, alles, während wir uns drehten und ein paar wenige Sprünge versuchten, dann war ihre Rechte wieder am alten Ort, nur daß ich die meine inzwischen hängen ließ. Nimm sie hoch, sagte sie, du hörst doch nicht jetzt schon auf, und, eh ichs vergeß, sag mir, ob du mit ihr etwas hast.

Darum sehr oft: ganze Sätze, um die Form abzurunden; gleichzeitig die Einsicht: Ein ganzer Satz ist für das, was ich EIGENTLICH sagen will, zu lang, womit Teufels fülle ich den Rest der Periode. Daß wir der Sprache, ehe wir sie für unsere Mitteilungen zulassen, ein zu enges oder zu weites Kleid regelmäßig schneidern, liefert uns, betrachten wir unser Vorgehen kritisch, von selbst und aus sich selbst Material für ihre Weiterentwicklung. Emanuel soll sich genau ausdrücken. Emanuel kann sich nicht wirklich genau ausdrücken. Es läßt sich ganz genau in der Sprache nur sagen, was die Sprache will, und doch muß anderes und mehr ausgedrückt werden, als die Sprache will. Diese Dialektik gilt es auszuhalten. Mir kommt die Pflicht zu, Sie in etwas hineinzuführen, das Sie, falls Sie sich hineinführen lassen, dann noch ertragen müssen. Jetzt ertragen Sies, aber nur, weil Sie es nicht haben. Ich spreche Sie hart und energisch an, wie ich einen Mann anspreche, doch glauben Sie mir, wären Sie eine Frau, ich verhielte mich nicht anders, ja doch, aus Unsicherheit würde ich einen Härtegrad, zwei Grade, drei Grade zulegen. Die Frau ist fünfzig und hübsch, nicht anziehend. Sie muß Diplomaten sehen, dann ist sie glücklich. Ohne Diplomaten keine Einladungen. Erbadel gibt es keinen, angeheirateter Auslandadel tut es. Bevorzugt wird alter Kantonsadel, eine alte eingesessene Familie des Kantons. Sie, die Familie, ist nicht mehr als alle anderen Familien, da sie in einem demokratischen Kanton lebt, gleichzeitig ist sie viel mehr, da sie viel älter ist und durch das Alter ihren Ruf nicht verloren, sondern gefestigt hat. Die Frau wird erregt, wenn ein Mitglied einer alten Kantonsadelsfamilie vor ihr steht und sich über ihre Hand beugt, als wolle es sie küssen, dann im letzten Augenblick vor dem Kuß zurückschreckt, damit es, das Mitglied, nicht aus dem Kantonsgehabe hinausfällt, das nur einen Händedruck will. Unter Diplomaten werden Konsuln bevorzugt. Sie können ihre Amtssitze überall haben, vertreten, wen sie wollen. Konsuln schmücken besser. Ein Konsul kann mitten um den Leib eine

Schärpe tragen, sogar in grellen Farben, und betritt er das Zimmer, nimmt Emanuel die Schärpe um die Mitte seines Leibes herum ehrfürchtig wahr. Die Mitte ist angeschwollen in der Regel. Konsuln gehen gern zu Einladungen, es gibt viele Frauen wie diese, und sie bekommen das Essen, das Emanuel Konsuln vorsetzt. Es handelt sich um reichliche Mahlzeiten, nicht von der besten Küche, aber so zubereitet, daß die Konsuln ausrufen, dies ist aus der besten Küche. Diese Aussage meinen sie wirklich, sie fallen also geradewegs auf die nicht so sehr gute Küche herein, die für sie immer die beste ist. Andrerseits betrügen die Konsuln auch die Gastgeberin, denn niemand kann wissen, ob sie ihr »Beste Küche!« nicht aus diplomatischen Gründen sagen, eine Höflichkeit, die sie rasch hervorbringen können und deren sie sich nicht schämen. Die Frau mag auch Geldadel, ist sich aber bewußt, daß sehr viel Geld vorhanden sein muß, um Adel zu erzeugen. Geldadel entsteht so, daß zunächst Geld vorhanden ist, dann kommt Geld zu Geld, Immobilie zu Immobilie, Konto zu Konto, Steuerabzug zu Steuerabzug, und mit der Zeit übt das angehäufte Geld kraft seiner Masse einen Druck auf seine Besitzer aus. Geld drückt sie nicht von oben herunter; diesen Druck übt eigenartigerweise nur fehlendes Geld aus. Geld in großen Haufen oder Stapeln oder hügelförmigen Ansammlungen drückt seine Besitzer von unten allmählich nach oben. Die Gesellschaft hat Vertikalen, senkrechte Lauflinien eingebaut, entlang welcher der Geldbesitzer auf die Ebene des Adels hinaufgedrückt werden kann von seinem Geld. Diese Reise nach oben geht langsam, weil die Lauflinie, Laufbahn genannt, den Besitzer nicht leicht durchläßt nach oben. Das Geld muß gewaltig drücken von unten. Die Frau nimmt auch mit Gelddadel vorlieb. Da beim Geldadel nie gewiß ist, hat er nur Geld, oder ist er tatsächlich schon Adel, muß Emanuel mit dem Händedruck die Erhebung in den Adelsstand selbst vornehmen können. Dies ist schwierig. Emanuel muß Einschätzungen und Abschätzungen durchführen. Sie hat ein kleines Hirn. Das ist nicht nachfühlbar. Ihre Einladungen im Kanton sind von einer unermeßlichen Dummheit, einer hampelmännischen Dummdreistigkeit. Es sind echte schweizerische Einladungen, wie sie nur in der Schweiz vorkommen. Eine dörfliche und bäurische Ansammlung unendlichen Geldes und unendlicher bornierter Dummheit gibt sich Gepräge und blattgoldenes Gepränge einer großstädtischen Zusammenkunft, mit allem, was dazugehört, mit Konsuln und ihren Schärpen um die Leibesmitte, mit echtem Adel, der eigens hergereist ist von Coburg und von sonstwo, Garmisch-Partenkirchen, Berchtesgaden vielleicht, ein alter Graf aus Sigmaringen, anschließende Paarung mit Kantonsadelsfamilien, die zuhause allmählich und mit kriechender Langsamkeit *mehr* (mehr als wer, als was?) geworden sind, mittels der unsäglichen Beharrlichkeit, mit der sie die Jahrhunderte in ihrem Weiler abgesessen und sich selbst das ›von‹ vor ihren Namen gesetzt und immer blankpoliert haben, bis es sich in ein französisches ›de‹ verwandelte und jetzt wahlweise ein ›von‹ oder ein ›de‹ sein kann. Und ist der Adel an der hirnlosen Frau vorbeigezogen, die beim Grüßen nach jedem neuen Händedruck und jedem versuchtem Handkuß abermals geistloser, gebrechlicher und beschmutzter aussieht, ohne daß sie das geringste an sich bemerkt, sie schwillt an und hält immer mehr von sich selber, so folgt ihm der Geldadel auf dem Fuße, den Emanuel beim Grüßen in den Adelsstand zu erheben pflegt, indem er ein adliges Attribut vor den bürgerlichen Namen setzt und dazu laut ausruft, aus welchem Kanton er oder sie oder das Paar komme, von Meier aus Luzern, von Müller aus Thurgau, von Huber aus St.Gallen, de Dupont aus Lausanne, de Comte aus Neuenburg am See, von Sturzenegger aus Winterthur, von Ochsentisch aus Zürich und von Druckhardt aus Basel, jener Stadt, die von allen Städten am meisten Spannung verloren hat, alle anderen Städte und Kantone sind einfach vollkommen langweilig, ›fade Flecken auf der Landkarte‹, Basel aber setzt dieser Langeweile noch eine zusätzliche Spannungslosigkeit auf, bei welcher jeder, der Langeweile und Spannungslosigkeit für dasselbe hält, erst lernt, daß die beiden vorzüglich addierbar sind. Sind die anderen Kantone und ihre Hauptstädte schon ungenießbar, tief in Fadheit, Farblosigkeit und intellektuellem Fellachentum versunken, so ist Basel genau dasselbe, aber doppelt. Der Fremde. Eine solche (nämlich: konvulsivische) Schönheit bedarf des durchdringenden Gefühls der Offenbarung, der völligen Gewißheit, die eine unvermutete Lösung uns verschafft, wenn sie ihrer Art nach auf keinem der üblichen logischen Wege zu uns gelangen konnte, sagt Breton in L'Amour fou über die dritte Bedingung, welche die von ihm definierte konvulsivische Schönheit erfüllen muß. Mit konvulsivisch meint er etwas Peristaltisches, das mit psychischer Ergriffenheit, aber auch mit den anatomischen Bewegungen beim Orgasmus zu tun hat. Das Postbüro lag auf der anderen Seite des Dorfes. Wir kamen nur langsam hin, da Kleinigkeiten uns aufhielten. Dann waren wir doch da; dann. Wir betraten das Postbüro. Es war nur dreimal des Tages je eine halbe Stunde geöffnet. Tamara machte einen Anruf nach Rom. Der Adressat saß zuhause und dankte. Er verpflichtete sie, früher nach Rom zu reisen, als sie es beabsichtigte. Zunächst gingen wir den Reben entlang. Mitten durch die Reben. Die Sonne brannte lichterloh. Wir bestiegen den Berg. Er war nicht sehr hoch. Er hieß der »Erfolgserlebnis-Berg«, weil Emanuel ihn mit nur geringer Anstrengung ersteigen konnte und dann von sich sagen durfte, Wir sind zwischen neun und elf auf dem Berg gewesen. Der Weg lief über Holzschwellen. Brücken über Bäche waren durchgefault. Ein großer Frosch sprang links weg. Auf halber Höhe ragte eine zementierte Zisterne aus dem Waldboden. Wo Wasser floß, waren Bachstelzen nicht weit. Die Bäume bildeten ein Dach über unseren Köpfen. In diesem Hause herrschte schwüle Luft. Weizen. Wir verließen den Wald unterhalb eines Getreidefeldes. Selbstverständlich war seine Farbe golden. Spuren waren durch die Halme gezogen, alle Halme niedergedrückt. Wir hatten unseren Erfolg, wir waren auf dem Gipfel. Glocken von Kühen jagten ihre scheppernden Klänge über den unten liegenden See, in dem diese Kühe ohne Schwierigkeiten ertrunken wären. Ein Laufsteg führte vom Weg zum Gipfel weg, hinaus über eine senkrechte Felswand. Es war der Absprung für die Deltaflieger, eine zeit-bezeichnende Erfindung: ein Hupfchen von Ikarus für jedermann, nicht mehr die Sonne wird erstrebt, sondern gleich vom Abstoß an kommt

Emanuel herunter, und ist Emanuel heruntergekommen, ist das auch schon die große Befriedigung, denn Emanuel hätte abstürzen können. In einem ist es eine gerechte Erfindung, Emanuel kauft mit dem Kunst-Flügel auch ein Stück Absturz; der Absturz geschieht ohne Sonne, es beteiligt sich daran eher der Wind, der einem anderen Wind widerspricht und so das Steuer zerreißt. Mit einem Zischen rissen die Kühe die Halme mit einer um sie geschlungenen Zunge in grenzenlos geistlose Münder. Wir setzten uns auf eine Restaurant-Terrasse und sprachen über Rom, lange über Rom, immer wieder war Rom unser Thema, obschon wir dem See unten und dem Berg oben unsere Reverenz erwiesen mit: Wir habens geschafft, wir sind oben, jetzt gehen wir baden. Mußt du noch wen anrufen, fragte Emanuel Tamara. Dich, sagte sie. Es entstand großer Friede, und der Tag war noch nicht in seiner Mitte.

Agnes: Wo ist Tamara? – Emanuel: Sie schläft bei mir, und ich merke es nicht. – Agnes: Stellst du was mit ihr an? – Emanuel: Sie vielleicht mit mir. – Agnes: Und? – Emanuel: Weiß es nicht. Ich schlafe ja. Ich sage: vielleicht. – Agnes: Mir würde das nicht entgehen. – Emanuel: Naja, du bist überreizt. Polyvalentes Stimmungsbild. Kybernetik meiner augenblicklichen Kopfgegenwart. Hier stürmt es. Die Fensterläden. Die Fensterläden werden als Segel mißbraucht und klappern außen an der Fassade: als wollte Dr. Frankenstein Auferstehung feiern. Kennst du Dr. Frankenstein, der aus Gewittern Herzen macht? Auf der Zinne des alten Schlosses steht der Sarg als Seziertisch. Über dem Sarg kauert spinnenartig eine riesige Megavolt-Einfang-Apparatur, die bei Unwetterstürmen die Atmosphäre melken kann und die Seelenmilch einem aus Leichenteilen sämtlicher Friedhöfe zusammengesetzten Wesen eingießt. Ich löse mich allmählich aus den faulen Eierschalen des Bernhard mit seinen Särgen und Erzbischöfen. Stets ist es entsetzlich, wenn einem Autor der totale Zugriff auf ein Thema glückt, aber noch fürchterlicher ist es, wenn ihm der Zugriff auf einen Parameter glückt: Wer immer in irgendeiner Weise INTENSIV schreibt, wird fortan automatisch mit Bernhard in Verbindung gebracht. Es ist, als würde ein Eisenbahnschaffner die Züge zwar nicht mehr fahren lassen, zeichnete sich aber durch rücksichtslosen Gebrauch der Dampfpfeife aus, die er immer und überall erschallen läßt: Die Dampfpfeife wäre ein Parameter, den ein normal fahrender Zug auch irgendwann braucht. Das Ärgernis besteht darin, daß sich kein Mensch mehr für den regulär ablaufenden Zugverkehr interessiert, sondern nur noch für den Schaffner, der nicht fährt und immer die Pfeife betätigt. Er wird im Nu weltberühmt: als Monstrosität des Eisenbahnverkehrs, weil er ganz präzis die Anforderungen nicht erfüllt, die die Eisenbahn von ihm will, und regressiv genau das tut, was alle, statt ihre Züge zu fahren, gern täten: Er hängt sich an die Dampfpfeife und hupt hupt hupt. Mit einem solchen Verstümmelten-Vehikel kommt Bernhard zu Ruhm, und seine Monomanie wird ihm als Konsequenz ausgelegt. Und beschwert Emanuel sich, heißt es natürlich: Aber die Welt ist doch verstümmelt, was wollen Sie denn. Die Möwen sind inzwischen in Begleitung der Schwäne und Enten, alle setzen sich auf das nach Osten treibende Wasser und paddeln dagegen an: statt sich aufs Ufer zu verziehen. Das Haus droht, wo Emanuel es anrührt, zu zerbrechen, Dachrinne leckt, Waschbecken ist allmählich verstopft, oberes Badezimmer hin, jedes Fenster droht aus den Angeln zu fallen. Ich las Josif Brodskijs Essay über seine Eltern in Rußland, es kommen einem die Tränen, es ist so unendlich grauenhaft, was mit diesen Leuten dort angestellt wird. Ein würgender Essay, der zielgerichtet den Leser zerstört. Brodskij ist schwer herzkrank, sein Vater war im Marinemuseum in Petersburg tätig, wurde in den fünfziger Jahren völlig degradiert, weil er Jude war, Brodskij kriegte mehrmals jahrelange Haftstrafen, weil er SCHRIEB, nur deswegen. Seit seiner Emigration nach den USA war er mit den Eltern nur telefonisch noch in Kontakt. So erfuhr er den Tod seiner Mutter, dann den Tod seines Vaters, der die Mutter um dreizehn Monate überlebte. Er stellt schiffsversenkende Überlegungen zu Erinnerung und Überleben an; großartig. Wir müssen beten, daß er nach Graz kommt: einer der Größten. Er wird dort nichts tun können: herzkrank. Geboren 1939 in Leningrad. Er suchte nach seiner Emigration jahrelang einzig Orte auf, die entweder auf Leningrads Längen- oder Breitengrad lagen. So entstand ein hinreißender Bericht über Istanbul. Einer meiner vielen Kollegen war kurz für sein Magazin in Sizilien, wo er Barbara Sukowa interviewte. Cimino dreht dort einen gewaltigen Hollywood-Schinken über die Mafia. Nach einem Roman von Mario Puzo. Gore Vidal muß ein prachtvolles, zurückhaltendes Drehbuch geschrieben haben. Die Mafia stellt die Statisten und kassiert auch sonst. Mein Neffe, der Walter Paters griechischem Schönheitskult verfallen ist, fährt zu Freund und Kind nach Helsinki. In letzter Sekunde beschlossen meine Eltern, mit ihm zu fahren. Morgen abend laden sie sich auf den Zug, fahren nach Travemünde. Von da nach Stockholm. Von Stockholm nach Oslo. Hier rüttelt der Wind an den Fenstern, und der Regen fliegt waagrecht. Allmählich wird es kalt. Der Herbst naht, tierischer, steirischer, asteirischer Herbst. Narziß betrachtet unausgesetzt seinen Körper. Zieht sich der Blick von seinem Körper ab, wird er krank. Hier, wirklich, vermeine ich krank zu sein, dabei bin ich bloß nicht mehr auf mich konzentriert. Anderswo als an einem Badesee wäre ich schockiert, morgens aufzustehen, eine Unterhose überzuziehen, den ganzen Tag in der Unterhose zu verbringen. Hier am Badesee ziehe ich mir eine Badehose an, die noch kleiner ist als eine Unterhose und bleibe ohne die geringste gesellschaftliche Hemmung. Es ist erstaunlich, wie ein so kleines Kleidungsstück so ganz anders wirkt als eine Unterhose, dabei gleicht es ihr aufs Haar. Anders besetzt. Die Konzeption ›Unterwäsche‹ ist weg. Beschreibungen geisteskranker Zustände aus dem schrumpligen Heft, das ich mit Avery bei dieser kilometerlangen Buchhandlung, dem ›Strand‹ fand, als er sich für seinen neuen Roman mit Dokumentation über Süßwasserfische eindeckte. In diesem Roman spielte, neben den Fischen, offenbar ein älterer, gut angezogener Herr die Hauptrolle, er war eine Art Rentner. Rentner Deutscher Rentner, betrunken in Mallorca, kaum betritt er Mallorca, kriegt er existenzvernichtenden Durst, Mallorca sehen und dann trinken, aber umgekehrt ists auch getan, kaum hebt er ein Glas an die bläuliche Lippe, erscheint ihm Mallorca am Horizont. Es war eine Frage des Alters. Der deutsche Rentner verbrachte beinah sein ganzes Leben in Düsseldorf, Düsseldorf war ihm genug, Düsseldorf brachte ihn jahrzehntelang zum Trinken, und trank er, erschien ihm nur wieder Düsseldorf. Erst allmählich schlich eine Richtungsanzeige nach Süden sich ein, seine Enttäuschungen konzentrierten sich, gruppierten sich um den feuchtkalten Winter, die steigenden Gelenk-Nebel, Gicht-Natursprühungen vom klammen Rhein her, es war der Düsseldorfer Winter nicht mehr zum Aushalten, er mußte nach Süden gehen. Für diese Absicht hatte er als Deutscher manches Jahrzehnt gebraucht, und er verwirklichte sie. In Mallorca wehte ein Wind, der richtete ihn jahrelang auf. Als er sehr alt war und nun wirklich rettungslos Rentner, genügte Mallorca nicht mehr, aber es stellte sich kein neuer Richtungsweiser nach dem tieferen Süden mehr ein. Der Rentner hoffte auf ein Zeichen, das ihn auf die Kanarischen Inseln weise, kein Zeichen kam. Zweimal vierzig Jahre. Auf Mallorcas Hauptstraße wird der deutsche Renner umgeweht, rollt vorm Wind dahin wie ein Papierblatt, der Südwind hat ihn ausgesogen. An der Straßenecke, süchtig. Die zum Teil schräg geschliffenen Türen. Schon als die Türen aus dem Holz gefräst wurden, war eine bestimmte Schräglage des Hauses da, die beim Schreinern gleich mit berücksichtigt wurde. Alles funktioniert mit dieser Alters-Schräglage sehr gut. Im Wald bei Spandau erinnerte ich mich: Angespülter Fischkopf am Strand. Suchte ihn, fand ihn, weißlich, an den Kiemen abgerissen, da hängt noch ein Bündel Irgendwas aus ihm heraus. Aasfliegen, die sich auf ihn setzen, die seit vierzig Jahren dasselbe tun, sich setzen, Mund ausfahren, zu essen und zu saugen anfangen, dieselbe Aktivität seit mehreren Jahrzehnten der Gattung Aasfliege. Zwischen Vierzigjährigen rücken die Biographielinien auseinander. Emanuel ging zusammen zur Schule. Emanuel haßte dieselben Professoren, und doch verbindet es nicht jahrzehntelang. Emanuel schließt nicht mehr so leicht Freundschaft. Emanuel will nichts miteinander zu tun haben. Emanuel sieht ein: Emanuel hat nichts miteinander zu tun. Als Emanuel jünger war, hatte Emanuel deswegen ein schlechtes Gewissen. Jetzt sagt Emanuel sich: Das

Leben spricht deutlich, dem Herrn sei Dank, sonst hätt ich die Botschaft nicht verstanden. Erlöse mich von jenen, die meine Freunde sind und die nichts mit mir zu tun haben. Aus solchem Gebet schöpft Emanuel Kraft. Bereits fliegen alle Unpassenden zum Haus raus. Gut gemacht. Sie danken es einem, indem sie einem verzeihen. Davon soll Emanuel dann wieder ein schlechtes Gewissen kriegen, and the guilt goes on.

Eine untersetzte Bulldogge überquerte die Straße vor Emanuel. Er war weibisch geworden, hatte sich verweichlicht, sodaß er mit seinen Nahrungsmitteln bei einem »Frauentee« gelandet war, der die Nummer eins trug. »Pfarrer Künzles Frauentee, Nummer eins, bitte«, hatte er dem Drogisten zu sagen, und der wußte sogar, was gemeint war. Als er mit meinem Tee in der Tasche den Hügel hinaufschritt, überquerte eine tiefliegende Bulldogge vor ihm die Straße. Sie war begleitet von zwei entzückenden jungen Mädchen, deren Shorts so eng waren, daß die Umrisse der Unterwäsche sichtbar blieben. Die Bulldogge hatte einen schweren Oberkiefer, dem der Unterkiefer nicht Paroli bieten konnte, er hing herunter, wurde nachgeschleppt. Merkwürdigerweise war es nicht mein Arzt, sondern mein Rechtsanwalt gewesen, der mir den Tod vorhersagte. Diese Vorhersage gehörte nicht zu seinem Beruf. »Ich habe mit meinen Voraussagen immer recht gehabt«, sagte er. – »Bei wem haben Sie denn schon prophezeit?« fragte ich. – »Meist stecke ich in meinem Beruf«, sagte er. – »Das sehe ich.« – »Mich interessiert das Leben meiner Klienten nur, wenn's um die Rechnung geht. Da sah ich mir mal einen an, jung und hübsch war er. Ich bemerkte sogleich: der stirbt, noch bevor sein Fall zu Ende ist.« »Und, hatten Sie recht?« Mir war die Unterhaltung schmerzhaft, denn durch eine jener literarischen Techniken, von denen die Wirklichkeit überquillt, war ich gerade ein Fall für ihn geworden, demnach konnte sich alles, was er sagte, auf mich beziehen; was ich hier ausplaudere, obschon es eine taugliche Konstruktion für eine Erzählung wäre. »Ich hatte recht. Ich sagte es ihm aufs Gesicht zu«, sagte mein Rechtsanwalt, »und, als wärs keine

Prophezeiung, sondern ein Befehl gewesen, starb er zehn Tage später.« – »Woran?« fragte ich. – »Seine Leiche wurde nicht gefunden«, sagte der Anwalt, »ich hab mich auch nicht bemüht.« – »Glauben Sie, das kann mir auch passieren?« – »Schauen Sie jungen Frauen nach?« fragte er. – »Immer. Meine Lebensaufgabe, je älter ich werde, umso Aufgabe.« – »Nicht schlecht.« – »Hat das Nachschauen was mit meinem Ableben zu tun?« – »Könnte sein.« Er war ein älterer Herr. Sein Leben lag vor ihm. War früher hohes Alter mit Erinnerungen an den Tod belastet gewesen, so wies jetzt hohes Alter auf ein immer höher werdendes Alter, auf ein langes Leben hin. Wenn ich die Vorhersage-Fähigkeiten meines Anwalts einem transzendenten und übermächtigen Mittel zuschrieb, war ich völlig im Unrecht. Zwanzig Tage körperlicher Bewegung, zwanzig Mal zwanzig Meilen Fußwanderung mit der gewöhnlichen Geschwindigkeit von dreieinhalb Meilen pro Stunde oder auch vielleicht nur halb so viel hätten mich so schwungvoll wie einen Ballon in die Regionen natürlicher und gesunder Begeisterung emporgetragen, in denen Niedergeschlagenheit eine unmögliche Erscheinung ist. Mein Gott, wie mißbraucht oder vernachläßigt der Mensch seine natürlichen Gaben! Der ganze Hund wirkte kunstvoll verstümmelt, war von beispielloser Häßlichkeit, eingekerbte Ohren, denen jemand die Kragenstäbchen gebrochen haben mußte, die steifen hingen zerknautscht über den bulligen Schädel, der vorn sabberte. Ein Mädchen hielt das andere umschlungen, und mir war zumute, als sollte ich der Dritte sein, der alles umschlang. Das wäre denn eine Pyramide bereits gewesen, und es war anzunehmen, daß die Bulldogge sich als Vierte mit eingeschlungen hätte. Nicht daß ich etwas gegen den entzückenden Hund hatte, aber es ging um die Umrisse dieser Unterwäsche, die ich für mich allein haben wollte; ein Hund hatte andere Nahrung zur Verfügung, die ihm dreimal jeden Tag über den Weg lief, ich aber kam an meine Nahrung kaum heran. Eine untersetzte Bulldogge überquerte die Straße vor mir. Ich war weibisch geworden, hatte mich verweichlicht, sodaß ich mit meinen Nahrungsmitteln bei einem »Frauentee« gelandet war, der die Nummer eins trug. »Pfarrer Künzles Frauentee, Nummer eins, bitte«, hatte ich dem Drogisten zu sagen, und der wußte sogar, was gemeint war. Als ich mit meinem Tee in der Tasche den Hügel hinaufschritt, überquerte eine tiefliegende Bulldogge vor mir die Straße. Sie war begleitet von zwei entzückenden jungen Mädchen, deren Shorts so eng waren, daß die Umrisse der Unterwäsche sichtbar blieben. Die Bulldogge hatte einen schweren Oberkiefer, dem der Unterkiefer nicht Paroli bieten konnte, er hing herunter, wurde nachgeschleppt. Der ganze Hund wirkte kunstvoll verstümmelt, war von beispielloser Häßlichkeit, eingekerbte Ohren, denen jemand die Kragenstäbchen gebrochen haben mußte, die steifen, hingen zerknautscht über den bulligen Schädel, der vorn sabberte. Ein Mädchen hielt das andere umschlungen, und mir war zumute, als sollte ich der Dritte sein, der alles umschlang. Das wäre denn eine Pyramide bereits gewesen, und es war anzunehmen, daß die Bulldogge sich als Vierte mit eingeschlungen hätte. Nicht daß ich etwas gegen den entzükkenden Hund hatte, aber es ging um die Umrisse dieser Unterwäsche, die ich für mich allein haben wollte; der Topf mußte schmerzhaft sieden, sodaß Angst entstand, wenn ich ins siedende Wasser blickte: Ich hätte selbst drin liegen und mitsieden können. Dann wäre ich schwer verletzt, verbrüht gewesen und wäre in kürzester Zeit tot gewesen. Diese Gedanken waren ein Zeichen meiner wachsenden Weichheit, denn früher, als ich mich noch als Mann gefühlt hatte, anders gesagt, als ich mir noch keine Gedanken darüber gemacht hatte, ob ich überhaupt ein Mann sei, also, wo ich debattenlos einfach stracks ein Emanuel gewesen war, als gebe es nur diesen stärkeren Teil der Menschheit, früher hatte ich den Gedanken vom Tod keine Herberge geboten. Ein Hund hatte andere Nahrung zur Verfügung, die ihm dreimal jeden Tag über den Weg lief, ich aber kam an meine Nahrung kaum heran. Eine untersetzte Bulldogge überquerte die Straße vor mir. Ich war weibisch geworden, hatte mich verweichlicht, sodaß ich mit meinen Nahrungsmitteln bei einem »Frauentee« gelandet war, der die Nummer eins trug. »Pfarrer Künzles Frauentee, Nummer eins, bitte«, hatte ich dem Drogisten zu sagen, und der wußte sogar, was gemeint war. Als ich mit meinem Tee in der Tasche den Hügel hinaufschritt, überquerte eine tiefliegende Bulldogge vor mir die Straße. Sie war begleitet von zwei entzückenden jungen Mädchen, deren Shorts so eng waren, daß die Umrisse der Unterwäsche sichtbar blieben. Die Bulldogge hatte einen schweren Oberkiefer, dem der Unterkiefer nicht Paroli bieten konnte, er hing herunter, wurde nachgeschleppt. Der ganze Hund wirkte kunstvoll verstümmelt, war von beispielloser Häßlichkeit, eingekerbte Ohren, denen jemand die Kragenstäbchen gebrochen haben mußte, die steifen hingen zerknautscht über den bulligen Schädel, der vorn sabberte. Ein Mädchen hielt das andere umschlungen, und mir war zumute, als sollte ich der Dritte sein, der alles umschlang. Das wäre denn eine Pyramide bereits gewesen, und es war anzunehmen, daß die Bulldogge sich als Vierte mit eingeschlungen hätte. Nicht daß ich etwas gegen den entzückenden Hund hatte, aber es ging um die Umrisse dieser Unterwäsche, die ich für mich allein haben wollte; ein Hund hatte andere Nahrung zur Verfügung, die ihm dreimal jeden Tag über den Weg lief, ich aber kam an meine Nahrung kaum heran. Eine untersetzte Bulldogge überquerte die Straße vor mir. Ich dachte an die coole fühllose blaue Ader an der Oberseite meines Gliedes und daran, wie die Schamlippen der Bulldogge in ihre Hinterbacken übergingen. Ich war weibisch geworden, hatte mich verweichlicht, sodaß ich mit meinen Nahrungsmitteln bei einem »Frauentee« gelandet war, der die Nummer eins trug. »Pfarrer Künzles Frauentee, Nummer eins, bitte«, hatte ich dem Drogisten zu sagen, und der wußte sogar, was gemeint war. Als ich mit meinem Tee in der Tasche den Hügel hinaufschritt, überquerte eine tiefliegende Bulldogge vor mir die Straße. Sie war begleitet von zwei entzückenden jungen Mädchen, deren Shorts so eng waren, daß die Umrisse der Unterwäsche sichtbar blieben. Die Bulldogge hatte einen schweren Oberkiefer, dem der Unterkiefer nicht Paroli bieten konnte, er hing herunter, wurde nachgeschleppt. Der ganze Hund wirkte kunstvoll verstümmelt, war von beispielloser Häßlichkeit, eingekerbte Ohren, denen jemand die Kragenstäbchen gebrochen haben mußte, die steifen hingen zerknautscht über den bulligen Schädel, der vorn sabberte. Ein Mädchen hielt das andere umschlungen, und mir war zumute, als sollte ich der Dritte sein, der alles umschlang. Das wäre denn eine Pyramide bereits gewesen, und es war anzunehmen, daß die Bulldogge sich als Vierte mit eingeschlungen hätte. Nicht daß ich etwas gegen den entzükkenden Hund hatte, aber es ging um die Umrisse dieser Unterwäsche, die ich für mich allein haben wollte; ein Hund hatte andere Nahrung zur Verfügung, die ihm dreimal jeden Tag über den Weg lief, ich aber kam an meine Nahrung kaum heran. Eine untersetzte Bulldogge überquerte die Straße vor mir. Ich war weibisch geworden, hatte mich verweichlicht, sodaß ich mit meinen Nahrungsmitteln bei einem »Frauentee« gelandet war, der die Nummer eins trug. »Pfarrer Künzles Frauentee, Nummer eins, bitte«, hatte ich dem Drogisten zu sagen, und der wußte sogar, was gemeint war. Ich dachte an die sprachlose blaue Ader an der Oberseite meines Gliedes und daran, wie die Schamlippen der Bulldogge in ihre Hinterbacken übergingen. Als ich mit meinem Tee in der Tasche den Hügel hinaufschritt, überquerte eine tiefliegende Bulldogge vor mir die Straße. Sie war begleitet von zwei entzückenden jungen Mädchen, deren Shorts so eng waren, daß die Umrisse der Unterwäsche sichtbar blieben. Die Bulldogge hatte einen schweren Oberkiefer, dem der Unterkiefer nicht Paroli bieten konnte, er hing herunter, wurde nachgeschleppt. Der ganze Hund wirkte kunstvoll verstümmelt, war von beispielloser Häßlichkeit, eingekerbte Ohren, denen jemand die Kragenstäbchen gebrochen haben mußte, die steifen hingen zerknautscht über den bulligen Schädel, der vorn sabberte. Statt einer Antwort schloß die Frau fest ihre Augen. War sie böse, weil er ihre Fesseln nicht gelockert hatte? Wie töricht von ihr! Wenn sie ihm eine befriedigende Antwort gäbe, wäre er vielleicht auf der Stelle bereit, sie freizulassen. Doch wenn ich diesen Fall dem Opium als einem transzendenten und übermächtigen Mittel zuschrieb, war ich völlig im Unrecht. Zwanzig Tage körperlicher Bewegung, zwanzig Mal zwanzig Meilen Fußwanderung mit der gewöhnlichen Geschwindigkeit von dreieinhalb Meilen pro Stunde oder auch vielleicht nur halb so viel, hätten mich so schwungvoll wie einen Ballon in die Regionen natürlicher und gesunder Begeisterung emporgetragen, in denen Niedergeschlagenheit eine unmögliche Erscheinung ist. Der Topf mußte schmerzhaft sieden, sodaß Angst entstand, wenn ich ins siedende Wasser blickte: Ich hätte selbst drin liegen und mitsieden können. Ich dachte an die träumerische blaue Ader an der Oberseite meines Gliedes und daran, wie die Schamlippen der Bulldogge in ihre Hinterbacken übergingen. Dann wäre ich schwer verletzt, verbrüht gewesen und wäre in kürzester Zeit tot gewesen. Ich dachte an die füchsische blaue Ader an der Oberseite meines Gliedes und daran, wie die Schamlippen der Bulldogge in ihre Hinterbacken übergingen. Diese Gedanken waren ein Zeichen meiner wachsenden Weichheit, denn früher, als ich mich noch als Mann gefühlt hatte, anders gesagt, als ich mir noch keine Gedanken darüber gemacht hatte, ob ich überhaupt ein Mann sei, also, wo ich debattenlos einfach stracks ein Emanuel gewesen war, als gebe es nur diesen stärkeren Teil der Menschheit, früher hatte ich Gedanken über den Tod keine Herberge geboten. Mein Gott, wie mißbraucht oder vernachlässigt der Mensch seine natürlichen Gaben! Oder war sie niedergeschlagen, weil sie den Mann, den Emanuel mit soviel Mühe für sie eingefangen hatte, nun doch nicht halten konnte? Das war durchaus möglich. Sie war kaum älter als dreißig Jahre und Witwe! Zwischen dem Rist und der Sohle ihres Fußes befand sich eine auffällige, abstoßende Falte. Erneut quoll ein unsinniges Lachen in ihm hoch. Was war eigentlich so komisch an ihrem Fuß? »Wenn Sie eine Zigarette wollen, zünde ich Ihnen gern eine an! Soll ich?« Ein Mädchen hielt das andere umschlungen, und mir war zumute, als sollte ich der Dritte sein, der alles umschlang. Das wäre denn eine Pyramide bereits gewesen, und es war anzunehmen, daß die Bulldogge sich als Vierte mit eingeschlungen hätte. Nicht daß ich etwas gegen den entzückenden Hund hatte, aber es ging um die Umrisse dieser Unterwäsche, die ich für mich allein haben wollte; ein Hund hatte andere Nahrung zur Verfügung, die ihm dreimal jeden Tag über den Weg lief, ich aber kam an meine Nahrung kaum heran. »Frauentee Nummer eins«, hatte der Drogist gesagt und mir eine Pappeschachtel entgegengestreckt, die er, damit ich prüfen konnte, an einer Ecke aufriß: Sie war voll weißer gespinstartiger Beutel, in deren Poren das Wasser eindrang, wenn Emanuel sie in den siedenden Topf legte. Der Topf mußte schmerzhaft sieden, sodaß Angst entstand, wenn ich ins siedende Wasser blickte: Ich hätte selbst drin liegen und mitsieden können. Dann wäre ich schwer verletzt, verbrüht gewesen und wäre in kürzester Zeit tot gewesen. Diese Gedanken waren ein Zeichen meiner wachsenden Weichheit, denn früher, als ich mich noch als Mann gefühlt hatte, anders gesagt, als ich mir noch keine Gedanken darüber gemacht hatte, ob ich überhaupt ein Mann sei, also, wo ich debattenlos einfach stracks ein Emanuel gewesen war, als gebe es nur diesen stärkeren Teil der Menschheit, früher hatte ich Gedanken über den Tod keine Herberge geboten. Unverzagt griff ich in die Hinterräder und rollte meinen fahrbaren Untersatz auf den Gehsteig; wo ich den Gehsteigrand hochkroch und, da ich mit dem Rad anstieß, nochmal neu ansetzen mußte, da hatten sie eine keilförmige Schräge geteert, auf der Stühle wie mein Stuhl den Gehsteigrand hochfahren konnten. Der Topf mußte schmerzhaft sieden, sodaß Angst entstand, wenn ich ins siedende Wasser blickte: Ich hätte selbst drin liegen und mitsieden können. Dann wäre ich schwer verletzt, verbrüht gewesen und wäre in kürzester Zeit tot gewesen. Diese Gedanken waren ein Zeichen meiner wachsenden Weichheit, denn früher, als ich mich noch als Mann gefühlt hatte, anders gesagt, als ich mir noch keine Gedanken darüber gemacht hatte, ob ich überhaupt ein Mann sei, also, wo ich debattenlos einfach stracks ein Emanuel gewesen war, als gebe es nur diesen stärkeren Teil der Menschheit, früher hatte ich Gedanken über den Tod keine Herberge geboten. Die dichte blaue Ader an der Oberseite meines Gliedes führte Blut, und die Schamlippen der Bulldogge endeten an ihren kräftigen Hinterbacken mit dem kurzhaarigen Fell. Die beiden Gegenstände, sagt Breton in L'Amour fou, die man uns unverpackt ausgehändigt hatte (eine Maske und ein Löffel, der Kommentator), von deren Existenz wir noch vor wenigen Minuten nichts geahnt hatten und die uns diesen abnorm verlängerten sinnlichen Kontakt mit ihnen aufnötigten, lockten uns immer wieder, ihrem konkreten Dasein nachzusinnen, wobei sich auch gewisse höchst unerwartete Folgen ihres Lebens einstellten.

Abbreviatur. A hat mit B 40 Jahre zusammengearbeitet. Das Jubiläum Bs nähert sich. A kauft ihm als Geschenk einen Teddybären. B erhält das Geschenk am Jubiläum, sagt zu A: Ich habe dich immer genau so geliebt, wie es dieser Teddybär ausdrückt. A entläßt B auf der Stelle. Gib in vier Sätzen an, *warum* A sich beleidigt fühlt, *ob* er das Recht hat, B nach so langen Jahren auf die Straße zu setzen, *wer* von den beiden unverschämter zum anderen war, *wie* richtig B den Teddybären als Metapher einer Liebesbeziehung zwischen zwei Angestellten einschätzt. Füge aus den vier logischen Komponenten Warum-Ob-Wer-Wie mittels der dazugehörigen Sätze eine Geschichte zusammen. Ich baue den Druck ein, der trotz allem auf Regisseuren lastet: Viele bringen sich um, versuchen es und landen in der Nervenheilanstalt der Allgemeinen Negation, wo Emanuel ihnen Respekt vor dem eigenen Leben beibringt, viele sterben früh, meist unerwartet, aus der durchtriebenen Lustigkeit hinaus, die alles so leicht nimmt wie eine Reprise mit gesicherter Besetzung. Ich schließe mit den Worten, Meine Damen und Herren, in ihrem frühen Verscheiden sind diese ganzen von mir kritisierten Herrschaften unsere Schwestern und Brüder. Hier möchte ich Ihnen, meine Damen und Herren, verraten ein Geheimnis: Hörer leben länger, Dozenten machen sich früher auf den Weg. Sooner or later, and as a rule quite soon, a man discovers that his pen accomplishes a lot more than his soul. Sagt Iosif Brodskij in The Power of the Elements. Als Georgianer konnte ich die Essays nur auf Englisch lesen, wo vieles Russische russistisch klingt, so gemeint, wie Emanuel meint, Russen meinten es. In The Power spricht er von Dostojewski. Seine Bemerkung ist richtig und falsch, sie korrigiert ein Bild, das der Autor nach außen entwerfen und woran er glauben lassen kann, aber sie stellt Feder und Seele gleichberechtigt nebeneinander. Der Autor ist nur Feder, die Seele ist als Hilfsmittel zugelassen, aber sie ist nicht das einzige Hilfsmittel, während das Wesen des Autors immer nur die Feder sein kann. Um die Seele in der Literatur rankt sich nachtschwarzer heidnischer Götzendienst. Ein Autor, der von sich sagt, ich bin eine Feder, kann zumindest diesen Kult aufhalten. Sollte er mehr sein als eine Feder, so obliegt es nicht ihm selber, das zu verkünden, es bleibt eine angenehme Zusatz-Überraschung; derweil der Autor, der Seele zu sein vorgibt, nie Seele sein kann, sondern ebenfalls immer Feder wird, also eine unangenehme Überraschung, eine unerwartete, ja plötzlichjähe Enttäuschung um sich verbreiten muß, die nur durch den portionengerecht abgesonderten Heldenverehrungswillen seines durch seine Vorgabe von Seele geblendeten Publikums aufgefangen werden kann. Halten wir fest: Es gehört zu einer Anhängerschaft, daß sie masochistischen Erfahrungen nachstellt. Enttäuschte Anhängerschaften, Anhängerschaften von Glaubenslehren mit starken inneren Widersprüchen sind besonders stark. Nicht zuletzt zementiert sich die Kirche ihren Anhang durch die Forderung nach dem sacrificium intellectūs. Zehn Leute, die wissen und sagen $2 \times 2 = 4$ können als Gruppe jederzeit zerfallen: Sie haben nichts, was sie eint, die Wahrheit ist ihnen selbstverständlich, es ist eine spannunglose Wahrheit, mit der ein außerhalb ihrer liegendes System, die Mathematik, festgeschrieben wird. Zehn Leute, die wissen $2 \times 2 = 4$ und sagen $2 \times 2 = 5$ oder 7, je nach sozialem Rang des Rechnenden, haben gute Aussichten, zu einer kampfstarken Gruppe zu verschmelzen. Sie haben eine Lüge, die sie eint, die Lüge aber ist ebenso präzis definiert wie eine Rechenoperation: ihr Bewußtsein steht in Spannung zu ihren Aussagen, und jeder weiß vom anderen, daß er in einer Frage dasselbe Opfer gebracht hat: in der, anders zu wissen als zu sprechen. Ihre Wahrheit, nämlich die Lüge, versetzt sie wie von selbst in eine unauflösliche Spannung, diese Wahrheit wird nie selbstverständlich: über ihr geht das außerhalb der Leute liegende mathematische System zugrunde, aber dafür schreiben sie ihr eigenes, das soziale System einer ideologischen Kampftruppe fest. Zu sagen, die Lüge sei eine Lüge, ist Schwachsinn und allenfalls von einem veralteten moralischen Standpunkt aus vorzubringen. Die Lüge ist eine Methode, die Wahrheit und Solidität schafft auf Gebieten, die zunächst nicht ihr Thema sind. Wer die Wahrheit weiß und die Wahrheit sagt, fördert unabhängig von seinem anthropozentrischen Standpunkt das Fremde, Außenstehende: die Wahrheit. Wer wahr weiß und falsch spricht, stellt den anthropozentrischen Standpunkt in die Mitte: Er macht auf sich aufmerksam, auf die Person, die lügt. Lügen sind alltägliches Brot, sie sind innerhalb der Wahrheit unerträglich, innerhalb eines Wahrheitssystems selbstverständlich. Grund besteht zur Annahme, daß ›in the modern times‹, und das ist das Erstaunliche, mit der Kybernetik von Wahrheitssystemen auch Leute virtuos umgehen, die von den theoretischen Hintergründen von ›A ist so‹ und ›A ist nicht so‹ keine Ahnung haben. Virtuosen der zweckgebundenen und systematisierten Lüge sind die Politiker, von welchen in allen lebenswichtigen Belangen, und gerade in diesen, falsche Information ausgeht. Damit, daß die Belange lebenswichtig sind, entschuldigen diese Leute auch gleich ihre Informationsverzerrung, als heiligte die Höhe des Zwecks das Zwielicht der Mittel. Sie wählen nicht die Wahrheit, weil Wahrheit nicht gewählt zu werden pflegt – am Wahlsonntag im brettsteif gebügelten Gewand. Daran sind die Wahlberechtigten schuld, deren liebste Wahrheiten die Politiker in vorwegnehmender Einfühlnahme vertreten, noch ehe sie klar artikuliert sind. Oper. Ich sang das Lob der Schräglage. Meinte es konkret, architektonisch. Es wird nichts schräg erbaut, die Waagrechte ist der Dreiklang, die als Gral gehütete Tonalität des Bauens. Immerhin sind einige Fenster so schräg geworden, daß die Scheiben nicht mehr in die Rahmen passen, zwängt Emanuel sie dennoch schließend zu, zerspringen die Scheiben in ihrem Kitt. Der Kitt spröde geworden. Es geht nicht mehr lange, zerplittern bei jedem Fensterschließen die Scheiben, weil das Fenster beim Schließen unter diesen Alters-Druck gerät. Die Zeit schlägt dem Kodex ein Schnippchen: Hier biegen sich die Balken, Prognosen sagen, es wird krachen, der Architekt ekelt sich, windet sich vor Scham, schreit vor Verwundung, sein Blut strömt bei seiner Verlegenheit: er hat schräg gebaut. Aber es ist 250 Jahre her.

Bei der zweiten Windung der steil ansteigenden Winzerdorfstraße liegt der Friedhof. Nachts ist die Mauer warm. Und von allen die schrägste. Tease For Two. Ich darf nicht zuhause schlafen. Sie quengelt so lange, bis ich ein schlechtes Gewissen habe. Das Gewissen wächst so hoch, daß ich alles zu tun bereit bin. Da schlägt sie zu: schlaf bei mir. Ich bin so weichgeschlagen, daß ich annehme. Kaum liege ich bei ihr im Bett, will sagen, kaum habe ich ein Stück geschlafen, da stöhnt sie. Das Stöhnen wird lauter, da ich es zunächst nicht höre. Es ist ein unheimliches Erlebnis, wenn auch – wie Emanuel weiß – keine Erfahrung, wenn Emanuel einen anderen Menschen neben sich im Bett stöhnen hört. Der mag so bekannt sein mit einem, wie er will, der darf nicht stöhnen, sonst macht der Angst um sich herum. Ich erwache, sie sagt: Ich kann nicht schlafen. Was ist der Grund, frage ich. Jemand ist in meinem Zimmer, sagt sie. Du hast mich eingeladen, sage ich. Wächst da ein enormer Ärger, der gleich in die Stimme geht. Und in den Unterleib. Der wird zusammengeschnürt, ich muß mit hinabgestoßenem Atem auszuweiten versuchen. Das bleibt aber zusammengeschnürt, ein Nabelschmerz, punktuell. Da wollte ich zuhause schlafen, und du bestellst mich her, sage ich. Ich hab dich nicht herbestellt, sagt sie, du bist einfach gekommen. Ich fange an zu schreien, bestelle mir telefonisch ein Taxi und fahre nach Hause. Schlecht geschlafen. Alpträume. Liquidationskommandos, die das Gesicht von alten Bekannten annehmen. Grundsätzlich traue ich jedem alles zu, das ist meine Art von Gerechtigkeit. Am folgenden Tag drei Anrufe, immer ruft einer an, der andere hängt nach wenigen Worten auf. Es wird geklärt, wer am Fiasko der letzten Nacht schuld war. Dann wird geklärt, daß der Schuldfrage nachzufragen keinen Sinn ergibt. Damit ist die Wettbewerbslage entschärft, keiner braucht um die Wette Schuld heranzuschaufeln und sie auf den andern abzuladen. Der Streit selbst wird sinnlos. Damit darf Emanuel ungestraft wieder freundlich werden. Bereits wird der nächste Tag besprochen. Die Laune hebt sich. Am Ende der Unterhaltung des dritten Anrufs ist alles verdrängt, vergessen, unter den Teppich gekehrt. Heute abend übernachte ich ruhig bei mir, und gerade da bin ich des überdrüssig! Zeitalter erschöpfen sich eher in der Umwandlung ihrer Gewißheiten und Fraglosigkeiten in Rätsel und Inkonsistenzen als in deren Auflösung. Sagt Blumenberg in den Epochen des Epochenbegriffs. Dort. Sie ist widerspenstig, aber irgendwie beliebig. Sie drückt sich gestelzt und wehleidig aus. Obwohl sie hämisch sein kann, wirkt sie beengt. Er ist ein Saumseliger, Sonderlicher. Er ist zwar überspannt, aber er hat sich allem anbequemt und wird das weiterhin so halten. Seine Traumata. Er ist marschtüchtig und verläßt uns unwiderruflich. Die Ereignisse sind marschtüchtig, unwiderruflich. Seine Marschtüchtigkeit enthält seine frostige Unwiderruflichkeit. Plötzlich war er wieder gesund und wurde unwiderruflich marschtüchtig, was für Eingriffe er auch an sich vornahm, um sich zu verstümmeln. Sie wird überfallartig sensoriell gereizt und wird dann abschätzig. Sie ist eine Abschätzige, Ungeratene. Ein ebenso geflügeltes wie abgestandenes Argument. Ein nicht weniger hämisches als wehleidiges Denken. Ein zunächst angstfreies, aber deswegen auch ungebärdiges Leben. Ein gegängeltes, kleinliches Leben. Eine hausbackene, sich allem jenseits der Schwelle verweigernde Existenz. Ein statthafter Tod, der alle erleichterte. Das einzige Mal, wo ich James Moody lebend hörte, spielte er Flöte, sehr rasche Läufe. Es war im südlichen Teil Manhattans, in einem Restaurant, welches ausstaffiert war als wuchernder Palmengarten, tropisch, Ähnlichkeit mit einem Treibhaus, hatte Glasdach, über dem nachts schweres Flutlicht eingerichtet war und still die Sonne ersetzte, tags schien über dem Glasdach der Himmel, andrerseits sagt mir meine Erinnerung, es habe zu ebener Erde gelegen und darüber, über der vollkommen undurchsichtigen Decke, die keinen Lichtstrahl durchließ, türmte sich ein hohes, spitz zulaufendes Haus. Anzunehmen, daß die Amerikaner da einen ihrer illusionistischen Häuser-Einrichtungs-Tricks brauchten; sie können, auch wenn fünfzehn Stockwerke über einem Raum gebaut sind, diesem Raum dennoch eine Glasdecke geben, durch die selbstverständlich, war da was?, die Sonne scheint. Moody spielte rasche Läufe auf einer ihm silbern am Mund liegenden Flöte, die wie ein waagerechter Glimmerstock seitlich heraussstand, die Musik blieb unhörbar, es war nur das Klappern der vom Oberkellner im gartengrünen Dreß dirigierten Kellnermannschaften. Das Ende des römischen Reichs. Beim Gehen über die Steinplatten splittert dic oberste Schicht Stein weg, und bei jedem neuen Drüberlaufen zersplittert diese Oberschicht nocheinmal unterm Schuh, bis Emanuel diese ganze oberste Schicht zerkrümelt hat, diese Krümel bleiben als Oberschicht auf dem Stein liegen, als hätte Emanuel ihn mit buntem Salz bestreut. Werden vom Wind weggepustet. Alte Leute ihr Temperament ausleben lassen, sie werden unerträglich, Emanuel möchte sie umbringen, aber es ist gesund für sie. Sie leben länger, indem sie unlebbar sein dürfen. Ich verzehre mich nach den Freundinnen meiner Frau. Sie betreten harmlos unser Haus, sie führt sie ein. Zunächst ist da nichts. Sie sind ihre Freundinnen. Ich bin ihr Freund. Freund spricht mit Freundin, zunächst ist sie anwesend, Emanuel spricht zu dritt. Im geeigneten Augenblick gelingt es mir, der Freundin zu verstehen zu geben, sie solle sich mit mir allein wo treffen. Wir machen zum Beispiel alle drei um halb sieben in einer Pizzeria aus; ich verabrede mich mit der Freundin um eben halb sieben in einem Inder. Meine Freundin sitzt allein in der Pizzeria und wird ganz dumpf vor Warten. Das brauche ich, nämlich, daß es ihr schlecht geht. Ich genieße die Gespräche mit ihrer Freundin umso mehr. Abends komme ich nachhause. Sie fragt verstört, wo ich gewesen sei. Ich beklage mich darüber, daß auch ich ganz allein stundenlang gewartet habe. Sie erschrickt für die Freundin, um Gotteswillen, die Arme, wir haben sie sitzenlassen. Während sie tatsächlich vor mir gesessen hat, während wir es vollzogen. Ich sah tief in ihr unter der Behaarung rosarotes Genital; das meiner Freundin ist ähnlich. Die Freundin, die wir beide nicht trafen, wird am Telefon ein neues Treffen vorschlagen, und Emanuel darf sagen, von da an klappen vier Treffen auf fünf; jedes fünfte geht auf geheimnisvolle Weise schief, verschieden schief, es ist eine ähnliche Grundstruktur, aber die Apparenzen sind jedesmal anders. Meine Freundin versteht die längste Zeit nichts. Ihre Freundin läßt sich von mir betrachten und bleibt im Sessel sitzen. Oft treffen wir uns zu dritt zuhause. Wechselweise tut meine Freundin dann mit, oder wir führen gelehrte Gespräche, die nicht ohne Witz sind, weil in ihnen eine Menge dessen gesagt werden kann, was von der Taktik her verschwiegen bleiben muß. Ich verzehre mich nach den Freundinnen meiner Frau. Dabei betraten sie harmlos unser Haus, sie hatte sie selbst eingeführt, schau her, da ist Angela, sie arbeitet im Kindergarten. Vergleich Tamaras mit Haushaltgegenständen. Sie ist ein Blasebalg. Ihr Denken ist eine Kohlenschaufel. Ja. Der grüne Lehnstuhl steht an der Wand wie eine geöffnete Hand. In dieser Gegend der drei Seen denkt Emanuel oft an Rousseau, von dem mir ein Arzt erzählte, daß er an einer Harnröhrenverkrümmung litt, die ihn dazu trieb, sich diese Gegend oft und unablässig anzusehen. Er behandelte seine Kinder schlecht, sie bekamen ihn nie zu Gesicht, starben im Armenhaus, während er auf der Petersinsel ausrief, Zurück zur Natur. Leidenschaft genährt von schwarzen Trieben. Er mußte realiter morden, und dazu die eigenen Kinder, sie psychisch umbringen, um der Welt Ratschläge behufs Dignitätsverbesserung zu erteilen. Die Sublimation seiner Abgründe – wobei er wegen seines Sublimationsprinzips diese Abgründe eigens ausheben mußte, sie nicht einfach biographischerweise hatte – funktionierte am besten beim Schreiben, wo er alles, was er seinen Kindern angetan, um 180 Grad moralisch gedreht, als Erziehungshilfen den vor Rührung weinenden aufgeklärten Müttern seiner Zeit vorlegte.

In Guinea-Bissau, so erzählte der Arzt dem späten Emanuel, ist einer Nachtwächter. Er muß ein Krankenhaus bewachen. Abends findet er sich vor dem langgestreckten Bau ein, legt als erstes seine Keule, einen Stab mit einem eingetriebenen Nagel, zu Boden. Legt sich neben seine Keule. Zieht sich einen Lappen übers Gesicht, schläft ein. Die das Krankenhaus verlassenden Ärzte steigen über den schlafenden Wächter. Eines Abends, als der Nachtwächter nachts nicht schlafen kann, betritt er die Spitalhalle, ein Abbild aller Hallen dieser Welt, steht eine Weile herum, verschwindet in einem der Korridore, landet beim Nachtarzt, den er um ein Schlafmittel bittet. Der Nachtarzt hat Aids, bei der Übergabe des Schlafmittels kommt es zu einem kurzen Handgemenge, in dessen Verlauf die Viren überspringen, genug, um den Nachtwächter mit der Zeit müde zu machen, sodaß er von selber einschläft, wenn die Sterne heraustreten. Wir wollen uns verheiraten, aber nie etwas miteinander zu tun haben. Wir haben Kinder, einverstanden, doch diese Kinder sehen wir nie. Sie leben in ihrem Haus, wir in unserem. Wir leben auch nicht in unserem. Du lebst in deinem, ich in meinem. Wir kommen nur zusammen, um etwas Reis zu essen, ein Glas zu heben und ein Kind zu machen. Alles weitere wäre von Übel. Ach doch, einen Osterspaziergang pro Jahr machen wir, er führt auf die Hügel vor der Stadt. Dort stehen wir still und überlegen uns alles; wir werden richtig gehandelt haben. Buchstaben aus rumgereichtem Beutel ziehen, um anzufangen mit dem Wortspiel. Blind ziehen. Emanuel zieht ein M, Perkins zieht ein E, und Pannonica, die österreichische Baroneß, zieht ein G. Blitzschnell eröffnet Perkins mit Gnus, 5 Punkte. Die österreichische Baroneß macht weiter mit Teils, 14 Punkte. Emanuel macht den Ger mit 4 Punkten. Zweite Runde. Perkins erinnert Finte mit 8 Punkten. Die österreichische Baroneß dreiert ein Lid mit 6 Punkten. Emanuel holt aus zu Teilstreik mit 26 Punkten. Nipp am Glas. Third Round. Perkins komponiert Erde und kassiert 6, die österreichische Baroneß wirft Feige, nimmt ein E zurück, es bleiben ihr 14, Emanuel bequemt sich zu Teilstreiks und kassiert nochmals 14 vom selben Torf. Vierte Runde bringt 20 für Perkins mit seinem Eber, 12 für Pannonica, die österreichische Baroneß, die Quer reiht, 18 für Emanuel mit dem Genitiv des Fenchel. Grundlagen gelegt. Fünfte Runde schneller. 27 gehen an Perkins, Ähr, die österreichische Baroneß schindet 16 mit Top, Emanuel reinigt die Bilanz mit 43 dank Maya/Fa (es könnten zwei Seifen sein), Perkins steigert sich um 1 mit Quelle auf 28, die österreichische Baroneß legt 2 zu, mit Jede auf 28, Emanuel kann sich nicht halten, verliert 23 mit Nischen auf 20. Die siebte Runde strafft das Netz. Ratlosigkeiten, denn nur 11 mit Lüge für Perkins, nur 13 mit Ion für die österreichische Baroneß, wieder nur 11 mit Bö für Emanuel. Achte Runde,

Zuschlag. Perkins 43 mit Hosanna, die österreichische Baroneß 18 mit dem unmöglichen Dussel, Emanuel verlegen 10 mit Wird. Neunte Runde bringt Chic mit 27 für Perkins, 9 mit Wob für die österreichische Baroneß, 33 mit Umwob für Emanuel, der parasitär sich auf Pannonica, der österreichischen Baroneß, ins Werk setzt. Runde zehn. Ende ist nah. Beutel, blind geleert, fast leer. Die Konten stehen schon fast fest. 5 Uran, Perkins, dann totalisiert die österreichische Baroneß 67 mit Exile/Böe, Böe wird angezweifelt, geht aber durch. Emanuel mogelt Huts mit 8 Ertrag. Elfte Runde. Zwei Lungenzüge, das Tischblatt schwitzt Wachs, Spielbrett wellt seine Ränder fransig. Perkins nützt aus, wovor Emanuel zurückschreckt: 16 mittels Kitz/Zion, Zion angezweifelt, wird gestattet. Die österreichische Baroneß fragt nach Tao, Tao gestattet, 20 Punkte. Emanuel fiest 16 mit Erden/Nö, Nö niedergeschrieben, wird nicht erlaubt, Emanuel trotzt es durch. Zwölfte Runde. Im Grund ist's aus, weil's Brett voll ist und Beutel leer und Buchstaben abgelegt. Perkins 4 Im, die österreichische Baroneß 16 Kitzel, Emanuel 8 Chics. Indem über Wumm geschwiegen wird, kann Perkins mit Jedem noch 25 ablegen und verriegelt den anderen neue Wortmöglichkeiten. Gewonnen wird, wie angefangen wurde. Emanuel mit 211 Letzter, Pannonica, die österreichische Baroneß, mit 213 in der Mitte, Perkins mit 225 Erster. Es ist auch der Sieger, der die Summe überhaupt zusammenzählt, die anderen wollen vom Ergebnis nichts mehr wissen. Das gewellte, schwitzende Spielbrett zusammenklappen, dem blauen Undurchsichts-Beutel die Buchstaben wieder einmästen, Buchstaben-Ausstellbänke im großen Pappkasten versorgen, Elastik umziehen und drei Stunden darüber sprechen, wie man Buchstaben gezogen hat, um das Wortspiel möglichst rasch zu beenden. Nächstes Mal erlauben wir mehr, sagt die österreichische Baroneß, dann wächst das Vergnügen steil an. Sie, diese Pannonica, ist eine Figur, die anfängt, Anekdoten zu erzählen, und sukzessive die Details vergißt; am Anfang sah sie noch einen Mann mit Hund, dann vergißt sie den Hund, dann weiß sie nicht mehr, ob es ein Mann war, dann weiß sie nicht, ob sie etwas gesehen hat, dann fragt sie sich, ob sie verrückt ist, weil sie die Anekdote überhaupt erzählt, dann wundert sie sich, daß verrückt sein muß, wer an einer so einfachen Anekdote zweifelt, schließlich setzt sie ihre eigene Beobachtungsgabe, und den Herrn, und den Hund, glanzvoll wieder ein und fängt mit frischem Wagemut an: Ich habe einen Herrn mit Hund gesehen, es ist mir sogar egal, ob sie gingen oder schwebten. Wahrscheinlich schwebten sie äußerst hoch, am Rande der menschlichen Sphäre, wo die Überlebensmöglichkeit nur durch Kunstgriff evaluiert werden kann. Oberstes Stockwerk Highrisebuilding X: Empfindung des Fliegens, des Abheben-Könnens. Stände man drei Meter vom Gebäude, auf Höhe des Giebelkranzes, in der freien Luft, würde einen die Schwerkraft niemals in die Tiefe reißen. Rund um die Highrises, zumindest rundum in deren Luftraum, hat nichts Gewicht. Verständlich, daß von den beiden höchsten, den Welthandelszentrumstürmen, je 400 Meter und 50 000 Angestellte, die Welt regiert wird. New York ist schmal, steht aber auf Granit. Die Welt ist breit, doch sie ist ein Sumpf. Keine Frage, wer schließlich wem diktiert. Das Nuttenviertel verdiente mal seinen Namen. Als das Retrovirus auftauchte, schrumpfte es schnell, da die Kunden plötzlich ein anderes Interesse hatten. Sie blieben zuhause und taten es selbst. Eine Zeitlang florierte das Fotogewerbe, da sie die Damen als Fotos mit nach Hause nahmen und es an den Fotos vollzogen, die sie dann zum Aufwischen gebrauchten. Die Fotos aber rissen gern, was dem Industriezweig ein rapides Ende bereitete. Die gesamte Belegschaft strömte ins Ladengewerbe und fing an, Ansichtskarten, Schlüsselanhänger, Radios und Fotoapparate zu verhökern. An den Warenobjekten haftete das Retrovirus auch, aber es starb nach 45 Sekunden, sodann war alles wieder clean. Als ich gegen einen der Feilscher im Foto- und Radio-Laden gewann, sprach er zu mir mit einer Stimme, als wolle er mir ein Messer in den Leib rammen. Ich verließ den Laden wohlgemut, obwohl er sich, nachdem ich beim Feilschen gewonnen hatte, weigerte, die Ware überhaupt zu verkaufen. Warenlos aber glücklich trat ich auf die Zweiundvierzigste hinaus. Später kam mir in den Sinn, der Mann sei bei der Mafia und wolle mir das Messer tatsächlich in den

Leib rammen. Ich komme später auf die Techniken des Feilschens zurück. Pause. Nun ist bereits später. Es verging eine gewisse Zeit, die ich mit niedrigen Dingen verbrachte, solchen des Alltagslebens, rein psychopathologisch. Es ging um eine Tür, die im falschen Augenblick zuklappte, dann um das Lesen eines Zeitungsartikels, der nun allerdings wieder über einen Autor ging, der ein Buch geschrieben hatte. Es schien mir in der Außen-Ansicht so gut, daß ich unbedingt vermeiden wollte, daß mein Buch ähnlich würde. Er hatte sich die Bronx gewählt, ich wollte die Bronx nur flüchtig streifen. So weit war alles gut. Er hatte sich das Verbrechen in der Bronx gewählt, und das war selbstverständlich auch mein Thema. Das Zusammentreffen erregte mich ganz ungeheuer, vielleicht sind unerwartete Fügungen das einzige, was noch wirklich erregen kann. Das Schicksal fügt die größten Ärgernisse und läßt den Erdenwurm mit seiner Passion allein. Vor dem Schicksal war ich Dreck, das war klar, aber natürlich war dieses Schicksal auch schön schmutzig, im Grunde tat es den Würmern nur an, was es selbst bereits lange war, was wiederum die Würmer sich nicht zu wissen trauten, da sie sonst das Schicksal abgeschafft hätten, damit aber wären sie in Bezeichnungs-Schwierigkeiten gekommen, unter anderem wäre ihnen das resignierende »Ist halt Schicksal« genommen worden und sie hätten bei ihrem Leben selbst Hand anlegen müssen; was man von ihnen nicht verlangen durfte. Zwischen dem beschriebenen Autor und mir entspann sich ein Wettstreit, Wer hat von wem gestohlen, den ich aber gleich verlor, da sein Buch offenbar schon fertig war, während das meine erst zu schreiben war, also vor mir lag und mich zu seiner Fertigstellung einlud. Ich hatte zu eigenen Büchern ein Verhältnis der Gefahr. Schrieb ich sie nicht, so schrieben sie mich. Ich darf sagen, daß ich in meinem kurzen Leben nur perfekte Bücher geschrieben habe; ob aber die Texte, die ich nicht schrieb und die somit mich schrieben, gute Schriftsteller waren, möchte ich bezweifeln. Obwohl ich mir meiner selber, soweit ich Autor von Texten bin, ziemlich sicher bin, bin ich mir weniger sicher, was die schriftstellerischen Qualitäten von Texten angeht. Sie begehen extrem viele Grammatikfehler. Ich ziele nicht zu weit, wenn ich sage: Die von mir nicht geschriebenen und unterdrückten Texte haben mich, indem sie mich schrieben, verpfuscht, zerstört, verzerrt, sie haben mir meine ursprügliche Gestalt genommen, sie haben sich als Viren in meinen Charakter eingeschlichen, sie haben eine bösartige Monstranz aus dem gemacht, der friedlich wie ein Schäfer in Devonshire sie zu schreiben und dann, als genug da waren, zu unterdrücken begann. Zwischen dem Autor und mir kam es zur schweren, unschlichtbaren Auseinandersetzung wegen unser beider Lage auf der Zeitspur. Offenbar lag er, da sein Buch bereits fertig war, auf einem früheren Punkt als ich, der ich mich mit demselben herummühte und, möglicherweise auf der Motivsuche, ausgerechnet auf den Artikel mit ihm gestoßen war. Bereits steckte ich in einem genauen Vergleichen, was er geschrieben hatte, was ich zu schreiben mich anschickte und wie die Ähnlichkeiten und die Vermeidungspunkte der Parallelität beschaffen wären. Sein Verbrechen in der Bronx, wovon er offensichtlich fasziniert war, hatte er in ein Polizeipräsidium gesetzt, wo das Verbrechen nun hockte wie ein Verbrecher, mit dem Unterschied, daß es keine Handschellen trug, sondern im Präsidium frei umherstreifen konnte. So suchte sein Verbrechen sowohl die Verbrecher heim, die es aber bald verließ, um in die Polizisten, Anwälte und in den Polizeipräsidenten einzudringen. Es wählte dazu nicht den Weg über den Anus, nämlich über die Stuhlfläche, wovon aus es in die Körper eindrang, sondern es drang gleich ins Hirn ein, auf dem Wege der Moral, die zumindest beim Polizeipräsidenten im Hirn lag. Eine ähnliche Konstruktion hatte ich mir auch zurechtgelegt, aber bei mir handelte es sich nicht um das Bronxer Verbrechen, sondern um das Verbrechen ganz allgemein; was schriftstellerisch das Unternehmen komplizierte, denn mein Verbrechen war nunmehr abstrakt – was eben gerade noch zu meistern war –, aber auch weltweit. Meins war JEDES Verbrechen, jedes einzelne begangene, versteht sich. In diesem Sinne durfte ich von mir sagen, daß ich an einem Über-Roman des Verbrechens arbeitete, worin der bereits beendete Roman meines Vorgänger-Autors höchstens eine Episode, vielleicht nur eine Fußnote sein würde. Klarerweise war es nicht ungeschickt, als Metapher für »die ganze Welt« die Bronx zu wählen, da deren Zustand wohl am ehesten, ausgeklappt und universell mit dem planetarischen Buttermesser auf der ganzen Erdoberfläche verstrichen, dem Zustand der Gesamt-Erde entsprach. Ich würde also wohl auch die Bronx nehmen müssen. Sein Gedanke hatte etwas Zwingendes. »Der Scutt« ist der Name eines Architekten, das »Der« ist ein Vorname oder ein Adelstitel wie »von«, »de«, »van«, »of«; ein in jeder Hinsicht würdigerer Name als jener Ottos, der den See auf die Pfähle heben wollte, damit man unten durchgehen konnte, und der mit mir nach Klemperers Stabführung dirigierte. Zunächst war Klemperer gekommen, der hatte die Platte gemacht, dann kamen, dreißig Jahre später, wir und stellten uns Klemperer vor, wie er Bruckners Vierte dirigierte und das London Philharmonic entfesselte. »Kennst du Der Scutt?« frage ich Otto nach den ersten Posaunen-Einsätzen. »Er hat das Gengalowe-Building gebaut, wenig Glas.« Daran erinnere ich mich, als ich von meinem Zimmer aus mit dem Lift runterfahre. Unten hat sich die Halle bereits verändert. Ich besteige im Hotel ein Taxi. Es fährt in die Eingangshalle. Nachdem es hinausgefahren ist, wird die Eingangstür wieder in die Angeln gehoben. Das Taxi holpert. Ich halte mich an den Griffen über der Tür. Die Reise ist lang. Ich sehe unendliche gerade Reihen Verkehrslichter, die von vorn nach hinten grün werden. Ich denke während der Fahrt an was ganz anderes. Plötzlich halte ich vor einem Wolkenkratzer. Der Pförtner sieht mich mißtrauisch an. Aber er sieht mich nicht. Meine unsichtbaren Strahlen wirken. Ich besteige den Aufzug und fahre ins dreizehnte Stockwerk. Dort tragen alle Wohnungen die Zahl Dreizehn. Jeder ist ein anderer Buchstabe zugeordnet. Ich klingle bei 13 D. Ein junger Pianist öffnet mir. Er gibt mir viel Tonic Water zu trinken. Er sieht mich; ich habe meine magische Strahlung abgestellt. Seine Mutter taucht von der Küche her auf. Sie ist Wienerin. Viele New Yorker Mütter sind alte Wienerinnen. Ach Gott, da sind Sie ja! schreit sie erleichtert. Wienerinnen drücken Erleichterung gern mit Gott aus. Es ist der jüdische Zebaoth, und die Frau heißt

Kahn. Der Pianist schenkt mir neues Tonic Water ein. Das Chinin kühlt mich ab. Als er sieht, daß Bewußtsein in mir ist, fängt er an über Waldheim zu reden. Das ahnte ich noch nicht, als ich im Hotel eingestiegen war. Tja, Waldheim, sage ich, er wird bleiben. Im Gegensatz zu Finkel, der weiter südlich in der Stadt wohnt und die Österreicher Schweinehunde findet, ist der junge Kahn verständnisvoll. Er gibt Waldheim drei Monate. Ich frage, Meinen Sie das als Frist, die Sie ihm gewähren, als letzten Termin gewissermaßen, oder meinen Sie, er wirds objektiv noch so lange machen, täuschen Sie sich nicht. Wir kommen darauf, daß die Österreicher Nazis sind, daß aber die Generation langsam stirbt. Ich verbreite mich über alle Wiener Pianisten, die ich kenne. Schlechten Haydn, schlechten Mozart spielen sie, sagt er, verdienen jede Menge Schilling. Ich verbiete ihm das Lästern. Er hat die letzte Flasche Tonic Water aus dem Kühlschrank geholt. Ich leere sie, während ich am Schalter rucke, um die Strahlung wieder anzustellen. Jo mei Gott, Frau Kahn steht im Türrahmen. Die Nachbarin neben ihr. Beide hohe, schwere Schuhe, Wanderschuhe. Wir gehn zu einer so-called Einladung, sagt die alte Kahn zum Sohn, paß gut auf ihn auf, sind Sie noch durstig, junger Mann. Sie erinnert sich, daß sie ihre Brille nicht aufgesetzt hat. Sie sieht mich nur undeutlich. Als sich auch die Nachbarin die Augen reibt, bricht Ratlosigkeit aus. Meine unsichtbaren Strahlen beginnen zu wirken. Der junge Pianist sieht mich nicht mehr. Niemand der Familie sieht mich mehr. Alle vergessen mich auch sogleich. Das ist eine angenehme Zusatzeigenschaft der Strahlen. Ich gehe in die Küche und kippe ein Mineralwasser aus dem Kühlschrank. Proviant für die Niederfahrt. Unten, der Pförtner, sticht seinen gemeinen vorgewarnten Blick ins Leere. Auf der Straße ein Taxi. Der Fahrer ein Chicano. Fluchend, wie sie alle. Vom Aussterben bedrohter Stand. Die im Hotel ziehen die letzte Schraube an der Eingangstür an, als mein Wagen die beiden Flügel aufstößt und vor der Empfangstheke stehenbleibt. Den Schlüssel bitte, und, Ist Post für mich da. Zitternd reicht mir der sorgfältige Japaner einen zerknüllten Zettel, auf dem eine Nummer steht. Bitte um neunzehn Uhr anrufen. Ich gebe den Zettel zurück. Oben, auf dem Bett, schlafe ich eineinviertel Stunden. Dann wähle ich eine Zufallsnummer. Das geht in den USA gut. Alle, die man anruft, sind gesprächig und ein wenig einsam. Ich bin höflich, erkundige mich nach den Kindern. Das ist als Eröffnung nie schlecht. Eine Frau. Wir kommen in ein längeres Gespräch. Als sie sich erwärmt, fragt sie, Warum rufen Sie mich an. Ich sollte, um neunzehn Uhr, jemanden anrufen, sage ich, und ich habe jemanden angerufen. Ich kenne Sie gar nicht, kichert sie. Darf ich vorstellen, sage ich mit meiner tiefsten Baß-Stimme am Apparat, ich bin der Strahlemann von drüben, der nach hüben möchte. Meine Kinder kommen von der Abendschule, sagt sie dann. Wie viele, frage ich. Zwei, eines ist älter als das andere. Lassen Sie sie in der Abendschule, sage ich, sodaß unmerklich das »You« vom Sie zum Du überleitet, Alle Kinder sind gern abends auf der Abendschule. Und was lernen wir denn da? Klavier, sagt sie. Ach, sie muß nun merken, daß ich erstaunt bin, Und was sagt die Lehrerin. Der Lehrer ist mit den Fortschritten sehr zufrieden. Hm, pausiere ich überlegend, Schönberg, frage ich dann. Haydn, Mozart, er hat deren Atmosphäre aus Wien mitgebracht, treffen wir uns morgen, schön, daß du anriefst, sagt sie. Laß deine Kinder beim Pianisten, sage ich, und laß uns unser eigenes Klavier stimmen. Wien ist nicht alles, so scheint das Gespräch an ein Ende zu kommen, am Anfang bewunderte ich ihn, weil er von Wien erzählte, aber dann merkte ich, sein Wien ist alt, und K.488 gefällt mir nicht, wie er es spielt. Ich lasse das auf mich einwirken, streckte mich auf dem Bett aus und halte für eine Minute den Hörer mit steifem Arm einen Meter von mir weg. So, als könne ich sie damit loswerden. Dann ziehe ich ihn ans Ohr und werde streng. Keine Ahnung, ob das etwas nützt. Kommen sie nun, oder läßt du sie bei Haydn, frage ich ungeduldig. Ich nehme ein Taxi, sagt sie, wo wohnst du. Sie reparieren gerade die Eingangstür, sage ich, und, Sag mal, hast du das Retrovirus. Was, fragt sie. Ich insistiere nicht, sondern: Es wäre besser, wenn die Kinder nicht zu lang da oben blieben, es ist später Abend. Ich rufe Kahn an, sagt sie. Laß das, sage ich, dann, Ich habe eine dringende Verabredung. Sie ist blond und groß und hat ein weites Herz. Willst du mitkommen. Gern, sagt sie. Sie hat einen Kunstkritiker dabei, so meine Duplik, dann sind wir zu viert. Ich saß um vier auf meinem stoffüberzogenen Gabardinesessel und hätte nie gedacht, daß ich in wenigen Stunden zu viert herumsitzen würde, sagte sie begeistert. Oh, wir sitzen nicht herum. Dann hänge ich plötzlich auf, rolle mich seitlich über mein Doppelbett, über den Rand hinaus, bis ich zu Boden krache. Ein Arm kommt unter mich zu liegen, schmerzt jetzt sehr. Mit dem anderen ziehe ich mich an der Kommode hoch, gehe am Fernseher vorbei, langsam ins Badezimmer Dort stehe ich vor dem Spiegel und überlege mir was. Ich überlege mir was zu mir selber. Ich komme zu Ergebnissen. Dieselben hatte ich gestern schon. Man ähnelt sich, von Tag zu Tag. Kaum bin ich mit dem tieferen Nachdenken fertig, klingelt das Telefon. Ich bin bei Elaine's, kommst du hoch. Holst du mich ab, frage ich. Ich brauch dich nicht unbedingt, sagt sie. Dann laß mich weg. Im Petrossian an der Sechsten Avenue etwas Kaviar löffeln, aber den Löffel verächtlich fallenlassen, aufstehen, drei Schritte vom Tisch weg, Geld hinschmeißen, die Pelzmütze über die Stirn ziehen und raus, ins irische Mulligan's, wo man sich Hot Beans servieren läßt, dazu ein dunkles Bier in der Zweiliter-Wasserkaraffe, zur Sicherheit mehrere Dosen Budweiser dazu. Auf dem Giga-TV-Screen läuft die Olympiade von Calgary, und eine freundliche Dame, deren wahrer Identität man nicht näherkommt, murmelt einem zum Kosakenohr herein: Wo die Katharina Witt geht, steht und liegt, ist der Alberto Tomba nicht fern. Als auch das bescheidene Mulligan's etwas für die Getränke bezahlt haben will, springt man auf, rafft die Schöße des Zobelmantels und rast zurück ins Petrossian, wo der Ober in tatarischer Tracht soeben den Tisch abräumt. »Haben Sie einen Tschechow«, fragt man, »Band vier der englischen Gesamtausgabe.« – »Welche?« fragt er, während er mit dem tatarischen Blusenärmel die Ndoja-Seide des Tischtuchs abwischt, unzimperlich vulgär, wie es scheint. »Band vier«, sagt man und hält die Finger hoch, und mit dem Daumen vollführt man eine Geste des Blätterns. Was man will, sich aber mitzuteilen nicht getraut: In Band vier geht Tschechow in Paris plötzlich das Geld aus, und er verrät einen Trick, wie er an neues herankommt. Diese Stelle hat man im eigenen Hirn, dem eines einfachen Komsomolzen, vergessen, sie nachschlagend käme man an eine Erledigung der Rechnung im bescheideneren Mulligan's heran. Solange man da nicht zahlt, kriegt man nur Bier, keine heißen Bohnen. Die Gründung des Reality Clubs mitten in New York geschieht in einem baufälligen Haus, das nicht dem Abbruch, sondern der Renovation entgegensieht. Der Reality Club ist ein Verein ohne feste Mitgliederzahl, der auf Vorträge wartet. Die Mitglieder müßten eigentlich ran, aber sie tun nichts, schwatzen hinter Cocktailgläsern, geraten aber in tödliche Verlegenheit, wenn eine spitze Fistelstimme sie zu einem öffentlichen Vortrag auffordert. Dies, auch wenn die Öffentlichkeit nur aus dem Club besteht, dessen männliche und weibliche Mitglieder ihn alle auswendig kennen. Der Club lebt also in einer großen Vortrags-Dürre und sucht die Stadt fieberhaft nach möglichen Kandidaten einer Rede ab, das Thema ist egal, die Länge sollte fünfunddreißig Minuten nicht überschreiten, etwas mehr als zehn Blatt. Im Dachstock des baufälligen Hauses wohnt ein alter Maler, rauschgiftsüchtig, der seine Miete nie bezahlt und deshalb von der Hausherrin zu Mietfreiheit verdonnert wurde. Im Augenblick, als er Mietfreiheit bekam, war es mit seinen Gemälden aus, die vorher eine Art schwärzlich-bräunliches Strichmuster umfaßten, das sich waagrecht oder senkrecht und, in der neueren Periode, schräg über die Leinwand zog. Mit der Schräge, so er, nehme er Rücksicht auf die optische Erscheinung der Hafenkräne; einer seiner Maler-Ausflüge der letzten Jahre habe darin bestanden, am Ufer einen solchen Kran aufzusuchen und längere Zeit sinnend unter dessen Ausleger zu stehen. Entgegen seiner Erwartung habe sich der Haken nicht gesenkt, habe der Kran ihn nicht angehoben. »Hätten sie mich verladen, hätts mir nichts ausgemacht, so verlad ich mich selber.« Als wär er ein Mitglied des Reality Clubs, übermannt ihn die zerknirschteste Scheu, wenn er aufgefordert wird, doch zu seinem Verlad etwas mitzuteilen; das »etwa zehn Blatt« unterschlägt man, da man insgeheim annimmt, er werde den Vortrag von einem seiner schwärzlichen Strichblätter ablesen und frei etwas Zusätzliches hinzusprechen, der Lust und Laune des Moments ausgeliefert. »Wann renovierst du meine Bleibe?« fragt er die Hausbesitzerin, der es soeben nochmal gelungen ist, beim neuesten Wahlakt wieder nicht Präsidentin des Reality Clubs zu werden. »Wieso sollte ich renovieren?« fragt sie zurück. – »Kalt«, sagt er, »ich friere.« – «In welchem deiner Zustände?« fragt sie zurück. Der Schlagabtausch endet unentschieden, da er sie nicht daran zu erinnern wagt, daß Renovation Geld kostet. Dies ist ihr gelungen, nämlich, das Geld zum Tabuthema zu machen, da er keine Miete zahlt und auch das nicht erwähnt hören möchte. Als das Schweigen zwischen beiden eintritt, wird ein anderes Mitglied, männlich, Vollbart, an die Peinlichkeit des Schweigens erinnert, das den Reality Club bei seinen Sitzungen immer wieder heimzusuchen pflegt. »Darf ich rasch das Flugzeug nehmen?« fragt der Vollbart die Niemals-Präsidentin. – »Nimm das kleinere.« Er befolgt die Einladung und landet bereits im Balkan, in der Nähe von Fertörákos, noch nicht ganz Balkan, wenn er auch bereits an Balkan denkt, es ist ungarische Grenze, aber in der Nähe des Balkans; der Balkan, so der Vollbart, wird hier zu einer Möglichkeit, mit der man rechnen muß, ich darf mein Ziel nicht aus den Augen verlieren, einen Vortragenden für den New Yorker Reality Club zu finden. Niemand weiß, ob sein Bewußtsein genauso spricht oder ob das Suchen des Vortragenden ein elektrischer Impuls in seinem Kopf ist. Alle Anzeichen sprechen bei der Landung dafür, daß der Vollbart auf einen Vortragenden aus ist, dem er erst nach dessen abstrakter Zusage eröffnen will, *wo* er vorzutragen habe. Das kleine Flugzeug der Niemals-Präsidentin wird neben dem Neusiedler See in einen versinkenden Schuppen gerollt, gegen dessen Fundamente die Wogen schlagen, dessen Vorhängeschloß Tang angesetzt hat, aus der Kabine hörte der Vollbart die Frösche pfeifen, ungarische Frösche selbstverständlich, zwischen jeder Lautgebung ein kleiner Pflaumenschnaps. Was in Fertörákos geschieht, wird zum Wettlauf zwischen dem Finden eines vortragswilligen Ungarn, der etwa zehn Blatt seiner Gedanken vorrätig hat, und dem absinkenden Schuppen, dessen Untergang im See das kleine Flugzeug mit sich reißt, womit der Vollbart, der soeben noch das Cocktailglas in betretener Stille schwenkte und dem Maler innerlich recht gab mit »Gut gesagt, ich frier mir den Arsch hier ab«, im westlichen Ungarn bliebe und nur noch mit dem Helikopter gerettet werden könnte. Wer sitzt da letztlich neben mir? Erst mal nur eine kleine zugelaufene Person, die kommt und geht und wiederkommt, wie es ihr gerade paßt, sagt Botho Strauß in der Fremdenführerin.

Geht Natur in die Zerstörung ein, ist sie besonders reichhaltig. Nuklear bestrahlte Natur ist das Üppigste, was es gibt. Es gibt eine Verseuchung von Wäldern, welche das Wachstum antreibt. Bei Totalverschmutzung soll nicht mit Versteppung, es soll mit Dschungeln gerechnet werden. Dschungel anzusehen macht uns heiß, die wilden Tiere haben uns immer erregt, die Verschmutzung verstört uns tief, aber Wachstum begeistert uns grenzenlos, wir kriegen die Füße nicht mehr auf den Boden, uns wachsen alle Zimmer zu lichthohen Hallen vor Enthusiasmus über dieses Wachstum, kaum ist da Wachstum in der Natur, wächst auch unser Enthusiasmus, es ist ein echter Enthusiasmus, eine maßlose Begeisterung darüber, daß etwas größer wird, zugegeben, wir könnten uns einschwärzen, hoffnungslos werden, im Tunnel Zelte aufschlagen darum, weil die Verschmutzung wächst, aber es ist ja die Natur, die auf die äußerste Verschmutzung mit äußerstem Wachstum antwortet, und hast du gesehen, das Wachstum siegt über die Verschmutzung, weil es sich um ein unbedingtes Wachstum handelt, dieses Wachstum dieser Natur gibt keine Gnade, obgleich der Schmutz um Gnade fleht beim Wachstum, da er sich weiter ausbreiten möchte, er bittet die Natur um die Liebenswürdigkeit, sich durch ihn bitte zerstören zu lassen, aber die Natur bläht sich, erweitert sich, dehnt sich aus, überschwappt, holt Luft und füllt ihren muskulösen Thorax; nichts da, Dreck, du wirst besiegt und in den Boden gehauen, dich überwalz ich glatt, damit dus nur weißt, du machst mich groß, deinetwegen gibts mich, die Natur, erst recht wieder. Schon schieben sich Zungen von Dschungeln über die Fernstraßen, Wucherpalmen konkurrieren mit Hochspannungsmasten, es brüllt der verschmutzte Löwe abends beim Gartenschlauch hinter dem Haus. Die Natur und ihr Blitzkrieg. Der Schmutz erlebt sein Stalingrad. Emanuel hört ihn brüllen. Die Verschmutzung schickt Heß im Flugzeug zur Natur, er soll rechtzeitig Frieden schließen, doch unaufhaltsam schließen sich die Panzerkolonnen zu einer brandschatzenden Phalanx zusammen und brennen, ätzen, quetschen den Schmutz aus. Ende der Verschmutzung, es betritt das Podest: die Natur, Platz eins, wir heben ihr den rechten Arm, sie soll uns ein Siegerwinken geben. Groß geworden dank ihrem tödlichen Gegner. Gestern noch todgeweiht, heute platzend vor Kraft, die Natur braucht einen Berstschutz um ihren Gürtel. Sieg, Heil, Sieg. Um neun ein Dschungelpicknick, bitte leere Konservendosen mitbringen, wir wollen streuen. Berlin eine Stadt, die sich ihrer Defizite bewußt ist. Ihr Defizit ist zunächst eines an Raum, und dieser Mangel an Raum ist gleichzeitig alles, was es von Berlin zu berichten gibt, ein einfacher Bericht zunächst, bis Emanuel die ganzen unfaßlichen Verästelungen erkennt, in welchen dieser Mangel in den Menschen und ihren privaten sowie öffentlichen Systemen weiterarbeitet, eine umso leichtere Weiterarbeit, je entschiedener das Vergessen, Verdrängen oder die Berliner Spielart hiervon: die Ironisierung praktiziert wird. Defizit an Grund und Boden, Defizit an freier Bewegungsmöglichkeit, die Stadt hat Kompensationsformen entwickelt, Literatur steht nirgendwo auf der Welt so im Dienst des überleben wollenden Kollektivs, des überleben wollenden Staates wie in Berlin. Von einer bestimmten Höhe der Subvention an wird Emanuel als Literat den Eindruck nicht los, als werde dafür etwas Bestimmtes von einem erwartet. Diese Erwartungen werden nie an einen herangetragen, alles läßt darauf schließen, es gebe sie nicht, und doch empfindet Emanuel sie, kann sie aber, da sie vorzutragen sich weigern, nicht erfüllen. Diese Ansicht wirkt kaltnadelradiert, aber prospektiv. Eines Morgens, die Amerikaner hatten den Russen wieder einmal ein Nein ins Gesicht geschleudert, sagte ich mir, informierst dich denn über China, rette dich nach China, nur das Reich der Mitte kann noch helfen. Der Fernseher lief und übertrug die letzten Minuten der Menschenrechts-Konferenz. Die Amerikaner verlangten die Ausreise der Juden aus der Sowjetunion, die Russen verlangten, ein schwarzer Jude solle Präsident der Vereinigten Staaten werden. Es wurde jedem Betrachter sogleich klar, welches das freie Land war und welches dasjenige mit sämtlichen Bürgern in Gefangenschaft lebenslang. Die Chinesen hatten gegenüber beiden Systemen einen Vorteil: sie waren weit weg, Emanuel sprach weniger von ihnen, sie hatten einen evidenten Humor, und Emanuel verstand sie nicht so gut. Also war ein Studium der chinesischen Geschichte das einzig Mögliche. »Juden haben bei Ihnen keine Chance. Bei uns können sie Rechtsanwälte werden, Ärzte!« schrie der amerikanische Unterhändler dem sowjetischen ins Gesicht. Beide trugen randlose Brillen, beider Krawatten waren in den Farben der National-Fahne gehalten. »Die Suppe, die die Armenküchen den Schwarzen geben, sind nicht genügend proteinhaltig. Es ist eine Verurteilung zu schleichendem Tod!« schrie der russische Unterhändler zurück. Ein schweizerischer Oberkellner stellte sich zwischen die Supermächte, flüsternd, »Sollten Messieurs neutral werden wollen, 's rentiert, 's bringt Rente, wer Supermacht ist, der ist, wenn er neutral wird, noch stärker.« – »Und was würde die Schweiz tun, wenn die UdSSR neutral würde?« fragte Wroslow Maleschinski, zweiter Botschaftsattaché. Die Schweiz, so bedeutete der Oberkellner, würde dann den Part beider ins neutrale Lager abgedrifteten Supermächte spielen, »und besser als diese«. Die unübersteigliche Mauer der Lichtgeschwindigkeit erst verweigert dem Menschen eine kosmisch erhebliche Existenz, merkt Hans Blumenberg in der kopernikanischen Optik an. Der Selbstvergessene ist noch lange kein Insichgekehrter. Es genügt nicht, daß er sich selbst loswird, damit er sich auch schon findet. Der Insichgekehrte hat zu dieser Selbstfindung den ersten richtigen Schritt vollzogen, er hat so etwas wie eine Aussicht, selbstverständlich eine bescheidene. Der Selbstvergessene aber läuft geradewegs auf die schlimmsten eigenen Nachteile zu, da er nur einfach auf sein Interesse an allem verzichtet hat und somit in den

Besitz von nichts mehr kommen kann. Gemeinsam ist ihnen beiden das Motiv, weiterkommen zu wollen, indem sie einen Weg wählen, dem nichts Transport-artiges anhaftet. Aber der eine versinkt in sich und kommt um alles und dann um, und der andere hat eine erste schwache wichtig-nichtige Wahl getroffen, die ihm einen winzigen Ausblick eröffnet; in der Regel kommt auch er um, aber er steht dann anders da als der andere, der sich zwar schön Den Selbstvergessenen nennen kann, aber scheitert.

Die Fissur außen am Haus, die sich in der Mauer gebildet hatte durch das Wegsacken des Fundaments, welches auf Feuchtigkeit gegründet ist. Der Gemeindebach floß neben dem Haus durch, sein Sickern hielt es feucht durch die menschliche Geschichte hindurch, nun haben sie dem Gemeindebach eine Betonröhre gegeben, es sickert nichts Befeuchtendes mehr von ihm weg, die Spalte wurde von den Hausbesitzern mit einem Brett außen verklebt. Sieht häßlich aus, Napoleon wäre gleich vorgegangen. Das Haus hat nun seine Alterskrücke. Looking back on human history we can safely say that cynicism is the best yardstick of social progress, sagt Iosif Brodskij in On Tyranny. Libelle. Schilf. Schaum. Die physisch geringfügigen, vulgo kleinen Wasservögel bieten ihrer an die Schilfhalme geklebten Nestbrut eine Show. Flattern. Die kaputte Ästhetik von Stadttheatern. Sie reden ständig in Stücke hinein. Mein guter Freund Korbes, den ich neulich nach seinen vielen Auslanddirigaten wieder traf, mit dem ich mich auf den Boden meiner alten kleinen Wohnung setzte, sprach tatsächlich zu einem neueren, übrigens makellosen, Stück, das ich mit einem Kollegen geschrieben hatte, folgendes: »Es sieht jetzt so aus, als bewürbe sich da ein Stück beim Theater um seine eigene Tauglichkeit.« Er fügte zur Selbst-Abdeckung hinzu: »So sagte es mir ein Dramaturg, der einen Dramaturgen zu Rate zog. Jener irrte bisher nie.« Als sei er damit schon zu weit gegangen, fügte er ritterlich an: »An dessen Namen ich mich nicht erinnere, dies betrifft den Letzterwähnten, Niemals-Irrenden. Der zweitletzte aber, irrend, doch ratsuchend, hieß Hans-Wotan, jetzt lachst du falsch: Sohn nämlich eines Regisseurs, der ihn in einem schamlosen Exzeß von Möchtegernbayreuth auf einer unzugänglichen Ottomane zeugte und gleich darauf den Namen entwarf.« Ich saß sprachlos auf dem Boden und dachte, Du Kerl drehst die Argumente aber gut um, bist geradezu ein Observator. Eine Pflanze hier, die ich nicht kenne, sondert in ihren Fruchthälsen Wattebäusche ab, diese Bäusche machen sich selbständig, sodaß alles wie von ausgezupfter Watte bedeckt scheint. Auch die Natur zupft's nur aus der Packung. Vom zerfallenden Haus weg. In die Großstadt zurück. Dort 24 Stunden die Abwesenheit großer Wasserflächen peinvoll empfunden. Gleichzeitig gelesen, daß die Pole schmelzen, die Wasserflächen, allgemein gesprochen, viel riesiger werden. Vorher vom zerfallenden Haus weg. Endlich in die Großtadt zurück. Sie liegt 250 Meter über Meer. Dort 24 Stunden die Abwesenheit großer Wasserflächen peinvoll empfunden. Das entspricht jetzt alles nicht mehr dem Weltganzen. Gleich lese ich, daß sich die Wüsten ausbreiten, jedes Jahr wächst die Sahara um die Größe Hessens, doch was nicht steht, ist, daß Hessen jährlich um die Größe der Sahara wächst. Um die Größe Bayerns. Bei Bayern liegt die Sache anders: Bayern wuchs genau einmal um die Größe Bayerns, dann war es Bayern, punktum. Mitteleuropa ist eine Wüste, nun wird es auch noch Sahara. Ich lief von Kiosk zu Kiosk. Als ich endlich las, der amerikanische Päsident verbreite die Gewißheit, die Berliner Mauer werde von selbst einstürzen, dachte ich an Billy Graham und daran, daß alle wieder fromm werden müßten, lammfromm. Ich sah mit Entsetzen das Haus von 1770 wie einen unerschütterlichen Kubus ragen. Sein Einsturz wird geräuschvoll sein, das Bersten wird Qual. Ertrinken durch die Fenster, Röcheln in den Kaminen. Allgemeines Vergehn. Aus einer Mauersenkung, in der gar kein Humus Platz hatte, wuchs eines Tages eine riesige phallusartige Pflanze, deren Eigenheit es ist, stracks senkrecht hochzustechen, Emanuel kann sie an der Spitze zu Boden biegen, sie springt gleich wieder hoch in die absolute Senkrechte. Sie erreicht ohne Erde anderthalb Meter. Wasser geht aus, die Gemeinde hat zu viele Häuser hochgezogen, die Zufuhr blieb klein. Der Weinbauer bei der Erntevorbereitung, sein Herr ist das Wetter. Karteninschrift Tamara: Wir überlegen uns Palladio. Zur Rede gestellt, hat sie damit nichts gemeint, sondern lacht und ißt Erdbeereis. Emanuels Wiederingangbringen einer Uhr aus dem achtzehnten Jahrhundert. Hoher Uhrkasten. Helles Braun. Das Pendel wird angeworfen. Das Pendel ist aus einem Stück. Das Pendel hat in der Mitte ein Gelenk. Das Pendel ist in sich haltbar. Wichtig fürs achtzehnte Jahrhundert: Alle seine Erzeugnisse sind großartig, können aber auseinanderfallen. Die Metalleiste des Pendelschaftes kann mehrmals in sich selbst verschränkt werden. Ein Früh-Teleskop; so konnte der Uhrmacher das Pendel in einer Seiten-Beintasche leicht mitnehmen. Ein Gewichtstein ist von der Schnur weggerissen, daran er hing, liegt im Innern des Uhrkastens auf dem Steinboden. Neben der Uhr ein Fenster, aus dem Emanuel auf den See hinaussieht; früher sah Emanuel nicht auf den See hinaus, es ist eine angenehme Errungenschaft; eine Efeupflanze wurde abgeschnitten; dem Fenster blieb nichts anderes übrig, als den See freizugeben; Krönchen auf den Wogen, das war soeben noch anders. Emanuel hat uns einen Wind geschickt; nicht Herr übers Wetter sind wir, aber wir wünschten uns den Wind so sehr, daß die Erfüllung unseres Wunsches uns zum Herrn über das Wetter macht; wir wünschen uns ähnlichen Gehorsam für die nächsten Tage. Die Efeupflanze verdunkelte das Fenster jahrelang im alten Haus, niemand wagte sie wegzuschneiden. Ich hatte mehrmals am Fuß der Pflanze die große Schere angesetzt und hatte die Finger in den Scherenlöchern, wie andere die Finger am Abzug haben. Wagte nicht abzudrücken, aber natürlich hätte sich die Schere bei dem dicken Stamm nicht geschlossen. Ich hätte die Efeupflanze gepiekst, verächtlich hätte sie das Fenster weiter eingedunkelt. Kaum das Zifferblatt der alten Uhr war zu lesen. Blaß schimmerte es im Dunkel des Korridors, und seine Inschrift kämpfte gegen ihr Verschwinden in der Nacht an. Alle Indikatoren der Anthropologie weisen darauf hin, daß der terrestrische Mensch insofern die Ausnahme der Natur ist, als er seine Existenz nur durch eine unverhoffte, nach den Regeln der organischen Natur höchst unzweckmäßige

Reparatur einer Deviation erhalten konnte, sagt Hans Blumenberg in der kopernikanischen Optik.

Otto Martin betritt Emanuels Zimmer und führt einen ironischen Stechschritt aus. Er ist der erfolgreiche Architekt und sonst nichts, nur komisch. Er baut in New York ebenso wie in Berlin. Er sucht die Wohnung auf, in der ich lebe. Er sucht sie nicht meinetwegen auf. Es gibt da noch eine Frau, ihre Geschlechtszugehörigkeit ist unwichtig, aber sie ist eine; dies gibt sie durch eine ihr eigentümliche Form von Männlichkeit zu verstehen. Mit ihr, der Untersetzten, Männlichen, ungestüm Mannbaren habe wiederum ich nichts zu tun. Er hat mit ihr zu tun, darum kommt er. Die Verbindung geht nicht gut. Oft sitzt er da und redet lange mit mir. Wir, die beiden Männer, kommen glänzend aus. Tritt die Frau hinzu, ist der Glanz weg. Nachts gibts oft Streit, vorher, nachher. Dann fliegt er aus dem Bett. Am Morgen treffe ich ihn auf einer Matratze vor ihrer Tür. Die beiden frühstücken immer zusammen, egal wie groß die zänkische Hitze. Er arbeitete oft in der Wohnung an seinen Blaupausen. Ich fand ihn, den Kopf in die Hand gestützt, da brütete er über neuen Kolossen. Zum Schluß warf sie ihn raus. Er genügte nicht mehr. Sie nahm mich mit zu ihrer schrecklichen Mutter; Agnes steckten wir in eine große Handtasche und nahmen sie mit. Das war aber viel später. Ehe Otto Martin die Wohnung verließ, ließ ich Schuberts Neunte von Klemperer laufen. Wir stellten uns nebeneinander und dirigierten mit Klemperer mit. Sie stand vor uns und lachte. Er drehte sich um, öffnete die Eingangstür, sagte, Es ist schön mit dir gewesen, und ging. Emanuel hörte, wie er den Aufzug kommen ließ. Der Aufzug kam, hielt, Emanuel hörte die Aufzugtür. Der Aufzug trug ihn nach unten. Er verschwand aus unserem Gesichtskreis. Wir waren zurückgeblieben. Ich sah sie lange an. Sie wich vor mir zurück. Jetzt sind wir noch zwei, sagte ich. In order to get at the top of something you need to have something that has a vertical topography, sagt Iosif Brodskij in On Tyranny. Im Grunde genommen wollte ich gestern den ganzen Tag schreiben, aber alles, was ich zusammenbrachte, waren zwei Palindrome.

Abends hatte ich den Eindruck, ich sei ausgezeichnet erholt. Mir scheint das Denken in Kreuzworträtsel-Kategorien zu bekommen. Die Kombinats-Kunst ist doch die leichteste, alle Parameter sind fest, nur der letzte, der dann ein völlig unangreifbar zusammenhängendes System garantiert, muß gefunden werden. Ein Wort hat sechs Buchstaben, der vierte ist ein F: Damit ist jedes Wort, noch ehe Emanuel es gefunden hat, auf immer gezähmt. Sprich einen beliebigen Satz aus, er muß nur von hinten gleich lauten wie von vorn: Damit ist jede Ausdrucksfreiheit dahin, aber der Kandidat sucht mit Lust. Die Möwen sind weiterhin in ihre Sexualkämpfe verstrickt. Vielleicht drückt sich der Kampf darin aus, daß sie im Augenblick gar nichts tun. Ich sprang von der Anlegestelle aus ins Wasser, fußvoran. Nase voll bitteren Wassers, stieß mir den Fuß am Grund im Sand an, er ist verschürft. Otto Martin ist hier. Er entwirft den Strand neu, wälzt den See um, hebt die gesamte Wassermasse auf Stützen von drei Metern Höhe: »So gibt der See im Sommer Schatten, dann nimmst ne Leiter und kletterst zum Wasser hoch.« Ihn ärgert bis zur Bewußtlosigkeit, daß Wasser das Tiefste einer Gegend sein soll. Er mit Agnes betrachteten meinen Sprung. Agnes nannte mich anschließend ›Schrumpfsack‹, Otto Martin nannte mich ›weißes Fleischgebirge‹. Hieße ich Bernhard, würde ich die beiden auf 700 Seiten zurückverfluchen. In der Bibliothek ist ein neuer Mauerriß überm Fenster entstanden, die westliche Fassadenmauer will sich selbständig machen. Die uralte Dame Sattler, der das Haus gehört, sagte mit ihrer 92jährigen Stimme am Telefon: Ich weiß nicht, was mit dem Haus tun, nun ist es zum historischen Monument erklärt worden. Emanuel darf es nicht mehr berühren; wir haben festgestellt, daß jeder Hausteil seinen eigenen Weg gehen will. Das obere Badezimmer rinnt. Bei Bernhard bin ich auf Seite 605, es ist eine Berichterstattung der Hoffnungslosigkeit, es kommt immer Neues, soeben hat der Erzbischof Spadolini aus dem Vatikan die beiden Eltern Murau nach deren Tod als freundliche Menschen geschildert. Das hat den Icherzähler herausgefordert, nun macht er den Erzbischof systematisch fertig, will sagen, ehe er den Erzbischof fertiggemacht hat, hat er noch

Goethe fertiggemacht, kurz nachdem er auf 30 Seiten geschimpft hat, daß Österreich ein Land von Gauleitern ist, von katholischen Gauleitern dazu. Dazwischen war die Episode gekommen, wo er den Schwager, einen Weinflaschenstöpselfabrikanten aus Südbaden, fertiggemacht hat; dazwischen schob er wieder Stellen ein, wo er die Landbevölkerung um Wels herum fertiggemacht hat, das brachte ihn auf seine beiden Schwestern, die er fertiggemacht hat, die hatten eine Mutter, die macht er nun besonders fertig, weil der Erzbischof sie lobt, auch auf seinen Vater muß er nochmals fertigmachenderweise los, weil der Erzbischof auch ihn lobt. Die angestellten Jäger sind infam, die kalten Büffets der Schwestern sind zum Erbrechen, der Rasierpinsel des toten Vaters taugt nichts, verliert die Haare, wenn man ihn denn überhaupt noch findet. Ist es schon schwer zu erblicken, was man nicht erwartet, so ist es nahezu unmöglich, durch bloße optische Erfahrung zu akzeptieren, was im Kontext der präsumtiven Welterfassung nicht zulässig ist. Sagt Blumenberg in der kopernikanischen Optik und liefert damit seit Morgenstern die gelehrteste Umschreibung von Morgensterns: Daß nicht sein kann, was nicht sein darf. Immerhin sagt Blumenberg »nahezu unmöglich«, läßt also Hoffnung. Dieser infinitesimale Schimmer ging bei Morgensterns platterer und eingängigerer Formulierung verloren. Blumenberg ist hoffnungslos genug. Emanuel scheint in dieser Hoffnungslosigkeit festzustecken. Agnes reißt ihn kurz heraus, doch schon die Metapher ›herausreißen‹ ist fragwürdig, immerhin zerrt und zurrt etwas an ihm herum. Abend. Die junge Frau ist sprachlich hochbegabt. Sie nützt ihre Begabung für Kalauer, die ans Herz gehen. Sie geht mit einem Typen zum Abendessen, den sie mittelprächtig mag, so ihr Ausdruck. Er bestellt sich heiße Schnecken. Emanuel steckt mitten im Schneckenmahl, zu dem kein Wort gesprochen wird. Er hat sie auf ihre Kalauerbereitschaft angesprochen und dumpf »untendurch« beleidigt, vermutlich abgewertet. Mitten in der Schneckenmahlzeit also schnellt er mit seiner Gabel eine heiße Schnecke an die Decke; das Seltsame ist, daß diese Schnecke, der er nachschaut, ihm dann genau von der Decke oben ganz heiß ins offene Auge fällt. Es ist ein Fall unter Millionen, der durchaus eintreten kann; Frage nur, ob Emanuel ihn berücksichtigt; Grundfrage: Soll Emanuel die Minderheit aller möglichen Geschehnisse berücksichtigen? Sie treten so selten ein, daß mit ihrer Erwähnung nichts gewonnen wird, ein Tupfer Farbe höchstens. Gebrüll. Aufspringen. Die Schnecke ist ihm genau aufs Augenlid gefallen und hat es ihm verbrannt. Schnecke um die Ecke, sagt die junge begabte Frau und fühlt, sie ist gerächt. Es kommt ihm noch was Abwertendes in den Sinn, das er gleich über den Tisch schiebt; es kommt nicht mehr an: Wie kann er das sagen, wenn er sich gleichzeitig schreiend das Auge hält. Oben an der Decke ein brauner Fleck, bleibt; der Wirt entdeckt ihn nicht. Alles zu unwahrscheinlich. Weißt du, daß ich ihn mittelprächtig mochte, ist Geschichte, sagt sie. Emanuel liebt diese Erinnerungen an Typen, die noch nicht ganz abgesoffen waren bei einem und überhaupt. Lädst du ihn zu Austern ein, frage ich. – Zu meiner Auster? – Die Möglichkeiten sind nicht auszudenken, sage ich, alles lächerlich. Blumengießen. Ich legte mich auf die Lisiere, schlief ein, es war Abend, nach einer Dreiviertelstunde erwache ich und habe die entsetzlichste Nierenkolik meines Lebens. Es gelingt mir, mich nach hinten zu verziehen, in den Schlafsack zu schlüpfen, tatsächlich schlafe ich sogar bis morgens sechs. Dann aber – unvorstellbar – fängt die Spannung im Unterbauch rechts an, da wollen acht Kilo Kind auf die Welt, nach zehn Minuten liege ich kreuz und quer im Sessel und schreie, und die Spannung wächst noch immer. Sie telefoniert für mich. Taxi. Zu der Ärztin. Kurze Beschreibung. Schwester. Spritze. Liege. Wolldecke. Weichheit kriecht von den Füßen höher. Anfangs Schreie Schreie. Werden leiser. Weichheit erreicht Niere. Schlaf. Bewußtlos. Erwachen. Schwester. Kaffee, gebracht. Ärztin. Blick auf Uhr. Vier Stunden später. Bewußtlos. Erinnerung an Schreie. Plauderei. Quietschen der Liege beim Aufstehen. Mittags sitze ich wieder auf der Lisiere und habe meine Schreie im Bewußtsein. Bewußtsein nimmt alles. Vergißt nie was. Zwei Tage später. Neues Blut. Verschlechterung. Zustand wird schlimmer. Abfahrt abwärts. Sinken. Sichwälzen auf Bett. Tag und Nacht nicht mehr zu unterscheiden. Schmerzen wachsend. Keine Schreie mehr, Stöhnen. Tagelang. Nächtelang. Schlaf gut. Zahllose Telefongespräche. Informationen verdichten sich. Um den Knotenpunkt rum: komm rasch zurück, begib dich in Behandlung. Abstellen Wagen Allee. Taxi nach Tegel. Flug Zürich. Abholung. Zuhause Bett. Drei Wochen bewußtlos, aber gehe herum, solange es Zimmer gibt, und bleibe stehen. Bewußtsein klar: an einem Höhepunkt angelangt.

Bootshaken, Nebelhorn, weißes Nachtlicht, Griffverlängerung des Außenborders. Nachts hat wieder einer mit überschnappender Stimme in regelmäßigen Abständen von einer Minute entsetzlich geschrien. Auf der Urologie klingt es unentwegt wie in einer Folterkammer mit Abteilen. Quasimodo und Jack the Ripper gehen mit Kartoffelschälmaschinen aufeinander los, zentral-geachste wirbelnde Bottiche, innen mit Sandpapier ausgeschlagen, weiße Finger an den Rand gekrallt, einer versucht den anderen hineinzustoßen. Unten wird er gewirbelt und abgescheuert, bis geschält. Jack verliert, Quasimodo bleibt übrig, Blut geliert zu wogendem Quittensud. Papierkörbe auf Rädern. Mehrstöckige Wäschewagen mit vogelscheuchenartigem Gelump seitlich raushängend. Die Wagen sind Holzgitter, hochhackig, mit vier wie nachträglich angebaut wirkenden altmodischen Speichenrädern. Betten stehen überall parkiert, mit gezogener Radbremse. Ab und zu ein Blick in ein anderes Zimmer. Alles gleich aussehend; in so kurzer Zeit kann man keinen von sich selber unterscheiden. Im Büro sitzt keine Schwester, entsetzlich diese verwaiste Organisationszentrale; die Abteilung wird gleich kentern. Staubsauger werden gerollt. Heizbare Essenwagen flutschen geräuschlos zu den Hungrigen. Leere Spritzenkolben dick wie ein Arm, man saugt mit ihnen auf einmal das Blut eines ganzen Menschen aus, dessen Haut entleert vorn an der Nadel hängt und abgestreift wird wie ein Unterhemd. Auf den Menschen im Spritzkolben drückt man dann und jagt ihn einem anderen in den Arm. »Kriegst du auch Menschen gespritzt?« Die Nadeln dieser Kolben sind fingerdick. Es braucht sog. Vor-Nadeln, die erst eine Eingangsöffnung für die Nadel aufreißen. Manchmal wird die Haut auch gesprengt, eine Packung Semtexdynamit wird um den Ellbogen gebunden, Schnur um. Alles ist abendstimmig, alles dient der Gesundheit. Unter meinem Bett hängt jetzt ein Körbchen mit einem Blutdruckmeßgerät und einem Stethoskop. Das Stethoskop probierte ich aus, es bohrte sich mir in die Ohren von beiden Seiten wie eine Zange, plop-plop das Herz, wenn auch nicht sehr deutlich. Im Hôtel de la Couronne in Avenches Filets de perches à gogo dinieren. Betrachte dazu meine Achtunddreißigerchen: kleine Füße. I red erst wieder mit dir, wenn d' nix mehr sagst. Schreiben = ins Leere bluten. »Die Aufbaustoffe des FASSIN-Körperpuders binden infolge der kolloiden Struktur in Verbindung mit dem labilen Milcheiweiß und hautverwandten Fetten die lästigen Sekrete der Haut schnell und zuverlässig, so daß die Haut stets frisch und gesund erhalten wird.« Fantome mit haariger Brust und weit auseinanderstehenden Telleraugen. Die Stirn ist einen Menschen breit.

Wenn wir bei Tamaras Mutter saßen, wurde sie regelmäßig nach wenigen Stunden halb wahnsinnig vor Haß auf mich. Ich hatte ihr allerdings diesen Haß, oder einen ähnlichen, lange vorher zu verstehen gegeben. Ich hatte sie gewarnt, bei ihrer Mutter werde es zu einer Katastrophe kommen. Es war immer auf etwas Schreckliches hinausgelaufen, zu Tamaras Mutter zu fahren. Sie und ich, wir verstanden uns nur in einem: Emanuel mußte, so oft wie möglich, zu der Mutter. Nun war es wieder soweit: Der Haß brannte, und nun wurde er auch mitgeteilt. Es ist schwer, sich das nachher vorzustellen, wenn alles bereits geschehen ist und die nicht minder entsetzlichen Folgen schon eingetreten sind: aber ehe wir bei ihrer Mutter waren, herrschte zwischen Tamara und mir kein Friede. Wir verbündeten uns, um die Schrecknisse aus ihrem Gemach zu sperren, und wir taten uns so lange nichts zuleide, wie die Bedingungen der großen gegenseitig zugefügten Katastrophe nicht geschaffen waren. Es war, als wären wir mit Halbheiten nicht zufrieden gewesen. Einträchtig arbeiteten wir auf das eine und einzige Ziel zu: es zu beenden, alles fertigzumachen, abzuschließen. Und die Mutter war eine willige Helferin. Dank ihr konnte das Grauen bei jedem Besuch genau wieder so hergestellt werden wie das letzte Mal. Die Fabrikation von Grauen gehört zu den empfindlichsten Arbeitsvorgängen, und begeht Emanuel nur einen leichten Fehler, eine knappe Abweichung, so entsteht so etwas wie Unbehagen; Leichteres, Erträglicheres mithin. Es braucht mehrere telepathisch miteinander verbundene, einander tief liebende Menschen, um die ganze Wucht des Schreckens zu erzeugen und sie den anderen auch mitzuteilen, bis sie darunter zusammenbrechen. Wir waren ein Herz und eine Seele, wenn es darum ging, uns zu zerstören. Ich betrat das Wohnzimmer als erster, einfältig, singend, die Hand zum Gruß ausstreckend. Tamara folgte mir. Die alte, in sich vollkommene Mutter, die Zärtlichkeit selber, saß im hohen Lehnsessel. Kaum hatten wir nahebei Platz genommen, ging es los. Ihre Mutter fürchtete, wir bekämen nicht genug zu essen. Von weitem sah Emanuel die Küche im Rauche. So spät wir auch ankommen mochten, immer wurde etwas »warmgemacht«, und »nur rasch«, und »ihr könnt's brauchen«. Die Unveränderlichkeit der das Essen begleitenden Bemerkungen war beängstigend; aber in der Mehrdeutigkeit aller Geschehnisse ging davon höchste Gemütlichkeit aus. Die Familie stand fest. Wir hätten, ohne die feststehende Begleitung der Gefühle, keinen Bissen hinuntergebracht. Man fragt sich, was tat Agnes während dieser Zeit? Wir hatten sie gefesselt und geknebelt. Sie saß wie eine zusammengeschnürte, fast bewegungslose Mumie oben am Tisch, und Tamara und ich stießen ernstzunehmende Todesdrohungen gegen sie aus. Natürlich weinte Agnes herzzerbrechend, aber gerade dies war unser unerträglich willkommenes Vergnügen. Regelmäßig wenn die Mutter den zweiten Gang auftischte, zog Tamara ihr den Knebel aus dem Mund. Agnes singt in einer eintönig wiegenden Melodie: In Palermo ist ein 11jähriger Knabe im Auftrag der Mafia von einem gekauften Mörder erschossen worden. Das Kind ist der Enkel eines Reinigungsunternehmens, das für die Säuberung des Gerichtssaals in Palermo zuständig ist. Vor dem Gericht findet seit Februar der Massenprozeß gegen mutmaßliche Mafia-Mitglieder statt. Die Reinigungsfirma soll sich geweigert haben, Mafiosi zu beschäftigen und ihnen damit die Möglichkeit zu geben, sich in den Gerichtssaal einzuschleichen. Ihre Mutter hatte ihr Angst vor den Männern beigebracht. Fast katechetisch hatte sie ihre Jugend lang wiederholen müssen, Da wird eines Tages einer kommen, der ist beschwänzt (weniger deutlich: die Mutter beließ es bei Andeutungen) und wird dich foltern und dann für immer unglücklich machen. Ich entsprach dem Bild der Mutter nicht; was die Mutter nicht wahrnahm; was die Tochter ebensowenig wahrnahm. Saß nun die Tochter, die meine Begleiterin war, bei der Mutter am Tisch, dann kamen ihr die gesammelten Lehren der Mutter zu den »Beschwänzten« in den Sinn; gleichzeitig sah sie mich auf der anderen Seite des Tisches sitzen und friedlich in meinem Kartoffelbrei stochern. Ich hatte es bisher unterlassen, ihr das Unglück zu bringen, mit dem ihre Mutter fest rechnete. Als sie, die Tochter, nun genau zwischen der Verkünderin der Lehre (ihrer Mutter) und dem lebendigen Beispiel für die Lüge der Lehre (mir selber) saß, rasten die beiden Auslegungen der Theorie und lieferten sich in ihr erbitterte Kämpfe. Durch bloßes Hinsehen war sie zu einem Schlachtfeld schlimmer Widersprüche geworden, und sie wurde buchstäblich zerrissen. Wenn wir bei ihrer Mutter saßen, wurde sie regelmäßig nach wenigen Stunden halb wahnsinnig vor Haß auf mich. Das war aber nicht, weil sie mich haßte, sondern weil sie mit dem Widerspruch nicht fertig wurde. Diesen Widerspruch hatte sie beiden zu verdanken, und er quälte sie unbeschreiblich. Einem der beiden mußte sie diesen Schmerz heimzahlen. Sie zahlte ihn selbstverständlich mir heim, denn es war für sie gefahrloser, auf mir herumzuschlagen als auf der Mutter. Ihre Mutter hatte sich, bei aller schweizerischen Liebenswürdigkeit, zur Festung ausgebaut. Diese Mutter war nicht mehr zu bewegen durch den Aufschrei ihres Opfers. Ich hingegen würde, wie sie wußte, sogleich einknicken und ihren Schmerz für meine Schuld halten. Dies ließ mich als das idealere Objekt für die Gegenrache erscheinen. Blitzschnell hatte sie ihre Berechnungen angestellt, die nichts anderes waren als eigentliche Studien in Schmerz-Ökonomie: Wo kann ich am meisten zufügen und kriege am wenigsten zugefügt. Ich hatte meine Augendeckel noch kein einziges Mal zusammenklappen können, da war ich schon ausersehen als der, auf welchen der ganze Theorie-Müll der Mutter und seine Folgen ausgekippt werden würden. Noch aber war nichts geschehen, sondern gefaßt und sogar gelöst, sichtlich unter dem Eindruck unserer Reise, aßen wir scherzend vor uns hin. Das Fest war vorbei. Ich wachte zerknittert auf. Ich hätte den Vormittag nicht lebend überstanden. Etwas half. Jemand lud mich zum Frühstück ein. Zunächst lud mich alles zu einer tiefen Niedergeschlagenheit ein. In dieser Niedergeschlagenheit blickte ich nur auf mich selbst. Und verglich meine heutigen Resultate mit jenen von gestern. Am Ende des Tages pflege ich die Faktoren des Tages zu addieren, und mit einer Division durch meine Gesamtmoral erhalte ich das Resultat des Tages. Meist ist es positiv. Da ich diesmal bloß eben erst aufgestanden war, gestern aber lange gearbeitet hatte, fiel diesmal der Vergleich zuungunsten von heute aus. Ich ärgerte mich. Das ließ sich mir ansehen. Ich wurde puterrot im Gesicht. Ihm fehlt ein Auge. Dafür habe ich eine Höhle. Es gibt bei einem negativen Fazit zwei Möglichkeiten des Handelns: Entweder versuche ich, den heutigen Tag auf die Ebene des gestrigen zu heben. Was eine Menge Arbeit bedeutet. Das wäre noch nicht schlimm. Aber es bedeutet eine Menge Willen zur Arbeit. Solchen Willen aufzubieten ist anstrengender, als die Arbeit zu verrichten, die er einem befiehlt. Soweit die erste Möglichkeit des Handelns. Meine Höhle schmerzte mich. Es kommt selten vor, daß ein einäugiger Mann, der puterrot angelaufen ist, solcherart Rechenschaft von sich fordert. Die zweite Möglichkeit des Handelns ist einfach. Aber sie hat ihre Tücken. Ich bringe mich um. Das ist möglich. Es will sorgfältig überlegt sein. Emanuel hat nur einen Schlag zugut. Einen zweiten vollführt keiner. Begeht einer zweimal Selbstmord, so ist das zweite Mal das Geständnis, daß das erste Mal schiefgelaufen ist. Der zweite Selbstmordversuch, ebenso alle weiteren, werden überschattet von schweren Schuldgefühlen. Der erste nicht. Der erste hat mit Unschuld zu tun. Sie gilt es nicht zu verspielen, indem Emanuel versagt. So wird auch dies zu einer Leistung, die gewissenhaft erbracht werden muß. Meist nehme ich vor dem Selbstmord ein Frühstück, er findet gegen Mittag statt oder kurz danach, in den Feierstunden zwischen zwölf und zwei nachmittags, wo sämtliche Arbeitenden unseres kleinen Landes wie die kleinen Jungen zu Mama nach Hause fahren und sich ihr Süppchen und ihr Schnitzel zu den Bratkartoffeln servieren lassen. Während sie essen, kann ich mich gut umbringen. Wenn ich ganz aufrichtig sein will, ist mir der Mittag die liebste Zeit. Ich könnte es auch nachmittags vollbringen. Der Nachmittag ist nicht viel schlechter. Der Abend geht auch. Der Abend paßt immer, zu Unternehmungen solcher Art. In der Nacht bin ich meist zu müde dazu. Es in der Nacht zu tun, hat etwas Lächerliches. Auch verbreitet sich die Neuigkeit langsamer. Eine Niedergeschlagenheit, die zum Selbstmord führt, mischt sich leicht mit einer Wut. Die Wut ist riesig. Meist ist es schwer zu unterscheiden, was stärker ist, doch im allgemeinen obsiegt die Niedergeschlagenheit über die Wut, welche unter diesen Umständen nicht zur ganz großen Erregung führen kann, sondern kurz nach ihrer Entstehung gedämpft wird. Das Individuum (ich), das mit einer solchen Wut und Niedergeschlagenheit beladen ist, wird von einem Extrem ins andere getrieben, und meist stirbt es, weil seine Wutanfälle immer vor ihrem Ausbruch von der Niedergeschlagenheit aufgesogen werden. Eine Empfindung aber, die als Befreiung versprochen ist und im letzten Augenblick scheitert, ist das Schlimmste überhaupt und zehnmal tödlicher als eine geradewegs auf den Tod zusteuernde Empfindung. Es kann ein Gefühl der Freude ähnlich sein und empfunden werden wie Freude; wenn es nicht ausbrechen kann und Freude wird, sondern Gemeinheit und Schmutzigkeit bleiben muß, dann zerstört es die Fähigkeit für Freude überhaupt. Das Individuum (ich) will sich freuen, sich in eine angenehme Gefühlslage bringen, diese Gefühlslage steigern, und auf einmal bricht die alte Niedrigkeit, Schmutzigkeit, Ekelhaftigkeit hervor, und das Individuum (ich) erkennt, daß es ist wie alle anderen, ausgestoßen, einsam, oder in Gesellschaft und verflucht. Die Leidenschaften sind etwas Rätselhaftes, der Tod ist dafür eine klare Lösung. Ich fühlte schon schwerste Rasereien, unaufhörliche Tobsüchte, ich stand vor meiner endgültigen Befreiung, vor dem Abwerfen meiner ganzen Hemmungen, die aus mir ein zusammengeschnürtes Paket machen, aus dem ständig Blut tropft, da schob meine Niedergeschlagenheit den Deckel über das brennende Gefäß und erstickte die Flamme. Emanuel muß so etwas gefaßt ertragen, wie es überhaupt klüger ist, dem Ungemach nicht die Stirn zu bieten, sondern sich still zu ergeben, denn schon oft entstand Ungemach, das denjenigen, den es befiel, gar nicht sah, und wenn er sich ruhig hielt, schritt es über ihn weg und ließ ihn hinter sich zurück, unzerstört. Meist war er schon vorher zerstört worden. Aber es macht einen Unterschied, ob Emanuel von einem Ungemach zerstört wird oder ob es einen unzerstört hinter sich zurückläßt und Emanuel bloß von einem früheren Zwischenfall zerstört wurde. Ums Zerstörtwerden kommt Emanuel nicht herum, aber es ist eigentümlich und unbedingt festzuhalten, daß vieles Ungemach einen nicht zur Kenntnis nimmt, wenn Emanuel sich nicht rührt und stillhält. Selbstverständlich ist Emanuel, leistet Emanuel keinen Widerstand, dennoch im tiefsten Ungemach, aber Emanuel bleibt es nicht so lange. Und selbst einer, der lange im Ungemach bleibt, hat meist den Trost, daß das Ungemach gar nicht ihn meint. Etwas Niedergeschlagenheit, oder sogar viel Niedergeschlagenheit kann da von Vorteil sein. Am besten wäre es, der Wut widerführe ihr Recht und sie triebe einen zu einer einzigen umfassenden Befreiungstat, deren Emanuel ohne Wut nie fähig sein wird. Anfangs hat Emanuel sich an dieser Tat versucht; ohne Wut ging sie nicht. Dann versuchte Emanuel sich in der Wut, damit sie die Tat herbeiführe, aber Emanuel gerät nur in Wut, wenn Emanuel die Courage hat. Zum Mut braucht es eine gewisse Unberührtheit. Emanuel darf nicht in einer Situation schon einmal gesteckt haben. Eine Situation zum zweitenmal durchleben heißt, sie bereits kennen, und das hat etwas Beruhigendes. Nichts ist verstörender als eine Situation, in die Emanuel zum erstenmal gerät. Emanuel weiß nie, erlebt Emanuel sie richtig, oder tut Emanuel das Falsche. Ist sie einem hingegen vertraut, so kann nichts schiefgehen; Emanuel erlebt sie, wie Emanuel sie das letzte Mal erlebte. Das Schlüsselwort heißt Regelmäßigkeit. Mit der Regelmäßigkeit als Kategorie kann nichts mehr schiefgehen. Da Emanuel den Begriff Begehren nicht zur Kategorie machen kann, metaphorisiert Emanuel ihn, den Begriff Begehren, im Begriff Regelmäßigkeit. So kann Emanuel gefahrlos davon sprechen. Andere sagen, Emanuel soll vor allem Gefühle ausdrücken. Die Welt der Gefühle ist unendlich. Sie ist, ebenso, unendlich mit Bedeutungen beladen. Was ein Reichtum sein könnte, wird in der Sprache zu Armut. Die Sprache, ihre Benennungen, mißtrauen den Gefühlen. Sie hat nur Ausdrücke für einige wenige bereitgestellt. Bei dem Verbrauch an Begriffen, den eine durchschnittliche Gefühlsbeschreibung verzehrt, sind sämtliche Möglichkeiten, in der Sprache Gefühle zu schildern, nur zu bald aufgebraucht. Wenn gesagt werden kann, daß in jedem Themenbereich, wird er zum Bestandteil von Emanuel, früher oder später Repetition eintritt, so kann von der Gefühlswelt gesagt werden, daß diese Empfindung von Repetition bei ihr viel schneller eintritt. Gefühle sollten selten einzeln beschrieben werden. Sie sollten einem Satz, der nur beschreibt, in »gelöster Form« mitgegeben werden. Emanuel erklärt, was in gelöster Form heißt. Jeder Satz kann einige nicht zu seiner Primärfunktion gehörende Elemente huckepack mitnehmen. Sätze sind Lasttiere. Eine elementare Beschreibungsfähigkeit ist in jedem von uns vorhanden. Es ist anzunehmen, daß das Studium die Ihre zerstört hat. Wenn Sie schreiben, wollen Sie »Literatur machen« oder an Ihr Geschriebenes die Kriterien anlegen, nach denen Sie sonst der Literaturbetrachtung obliegen. Für jemanden, der schreiben will, ist das ein sehr falsches Verfahren. Allzu genau zu wissen, was Schreiben ist, macht das Schreiben zu einem zerstörten. Das genaue Wissen um es hat noch jedes Schreiben zu einem zerstörten gemacht. Dessert, sagte Tamaras Mutter, und Tamara stopfte Agnes den Knebel wieder ein, während Emanuel nachprüfte, ob er fest saß. Agnes' Unschuldsbeteuerungen wurde Aufmerksamkeit die Fülle zuteil, doch konnte sie der geringen Behinderung wegen sehr schlecht zu der möglichen Empfängerin gelangen.

Personen 1,2,3 Schauplätze A,B,C Szenen a,b,c Handlung mit Unterteilung – jedes Handlungsstück verweist auf das nächste – Konstruktion entweder mit Ausgangspunkt x, von welchem aus mit eingebautem Themenkontrolleur nach vorn konstruiert wird, oder aber eine Gesamthandlung, die intern variiert wird. Durchsicht bisheriger Entwürfe in Hinsicht auf ein Fein-Differenzieren, z. B. Szene mit Krankenhaus: Ort, an dem Beteiligte nur mit affektiver Anstrengung sein können. Norwegen: Schulschiff Christian Radich lag neben der Hokon Jarl. Die Festning Akershus dominierte die Hafenbecken. Die Männer im Norden heißen so, daß die Aussprache des Namens ihnen sogleich etwas Männliches verleiht, selbstverständlich auch etwas Problematisches, Zerrissenes. Es ist die Tragik dieser so einfach, klar, geradlinig auftretenden Menschen, daß der gebildete Zugereiste sie sogleich in einem Ibsen- oder Strindberg-Netz ansiedelt, wobei, fürchtet E., die Temperamentunterschiede zwischen Ibsen und Strindberg ziemlich genau auch jenen zwischen Norwegern und Schweden entsprechen. Ibsen war ein von der Form und dem logischen Ablauf Besessener: so sind die Norweger. Strindberg stellte Form nur her, um die Durchbrechungen der Form schmerzhafter deutlich zu machen: so sind die Schweden. Alle da oben, wo das äußere Aussehen der Wälder, ihre gesteigerte Borstigkeit und ihr allgegenwärtiges Auftreten, immer bereits wilde Bären und Elche suggeriert, alle heißen Stig, Grundahl, Tore, Bard, Henrik, Lena, Kerstin, Wenche, Ivar, Jan, Tomas, Hans Hansen, Jukka, Sverre, Ole, der König heißt Olaf, ist alt, sitzt in einem unbewachten großen Schloß mitten in Oslo, die Wache ist nur Schmuck, sie probiert PräsentiertdasGewehr im Buckingham-Stil, aber die Bärenmützen können das besser. Ankunft in Zürich Gate 48, seine geographische Lage war 8 Grad 33 Minuten 31 Sekunden Länge und 47 Grad 27 Minuten 18 Sekunden Breite. Das Fliegen zerschneidet die Erlebnisspur. Fliegen stellt den Zielort neben den Abflugort, stellt Gleichzeitigkeit her. Die organische Belastung ist entsprechend. Meist stirbt Emanuel nach einem Flug, der gutging, abermals. Es gab einen Herbst in meinem reifen Mannesalter, da mußte ich jedes Wochenende in einer anderen Stadt verbringen, alle nur per Flug erreichbar. Die erste Stadt war Berlin. Ich fuhr bis Frankfurt. Von da nahm ich am berüchtigten Gate B 41 (Postleitzahl Friedenau) eine Maschine nach Berlin-Tegel, dem Flughafen, der unter der Herrschaft der Franzosen steht. Die Flugzeuge einer der großartigsten Luftgesellschaften der Welt, der unerbittlichen PanAm, des Hohelieds von dem Fliegen oder Nichtfliegen, des Maharadschah-Reichs des perfekten Services, diese Flugzeuge heben sich stündlich, weshalb sie Shuttles heißen: Hinundhers. Über Berlin sei kein Wort verloren. Eine erbauliche Stadt, die in ihrer Erbaulichkeit bereits 750 Jahre Weltgeschichte schaffte. Die zweite Stadt war Oslo. Oslo liegt am Ende eines Sunds, der mehrere Dutzend Kilometer ins Land ragt und in Oslo erscheint wie ein von der Stadt ausgehender See. Der Anflug brachte mich um. Ich flog zuletzt über mehrere grüne Inseln, sah dunkles Wasser unter mir und iglige Wälder. Oslo, ein Flughafen kaum größer als der Basels, von dem ich ausgegangen war. Die dritte Stadt war Graz. Ich fuhr wiederum mit dem Zug nach Frankfurt. Zugfahren wie immer: auf den Bahnsteig, über Beton tigern, den Fuß aufs zu hohe Trittbrett setzen, sich in den Wagen-Korridor schwingen, an der Latrine mit der offenen Tür vorüber, zur Abteil-Schiebetür, sehen, daß Emanuel dem Abteilwagen doch einen Offenen-Sitze-Wagen vorzieht. Einen Wagen weitergehen, mit Blicken die Sitz-Konstellation einschätzen. Ein Abteil-Wagen wird daran erkannt, daß er Abteile hat. Ein Offener-Sitz-Wagen bietet offene Sitze: einer der Fälle, wo Emanuel sich auf die Sprache und ihre Benennungen verlassen kann; Emanuel braucht »Abteil-Wagen« nur einmal gehört und analysiert zu haben, um erschöpfend zu wissen, was der vom Terminus gemeinte Gegenstand ist. Ein seltener Fall; in dem die Welt verbal beglaubigt ist. Sich in den Sitz fallen lassen, vor sich die Rückwand des Vordersitzes. Der Zug setzt sich in Bewegung. Rattern. Die Landschaft wird langweilig. Emanuel schläft ein. Oder: Emanuel sucht den Speisewagen heim und schläft da ein. Graz ist eine Stadt mittlerer Größe weit im Osten, jenseits der Verbindungslinien, womöglich ist dieses Graz ein Flaschenhals; er gehört geöffnet. Ich weiß nicht, ist es besser, in der PanAm zu sterben oder in der Aua. In der Swissair stirbt Emanuel nicht, sie führt durchsichtige Folien unter dem Sitz mit. Zum Einpacken. Meist nehmen sie eine Decke. Dazu muß es erst mal geschehen. Sobald es geschehen ist, ist es eingetreten. Dieser pleonastische Satz steht nicht von ungefähr, es kann darüber nur in Tautologien gesprochen werden. Das Ereignis führt zum Ausdruck desselben durch dasselbe. Es geschieht beim Abheben, in der Regel. Der Kopf fällt nach vorn. Gekaute Waren treten bei der Zungenspitze heraus; neben der Zungenspitze. Plötzlich schläft Emanuel ein. Im allgemeinen schläft Emanuel bis kurz vor Frankfurt. Alle Gates hinter dem B 41 sind unerreichbar durch Zollschranken von der Publikumsmasse getrennt. Diese Publikumsmasse ist aber größer, als Emanuel vermutet, denn hinter der Zollabschrankung, die den meisten Dränglern den Zutritt verwehrt, findet Emanuel eine ebenso große Publikumsmasse wie davor. Publikum gibt es einfach überall, und für alles, besonders an diesem Flughafen. Es ist dreimal kein Unterschied, ob Emanuel nach Berlin, nach Oslo oder nach Frankfurt fliegt. Die Reise ähnelt sich. Es mag etwas länger dauern, Emanuel merkt es nicht. Das Kürzere entgeht einem gleichfalls. Fliegen anästhetisiert. Unempfindlich für alles, was auf dem Erdboden zurückgeblieben ist, stopft Emanuel Schokoladen-Taler, Kaffee aus Plastik (der Kaffee ist aus Kunststoff, während die Becher aus Flüssigkeit sind) und Erbsenkränze in sich hinein. Diese Kränze sind aus dem quälenden, außerordentlichen Raummangel entstanden: Mit einer spitzen Nähnadel werden Erbsen auf einen Faden aus Rindermuskel aufgereiht und dann mit einem kalten Stück Fleisch verwoben, ganz ähnlich, wie die Bohnen in ein um sie gerolltes Stück Schweinespeck eingebunden werden. Führt Emanuel im Flugzeug ein Stück Nahrung zum Mund, kommt alle andere Nahrung mit. Emanuel landet sicher, in welcher Stadt auch immer. Die kürzeren Flüge sind zu empfehlen. Die längeren bringen um. Nicht immer die Passagiere. Es kann auch das Personal treffen. Ein eigentümlicher Gedanke, daß ein Millionen und Milliarden Flugstunden zurückgelegt habender Kapitän in keiner Weise geschützter ist als der zum ersten Mal fliegende Passagier, der sich um die Luftfahrt noch nie Verdienste erworben hat. Aussteigen, über den Bahnsteig hasten, zum Gate tigern, durch die ovale Tür. Oder: durch den Ausstiegskorridor ins Gebäude, auf dem Fließband zur Inland-Gepäckausgabe hasten, den Bahnsteig entlangschnüren, durch die hohe schmale Tür rein in den Wagen. Oder eine schöne Passagierin. Kriegte Sitz neben einem zugewiesen. Beide zur Toilette. Sie setzt sich auf den Rand der Brille. Er kniet hin. ›Er stößt‹ wäre der richtige Ausdruck; wenn sie ihn nicht *ließe*. Leicht ist es dennoch nicht. Ficken. Der Flug wirkt kürzer. Transit durch die einzig wahre Wirklichkeit. Sie liest ein Buch mit pornographischen Szenen. Dann inszeniert sie das Buch. Die Pornographie wird wirklich. Diese Pornographie notiert sie sich. Das neue Buch beschreibt die Wirklichkeit der Szenen, die aus dem alten Buch heraus-inszeniert wurden. Nach der Niederschrift vergleicht sie, ob die Worte durch die Verwandlung in Wirklickeit und die anschließende Zurück-Verwandlung in Sprache etwas von ihrer Leuchtkraft, ihrer Durchdringlichkeit verloren haben. Batailles Stierkampf, echter Stier, echte Stierhoden, echte Scheide mit echten Lippen, die sich auf die weißlichen Hoden setzt, sodaß sie hineingleiten. Die Spanier ließen diese Inszenierung nicht zu. Sie mietete eine Corrida in Südfrankreich. Lange suchte sie den Kerl, der den Edward spielen sollte. Sie hatte beschlossen, daß seine Hoden den Vergleich mit Stierhoden aushalten mußten. Auf dem Schulschiff Christian Radich, erzählte Agnes eine füllige Journalistin, die ihre Brüste mit den großen Sommersprossen sehr ungenügend verbarg, entsteht das Problem der norwegischen Flagge. Ein alter Brauch will es, daß die Flagge bei Einbruch der Dunkelheit unbedingt eingeholt werden muß, die Regel ist acht Uhr abends, und soeben sah ich den Skipper der Radich, der auch ein beamteter Segel-Lehrer und Lotsen-Dozent ist, wie er diesen unveränderlich eingravierten Zeitpunkt acht abends (eight evening) verschlafen hat. Verstört und offenbar soeben aus dem Bett aufgestanden, rannte er zu seinem Fahnenmast, jede Nation ist der Fahnenmast ihrer männlichen Angehörigen, es war zehn nach neun abends, aber zum Glück noch hell; und holte die norwegische Flagge mit der Ziehschnur von der Stange. Wärs Winterzeit, wäre eine Katastrophe geschehen, die norwegische Flagge hätte in vollkommener Dunkelheit geflattert. Ist das nicht eigentümlich, schloß die Lehrerin und wandte Agnes ihren Oberkörper zu.

Die Vorstadt führt von einem städtischen Platz mit Versicherungen zu einem städtischen Platz mit Banken. Emanuel verunfallt, wenn Emanuel eine Versicherung sieht. Emanuel ist pleite, wenn Emanuel eine Bank sieht. Jede dieser Institutionen weiß sich in Gebrauch zu setzen. Emanuel hat keine Chance. Es entspinnt sich: ein Kampf mit einem Geldautomaten ums Geld. Er muß Geld herausgeben, wenn Emanuel seine Karte einführt. Offenbar will er das nicht. Es entspinnt sich ein Kampf. Er tut so, als könne er die Karte nicht lesen. Seine Inhaber haben ihn so programmiert, daß er auf seinem Bildschirm nie seine wahren Gründe nennt. Wenn er das Geld nicht herausgeben will, tut er so, als zögere er. Das Zögern verrät er nicht, sein Bildschirm sagt: Warten Sie, der Bancomat führt eine Bancomat-Operation durch. Am städtischen Platz, den Emanuel soeben verließ, würde es screengrün geheißen haben: Warten Sie, der Assekuranz-Automat befriedigt soeben den Kunden vor Ihnen.

Die Einladung hatte bereits begonnen. Alle Lachsbrötchen waren weggeschnappt. Die anwesenden Norweger stürzten sich auf mich und stellten sich vor. Den meisten stand der Schwanz eines soeben gegessenen Fisches aus dem Mund. Namen: Bard Pettersen, Lena Trygved, Grundahl Breivik, Arne Jacobsen, Tomas Ekman, Bakficken heißt Hüfttasche, Operakällaren heißt Opernkeller, seinen Hamlet nur auf Schloß Kronoborg bei Helsingör zu sich nehmen, gespielt von der Oxford Playhouse Company, alle Autos haben vorn neben Stoßtange Stecker, damit werden sie zuhause ans Stromnetz angeschlossen und bleiben über Nacht warm. Laksefiske for alle! war die erste Schlagzeile, die ich verstand, ich billigte ihren Inhalt und wurde hungrig, der Hunger, des Hungers, dem Hunger, mein einziges besonderes kulturelles Merkmal.

Auf dem Foto daneben hob ein Fischer einen Lachs am Kopf. Darunter saß die Meldung, bei den Vorbereitungsarbeiten zu den 750-Jahrfeiern habe man in Berlin unter Gestrüpp einen neuen Gestapo-Folterkeller entdeckt. Eine Dampframme senkte ihn ein Stockwerk tiefer. Mein Hinflug hieß SK 602, mein Rückflug SK 601, spontan betrachtet, ist die Kombination dieser beiden Zahlen uninteressant. Übernachtet man auf einem Schiff, liegt man quer zur Fahrtrichtung, das Schwanken teilt sich so dem Magen nicht mit, es wird einem nicht schlecht. Flaubert glaubte mit seiner Zeit an den Wert des ›historischen Dokuments‹ und an die ganz unverstellte Beobachtung des Vorhandenen. Doch das waren hohle Götzen. Das einzig Wirkliche in der Kunst ist die Kunst, sagt Paul Valéry 1942 in seiner Versuchung des heiligen Gustave. Aus Alkoholtrinkern werden blitzschnell Outcasts, der Staat ruft eine Müllabfuhr an, die transportiert sie in die DDR, die Regierung, insbesondere seit die Rechten durch die Noch-Rechteren abgelöst sind, fürchtet das millionenfache Delirium Tremens und die Oesophago-Varizen, jene Krampfadern der Speiseröhre lang, die plötzlich aufplatzen, der Säufer röchelt und erstickt an seinem Blut, während er sich rasiert und die Rasur ohne Schnitt vollendet hätte, als Folge wird das letzte Gläschen verboten, ehe alle Bewohner rückwärts in die Geschirrglasstürze fallen. In einem kleinen Land namens Scheiße identifiziert Emanuel sich mit dem Aggressor. Jeder hört auf seinen perönlichen Gegner und betet das, was der sagt, um 180 Grad gedreht, getreu nach. Es entstehen sogenannte Kontrahenten-Universen, aus denen keiner mehr herausfindet. Einer bestimmt das Verhalten des andern bis in die letzten Einzelheiten, aber der andere fühlt das nicht etwa und sagt, Ich laß mir von dir nicht mein Verhalten vorschreiben, sondern er beruhigt sich mit, Das ist mein Feind, ich werde alles genau umgekehrt machen, als er es sagt. Die Existenz eines Feindbildes verbirgt die negative, unbedingt totalitäre, Abhängigkeit vom Feind. Alle sind auf Reaktion eingeschworen, was sie wiederum beruhigt, sie brauchen keine eigene Verhaltensweise zu entwickeln. Alle, die keine Eigendynamik entwickeln können, haben ihren Feind, der für Dynamik besorgt ist. Der Feind bezieht seine Dynamik von dem, der wiederum aus seiner Sicht der Feind ist: in den Systemen steckt wenig Dynamik. Sie glauben aber, es sei viel. Die Differenz zwischen Eigen- und Fremdeinschätzung ist groß. Berücksichtigen die Kontrahenten-Systeme die Meinung, die die Außenwelt von ihnen hat, können sie in sich kein stabiles Wertsystem erzeugen: die Außen-Meinung ist der ihren genau entgegengesetzt. Die Systeme schließen sich deshalb von der Außenwelt ab und unterdrücken Nachrichten, die von da kommen. Ihr Isolationismus zeigt totalitäre Züge. Das Wunderbare an den Schweizern ist, wie sie ihren angeborenen, in jeder einzelnen Psyche vorherrschenden Totalitarismus immer wieder demokratisch verbrämen. Sowohl die Demokratie wie, daß sie nur eine durchsichtige Verbrämung ihres Gegenteils ist, liegt ihnen am Herzen. Daß die bedauernswerten Krüppel sich ständig durch ihr Gegenteil ausdrücken müssen, kann als Anzeichen dafür dienen, wie sehr sie die Eigenschaften, aus denen sie selber bestehen, bei anderen fürchten. Sie können, unter den allgemeinen und etwas völlig anderes sagenden Schweizer Verhältnissen, im Grunde nur darum so verbissen an der Demokratie festhalten, weil sie das Auftreten ihrer antidemokratischen Neigungen bei anderen fürchten. Contrat social: Jeder würde gern sämtliche Regelverstöße aufs Mal begehen, aber er fürchtet, daß er, wenn alle dasselbe täten, Nachteile hinnehmen könnte. Da scheint ihm die Demokratie eindringlich vorteilhafter. Aber da kein grundsätzliches Bedürfnis danach besteht, sondern sie eine mühsame rationale Konstruktion, sozusagen eine permanente Nachteils-Verhinderung ist, haftet ihr etwas Gezwungenes an. In Stockholm will einem das Wetter noch etwas beweisen, und es scheint sich permanent zu entschuldigen; in Helsinki ist damit Schluß, die Kälte braucht keine Rechtfertigung mehr. Als wollte die Natur die wachsende Unhöflichkeit des Wetters gegen Norden zu konterkarieren, läßt sie es in Finnland oft ziemlich warm werden, sodaß allenfalls erwartete Entschuldigungen des Frostes ohnehin ausfallen. Wir hatten uns gehaßt, nun versöhnten wir uns wieder. Mit meiner ersten Frau war es mir ähnlich ergangen. Wie wir uns hatten hassen können, und plötzlich kam die Versöhnung. Als mein Sohn alt genug wurde, um die Spannungen auszuhalten, fing es auch bei ihm an. Ungeheurer Haß, der aber nicht ewig dauerte, im Gegenteil schien er darauf angelegt, bald wieder aufzuhören, damit er öfter wiederaufflammen könne. Wir wurden kaum je tätlich, aber wenn, dann mit Messern. Ich kann mir keinen Haßausbruch vorstellen ohne eine werte, solide, in der Erde verwurzelte Küche drumherum. Umherfallende Körper, Leib als Materie, Glieder als Werkzeuge. Es gilt der Satz: Ich bin, also nehme ich Platz weg. Ich existiere, also versperre ich jemandem den Weg. Texte von entsetzlicher Brutalität, die wegen ausgeklügelter Situationen-Konstruktion immer neue Anläufe nehmen kann. Es bleibt nicht bei einem Schlag ins Gesicht, sondern der Genosse beschreibt »die Frau« weiter, bis sie ihn, »von-Wort-zu-Wort«, zu Brei gehauen haben. Ein junges Paar, das mit mir befreundet war. Eines Tages brach ich mit den beiden. Es ging dennoch eine Weile gut. Wir gaben uns, trafen wir uns, zu verstehen, daß wir uns mochten. Plötzlich grüßten sie mich nicht mehr. Es fing an ihnen schlecht zu gehen. Es bestand ein Zusammenhang zwischen den Bedingungen, unter denen sie lebten, und dem Gruß, den sie mir entrichteten. Sie müssen oft von mir gesprochen haben. Es erhitzte meine Fantasie, vermuten zu dürfen, ich sei der Gegenstand in Gesprächen anderer. Bloß mußten sie in ihren Gesprächen über mich nicht das von mir gesagt haben, was ich gerne gehört haben würde, in einem Wort: Sie machten mich schlecht, sobald ich nicht da war. Für sie traf zu, was die Redewendung andeutet: hinter jemandes Rücken über ihn sprechen. Hinter meinem Rücken geschah Feindliches. Vielleicht war daran schuld, daß ich seinerzeit sehr unverzüglich mit ihnen gebrochen hatte. Ich hatte keine Gründe dafür genannt. Ich ließ sie im Regen stehen. Ich meine, sie hatten es verdient, denn in der Ursache-Wirkung-Kette war vor meiner Aufkündigung der Freundschaft abermals etwas geschehen. Daran waren sie schuld. Er hatte mir schon längere Zeit mißfallen wegen seiner herrischen Art, Ansichten von sich zu geben und der unterwerfungs-fordernden Art, mir meine Ansichten zu korrigieren, wenn nicht ganz niederzumachen. Sie hingegen mißfiel mir aus anderen Gründen. Ich hatte mich einmal ganz kurz zu ihr ins Bett gelegt, nur ganz kurz. Es ist eigentümlich, daß eine Frau das selten übersteht; nicht daß sie es nicht überlebte, aber auch wenn zunächst nichts geschieht, hat die kurze Affäre mit der Zeit Folgen. Ich hätte ein zweites Mal zu ihr ins Bett steigen sollen. Aber meine Gefühle hatten sich in wenigen Tagen ziemlich verändert. Er wußte von diesem Vorfall nichts. Allerdings ist es schwierig, hat Emanuel mit der Frau, auch nur kurz, im Bett gelegen, mit einem Paar weiter zu verkehren. Es ist nicht so, daß ich mich geschämt hätte, es ihm zu sagen, oder daß er Hemmungen empfunden hätte, wenn sie es ihm gesagt hätte. Vielleicht hat sie es ihm ja gesagt, aber er dürfte diese Auskunft niedergemacht haben, wie er es bei allen Auskünften tat; ich weiß bis heute nicht, ob er jemals einen ihm hinterbrachten Tatbestand auch »glaubte«, zweifellos aber nahm er wahr, daß etwas in seiner Anwesenheit gesprochen wurde und für ihn gültig war. Es stellt sich die Frage, wie ich mich mit ihr im Bett fühlte. Wir staken nur kurz darin. Es kam zu nichts. Es kam nicht eigentlich zu etwas. Es kam jedenfalls nicht zu viel. Ich würde es nicht sehr viel nennen. Leicht ist es nicht, mit einer Frau, die Emanuel nicht kennt und gleich darauf stehenlassen wird, ins Bett zu gehen und in kürzester Zeit zu etwas Vernünftigem zu kommen. Ich spreche hier so, als wäre ich es gewesen, der zu etwas Wesentlichem kommen wollte. Unwahr. Sie war es. Dringend. Wir hatten uns erst vor kurzer Zeit kennengelernt. Das ging so. Zunächst kannte ich ihn, er war einer meiner alten Freunde, wir kamen glänzend miteinander aus, und mein Masochismus war so gut entwickelt, daß er mich korrigieren und niedermachen durfte, wie er wollte, es war eine alte Freundschaft, und, wie so oft, wird, was immer in einer alten Freundschaft gesagt wird, einfach als Vertiefung der alten Freundschaft gesehen, die demnach durch alles, was in ihr so gesprochen wird, gefestigt zu werden scheint, zumindest in der Meinung der beiden, die da in Freundschaft verbunden sind. Vielleicht ist dies der Schlüssel: »In Freundschaft verbunden sein« heißt in erster Linie, verbunden zu sein, und erst in späterer Linie, Freunde zu sein. Wir waren also verbunden, seit langem. Er hatte sie kennengelernt. Das ging so, daß er zu einem Bibliotheks-Abend ging, zur Feier des Zerfalls allen säurehaltigen Papiers, und da saß sie. »Wir kriegen freie Räume!« rief der Bibliothekar in der Willkommensrede aus. Sie mochte aus Frankreich hergereist sein, sie mochte ihre Mitgliedschaft beim Bücherverein auf obskure Weise erlangt haben, dies alles spielte keine Rolle, sie saß da, sie gefiel ihm, er gefiel ihr auch, ich war nicht dabei, obgleich er mich eingeladen hatte mitzukommen, und, so sage ich mir, wäre ich dabei gewesen, wäre zwischen den beiden nichts zustandegekommen, weil er sich an dem Bibliotheks-Abend nur mit mir beschäftigt hätte; schließlich waren wir Freunde, keine Frau stand zwischen uns. Obwohl ich sie an dem Abend zum erstenmal gesehen hatte, kannte ich sie noch nicht. Sie eigentlich kennenzulernen gelang mir erst später. Das ging so, daß ich abends allein in meiner Wohnung saß, und es klingelte. Ich ging und öffnete. Sie stand vor der Tür. Ach, ich kenne Sie, sagte ich, wo haben Sie Rolf gelassen. Möchten Sie Rolf sehen, fragte sie. Sie sind mir auch recht, erwiderte ich, bloß, er ist mein Freund. Und einen Freund wollen Sie sehen, fragte sie. Rolf verdient es, meinte ich, aber ob dies meine feste Meinung war, war mir nicht ganz deutlich, denn sowie ich sie sah, kamen einige Meinungen ins Wanken. Ich begriff, warum er sich für sie interessierte, sein Interesse schien von dem meinen nicht so sehr abzuweichen. Er kommt nach, fragte ich. Er folgt mir auf dem Fuße, sagte sie. Da tut er gut daran, sagte ich. Selbstverständlich, sagte sie. Hm, hm, sagte ich, bitte kommen Sie herein und nehmen Sie Platz. Ich habe in meiner Wohnung keine Stühle. Ich sitze auf einem, es ist der einzige. Ich kämpfte mit mir, um ihn ihr anzubieten. Mein Gewissen siegte. Ich behielt ihn für mich. Lehnen Sie sich an die Wand, sagte ich und fragte, Wann wird Rolf denn kommen. Er folgt mir immer, sagte sie, er wird es heute nicht unterlassen haben. Er hat gesehen, daß Sie zu mir hereinkamen, sagte ich, da hat er kehrtgemacht und ist nach Hause. Aber warum, fragte sie. Ich hielt ihr einen Vortrag über Freundschaft und die Situationen, die sich daraus ergeben. Und warum sind Sie hier, fragte ich. Sie hatte sich vor mir, der auf dem Stuhl saß, auf den Boden gesetzt. French lentils sind feine Pfefferminzplätzchen. Kein Kühlschrank, sondern ein Loch in der Mauer, tief hinein. Kühlwirkung ist dieselbe. Porvoo, altes Zarenstädtchen, naturunabhängig in besseren Zeiten, asphaltierte Flußbanketts. Das Messer mit der harten hellen Butter reißt ein Loch ins weiche weiße Brot. Der langsame Verkauf führte zu einer schnellen Abkühlung meiner illusionären Erwartungen bezüglich des sehnlich-erwünschten Preises. Ich wurde schmutzig enttäuscht, und sämtliche gemeinen Bösartigen unseres verdreckten Dorfes fielen mit gezückten Spaten über mich her, an denen noch die nasse braune Erde klebte. Fohlenfellatio in Kopenhagen. Die totale Zollkontrolle sechs Beamte plus zwei weibliche mit drei Hunden je ein Hund von zweien gehalten ein Hund lägrig alles Schnüffler finden nichts lassen uns ins Land wir verbrechen da nichts können sogleich wieder hinaus abermals Beamtinnen Beamte und Hunde durchschnüffeln. McDonnell F-15 Eagle zweistrahliger Luftüberlegenheitsjäger mit doppelter Schallgeschwindigkeit. SR-71 Lockheed schnellster Jäger der Welt dreifache Schallgeschwindigkeit. Alpha-Jet Kooperation von Dornier und Dassault sie entwickeln leichtes Erdkampfunterstützungflugzeug. Einnachten Düsternis Eindunkeln Emanuel kriegt den grauen Star Dämmerungszwielicht Halbdunkel Ganzdunkel Universaldunkel Tiefschwärze Ulenflucht Kälteatem Windjammer Einige Sorten Wind: Waldwind, Seewind, Meerarmwind, Ebenenwind, Kurzgehölzwind, Geweihwind, Holzstapelwind, Wipfelwind, Geästwind, Stammwind, Fremdwind, Heulwind, Sirenenwind, Bewachsungswind, Lebenswind, Weltenwind, Jagdwind, Ödwind, Heilwind, Walwind, Brauswind, Buschwind. Dänisch reden lernen. Sich die linke Mundecke zunähen, das was vom Mund bleibt, auf die rechte Wange ziehen, in die Restöffnung einen Finger zwängen und durch den winzigen Austritt Badisch reden, weiches Süddeutsch. Das wird verstanden in Esbjerg. Jedesmal wenn ein kalter Luftzug kommt, steht vor einem weißen Holzladen ein Kühlschrank, oder es fährt ein blauer Eislastwagen vorbei, dem es klar von der Ladefläche tropft. In Norköpping das

Café in der Autobahnkurve, leicht überhöht, Luftheizungsdüsen, rote Möblierung, der Eßsaal eine verklärte vorstehende Pfalz, Blick auf Esso, Lichtwälder, meist Nebellichter, die ganze Stadt sieht aus wie ein einziger fünf Kilometer breiter und zwei Kilometer hoher Wolkenkratzer, in dem einige Fenster beleuchtet. Helle Steine, als hätte es darauf geschneit. Mitten im Sommer, aber: Sommer vorbei. »Der Schutz von heute für die Welt von morgen«: Inschrift auf einem Kondomautomaten. Verlust des Geschwindigkeitssinnes des Distanzsinnes des Lichtsinnes des Zeitsinnes des logischen Sinnes des Gehörs der Sprache Bandfolien, Deckblech, Lagerzapfen, Handrad, Klebeband, Fettstift, Spiritus, Filzschreiber, Griffleiste, Bildschirm, Spiegelfassung, der Schlitz des Stegs paßt in den Kern, Folie, Glasscheibe, Gehäuse, Lichtquelle, Projektionsspiegel, Kaltlichtspiegel, Bildebene, Lampe, Ersatzlampe, Tuschefüller, Schutzhaube, Aufbewahrungsbehälter, Projektionstisch, Verlängerungskabel mit Schukostecker, Staubtuch, Putzzeug, antireflex-vergütete Sammellinse, schräggestellter Planspiegel, Kondensator, Umlenkspiegel mit Quarzschutzschicht, Schirmbild, Scharfeinstellung durch Drehen am Rändelring des Objektivs. Die finnischen Bärenhunde schließen Freundschaft mit einem Mann, von dessen Exkrementen sie gegessen haben tief im Wald. Agnes muß sich einen eigenen Kosmos – oder Stundenplan – errichten. Die Beschäftigungen müssen so abwechslungsreich sein, daß die eine als Therapie für die andere gelten kann; Emanuel darf nicht an der Eintönigkeit eingehen. Die Beschäftigungen müssen aber hinreichend eintönig sein, sodaß Emanuel sein Interesse nicht verzettelt. Der zeitliche Ablauf der Beschäftigungen muß geregelt sein wie die Druckpunkte und Auflagestellen eines guten Korsetts für Rückenkranke. Nur so übersteht Emanuel allein den (nordischen) Winter. Ein hinterhältiges Stück Natur, moosig, wässrig, flechtig, zerklüftet, Elche fressen den Bäumen die Gipfeltriebe weg, die Äcker sind alter Meergrund, das Nordgehölz ist unterholzlos und somit, wenn Emanuel sich bückt, durchsichtig: Emanuel sieht, selber in der Hocke, weit in den Wald hinein. Emanuels obsessionelles Licht-Dunkel-Motiv. Hat etwas mit seiner hellen Augenfarbe zu tun. Obgleich grün, ist sie die eines Albinos. Er liebt Helligkeit und erträgt kein Licht. Eine Insubordination wie Metall. Anarchie als Oratorium. Instantaner Prinzeps in situ. Die frühen Schwarzen verstümmelten jeden Meister, also jeden Master, sogleich zu Massa. Die amerikanischen Schwarzen verstümmelten das I'm going to zu I gonna. Sklaventum bringt sprachliche Kurzformen mit sich, der Unterdrückte hat nicht mehr die Wahl zwischen mehreren Synonymen für dieselbe Sache so, daß die Bezeichnungen wechseln und die einzelne nicht mehr so abgebraucht wird. Im Gegenteil gibt es für jede wichtige phänomenologische Erscheinung nur ein einziges Substantiv, das durch häufigen Gebrauch zerkaut wird. Daß der Meister Massa heißt, deutet darauf hin, wie oft er in der Rede aufgetreten sein muß, und daß sie ihn Massa nennen, bestätigt ihm seinen Alleinbesitz an Orthographie. Das Thema der Insomnie in der europäischen Glyptik. Die Petrologie im Novecento. Er sprach mich subkontra an: Jenseits von leise, tiefer als tief, hohlraumfüllendes Schnorcheln und Röcheln. Insulte werden mit dem Limnimeter gemessen. Sardonisch und dennoch ernst. Trag mich im Palankin, laß mich nicht fallen, erst wenn wir zu Hause sind, daheim.

Der andere. Agnes schwimmt nicht im, sondern auf dem See. Für mich, den Zurückgebliebenen, der auf einem Baumstumpf steht, ist sie wie ein schwimmender Hut. Das andere Ufer, im Dunst, neblig vorerst, gegen Mittag weg geht der See, scheint da riesengroß. Sie erzählt, als sie zurück ist, ihren goldbraunen nackten Körper aus dem versunken flirrenden Wasser gezogen hat: Unterwegs traf ich einen Haubentaucher. Ich sah ihn an und rief über die Wasserfläche: »Haubentaucher!« In diesem Augenblick tauchte er. Tiere hören ihre Namen nicht gern. Zwei junge Frauen. Agnes ist konditioniert, aber Tamara ist schamfrei. Während Agnes von allem, was sie umgibt, immer stärker konditioniert wird, geht bei Tamara immer mehr Scham weg. Betrachtet Emanuel Agnes und Tamara dreißig Jahre, nachdem sie zur Welt gekommen sind, so gelangt Emanuel zu unerwarteten Ergebnissen:

Schien zunächst Tamara beneidenswert, weil sie die Hemmnisse der Scham abgestreift hatte und weil alles, was sie erlebte, ihr weitere Scham wegnahm, konnte Emanuel also in ihr ein Wesen sehen, das so befreit war, wie Emanuel überhaupt in dieser Gesellschaft befreit sein kann, und schien Agnes in ihrer immerwährenden Konditionierung gefangen wie im Kerker und sah Emanuel, wie das weitere Leben Agnes weiter konditionieren, also tiefer in den Kerker stoßen würde, schien demnach der Lebensweg der Tamara erfolgsversprechend und seelisch profitabel, während jener der Agnes sich konstant weiter zu verengen schien und offenbar nur auf Verengung angelegt war, so sprach doch die Wirklichkeit ein anderes Wort. Agnes hatte dank ihrer Konditionierung, was nichts anderes als ein immer weitergehendes Eingehen auf die Bedingungen anderer war, sich derart angepaßt, daß sie durch diese Anpassung wie von selbst alle Hindernisse aus dem Weg geräumt hatte. Tamara hingegen hatte sich durch ihren immer weiteren Verlust an Scham von der Allgemeinheit gefährlich weit entfernt, welche im Ablegen ihrer Scham nicht nur langsamer war, sondern ein solches schnelles Ablegen gar nicht wünschte, sodaß Tamara in einen Unterschied zu ihrer Umgebung geriet, der ihr manche Warnung eintrug und ihr Zeichen bescherte sonder Zahl, sie sei ihrer zunehmenden Schamlosigkeit wegen nicht mehr gut gelitten; was der Tamara zahllos bekümmerte Stunden brachte, in denen sie in sich ging, sich Vorwürfe machte, telefonierte, um Absolution für ihre neuesten Schamlosigkeiten zu bekommen, dann auch sich mit sich überwarf und versuchte, den status quo ante der wundersam stillzufriedenen Schamhaftigkeit wiederherzustellen. Sie versuchte im Juni die Mai-Schamhaftigkeit zu renovieren, im Juli mußte sie bereits die Juni-Schamhaftigkeit verlorengeben, es war für Tamara nach rückwärts nichts mehr einzuholen; ihr war bestimmt, die letzten Fesseln, die diese Gesellschaft für eine Frau bereithält, von sich zu streifen und nicht sie selbst zwar, aber von Scham frei zu werden. Auf diesem Weg begegnete Tamara immer mehr Widerstand, und daß sie überdies sich anschickte, lehrhaft tätig zu sein und andere in die Schamlosigkeit einzuweihen, brachte ihr abermals mehr Steine auf den Weg, so daß sie schon ziemlich nahe an der höchsten Verzweiflung war. Agnes, die Konditionierte und im Prinzip zu Ende Konditionierte, fühlte die anfänglichen Kümmernisse über das eigene Engwerden schwinden, welche eingetreten waren, als sie mit dem Sichkonditionierenlassen angefangen hatte, und diese Kümmernisse wandelten sich in ihrer Seele bei dem fortschreitenden So-werden-wie-alle-andern zu eigentlichen Einsichten, sie sei dort befreit und voll handlungsfähig, wo andere noch immer Hemmungen, Schwierigkeiten, gar Abscheu verspürten: beim symphonischen Mitstimmen und Mitbewegen als Unter- und Nebenstimme in der großen Menge. Wo Tamara schon bald von konvulsivischen Weinkrämpfen geschüttelt wurde und sich gegen alle Regeln der Gemeinschaft benahm, nur um auszudrücken, sie wolle mit der Scham dieser Gemeinschaft nichts mehr zu tun haben, da strahlte Agnes ein gewinnendes Lächeln aus und vollführte alle Bewegungen ihres Körpers und ihrer Seele parallel zu den sie umgebenden Bewegungen, besaß aber genug Grazie, um diesen Parallelschritten eine entzückende Aura der Eigenständigkeit aufzusetzen. Die beiden Freundinnen waren oft zusammen, sie lebten nie zusammen, aber sie besuchten sich oft, auch wenn diese Besuche zu gegenseitigen Reizungen wurden, denn so klar sich jede zu der sie umgebenden Gemeinschaft verhielt, so deutlich Talent und Untalent da geschieden wurden, so traurig wurden diese Zuständigkeiten bei den Begegnungen der beiden Freundinnen verwischt; es kam unbändiger wechselseitiger Neid auf, und, einmal in diesen Neid geraten und ihm nachgebend, verschlechterte sich beider Benehmen gegeneinander; Tamara brach ihre Lektionen in Schamlosigeit mit Agnes als Schülerin ab, und Agnes fiel, wie seit Jahren nicht mehr, aus ihrer Rolle der Konditionierten, indem sie etwas tat, von dem sie den Eindruck hatte, jemand anderer würde es nicht tun, was aber in Wirklichkeit jedermann sonst auch getan haben würde: Sie zündete Tamara an, mit dem Zündwürfel eines Gartengrills. So endete eine Begegnung zwischen den beiden Mitgliedern der Gesellschaft, diese Begegnung wurde die letzte genannt. Tamara brannte lange und behauptete während des Brennens, Agnes' Neid sei es, der sie in Brand gesteckt habe, während Agnes bereits auf die Straße hinausgeeilt war, um von einem vorbeikommenden Menschen Verzeihung zu erbitten. Kommoden mit herausgezogener Lade sehen doppelt so groß aus. Schiebt Emanuel die Lade wieder hinein, bleiben sie doppelt so groß. Gegenstand und Kultur. Gürtelschließe in Form eines Barbaren, der von einem Tiger angegriffen wird, Bronze mit Türkiseinlagen, erstes Jahrhundert vor Christus. Detail eines Filzteppichs, applizierter Dekor eines Greifen, der einen Elch schlägt, Teppich bedeckte den Boden der Vorkammer des 6. Kurgan von Nion-Ula, Mongolei, Xiongnu-Kunst, Ende 1. Jahrundert vor Christus, Leningrad, Staatliche Eremitage. Grabmodell eines Schiffes, gebrannter Ton, Grab von Shahequ in Kanton, späte Han-Zeit. Hund aus gebranntem rotem Ton mit bernsteinfarbener Glasur, vermutlich aus Hunan, spätere Han-Zeit. Dazu Beobachtung einer Hauswand. Das Seltsame ist, das die Kletterrosen HINTER der Dachtraufe durchwachsen. Da würds ganz bequem vorn durch gehen, aber sie müssen zwischen Dachtraufe und Haus hindurch. Eine List: Sobald sie solid durchgewachsen sind, verdicken sie sich und sprengen die Traufe vom Haus ab. So verfahren Mikro-Moose selbst zwischen zusammenzementierten Steinplatten. Vielleicht haben wir bei unserem Kampf gegen die Natur die Mikro-Organismen übersehen. Sollte uns etwas umbringen, werden sie es sein. Wachstum ist auch eine tödliche Funktion. Da wir das Zugrundegehen mit Ärmlichkeit, Auszehrung, Schrumpfen usw. assoziieren, hat der plethorische Tod bei uns keinen Raum. Dabei ist der Abstand zwischen Hausmauer und Kletterrose bravourös winzig. Emanuel sähe ihn mit unbewaffnetem Auge nicht. Vielleicht sehen Mikroorganismen Fehler in einem System, das uns widerspruchfrei, ›geglättet‹ erscheint. Sie beißen sich fest und sprengen zum Beispiel 2+2=4, indem sie zwischen der 2 und dem + winzige Zahlen dazuwuchern lassen, zwischen dem = und der 4 auch, sodaß Emanuel als großes Lebewesen noch immer 2+2=4 vor sich hat, aber mit der Lupe unheimlich zahlreiche kleine zusätzliche Zahlenhaufen in die Gleichung eingefügt sieht. Ca. 2 plus ca. 2 gleich ca. 4. Bei der Kletterrose waren die beiden mit ›ca.‹ bezeichneten Einheiten kaum größer als 1, sodaß die Gleichung lautete: ca.2+ca.2=ca.4 = ca.1+ca.1=ca.1. Für die Kletterrose hat keine Operation stattgefunden, obwohl sich das Nicht-Stattgefunden-Haben mit derselben Operation ausdrücken ließe. Ihr Auftrag hieß: Wachse an der Hausmauer hoch. Und davon ließ sie sich von einer am Haus befestigten Dachtraufe nicht abbringen. Sie hat nicht eigentlich eine Regel verletzt, da ohnehin nur approximative Größen gelten, vielleicht nehme ich es auch zu pedantisch genau, aber, genau gesagt, sie wächst hinter der Dachtraufe durch, bleibt an der Hausmauer. Das Haus hat mit dieser Kletterrose ein vitales Element gewonnen, und dieses Element wird das Haus umbringen. Meine große Liebhaberei, das Spritzen und Befeuchten von Pflanzen. Manchmal spritze ich in meinem eigenen Interesse. Heute früh kam ein Anruf von Mama, ich soll für Mama spritzen, und zwar VOR dem Haus. Freiwilliges Einschlagen eines Nagels rechts an der Wand beim länglichen Spiegel, an den Nagel hänge ich die bisher auf dem Kaminsims gestanden habende Frau in der Freiburger Tracht. Zöpfe, Lätzchen, gebrannte Auffangvorrichtungen für Blut, Schweiß, Urin. Als ich krank war. Ich klomm den Abhang empor. Die Straße war hübsch geteert. Alles war fehlerlos, kurzum die Schweiz, mit einem Stich ins Nette, Niedliche, ins Dämliche und Fette. Den Abhang empor kam ich außer Atem. Der Schnauf, die Schnaufe, das Schnaufen wurde kürzer. Mir schwindelte. Vor dem Haus mit der Weichenlaterne kam ich zum Stehen. Als ich krank war dieses Jahr und nichts gebar. Fragen an Freud. Ändert sich die Relation Verdrängung/Nichtverdrängung, wenn Emanuel weiß, daß es Verdrängung gibt? Verändert die generelle Akzeptanz freudianischer Theorien den psychischen Haushalt? Kann Emanuel seine Mutter noch lieben oder hassen, ohne ans Genital zu denken? Wenn ich mich in einem bestimmten Gedankenstrom befinde, der mir liegt, verlasse ich ihn, nur weil ich weiß, ein zweiter, verdrängter Gedankenstrom könnte der mir angemessenere (wenn auch unangenehmere) sein? Kann ich noch eine saubere Trennungslinie ziehen zwischen sexuellen und nichtsexuellen Gedanken? Es sind die Frauen, die behaupten, nein, jeder Gedankeninhalt eines Mannes sei männlich. Denken sie, die Frauen, anders, oder stehen ihnen bloß andere Einzelheiten zur Verfügung? Gibt es nicht nur weibliche Einzelheiten, auch weibliche Nexen? Muß Emanuel andere Prioritätslisten als weiblich ansehen? Zur Eingangsfrage, ob sich unser psychischer Haushalt seit Freuds Akzeptanz geändert hat: Hat sich der Sadismus geändert, seit es den Marquis von Sade gibt? Agnes: Darf ich deinen Wagen von Berlin nachhause fahren? – Tamara: Ich möcht diesen Wagen fahren! – Emanuel: Und ich selber? – Agnes: Du bist krank. Laß mich diesen Wagen holen. Wo steht er denn? – Emanuel: Vor dem Haus einer Freundin. – Agnes: Die kenn ich auch. Laß mich da hin. – Emanuel: Ach, ich möcht ihn selber zurückfahren. Bureaucratization of individual existence starts with thinking politics and it doesn't stop with the acquisition of a pocket calculator, sagt in On Tyranny der Verfasser des Essays, sein Name Iosif Brodskij.

Emanuel war früher Eisenbahnbeamter. Daran erinnert heute die Weichenlaterne vor seinem Haus. Sie ist ein matt schimmerndes Behältnis, enthält eine Glühbirne und ist bedeckt mit dem Zeichen eines lineal-isierten chinesischen Schriftzuges, wenn ich so sagen darf. Der Schriftzug zeigt ein auf der Seite liegendes V, das jetzt aussieht wie ein mathematisches »größer als«- oder »kleiner als«-Zeichen. Er hat seinen Beruf geliebt. Er hat zahllose Überstunden allein aus Freude an der Eisenbahn beigesteuert, ohne sie je seiner Gewerkschaft zu melden. An der Gewerkschaft gefiel ihm das alljährlich von ihr organisierte Schweizer Schützentreffen. Er konnte beim Schießen nicht, wie es Korn und Kimme verlangen, ein Auge schließen. Er mußte sich ein Gummiband um den Kopf legen und einen Pappestreifen einschieben, der ihm ein Auge deckte. Er ist pensioniert. Er denkt gern an seine Tätigkeit zurück. Als die Weichenlaterne geliefert wurde, fragte ihn der Monteur, Wollen Sie sie fest eingemauert haben. Er deutet auf die Gartenmauer. Drehbar muß sie sein, sagte er, eine Geste meines alten Berufs möcht ich bei Einbruch der Dunkelheit noch ausführen können. Die Laterne wurde drehbar montiert. Das zweite Zeichen, neben dem gestreckten chinesischen Ausdruck, ist ein senkrechter Strich, ein Sarg, unter dem während der Einsenkung in die Grube ein Tragseil riß. Er hat mit seiner Natur keine Vereinbarung über den Gebrauch der Zeichen treffen können. Bald dreht er, ist der Tag hell, auf China, und bricht die Nacht herein, auf Sarg. Bald herrscht während des Tages der fallende Sarg und bei Dämmerung sein Lineal-China. Reist er – mit der Eisenbahn – auf ein verlängertes Wochenende oder während mehrerer Werktage weg, stellt er auf Sarg, reist er ins Gebirge und setzt sich dort mehrere Tage ins Gasthaus, stellt er auf China. Er nennt diese Reisen »meine Überstunden«. Neulich äußerte er die merkwüdige Überzeugung, sie brach heftig aus ihm heraus, so, als verliere er bei ihrer Aussage das Gesicht und müsse sie deshalb besonders gewaltsam hervorstoßen: Emanuel sollte sie umbringen, dann wenn ihre Dienstzeit zu Ende ist, Pension ist Dreck, Dienst ist Dienst und Ende des Dienstes ist Ende des Lebens, was soll der ganze Zusatz, dieser langsame Abgang. Er hatte zu dieser Heftigkeit auf Waagerecht-China gestellt. Sein Alter war eine Qual. Die beiden Zeichen der Weichenlaterne wurden, bei der totalitären Tendenz zur Metaphorisierung von allem, zu überschattenden Zeichen: China stand für Frage, Sarg stand für Ende. Sein Leben bestand aus Fragen und Enden, aber damit dies nicht allzu abstrakt schien, marschierte dieser kleine, beschränkte, biedere, nicht untapfere Mann durch die Geographie des Fragens und Endens. Er lebte. Sein Leben erfand köstliche Varianten zu beidem, dem Fragen wie dem Enden, so daß sowohl Fragen wie Enden in ihren Erscheinungsformen so etwas wie Reichtum aufwiesen, Varietät, Abwechslung, ja ein bescheidenes Amüsement garantierten, die seine Gesellschaft längst nicht zu der einfarbigen, öden, verstandesverflachenden machten, wie sie eigentlich von ihm erwartet werden durfte. Er war der interessanteste ehemalige Eisenbahnbeamte, der zu einem bestimmten Zeitpunkt im Königreich zu sehen war, wenn Emanuel auch, Gott seis geklagt, von ihm meist nur seine auf das eine oder andere Zeichen gedrehte Weichenlaterne sah. Agnes: Nur; wer kann von sich schon behaupten, er sei mehr als seine eigene Hausnummer? Hörst du mich? – Tamara: Sicher. Wer war denn dieser Emanuel? – Agnes: Hast dus noch nicht begriffen? – Tamara: Begriffen schon. Ich werds nie auswendig können. – Agnes: Wann stirbst du? – Emanuel: Ich möcht bald. – Agnes: Schmerzlos? – Emanuel: Es darf ruhig wehtun. – Agnes: Ich weiß, ich werde dir helfen. Hast du deine Mutter umgebracht? – Tamara: Ihr Schweine. – Emanuel: Meine Mutter? Konnte mich nicht entscheiden. – Agnes: Dann deine Tochter. Welche nimmst du dir zuerst vor? – Emanuel: Hör mal, ich schaffs nicht. Ich möcht nen Autounfall organisieren. – Agnes: Wir haben nicht mehr viel Zeit. Meinen Vater nimmst du bitte auch. – Emanuel: Gibt zu tun. – Tamara: Mein Vater? – Agnes: Bestimmt. Der ist schlauer als die in deiner Familie. Den kriegst du nicht so leicht um die Ecke. – Emanuel: Ich schon. – Tamara: Meisterprüfung. – Agnes: Was? – Emanuel: Das solls sein. Deine Meisterprüfung. Zu schade, ist meine Mutter schon tot. Du könntest meine Frau kriegen. – Tamara: Das heißt, ich ... dich ... ? – Emanuel: Nein, du ... meine Frau. – Tamara: Ja, behalten wir sie nicht? – Agnes: Ich vermisse deine Frage, wie viele du übriglassen sollst. – Emanuel: Wollt ich gerade fragen. – Agnes: Gut gefragt, Zuckerschnute. Du läßt zwei übrig. Ist das klar? – Emanuel: Meine Tochter schaff ich nicht. Ich hab mit ihr im Sandkasten gespielt. Ich mußte sie am Rükken kratzen. Papi, sagte sie, da kitzelt mich der Sand. Ich schaffs nicht, verstehst du? – Agnes: Und mein Vater? Zögere ich? Er hat mir eigenhändig die erste Spiellokomotive montiert. Na und, soll er darum ewig leben? – Emanuel: Wer sagt dir, daß ich zwei übriglasse? – Agnes: Allein kommst du nicht weit. Übrigens liebst du mich. – Tamara: Ach. Wußt ich nicht. – Emanuel: Ist in dir einprogrammiert, muß dir klar sein. – Tamara: Warum? – Emanuel: Ich hab so was an mir. – Tamara: Du meinst, wie du dir Befehle gibst? – Agnes: Wie ich die Opfer auslese. Da hatte ich tatsächlich, ehe ich in den Wald bei Spandau fuhr, eine Begegnung mit einem früheren Dramaturgen, der auf die Frage, was er jetzt tue, antwortet:

Ich bin Kulturkritiker. Er lebt zusammen mit einem Mann, der, Museumsdirektor, mit dem Boot und seiner Frau und seiner Tochter auf dem Amazonas fuhr, die Tochter fällt ins Wasser, die Mutter springt ihr nach, um sie zu retten. Kaum ist die Mutter aus dem Boot, stirbt dem Vater der Außenbordmotor, das Boot wird mit der Strömung weitergetrieben, er sieht, wie vor seinen Augen Mutter und Tochter von Piranhas gefressen werden. Gestern sah ich eine TV-Sendung, diesmal war es der uferlose Cousteau, ich blieb bloß dran, weil Tiere die Hauptrolle spielten und keine Menschen. Tiere sind besser, sie werden auch besser aufgenommen, und sie sind keine hartleibigen Petrolmagnaten in einer südlichen texanischen Stadt, so weit entblöden sich Tiere nicht. Cousteau, der ungebärdige Nemo'sche Submarinexplorator (aufgetaucht, triefend, entfleischt), versetzte, Piranhas seien weit weniger gefährlich, als gerüchteweise verlaute. Ein Taucher hielt in einer gummi-behandschuhten Hand einen zappelnden Silberfisch in den Amazonas. Der Fisch blieb beinahe ungeschoren, die Gummihand auch. Merkwürdigerweise bissen die Piranhas dem zweiten Mann, der filmte, fast die Hand ab. Er hob die blutige einem zweiten Filmer entgegen. Doch Cousteau nahm seinen Kommentar über die Harmlosigkeit der kleinen Fische nicht zurück. Es kam dann irgendwie über die Mattscheibe noch die Aussage: Die Gebisse der toten Fische werden von den Eingeborenen als Scheren benützt. Der Mann kehrte nach Zürich zurück, heiratete eine Engländerin, von der er sich rasch scheiden ließ, von da an lebte er mit dem Dramaturgen zusammen. Er fördert ihn in seinem Lebenswerk, das groß und größer wird in dem Maße, wie sein Leben voranschreitet. Und voranschreiten, oh, das kann es gut.

Wie Emanuel Sven-Förd traf, er ihn kränkte

Sieht so aus, als müßtest du mal eine Nacht wegbleiben, sagte Agnes pointiert.

Das ist die beste Idee, die ich seit langem hörte, zischte ich.

Aber bei Karl-Horace Sattler besteht eine gute Chance. Er arbeitet und arbeitet und arbeitet, was anderes scheint ihn nicht zu interessieren ...

Wir redeten weiter darüber, wie ungerecht alles sei, und Agnes hörte mir still und schweigend zu. Jetzt weiß ich, daß eine Nacht wegzubleiben dir dringend notwendig ist, sagte ich unter keuchendem Auflachen, Warum nimmst du heut abend nicht frei und kommst mit mir zur Lotterieziehung?

Sie starrte mich vollkommen weggetreten an. Lotterie, echote sie gedankenlos und als hätte sie jemand ausgesogen.

Was hast du gegen eine saubere scharfe Lotterie, fragte ich.

Nun, ich klatschte ergebnislos in die Hände, du siehst nicht so aus, als gingest du dahin.

Agnes brach in lautes Gelächter aus, das sie fast umbrachte.

Hör mal her, Emanuela, du wärst überrascht, wenn du sähst, was für Leute zu ner Lotterie kommen. Sie blinzelte boshaft. Ist ja nicht nur was für Leute mittleren Lebensalters, die nichts anderes zu tun haben, weißt du. Du erinnerst dich übrigens an Rundolf, den Jungen, mit dem ich vor urdenklichen Zeiten da hinging?

Ich nickte, ihre Enthüllungen faszinierten mich. Ich hatte geglaubt, sie käme nicht, und nun war sie schon dagewesen.

Nun, den hab ich bei der Lotterie kennengelernt. Sie hob ihre Brauen und wartete auf meine Reaktion.

Aber der ... der war ja wundergroßartich, sagte ich im Flüsterton. Sie hatte mir glatt den Atem verschlagen. Ich erinnerte mich sehr wohl an Rundolf. Er sah so gut aus und so reizvoll.

Na also siehste. Agnes glühte vor Zufriedenheit, dann wurde sie ernster. Doch was denn nun, Emanuela? Die Nacht ist gut zum Ausgehn, und du siehst so aus, als würden dir paar hübsche Lacher mit paar anständigen Leuten guttun.

Ich dachte einen Augenblick darüber nach, versank in mir, fand nur Leere, schüttelte dann den Kopf. Nein, doch lieber nicht, sagte ich. Es hat mir nie so richtig Spaß gemacht.

Na, wenn dus dir noch anders überlegst, ruf mich heutabend vor halb sechs an, und ich komm und hol dich ab, sagte sie

leichthin. Und vergiß nicht, auch du kannst ne Summe gewinnen.
Ich dachte nicht weiter über ihre Einladung nach – bis ich abends heimkam. Ich war vierzig Jahre ein Mann gewesen. Eines Morgens wachte ich auf und war keiner mehr. Eine Menge Leute glichen mir, diesmal waren es alles Frauen. Ich war kurze Zeit verstört, heiratete dann einen Mann, den ich schon als Mann angebetet hatte. Karl-Horace war schon da, und einen Augenblick lang dachte ich, er habe eine spezielle Anstrengung gemacht, seine Arbeit zu vergessen, sodaß wir den Abend zusammen verbringen könnten. Zwei Sekunden später wußte ich, daß ich in einem Wolkenkuckucksheim lebte.
Hallo Liebe. Er schaute auf, schmierte gerade seine Schuhe in der Küche. Bitte koch nichts für mich, ich saus gleich wieder weg.
Nein, nicht doch, schrie ich und warf in einem Wutanfall die Handtasche zu Boden. Zerschmettert: Nicht schon wieder.
Emanuela, es tut mir leid, sagte er langsam und ruhig. Aber diesmal ists wirklich wichtig.
Immer ists wichtig! gab ich zurück. Und wann werde ich wichtig, Karl-Horace? Sag mir das! Ich hab genug, und es macht mich krank. Na, du kannst mit deinen wichtigen Kunden wegbleiben, denn was mich angeht, so kannst du wirklich wegbleiben, weil ich nämlich auch ausgehe.
Ich zitterte vor Wut und meine Augen schossen Blitze, als ich die Worte an ihn richtete.
Gerechterweise muß man sagen, daß Karl-Horace Sattler bei meinem Wutanfall ein bißchen schockiert aussah, aber mir machte es nichts aus. Er konnte mir jetzt Mond und Sterne versprechen, ich hatte mich entschieden, und nichts konnte mich wieder ändern.
Wohin gehst du denn, Butzi, fragte er ganz erstaunt.
Ich geh mit Agnes aus. Und wenn ich bei deiner Rückkehr noch nicht da bin, so erwarte mich dann, wenn ich komme. Dann drehte ich mich um und sprang leichten Fußes die Treppenstufen hoch. Ich würde es ihm zeigen.
Karl-Horace Sattler konnte mich nicht ewig weiter behan-

deln wie eine unbezahlte Haushälterin. Unser Arrangement lautete umgekehrt. Die Stunde war gekommen, wo entschlossen Position bezogen werden mußte, und genau das beabsichtigte ich zu tun.
Agnes?, sagte ich wenige Minute später in den Hörer, Ich habs mir wegen heute abend wieder anders überlegt. Machts dir was aus?
Karl-Horace Sattler stand im Schlafzimmer hinter mir. Sogar als er mich sprechen hörte, glaubte er mir bestimmt nicht.
Prima, sagte ich ins Telefon, während ich ihn anstarrte, Bis gleich.
Ich legte den Hörer langsam und sorgsam auf. Siehste, sagte ich. Ich meine es wirklich.
Emanuela, ich hab nichts dagegen, wenn du ausgehst, sagte Karl-Horace Sattler plötzlich. Ich mein sogar, es ist ein guter Gedanke. Du sitzt hier Abend für Abend fest. Dann lächelte er und nahm mich in die Arme. Ja, es ist ein guter Gedanke. Geh aus und hab Spaß. Hast du genug Geld?
Ich lehnte mich schwach gegen ihn. Er hatte völlig an mir vorbeigedacht, aber tief im Herzen konnte ich ihm nicht wirklich böse sein. Karl-Horace Sattler wußte auf seine Art, daß ich mich allmählich langweilte und daß es mich hart ankam, und das war die einzige Lösung des Problems, die er sich denken konnte.
Mehr als genug Geld, sagte ich ihm.
Na ich muß weg, Butzi, sagte er, als er mich leicht auf die Wange küßte. Bis bald ...
Weg war er.
Ich wußte nicht, sollte ich ihm etwas nachwerfen oder einfach aufs Bett fallen und weinen, bis mir die Augen ausfielen. Sicher sah er, wo wir hintrieben. Er grub sich immer tiefer in die Arbeit, und seine enttäuschter Arrangement-Ex-Mann mußte als Frau allein mit seiner Freundin ausgehen.
Es mußte ihm endlich dämmern, daß die Anordnung nicht so perfekt war. Ich seufzte schwer und machte mich bereit zum Ausgehen. Man würde zweifellos mit der Zeit Rat wissen, aber würde unsere Ehe diese Prüfung bestehen?

Agnes war pünktlich, und auf dem Weg zum Lotterieschuppen erzählte sie mir, wie es vor sich ging.
Du wirst es lieben, sagte sie gierig. Wenn wir den Eintritt bezahlt haben, stehn wir in die Schlange für die Lotteriescheine. Es handelt sich um kleine Bücher mit Losen, du kannst den ganzen Abend damit spielen. Alle drängeln sich um einen Sitzplatz. Ich kenn hier ein paar Leute, und Frau Swidda If reserviert mir gewöhnlich einen Sessel. Sie ist Mohammedanerin und liebt gebratene Enten.
Ich saß im Wagen und hörte Agnes' sich wiegender Stimme zu, und auf einmal wurde mir deutlich, daß ich Karl-Horace Sattler und die ganzen Tages-Zwiste vergessen hatte. In der Tat wurde ich beinahe schon erregt.
Agnes parkte den Wagen auf dem Kasinoparkplatz und wir bewegten uns auf die Kasinoeingangstür zu.
Hallo Emanuela! Ein gutaussehender Mann Anfang dreißig winkte uns zu, als wir um die Ecke bogen.
Hallo Sven-Förd, gab sie zurück.
Er wirkt nett, kommentierte ich.
Ist er nicht nur, sagte Agnes, die ihre Augen nicht von ihm abzog, Er gehört zu den Kontrolleuren. Wenn du also gewinnst, dann ist er derjenige, der prüft, ob die Nummer deines Loses mit der gewonnenen übereinstimmt, sodaß du gewinnberechtigt wirst. Glückauf wünsch ich.
Wir lachten, und plötzlich fühlte ich mich wieder halbwüchsig. Schon so lange war ich nicht mehr allein aus gewesen, nicht mit einer fremden Frau, und plötzlich wich der ganze Druck von mir. Ich war wieder glücklich und entspannt.
Da drüben, Emanuela! Eine Frau Anfang fünfzig winkte uns besessen. Ich hab dir nen Sitzplatz reserviert.
Agnes stellte mich ihr vor, und wir setzten uns. Die meisten Tische waren für vier, und sie waren alle voll bis auf unseren. Agnes drehte sich um und rief Grüßgotts in die Runde und winkte einigen Leuten.
Sie ist ein beliebtes Mädchen, sagte Frau Swidda If und lächelte. Bist du zum ersten Mal hier? Magst du Enten? Lebend?
Ich nickte. Ja. Agnes hat mich überzeugt, daß ich ne Nacht auswärts brauche.

Braucht das nicht jeder? Sie lachte. Tut dir gut, meine ich. Wenn du zu lang zuhause bleibst, schlägst du in deinem Lehnsessel Wurzeln, und du versäumst das meiste. Enten schwimmen ständig.
Wie ach so wahr, dachte ich. Dann richtete ich meine Aufmerksamkeit auf die Lotterielose.
Alles klar, Damen? fragte Sven-Förd, der zu unserm Tisch herüberkam. Ich muß sicherstellen, daß sich unsere Kunden wohlfühlen.
Wir fühlen uns prima, Butzi, sagte Frau Abel If in sehr gemütlichem Ton. Sie hatte das Süddeutsche drauf wie eine von Ulm. Wir fühlen uns sogar noch prächtiger, wenn dus richten kannst, daß genau unsre Nummern gezogen werden.
Sven-Förd warf den römischen Kopf zurück und lachte. Wenn ich das nur könnte. Aber leider können diese Maschinen nicht betrogen werden.
Schade, seufzte Frau Swidda If und lachte, als sie den erstaunten Ausdruck auf meinem Gesicht sah. Werd fröhlich, Emanuela, du könntest gewinnen – Anfänger haben erstmal Glück und ähnlich. Junge Enten leben am längsten.
Halb neun fingen die Ziehungen an. Zuerst war ich sehr nervös. Ich weiß nicht warum – schließlich war es nur ein Spiel. Aber als ich die Gewinnsummen sah, fing ich an, mir alles zu überlegen, was ich damit kaufen konnte, auch wenn ich nur einen Teil davon gewann. Die erste Ziehung wurde ausgerufen, und ich brauchte weitere vier Lose, um mir den Gewinn zu sichern.
Nächstesmal haste mehr Glück, flüsterte Sven-Förd, als er an meinem Sessel vorüberging.
Er sieht dich ganz gern hier, sagte Frau Swidda If. Er knatscht oft am Weiher vorbei und sieht sie schwimmen.
Ja, und er ist eine glücklich verheiratete Frau, sagte Agnes, die etwas zu laut flüsterte, ich werde sie genau beobachten müssen. Sie war mal ein Mann, so möchte sie aber nicht mehr angesprochen werden.
Ich lachte mit ihnen, aber tief darinnen schlug mein Herz wie rasend. Wenn ich es nur wüßte, dachte ich. Glücklich verheiratet? Partner in einem Haushalt-Arrangement. Ein Witz,

mehr nicht. Es war ein grober Scherz. Und ob sie mich beobachten mußten – das konnte ja stimmen. Sven-Förd war der erste Mann, der seit Urtier-Zeiten von mir Notiz genommen hatte, und es freute mich durchaus.

In seinen Blicken lag nichts Böses, schließlich gehörte das zur Lotterie. Wenn der Abend zu Ende und ich heim gegangen sein würde, würde er wahrscheinlich alles vergessen haben.

Würde ich aber ihn vergessen haben? Das blieb die Frage.

Der Rest des Abends ging vorbei, und ich hatte die Hoffnung auf einen Gewinn fast aufgegeben. Dann plötzlich bemerkte ich, daß ich nur noch zwei Lose zu kaufen brauchte, um unter die Gewinnerinnen zu fallen.

Ich kniff Agnes oben in den Schenkel.

Ich halt dir die Daumen, flüsterte sie und blickte doch nur starr auf ihre eigenen Lose.

Dann wurde tatsächlich eine einzige Nummer ausgerufen.

Nummer siebzehn, rief der Ausrufer. Das wars. Ich hatte gewonnen.

Sven-Förd kam her zu mir, um meine Losnummer zu prüfen, und während er das tat, wartete ich aufgeregt, daß er damit zu Ende käme, und mir war klar, daß er nahe bei mir stand.

Gratuliere, Emanuela, sagte er dann. Der ganz große Preisgewinn ists nicht, aber vielleicht nächstes Mal.

Als er redete, fühlte ich, daß seine Worte eine zweite Bedeutung hatten. Als er mir mein Los zurückgab, blieben seine Finger einen Augenblick länger auf meinen, als es unbedingt nötig gewesen wäre.

Gut gemacht, Emanuela, sagte Agnes, fünftausend Mark. Fürs erste Mal nicht schlecht.

Klar, sagte ich. Ich klang atemlos, und ich hoffte, Frau Swidda If und Agnes hielten das für ein Zeichen meiner Aufregung über den Gewinn. Für Frau Swidda lag eine Ente drin.

Nur ich wußte, alles war wegen Sven-Förd.

Als ich nach Hause kam, bemerkte ich, daß das Licht im Schlafzimmer an war. Rasch lief ich die Treppe hoch, um Karl-Horace Sattler von meinem Gewinn und dem großartigen Abend zu erzählen.

Als ich die Schlafzimmertür öffnete, verlor ich mein aufgeregtes Lächeln rasch. Karl-Horace Sattler lag in meinem Bett, schlief tief, ein Buch lag noch auf seinem abgedeckten Bauch.

Am nächsten Morgen war meine Hochstimmung weg, und das Ganze hatte seinen Wert total verloren. Ich erzählte es ihm, aber er zeigte mehr Interesse, als ich sagte, ich würde die kommende Woche wieder hingehen.

Montagabend gewann ich wieder. Diesmal nur zweitausend Mark, aber der Kitzel des Gewinnens war an sich schon viel wert.

Na, wer hat jetzt das große Glück?, Sven-Förd blinzelte mir zu, als er zu mir herüberkam. Kaufst du ihr einen Weiher, sie kann die Enten selbst schießen.

Ach, Anfängerchance, sagte Agnes zu ihm. Ich möcht aber heut den großen Riesengewinn ziehen. Ich verreise für eine Woche, und etwas zusätzliches Geld würd ich nicht verschmähen.

Bei ihren Worten schienen Sven-Förds Augen einen Moment aufzublitzen, und er schaute mich rasch an. Damals verstand ich es nicht, aber als ich bei einer Spielunterbrechung zwei Kaffees holen ging, wurde nur zu klar, was er gemeint hatte.

Er stand an der Selbstbedienungstheke, als ich die Rechnung bezahlte.

Emanuela, warum kommst du nicht auf einen Drink, wenn die Lotterie aus ist?, fragte er.

Ich war einen Moment unsicher und wußte nicht was sagen.

Echt, ohne Mätzchen, sagte er, als er sah, wie ich zögerte. Ich mag dich einfach, und ich möchte dich besser kennenlernen, sonst ist da gar nichts.

Er machte einen Schritt nach vorn, bis sein Gesicht nahe bei meinem war. Bitte, Emanuela, flüsterte er.

Ach Sven-Förd, ich kann nicht, sagte ich, meine Stimme zitterte. Agnes bringt mich immer im Wagen nach Hause, und wenn ich nicht mit ihr weggehe, komm ich nicht mehr heim.

Ich führ dich heim, bot er mir rasch an, und seine Augen sandten neue Bitten aus.
Nein, tut mir leid, sagte ich entschiedener. Vielleicht sonst mal am Abend.
Ich bewegte mich weg von ihm und ging zu meinem Tisch zurück. Meine Hände zitterten noch, und ich krampfte sie in meinem Schoß ineinander, so daß die anderen nichts merkten.
Das kurze Gespräch mit Sven-Förd hatte mich sehr verwirrt. Ich wußte, daß er mich mochte, aber ich hatte nicht vermutet, daß er unsere Freundschaft zu vertiefen wünschte. Er wußte, daß auch ich in einem Arrangement lebte. Doch welches Vergnügen brachte die Verbindung mir denn? Die einzigen Male, wo ich mich in jüngerer Zeit wie etwas Menschliches gefühlt hatte, war, als ich abends zum Lotteriespiel ging.
Emanuela, Ex-Emanuel, sagte ich auf dem Weg nach Hause, gehst du morgen abend wieder hin?
Emanuel sah mich an, wandte dann seine Aufmerksamkeit wieder der Straße zu. Normalerweise nein, sagte er, warum? Willst du hin?
Ja, ich will, sagte ich mit nervösem Lächeln.
Willst du Lose ziehen oder Sven-Förd sehen? fragte Emanuel mit wissendem Lächeln. So oder so, läßt Karl-Horace Sattler dich denn zwei Abende nacheinander raus?
Ja doch, antwortete ich sarkastisch. Er würde nicht mal merken, wenn ich jeden Abend ausginge. Dann fügte ich für mich selbst hinzu: Er ist nie lang genug zu Hause, um zu wissen, was ich tue.
Agnes erwähnte Sven-Förd nicht mehr, und ich war froh. Ich mochte nicht einmal vor mir selbst zugeben, daß dies der wirkliche Grund für mein plötzliches Interesse am Lotteriespiel war.
Wie ich es vorhergesehen hatte, hob Karl-Horace Sattler keine Braue, als ich ihm sagte, ich würde wieder ausgehen. Er sagte, es mache ihm nicht das geringste aus – genau so war es auch, als ich drei Mal pro Woche zu der Lotterie fuhr.
Agnes machte ein paar Bemerkungen zu Sven-Förd und mir, aber ich überhörte sie. Sven-Förd hatte seit diesem ersten Mal

nie mehr ein Zusammentreffen erwähnt, und ich ermutigte ihn nicht. Es war ein seltsames Gefühl. Ich wollte, daß er es mich wiederfragte, und gleichzeitig fürchtete ich mich. Wovor, wußte ich nicht genau, obwohl ich tief eingeschreint ahnte: Furcht, daß ich ja sagen könnte.
Ich war Karl-Horace Sattler nie untreu gewesen. Dies war etwas, was ich einfach nicht tun konnte. Wir waren koste es was es wolle verheiratet, und ich war immer entschlossen gewesen, diesem Gelübde treu zu bleiben.
Aber alles hatte sich sehr geändert seit jenem Tag vor acht Jahren. Ich brauchte das Gefühl, geliebt und begehrt zu werden – und bald begann ich mich auf Sven-Förds Komplimente und freundliche Bemerkungen zu freuen.
Die Lage wurde deutlicher, als Agnes in die Ferien verreiste. Ich war noch immer entschlossen, drei Mal wöchentlich zu meinen Lotteriesitzungen zu gehen, obwohl es bedeutete, daß ich zwei Busse benützen mußte und spät nach Hause kam. Frau Swidda If hielt mir einen Sessel frei, den sie mit einer Hülle aus Stickerei mit Entenmotiven überzogen hatte, und ich kam immer sehr knapp rechtzeitig hin. Aber es lohnte sich. Sven-Förd stand in der Vorhalle, und er lächelte, wenn er mich sah.
Ich dachte, du würdest nicht kommen, sagte er fast mit einem Erleichterungsseufzer, jetzt ist Agnes in Urlaub.
Ach, ich vermisse sie nicht, sagte ich ihm, Aber mich beeilen muß ich schon.
Wie wärs denn, wenn ich dich heut abend nach Hause fahre, fragte er ruhig. Du würdest Stunden und Stunden einsparen beim Warten auf den Bus.
Ich bin ein Mann, sagte ich.
Wir nehmens, wies kommt, sagte er.
Nun gut, sagte ich nach einem Augenblick, aber nur einfach heimfahren.
Er grinste und folgte mir in die Halle, wo die Losziehungen gerade losgingen.
Ich war den ganzen Abend über zapplig, und ein oder zwei Mal fragte Frau Swidda If mich, ob etwas los sei. Unruhe sage bei den Enten Schlimmes voraus.

Nein, nichts, sagte ich ihr. Der Tag ist nur einfach verkehrt, und ich hab mich beeilen müssen.
Sie wußte, daß ich log, das sah ich. Aber ich konzentrierte meine Aufmerksamkeit auf die Lotteriescheine, die vor mir lagen und hoffte, sie würde in der Pause kein allzu kompliziertes Gespräch anfangen.
Sven-Förd wartete draußen auf mich, als ich wegging. Ohne ein Wort nahm er mich am Arm und führte mich auf den Parkplatz.
Da wären wir, sagte er und öffnete den Wagenschlag für mich. Tut mir leid, daß es kein Rolls ist, aber er fährt.
Ich lachte, als ich seine bekümmerte Miene sah.
So ists besser, grinste er, Du sahst wirklich besorgt aus.
Das war ich auch! Und doch gab es keinen Grund, zumindest, was Sven-Förd betraf. Das einzige, worum ich mir Sorgen machen mußte, war ich selber.
Wie wärs zuerst mit einem Drink, fragte Sven-Förd, als er den Wagen anließ. Dein Arrangement-Partner wird dich nicht so früh zurückerwarten, wenn du doch auf den Bus mußt, darum haben wir jede Menge Zeit.
Ach warum nicht, pflichtete ich bei und warf plötzlich jede Vorsicht von mir. Wenn ich zu spät kam, würde Karl-Horace Sattler es vielleicht nicht einmal bemerken.
Aber da irrte ich mich. Ich kam erst nach Mitternacht heim, und Karl-Horace Sattler war noch auf – und erregt.
Wo bist du gewesen, fragte er.
Die Lotterie, sagte ich ihm und versuchte das schuldhafte Klopfen meines Herzens zu kontrollieren. Das weißt du doch.
Und ich komme zu spät, weil ich zwei Busse nach Hause nehmen mußte. Sie fahren so spät in der Nacht nicht sehr häufig, weißt du.
Hör mal, Emanuela, mir ists egal, wenn du ausgehst, fuhr er ärgerlich fort, aber ich finds nicht gut, wenn du zu jeder Nachtstunde heimkommst. Du weißt, daß es so spät allein nicht mehr sicher ist, und ich mach mir Sorgen um dich.
Ach wie nett, lächelte ich kalt, und meine Worte waren schwer vor Sarkasmus, So weißt du doch immer, wie man sich um mich Sorgen macht.

Worauf willst du hinaus, Karl-Horace Sattlers Stimme war eisig.
Nur, daß du dich bis jetzt ausschließlich um deine eigene kostbare Arbeit gesorgt hast, schnappte ich. Jetzt scheine ich ein eigenes Leben außerhalb dieses Hauses zu führen und es auch zu genießen, und du, in deiner männlichen Weisheit, findest das nicht richtig.
Du weißt, Emanuela, daß das nicht stimmt, stritt er, aber ich mag nicht, daß du einfach dann nach Hause kommst, wenn es dir gefällt.
Ach so! lachte ich, ein hohes unnatürliches Lachen. Und was ist mit dir? Ich mags auch nicht, wenn du immer so spät kommst, aber das ist ja nicht wichtig, nicht wahr? Meine Gefühle zählen in der Sache nicht das geringste, nicht wahr?
Das ist was anderes, fing er an.
Das hab ich mir gedacht, unterbrach ich ihn, weil du es bist. Und du bist hier der Verdiener. Aber was haben deine blöden kleinen Konten schon für eine Wichtigkeit?
Emanuela, du weißt ja nicht mal, was diese Konten sind, fuhr Karl-Horace Sattler langsam fort, du hast dir nie die Mühe gemacht nachzufragen. Ein paar dieser blöden kleinen Konten sind Hunderttausende Mark wert, aber davon weißt du ja nichts, nein? Weil du dich nie im geringsten für sie interessiert hast. Und wenn ich schon davon rede, dann möcht ich sagen, daß du ohne meine harte Arbeit der letzten Jahre nicht in diesem Haus leben würdest, und du hättest nicht diese ganzen Luxusdinger, die du jetzt hast. Und du könntest sicher nicht drei Mal pro Woche zur Lotterie fahren!
Na, was mich betrifft, so ist die Lotterie mein Ausgleich, schrie ich wütend, Wenn ich mein Arrangement nicht haben kann – dann muß ich sonst was finden, was mir die Zeit vertreibt.
Ich wollte nicht mehr davon hören. Ich stürmte die Treppe hoch und ging zu Bett. Als Karl-Horace Sattler etwas später hochkam, tat ich so, als schliefe ich.
Am selben Abend, etwas früher, hatten Sven-Förd und ich in der stillen abgelegenen Bar gesessen, und er bat, mich wiedersehen zu dürfen. Das nächste Mal aber an einem Abend, wo

er frei hätte und nicht nur nach der Lotteriesitzung. Ich sagte ihm, ich würde darüber nachdenken, aber alles, was ich wollte, war Zeit gewinnen, um mir auszudenken, wie ich ihn sachte abweisen könnte.

Jetzt, nach Karl-Horace Sattlers ungeschicktem Ausbruch, war ich nicht mehr so sicher, ob ich Sven-Förd abweisen wollte. Die Entenjagd lag mir nicht. Es war klar, daß mein Angetrauter keine Minute seiner Arbeitszeit opfern würde, um sich auf mich zu konzentrieren, so würde ich mir eine andere Beschäftigung suchen müssen.

Und ich sah nicht ein, weshalb diese andere Beschäftigung nicht Sven-Förd heißen konnte.

Am nächsten Abend machte ich mich lange zurecht, ehe ich ausging. Ich wollte für Sven-Förd so gut wie möglich aussehen – wenigstens würde er meine Anstrengungen schätzen.

Jemand anderer aber schätzte die Anstrengungen auch! Frau Swidda If nämlich.

Heut siehst du besonders hübsch aus, Schätzchen, sagte sie, als ich mich ihr gegenüber setzte. Guter Schnabel, da geht ne Menge rein. Gehst du nachher noch aus?

Weiß ich noch nicht sicher, sagte ich mit einem Lächeln.

Nun, wenn ja, paß auf, Liebe, sagte sie leise, nicht alles ist immer so, wie es aussieht.

Entschuldigung. Verstehe nicht, sagte ich erschrocken.

O doch. Sie lächelte freundlich. Die Art Lächeln schenkte mir meine Mutter, wenn ich aus etwas rauszukommen versuchte, das ich nicht mochte.

Frau Swidda If sagte nichts mehr. Statt dessen sah sie hinüber zu Sven-Förd, der mit anderen Kunden plauderte.

Sieht mans denn so gut, fragte ich und fühlte, wie mir die Wangen heiß wurden.

Ja, Emanuela, sagte Frau Swidda If. Aber du bist alt genug, um zu wissen, was du tun willst. Mir kommt es aber dennoch ganz so vor, als laufe in deinem Arrangement etwas furchtbar schief.

Mir traten Tränen in die Augen, als ich Frau Swidda If ansah. In ihren Augen lag so viel Güte. Aber noch mehr. Ich fühlte, daß sie mich verstand.

Einen Augenblick später platzte ich mit allem heraus. Ich erzählte ihr von Karl-Horace Sattlers Stelle, und wie unsere Ehe darunter litt. Ich schonte auch mich nicht und suchte auch nicht zu beschönigen, was ich für Sven-Förd empfand.
Weißt du, Emanuela, sagte Frau Swidda If, als ich fertig war, wenn ich dich so höre, ist es fast, als hörte ich meiner eigenen Lebensgeschichte zu.
Wie ... wie meinen Sie das? fragte ich erstaunt.
Die Augen der Frau Swidda If waren weich geworden, sahen Allah und erinnerten sich.
Ich habe mit meinem Mann mehr oder weniger dasselbe erlebt, sagte sie mir. Er arbeitete die ganze Zeit, um unser Haus kaufen zu können und dann auch die Möbel. Ich klagte jeweils laut wegen der Stunden, die Ahmad arbeitete, und dann eines Tages, als ich mir besonders leid tat und sogar daran dachte, ihn zu verlassen, traf ich eine arme junge Witwe, die ihre beiden Kinder bitterlich aufzog und niemanden hatte, der ihr half. Ich befreundete mich so ziemlich mit ihr, und dann wurde mir klar, daß Ahmad sein Bestes für uns tat, und ich hatte ja Glück, daß ich einen Mann hatte, der für mich und unsere Kinder so hart arbeitete. Mir wurde klar, daß ich Ahmad nie eine Ermutigung gegeben hatte, und dann beschloß ich, ihm eine bessere Frau zu werden. Ich fing an, ihm echte Mahlzeiten zu kochen, wenn er so spät heimkam, und mehr Interesse an seiner Arbeit zu zeigen. Und weißt du, Emanuela, allmählich konnten wir uns mehr und mehr leisten und kaufen, und Ahmad konnte es leichter nehmen und sich öfter entspannen. Ja, wir brachten in jenen frühen Tagen Opfer, aber schließlich war es die Mühe wert. Als wir anfingen, waren die Zeiten für uns hart, aber die Belohnungen waren riesengroß. Ich vermisse ihn noch immer, und der Schmerz, daß er nicht hier ist, ist manchmal mehr, als ich ertragen kann.
Vermissen? echote ich, aber ich dachte –
Ich bin jetzt zwei Jahre verwitwet, Emanuela, sagte sie traurig. Es geschah bald, nachdem unsere Tochter von zu Hause wegging, um zu heiraten. Ahmad steuerte nordwärts in Algerien, auf einem seiner seltenen Geschäftsausflüge. Die Straße war glatt und schlüpfrig nach einem Regen, und einer dieser

riesigen Lastwagen mit Drehgelenk geriet außer Kontrolle. Er war sofort tot: eine Ente.

Frau Swidda Ifs Stimme brach, als sie den letzten Satz sagte, und in ihren Augen lagen Tränen. Kein Wort mehr von Enten und Gelichter.

Nun genug damit, sagte sie und lächelte, als sie sich die Tränen wegwischte. Du weißt jetzt, alles ist nicht ganz so schlimm.

Wenn man jemanden liebt ..., fing ich an, biß mir dann auf die Lippe. Nun, wenn es echte Liebe ist – dann wird man den immer vermissen. Wenigstens glaube ich das.

Tatsächlich, Emanuela? fragte Frau Swidda If, Ich komme zur Lotterie, um andere Menschen zu treffen und mich zu Hause nicht so einsam zu fühlen. Wenn ich heute nacht heimkomme, wird niemand da sein, der mit mir spricht, niemand, der mir einen Gutenacht-Kuß gibt. Warum kommst du hierher, Emanuela?

Du brauchst nicht mehr zu sagen, sagte ich ruhig zu ihr. Dann legte ich meine Hände auf die ihren und drückte sie fest. Ich sehe jetzt, was ich falsch gemacht habe. Karl-Horace Sattler und ich haben ja nicht zusammen gearbeitet, nicht wahr? Ich weiß ja nicht einmal, was er denn tut, wenn er so spät noch mit Kunden weg ist.

Ich erinnerte mich an unseren Streit vom Vorabend, als Karl-Horace Sattler mich beschuldigte, ich interessierte mich nicht genug für seine Arbeit. Er hatte recht, obwohl ich es damals nicht zugab. Alles, was mich kümmerte, war sein Mangel an Interesse für mich. Aber vielleicht gab es dafür einen Grund. Karl-Horace Sattler tat niemals etwas ohne Grund.

Mir wurde ganz kalt, als ich an unser ganzes Arrangement zurückdachte. Karl-Horace Sattler war ein guter Partner. Ich konnte es nicht leugnen. Aber was für eine Art Ex-Mann war ich?

Wann hatte ich ihn das letzte Mal mit einem Kuß begrüßt, als er bis spät aufblieb und arbeitete, oder ihm etwas zu essen gemacht? Wann hatte ich mich das letzte Mal richtig hingesetzt und mit ihm geredet? Und, noch wichtiger – ihm zugehört?

Langsam stand ich auf und schob meine Lotteriescheine auf Frau Swidda If zu.
Was soll das, Emanuela? fragte sie überrascht. Gehst du auf die Jagd?
Ich gehe nach Hause, sagte ich ihr entschieden, Ich muß noch einiges tun – und zwar bald. Ehe es zu spät ist. Wenn Sie mich das nächste Mal sehen, Swidda If, dann aus dem richtigen Grund.
Sie ergriff meine Hand und lächelte mir zu. Gut für dich, sagte sie glücklich. Kämm dir die Schwimmhäute. Und viel Glück, Butzi.
Ich sah auf die Lotteriescheine hinunter, die ich ihr gegeben hatte. Hoffentlich gewinnen sie, sagte ich, und ich danke Ihnen so sehr …
In meiner Kehle gab es einen Kloß, in meinen Augen Tränen, als ich mich drehte, um wegzugehen. Ich war gerade in die Vorhalle gekommen, als Sven-Förd auf mich zulief.
Wohin gehst du?, fragte er.
Ich holte tief Atem und drehte ihm mein neues Gesicht zu, das unrasiert wirkte. Nach Hause, Sven-Förd, sagte ich leise, wo ich hingehöre. Tut mir leid wegen neulich abends. Ich wollte dich nicht wohin führen – es war dumm von mir.
Nun ja, sagte er mit einem Seufzer, man kann sie nicht alle gewinnen. Hast du keine bitteren Gefühle, Emanuela?
Gar keine, sagte ich zufrieden.
Dann beugte sich Sven-Förd vor und küßte mich auf die Lippen. Es gab da eine Stelle, die war glatt. Adieu für jetzt, sagte er leise. Ich konnte es diesmal nicht erwarten, nach Hause zu kommen. Die Busse schienen Jahre zu fahren.
Das Haus lag im Dunkel, als ich endlich heimkam. Karl-Horace Sattler war also noch nicht wieder da. Ich lief ins Haus und drehte alle Lichter an.
Wieder in der Küche, präparierte ich Karl-Horace Sattlers Lieblingsomelett, sodaß ich es in wenigen Minuten in einem halben Liter Olivenöl braten konnte, wenn er heimkam. Die Bratpfanne stand bereit, und ich zog meine bis zu den Füßen reichende Weste an, die Karl-Horace Sattler mir letzte Weihnachten leihweise gegeben hatte.

Etwa eine halbe Stunde später hörte ich leise die Eingangstür gehen, und Karl-Horace Sattlers erstaunte Stimme drang in die Halle. Emanuela! rief er.
Ich öffnete die Wohnzimmertüre und ging zu ihm hin. Willkommen zu Hause, Butzi, sagte ich und küßte ihn zur Begrüßung. Bist du hungrig?
Er starrte mich in tiefem Erstaunen an, legte dann seine Arme um mich. Er wirkte gesund wie Wurst mit Senf.
Ganz ausgehungert, sagte er flüsternd.
So standen wir einen langen kurzen Augenblick. Und als ich mich gegen Karl-Horace Sattlers starke Schulter lehnte, fühlte ich, wie mir die Tränen in die Augen schossen.
So, genau so soll es sein, dachte ich. Wenn nötig jeden Abend. Weil wir uns beide heftig liebten. Das hatte sich überhaupt nicht geändert, nicht einmal in den harten Zeiten. Nur ich hatte mich geändert.
Jetzt kam alles auf mich an. Von nun an würde ich Karl-Horace Sattler ein GUTER Mann sein. Ich würde ihm alle Liebe und Unterstützung geben, die er brauchte. Und ich würde mit ihm über seine Arbeit REDEN. Würde herausfinden, was er tat, und echtes, wirkliches Interesse an seinen Kunden zeigen. Vielleicht würde ich ihn sogar einmal überreden, mich geschäftlich mitzunehmen.
Ach, ich konnte in Zukunft noch so viel tun. Aber vor der Herausforderung war mir nicht bange. Tatsächlich gab das ganze Denken und Planen meinem Leben einen neuen Sinn – ich hatte meinen Karl-Horace Sattler wiedergefunden.

Bevor ich in New York in einem Lokal auf James Moody stieß, hatte ich Tamara getroffen, eine füllige Wienerin, mit der ich sogleich in stummes, intensives erotisches Verhältnis geriet, ohne Berührungen, ohne Erklärungen von Absichten, ich vermute sogar, ohne Absichten. Die Erotik, stumm-bleibend und darum ohne Höhen oder Tiefen, erreichte ihren Höhepunkt (ich weiß, ich widerspreche mir: aber die Statik wollte auf etwas hinaus: Vorhin sagte ich nur, alles sei unendlich langsam gegangen) – erreichte ihren Höhepunkt am Washington Square, als sie sich auf ein Geländer setzte, das die kleinen abgestampften und erdzertretenen Wiesen trennt von den kreuzförmig auf die Mitte zulaufenden Gehwegen, und ich starrte sie einfach an und betraute sie allein mit der Gesprächsverweigerung: diese fiel ihr jetzt, nun ich nicht einmal mehr Einwort-Fragen stellte, sichtlich schwer; die herbeigeführte totale und totalitäre Auskunftslosigkeit schien sie zu bedrücken, es mag das Wienerische an ihr gewesen sein, das ein Nichtsprechen unerträglich findet, während es gern und selbstverständlich in einem Schüchternsprechen oder in einem Zögerndäußern verharrt, dies wiederum aus unbewußter sexueller Strategie, die, wird sie zum Bewußtsein gehoben, keine ist. Wir hielten uns in einer selbst-arrangierten Pause auf, einzelne Themen, die mit Erotik nichts zu tun hatten, schwebten und wurden mit dem entschlossenen Schweigen wie mit einer Fliegenklatsche erledigt; erhoben sich aber wie Fliegen kurz vor dem Schlag und summten weiter. Ihre wechselhaften Empfindungen trieben Tamara in eine Raserei, die zuletzt auch mich ergriff, wie ich überhaupt zunächst einer Kopferregung zuneige, der Kopf ist das zuverlässigste Geschlechtsteil, und daß er bei allen ungefähr gleich aussieht – wer kann schon ein Gesicht vom anderen unterscheiden, alles gleich, egal, indifferent, universalisiert und standardgepackt, a head is a head that's it –, schließt nicht aus, daß er ein ständig unabwendbar sexuell höchst aufgeladenes Organ ist, mit ungefähr derselben Geschlechtszugehörigkeit wie das Geschlecht, den Schador-Schleier müßten sie alle tragen und ich voran. Tamaras Wiener Kopf hatte im Schweigen die Lage bereits so organisiert, daß unsere beiden Leiber von den Köpfen ergriffen wurden, aber ich darf anmerken: Ich wurde geleitet, ich hatte keine Absichten, ich hatte beinah vergessen, was eine Frau war, ich habe Tamara um ihrer selbst willen getroffen und weil mir Wien so gut gefällt, insbesondere an der Dorotheergasse. Und dann gingen wir langsam durch die Bond Street, oder wie die paar wenigen Straßen heißen, die Namen tragen in New York, hinab zu diesem Restaurant, dem Uralt-Urwald-Lokal, zu der Sonnenlicht-Dschungel-Kaschemme womöglich an der Greene Street, gegenüber der Bar, wo Emanuel im breiten Straßenfenster sitting inside looking outside seinen Scotch trinken kann, und die Passanten, im Qualm regattend rudernde New Yorker, prosten ihm von außen zu (Hi! Cheers! Butt!), zum vegetierenden, tellerklappernden und darum philosophischen Garten, wo James Moody seine raschen Flötenläufe sauber exekutierte, über dem Arm eine unbefleckte Abendserviette. Würde Dizzy vorbeikommen, nein, er kam nicht vorbei, obschon es ihm wie mir ergangen wäre; ich kriegte eine der seltenen umsonstigen Mahlzeiten meines Lebens, alles an dieser Mahlzeit war umsonst, was sich in der Schlußrechnung zeigte. Die Wienerin hatte den ganzen monumentalen Betrag erlegt und mich dazu, alles vom Kopf aus natürlich, der schwieg und schwieg und dem nur einmal ein spitzes: Schlag ihn auf die Schere! entfuhr, als der vor ihr in einer Bassinschüssel mit halhohen Wasser-Zoo-Wänden krabbelnde Hummer eine Schere hob, die mit einem Papierband zugeklebt war, und diese Schere sich auf Tamara hin öffnete, nachdem der tierisch krabbelnde Hummer das Band mit Leichtigkeit zerrissen und abgestreift hatte. Damals bewunderte ich Moody noch, heute spiele ich genauso schnell, meine Schnelligkeit geht auf Kosten der Reinheit meines Ansatzes, ich bin in meinem Ansatz etwas kraftlos, und ich meine, gerade das erregte meine Bewunderung für den im tiefen künstlichen Dschungel ungerührt seine Arpeggios über den Kirchentonarten seiner smarten flinken Rhythmusgruppe blasenden Moody, von dem Emanuel »Last Train from Overbrook« vorbehaltlos empfehlen mag, es singt der verstorbene Eddie Jefferson, der kurz vor seinem Tod zwei Nummern bei Dexter Gordon mitsingen durfte, was mißriet. Gehn wir, sah mich Tamara an. Nach Wien, fragte ich zurück, du weißt, wie ich rangehn würde, wenn wir im Bräunerhof säßen, du auf mir, wir machten rum, daß den Zahlkellnern die Scheine verrutschen täten. Weg in den Dschungel, sagte Tamara, sie hatte vor Erregung ihren wienerischen Akzent verloren und klang wie Agnes. Die eine ist gediegen, die andere ist erniedrigend. Die eine ist kreuzbrav, die andere hat allen aufgekündigt. Die eine beschwört die abendländischen Philosophen, die andere ist leichtlebig, häuft aber Philosopheme an. Die eine ist gebildet und kann damit nur etwas anfangen, wenn sie sich von der anderen beraten läßt, die wiederum nichts weiß, damit aber glänzend umgehen kann. Die eine stürzt überfallartig ins Haus an der Felsschlucht hinter den Kakteen, die andere wirkt schon gleich beim Eintreten deplaziert. Das Haus an der Felsschlucht der Croaky Rocks wirkt prometheisch, ist ein runder Bienenbau, die Außenwand wirkt, als wäre sie aus Stroh, darunter aber steckt eine dicke Betonschicht, die das Haus gegen Mörserschüsse von der anderen Seite der Schlucht schützen soll. Unten, zuunterst in der Schlucht, im Croaky Valley, fließt ein Fluß, der in der Regenzeit zum reißenden Strom anschwellen kann. Einen halben Monat, anfangs Juni oder anfangs Juli, einmal sogar im August, ist der Strom ein ausgezehrter Bach, die Anwohner nennen ihn, the Croaky, den Crooci, sie verweigern eine Übersetzung, sagen nur: this river is what it sounds like. Also wohl ein Crooci oder ein Korcky; wirkt das zunächst amüsant, drollig, lustig, ja eigentlich über den Fluß erhaben, so ist doch bald einsichtig, daß die Einwohner damit die Finsternis überspielen wollen. Am Crooci geht es zu, das Blei wirbelt, die Fetzen fliegen. Wo könnte der Mörser an der anderen Schluchtwand anders stehen als mitten in und unter diesem Stapel großer Felsbrocken, die dort inmitten steil abfallender rötlicher Hänge eine Aufwerfung bilden und entweder ein von der Natur da hingestelltes Fort sind oder von den Gegnern zu einem solchen ausgebaut wurden? Die ganzen Beschreibungen und Aufzählungen der Widrigkeiten, in die sich die beiden jungen Frauen, die eine gefestigt, die andere ungestüm, hineinbegeben, wirken lächerlich, wenn Emanuel nicht weiß, daß in der Mitte des Croociflusses die Staatsgrenze verläuft, seine Überquerung unmöglich ist und, wo sie doch gelingt, mit hohen Freiheitsstrafen geahndet wird. Agnes, die Freundin der beiden, bewohnte den eleganten, flach gestreckten Anbau ans runde Bienenhaus mit dem Betonpanzer. Agnes ist eine Talmudistin, handelt aber auch mit Waffen; wie so oft, ist ihr Hausdiener Fernand, der immer lieber Gärtner ist, am Handel beteiligt, gewisse Kreise sehen in ihm den eigentlichen Anstifter, andere verweisen auf Agnes' an den heiligen Schriften geschulte Intelligenz und auf die Sophismata, womit Emanuel den Waffenhändlern kommen muß, damit sie die Waffen entweder an einen verkaufen oder von einem kaufen. Agnes beherrschte die Materie und damit die Waffenhändler. Die beiden Freundinnen waren über die Schwelle, unangemeldet, in den Bau getreteten und hatten einen runden Saal mit Kuppel, grau ausgeschlagen, durchquert, um zu Agnes' Trakt zu kommen. Die eine hielt sich in Deckung, die andere ging bravourös in der Mitte der Korridore. Als sie einen Vorraum durchquert hatten, der eine viereckige Form hatte und damit anzeigte, daß er bereits auf Agnes' eigenem Grund lag, kamen sie in ein langgestrecktes, niedrig und hell wirkendes Wohnzimmer mit einem die ganze Längswand entlanglaufenden bedächtigen Panoramafenster, in dem die ganze Pracht der steilen Schluchtwände an einem späten Augustnachmittag erschien. Im Raum standen drei Liegen, zwei davon Sofas. Auf einem der Sofas lag Agnes splitternackt und konnte sich, als sie die beiden eintreten sah, eines erstaunten und erfreuten Ausrufs nicht enthalten. Konzentrierte sich der Blick auf die andere Schluchtwand und an dieser Schluchtwand auf die Aufwerfung aus großen sandsteinfarbenen Felsen, so sah er, wie ein großes, kurzes Mörserrohr, von unsichtbarer Hand gelenkt, den Gestalten in dem etwa siebenhundert Yards entfernten Salon folgte, indem es Korn und Kimme bald auf der einen, bald auf der anderen zur Deckung brachte. Kommt zieht euch aus, rief Agnes und betätigte eine Klingel, um Fernand mit drei goldgelben Likören und drei bis zu den Füßen reichenden schußsicheren Panzerwesten kommen zu lassen. Die eine der weiblichen Ankömmlinge war wie weggetreten, die andere gab sogleich zu verstehen, daß sie verläßlich sei.

Boten

Es war im Landhaus. Es war ein Abend von beträchtlicher Friedlichkeit. Emanuel hatte draußen gestanden und etwas an den Kleiderhängern gerichtet. Die Haken hingen nach unten. Nun kam er herein und war ebenso wie sonst. »Ziemlich verrückt«, sagte Emanuel. – »Was?« fragte Tamara. – »Die schöne Frau, wieder mal«, sagte Emanuel. – »Seinetwegen«, sagte Tamara. – »Ist er da?« fragte Emanuel. – »Woher weiß ich das?« fragte Tamara. – »Du warst doch draußen«, sagte Emanuel. – »Ich?« fragte Tamara. – »Du siehst ganz hell aus von dem Licht«, sagte Emanuel. – »Ist er weg?« fragte Tamara. – »Ich will dir sagen, was war. Ich hab ihn auf die Maschine gebracht. Wie ich zurückkomme, hängt sie sich an mich und macht zwei, drei Schritte auf die aufgebockten Marantz-Boxen zu und preßt sich an mich. Ist da was?« fragte Emanuel. – »Nicht viel«, sagte Tamara. – »Müßte was für dich sein«, sagte Emanuel. – »Er ist also weg«, sagte Tamara. – »Ich sage: es müßte was für dich sein. Die Umarmung war sehr eng«, sagte Emanuel. – »Du weißt, daß sie immer so gewesen ist«, sagte Tamara. – »Wie denn?« fragte Emanuel. – »Er schläft nicht immer mit ihr«, sagte Tamara. – »Kein Wunder«, sagte Emanuel. – »Siehst du, kein Wunder. Das Arrangement kann nicht halten bei sowas«, sagte Tamara. – »Du tust das nie«, sagte Emanuel. – »Was denn?« fragte Tamara. – »Das«, sagte Emanuel. – »Du meinst die Schritte auf die Boxen zu«, sagte Tamara. – »Nein. Das andere. Was bei den Schritten auf die Marantz-Boxen zu geschehen ist«, sagte Emanuel. – »Mit dir nicht«, sagte Tamara. – »Mit mir nicht?« fragte Emanuel. – »Mit dir tue ich es nicht«, sagte Tamara. – »Mit wem denn?« fragte Emanuel. – »Es gibt in diesem Hause Fernand, einen Gärtner«, sagte Tamara. – »Sowas gibt es oft«, sagte Emanuel und zuckte mit den Schultern. – »Er pflegt die Pflanzen. Seine Pflicht«, sagte Tamara. – »Was soll ich darunter verstehen?« fragte Emanuel. – »Besonders die Astern«, sagte Tamara. – »Du willst mir sagen, daß der Gärtner die Astern pflegt«, sagte Emanuel. – »So ziemlich. Du hast gefragt, wo die mächtige kleine Frau ist. Ich habe gesagt, ich weiß es nicht. Dann hast du mich zu der Bemerkung über den Gärtner gezwungen«, sagte Tamara. – »Davon hast du freiwillig angefangen«, sagte Emanuel. – »Wo ist die kleine hohe Frau?« fragte Tamara. – »Du hast darauf gewartet, mit Fernand anzufangen. Er pflegt die Astern!« rief Emanuel. – »Er gießt sie regelmäßig. Wenn du darunter Pflege verstehst. Und die kleine Frau hat ihr Arrangement gelöst. Warum denn?« fragte Tamara. – »Interessiert mich doch nicht«, sagte Emanuel. – »Es interessiert mich so viel wie du. Und du interessierst mich, glaub mir«, sagte Tamara. – »Ich habe gesehen, wie es sich aufgelöst hat«, sagte Emanuel. – »Wo?« fragte Tamara. – »Alles löst sich immer auf, Tamara. Mußt du dir merken«, sagte Emanuel. – »Wann hat es sich aufgelöst?« fragte Tamara. – »Das ist unvermeidlich, daß sich alles auflöst. Nichts ist für ewig, Tamara. Das muß leider gesagt sein«, sagte Emanuel. – »Du meinst die kleine Frau so zwergenhaft«, sagte Tamara. – »Ich meine es allgemein. Aber weil du mir gerade zuhörst: Die beiden sind hinter dem Pferdestall gestanden. Sie ließ ihn über ihre waagrecht herausgestreckte Reitgerte hüpfen. Er jaulte dazu wie ein Hund, wenn man ihn abrichtet und auf Mann dressiert. Sie ist ein hervorragender Trainings-Wachtmeister, unsere hohe Frau. Als er dreimal über die Gerte gehüpft ist, die von unten in seinen Schritt schlug, hat sie ihm entspannt damit auf die Schultern geschlagen. Zur Belohnung hat ers angenommen. Aber dann schien es ihm zuviel zu werden«, sagte Emanuel. – »Das stimmt doch alles nicht. Gelogen«, sagte Tamara. – »Schien ihm zuviel zu werden ... »*Wem?*, fragst du. *Ihm*, sage ich ... hab alles hinter dem Pferdestall gesehen«, sagte Emanuel. – »Es gibt schon lange keine Pferde mehr«, sagte Tamara. – »Nur hat der Pferdestall das nicht gemerkt. Er steht noch. Dahinter ließ sie ihn über die Gerte hüpfen. Als sie ihn damit an der Schulter angetippt hat zur Belohnung, ist es ihm zuviel geworden. Oder er hat auf einmal gewußt, was er tut. Er nimmt die Gerte und zerbricht sie. Das ist nicht leicht, weil so elastisch. Jede Gerte muß einmal gebrochen werden, Tamara«, sagte Emanuel. – »Und jeder Teller einmal leergegessen. Arme Agnes«, sagte Tamara. – Ich glaube nicht, daß du sie bedauern mußt. Sie bedauert sich selbst genug«, sagte Emanuel. – »Jedermann«, sagte Tamara. – »Ich bedaure mich nicht. Ich habe es nicht weit gebracht«, sagte Emanuel. – »Ehrliche Haut. Das kann man sagen. Besonders, wenn man es selber auch nicht weit gebracht hat«, sagte Tamara. – »Aber ich werde es weit bringen. Das ist der Unterschied. Und dann kaufe ich dir eine Wohnung«, sagte Emanuel. – »Ein langes Warten«, sagte Tamara. – »Du kannst mich vorher abrichten. Hast du eine Gerte? Ich brauche ab und zu die Gerte, Tamara«, sagte Emanuel. – Tamara pflegte ihm die Nägel. »Was tut dein Vater?« fragte sie. – »Du meinst den inneren oder den äußeren«, sagte Emanuel. – »Immer beide«, sagte Tamara. – »Lieber mit der Feile. Ich kann jetzt keine Schere ertragen. Du hättest es wissen müssen, weißt aber nicht. Mit dir ist gut leben, Tamara«, sagte Emanuel. – »Jetzt ist auch schon das Arrangement entzwei. Geschweige denn, was nach dem Arrangement gekommen wäre«, sagte Tamara. – »Und was wäre nach diesem Arrangement gekommen, Tamara?« fragte Emanuel. – »Dieses unerwartete Glück, vorbei. Aber man muß verzichten lernen. Je rechtzeitiger, desto schmerzloser ist es«, sagte Tamara. – »Und nach der Verlobung, Tamara? Was hat dein Vater da getan?« fragte Emanuel. – »Diesmal ist es der äußere«, sagte Tamara. – »Ja, warum nicht?« fragte Emanuel. – »Ich wäre sonst nicht hier. Er hat fast alles Geld verloren, und er hat es nicht bereut. Er war anders als du, Emanuel. Und er hat Bier getrunken«, sagte Tamara. – »Und sich an seiner kleinen Tochter gefreut«, sagte Emanuel. Tamara schnitt ihn ein klein wenig. Er stöhnte. Die folgenden Aussagen brauchten Mut, da Tamara die Schere nicht weglegte. »Das war ein Vaterleben aus der Speckkammer und dem Honigtopf. Sie muß gleich zurück sein. Ich hoffe, sie hat ihn gut abgerichtet«, sagte Emanuel. – »Du solltest dich mehr mit ihm abgeben«, sagte Tamara. – »Könntest du, ich meine die Schere, ablegen? Aber du willst lieber deine Astern gepflegt sehen. Ich weiß nicht, wie lange so ein Gärtner ohne Murren gießt. Ich kannte mal einen, der rannte mit der größten Gießkanne herum, war aber ganz vertrocknet«, sagte Emanuel. – »Mein Vater hatte unbeschreibliche Freude an mir. Ich bin ein folgsames Kind gewesen. Folgsam, ganz ohne Schläge«, sagte Tamara. – »Ich hab Schläge gekriegt, unabhängig davon, ob ich gehorche oder nicht. Hab mich daran gewöhnt. Übrigens, die Verabreichung kann geheim sein. Die braucht nichts Körperliches an sich zu haben. Ach Tamara. Bei dir darf ich Mensch sein, nämlich der, der ich bin. Mit ihr habe ich immer das Gefühl von etwas Eingefahrenem, einem Spiel, das nur noch ganz streng gespielt wird. Sie ist formell geworden mit mir, und ich muß hündisch kämpfen, um noch so zu siegen wie früher«, sagte Emanuel. – »Je weniger du dabei an mich denkst, desto schöner wirst du siegen, Emanuel. Ich habe keine Ansprüche. Ich kann beiseite stehen. Ich will dich, doch geradeheraus will ich dich nicht. Ich bin unauffällig und zu Diensten. Ich bin ihr so wenig ähnlich. Ich bewundere mich wegen meiner Sparsamkeit. Ich falle bei dir nicht auf, ich will nur ein wenig ins Gewicht fallen«, sagte Tamara. – »Ins Gewicht«, sagte Emanuel. – »Nur ein wenig«, sagte Tamara. – »Wunderbar«, sagte Emanuel. – »Ein ganz klein wenig. Du brauchst mich nicht zu berühren. Berühr wenigstens den Teller«, sagte Tamara. – »Sehr. Stark doch. Du fällst ins Gewicht für mich, Tamara. Wer sagt dir denn, daß ich nicht insgeheim auf dich abziele? Du kennst das doch: jemanden anvisieren, aber eigentlich auf jemand anderen zielen? Tue ich das oder nicht?« fragte Emanuel. – »Keine Schläge erhalten. Darum bewahre ich ihm ein liebendes Angedenken. Er hat sich oft beherrschen müssen bei mir. Berührst du meinen Teller, Emanuel?« fragte Tamara. – »Nicht daß ich dich beiseiteließe«, sagte Emanuel. – »Berühr ihn. Bitte«, sagte Tamara. – »Du weißt, daß mir oft schlecht wird. Mich hat ein Pferd in den Magen getreten«, sagte Emanuel. – »Er ist mit der Natur vertraut. Er pflegt nicht nur die Blumen. Auch Büsche«, sagte Tamara. – »Man muß vieles können, nicht wahr, Tamara«, sagte Emanuel. – »Ich will nicht viel. Bei mir muß man nichts können. Wenn ich nur nicht ganz verschwinde. Aber bescheiden möcht ich schon sein. Und es gibt nichts Bescheideneres als dich zu bitten, daß du meinen Teller berührst«, sagte Tamara. – »Du willst mich wohl vergiften«, sagte Emanuel. – »Bestimmt will ich dich vergiften. Ist das wahr, daß ich für dich Gewicht habe?« fragte Tamara. – »Wer behauptet das

Gegenteil?« fragte Emanuel. – »Dann berühre meinen Teller. Wer behauptet das Gegenteil?« fragte Tamara. – »Bevor die Verlobung gebrochen ist. Seither gibt sie zu, daß du für mich Gewicht hast«, sagte Emanuel. – »Da bist du doch wichtiger für sie geworden, wenn die Verlobung gebrochen ist. Wen hat sie noch außer dir? Warum sagt sie plötzlich, ich bin wichtig für dich? Jetzt esse ich aus meinem Teller. Das ist wie allein auf dem Zimmer zu liegen und sich selbst, du weißt schon«, sagte Tamara. – »Mir ist übel, Tamara«, sagte Emanuel. – »Dir ist immer übel. Das kann er dir heilen. Er legt dir etwas drauf«, sagte Tamara. – »Worauf?« fragte Emanuel. – »Entspannen. Dein Magen wird kleiner. Du fühlst es«, sagte Tamara. – »Und das kann er steuern?« fragte Emanuel. – »Er kann viel«, sagte Tamara. – »Man muß viel steuern können, Tamara«, sagte Emanuel. – »Dir ist schlecht, und ich bin müde«, sagte Tamara. – »Nimm den Teller weg, ehe du ...«, sagte Emanuel. – »Ich kann fast nicht mehr«, sagte Tamara. – »Als hätte ich dich vergiftet. Aber das würd ich nie tun. Noch lange nicht. Was hätte dein Vater getan?« fragte Emanuel. – »Jedenfalls hätte er mich nicht geschlagen«, sagte Tamara. – »Ich könnte nicht dein Vater sein. Nicht einmal wenn ich es wollte«, sagte Emanuel. – »Will ich auch nicht. Ich gehe in den Garten, Emanuel«, sagte Tamara. – Die Astern bäumen sich buschig auf, so scheint es«, sagte Emanuel. – »Ich lege mich ins Gras. Bitte komm mit«, sagte Tamara. Der Berber lag vor ihr wie eine unendliche Fläche in hellem Farbton, unerreichbar und schon zertreten und gerade dadurch unwiderruflich außer Reichweite. »Eine Aster soll man nicht beim Blühen stören. So unauffällig wirken wie möglich. Bringst du mir meine Schuhe? Nicht geputzt«, sagte Emanuel. – »Ich mag nicht mehr. Wenn du ausgehst. Sie mag dich auch so«, sagte Tamara. – »Aber sie mag meine Schuhe nicht so«, sagte Emanuel. – »Ich liege schon im Gras, Emanuel. Später, die Schuhe. Weil ich bereue, daß ich mich dazwischenschiebe«, sagte Tamara. – »Du störst gar nicht, Tamara. Sie wird dir dasselbe sagen«, sagte Emanuel. – »Darf ich mit ihr über das reden, was wir reden? Darf ich reden, auch wenn ich ab und zu schwatze? Ich bin manchmal ungeschickt«, sagte Tamara.

– »Man soll, öfter als nicht, sehr geschickt sein, Tamara. Natürlich darfst du mit ihr über alles reden. Ich nehme nicht an, daß sie uns im Verdacht hat, immer miteinander zu schweigen«, sagte Emanuel. – »Sag mal, ist da was heiß geworden?« fragte Tamara. – »Nicht daß ich wüßte. Fühlst du was?« fragte Emanuel. – »Alles ziemlich heiß geworden«, sagte Tamara. – »Unangenehm, wenn wahr. Sag mal, Tamara, erfindest du?« fragte Emanuel. Dann ging Tamara rückwärts, Hände erhoben, unauffällig und vag sich übers Haar streichend, hinaus. Siehe, Emanuel erfuhr es nicht.

Der Abend war von derselben unberührten Friedlichkeit. Noch konnte ihn nichts verändern. Das mochte sich ändern, doch das änderte sich einstweilen nicht. Agnes, die hohe kleine Frau kam herein. Sie verbrannte sich an einer Stelle, nicht am Herd, sondern nahe beim Herd, und schrie auf. Sie kam wieder mit Emanuel. Er glaubte ihr nicht. Sie führte ihn zu der Stelle. Emanuel verbrannte sich. Agnes half ihm. Verbrannte sich wieder. Emanuel half ihr. Verbrannte sich wieder. Sie halfen sich. Sie verbrannten sich. Sie banden ein Tuch um die Hände. Es half. Sie umkreisten den Ort, wo sie sich verbrannten. Es war der Herd. Es war der Tisch. Es war ein niedriger Schrank mit Schuhen. Der ganze Raum erdig und feucht. Agnes krümmte sich eben noch beim Verbranntwerden, und auf einmal faßte sie sich. Dann sah, mit einer Schürze in der Hand, Fernand der Gärtner zur Tür herein. Deswegen stand Emanuel starr und stöhnte unterdrückt. Zum Gärtner wurde gesagt: »Es steht weiter oben.« Dies sagte ihm Agnes. »Ich habe oben nachgeschaut«, sagte der Gärtner. – »Weiter oben. Unter K. Hast du es?« fragte Agnes. »Ja. Ich möchte mich zum Wetter äußern, Agnes«, sagte der Gärtner. – »Äußere dich«, sagte Agnes. – »Wäre das Klima ein Schwein, es wäre schon geschlachtet. Das Wetter ist heute eine infame Sauerei, mach das Kreuz an die Wand«, sagte der Gärtner. – »Ach, infam?« fragte Agnes zurück. – »Sie meinen, ich sei überwältigt, nicht wahr. Blättern, blättern, unter K. Ich habe es gefunden. Danke, Agnes«, sagte der Gärtner. Dann ließ er das Nachschlagewerk unter seiner Schürze verschwinden und ging hinaus. Er mochte in den Garten gehen, die Annahme war gestattet, er mochte im Vorraum stehenbleiben, um die Haken der Kleiderhänger, die Emanuel gerichtet hatte, nachzurichten, weil Emanuel es schlecht getan hatte, ganz ungenügend, wie es für jemanden, der keine handwerkliche Begabung hat, natürlich war. Emanuel hob seine verbrannten Handflächen, von denen sich die Haut löste, und richtete sich an Agnes. »Das haben Sie doch gerade gesehen. Da kann keiner bleiben. Das hat doch bedeutet, daß wir wegmüssen«, sagte Emanuel. – »Oh, das glaube ich nicht«, sagte Agnes. – »Aber Sie haben es gesehen. Gefühlt«, sagte Emanuel. – »Was?« fragte Agnes. – »Was ist schrecklicher? Verwundet und blasig zu sein oder es sehen zu müssen? Der Schmerz kommt, wenn man es sieht. Das Auge hält kein Absinken des Organismus aus, vorausgesetzt, es sieht ihn. Und es erzählt: wir müssen weg«, sagte Emanuel. – »Was sollen wir tun?« fragte Agnes. – »Er ist mein Tod. Ich spreche mit Ihnen, Agnes. Wir müssen weg«, sagte Emanuel. – »Sie haben etwas von Erzählen gesagt. Nichts hat uns etwas erzählt. Das Auge kann nicht reden. Unseren Händen fehlt nichts. Wie wollen Sie denn wegkommen? Verbrühen wir uns anderswo nicht?« fragte Agnes. – »Fast erheiternd. Warum glauben Sie mir nicht?« fragte Emanuel. – »Daß wir wegkommen? Das glaube ich ja. Aber wie?« fragte Agnes. – »Das ist doch genau erzählt worden!« rief Emanuel. – »Was denn, Emanuel?« fragte Agnes. – »Daß wir wegmüssen! Das müssen Sie doch gefühlt haben!« rief Emanuel abermals. – »Ich habe Sie nur gefragt, wie Sie hier wegwollen«, sagte Agnes. – »Da kann doch keiner bleiben«, sagte Emanuel. – »Ich glaube allmählich, Emanuel, daß Sie nur so tun, als wollten Sie hier weg«, sagte Agnes. – »Ich? Sie unterschätzen meinen Ernst. Vorsicht, Agnes. Sie können das nicht einfach so aufheben, sonst heben Sie mich auf«, sagte Emanuel. – Ich frage doch nur, *wie* wir weg wollen«, sagte Agnes. – »Durch Flucht natürlich. Haben Sie etwas anderes erwartet?« rief Emanuel. – »In die Schweiz?« fragte Agnes. – »Haben Sie etwas anderes gedacht, frage ich Sie«, sagte Emanuel. – »Das geht doch nicht, Emanuel«, sagte Agnes. – »Agnes, ich möchte wissen, was Sie denken. Ganz allgemein. Ich habe Sie im Verdacht, Sie sagen das eine und denken das andere. Ich erkläre Ihnen meine Vorstellung von Flucht, die sich mir allmählich gebildet hat, und Sie werden feindselig und spitzfindig, nun, eine Haarspalterei und Argumentenklauberei, die doch kaum aus einem Gefühl kommen kann, bei welchem ich im Zentrum stehe«, sagte Emanuel. – »Sie stehen im Zentrum, Emanuel«, sagte Agnes. – »Und Sie wollen nicht weg. Was denken Sie?« fragte Emanuel. – »Sie sind es, der nicht weg will, Emanuel. Vom Weglaufen kann jeder reden. Aber wer nicht sagt, wie, der meint es nicht ernst«, sagte Agnes. – »Aber der Tanzschritt hat uns doch erzählt, daß – zum Beispiel gab ich der Box einen Tritt, nicht viel, zugegeben«, sagte Emanuel. – »Daß wir weg müssen. Ganz richtig, Emanuel. Allein die Geduld, die ich mit Ihrer Heftigkeit habe, müßte Sie davon überzeugen, daß mein Gefühl – wenn wir von Gefühlen reden wollen – nicht ganz leer ist. Aber die paar Tanzschritte haben uns nicht erklärt, wie wir wegkommen, und die Marantz-Boxen ließen uns nicht durch, sind eben solide Handwerkerware«, sagte Agnes. – »In die Schweiz, in die hübsche Schweiz«, sagte Emanuel. – »Das sage ich ja. Wenn schon, dann in die Schweiz«, bestätigte Agnes. – »Wegen des Sommers, des ewigen Sommers, der da herrscht«, sagte Emanuel. – »Das haben Sie mir gut mitgeteilt. Das ist zuvorkommend, mich aufzuklären, daß dort ewiger Sommer ist, nein, ›herrscht‹, meinen Sie«, sagte Agnes. – »Wo denn?« fragte Emanuel. – »In Ihrer Schweiz doch, Emanuel«, sagte Agnes. – »In der Schweiz, ach in der Schweiz. Es kann anderswo sein. Ich habe das aufs Geratewohl vor mich hingesagt. Italien, Sizilien, Marokko, Elfenbeinküste. Wissen Sie, Agnes, am Äquator ist es immer noch wärmer, ja, für einen handelsüblich konstituierten Menschen ist eine beständige Zunahme der Erdtemperatur bis hin zum Äquator nichts Schlechtes. Und die Wärme des eigenen Inneren steigt mit. Am Äquator, Agnes – das brauchen Sie nicht ernst zu nehmen – am Äquator wären Sie ein warmer Mensch«, sagte Emanuel. – »Und das ist es, was Sie sich wünschen«, sagte Agnes. – »Jeder«, sagte Emanuel und blickte auf den breiten Berber, dessen Zotten er gern parallel gelegt hätte mit der schwarzen Schuhspitze. – »Wie, Emanuel? Weg von hier?« fragte Agnes. – »Flucht. Flucht hat bestimmte Regeln. Das Prinzip der Flucht ist die Geschwindigkeit, die sich heimlich, also ohne Wissen des Gegners entfaltet. Ebenso heimlich, ohne Einsicht des kundschaftenden Opponenten, sind bereits die Vorbereitungen zur Flucht geschehen. Man hat, sagen wir mal, Koffer gepackt, eine größere Summe in der Währung des Zielortes eingesteckt und, sagen wir mal, Flugtickets besorgt. Sie bemerken, daß ich im Plural spreche. Es ist keiner der Majestät, es ist einer der Demütigung«, sagte Emanuel. – »Obschon Sie auf Majestät Anspruch hätten, Emanuel, wer, wenn nicht Sie«, sagte Agnes. – »Ich danke Ihnen«, sagte Emanuel. – »Großen Anspruch, ich sage nicht zuviel«, sagte Agnes. – »Ich bin geschmeichelt. Nein. Leider nicht. Na. Ein bißchen vielleicht«, sagte Emanuel. – »Aber trotzdem, Sie sind lieb, Emanuel. Sie haben zwei Flugtickets. Im Pferdestall gefunden? Manchmal findet man bei einer langsamen Reisemaschine eine viel schnellere. Flugtickets. Das erklärt mir mehr, als es die paar Marantz-Schritte getan haben«, sagte Agnes. – »Sagen wir mal, zwei Flugkarten. Und sagen wir mal, eine größere Summe«, sagte Emanuel. – »Worauf warten wir, Emanuel?« fragte Agnes. – »Noch?« fragte Emanuel. – »Worauf warten wir noch?« fragte Agnes. – »Sie haben recht, Agnes. Die Vorbereitungen, die ich, sagen wir mal, getroffen habe, legen uns eine Abreise nahe. Ich meine, die Überredungskünste dieser getroffenen Vorbereitungen sind unwiderstehlich«, sagte Emanuel. – »Marokko, Emanuel?« fragte Agnes. – »Warum nicht? In diesem Zustand ist alles möglich«, sagte Emanuel. – »In Marokko sind auch Sie ein wärmerer Mensch, Emanuel«, sagte Agnes. – »Lieber nicht. Stellen Sie sich vor, mit welcher Inbrunst ich Sie weiter zerstören werde, und Mohammed besorgt den Rest«, sagte Emanuel. – »Macht doch Spaß, Emanuel. Ich werde mit Inbrunst dafür da sein. Wie fühlen Sie sich denn?« fragte Agnes. – »Kaputt«, sagte Emanuel. – »Ich auch. Aber ich glaube, ich weiß das Ausmaß noch nicht«, sagte Agnes. – »Ich schon. Ich bin ziemlich kaputt. Aber nicht unermeßlich kaputt. Ich bin ein immer mehr kaputt gehendes Vieh«, sagte Emanuel. – »Ich glaube, ich bin unermeßlich kaputt. Was glauben Sie, Emanuel?« fragte Agnes. – »Ich habe keine Beweise, bis auf den, daß Sie weg wollen und ich nicht weg will. Macht mich kaputt«, sagte Emanuel. – »Sie wollen nicht weg? Aber Sie haben doch –«, sagte Agnes. – »Unter der frischen Einwirkung unseres Quicksteps, ja, das warme, etwas schlüpfrige Tanzorchester von Ambrose ist Ihnen bekannt, in den frühen Vierzigern in Bornemouth, zum Beispiel. Aber jetzt sehe ich die Schwierigkeiten«, sagte Emanuel. – »Die waren vorher schon da!« rief Agnes. – »Sagen wir: ich bin abgekühlt. Lassen wir das beiseite. Die Schwierigkeiten sind turmhoch«, sagte Emanuel. – »Ich hatte also recht. Sie denken nicht ans Wegkommen. Sie sprechen anders, als Sie denken«, sagte Agnes. – »Tun Sie auch«, sagte Emanuel. – »Dort ist ewiger Sommer«, sagte Agnes. – »Hier nicht«, sagte Emanuel. – »Aber dort«, sagte Agnes. – »Und hier nicht. Tut mir leid, Agnes«, sagte Emanuel. – »Wir sollten weg. Das haben Sie doch gesehen. Da kann keiner bleiben. Die steppenden Tanzschritte haben bedeutet, daß wir weg müssen. Wie wir das tun, wissen wir ja«, sagte Agnes. – »Im Prinzip ja. Aber –«, sagte Emanuel. – »Aber Sie haben die Flugtickets nicht«, sagte Agnes. – »Woher wissen Sie das?« fragte Emanuel. – »Und Sie haben sich nie auch nur bis Sizilien vorgedacht. Mir sind die Dinge klar, Emanuel«, sagte Agnes. – »Sie lügen darauflos. Aber jetzt häufen Sie die Lügen, weil Sie das dürfen. Sie wissen ja nicht, was in diesem Kopf vorgeht«, sagte Emanuel. – »Er ist nicht unermeßlich kaputt. Und übrigens erzählen Sie mir diese Vorgänge«, sagte Agnes. – »Was kann man schon erzählen. Genausogut könnten Sie sagen, ich spiele Ihnen meine Absichten vor. Aber dieses Reden, dieses Spielen, das sind doch Lügen. Dies sind die Lügen, nicht diese unwesentlichen und kaum wahrnehmbaren Kleinigkeiten, die Sie unter Lügen verstehen«, sagte Emanuel. – « ›Ich habe Flugtickets‹, sagt er. Dann hat er keine. Keine Lüge, Emanuel?« fragte Agnes. – »Sie wissen, wo das große Geld sitzt, Agnes«, sagte Emanuel. – »Sie halten meine Beziehungen zu meinem Vater für besser, als sie sind«, sagte Agnes. – »Etwas Gin?« fragte Emanuel. – »Einen Tropfen«, sagte Agnes. – »Jetzt sind es zwei, ein dritter fällt«, sagte

Emanuel. – »Wir richten uns hier wieder ein? Niemals«, sagte Agnes. – »Was denken Sie, Agnes? Was lügt Ihr Verstand zusammen?« fragte Emanuel. – »Kleinlichkeiten, wie Sie sie nennen, Emanuel. Der ewige Sommer in der Schweiz. In der Schweiz wären wir auch schon wärmere Menschen, Emanuel. Flucht hat bestimmte Regeln. Wie sagten Sie? ›Das Grundprinzip ist die unbemerkte Geschwindigkeit.‹ Reden können Sie, Emanuel. Es gibt auch langsame Flucht, nicht?« fragte Agnes. – »Durchaus. Manchmal«, sagte Emanuel. – »Jede Flucht gehorcht bestimmten Regeln, Emanuel. Können Sie einige wiederholen?« fragte Agnes. – »Alle?« fragte Emanuel. – »Für mich. Weil ich es bin«, sagte Agnes. Sie war in der Hocke, in Kauerstellung, fuhr mit der flachen Hand, von der sich etwas weniger Haut löste als bei Emanuel, probend über die Behaarung des unendlichen Berbers, der bis unter das Westfenster reichte. Die Sonne war verschwunden, hatte eine helle Erinnerung an das Licht dagelassen. – »Es ist mir eine Freude, daß Sie eingesehen haben, ich kann soviel reden, wie ich will. Sie übrigens auch«, sagte Emanuel. – »Sie auch«, sagte Agnes. – »Aber erst Sie«, sagte Emanuel. – »Nicht, im Vergleich mit Ihnen«, sagte Agnes. – »Das haben Sie eingesehen«, sagte Emanuel. – »Das hat mich etwas stärker zerstört. Ich glaube nicht, daß ich das sage, um Mitleid zu erwekken«, sagte Agnes. – »Das erwecken Sie so oder so. Kostet mich ja nichts«, sagte Emanuel. – »Sie haben noch nicht nachgerechnet«, sagte Agnes. – »Wie sagte ich: Geheimhaltung der Vorbereitungen. Als da wären, Kofferpacken, Geld, Flugschein, aber jeweils nur einen«, sagte Emanuel. – »Ich will Ihr Mitleid nicht. Wirklich nicht«, sagte Agnes. – »Dann steht man allein da. Aber nicht irgendwo. Als abgehalfterter Hausdiener 1860 in Stockholm auf dem internationalen Flughafen stehen«, sagte Emanuel. – »Mit dem Schiff übersetzen. 1870!« korrigierte Agnes. – »Nein, Fliegen geht schneller«, sagte Emanuel. – »1870 gibt es kein Flugzeug«, sagte Agnes. – »In Entwicklung«, sagte Emanuel. – »Darum gibt es kein Fluggefühl. Die Menschen in unserer Zeit wissen nicht, was Fliegen heißt, da es noch kein Flugzeug gibt«, sagte Agnes. – »Kommt alles. Der Fortschritt ist unaufhaltbar. Die entwickeln uns von uns weg, bis sie uns wegentwickelt haben. Dann fliegen wir, auch kürzeste Strecken, immerzu fliegen wir, 1860 gehen wir, aber wir fliegen sozusagen auch schon. Was macht es aus, daß noch kein Flugzeug da ist und daß wir nicht fliegen können?« Hier seufzte Emanuel. »Kaputt. Heiter. Entsetzlich«, sagte er. – »Könnte Ihr Mitleid gebrauchen. Ich sähe darin einen Wert für mich. Ich könnte es innerlich weiterverwerten«, sagte Agnes. – »Wie traurig, sowas zu hören. Aber gleich ist man unbestimmt erleichtert. Es gibt tatsächlich einen Flughafen, und man hat die Flucht schnell und geheim geschafft«, sagte Emanuel. – »Um in einen Ausbruch zu geraten, den man selbst nicht mehr kontrolliert. Es ist immer so, zunächst ist man gleichgültig, dann kann man nicht mehr an sich halten, dann bricht es aus einem heraus«, sagte Agnes. – »Ziemlich richtig«, sagte Emanuel. – »Sie stimmen mir zu. Eine gnädige Laune. In welchem Stadium sind wir jetzt?« fragte Agnes. – »Im lange andauernden Augenblick der Gleichgültigkeit«, sagte Emanuel. – »Angenommen, Emanuel, Sie sprächen mir Ihr Mitleid aus, so könnte ich das jetzt nicht mehr ruhig entgegennehmen. Ich müßte einwenden, daß Sie es mir zu lange vorenthalten haben«, sagte Agnes. – »Ich fühle mich allein. Einfach alleingelassen«, sagte Emanuel. – »Lange warten müssen wir«, sagte Agnes. – »Auf dem Flugfeld«, sagte Emanuel. – »Das Mitleid wird mir nicht entgegengebracht«, sagte Agnes. – »Jetzt stehe ich im Zentrum des Gefühls. Und sogar das Gefühl gehört mir. Mir allein«, sagte Emanuel. – »Noch länger warten. Es regt sich nichts. Sehen Sie einen anfliegen?« fragte Agnes. – »Vorhin war einer da. Vier Motoren. Alle überhitzt. Aber er landete nicht«, sagte Emanuel. – »Warten«, sagte Agnes. – »Soll ich etwas bewegen, Agnes? Und wo möchten Sie etwas bewegt haben?« fragte Emanuel. – »Möglichst heftig«, sagte Agnes. – »Soll ich etwas bewegen?« fragte Emanuel. – »Heftig«, sagte Agnes. – »Ich möchte nur wissen, *ob* ich etwas bewegen soll. *Wie* ich es bewege, ist meine Sache«, sagte Emanuel. – »Zerbrechen Sie das Glas«, sagte Agnes. – Emanuel tat es. Er zerbrach sehr geschickt das Glas. Sogar die Ungeschicklichkeit gelang ihm. »Ich habe mich geschnitten«, sagte er. –

»Räumen Sie die Splitter weg«, sagte Agnes. – »Zu klein. Ich finde nicht alle«, sagte Emanuel. – »Aufsaugen«, sagte Agnes. – »1860! Kein Staubsauger, meine Liebe«, sagte Emanuel. – »›Aufsaugen‹ in des Wortes ursprünglicher Bedeutung, Emanuel!« rief Agnes bestimmt. – Emanuel nahm nun die Splitter mit dem Mund auf. Insbesondere, wenn er sie auf dem weiten Teppich suchte, geriet er in Schwierigkeiten »Ich bin gestolpert. Noch stärker geschnitten«, sagte er dann. – »Sie bewegen noch immer nichts. In mir wollen Sie etwas bewegen. Wenn ich Sie recht verstanden habe«, sagte Agnes. – »Das war soeben noch ganz«, sagte Emanuel. – »Seltsam. Zum Lachen. Mit dem Glas bin auch ich noch etwas stärker kaputtgegangen. Uralt, so ein zerbrochenes Glas. Und doch gehe ich ganz schön mit«, sagte Agnes. – »Atome kleben im allgemeinen aneinander. Aber wenn man sie heftig auf den Tisch schlägt. Die Relativitätstheorie lautet: Alles ist nur provisorisch verklebt; der Zustand ist kündbar«, sagte Emanuel. – »Als wüßte ich das nicht. Die Zeit heilt alles. Dann kommt diese Theorie: Die Zeit macht alles krank«, sagte Emanuel und lachte. In diesem Augenblick sah er, daß die Helligkeit, Erinnerung an die untergegangene Sonne, verschwand und ihrerseits eine Erinnerung in Agnes und ihm wurde.

Die Nacht war so tief wie vorher. Das Landhaus lag in der durchdringendsten Ruhe auf seiner weiten Ebene, deren Weiträumigkeit mit dem Begriff »Drei Stunden Fahrt zum nächsten Haus« sowohl eingegrenzt war wie auch nicht. Des Berbers Zottenränder krochen den Wänden entlang. Der Teppich suhlte sich in seinem Liegen, ein ausgebreitetes Ruhen höchster Dringlichkeit. Grundsätzlich war nichts anders geworden. Nur vielleicht ein wenig, von den Rändern her. Alles geschah jetzt etwas plötzlicher. »Nun muß ich etwas bewegen«, sagte Emanuel. – »Sehr schön«, sagte Agnes. – »Ich werde ihn ermorden«, sagte Emanuel. – »Die Klebstellen lösen sich auf«, sagte Agnes. – »Sie üben Druck auf die Materie aus, sehe ich«, sagte Emanuel. – »Das muß so sein. Und bei genügendem Druck fallen die Teile auseinander«, sagte Agnes. – »Sie sind unbewegt, Agnes. Ich werde ihn ermorden«, sagte Emanuel. – »Wen wollen Sie ermorden?« fragte Agnes. – »Ihr Druck ist ungeheuer«, sagte Emanuel. – »Emanuel, wen?« fragte Agnes. – »Ungeschickt, wenn man befiehlt, zum Beispiel, ein Glas soll werden zerbrochen«, sagte Emanuel. – »Jetzt ist alles zerbrochen«, sagte Agnes. – »Glauben Sie«, sagte Emanuel. – »Alles zerbrochen. Soeben hielt alles noch zusammen wie Pech und ... Pech«, sagte Agnes. – »Das glauben Sie. Sie wissen weder, wann es zusammenhält, noch, wann es bricht, Agnes. Sie wissen nichts von den Zuständen des Haftens. Ich übrigens auch nicht. Momentane Berechnungen sind möglich. Aber die erfassen nur eine bestimmte Lage. Die nächste Lage kann ganz anders sein. Man wird mit Rechnen nie fertig, Agnes«, sagte Emanuel. – »Sie werden mit Rechnen nicht fertig, Emanuel«, sagte Agnes. – »Leider«, sagte Emanuel. – »Nie fertig mit dem Rechnen. Leider«, sagte Agnes. – »Tja«, sagte Emanuel. – »Wen ermorden Sie mir, sagen Sie?« fragte Agnes. – »Das ahnen Sie doch. Er ist ältlich und dicklich geworden. Ich tue ihm damit einen Gefallen«, sagte Emanuel. – »Das glaube ich nicht ganz«, sagte Agnes. – »Was?« fragte Emanuel. – »Daß sie ihn ermorden. Meinen Vater, meine ich«, sagte Agnes. – »Ihren Vater? Sie wollen, daß ich Ihren Vater ermorde? Hört hört«, sagte Emanuel. – »Den Gärtner werden Sie ja nicht töten wollen«, sagte Agnes. – »Wer sagt Ihnen, daß ich nicht den Gärtner vergraben will?« fragte Emanuel. – »Sie haben etwas von ›Wegräumen‹ gesagt«, sagte Agnes. – »Reine Erfindung!« rief Emanuel. – »Das wäre mit dem Gärtner einfacher. Eingraben, mit seiner eigenen Schaufel«, sagte Agnes. – »Er würde nächstes Jahr sanft sprießen. Aber bitte, wenn es Ihr Vater sein soll«, sagte Emanuel. – »Ich glaube nicht«, sagte Agnes. – »Aber ich habs bereits gesagt«, sagte Emanuel. – »Was?« fragte Agnes. – »Wir sind ähnlicher Meinung. Ihr Vater ist zuviel auf der Landkarte«, sagte Emanuel. – »Und was soll ich tun?« fragte Agnes. – »Wie bitte?« fragte Emanuel. – »Was erwarten Sie von mir?« fragte Agnes. – »Ich sage Ihnen, Agnes, daß er weg muß«, sagte Emanuel. – »Sie reden kaltblütig von Mord. Mord ist unmöglich, alle sehen immer zu«, sagte Agnes. – »Jetzt nicht«, sagte Emanuel. –

»Jetzt ermorden Sie auch niemanden«, sagte Agnes. – »Was wissen Sie davon?« fragte Emanuel. – »Wie wollen Sie ihn denn ermorden?« fragte Agnes. – »Trauen Sie es mir nicht zu?« fragte Emanuel. – »Daß Sie ihn ermorden? Ja doch, vielleicht. Aber wie denn?« fragte Agnes. – »Das habe ich Ihnen gesagt«, sagte Emanuel. – »Und wann, Emanuel?« fragte Agnes. – »Daß ich ihn ermorde. Das müssen Sie doch mit Angst, Schrecken und Beruhigung aufnehmen«, sagte Emanuel. – »Ich frage mich, *wie* Sie ihn ermorden wollen«, sagte Agnes. – »Er geht einfach weg. Und bleibt weg«, sagte Emanuel. – »Dazu muß er weggehen wollen«, sagte Agnes. – »Der darf doch nicht am Leben bleiben, der Verschwender, das alte Miststück. Was soll denn Ihnen, der Erbin, bleiben, wenn diese großen alten Hände sich wie wildgewordene Spaten ins Geld tauchen und es schaufelweise zum Fenster hinauswerfen?« fragte Emanuel. – »Wofür gibt er denn sein Geld aus?« fragte Agnes. – »Für die Pferde. Für die Pferde«, sagte Emanuel. – »Es gibt keine Pferde mehr, Emanuel«, sagte Agnes. – »Nur hat Ihr Vater das noch nicht gemerkt. Er kauft ständig Futter. Die Futterverkäufer lassen ihn bluten für seinen Rennstall«, sagte Emanuel. – »Es gibt keinen Rennstall mehr, Emanuel«, sagte Agnes. – »Etwas ähnliches schon«, sagte Emanuel. – »Und ein Pferd ist in zehn Kilometern Umkreis nie gesehen worden«, sagte Agnes. – »Grund genug, daß er sein ganzes Geld in einem Rennstall anlegt. Den gibt es nicht, was stört das? Den Rest, den das Futter nicht frißt, verschlingen die Zureiter«, sagte Emanuel. – »Fantasie haben Sie, Emanuel. Mein Vater verausgabt sich also in Reitpferden, Ställen und Rennen«, sagte Agnes. – »Besonders in Rennen«, sagte Emanuel. – »Sagen wir: Pferdeaufwendungen. Er braucht keine Zureiter und Jockeys. Er reitet selbst zu. Er hat mich zugeritten«, sagte Agnes. – »Sie lahmen etwas, sehe ich«, sagte Emanuel. – »Aber er hat kein Geld in mich investiert«, sagte Agnes. – »Und nie welches mit Ihnen verloren«, sagte Emanuel. – »Das darf nicht dauern. Wir hören damit auf, Papa«, sagte Agnes. – »Ich gebe genug Geld für dich aus, Kind«, sagte Emanuel. – »Wir sollten uns ein neues Leben überlegen, Papa. Ein neues Miteinander. Am besten, wir verkürzen die Zeit, die wir zusammen verbringen. Wir sind zwei, Papa, und wenn einer von uns beiden stirbt, sind wir noch einer. Einsam zwar, aber unabhängig«, sagte Agnes. – »Ich bin schon zu Lebzeiten unabhängig von dir«, sagte Emanuel. – »Verzeih, Papa. Erst der Übriggebliebene ist unabhängig. Da du schon unabhängig bist, wirst du vermutlich länger leben. Aber wahrscheinlicher ist doch, daß der bisher Abhängige sich Unabhängigkeit erringen will. Dies geht auf Kosten des anderen, auf deine Kosten«, sagte Agnes. – »Er muß weg, wie Sie sehen«, sagte Emanuel. – »Er verarmt mit seinen Pferden viel schneller, als ich dachte. Wo stehen die Pferde, Emanuel?« fragte Agnes. – »Sie sind weggelaufen«, sagte Emanuel. – »Ach«, sagte Agnes. – »Sie laufen immer gleich weg, kaum hat er sie gekauft. Das ist sein geheimer Kummer, der ihn verzehrt. Er kann die Zügel schlecht in der Hand halten. Die Pferde ungestüm wittern eine Schneise im Gebüsch und brechen hindurch«, sagte Emanuel. – »Kaum kauft er ein Pferd –«, sagte Agnes. – »Ist es auch schon weg«, sagte Emanuel. – »Da frage ich mich, *wie* Sie ihn ermorden wollen. Er läuft auch weg«, sagte Agnes. – »Auflauern. Haben Sie etwas anderes gedacht?« fragte Emanuel. – »Hinter dem Stall?« fragte Agnes. – »Haben Sie sich etwas anderes vorgestellt, frage ich Sie«, sagte Emanuel. – »Aber das geht doch nicht, Emanuel«, sagte Agnes. – »Agnes, ich wüßte gern, welche Hindernisse Sie jetzt sehen. Es ist der einfachste Plan, der mir seit langem eingefallen ist. Ich erzähle Ihnen meine genaue Vorstellung eines Mordes, und Sie stellen mir ein Bein. Sie bremsen und hindern mich, wo Sie können. Bereits beim Ausmalen werde ich gezügelt. Da kann ich mir denken, was geschieht, wenn ich ausführe, was ich denke. Ich weiß nicht, Agnes, warum Sie so bizarr und grausam sind und diesen Mord verhindern wollen«, sagte Emanuel. – »Ich plane ihn genauer, Emanuel«, sagte Agnes. – »Sie wollen ihn nicht ermorden. Was denken Sie?« fragte Emanuel. – »Sie sind es, der den Mord unterlassen will, Emanuel. Sie sagen sich: kräftig drüber reden und dann leise wegschleichen. Von diesem Vater wie rasend kann jeder reden, von dem Stall auch. Wer keine genaueren Vorstellungen hat, der scheitert sehr früh«, sagte Agnes. – »Sie haben mir doch selbst erzählt, daß Ihr Vater –«, sagte Emanuel. – »Daß er sein Vermögen erschöpft haben wird, noch ehe er stirbt, und daß wir nachhelfen müssen. Da können Sie meine Bereitschaft mitzumachen nicht bezweifeln. Ich stelle ja nur die aschenbrödlige, kleine, graue, unscheinbare Frage, wie wir es anstellen wollen, damit wir nicht gesehen werden. Das haben Sie mir bisher nicht erklärt. Ich kanns mir selber auch nicht erklären«, sagte Agnes. – »Ganz einfach. Beim Absatteln«, sagte Emanuel. – »Wollen wir?« fragte Agnes. – »Agnes. Während wir sprechen, kriege ich wieder Lust«, sagte Emanuel. – »Der Mord wird Sie abkühlen, Emanuel«, sagte Agnes. – »Ich begehre Sie, Agnes«, sagte Emanuel. – »Wir packen ihn beim Absatteln und erwürgen ihn mit einer Lederleine. Dann werfen wir ihn auf die ausgezogenen Stiefel, dort spießen ihn die Sporen auf«, sagte Agnes. – »Ich lasse Ihr Handgelenk wieder los, Agnes. Ich möchte mich nackt vor Ihnen zeigen«, sagte Emanuel. – »Auf seinen Stiefeln liegt er. Schade, daß die Pferde entlaufen sind, keinen Stall, keine Stiefel mit Sporen. Der Mord wird Sie abkühlen, Emanuel«, sagte Agnes. – »Warum berühren Sie mich?« fragte Emanuel. – »Weil es sinnlos ist, Emanuel«, sagte Agnes. – »Mich zu berühren? Das soll sinnlos sein?« fragte Emanuel. – »Wahrscheinlich bin ich so töricht, daß ich provoziere, was ich fürchte«, sagte Agnes. – »Sie brauchen nichts zu fürchten. Schon gar nicht von mir«, sagte Emanuel. – »Weiß ich doch«, sagte Agnes. – »Sie tun aber so, als hätten Sie Angst«, sagte Emanuel. – »Unsere Gespräche bisher, übers Abreisen, über den Mord an meinem Vater, sind auch sehr begütigend«, sagte Agnes. – »Nicht wahr«, sagte Emanuel. – »Danach fürchtet sich niemand mehr, der je mit Ihnen gesprochen hat«, sagte Agnes. – »Sie lassen sich da berühren. Einfach so?« fragte Emanuel. – »Wenn es gut gemacht ist, warum nicht«, sagte Agnes. – »Das wußte ich nicht, das wußte ich nicht«, sagte Emanuel. – »Finden Sie, Sie hätten es gut gemacht, Emanuel? Unterbrechen Sie den Vorgang nicht«, sagte Agnes. – »Es mag dreist sein, aber ich finde es –«, sagte Emanuel. – »Sie wollen mich glücklich machen. Das walte Gott«, sagte Agnes. – »Beim Absatteln. Sie haben meine Gedanken gehört. Dieser Vater muß weg. Die Erinnerung an ihn muß in den Zustand treten, wo ihrem Kleinerwerden nichts mehr entgegensteht«, sagte Emanuel. – »Ich möchte ihn vergessen. Meine Abhängigkeit vor ihm soll zerfliegen. Und dazu packen wir ihn beim Absatteln. Wir können uns ihm auch beim Ausreiten nähern«, sagte Agnes. – »Sie machen mich zu rasch glücklich, Agnes. So früh habe ich es nicht vorgesehen«, sagte Emanuel. – »Müssen Sie das Glück vorsehen? Und betrachten Sie einen eher nebensächlichen Orgasmus als Glück? Der zählt doch nicht«, sagte Agnes. – »Bestimmt zählt er nicht. Aber ich zähle«, sagte Emanuel. – »Ist es, weil dieser Orgasmus von mir stammt, Emanuel? Ich kann darauf antworten. Ich bedaure, daß Ihre Konzentration nachläßt, Emanuel. Gerade eben noch hatten Sie –«, sagte Agnes. – »Allzu rasch, Agnes«, sagte Emanuel. – »Noch gerade eben war von der rücksichtslosen Verschwendung dieses wirrköpfigen wirklich üblen Rabenvaters die Rede, von diesem seiner Tochter gegenüber vollkommen unsozialen Verhalten. Er begünstigt seine eigene Person zuungunsten von der, die nach ihm lebt und die dasselbe Anrecht auf Besitz hat«, sagte Agnes. – »Wissen Sie, in einem meiner narzißtischen Anfälle, die sich immer nur auf mein männliches Organ und auf wenige Zentimeter Haut darum herum gerichtet haben, da habe ich mir gesagt – wissen Sie was?« fragte Emanuel. – »Er hat doch kein Recht, sich jetzt zu verausgaben mit seinen ewigen Pferden, die die Wiesen durchpflügen wie dampfende Schemen auf der Flucht«, sagte Agnes. – »Zu schnell, Agnes. Aber es greift«, sagte Emanuel. – »Wie wollen Sie denn jemals zu Tamara ziehen, wenn Ihnen mit meiner Verarmung jeder finanzielle Untergrund entzogen ist?« fragte Agnes. – »Ich lasse Ihre Schulter wieder los. Verzeihen Sie. Mir ist nicht gut. Ich glaube, wir packen ihn beim Absatteln, in der Tat, wie Sie so ungehemmt sagten. Sie haben sich, was Ihren Vater betrifft, ein ordentliches Maß an Einfühlung bewahrt«, sagte Emanuel. – »Ihre Negerinnenliebe wird Sie glücklich machen«, sagte Agnes. – »Tamara ist hell. Nicht zu hell. Gerade richtig«, sagte Emanuel. – »Ich sage ja. Wenn schon, dann beim Absatteln. Oder beim Ausreiten.

Das fände im Bretterverschlag statt oder unmittelbar daneben«, sagte Agnes nachdrücklich und vollzog hüpfende Schritte, um zu zeigen, wie sie sich die Lage vorstellte. Diese hinterließen im Berber rechteckige und scharfkantige Eindrücke, während Emanuel den Blick starr auf das seidene Foulard gerichtet hielt, das Agnes vom Gürtel hing, diesem zweiten Gürtel, den sie eine Handbreit über dem ersten trug, wobei dem zweiten keine sichtbare – oder auch nur einsehbare – Aufhänge- oder Tragefunktion zuzukommen schien.

»Welcher Bretterverschlag?« fragte Emanuel sodann im selben Landhaus. – »Oh, es gibt nur drei«, sagte Agnes. – »Wo liegt er?« fragte Emanuel. – »Die Umgebung wimmelt von Pferden. Sie gruppieren sich alle um diesen Bretterverschag. Sie, Emanuel, gehen einem Pferd nach und stehen still, wo es stillsteht. Dann stehen Sie neben dem Bretterverschlag, mit allen anderen Pferden«, sagte Agnes. – »Und dort soll ich auf ihn los?« fragte Emanuel. – »Unentdeckt, bitte«, sagte Agnes. – »Von hinten auf ihn los. Wirkt feige. Muß ich ihn gleich ermorden? Oder soll ich ein Wort mit ihm sprechen, vorher?« fragte Emanuel. – »Wozu, um Himmels willen«, sagte Agnes. – »Ein Wörtchen. Eine Ermahnung. Er könnte sich ja bessern«, sagte Emanuel. – »Gut, Sie sprechen mit ihm«, sagte Agnes. – »Von hinten?« fragte Emanuel. – »Sie sprechen mit ihm. Wie Sie wollen«, sagte Agnes. – »Wie ich auf ihn losgehen soll, weiß ich nicht. Er ist doch mindestens mit einem Wanderstock bewaffnet«, sagte Emanuel. – »Wenn schon, dann beim Absatteln. Den Wanderstock nimmt er nicht aufs Pferd mit«, sagte Agnes. – »Sie hören mir nicht zu, Agnes«, sagte Emanuel. – »Sie klären mich darüber auf, daß Sie auf ihn zugehen müssen, um ihn zu ermorden. Weicher Boden! Vorsicht!« rief Agnes. – »Wo denn?« fragte Emanuel. – »In der netten Schweiz, Emanuel«, sagte Agnes. – »Ich denke jetzt an den Bretterverschlag. Der liegt nicht in der netten Schweiz«, sagte Emanuel. – »Der Bretterverschlag. Erstens liegt er in einer ruhigen Ecke, die wir die Schweiz nennen, ›unsere Hinterhausschweiz‹. Aber das können Sie nicht wissen«, sagte Agnes. – »Ich ermorde ihn in unserer netten Hinterhausschweiz. Die finde ich ja«, sagte Emanuel. – »Es kann auch anderswo stattfinden. Ich habe einige andere Vorschläge. Wenn es Ihnen ernst ist, dann, Küche, Schlafzimmer beim Anziehen, auf der kleinen Lichtung sechshundert Meter von hier, auf dem unbelebten Markt des nächsten Städtchens vielleicht ... «, sagte Agnes. – »Ein Markt, Agnes, ist immer belebt«, sagte Emanuel. – »Dieser ist unbelebt. Es handelt sich um ein ganz leeres Städtchen. Niemand hat meinen Vater je zu Pferd gesehen. Nicht daß mein Vater nicht zu Pferde ritte, er reitet stattlich, sondern es gibt niemanden, der ihn sehen könnte. Fast leer ist das kleine Städtchen, nur ab und zu zeigt sich ein Küster, der auf dem Weg zu seinem Kirchenschiff ist. Selten genug ereignet sich das. Es gibt also niemanden. Ich wäre befreit, Emanuel, eine Last wäre von mir abgewälzt, wenn es so sein könnte«, sagte Agnes. – »Es kann, da sie den äußeren Vater meinen, das ist ganz leicht«, sagte Emanuel. – »Ich bin sehr dankbar, und den inneren übernehmen Sie«, sagte Agnes. – »Ist auch mein Vorteil, wenn es so ist. Ein einsamer Küster. Warum nicht?« fragte Emanuel. – »Ich habe versucht, für Sie zu tun, was ich tun kann. Wird Ihnen davon schlecht?« fragte Agnes. – »Unbehaglich. Ich verschweige es«, sagte Emanuel. – »Worauf warten wir, Emanuel?« fragte Agnes. – »Noch?« fragte Emanuel. – »Worauf warten wir noch, Emanuel?« fragte Agnes. – »Sie haben recht. Das Reden über meine Tat muß enden. Ich meine, ich müßte handeln, nachdem wir so lange gesprochen haben und nachdem eine solche Einstimmigkeit erzielt worden ist darüber, ob ich ihn töte oder nicht und wo ich es tue«, sagte Emanuel. – »Beim Absatteln, Emanuel?« fragte Agnes. – »Warum nicht? Jetzt ist alles möglich«, sagte Emanuel. – »Beim Absatteln sind Sie im Vorteil und er im Nachteil«, sagte Agnes. – »Schlecht für Sie, Agnes. Stellen Sie sich vor, ich komme lebend aus dem Unternehmen Mord zurück. Ich töte ihn, nicht er mich. Stellen Sie sich vor, wie irr und hitzig ich Sie foltern werde«, sagte Emanuel. – »Das ist doch mein fernes Ziel, Emanuel. Ich will über längere Zeit darauf hinarbeiten, daß Sie mich zu Tode foltern. Ich kann in dieser Welt, die nur noch ganz kleine Reize bereithält, längst nicht mehr leben. Ich bin in einer Glasglocke, Emanuel, und diese durchsichtige Wand muß durchbrochen werden. Ich sehe, was dahinter ist, und ich erreiche es nicht. Wie fühlen Sie sich?« fragte Agnes. – »Kaputt. Aber ich muß mich nicht mehr übergeben. Zufrieden. Dafür zittern mir die Unterarme. Ich bin nicht in Form«, sagte Emanuel. – »Dafür ich. Aber das geht vorbei. Wenn ich mich gesäubert habe, schlafen wir miteinander. Wirklich, diesmal, ohne Abschweifungen«, sagte Agnes. – »Sie werden mit sich schlafen. Ich bin im Augenblick unabkömmlich. Mich erstaunt übrigens, gelinde gesagt, daß die Zerstörung so langsam vorangeht«, sagte Emanuel. – »Ich glaube, sie ist weiter fortgeschritten, als wir denken«, sagte Agnes. – »Nicht unermeßlich weit. Ihr Vater ist ein kaputtes Stück Vieh, Agnes. Er ist unvorstellbar viel zerstörter, als wir vermuten«, sagte Emanuel. – »Er ist älter. Wollen Sie vorher mit ihm sprechen, Emanuel?« fragte Agnes. – »Wenn ich von hinten auf ihn zutrete?« fragte Emanuel. – »Das Geld, was diese Pferde verschlingen. Er ist ein rücksichtsloser Narr und im Dauerjubel befangener Junker. Seien Sie nicht gnädig mit ihm«, sagte Agnes. – »Berühren Sie mich«, sagte Emanuel. – »Vorher nicht mit ihm sprechen«, sagte Agnes. – »Sie berühren mich nicht. Es wäre aber soweit, Agnes«, sagte Emanuel. – »Und Vorsicht. Er kann sich auch beim Absatteln umdrehen nach Ihnen, er kann beim Toröffnen losstürzen auf Sie«, sagte Agnes. – »Das Vergangene ist vorbei. Das gilt für die Lust. Ich erinnere mich kaum mehr an die, die Sie mir angetan haben«, sagte Emanuel. – »Früher einmal, ich war ein Mädchen, kam er jeweils nach dem Absatteln auf mich zu«, sagte Agnes. – »Ich spreche vorher nicht mit ihm«, sagte Emanuel. – »Ich kann Sie jetzt nicht berühren, Emanuel. Wir sprechen von ihm«, sagte Agnes. – »Wenn er sich umdreht, weiche ich ihm aus. Übrigens könnte ich ihm in die Küche nachgehen. Sie kämen doch nicht etwa dazwischen?« fragte Emanuel. – »Jetzt nicht, Emanuel. Ich mußte meine Knie zusammenstellen«, sagte Agnes. – »Was hat er mit Ihnen angestellt nach dem Absatteln?« fragte Emanuel. – »Und darum kann ich nicht auf Sie los, Emanuel. Ich kann Ihnen eine Messerfeile in den Unterleib bohren«, sagte Agnes. – »Dieses Keuchen. Darum wollen Sie, daß ich ihn nach dem Absatteln ermorde. Aber andrerseits möchte ich mit Ihnen schlafen. Nur möchte ich, ehe ich mit Ihnen schlafe, von Ihnen einfach so, außerhalb, befriedigt werden«, sagte Emanuel. – »Es mag Ihnen merkwürdig scheinen. Aber wenn ich Sie jetzt berührte, würden Sie nach fünfzehn Sekunden losspritzen. Und ich müßte dabei – merkwürdig – an seinen Orgasmus denken, mit dem er mich erzeugt hat«, sagte Agnes. – »Das geschah also nach dem Absatteln«, sagte Emanuel. – »Ich bin fast sicher, daß er Sie rechtzeitig entdecken wird. Ihre Aussichten haben sich stark verringert. Sie werden mit unbeherrschter jäher Wut auf ihn losstürzen und die Fäuste in der Luft zusammenkrampfen, um sie ihm um den Hals zu legen«, sagte Agnes. – »Ich könnte meine Hand auf Ihre Vagina tun, Agnes. Ich kann es nicht anders sagen. Wir könnten uns sehr unmittelbar gegenseitig befriedigen, ehe wir es durch unsere Körper tun lassen«, sagte Emanuel. – »Was möchten Sie sonst tun?« fragte Agnes. – »Strafe. Sie zucken, Agnes. Aber ich glaube keinen Zweifel daran gelassen zu haben, daß wir nicht ewig weiterhin voreinander kriechen können«, sagte Emanuel. – »Im Grunde muß ich zu Tode gequält werden. Das wäre eine Reinigung«, sagte Agnes. – »Empfinden Sie das so?« fragte Emanuel. – »Vollkommene Reinigung. Er wird auf Sie losstürzen. Sie haben keine Chance«, sagte Agnes. – »Dann kommen wir beide um«, sagte Emanuel. – »Es sind die letzten Augenblicke. Nachher bleibt nichts übrig«, sagte Agnes. – »Ich will jetzt mit allen Fingern an Ihnen arbeiten«, sagte Emanuel. – »Bitte kein Gefühl. Aber das brauche ich Ihnen nicht zu sagen«, sagte Agnes. – »Es wird kein Fehler geschehen, Agnes«, sagte Emanuel. – »Das ist schön. Und es trägt eine gewisse Widerholung in sich«, sagte Agnes. – »Alles Einmalige entbindet von seiner Wiederkunft. Also, ich müßte Sie töten, sagen Sie«, sagte Emanuel. – »Möglichst rasch. Aber erst nachher. Was würde Ihr Vater da tun?« fragte Agnes. – »Ganz einfach. Er würde handeln, wie er immer gehandelt hat. Er würde mich zusammenschlagen, vermutlich«, sagte Emanuel. – »Das würde Sie freuen.« Emanuel wirkte nun, als wäre ihm leicht übel, und er wich dem Berber aus, wo er konnte. Das Landhaus stand oder hing in einer jener Dunkelheiten, die im Gegensatz zur gewöhnlichen vernichtenden Finsternis den Dingen ein zusätzliches Ausgreifen ermöglicht, wodurch sie, schon tagsüber groß und feindlich, noch zulegen können. »Prägen, Agnes, nicht freuen«, verbesserte Emanuel. – »Ziehen Sie sich zurück.« Emanuel hatte Schmerzen im Bauch, in der Körpermitte. »Das trage ich wie einen Stempel auf mir herum. Das ist mir in den Arm eingebrannt, den ich zurückziehe«, stöhnte er. – »Weiter zurück. Ich sitze schlecht«, sagte Agnes. Emanuel stöhnte zunächst unterdrückt, dann offen. »Das ganze riesige Vermögen, das sein ewiges Ausrüsten seiner Pferde verschlingt. Ein rücksichtsloser Schurke, Sie haben recht. Ein Abschaum, der beinah schon diktiert, wie man ihn behandeln muß«, sagte er. An dieser Stelle schob Fernand, der Gärtner, seinen interessierten Oberkörper durch die Tür. Er hatte die Schürze zu einer Wurst geknetet, die ihm über die Hüften lief. – »Was sagt es?« fragte Agnes. – »Ich habe noch nicht nachgeschlagen«, sagte der Gärtner. – »Dann schlag nach. Unter B. Wie Bauer, wie Bote, wie Bunsenbrenner«, sagte Agnes. – »Nicht stören. Ich bin und blättere bei B. herum«, sagte der Gärtner. – »Ich habe eine Erhöhung beschlossen«, sagte Agnes. – »Zu spät. Beinahe«, sagte der Gärtner. – »Auf siebenhundert«, sagte Agnes. – »Die Woche«, sagte der Gärtner. – »Im Monat. Du tust nicht genug«, sagte Agnes. – »Nicht viel«, sagte der Gärtner. – »Bisher hattest du vierhundert, nicht wahr?« fragte Agnes, die es gleichzeitig feststellte, indem sie, was sie fragte, auch bereits behauptete. – »Vierhundertsiebzig, Agnes. Die siebzig dazu haben sich seit Monaten eingebürgert. Es lebt sich schlecht damit«, wandte der Gärtner ein. – »Sechshundert. Mein letztes Wort«, sagte Agnes. – »Sie sagten siebenhundert«, sagte der Gärtner. – »Ich kann sechshundert sagen, wenn ich will«, sagte Agnes und beobachtete den Gärtner mit großer Schärfe. – »So ist jede Erhöhung rückgängig zu machen. Das macht mir Angst, Agnes«, sagte der Gärtner. – »Lies vor«, sagte Agnes. – »Machen Sie alles rückgängig, Agnes?« fragte der Gärtner. – »Du meinst, die Erhöhung verwandelt sich in eine Rückstufung? In eine Erniedrigung? Nicht unbedingt. Solange es uns allen besser geht, nein. Emanuel wird auch mehr kriegen, etwas mehr. Ihn erhöhe ich bei guter Leistung auf achthundert, neunhundert. Dich erhöhe ich weniger, dafür aber rückwirkend auf Jahresanfang. So hast du auch etwas davon. Lies mir nicht vor. Ich bin verdrossen«, sagte Agnes. – »Sie verdrossen, ich nicht glücklich. Welch ein Haus«, seufzte der Gärtner. – »Nicht sehr verdrossen. Laß mich. Geh«, sagte Agnes. – »Da hätt ich die Stelle, nämlich die Passage«, sagte der schwergewichtige Fernand. Dann dachte er um. »Darf ich meine Blätterpilze behalten? Ich krieg sie nicht ins Gestell«, sagte er. – »Du kriegst deine Blätterpilze nicht ins Gestell. Wenn das alles ist!« rief Agnes verständnisvoll aus. – »Darf ich sie an mich nehmen?« fragte der Gärtner. – »Gewährt«, sagte Agnes. Der Gärtner, lesend und trällernd, die Wurst seiner Schürze knetend, schob sich hinaus. »Seine wirtschaftlich wichtigste Bedeutung findet der schuppige Sägeblättling als Zerstörer von Masten, Eisenbahnschwellen, als Zerstörer von Brücken- und Grubenholz und als Zerstörer von Nestern«, sang der Gärtner über seine Schulter. »Eine Schweinerei, dieses Wetter heute!« schrie er kurze Zeit später, schon fast aus dem Zimmer des Landhauses hinaus, weit jenseits des Berbers. Agnes wandte sich zum laut stöhnenden Emanuel, der sich krümmte und gewälzt hatte während dieser Zeit. »Es kann doch niemand am Leben bleiben, bei diesen Verhältnissen. Erzählen die uns nicht, wir sollen sterben?« fragte sie ihn. – Emanuel nahm ganz altmodisch Haltung an. »Hängt davon ab, wie man sie liest«, sagte er knapp. – »Ich lese sie ganz einfach. Ich sehe diese Wand an, und die Wand sagt: Stirb. Ich sehe zur Decke, die Decke sagt: Stirb. Auch der höhere Himmel sagt dasselbe: Stirb«, sagte Agnes. – »Das glaube ich nicht«, sagte Emanuel. – »Unbedingt, Emanuel. Sie sehen doch grundsätzlich ein, daß wir sterben müssen?« fragte Agnes. – »Was denn?« fragte Emanuel. – »Alles weist darauf hin«, sagte Agnes. – »Was sollen wir tun?« fragte Emanuel. – »Ich masturbiere Sie zum letzten Mal, Emanuel. Danach wird die Lage entscheidend.« Üblicherweise unterließ sie just das, was sie in ihrer Rede erwähnte. Statt dessen aber fing sie jetzt an, Emanuel zu masturbieren. – »Ich fühle nichts, was mich masturbierte. Wie wollen Sie mich denn masturbieren? Oder glauben Sie, das geschieht von alleine?« fragte Emanuel. – »Warum glauben Sie das nicht?« fragte Agnes. – »Daß Sie mich masturbieren wollen. Ja, ja. Aber wie?« fragte Emanuel. – »Das habe ich Ihnen ganz genau gesagt«, sagte Agnes. – »Was denn, Agnes?« fragte Emanuel. – »Daß ich Sie masturbieren werde! Das müssen Sie doch gehört haben«, sagte Agnes. – »Daß wir sterben wollen«, sagte Emanuel. – »Erst später. Härter, Emanuel«, sagte Agnes. – »Ich frage Sie, wie Sie es tun wollen«, sagte Emanuel. – »Da kann doch keine verzichten«, sagte Agnes. – »Ich meine, Agnes, Sie tun ganz gern so, als wollten Sie mich masturbieren«, sagte Emanuel. – »Ich? Sie nehmen mich nicht ganz ernst, aber Sie nehmen Frauen nicht ernst, insbesondere dann nicht, wenn sie sich unterwerfen. Dabei wäre dies das letzte Mal. Das können Sie nicht einfach bezweifeln, sonst bezweifeln Sie mich«, sagte Agnes. – »Doch ich frage nur, *wie* Sie mich masturbieren wollen«, sagte Emanuel. – »Mit einer gewissen Berührung. Haben Sie etwas anderes gedacht?« fragte Agnes. – »Berührung?« fragte Emanuel. – »Alles ist doch so vertraut. Nicht nur mir, Emanuel«, sagte Agnes. – Emanuel keuchte. »Die Berührung. WIE? Lustvoll oder mit Folter?« fragte er. – »Wir haben uns hier schon wieder eingerichtet. Schade. Nach unseren früheren Anschauungen ein todeswürdiges Vergehen«, sagte Agnes. – »Wir werden jemanden umbringen dafür«, sagte Emanuel. – »Oder aber, wir richten uns hier einfach nicht ein. Ich halte es nicht mehr aus, Emanuel. Schneller, Emanuel«, sagte Agnes. Es war eher ein Schreien. Doch grundsätzlich war es ein entborgenes Sagen, das plötzlich abbrach und den Rest, fast namenlos, der dunklen Dinghaftigkeit des Landhauses überließ, dessen bürgerliche Zinnen sich auf der mondlosen Ebene mehrere Stockwerke hoch erhoben.

Sie lagen auf dem Berber des großen Raumes. Die Abdrücke waren größer, als sie es gewesen wären, wenn zwei eng zusammen über den Boden geschritten wären. Sie schritten nicht mehr. »Du kannst es. Sau«, sagte Emanuel. – »Ich kann es«, sagte Agnes. – »Du kannst es. Sau«, sagte Emanuel. – »Ich kann es«, sagte Agnes. – »Du kannst es. Du kannst es«, sagte Emanuel. – »Ich kann es. Sau«, sagte Agnes. – »Hast du? Du hast. Habe ich Sie berührt? Ich gebe genug Geld für dich aus, Kind«, sagte Emanuel. – »Wir brauchen kein neues Leben, Papa. Kein neues Zusammensein. Wir können die Gesellschaft, die wir beide bilden, genau so lassen. Wir sind zwei, Papa, und wir sind beide unsterblich, ja, es ist wahrscheinlich, daß der Jüngere zuerst stirbt«, sagte Agnes. – »Ich bin der Jüngere. Weil ich dein Vater bin«, sagte Emanuel. – »Verdamm mich, Papa. Wir bleiben beide bestehen. Jetzt ist die Reihe an dir. Jetzt geht alles auf meine Kosten, Papa«, sagte Agnes. – »Papa muß weg, wie Sie sehen«, sagte Emanuel. – »Was sollen wir tun?« fragte Agnes. – »Ich töte Sie«, sagte Emanuel. – »Unvermeidlich«, sagte Agnes. – »Das kann nicht schlimm sein, Agnes«, sagte Emanuel. – »Wer könnte da widersprechen?« fragte Agnes. – »Ich«, sagte Emanuel. – »Widersprechen Sie«, sagte Agnes. – »Es gibt Gründe, das nicht zu tun«, sagte Emanuel. – »Ich laufe weg«, sagte Agnes. – »Keine materiellen Gründe. Sie können nicht weglaufen. Auf den Bahnhof? Zum Flugfeld?« fragte Emanuel. – »Die Schienen vor mir. Vier Motoren, die landen wollen. Ich bin bereits abgereist«, sagte Agnes. – »Schalter geschlossen«, sagte Emanuel. – »Bitte ein Flugticket. Marokko«, sagte Agnes. – »Der Schalterbeamte hält den verdienten Winterschlaf und fühlt eine leise Frühlingserektion. Madame, der Schalter öffnet zehn Minuten vor Abflug des Linienflugs wieder«, sagte Emanuel. – »Sie sind entschlossen«, sagte Agnes. – »Bitte strengen Sie sich an. Noch ein bißchen. Wir starten gleich. Wenn Sie mich masturbieren, können Sie es hinausschieben. Der Abflug geschähe erst, wenn Sie damit zu Ende wären. Leider ist kein Gefühl mehr in Ihnen, das mich in den Mittelpunkt setzt, Agnes«, sagte Emanuel. – »Sie sind es, der masturbiert werden will. Davon kann jeder reden. Aber wer nicht sagt, wie, der will das im Grunde nicht«, sagte Agnes. – »Warum denn, Agnes?« fragte Emanuel. – »Das habe ich Ihnen genau gesagt!« rief Agnes. – »Mal unter uns, von Hund zu Hund: Tamara, die dunkle Tamara hat den struppigen Fernand zu Damah der Hündin, glattgekämmt, gelassen. Da hat sich viel aufgelöst, sowohl bei den Hunden wie bei Tamara. Es muß sich immer beim Unterdrücker etwas auflösen, damit sich beim Unterdrückten etwas erlösen darf«, sagte Emanuel. – »Höre nichts. Ich habe Ihnen gesagt, wo«, sagte Agnes. – »Seien Sie nicht so ungelenk. Ich meine, Fernand hat nicht widersprochen, und Damah die Hündin bedauert es ebensowenig«, sagte Emanuel. – »Tiersprache«, sagte Agnes. – »Warum nicht echte, verständliche Sprache?« fragte Emanuel. – »Das erzählt uns, daß wir vor allem erst einmal mit den Tieren Schluß machen müssen. Warum wollen wir uns umbringen, solange diese Tiere weiterleben?« fragte Agnes. – »Diese Boten werden umgebracht, Agnes. Mein Vater hat seinerzeit alle Boten des Hauses umgebracht, ehe er mich umgebracht hat. Sie hat er aufgehängt, bei mir mußte er sich an die Seele halten«, sagte Emanuel. – »Tiere leben immer weiter. Nur wir sind sterblich«, sagte Agnes. – »Aber es sind ihm seinerzeit welche entwischt. Wenn dir ein Tier entgeht, setzt es sich in die nächste heimliche Ecke und pflanzt sich fort. Haben Sie je gehört, daß es weniger Boten gegeben hätte? Und doch, mein Vater hat Hunderte, Tausende umgebracht«, sagte Emanuel. – »Als Großmörder geboren, als Großmörder gestorben«, sagte Agnes. – »Nein, Agnes, gestorben als gefangener Hund. Die echten Angestellten haben es bereut. Aber einige sind entkommen. Sie haben sich masturbiert. So ist es zu Damah der Hündin und Fernand gekommen«, sagte Emanuel. – »Das fällt Ihnen zu Ihrem Vater ein«, sagte Agnes. – »Beinahe«, sagte Emanuel. – »Nachkommen von zugrundegegangenen Sträflingen. Weg damit«, sagte Agnes. – »Sozusagen bereits geschehen, Agnes. Aber warum denn, Agnes?« fragte Emanuel. – »All das erzählt doch dauernd eine Geschichte«, sagte Agnes. – »Die zittrige Schrift der Ereignisse. Hängt davon ab, wie man sie liest«, sagte Emanuel. – »Uns wird doch durch die kleinste Einzelheit unserer Umgebung ein Verhalten vorgeschlagen, das mit unserem vergangenen Verhalten nichts zu tun hat. Zwischen uns und unsere Vergangenheit schiebt diese Umgebung das Messer. Wir erschaffen uns jeden Augenblick neu, uns wird das, was wir gewesen sind, geraubt im Augenblick, wo wir uns darauf stützen wollen. Wir müssen uns anpassen an die Botschaft, die die Umwelt uns zukommen läßt«, sagte Agnes. – »Tiersprache: jetzt sage ich das«, sagte Emanuel. – »Ich sehe es genau so. Wenn du anderer Meinung bist, erschieß dich«, sagte Agnes. – »Beim Absatteln. Ich dachte an eine Heugabel. Im Rücken. Dringt rascher ein«, sagte Emanuel. – »Ein Strick geht auch«, sagte Agnes. – »Wenn Sie das sagen, kriegen Sie tiefe Falten im Gesicht. Ich denke zunächst, die Falten gehen weg, wenn Sie etwas Freundlicheres sagen, doch nein, auch dann bleiben die Falten. Wissen Sie was: Die Falten sind in Ihrem Gesicht, unabhängig davon, was Sie reden. Sie brauchen sich nicht aufzuhängen, Agnes, wirklich nicht«, sagte Emanuel. – »Falten der Konzentration. Ich presse die Augen zusammen, wenn ich ablese, was man uns sagen will«, sagte Agnes. – »Wer?« fragte Emanuel. – »Gott natürlich. Ein rächender Gott«, sagte Agnes. – »Und wofür rächt er sich?« fragte Emanuel. – »Es ist genug geschehen. Ich kenne die Konten. Da sind einige Rechnungen zu begleichen«, sagte Agnes. – »Botschaft: Verreisen. Bleibt für uns ohne Folgen, da wir hier feststecken. Zweite Botschaft: Vatermord. Die Debatte ist versandet, nur Details kamen zur Sprache. Insgesamt herrscht Wortlosigkeit, darin sehe ich einen Fortschritt hin zur Ehrlichkeit. Dritte Botschaft: Masturbation. Fast ohne Folge. Wir haben uns kaum aufraffen können. Nun sollen noch die Boten ermordet werden. Warum, Agnes, müssen die Boten büßen?« fragte Emanuel. – »Das ist uns doch gesagt«, sagte Agnes. – »Daß Sie mich masturbieren wollen, meinetwegen. Ja, aber wie?« fragte Emanuel. – »Warum glauben Sie es nicht?« fragte Agnes. – »Ich fühle nichts, das mich masturbiert. Wie wollen Sie mich denn masturbieren? Oder glauben Sie, Sie könnten einfach davon sprechen?« fragte Emanuel. – »Mit denselben Bewegungen kann ich diese Tiere umbringen«, sagte Agnes. – »Tus. Na los, geh schon ran«, sagte Emanuel. – »Es sind nicht genau dieselben Bewegungen. Warum hat Tamara Fernand zu Damah der Hündin gelassen? Sie kennen Tamara besser«, sagte Agnes. – »Oh, flüchtig«, sagte Emanuel. – »Ihre Haut«, sagte Agnes. – »Ein angenehmes Dunkel. Wenn ich mich, weiß wie ich bin, nähere, ein nicht unwillkommener Kontrast«, sagte Emanuel. – »Und wie empfindet sie es?« fragte Agnes. – »Ebenso«, sagte Emanuel. – »Wir müssen sie befragen. Nur eine kleine Frage stellen. Jemand müßte sie holen, falls sie kommen will, das heißt, falls man sie findet. Nur eine kleine Frage«, sagte Agnes. – »Tamara befragen! Sich bei der Finsteren erkundigen!« rief Emanuel. – »Das scheint mir die letzte Möglichkeit«, sagte Agnes. – »Glaube ich nicht«, sagte Emanuel. – »Aber Sie sehen es grundsätzlich ein?« fragte Agnes. – »Was?« fragte Emanuel. – »Tamara ist die einzige, die uns beruhigen kann in Bezug auf Fernand. Ich brauche Beruhigung, und ich hole sie mir, wo ich kann. Einverstanden?« fragte Agnes. – »Warum nicht. Was tun?« fragte Emanuel. – »Ich spreche mit Ihnen, Emanuel. Wir könnten Tamara ja holen«, sagte Agnes. – »Wir, das heißt, ich. Wie wollen wir sie denn holen?« fragte Emanuel. – »Warum können Sie es nicht?« fragte Agnes. – »Sie holen? Das kann ich, ja. Aber sie wird nicht kommen«, sagte Emanuel. – »Sie zwingen«, sagte Agnes. – »Sie wird kommen. Aber sie wird es uns nicht sagen«, sagte Emanuel. – »Ganz genau wird sie es uns sagen müssen«, sagte Agnes. – »Wollen wir nicht erst die Tiere töten? Dann fühlt sie sich nicht mehr belastet. Einem toten Fernand sagt man andere Dinge nach als einem lebenden«, sagte Emanuel. – »Wollen Sie sie überhaupt holen?« fragte Agnes. – »Sie wird uns nichts sagen«, sagte Emanuel. – »Sie wollen Tamara nicht holen«, sagte Agnes. – »Warum wollen Sie denn Fernands Geschichte erfahren? Welche Bedeutung hat denn die Geschichte für uns, die wir bereits von diesem Hund abhängen?« fragte Emanuel. – »Laufen Sie zur Tür, so sehen Sie besser aus. Ich glaube, daß Sie nur so tun, als wollten Sie sie holen«, sagte Agnes. – »Ich hole Tamara jederzeit. Aber dann sind zwei Frauen da, eine Machtgierige und eine noch Gierigere. Was dann geschieht, weiß ich nicht«, sagte Emanuel. – »Sie können Ihre Grausamkeiten verdoppeln«, sagte Agnes. – »Ich bin gar nicht grausam«, sagte Emanuel. – »Aber Sie wären es gern«, sagte Agnes. – »Jeder«, sagte Emanuel. – »Ich frage mich nur, *wie* Sie Tamara holen wollen«, sagte Agnes. – »In der Küche natürlich. Haben Sie an etwas anderes gedacht?« fragte Emanuel. – »Quälen Sie mich vorher noch, Emanuel«, sagte Agnes. – »Sau!« schrie Emanuel. – »Nicht so«, sagte Agnes. – »Mit Einsatz?« fragte Emanuel. – »Sie müssen mich diesmal sehr stark quälen, Emanuel. Diesmal muß es zu einem Höhepunkt des Quälens kommen«, sagte Agnes. – »Aber das geht jetzt nicht, Agnes. Wir haben neue Aufgaben vor uns. Wir wollen ja verreisen«, sagte Emanuel. – »Emanuel, ich möchte wissen, was Sie denken. Ganz allgemein. Ich erzähle Ihnen meinen Begriff von Qual, der Ihr Begriff von Lust ist, und Sie werden zurückweisend und eisig, nun, da ist ein Aufbau von Wällen zu besichtigen, der sich mit einer Änderung unserer sanftgemuten Beziehung ohne weiteres einebnen ließe«, sagte Agnes. – »Es hat keine Änderung gegeben, Agnes. Ich finde, wir sind vollkommen konstant«, sagte Emanuel. – »Sie wollen Tamara nicht holen. Ich darf mit der Niggerin nicht sprechen. Soweit ist es; reden wir nicht davon. Dabei könnte sie mir Einzelheiten von Damah der Hündin und von Fernand schmackhaft zubereiten. Sie wissen, Emanuel, daß mir ihre Sprachlosigkeit vorkommt wie die abscheulichste Rhetorik. Ich muß die schwarze Tamara wieder einmal schweigen hören, wenn ich ihr peinliche Fragen stelle. Ich muß selber hören, wie sie in den langen Pausen durch ihr Schweigen Lügen fabriziert. Das ist so gescheit, viel gescheiter als wir«, sagte Agnes. – »Wir werden ihr ganz einfach zeigen, daß wir gescheiter sind. Und auch noch ehrlicher, weil wir viel sprechen und besser sprechen als sie. Wir halten nichts zurück. Wer am besten spricht, spricht auch am ehrlichsten«, sagte Emanuel. – »Quälen Sie mich vorher noch, Emanuel«, sagte Agnes. – »Dann töte ich die Tiere«, sagte Emanuel. – »Quäl mich«, sagte Agnes. – Emanuel wurde ganz zerstreut, verächtlich (er verachtete, also geschah dasselbe ihm) und schnippisch. »Du kannst es. Sau«, sagte er matt. – »Ich kann es«, sagte Agnes. – »Du wirst mehr können. Sau«, sagte Emanuel. – »Ich habe weniger gekonnt«, sagte Agnes. – »Du wirst immer immer mehr und mehr können. Sau«, sagte Emanuel. – »So ist es«, sagte Agnes. – »Du wirst mich heimsuchen und es mir zurückzahlen. Sau«, sagte Emanuel. – »Emanuel. Holen Sie Tamara«, sagte Agnes. – »Nein«, sagte Emanuel. – »Ich würde es mir überlegen«, sagte Agnes. Und Emanuel ging und holte Tamara. Er war eine Weile nicht, vielleicht gar nicht im Landhaus. Draußen fiel ein überlauter Schuß, der sein Mündungsfeuer kurz durch die Scheiben des Landhauses sandte, in welchem feines Glas kurz und leicht nachbebte. Agnes verlangsamte sich, wurde still, räusperte sich dann leise und kränklich. Die Tür wurde aufgestoßen. Emanuel kam mit Tamara herein und stellte sich mit ihr gedankenlos auf den Berber. – »Tamara«, sagte Emanuel. – »Schön«, sagte Agnes. – »Ich habe Fernand erschossen, Agnes, ich meine, es war ein Versuch, eine Hauptprobe«, sagte Emanuel. – »Ziemlich verrückt«, sagte Tamara sogleich, die höchst unwillig wirkte sowie überrascht in einem heiklen Augenblick. – »Wer?« fragte Emanuel. – »Die kleine Frau, wieder mal«, sagte Tamara. – »Seinetwegen«, sagte Emanuel. – »Ist er da?« fragte Tamara. – »Sie ist da, Tamara. Sie steht vor dir, Tamara. Sie kann alles hören, was du sagst«, sagte Emanuel. – »Was hält sie von mir?« fragte Tamara. – »Ich beklage mich nicht«, sagte Agnes. – »Sie hält dich für eine schmutzige Niggerin. Aber sie behält dich, da sie auf dich angewiesen ist«, sagte Emanuel nicht mit der Freundlichkeit, deren er fähig war, sondern mit der nachsichtigen Strenge, die er der Situation für angemessen hielt. Er wußte nicht sicher, ob sie es richtig aufnahm, aber er vermutete, Tamara verstehe, was er meine. Was sie offenbar auch tat.

Der Raum hatte so etwas noch nicht gesehen. Nun war Tamara in höchste Erregung geraten. Dazu hatten ihr die anderen verholfen, aber diese Größe reiner Erregung konnte kaum veranlaßt sein von den Ursachen, die über ihre naturgegebene Größe nicht hinauskamen und offensichtlich von dem Raum des Landhauses ganz und gar bestimmt wurden. »So weiß, so durchsichtig. Man sieht das Blut unter der Haut fließen. Sie ist immer durchsichtig gewesen, die weiße Frau. Kann sie mich tatsächlich hören? Und ihr entmannter Gimpel? Ist er presente?« fragte Tamara. – »Gestört. Gestört«, sagte Agnes. – »Ich bin nicht gestört. Weil ich sicher geworden bin«, sagte Tamara. – »Ich habe die Hand mit dem Revolver auf dem Tisch abgestützt. Fernand war in seinem Treibhaus. Ich traf ihn hinter dem Ohr. Er liegt in seinen Setzstechern«, sagte Emanuel. – »Schön, Tamara. Glückwunsch zu Ihrer Sicherheit. Sie wird Sie festigen, das können Sie brauchen«, sagte Agnes. Eine freundschaftlich-eisige Stille breitete sich aus. – »Ich weiß nicht, wie ich Ihnen danken soll«, sagte Tamara. – »Man muß sich festigen, Tamara. Aber die weiße Frau, von der Sie sprachen, hat sie nicht mitgehört?« fragte Agnes. – »Nicht möglich!« rief Emanuel. – Tamara zeigte auf einen Fleck in der Ecke des großen Zimmers. »Da steht er«, sagte sie. – »Wer?« fragte Emanuel. – »Da«, sagte Tamara nur. – »Einen Augenblick. Was sagst du?« fragte Emanuel nervös. – »Er«, sagte Tamara knapp. – »Woher weiß ich, daß er da ist?« fragte Emanuel – »Sie waren doch draußen«, sagte Agnes kühl zu ihm. – »Draußen?« fragte Tamara. – »Hat sie recht? Ist er da, Agnes?« fragte nun Emanuel zu Agnes hin. – »Ich will Ihnen, Tamara, sagen, was zwischen Emanuel und mir geschehen ist. Wir haben den Grafen längst zur Maschine gebracht. Sie sehen, nun ja, dunstig ein Schemen, das ist erlaubt, bitte schön. Dann sind gleitend Emanuel und ich in die Schweiz oder an die Elfenbeinküste geflohen«, sagte Agnes. – »Das weiß ich«, sagte Tamara. – »Dann haben wir meinen Vater ermordet, dann haben wir uns masturbiert, Tamara, und soeben hat er nebenbei Fernand erschossen. Wenn Sie mir davon erzählen, erzähl ich Ihnen vom Masturbieren«, sagte Agnes. – »Damah Hündin hat sich nicht gefürchtet. Nachdem die beiden zusammengewesen sind. Es ist keine Mißbilligung gewesen«, sagte Tamara. – »Fernand ist tot, Tamara. Er liegt in seiner Lache«, sagte Agnes, ohne es genau zu wissen, aber mit einer untrüglichen Ahnung, die sich aus ihren eigenen finsteren Absichten nährte. – »Dunkel wie ich«, sagte Tamara. – »Mein Vater ist so gut wie tot. Emanuel und ich haben beschlossen, zusammen zu sterben«, sagte Agnes fröhlich. – »Agnes hat mich an sich gepreßt, sah die Marantz-Boxen vor sich, da spielte Ambrose, den wir von Bornemouth her kennen, und sie hat mehrere Tanzschritte ausgeführt, Tamara«, sagte Emanuel. – »Weil du es mir in der Küche gesagt hast. Ich weiß es jetzt«, sagte Tamara. – »Warum?« fragte Emanuel. – »Weil er es mir, Emanuel, in der Küche gesagt hat«, sagte Tamara. – »Quälen Sie sie nicht«, sagte Agnes zu Emanuel, der ihr gespannt zuhörte. – »Ich bin nicht gequält. Emanuel behandelt mich wie ein Vater«, sagte Tamara. – »Und wie soll dich ein Vater behandeln?« fragte Agnes. – »Nachdem ich dem Fernand zu Damah Hündin geöffnet habe, und er mit ihr verfahren ist«, sagte Tamara. – »Schlimm, Tamara. Wenn ich das dem Emanuel genauer erzähle«, sagte Agnes. – »Sie haben sich mit ihm nicht gewiegt«, sagte Tamara. – »Ich habe mit Emanuel – mich gedreht. Weißt du warum, Tamara? Erzähl mir etwas über Emanuel, was er noch nicht weiß«, sagte Agnes. – »Ich kann nichts sagen. Ich habe keine Sprache«, sagte Tamara. Emanuel wandte sich mit seinem vollen Körper, den sie nun seit langem wieder einmal von vorn sah, Agnes zu. »Sie scheut sich nicht zu versagen«, sagte er. – »Nicht deswegen. Keine Sprache, weil ich kann nicht mehr aus mir heraus, als ich immer bin«, sagte Tamara heldenhaft. – »Außer mit dem Gärtner, Tamara«, sagte Agnes. – »Oh, der Gärtner hat seine Pflanzen«, sagte Emanuel. Agnes blickte inständig zu Tamara hin. »Er hat deine Sprache, nicht wahr?« fragte sie. – »Die Astern«, sagte Tamara. – »Erzähl mir einfach etwas über Agnes, was sie noch nicht weiß«, sagte Emanuel. – »Aber sie darf es nicht hören«, sagte Tamara. – »Aber bitte«, sagte Emanuel. – »Ich bin ein leiser Mensch. Und manchmal erzähle ich etwas, damit ich, es. Man sieht, daß ich verschwiegen bin. Ich bin immer verschwiegener, je weniger ich erzähle«, sagte Tamara. Agnes zog einen Handschuh aus und streifte mit den leeren Stoffingern Tamaras Unterarm. »Der Bau, Emanuel«, sagte sie. – »Welcher Bau?« fragte Emanuel. – »Satzbau. Sie könnte in unserem Flugzeug servieren. Sie ist zu vielem zu gebrauchen. Jetzt wirkt sie wie eine uralte Stewardeß. Weiß sie das?« sagte Agnes. – »Man müßte es ihr sagen«, sagte Emanuel. – »Die dunkle Frau, wieder mal«, sagte Tamara. – »Sie flieht nicht mit uns, nehme ich an«, sagte Agnes. – »Ist er denn da?« fragte Emanuel. – »Was weiß ich?« fragte Tamara. – »Du bist doch er«, sagte Agnes. – »Er?« fragte Emanuel. – »Und jetzt ist er da«, sagte Tamara. – »Ich will dir sagen, was war, Tamara. Ich hätte den Besitzer des Landhauses auf die Maschine gebracht, sagte ich. Die Wahrheit ist, er ist allein dahin gegangen. Ich sei zurückgekommen und ich hätte mit Agnes getanzt, per Andeutung. Die Wahrheit ist, ich habe das Haus und dich gar nie verlassen«, sagte Emanuel. – »Mir doch egal«, sagte Tamara. – »Es würde mir gefallen, wenn es dir nicht egal wäre«, sagte Emanuel. – »Und?« fragte Tamara. – »Er ging nicht außer Haus, Tamara. Er blieb und ließ sich von mir, ein, zwei Male masturbieren. Sagen Sie, ist er bei Ihnen so sehr zu kurz gekommen?« fragte Agnes. – Ein helles, feindschaftliches Gelächter erfüllte den Raum mit dem zertretenen Berber. »Gib mir ein Küchentuch, Emanuel«, sagte Tamara. – »Ich bin ganz außer Atem«, sagte Emanuel. – »Ein schlechteres Küchentuch, bitte. Das genügt für mich. Jetzt kommen aber die Tränen, wie sie nicht sollen«, sagte Tamara. – »Bin ich bei dir zu kurz gekommen, fragt Agnes. Klär sie auf, Tamara«, sagte Emanuel. – »Bitte ein noch schlechteres Küchentuch. Das rote, karierte. Das haben wir oft gebraucht, Emanuel«, sagte Tamara. – »Mir kommen die Tränen«, sagte Agnes. – »Zu kurz gekommen also. Ich bei dir. Und du? Du bei mir nicht?« fragte Emanuel. – »Das ist das schlechteste Küchentuch. Das ist für meine langen Tränen, die sind viel länger, als sie dürfen«, sagte Tamara. – »Bin ich bei dir zu kurz gekommen, fragt Agnes. Klär Sie auf, Tamara«, sagte Emanuel beharrlich. – »Das. Ein noch schlechteres Küchentuch. Lauter Risse. Das ist gut für mich«, sagte Tamara. – »Das Beste ist gut genug für Sie«, sagte Agnes. – »Lauter Risse. Da kann ich mich putzen und hindurchsehen«, sagte Tamara. – »Zu kurz gekommen, ich? Ich bei dir. Und du? Du bei mir nicht?« fragte Emanuel abermals. Tamara blickte um sich und spreizte die drei ersten Finger ihrer Hände. »Das ist das allerschlechteste Küchentuch. Zwei kleine Küchentücher. Die sind für meine Tränen, die sind viel länger, als sie dürfen«, sagte sie. – »Versöhnen wir uns?« fragte Emanuel. Tamara nickte weinend. Agnes wurde sozusagen neu-freundlich. Sie war eine Meisterin im Ausdruck überschwenglicher Neo-Gewogenheit, welche sich ihrem jeweiligen Objekt aus dem Dunkel einer langen vorangegangenen Feindschaft entgegenhob. »Erzählen Sie mir weiter, Tamara«, sagte sie. – »Nicht viel«, sagte Tamara. – »Das müßte Ihnen liegen«, sagte Agnes. – »Ist er da?« fragte Tamara wieder. – »Schon besser. Sie fragt wieder, ob er da ist. Dabei hat sie ihn längst wahrgenommen.« Emanuel wandte sich an Tamara. »Umarme mich«, sagte er. – »Die Umarmung war sehr eng«, sagte Tamara. – »Du weißt, daß sie immer so gewesen ist. Der Rest, nur übermütige Spiele, die ja doch in der gemeinsamen Wohnung enden, die du und ich vorhaben«, sagte Emanuel. – »Das Arrangement ist auch gebrochen«, sagte Tamara. – »Braves Kind. Sie weiß alles, alles. Erzählen Sie mir etwas von Emanuel, das er noch nicht weiß, Tamara«, sagte Agnes. – »Ich bin mit Emanuel lange in der Küche gesessen«, sagte Tamara. – »Worauf bist du gesessen?« fragte Agnes. – »Die Luft ist wärmer geworden, weil kein Fenster offen gewesen ist. Und dann –« sagte Tamara. – »Ich würde nicht weitererzählen, Tamara«, sagte Emanuel. – »Und dann nimmt er mich, so, und –« sagte Tamara. – Emanuel schlang ihr das Küchentuch um den Hals und zog langsam, sehr langsam zu. – »Emanuel, das ist eine echte Überraschung. Besonders nachdem Sie meinen Vater töten durften«, sagte Agnes. – »Glaubte, Sie wüßten alles. Erzähl weiter, Tamara. Erzähl, was du willst, aber merk dir eins. Du erzählst für mich, nicht für sie, verstanden«, sagte Emanuel. – »Die Verabredung ist kaputt, zerstört. Niedergestampft, habe ich gesagt«, sagte Tamara. – »Wen wunderts«, sagte Agnes. – »Das hab ich erwartet«, sagte Emanuel. – »Wußte ich. Kaputt. Zerstört. Niedergestampft«, sagte Agnes. – »Keine Verabredung kann halten bei so viel auf einmal«, sagte Tamara. – »Das tun Verabredungen nie. Sie müssen lernen, an die Kürze von Arrangements zu glauben, Tamara«, sagte Emanuel. – »Tu ich nicht«, sagte Tamara. – »Weil Sie sie dann leichter eingehen«, sagte Agnes. – »Die weiße Frau glaubte, das halte ewig. Richtig?« fragte Tamara. – »Meine Vereinbarungen halten länger. Dafür kann ich nichts«, sagte Emanuel. – »Ich kenne nicht viel. Ich finde. Dein Arrangement hält lange für dich und kurz für mich«, sagte Tamara. – »Gleich lang, Tamara«, sagte Emanuel sanft. – »Wenn du bei ihr schläfst, ist die Vereinbarung für dich so richtig da. Aber für mich ist sie zu Ende. Richtig?« fragte Tamara. – »Du trägst deine Unschuld auf dem Teller herum, Kind«, sagte Emanuel. – Agnes wandte sich Tamara zu. »Was willst du damit sagen?« fragte sie. – »Das«, sagte Tamara. – »Lange für dich und kurz für mich«, sagte Agnes. – »Nein, anders. Lange für Sie und kurz für mich«, sagte Tamara. – »Du willst sagen, da wird schon einseitig daran herumgeschnürt und aufgelöst«, sagte Emanuel. – »Man tut, was man kann«, sagte Agnes. – »Ich weiß nur mich selber. Und ich bin verabredet und vereinbart gewesen«, sagte Tamara. – »Quäl sie nicht, Emanuel, oder dann quäl sie fachgerecht«, sagte Agnes. Emanuel hörte ihr abgewandt zu. »Du tust das nie, Tamara«, sagte er. – »Was?« fragte Tamara. – »Daß du mich masturbierst, Tamara«, sagte Emanuel. – »Das ist unbedeutend. Wir sind ja zusammen, Emanuel. Was hast du denn da nicht?« fragte Tamara. – »Mit mir tust dus jedenfalls nicht, will ich sagen«, sagte Emanuel. – »Das kann kommen. Mit mir tust dus nicht. Und ich habe auch fast kein Erwarten mehr«, sagte Tamara. – »Ich stehe und staune. Da ergeht meine Aufforderung an dich, mich zu masturbieren, und im selben Atemzug wird das Fehlen nicht nur von irgendwas, sondern von schlechthin allem beklagt«, sagte Emanuel. Plötzlich drehte er sich nach Agnes um. »Du kannst es, Sau.« sagte er. – »Quälen Sie mich vorher, Emanuel?« fragte Agnes. – »Mit mir tust du das nicht«, sagte Tamara. – »Oh, nicht mehr. Das hast du davon.« Emanuel sprach jetzt zu Agnes. »Können Sie es noch?« fragte er. – »Wenn Sie mich schön quälen«, sagte Agnes. – »Will ich nicht«, sagte Emanuel. – »Werden Sie tun müssen«, sagte Agnes. – »Ich habe Ihren Vater – »sagte Emanuel. – »Im Stall umgebracht. Ich weiß. Er sattelte gerade ab, da verreiste er. Aber der Schmerz ist verflogen. Mit Tamara will auch nichts werden. Undurchdringliche Lederhaut. Emanuel, Emanuel, was bleibt uns noch?« fragte Agnes. – »Verreisen«, sagte Emanuel. – »Gleich«, sagte Agnes. – »Ich sage Ihnen, Sie sollen auf mich losgehen«, sagte Emanuel. – »Dann gehe ich auf Sie los«, sagte Agnes. – »So nicht. Nein. Lieber gar nicht«, sagte Emanuel. Er trat auf Tamara zu, die da starr stand und die Arme verschränkt hielt. »Ich frage mich nur, warum ich dich geholt habe«, sagte er. – »Du hast den Fernand erschossen«, sagte Tamara. – »Das hätte ich ohne dich tun können. Ich kann erschießen, wen ich will. Er ist übrigens –« sagte Emanuel. – »– In seine Setzstecher getaumelt, wie wir wissen«, sagte Agnes. – »Im Treibhaus natürlich. Ich bin, das weißt du, eher in der Küche anzutreffen. Nachdem du mich, du triffst mich an, und –« sagte Tamara. – »Sätze, Tamara, wie vom Schuster«, sagte Emanuel. Er fand nun wieder ein gewisses Interesse an Agnes. Die Nacht hatte ihren Schleier ausgebreitet, der nicht weichen wollte. »Sau. Ich gehe jetzt auf deinen Körper los«, sagte Emanuel. – »Ich auf Ihren«, sagte Agnes. – »Lieber nicht. Da quäle ich Sie vorher lieber ein bißchen, damit Sie mir nicht zu nahe kommen«, sagte Emanuel. – »Unsinn. Wenn Sie zum Beispiel *mich* quälen, dann will ich Ihnen doch nahe kommen«, sagte Agnes. – »Könnten wir es nicht andersrum? Ich quäle Sie, um von Ihnen Ruhe zu haben«, sagte Emanuel zu Agnes. Dann warf er einen Fuß gegen Tamara. »Nicht viel«, sagte er. – Tamara wandte sich in diesem Augenblick, am Rande des großen Raumes stehend, an Emanuel, den sie fast berührte. »Ich finde, es muß etwas für dich sein«, flüsterte sie. – »Ist er da?« fragte Agnes. – »Der Gärtner gießt die Astern«, sagte Tamara. – »Ach ja, deine Astern«, sagte Emanuel. Er beugte sich tief über Agnes. »Die Vereinbarung gilt«, sagte er leise.

Agnes blickte Emanuel starr an. Er lag ausgestreckt auf dem Berber, hatte beide Hände unter seinen Magen geschoben und war weiterhin ruhig liegengeblieben. Sie hatte über ihm gestanden, dann hatte sie sich gegrätscht. Einen Schuh hatte sie links von seiner Hüfte auf den Berber gesetzt. Den anderen hatte sie, obschon der Fuß noch darin steckte, flachgekippt, so daß der lange Absatz von seinem Schuheisen bis zu seinem oberen Schaft den Berber berührte. Dieser schräge, flachgelegte Fuß mit seinem Schuh stand genau im Zentrum des Landhauses, dort, wo, beinahe zufällig, auch Emanuels aufgerichtetes Geschlecht, wenn Mitternacht vorbei war, zu liegen kam, nämlich etwas oberhalb der unter den Magen in der Bauchlage geschobenen Hände. »Sie gehen lieber auf meinen Körper los. Jetzt«, sagte Agnes. – »Wo?« fragte Emanuel. – »Sie können Ihre Grausamkeiten verdoppeln«, sagte Agnes. – »Ich bin gar nicht grausam. Das wissen Sie doch. Tut das weh?« fragte Emanuel. – »Ein wenig«, sagte Agnes. – »Ein wenig. Und das?« fragte Emanuel. – »Ein wenig«, sagte Agnes. – »Erstaunlich. Und das?« fragte Emanuel. – »Furchtbar«, sagte Agnes. – »Ach. Und das?« fragte Emanuel. – »Grauenhaft. Das ist Folter. Ich schreie«, sagte Agnes. – »So. Dann tut das nicht weh«, sagte Emanuel. – Agnes stieß einen entsetzlichen Schrei aus, der so etwas wie Sterben anzeigte. – »Ein Klang«, sagte Emanuel. Tamara kroch in seinen Gesichtskreis, da seine Augen langsam kreisten. »Die Vereinbarung ist auch gebrochen«, sagte er. – »Nein«, sagte Tamara. – »Hör mich an, Tamara. Was wäre für dich ein Beweis, daß sie gebrochen ist?« fragte Emanuel. – »Es einmal tun ... Kein Wunder. Eine Vereinbarung kann keine Dauer haben«, sagte Tamara. – »Bei sowas schon gar nicht.« Er sprach nun nur für Tamara, ganz leise. »Ich habe ihn auf die Maschine gebracht, und wie ich zurückkomme, preßt sie sich an mich und will, daß ich auf ihren Körper losgehe. Während ich zuerst dafür den Preis verlange, daß sie mich masturbiert, verlange ich später, daß sie mich für immer in Ruhe läßt.« Damit wirbelte er zu Agnes herum. »Und das? Tut das weh?« fragte er. – Agnes blieb beherrscht. »Nein«, sagte sie. – »Das ist kürzer und ehrlicher. Mit dem körperlichen Schmerz läßt sich nicht spaßen. Das?« fragte Emanuel. – »Nein. Fast nicht«, sagte Agnes. – »Dann tut das auch nicht weh«, sagte Emanuel. – Agnes schrie kurz. Hörte auf. »Es war die Überraschung. Es hat nicht wehgetan«, sagte sie. – »Es ist erbaulich festzustellen, wie Sie auf die Bemerkung, die Ihnen Ihren Schmerz bestreitet, mit einem Schrei antworten«, sagte Emanuel. – Tamara mischte sich nun ein. »Frau Agnes, ich habe Damah gelassen, weil der Fernand sowieso gedrängt hat, und ich habe müssen, und es ist geschehen, aber die Zimmer sind so frisch wie immer«, sagte sie und stand mit ihrem dunklen, runden, offenen Gesicht da, während der Berber an zwei Rändern umgeschlagen und verlappt wirkte. – Agnes ging gleich, noch auf dem Berber stehend, auf Tamara ein. »Was würde Ihr Vater dazu sagen, Kind?« fragte sie sie. – »Er ist in der Sklaverei gestorben. Jung«, sagte Tamara. – »Schade, daß es diese Sklaverei nicht mehr gibt«, sagte Agnes. – »Die Sklaven würden Sie massakrieren und Ihre Haut als Decke brauchen. Nachher, versteht sich«, warf Emanuel dazwischen. – »Richtig«, sagte Tamara. – »Nachher? Wonach denn?« fragte Agnes. – Emanuel vollführte einen Griff wie bei der Folter. »Dafür haben Sie jetzt meinen Emanuel«, sagte er. – »Mein Vater würde mich streicheln, denn er ist der einzige Mensch, von dem jemals für mich Zärtlichkeit ausgegangen ist«, sagte Tamara plötzlich. – »Beruhigend, Tamara, deine Kinderprobleme. Ihr Vater starb, sagen Sie?« fragte Agnes. – »Er hat vieles gesehen. Ihr Vater hat auch das gesehen«, sagte Tamara. – »Ach so. Sehr apart«, sagte Agnes. – »Er stand in der Nähe, als mein Vater starb. Er hatte einen Eimer Wasser in der Hand. Den setzte er ab«, sagte Tamara. – »Ihr Vater starb trotzdem«, sagte Agnes. – »Ich würd nicht weiterfragen, Agnes«, sagte Emanuel. – »Wieso nicht?« fragte Agnes. – »Man muß nicht alles herausfinden wollen«, sagte Emanuel. – »Es gibt nichts herauszufinden. Alles liegt offen da. Ihr Vater sah, wie mein Vater starb«, sagte Tamara. – »Können Sie das näher erklären?« fragte Agnes. – »Agnes, halten Sie sich an die Regeln«, sagte Emanuel. Dann wurde er inne, daß er Tamara nicht berücksichtigt und sie vielleicht in seine Rede nicht mit eingeschlossen hatte. »Bist du einverstanden, daß wir auf der Linie weitermachen?« fragte er sie. – »Welcher Linie?« fragte Tamara. – »Auf der früheren Linie, Tamara. Sei nicht aufgeregt. Schau mich an«, sagte Emanuel. – »Quälen Sie sie nicht«, sagte Agnes. – »Das sagen Sie. Tun Sie selbst was«, sagte Emanuel. – Agnes wurde nun künstlich böse, halb hinter den Lehnsessel gekauert, vordergründig, damit sie verborgen sei, doch eigentlich, damit man sie umso stärker und heftiger bemerke, und mit ›man‹ meinte sie Tamara. Auch das künstlich Böse, was sie an sich hatte und auszustrahlen versuchte, sollte nicht allzu leicht als künstlich von Tamara erkannt werden, und es fiel ihr nicht leicht, es auf der richtigen, katastrophenkündenden Furchtbarkeitsebene zu halten. »Ich bin froh, daß dich Emanuel zu den Erwachsenen gebracht hat. Da lernst du ein Stück Leben kennen. Das Wichtige ist die Perspektive. Sie war arm und niedrig, nun ist sie erwachsen«, sagte Agnes. – »Jetzt quälen Sie sie«, sagte Emanuel. – »Wieso nicht?« fragte Agnes. – Emanuel berührte Agnes, die am Rande des Berbers stand und traumverloren zur Decke starrte. Sanft legte er eine Hand auf die Marantz-Boxe. »Tut das weh?« fragte Emanuel. – Diesmal schrie aber Tamara, so daß das Landhaus widerhallte mit seinen kahlen Wänden. »Ich quäle sie nicht, Agnes«, sagte Emanuel. – »Sie ist noch nicht dran«, sagte Agnes, die Tamara warmherzig zusah. »Herzlichen Glückwunsch zu deiner Sicherheit, Tamara. Bei einem toten Vater kommt sowas ins Wanken. Man gewinnt es am sichersten, indem man es verliert. Du wirst dich weiterhin festigen. Und du wirst es brauchen, Tamara. Hast du die Lokomotive warmgeheizt?« fragte Emanuel. – »Was sagst du?« fragte Tamara. – »Angeheizt die Lokomotive?« fragte Emanuel. – »Ich habe doch keine«, sagte Tamara. – »Oh, wo du sie nicht vermutest«, sagte Emanuel. – »Dann ist sie warmgeheizt«, sagte Tamara, die sogleich wußte, daß sie Agnes ansprechen wollte. »Und weil der Fernand dann so groß getan hat mit seinen Taten, habe ich ihn in die Besenkammer gesteckt, Hoffnung, er tut mir die Stiefel ablecken, dann sind sie morgens rein, und ihr Leder schimmert«, sagte sie. – »Schön, Tamara. Gehen Sie in die Besenkammer und sehen Sie nach, was der Fernand treibt«, sagte Agnes. – »Er sitzt«, sagte Tamara. – »Dort ist es schwarz. Du fällst nicht auf«, sagte Agnes. – »Er müßte nun bald kommen, Gnädigste«, sagte Emanuel. – »Wer kommt?« fragte Agnes. – »Er bringt uns ein Bukett Astern mit, und er verteilt sie gerecht, weil er, er hat Gerechtigkeit, Frau Agnes, er als einziger im Haus«, sagte

Tamara. – »Ach, der Gärtner als Justitiar. Etwas an seinem Gerechtigkeitsempfinden mag angeboren sein, einiges vererbt, einiges geborgt. Aber glaube mir, Kind, er hat bei jedem Guß auf jede Blume seinen eigenen Vorteil im Kopf«, sagte Agnes. – Emanuel maß Tamara mit friedlichem Blick. »Hör mit der Geschichte auf. Es gibt keinen Garten, keinen Gärtner. Die Astern habe ich alle verbrannt, so zuwider sind sie mir«, sagte er. – »Oh verbrannt, oh verbrannt!« rief Tamara. – »Ziemlich verrückt«, sagte Agnes. – »Wer?« fragte Tamara. – »Die kleine Frau, wieder mal«, sagte Agnes. – »Seinetwegen«, sagte Tamara. – »Ist er da?« fragte Emanuel. – »Woher weiß ich das?« fragte Agnes. – »Da ist eine Ungewißheit. Da ist ein Fragen. Weil ich nicht weiterkomme. Da ist eine Schuld. Fühlen Sie es auch so?« fragte Tamara. – »Und wie, Tamara?« fragte Agnes. – »So, daß Sie nicht weiterkommen. Da ist ein Kreis«, sagte Tamara. – »Waschen Sie die vollgesogenen Handtücher, Tamara«, sagte Agnes. – »Ich bin sowieso zu spät. Dazu passe ich auf den Fernand auf«, sagte Tamara. – »Unnötig, Tamara. Waschen Sie die Handtücher. Das ist vollkommen hinreichend«, sagte Agnes. – »Dazu hole ich den Fernand heraus. Er leidet im Schrank. Ich kann nicht das eine tun und das andere nicht tun«, sagte Tamara. – »Du erlöst den Fernand. Ein aufgeweckter Gedanke«, sagte Emanuel. – »Waschen Sie die Handtücher, Tamara. Sie sind dunkel«, sagte Agnes. – »Sicher hat sie jemand versteckt«, sagte Tamara. – »Da liegen sie, Tamara«, sagte Emanuel. – »Dann muß man sie suchen. Handtücher sind immer versteckt«, sagte Tamara. – »Was sagen Sie da. Quittenweiche Unsinnigkeit«, sagte Agnes. – »Quälen Sie sie nicht. Sie kann nichts dafür«, sagte Emanuel. – »Ich gehe grundsätzlich von eigener Schuld aus«, sagte Agnes, sowie: »Emanuel, ich möchte wissen, was Sie jetzt denken. Sie können nicht immer so abweisende Fassade bleiben wie jetzt. Sie sehen uns zu, wir wissen beide nicht, wohin es gehen soll, ich sagte Abreise, gemeinsam ließen wir das fallen, gut. Ich habe den Eindruck, Sie wissen mehr. Geben Sie uns Unterricht, als Mann, der Sie sind. Ich verdächtige Sie, das Schlimme zu denken und das Harmlose zu wollen. Ich bin katzensanft mit Tamara, die ich übrigens insgeheim schätze, und Sie wagen es, mir das abzuerkennen. Es komme über Sie, mögen Sie dabei schreien«, sagte sie atemlos und strich Tamara über das Haar über dem Ohr. Nun sprach sie ganz zu dem Kopf unter ihrer Hand. »Ich quäle Sie doch nicht. Quäle ich dich?« fragte sie. – »Keine Schläge bekommen. Darum bewahre ich Ihnen ein herzhaftes Andenken«, sagte Tamara. – »Schön von dir«, sagte Emanuel. – »Verehrte, wollte ich anfügen«, sagte Tamara. – »Danke«, sagte Agnes. – »Das ist eine Erinnerung. Da ist keine Trübung darin. Besser kann es nicht mehr kommen, Frau Agnes. Sie haben sich oft beherrschen müssen bei mir Tier, ich weiß«, sagte Tamara. – »Bedaure es«, sagte Agnes. – »Es tut mir wirklich leid«, sagte Tamara. – »Ich muß mich übrigens noch immer beherrschen. Tamara sehen heißt, sich beherrschen müssen«, sagte Agnes. – »Ich muß beide Tiere suchen. Das ist weggesteckt und hat sein Geheimnis untereinander«, sagte Tamara. – »Wer, Tamara?« fragte Agnes. – »Damah und ihr Fernand. Das war schon zusammen und will nur noch das«, sagte Tamara. – »Laß sie doch, Tamara. Es sind nur Boten. Die haben es schwer, etwas Unrechtes zu tun. Geben sich selbst nach, na und«, sagte Emanuel. – »Na und«, sagte Tamara. – »Auf echtes Unrecht kommen Tiere selten. Weil sie auch ohne Dressur keine Neigung zu Grenzüberschreitungen und dergleichen zeigen«, sagte Emanuel. – »Die wahre Vernunft. Mir schwindelt«, erwiderte Agnes. – »Oh, spannend«, sagte Emanuel. – Tamara hatte sich an ihn gepreßt. »Da ist eine Störung.« Still drehte sie sich nach Agnes um. »Weil Sie dazwischen sind. Sie sind dazwischen gewesen«, sagte Tamara. – »Was meint sie?« fragte Agnes. – »Ich erklärs. Darf ich ausholen?« fragte Emanuel. – »Nein. Was meint sie? Sie sagt, Störung«, sagte Agnes. – Tamara sprach direkt und geradewegs zu Agnes hin. »So dazwischen sind Sie. Es ist ein Abschaum. Ein Abschaum ist es.« Die folgenden Worte galten Emanuel. »Erklärs«, sagte Tamara. – »Annahme wäre: ein spielseliger Hundezirkus. Ein sogenannter Abrichtungskreis, Sägemehl, halbhoher Rand und was alles. Ein hirnverbranntes Hundepärchen, na ja. Miteinander verrichtet es – ich sage: verrichten – etwas Ausstellungswürdiges für zielbewußt zahlende Waujöre.« Agnes wollte ihn unterbrechen, aber er wischte sie beiseite. »Moment. Das liegt in der Historie. Vor der Schleifung der Bastille soll in Paris ein solcher Zirkus in der Nähe der Rückfälligengefängnisse sein Monatsgeld gemacht haben. Er enthielt Hunde, welche auf die laszivsten Paarungsperversionen gedrillt waren bis zum Umfallen, und das Umfallen gehört auch noch dazu. Sade schreibt kurz etwas darüber, aber es mißrät ihm, leider liest man es nie, ach, Sie glauben, daß man es liest, nein, nicht doch, man liest es einfach nie«, sagte Emanuel zunehmend schneller, und keuchend. – »Was man so liest, Emanuel, will sagen, nicht liest«, sagte Agnes. – Streng wandte er sich an Tamara. »Hast du mir überhaupt zugehört?« fragte Emanuel. – »Jedes Wort. Da ist immer noch eine Störung. Nachdem sie dazwischen ist«, sagte Tamara. – »Gibs auf. Sie ist aufgezogen. Sie spricht heute von nichts anderem mehr. Als käme es darauf an«, sagte Agnes. Zu Tamara sprechend, aber über sie weg blickend. »Ich hebe das Verbot für die Hunde auf. Der Fernand ist ab sofort mit Damah gestattet«, sagte sie. – »Das kommt spät. Sie besinnen sich neu. Immerhin etwas«, sagte Emanuel. – »Wir sollten weg«, sagte Agnes. – »Du weißt es, Sau«, sagte Emanuel. – »Ja, quäl mich«, sagte Agnes. – »Der Fernand ist erschossen«, sagte Emanuel. – »Leichtsinnig, wenn man die Folgen bedenkt«, sagte Agnes. – »Welche Folgen?« fragte Emanuel. – »Ich bin vernarrt wie wahnsinnig in Damah«, sagte Agnes. – »Das war die Grundlage, auf der ich wütete«, sagte Emanuel. – »Ich bitte Sie. Sagen Sie ehrlich, was geschah. Ja, räumen Sie die kniedicke Ungewißheitsscheiße weg. Auch wenn Sie dabei schlechter wegkommen«, sagte Agnes. – »Ach, so geht das? Die Kugel hat – sein graues zelluläres Hirn durchstoßen und ist – durch ihn hindurch – in Damah gelandet. Ich bedaure, Sie vom überraschenden Ableben einer Vorzugsbotin unterrichten zu müssen. Inmitten ihres arbeitsamen Lebens – aber während eines beträchtlichen Augenblickes –«, sagte Emanuel. Agnes knickte plötzlich ein und weinte leise, aber sehr beherrscht. Es war ein gebändigtes Weinen, dessen Tränen, noch ehe sie auf den Berber fielen, von den nach vorn in die Nacht gestreckten Händen aufgefangen wurden. – »Was habt ihr gesagt? Handtücher waschen?« fragte Tamara. – »Da ist eine Leine, Tamara«, sagte Emanuel. – »Gut gemacht! Da ist eine Leine, Tamara. Da eine Seife. Wo das Wasser fließt, hast du bereits herausgefunden. Geh, spiel mit Tüchern, Seife und Wasser. Wir sind Ihnen nicht davor, Tamara, wenn Sie uns nur –«, sagte Agnes. »– Zuschauen läßt. Wir wollen teilnehmen an dir«, sagte Emanuel. – »Nicht interessant«, sagte Tamara. – »Das Interesse besteht darin, daß du ein authentisch anderes Interesse an der Welt hast als wir«, sagte Emanuel. – »Und?« fragte Tamara. – »Wir stekken fest, du scheinst noch Weg zu haben. Das wollen wir sehen, und wenn er mit Tücherwaschen anfangen sollte«, sagte Emanuel. – »Eine Klarheit also. Weil das herausstrahlt aus dem Waschen, will ich mit glänzendem Gesicht dahinter«, sagte Tamara. – »Dahinter, Tamara, dahinter«, sagte Agnes. – »Quälen Sie sie nicht«, sagte Emanuel. – »Ich? Quälen? Sie?« fragte Agnes. Es herrschte, bis auf ihre durchdringenden Blicke, ein vollkommenes Dunkel, das Landhaus, Landschaft und Landpartie gleichermaßen gewalttätig einbegriff. Die Erinnerung an den letzten Glanz der Sonne war so lange schon verschwunden, daß sie von allen aufgegeben war, oder dann holte sich die Hoffnung auf die unumgängliche Wiederholung eine neue Sonne von unten, denn sie war einmal gekreist und drängte nun durch den Berber hindurch, der unter Atmen ja Keuchen den Fensterborden entlang seine zottigen Ränder zog, während die Schuhe auf ihm geringe stürmische Wellen warfen.

Er stand auf einmal neben Agnes. Hoch ragte er neben ihr empor. Sie hatte sich zu einem geballten warmen Klumpen zusammengezogen. Emanuel hatte einmal ein weibliches krankes Kind gesehen, das sich so in sich selbst zusammengefaltet hatte. Aber diesem kranken Kind war es besser gegangen, und er hatte es auch nicht in der Nacht gesehen, und nicht in einem Landhaus. »Tut das weh?« fragte Emanuel. – »Richtig. Quälen Sie mich. Richtig«, sagte Agnes. – »Das?« fragte Emanuel. – »Ein wenig«, sagte Agnes. – »Das?« fragte

Emanuel. – »Der Punkt ist im Kommen. Den pflegst du beim nächsten Durchgang«, sagte Agnes. – »Welchen möchten Sie jetzt gepflegt haben?« fragte Emanuel. – »Eher mit Worten, jetzt. Was fällt Ihnen verbal ein?« fragte Agnes. – »Wollen Sie es in der Gegend Unzucht oder Mord?« fragte Emanuel. – »Allmählich bleibt fast nichts mehr. Die Wüste hat das Wasser aufgesogen. In kurzer Zeit haben Sie alles verbraucht. Spricht für deine Methode. Leider bist du zu unterhaltend«, sagte Agnes. – »Tamara umbringen«, sagte Emanuel. – »Das sagen Sie. Aber Sie tun es nicht«, sagte Agnes und spuckte stumm gegen das Fenster. – »Da ist er nämlich sehr liebevoll gewesen, bevor er verschwunden ist. Er ist mir über den Kopf gefahren. Er ist in mein Ohr gefahren. Noch ist er drin. Das war eine einzige Nähe. Die hat geendet, weil er sich entfernt hat. Ich bin allein, ich will nicht mehr betraft werden, es ist Strafe genug. Ihr habt ihn entfernt, weil er euch gestört hat. Aber warum hat er euch gestört?« fragte Tamara. – »Sie meint ihren Vater«, sagte Agnes. – Emanuel sprach ihr zu, seine Stimme hob sich klingend, ein kranker Junge, der zwei kranke Kinder hatte. »Geh spielen, Tamara. Weißt du, vom Brüten wird der Kopf noch schwerer«, sagte er. – »Ich bin erwachsen«, sagte Tamara. – »Das ist ja die Anstrengung«, sagte Emanuel. – Agnes wandte sich an Tamara. »Geh zum Wandschrank, zu den Boten, zur Seife, zu den Tüchern. Wickle die Seife zu den Setzstechern. Du brauchst nicht viel zu tun, nur geh, Tamara«, sagte Agnes. Tamara strich sich weich über die Haare und ging hinaus. »Entlastung. Meine Tochter, was die Pferde verschlingen, das fehlt in unserer gemeinsamen Nahrungskasse«, sagte Emanuel. – »Wir müssen mehr Pferde erschießen, Papa, viel mehr Pferde«, sagte Agnes. – »Menschen«, sagte Emanuel. – »Viel mehr«, sagte Agnes. – »Ich erschieße schon Dutzende jeden Tag. Ich durchquere die Ställe und schieße wahllos ins schnaubende, wiehernde Fleisch. Leider blicke ich meinen Taten nicht nach. Aber es muß Pferdetod und Witwenverwesung in den Ställen herrschen«, sagte Emanuel. – »›Ich schieße‹, sagt er. Dann schießt er monatelang nicht. Ist sowas eine Lüge, Emanuel?« fragte Agnes. – »Was kann ich Ihnen schon erzählen. Genausogut können Sie wünschen, ich solle Ihnen zwanzig Mal am Tag dasselbe erzählen. Schauermärchen, Agnes. Der Kitzel wird immer flüchtiger. Dieses Reden, dieses ständige Spiel, dieses Jagen nach dem Lustgewinn, der, ehe die Lust da ist, schon verfallen ist, es zermürbt mich, Agnes«, sagte Emanuel. – »Und?« fragte Agnes. – »Das ewige Reden zwingt herbei, was es sagt, oder aber, es macht es erst recht undicht. Ich denke, die Verschiebung zwischen Erwähnen und Eintreten ist tödlich. Logogenetische Ontologien sind von höchster Aussichtslosigkeit«, sagte Emanuel. Er schenkte ein. »Gin«, sagte Agnes. – »Wie viele Tropfen? Sich niemals wieder hier einrichten. Nicht doch, Agnes, ich glaube, die Botschaft ist durchgekommen, daß wir hier nicht bleiben können«, sagte Emanuel. – »Nach allem kann man nur weg«, sagte Agnes. – »Wir haben uns energisch entschlossen. Wir waren nicht schnell, täusche ich mich?« fragte Emanuel. – »Höchst energisch. Besonders Sie, Emanuel. Ich falle immer in mir zusammen, wenn ich ans Weggehen denke«, sagte Agnes. – »Ich platze vor Unternehmungslust. In mir fließen noch einmal die großen Ströme nomadisierender Landfluchttraditionen zusammen, jawohl. An dieser Wegkreuzung stehe ich, weil ich – diese Wegkreuzung bin. Was denken Sie? Lügt er gut, Ihr Verstand?« fragte Emanuel. – »Kleinigkeiten, Emanuel. Tamara, paff, weggeputzt, glatt liegengeblieben. Sie stolpert über die grüne Wäscheseife. Tamaras Moritat, aber uns befriedigt sie.« Sie seufzte hörbar. »Ewiger Sommer in der Schweiz. In der Schweiz leben nur wärmere Menschen, alle übersprudelnd. Was sagten Sie, Emanuel? Lang ists her, ich mühe mich ab beim Erinnern. Flucht habe bestimmte Regeln, sagten Sie. ›Das Grundprinzip ist die unbemerkte Geschwindigkeit‹«, sagte Agnes. – »Gut gemacht muß es sein, wie alles«, sagte Emanuel. – « Daran, daß ich von der Geschwindigkeit nichts bemerkt habe, bemißt sich deren unfaßliche Geschwindigkeit. Das Tempo unserer Flucht hat sich derart gesteigert, daß als ihr Ausdruck nur noch der steif-starre Stillstand in Frage kommt. Werden Sie mit ihm sprechen?« fragte Agnes. – »Mit wem?« fragte Emanuel. – »Dem Vater, eigentlich ist er der Stiefvater«, sagte Agnes. – »Im Stall?« fragte

Emanuel. – »Vorher, meine ich«, sagte Agnes. – »Ich spreche. Ich richte Worte an ihn. Wohl etwa so«, sagte Emanuel und richtete lautlos einige Worte an sie, welche, da sie beide auf dem Berber ausgestreckt lagen mit den verschränkten Händen unter dem Nacken, an welchem deren sich ablösende Haut hängenblieb, sich kaum vom Boden erhoben. – »Gut, erleichtert«, sagte Agnes. – »War immer meine Absicht«, sagte Emanuel. – »Es wird ihm die Sache leichter machen. Aber wir waren an Tamaras Erschießung. Die haben Sie mit Fernand vorgemacht. Vorbeigehen und ins Fleisch feuern. Die Lage wird verändert. Sie müssen den Gärtner jetzt auf Tamara anwenden«, sagte Agnes. – »Bereit«, sagte Emanuel. – »Wozu bereit?« fragte Agnes. – »Wurde gesagt«, sagte Emanuel. – »Habs nicht gehört«, sagte Agnes. – »Nun quälen Sie mich nicht. Ich bin dazu bereit«, sagte Emanuel. Tamara lief beim Folgenden herein und hinaus, erschien immer wieder, hörte kurz mit, verschwand nach draußen, kam wieder, als hätte sie ihre ganzen bestimmten Dinge zu holen. Abwechselnd starrten Emanuel und Agnes auf sie, bis während ihrer Abwesenheit ein großes Schweigen eintrat, weil man dachte, sie sei da, sie aber war nicht da, und das einfache Mißverständnis hatte zwar kurze, aber unangenehm friedliche Folgen. »Ich weiß nicht, wovon Sie sprechen«, sagte Agnes. – »Dann will ich es auch nicht tun«, sagte Emanuel. – »Sie müssen, was Sie können, auf Tamara anwenden«, sagte Agnes. – »Dann wissen Sie, was ich sagen will«, sagte Emanuel. – »Sie sind noch gar nicht beteiligt«, sagte Agnes. – »Hat angefangen«, sagte Emanuel. – »Was hat angefangen?« fragte Agnes. – »Das Spiel, daß Sie plötzlich nicht wissen, obgleich ich weiß, daß Sie wissen und wir davon sprechen«, sagte Emanuel. – »Wovon sprechen?« fragte Agnes. – »Jetzt bin ich mittendrin«, sagte Emanuel. – »Das ist kein Spiel, Emanuel. Wir sehen, was sich daraus ergibt«, sagte Agnes. – »Gehört das zum Spiel, daß Sie sagen, es sei keins?« fragte Emanuel. – »Nein«, sagte Agnes. – »Ich schieße mal los. Er braucht keine Zureiter. Er reitet mich selbst zu. Er hat mich im Kreis herum zugeritten und einen verkäuflichen Hengst aus mir gemacht. Er hat sogar einmal viel Geld in mich gesteckt, das war, bevor die Pferde alles wegfraßen und er sie deshalb Stück für Stück abschaffen mußte. Ja, ich war mit ihm auf dem Markt, und man tastete mich ab«, sagte Emanuel. – »Gut«, sagte Agnes. – »Erleichtert«, sagte Emanuel. – »Er hat Sie immer schonend behandelt. Ihre haushälterische Sparsamkeit, Ihre unabweisliche Aufmerksamkeit bei den Unregelmäßigkeiten der Haushaltführung. All das hatte für ihn etwas Bewahrendes. Er wird sich freuen, wenn Sie auf ihn zutreten im Stall. Mißtrauen wäre schlecht. Sie können ihm sogar widersprechen, es macht ihm nichts aus, im Gegenteil, er liebt es«, sagte Agnes. – »Ich mag das Spiel nicht«, sagte Emanuel. – »Ich schon«, sagte Agnes. – »Ich mag es gar nicht mehr«, sagte Emanuel. – »Mir sagts jetzt recht zu«, sagte Agnes. – »Ich werde Ihnen die Peitsche geben. Diesmal bluten Sie, Sau«, sagte Emanuel. – »Ich werde mich hüten«, sagte Agnes. – »An vielen Orten bluten, Agnes. Ich werde persönlich dafür sorgen, daß Sie triefen«, sagte Emanuel. – »Aufhören damit, Papa«, sagte Agnes. – »Ich strenge mich an für dich, Kind. Wir müssen beide durchs Leben. Bis einer es nicht mehr schafft, Kind«, sagte Emanuel. – »Wir sollten uns ein neues Leben überlegen, Papa. Wie ändern sich doch gleich unsere Verhältnisse, wenn die Köchin und der Hausknecht auf der Straße kochen und putzen! Wir reduzieren am besten die Dienerschaft, zunächst die Boten, dann erschießt du den Rest der Pferde, vielleicht triffst du die erhitzte Köchin. Von der prallt es auf den Hausknecht ab. Wir sind zwei, Papa, und wenn einer von uns beiden stirbt, sind wir noch einer, unabhängig, aber einsam«, sagte Agnes. – »Ich bin schon unabhängig«, sagte Emanuel. Zuerst wurde die grüne Schürze wie ein Wischtuch hereingeworfen. Es folgte der muntere, aufgekrempelte, schwitzende Gärtner. An seinen Sohlen klebten Krümel weißlicher zellulärer Masse. In der Schürzenkänguruhtasche vorn lagen aufbeulend die dicken Pilzbücher. »In der Sonne liegen, nur einmal draußen sein«, sagte Emanuel. – »Sie waren draußen, höre ich«, sagte Fernand. – »Sie haben nicht ganz unrecht«, erwiderte Emanuel höflich. – »Das Wetter ist eine dicke Schweinerei«, sagte der Gärtner. – »Wachsen sie?« fragte Agnes. – »Ich stutze sie, wenn sie, wachstumstechnisch gesprochen, das Schwimmbecken überqueren wollen. Sie könnten uns zuwachsen, schlurphh«, sagte der Gärtner. – »Ich hab dich auf achthundert erhöht«, sagte Agnes. – »Schön. Grauenvoll. Ich komm in die steile Steuerkurve. Lieber Siebenhundertachtzig, Agnes«, sagte der Gärtner. – »Und ich habe mit Emanuel eine Nachdenkstunde durchgeführt«, sagte Agnes. – »Parallel dazu hab ich mir draußen ein bißchen was gedacht«, sagte der Gärtner. – »Hörst du mir zu?« fragte Agnes. – »Die Astern haben Sie gepflegt, das war zuvorkommend von Ihnen. Die Astern sind schweigende Blumen, im allgemeinen. Umso besser, wenn jemand sie errät«, sagte Emanuel dazwischen. – »Übung«, sagte der Gärtner. – »Sowohl Emanuel wie ich fanden die Lasten ungerecht verteilt, Fernand. Du weißt, wir fliehen«, sagte Agnes. – »Sowas drang zum Fenster heraus. Ein Teil der Botschaft blieb am Fenstersims kleben. Der zugerichtete Teppich, schau an! Wann fliehen Sie?« – »Unentwegt. Wir fliehen unentwegt«, sagte Agnes. – »Unentwegt fliehen Sie. Und ich bleibe unaufhörlich da. Zwei Fortflieher gegen einen Dasteher«, sagte der Gärtner. – »Ungerechte Verteilung. Stimmts, Emanuel?« fragte Agnes. – »Stimmt. Rücklings in der Sonne liegen und zuschauen, wie er wächst, Ihr Pilz. Seine Seitenkammern saugen sich voll und ragen«, sagte Emanuel zum Gärtner. – »Er wächst, wenn die Sau von Wetter die Wolkenränder macht wie eben, und wenn ein harter Wind um die Treibhausecken streicht.« Nun hatte er wieder seine Vorzugsadressatin: Agnes. »Insgesamt komm ich damit auf eintausendeinhundert«, sagte der Gärtner. – »Auf achthundert, Fernand. Alle weiteren Vergünstigungen sind gestrichen, und Sie bleiben vermehrt im Treibhaus«, sagte Agnes. – »Wenn Sie zu den bereits bestehenden dreihundert die achthundert hinzutun, dann – aber ich habe mich inzwischen selbst auf null reduziert, weil mir die Arbeit am eigenen Größerwerden solche innere Freude gemacht hat. Tief innen habe ich lieber umsonst gearbeitet, um nicht allzu abhängig zu sein von den niedrigen Reizen klingender Materie, und nun, wenn Sie beschließen, achthundert mehr sollen es sein, so denke ich, diese achthundert könnten zu den dreihundert hinzukommen, ohne daß die Fliehende zu einer Streichung Zuflucht nimmt. Warum denn zu der Streichung greifen; sie, die Summe liegt so nah.« Hier wurde er ganz von sich selbst mitgerissen, und fehlte ihm sonst der Anlaß zu jeder Begeisterung, so lieferte er sie sich nun selbst. »Ich habe jede Menge Lesestoff gefunden«, sagte er, Fernand, der Unbezwingliche. – »Papa hat viele Bände.« Agnes näherte ihren Mund Emanuel. »Stimmts?« fragte sie. – »Viele Pferde. Viele Bände über Pferde. Daß er viele Bände über Pilze hat, wußte ich nicht.« Emanuel wandte sich an den Gärtner. »Ihr Bauch steht vor. Was ist drin?« fragte Emanuel. – »Die Tasche«, sagte der Gärtner. – »Die Pilze sind mir ein Rätsel, nur Ihre Sonnengier verstehe ich. Und die Astern, natürlich, die Astern versteht jeder. Nicht wahr, Agnes?« fragte Emanuel. – »Ich möchte etwas vorlesen«, sagte der Gärtner. – »Nein«, sagte Emanuel. – »Für achthundert, liegt sowas drin, Frau Agnes?« fragte der Gärtner. – »Emanuel ist unglücklich.« Agnes trat zu ihm hin. – »›Über die Reduktion ungesättigter Fettsäuren und deren Ester zu ungesättigten Fettalkoholen durch selektive katalytische Hochdruckhydrierung‹. Unter F., Unterabschnitt U.« Der Gärtner geriet in ein tiefes, unaufhebbares Sinnen. »Während ich hier vorlese und mir auf einem Nebenabschnitt mein Zubrot erwerbe, wachsen sie vielleicht übers Schwimmbecken«, sagte er. Dann direkt zu Agnes hin. »Macht das was?« fragte er. – Agnes hatte nur eines im Sinn, nämlich, Emanuel etwas zu sagen. »Möglichst heftig«, sagte sie. – »Ob das Wachsen was macht, wurde gefragt«, sagte der Gärtner. – »Soll ich etwas bewegen?« fragte Emanuel. – »Macht es etwas aus, wenn die Pilze das Schwimmbecken füllen? Sie wachsen tief hinein, wenn sie einmal damit anfangen. Geschwinde Zellteilung, klitzeklein. Und bei dieser infamen Schweinerei von schmutzigem Stallwetter«, sagte der Gärtner. – »Einmal in der Sonne liegen, Agnes«, sagte Emanuel. – »Heftig, Emanuel, heftiger«, sagte Agnes. – Der Gärtner las laut. »›Über die Phospholipide im Baumwollsaatöl‹. Unter P., Unterabschnitt B. Langweile ich im Salon?« fragte er. – Emanuel wandte sich an Agnes. »Ich möchte nur wissen, wann ich bewegen soll. Ich bin so verwirrt, daß ich durchsichtige Luftteilchen sehe, ja, sehen muß, unwillkürlich. Da, meine Hand. Hängt am Arm«, sagte Emanuel. – Der Gärtner ging murmelnd lesend hinaus. »›Buttersäuren in gefrorenen Volleiern‹. Wachst Lieblinge, werdet größer, schwellt an.« Er zog seine Schürze nach. – »Das macht Spaß, Emanuel. Wie fühlen Sie sich denn?« fragte Agnes. – »Zerstört«, sagte Emanuel. – »Macht es Fortschritte?« fragte Agnes. – »O ja«, sagte Emanuel. – »Bei mir auch. Aber ich weiß den Grad der Zerstörung noch nicht. Jedenfalls können wir noch was drauflegen«, sagte Agnes. – An diesem Punkt kam Tamara mit einer großen Seife herein. Sie packte die Seife aus einem dünnen Papier und legte das Papier mit den wächsernen Resten der davon abgelösten Seife auf den Berber. Dann strich sie es glatt, bis es steif war wie ein leichtes, fliegendes Brettchen. »Ich kaufe dir die Wohnung gleich, Tamara, wenn du mir Bescheid über die letzten Boten sagst«, sagte Emanuel. – Tamara ging, nachdem sie das glattgestrichene Brettchen genau dort liegengelassen hatte, still wieder hinaus. Durch die geöffnete Tür schien nicht der Morgen, nur die Aussicht, es könnte wieder Morgen werden. »Ich glaube, ich bin unermeßlich kaputt. Was finden Sie, Emanuel?« fragte Agnes. – »Ich bin ziemlich zerstört. Ich weiß noch, woran ich bin. Bin mir nicht ganz entglitten, aber ich fürchte mich«, sagte Emanuel. – »Wann ermorden Sie sie, Emanuel?« fragte Agnes. – »Das heißt, daß ich noch einigermaßen Bescheid weiß«, sagte Emanuel. – »Da ist keine Schwierigkeit. Wenn Sie es so anpacken, als hätten Sie meinen Vater vor sich. Er ist kleiner und hat Brüste. Dabei können Sie doch einfach nicht versagen«, sagte Agnes. – »Andrerseits kann ich mir jederzeit so entgleiten, daß ich mich nicht wiederfinde. Schwupp, ratsch, weg ist man, in sich hinein, und alles Scheuern, Kratzen, Suchen ist vergeblich«, sagte Emanuel. – »Sie können es unternehmen, wenn sie das nächste Mal hereinkommt, zum Beispiel mit einer Seife und einem toten Hund. Sie sind überrascht, Sie glaubten, sie hat ihn umgebracht, dann werden Sie tobsüchtig und erschlagen sie«, sagte Agnes. – »Wen?« fragte Emanuel. – »Sie werden mit Rechnen nicht fertig«, sagte Agnes. – »Ich?« fragte Emanuel. – »Sie. Mit Rechnen nicht fertig. Wann ermorden Sie sie mir?« fragte Agnes. – »Mal sehen. Sie ist ... weißlich und unförmig geworden, und ich tue ihr damit ... einen Gefallen«, sagte Emanuel. – »Das glaube ich nicht«, sagte Agnes. – »Was?« fragte Emanuel. – »Daß Sie sie für mich ermorden. Tamara, meine ich«, sagte Agnes. – »Tamara? Sie wollen, daß ich Tamara für Sie ermorde. Hör dir das an!« rief Emanuel. – »Soll ich den Gärtner beauftragen?« fragte Agnes. – »Soll ich ihn holen?« fragte Emanuel. – »Es hätte Folgen für Sie, wenn er den Auftrag annimmt«, sagte Agnes. – »Soll ich ihn holen? Er pflegt seine Mycele. Tamara hält den Unsinn feil, er sei der unermüdliche Pfleger von Astern. Alle längst geplatzt, da verseucht. Er ist ein Pilzspezialist und sonst nichts. Seine Bescheide über das winzige tägliche Wachstum dieser wammenfeisten Schwammgebilde sind meine Tageserwartung. Er macht mich selig, nach ihm bin ich wie erschöpft, doch ist es Entspannung. Ihn davon erzählen hören zu wollen, der Wunsch ist, wie mit einer Achterbahn ganz hoch hinaufgetragen zu werden. Was sagten Sie, Agnes?« fragte Emanuel. – »Kommt der Gärtner, nimmt er den Auftrag an, sind Sie dran, Emanuel«, sagte Agnes. – »Sie meinen, Sie lassen eine seiner Pilzgeschichten auf mich los«, sagte Emanuel. – »Seinen Spaten«, sagte Agnes. – »Seinen Spaten läßt er gern auf Pilze los, Agnes«, sagte Emanuel. – »Ich drücke ihn ihm persönlich in die Hand«, sagte Agnes. Emanuel trat auf sie zu. »Tut das weh?« fragte er. – »Überhaupt nicht«, sagte Agnes. – »Das?« fragte Emanuel. – »Gar nicht«, sagte Agnes. – « Und das?« fragte Emanuel. – »Es könnte später einmal«, sagte Agnes. – »Dann tut das nicht weh«, sagte Emanuel. – Agnes schrie entsetzlich auf, aber nicht so, als wolle sie bei einem Außenstehenden Entsetzen erregen. Für diesen Außenstehenden schrie sie einfach so. Emanuel blieb bei der sachkundig und diesmal mit Hitze ausgeführten Quälverrichtung. Agnes schrie und schrie, grundsätzlich nicht enden wollend, wenn auch durch die Möglichkeiten ihres Atems beschränkt, doch sie entzog sich nicht. Emanuel brüllte wie am Spieß. »Jetzt töte ich das Tier«, sagte Emanuel. – »Quäl mich vorher noch. Die Stelle, nochmals!« rief Agnes. – »Du kannst es, Sau«, sagte Emanuel. – »Ich kann es«, sagte Agnes. Tamara kam jetzt herein mit einem Hemd und einem Paar riesiger brauner Stiefel. Ohne zu den beiden hinzublicken, ging sie merklich langsamer. Etwas Schweres war an ihrem Gang, eine Muskelverletzung. Sie blickte zu den beiden anderen nicht hin. »Du kannst es, Sau«, sagte Emanuel. – »Ich kann es«, sagte Agnes. – »Du wirst mehr können, Sau«, sagte Emanuel. – »Ich habe weniger gekonnt. Du suchst mich heim und verwüstest mich schwer. Emanuel. Zerstör mir das Gesicht, wühl in mir herum«, sagte Agnes. Als hätte sie das zur Sonne gesagt, bohrte sich der erste Lichtstrahl, der Anspruch auf eine solche Bezeichnung hatte, seitlich durch zwei nicht parallel liegende Knüpfzotten des fensterwärtig ruhenden Berbers.

Emanuel erblickte Tamara, die nun mit einem kleinen Taburett hereinkam. Ihre Gegenstände, welchen die Gnade des Getragenwerdens ohne weiteres zuteil wurde, schienen unerschöpflich. Sie las aus einem Wust an Herumstehendem alles, was Henkel, Griff, sonstigen Vorsprung hatte, packte es und trug es herein, teilweise, um es da zu belassen, teilweise, um es, in paradierendem Corteggio beinah stolz, so wie es hereingenommen war dorthin, wo Nacht nun nicht mehr ganz war, wieder hinauszuportieren. »Ziemlich verrückt«, sagte Emanuel. – »Die kleine Frau, wieder mal«, sagte Tamara. – »Ich hab dich nicht gesehen. Bleibst du lange?« fragte Emanuel. – »Es ist noch keine Sauberkeit in mir«, sagte Tamara. – »Du warst gerade noch draußen, richtig?« fragte Agnes. – »Damah hat sich wiederum nicht gescheut«, sagte Tamara. – »Die Boten sind erschossen«, sagte Agnes. – »Ich habe gut gezielt«, sagte Emanuel. – »Alles lebendig. Sehr lebendig. Ich hielt die Hand vor die Augen, doch das nützt nichts«, sagte Tamara. – »Sie haben sich bewegt. Ich glaubte, ich hätte sie erwischt«, sagte Emanuel. – »Damah mit ihm. Obschon er sich gesträubt hat. Sie hat es abermals geschafft jedoch«, sagte Tamara. Sie verließ den Raum, ließ das Taburett stehen. Emanuel rief ihr nach. »Ist er da? Hol ihn bei seinen Pilzen, Tamara!« rief er. – »Hör auf. Er tötet dich, Emanuel«, sagte Agnes. – »Tut das weh?« fragte Emanuel. – »Nein. Er liest dazu«, sagte Agnes. – »Dann tut das auch nicht weh«, sagte Emanuel und berührte sie. – Agnes schrie laut und gemartert. – »Du kannst es, Sau. Jetzt geh zu ihm«, sagte Emanuel. – »Er kommt«, sagte Agnes. – »Daß du zu mir willst. Das kannst du auch, Sau«, sagte Emanuel. – »Warum glaubst du nicht, daß ich es tue?« fragte Agnes – »Es ist kein Zwang.« Emanuels Hände packten sie. Sie fühlte seine Krallen in sich eindringen. »Ich fühle nichts, das mich masturbiert. Wie willst du es denn jetzt noch tun? Glaubst du, es ist genug, wenn du einfach davon sprichst?« fragte Emanuel. – »Tiersprache«, sagte Agnes. – »Besser so, Agnes«, sagte Emanuel. – Agnes strich ihm übers Haar. »Das scheint mir die letzte Möglichkeit«, sagte sie. – »Das glaube ich nicht«, sagte Emanuel. – »Aber das sieht man«, sagte Agnes. – »Was?« fragte Emanuel. – »Tamara muß jetzt weg. Du wirst sonst wahnsinnig«, sagte Agnes. – »Sie auch«, sagte Emanuel. – »Sie muß unbedingt weg«, sagte Agnes. – »Das nächste Mal«, Emanuel atmete heftig, und sie strich ihm über das Haar, in der Nähe des Wirbels. »Nicht so rasch, Agnes«, sagte Emanuel. – »Das erzählt dir unausgesetzt eine Geschichte. Mein Verhalten ist eine Vorausbelohnung für dein richtiges Verhalten. Die kleine Einzelheit meiner augenblicklichen Verrichtung ist ein Versprechen für dein befreites Später, wenn deine Zukunft ihr häßliches Gesicht zeigt«, sagte Agnes. Kaum hatte sie das gesagt und ausgeatmet, kam Tamara herein. Hemd zerrissen. Sie schleifte ein zweites zerrissenes Hemd nach. Unterdrückte ein Weinen. Zupfte an sich herum »Kein Wunder, Tamara«, sagte Emanuel. – »Du meinst diesen Panzertanz. Ein Anschmiegen. Weil ich extra dafür zu dir komme«, sagte Tamara. – »Du bist knapp über dem Boden geschwebt, nicht wahr, Tamara?« fragte Agnes – »Und weil ich so gerieben habe am Schmutz des Hemdes, daß es mir zergangen ist unter den Händen«, sagte Tamara. – »Ein ganz leichtes Schweben, und nun fällst du eben zurück. Du kannst das nicht ändern. Nur rückgängig machen, indem du immer wieder zu schweben anfängst«, sagte Agnes. – »Ich gehe jetzt zum Kleiderschrank. Das ist weit, so weit, weil es draußen dunkel ist. Es wird regnen, weil ihr euch weh tut«, sagte Tamara – »Nicht nur wir tun uns weh, Tamara«, sagte Emanuel. – »Es ist ungeheuerlich weit bis zum Schrank. Er ist der, der mich geliebt hat, nicht einmal das Licht liebt mich so«, sagte Tamara. – »Alle Kinder verlieren einmal«, sagte Agnes. – »Weil die verletzte Damah sich dorthin zurückgezogen hat. Jetzt sieht man mich gleich beim Schrank, beim Schrank«, sagte Tamara. – »Vergiß die Stiefel«, sagte Agnes. – Tamara betrat den Schrank. Emanuel schrie ihr etwas nach. »Hinter den Pilzen hol ihn!« rief Emanuel. – »Du könntest ihr Vater sein«, sagte Agnes – »Wenn ich es wollte. Bitte, wer will?« fragte Emanuel. – »Wir müssen ihn holen«, sagte Agnes. – »Erst will ich sie ermorden. Ich ermorde sie hinter diesem ... wo hat sie gesagt, daß sie hingeht?« fragte Emanuel. – Da war das Dunkel. Da war das Licht. Sie teilten das Landhaus unter sich auf, rissen Kreise und Quadrate aus dem Gesamtgebiet und tauschten sie untereinander aus. Agnes' Blick fiel auf Tamara. »Kleiderschrank. Hinein. Die Nacht«, sagte Agnes. – »Dann ist sie an der Reihe. Sie hat da hinten was Wichtiges vor, will sie uns sagen«, sagte Emanuel. – »Will sie uns sagen«, sagte Agnes. – »Ich wußte, daß Sies merken«, sagte Emanuel. – »Ich habe«, sagte Agnes. – »Tamara erzählt uns, daß ... naja«, sagte Emanuel. – »Wir gehen ja schon«, sagte Agnes. – »Es gehört nicht hierher, aber ... nuja«, sagte Emanuel. – »Nur zu«, sagte Agnes. – »Er war gegen die Sache. Sade hat diesen virtuosen Hundezirkus mit den Paarungsspielen vor der Bastille ärgerlich zurückgewiesen. Verstehen Sie?« fragte Emanuel. – »Geben wirs auf«, sagte Agnes – »Ich will sie«, sagte Emanuel. Seine Geste des Mordes gelang ihm überaus gut, die Handbewegung schaffte Licht wie einen Hohlraum, der sogleich vom letzten nachströmenden Dunkel gefüllt wurde. – »Sie sprechen davon. Sie tuns nicht«, sagte Agnes. – »Mit Ihrem Vater bin ich durchgekommen«, sagte Emanuel. – »Weil er dir zuvorkam. Er verschwand von selbst«, sagte Agnes. – »Das sagen Sie jetzt«, er schien entmutigt. »Da stehe ich denn nun. Allein. Ich bin abwesend, aber ich bin hier. Erkläre, wer will. Ich tue Ihnen nicht weh, aber Sie schreien. Ich begreife es nicht, aber ich soll wohl auch nichts verstehen«, sagte Emanuel. – »In einen Ausbruch geraten, den Sie nicht mehr kontrollieren können. Haben Sie Mitleid mit mir«, sagte Agnes. – »Lange warten. Tamaras Erzählung ist unangenehm«, sagte Emanuel. Er griff sich einen Stuhl neben dem Berber, der, als er auf den Berber geschoben wurde, den Berber abermals etwas umkrempelte, und dies tat Emanuel, um sich zu setzen, verbrannte sich, während die Ebene um das Landhaus ungerührt dem Sich-Erstrecken oblag, einer einförmigen Tätigkeit irgendwo zwischen Dasein und Ausdehnung. Agnes lachte, rückte ihm den Stuhl zurecht, was gut ging. Dann verbrannte auch sie sich, es war der Herd, der Schrank, ein Gestell, am ehesten wohl ein Gestell, sie wich an die Wand zurück, verbrannte sich, stürzte auf den Tisch zu, verbrannte sich auch da. Dies alles sah Emanuel. Die Landschaft, ehe sie verschwunden war, hatte sich nicht gerührt, oh, so tat er es der Landschaft nach. – »Sie wollen weg, höre ich«, sagte Agnes. – »Jetzt nimmt ein Gefühl um mich herum überhand. Wenig schön«, sagte Emanuel. – »Gehen Sie nun ran oder nicht?« fragte Agnes. – »Qual«, sagte Emanuel. – »Du kannst es, Schwein«, sagte Agnes. – »Ich kann es«, sagte Emanuel. – »Du wirst es immer wieder können, Schwein«, sagte Agnes. – »Werde ich, werde ich«, er atmete laut. »Ich danke Ihnen. Das ging gut los«, sagte er. – »Rascher als sonst«, sagte Agnes. – »Wenn ich landläufig behandelt werde, kommt nichts aus mir«, sagte Emanuel. – »Auch nichts«, sagte Agnes. – »Am Ende«, sagte Emanuel. – »Jeder Mord hat bestimmte Regeln, Emanuel. Können Sie einige wiederholen?« fragte Agnes. – »Von Anfang an?« fragte Emanuel. – »Für mich. Weil ich es bin«, sagte Agnes. – »Ja. Man ächzt unter Ihnen«, sagte Emanuel. Tamara kam zerzaust und ausgezogen herein, ein rotes Band um die Hüfte. Ließ die grüne Seife vor sich auf den Berber fallen, stieß sie immer wieder mit dem Fuß an. Sie hatte aus dem Wust dies ausgelesen und es störend hereingebracht. Solches tat Tamara. – »Unerwartet, Tamara. Wie bist du da rausgekommen?« fragte Emanuel. – »Nur ein wenig. Du brauchst mich nicht zu berühren. Berühr wenigstens das da«, sagte Tamara. – »Du fällst noch immer sehr ins Gewicht für mich, Tamara. Wer sagt dir denn, daß ich nicht insgeheim auf dich abziele.

Dies ist die Schule, du bist der Ernst des Lebens«, sagte Emanuel. – »Was sagtest du: Man holt ihn bei den Mycelen?« fragte Agnes. – Tamara wandte sich stracks an Emanuel. »Da bist du doch wichtiger geworden für sie. Da ist ein Bruch fast. Obschon, nachdem die Vereinbarung gebrochen ist, das Gegenteil ist auch wahr. Nachdem sie niemanden mehr hat als dich. Es ist keine Verwunderung. Keine Schläge erhalten, ich bin ausgewichen. Darum bewahre ich ihm mehr als ein liebendes Angedenken, ein leidenschaftliches Angedenken. Es ist eine Nässe da draußen, die Haut der Pilze schwitzt Sporen, er hat sich nicht beherrscht bei mir, aber warum sagt sie da, du seist wichtig für sie? Abzielen auf eine andere. Ganz bestimmt will ich dich vergiften, er kann nicht nur die Astern, er kann auch deinen Magen, hast du Schmerzen, das ist eine Fürsorge von mir. Übrigens ist nichts geplant, fest geplant. Das ist wie allein auf dem Zimmer zu liegen, nur schaut er zu. Du weißt schon«, sagte Tamara. – »Wir haben nicht zugeschaut, Tamara«, sagte Emanuel. – »Das tut dir sicher leid«, sagte Tamara. – »Was haben Sie im Kleiderschrank gefunden, Tamara?« fragte Agnes – »Damah«, sagte Tamara. – »Und warum sagen Sie das erst jetzt? Weshalb legen Sie sich zum Gärtner und legen Ihre Meldung zu spät vor?« fragte Agnes. – »Tot«, sagte Tamara. – »Und gehst deinem Vergnügen nach, und ich liege da und weiß nicht, was in meinem Schrank los ist«, sagte Agnes. – »Schon eine Verwesung. Der Fernand hat sie hingerichtet, er hat ihr den Kopf abgeschraubt und hat ihr ganzes Stroh darin gegessen. Aber jemand muß Fleisch in sie hineingetan haben, denn nachdem der Gärtner sie gefressen hat wie eine Zubereitung am Mittag, ist alles voll Fleisch gewesen. Kaputtes Fleisch, hingegen, als sie ganz war, ist sie nur aus Stroh gewesen«, sagte Tamara. – »Eine zwielichtige Sache. Leben, wenn lebendig, ist nur Tod. Aber Leben, wenn es getötet ist, wirkt, als hätte es gelebt«, sagte Emanuel. – »Das wirst du uns vorführen«, sagte Agnes. – »Ich tue mein Möglichstes und fühle mich gut dabei«, sagte Emanuel. – Agnes gefror und wirkte nun kalt bis zum äußersten. Das war vorbei, nun war sie die Liebenswürdigkeit selber. Das Licht, das sich unter den Türwölbungen gesammelt hatte oder in einem Raum, worin sich auch warme Luft befand und auf ihr Abgesogenwerden wartete, wurde in einem gewaltsamen Angriff von der Finsternis geschlagen, gefesselt, geknechtet und hingerichtet, bis die Nacht im Landhaus Siegerin war, sie, die Nacht, nach erbarmungslosem Kampf mit dem keimenden Tag. »Erschießen Sie meinen Vater, Emanuel«, sagte Agnes milde. – »Sie gehen hinter Ihre Maximalforderung zurück. Gern, Gnädige Agnes, gern«, sagte Tamara. – »Tamara, du solltest mich fragen, ehe du für mich entscheidest«, sagte Emanuel. Als habe er sie vernachlässigt, versuchte er etwas an Agnes wiedergutzumachen. Agnes kniete auf dem Berber und schien in eine Meditation vertieft. »Darf ich etwas bewegen?« fragte Emanuel. – »Erschießen Sie Tamara, Emanuel«, sagte Agnes. – »Wie ich sagte: Geheimhaltung der Vorbereitungen, als da wären: Kofferpacken, Geld, Flugtickets zweiter Klasse, jeweils ein Ticket pro Lebewesen«, sagte Emanuel. – »Erschießen Sie Fernand, Emanuel«, sagte Agnes. – »Emanuel, ich gehe in den Garten«, sagte Tamara. – »Zerbrechen Sie doch das Glas, Emanuel«, sagte Agnes. – »Tus, Tamara«, sagte Emanuel. – »Nein«, sagte Tamara. – »Ich habe mich geschnitten«, sagte Emanuel. – »Tamara, räumen Sie die Splitter weg«, sagte Agnes. – »Ich bin gestolpert. Noch tiefer geschnitten?« meinte Emanuel. Die Ebene, auf der das Landhaus stand, hatte sich wie eine dunkle Galaxis ins Unermeßliche erweitert und bewies ihre Gefräßigkeit darin, daß sie immer neue dunkle Hungerorte in sich hineinfraß. Emanuel wandte sich an Tamara. »Was tut er denn hinter seinen Astern? Ach so, er gießt sie. Soll er unbesorgt. Aber seine Pilze sind eine Pracht«, sagte er. – »Das sind dunkle Prachtbarkeiten, nicht wahr?« fragte Tamara. – »Er züchtet auch darauf los, fast zu eifrig, fast zu eifrig«, sagte Emanuel. – »Zerbrechen Sie das andere Glas, Emanuel«, sagte Agnes, dann, zu dem Gesang ›Holen Sie den Gärtner‹, sagte Agnes: »Tamara. Ich liege schon im Gras, Emanuel.« – »Später, die Stiefel. Es reut mich, wenn ich mich dazwischenschiebe«, sagte Emanuel. Tamara hatte das rote Band abgerollt und zog es beim Hinausgehen nach, dieses Hinausgehen war ein Schlurfen. Dies entging Emanuel. Er rief ihr bloß durch den Saal und über den Berber nach. »Die Herrin möchte den Gärtner natürlich nun doch auch sehen, er soll hinter seinen Knollenblätterpilzen hervorkriechen und mit seinen silbernen Schaufeln herkommen.« Dies rief er Tamara nach. – »Du gehst in den Stall, Emanuel«, sagte Agnes. – »Warum sollte ich?« fragte Emanuel. – »Ich will es nicht hier sehen«, sagte Agnes. – »Habe ich zu lange gelebt? Ich tat, was ich konnte«, sagte Emanuel. – »Dort sattelst du ab, Emanuel. Er und ich werden dir beim Absatteln helfen«, sagte Agnes. Herein kam er, in langer, zu langer Schürze, mit kurzem, zu kurzem silbernem Spaten. »Sie haben gerufen«, sagte der Gärtner. – »Töte Emanuel«, sagte Agnes. – »Unsereins ist aber mit Pflanzen beschäftigt«, sagte der Gärtner. – »Er ist eine Pflanze«, sagte Agnes. – »Stimmt nicht. Ich spreche den ganzen Tag«, sagte Emanuel. – Agnes hatte nur den Gärtner im Blick. »Was sagen die Bücher?« fragte sie. – Fernand zog ein Buch aus der Schürzentasche. »Pflanzen, die Stelle unter P.« Er fuhr mit dem Finger zu der Stelle. »Pflanzen können sprechen. Sprechfressende Pflanzen. Tropisch. Werden bekämpft mit der Pumpe, gefüllt mit Linguistozid«, sagte der Gärtner. – »Fleischfressende Pflanze. Trifft auf mich nicht zu«, sagte Emanuel. – Tamara wandte sich an Agnes. »Was frißt es?« Sie zeigte auf Emanuel. »Dies tat der Gärtner ...« – »Fleisch. Und Sprache. Es handelt sich um eine Pflanze«, sagte Agnes. – »Unkraut, was?« fragte der Gärtner. – »Ja«, sagte Agnes. – »Wenn ich offen sein darf ... wir lassen Unkraut heute stehen, wo wir können. Der Rest wächst besser«, sagte der Gärtner. – »Reiß ihn aus dem Boden«, sagte Agnes. – »Ich war nie angewachsen. Ich bin nicht auszureißen«, sagte Emanuel. – Der Gärtner bedeckte Agnes mit zahllosen winzigen Speichelbläschen, die er in einem genauen Muster auf ihre Haut legen zu können schien. »Darf ich meine Kraftausdrücke gebrauchen? Sie verschaffen mir die Kraft, ohne die ich nicht kann«, sagte er. – Agnes nun spuckte aus, unbewegt ging achtlos über den Berber hinweg und hinaus, die hohe kleine Frau als strafende Siegerin auf der Säule. Emanuel blieb mit dem Gärtner und mit Tamara allein. Mit einem Griff hatte Fernand Tamara gepackt und zu Boden geworfen.

– »Fürchtest du dich so wie immer?« fragte Fernand. Tamara gab durch ein seltsames Zeichen, das Absolute Ruhe hieß, zu verstehen, daß sie tot war. »Lassen Sie uns verhandeln«, sagte Emanuel. Der Gärtner griff in die vordere tiefe Tasche seiner grünen Schürze, kam mit einem Setzstecher zum Vorschein und brachte Emanuel, ehe der sich dessen versah, allmählich und sachkundig um, ohne zu viele, ja eher, ohne auch nur eine einzige Frage mehr zu stellen. »Häng den Rücken des Hirschkalbes auf. Oder häng den Bratspieß daneben. Häng ihn an einen luftigen, kühlen Ort. Laß ihn einige Tage abhängen, bis er mürbe wird. Löse ihm die Haut ab. Mit einem scharfen Messer. Löse ihm die Haut mit einem scharfen Messer ab, zwischen Haut und Fleisch das Messer. Spicke ihn. Nach der Regel. Lehn dich nicht auf, tu wie geheißen. Der Bote ist zufrieden mit dir. Spick ihn mit gutem weißem Luftspeck. Noch mehr Luftspeck, gehörig salzen. Genauso mit Menschen, Tamara. Daß dir deine Worte vergehen auf Nimmerhören.« Emanuel auf der dunklen Ebene seiner Immensität, im dunklen Landhaus, das beim anbrechenden Morgen noch schwärzer wurde, half beim Emanuel-Umbringen mit, indem er einen Kampf gegen den Gärtner vorgab und auf dem Berber immer wieder ausglitt, so oft, daß der Gärtner jedesmal über ihn wegschreiten konnte und ihn mit den Unterseiten seiner Schuhe malträtierte. »Leg ihn in eine irdene Bratpfanne. Mariniere ihn nicht weniger als acht Stunden lang. Von morgens bis abends. Während er mariniert wird, hältst du deine Bedürfnisse zurück, gehst weder pissen noch kacken, Tamara. Mariniere ihn mit einem Liter feinstem Provence-Öl. Zwölf Stunden lang, während ich im Garten bin. Anderntags binde sein Filet auf den Bratspieß. Hübsch folgsam, Tamara. Brat die Pflanze eine Stunde bei hellem Feuer. Dann erhältst du den Braten, auch mit Menschen. Emanuel ist beim Aufschneiden voll nährendem Saft. Kriech zu ihm, Tamara, schlag ihm das Verfahren vor. Kriech, Tamara, schlag es ihm vor. Zu ihm wird gekrochen, Tamara. Ihm ist das Verfahren vorzuschlagen«, sagte der Gärtner, als Emanuel im Todeskampf lag und allmählich starb, während der Berber dunkler wurde und das Landhaus im Morgenlicht auf der felsigen Ebene stand, die sich nach West und Ost erstreckte, so, als habe es West und Ost seit mehreren Tagen nicht mehr gegeben.

Kindersüden

Am Südpol. Eine unübersehbare Gruppe hergereister Schriftstellerinnen und Schriftsteller einer Nation mittlerer Größe. SCHWEIG, SCHMUTZ! Die gesamte Literaturkritik und der ganze Staat, jeder einladende Staat, in der Gestalt eines Staatssekretärs, mit ihnen. Das Dekor drückt aus: Keiner fehlt, alle sind da, aber: einer fehlt – und vielleicht nochmals einer. Ist er noch nicht fertig mit Schreiben? Du hast mich geweckt! Ich habe auch geschlafen. Er ist noch nicht fertig mit Schreiben? Ich höre, wie er auf die Maschine schlägt. Es ist Zeit, daß wir zur Zeitung zurückkehren. Jeder zu seiner. Wir müssen wissen, woran wir sind! Wozu? Ich weiß nicht, woran ich bin! Brauchst du das bei der Zeitung? Ich brauche das bei meiner Zeitung nie. Wir wissen niemals, woran wir sind. Stört es uns? Unsere Zeitung stört es. Aber uns selber stört es nicht. Er scheint nicht fertigzuwerden. Ist jemand da, der weiß, woran wir sind? Ich kenne jemanden. Wen? Nicht mehr hier. Ich kenne jemanden. Noch nicht hier. Wir sind mehrere Stunden geflogen. Ich bin auch mehrere Stunden unterwegs gewesen. Du bist mit uns geflogen. Ach, stimmt. Darum bist du gleich lang unterwegs wie wir. Auf mich wirkt es länger. Auf uns wirkt es länger als deine Reise. Wir können es nicht bestimmen. Ich kann es bestimmen. Aber ich verzichte. Die Dichter – sitzen uns die Dichter gegenüber? Ja – wir sitzen euch gegenüber, ihr Kritiker. Paßt auf, ich bin der Größte. Ich komme jetzt langsam zu euch hinüber. Steh auf und tast um dich. Wo – wo seid ihr? Sagt etwas! – Seid ihr alle mit Schreiben fertig? Hier – wir sitzen an den Notmaschinen und haben Papier in den Notwalzen. Es – ist – etwas – zwischen – euch – und– mir – Bleib lieber an deinem Platz. Wann fahrt ihr zur Zeitung zurück. Zu den Zeitungen. Da hat jeder seine. Hast du eine Zeitung? Nein! Hat er eine Zeitung? Nein! Von denen aber hat jeder eine Zeitung. Man weiß nicht, welche. Wenn man eine Zeitung kennt, ist er bei der nächsten.

Wie lange schreibt ihr noch? – Wollt ihr nicht lieber etwas über das schreiben, was ihr schreibt, statt das zu schreiben, was ihr schreibt. ÜBER etwas zu schreiben gibt mehr her, etwas schreiben ist einfältig, also schreibt man über das, was man gerade schreibt. Wir haben auf eine Art angefangen. Wir wagen nicht aufzuhören. Man wechselt die Ästhetik nicht mitten im Fluß. Warum tun wir eigentlich nicht immer alle dasselbe? Ich tue dasselbe wie immer. Aber nicht dasselbe wie ich. Das macht mich krank. Ich kann nicht sehen, wie du krank wirst. Dann tu dasselbe wie ich. Das ist Heimat für mich, wenn der nebenan nicht etwas anderes tut. Ich tue ja nichts anderes. Aber du versuchst es. Die zwingen dich dazu. Ich bin ja kein anderer. Das wissen die nicht. Komm, tu dasselbe wie ich. Ich hab andere Gedanken als du. Das glaubst du. Ich glaubs auch. Ich habs immer geglaubt. Unsinn. Du bist derselbe wie ich. Also, bitte, tu dasselbe. Ich tus ja schon. Schön. Schöner als vorher. Das ist Heimat. Die Kritiker tun auch nicht dasselbe wie wir. Niemals. Die haben nie dasselbe getan. Das ist keine Heimat. Die schaffen wir ja mit der Zeit. Eines Tages tun die dasselbe wie wir, die wir jeder dasselbe tun wie du. Ich tu jetzt auch dasselbe.

Ich werde mit diesem Schreiben nicht fertig. Keiner wird jemals damit fertig. SCHWEIG, SCHMUTZ! Ich höre es fluchen – wo die Schriftstellerinnen sind. Ja, die drei jungen Dichterinnen, welche laut fluchen. SCHWEIG, SCHMUTZ! Ich finde es unpassend, wenn ihr jetzt flucht. Es gab uns niemand Anlaß. Fluchen ist unpassend. Fragt mich nicht. Ich weiß auch nicht alles. Aber ich fluche. Wenns dir paßt. Ich fluche auch. Ihr könnt später eifrig werden, wenn die Nacht hereinbricht. Die Dichterinnen fluchen weiter. Ich möchte wissen, neben welchem Kritiker ich stinke. Ich glaube, ich sitze neben Ihnen. Wir fixieren uns. Und ich darf euch nicht berühren, was? Wir liegen nicht weit voneinander. Ich glaube – Wer bist du. Wir brauchen einen Redeleiter. Ich mag das nicht. Ich noch viel weniger. Immer wenn ein Redeleiter da ist, herrscht das Chaos. Vorher nicht. Nachher nicht. Aber wenn er da ist. Ihr braucht einen Redeleiter. Es muß geordnet geredet werden.

Ich bin für ziemliche Ordnung, so ziemlich für Ordnung. Ordnung ist ziemlich. Es liegt in unserm Interesse, also in euerm. Darf ich Redeleiter sein? Ich glaube, es hat sich noch nicht jeder zu Wort gemeldet. Wir müssen leider den Autoren eine Frage stellen. Wir müssen endlich wissen, woran wir sind. Wir sind wegen der Autoren hier. Sonst wären wir niemals hier. Nun sind wir also hier, und nichts geschieht. Wir müssen leider die Autoren fragen: Was geschieht hier? Sie schreiben neben mir, auf einer uralten IBM. Ach, die IBM. Ich auf Hermes. Ach die Hermes. Ich auf IBM. Hermes ist vorzuziehen. Brother geht. Brother geht sehr gut. Die uralten IBMs sind die besten. Die ganz uralten IBMs sind die flinksten. Sie sind äußerst schwer. Sie sind schwer, darum weiß man, wenn man eine Taste drückt, daß man die Welt bezwingt. Die uralten IBMs sind Welteroberer. Neben mir stinkt einer. Ich sitze auf einem Luftkisen in einer kleinen Vertiefung. Ich sehe keine Vertiefung. Und wo ist die schöne Autorin? Sie steht bei denen, welche fluchen. Ach, sie fluchen. Muß sie da stehen? Lassen wir sie. Ich lasse sie. Mir ists Wurscht. Sollen sie fluchen. Ihr Vokabular ist begrenzt. Ich könnte ihnen noch was beibringen. Wenn schon geflucht werden muß, dann wär die Reihe an mir. Oh, wenns darum geht, was Ordinäres zu sagen, also, das tu ich ständig. Ich schreibs nicht, aber ich sags. Ich schreibs auch. Ich würds gern schreiben, aber mir kommt nichts Ordinäres in den Sinn. Ich red nur ordinär. Ich kanns nicht schreiben, ich möchte, aber ich kanns nicht. Darum red ich so ordinär. Weitere Wortmeldungen? Wir – ich möchte als Vertreter der Kritiker die gewiß unangenehme Frage wiederholen. Soll mir antworten, wer will. Nun denn: Was geschieht hier? Was geschieht? Er fragt, was geschieht. Eine Kritikerfrage. Ich habs auch schon gefragt. Ich habs immer gefragt. Aber ich frags existentiell, transzendent. Ich hab das immer gefragt, zuerst gefragt, am lautesten gefragt, auch niedergeschrieben und mit Fragezeichen versehen. Die Frage braucht ein Fragezeichen. Soll man sie stellen. Mir scheint sie überflüssig. Fängt man an zu fragen, Was geschieht hier?, dann hört man nie mehr damit auf. Zu leicht. Läppisch leicht. Entweder geschieht was, oder es geschieht nichts. In jedem der beiden Fälle erübrigt sich die Frage. Wer sagt es ihnen? Wem? Den Kritikern? Was? Daß ihre Frage sich erübrigt. Der Redeleiter. Redeleiter, sags den Kritikern. Ich bin nicht Vermittler, ich bin Redeleiter. Noch Wortmeldungen? Du sollst es den Kritikern sagen. Sie stinken neben uns. Die habens mitbekommen. Zu den hockenden Kritikern: Brauchen Sie jemanden, ders Ihnen sagt? Was sagt? Sie habens nicht gehört? Ich auch nicht. Ich noch weniger. Und wo ist die Autorin, die wir aus dem Gleichgewicht gebracht haben? Hat sie ihr Kind wieder mitgenommen? Ihren Pudel auch? Sie steht still und überlegt. Das Kind ist auch da. Der Pudel erst recht. Nicht wekken. Es tut mir leid, hören zu müssen, daß du deine Ansichten seit dem letzten Mal geändert hast. Ich glaubte, wir könnten da weitermachen, wo wir letztesmal stehenblieben. Wir wissen im Augenblick alles, was es im Augenblick zu wissen gibt. Darauf läßt sich eine Arbeit aufbauen – am besten reden wir nochmal miteinander, ehe der vom UniversalAnzeiger zurückkommt. Jemand hat mir gesagt, wir sollten ihn schweigend erwarten. Hat er mir auch gesagt. Darum schweige ich schon so lange. Ich optiere fürs Gegenteil. Lärm soll er antreffen. Redeleiter, befiehl Lärm. Wir sind doch nicht in einer Hierarchie. Allerdings weißt du nicht, wo wir sonst sind. Ich komme mir abhanden, wenn ich nicht dauernd rede. Ich konstituiere mich als Kritiker beim Reden. So. Das hat mich soeben wieder konstituiert. Wißt ihr, wo der vom Universal-Anzeiger hingegangen ist? Abgeflogen? Ich finde, er nimmt uns nicht ernst. Nimmst du dich ernst? Ich habe keinen Vergleichsmaßstab, Freund. Ich bin nicht dein Freund. Du scheinst mir einer zu sein.

Ich bin dazu da, dich zu täuschen. Dann täuscht mich diese Aussage. Möglich. Du gibst vor, du seist ein Feind, und du bist ein Freund. Schmeichelhaft. Allerdings schafft die Debatte eben Zweideutigkeit. Einen Freund diskutiert man nicht, und diskutiert man ihn, ist er noch kein Feind, aber kein Freund mehr. Klingt wie ein Enttäuschter, der Blutsbrüderschaft trinken wollte. Darf ich dich am Unterarm ritzen? Ich fange das Blut in einer Nierenschale auf. Schöne Nierenschale. Versilbert. Aus reinem Silber. Noch wertvoller. In den fünfziger Jahren gab es die schönsten Nierenschalen. Es war das Zeitalter der Nierenschalen. Die Erinnerung daran tut so, als habe es nur Nierenschalen gegeben, damals. Gab es auch. Du treibst es dick. Ungeheuer dick. Stell dir vor, die Leute haben gelebt. Da konnten sie nicht nur mit oder gar in Nierenschalen leben. Sie waren stolz. Ich war auch stolz. Ich war niedergeschlagen. Nein, stolz, ich war sehr stolz. Es waren die fünfziger Jahre, und ich liebe Nierenschalen. Ritz ihm den Unterarm. Das Blut in die Nierenschale. Dem Blut ist es egal, ob es in die fünfziger Jahre läuft oder sonstwohin. Das Blut läuft immer. Es kann generell wenig, das Blut. Es bleibt drin, oder es läuft. Mehr Varianten gibt es nicht. Es gefriert in den Adern. Es bleibt stehen. Kein Faszinosum. Es hat ein Stehsyndrom, ein Flußsyndrom, damit hat es sich. Hier ist es nicht anders, morgen ist es nicht anders, gestern war es nicht anders. Gestern war nicht gestern. Nicht so recht gestern. Unsinnig. Allenfalls war gestern nicht ganz so richtig gestern, aber natürlich war gestern gestern, auch wenn das wie eine Oberfläche wirkte, unter welcher – Ja, Oberflächen, man denkt sogleich, ABER DARUNTER. Es ist wie bei der Maske. Man denkt sogleich DAHINTER. Ich kannte mal einen, dessen Maske hatte kein Dahinter. Wen? Dich zum Beispiel. Ehrlich gelogen. Bin ich? Weiß ich nicht. Weiß ich doch nicht. Ich treffe eine Annahme. Laß mich mit deinen Eigenschaften spielen. Spiel lieber mit mir. Was sollen wir spielen? Womit wollt ihr spielen? Maßlos. Das Spiel fängt an und wird blutiger Ernst. Wir müssen an uns halten. Ich halte immer an mich. Es ist ein guter Maßstab. Ohne Maßstab ist nichts. Maßlosigkeit führt nirgendwohin. Was soll da ein Maßstab? Maßlosigkeit ist der Anfang vom Ende. Leider bereitet sie auch noch Genuß. Sie ist dazu da, die Dinge zu beenden. Zunächst steckt man in Schwierigkeiten. Ich steckte mal in Schwierigkeiten, im Taunus, zu Hause. Es ist leicht, in Schwierigkeiten zu geraten. Nicht jeder benimmt sich dabei gleich. Manche sind ungeschickt, so du. Richtig, bin sehr ungeschickt. Manche wissen sich zu helfen. Ohne Maßstab, den man in guten Zeiten gewann und den man in den Schwierigkeiten anwendet, ist man verloren. Ich bin verloren. Mit Maßstab nicht. Wenn du mit Maß verloren bist, bist du nicht verloren, das ist der Sinn des Maßes.

Du mußt nun nur wissen, was dein Maß ist. Jeder hat sein Maß. Ich habe mein Maß. Sicher. Die Frage ist, ob du es gefunden hast. Ich weiß es. Es gibt Intuitive. Ich mag Intuitive. Sie erfassen rasch und haben damit recht. Ihr Maßstab ist ein ganz anderer. Ich bin kein Intuitiver. Ich bin hemmungslos der Maßlosigkeit zugetan. Ich frage dich auch: Was soll ein Maßstab? Er prüft, ob ich ernst zu nehmen bin. Natürlich bist du ernst zu nehmen. Wir alle. Jemand sagte mir, wir alle seien ernst zu nehmen. Ich fand ihn glaubwürdig. Glaubwürdig. Wartest du auf ihn? Ich warte nicht. Ich kann nicht warten. Er fragt dich, ob du wartest. Ich warte auch nicht. Ich warte vielleicht am wenigsten auf ihn. Ich weiß gar nicht, was Warten heißt. Beweisen! Der Beweis ist schwer. Ich bin so unbeweglich wie ihr, sitze auf meinem Luftkissen. Das kann man leicht mit Warten verwechseln. Ich weiß nun nicht, wo ich die Kriterien hernehmen soll, beziehungsweise, wie ich euch die Kriterien erläutern soll, welche machen, daß meine Unbeweglichkeit kein Warten ist, sondern etwas, ein gewisses – na, ihr wißt schon. Das Kind! Jetzt weint es! Es heult, würde mir scheinen. Ich stimme zu: Das ist als Heulen zu bezeichnen. Es kräht entsetzlich. Und was ist schuld? Die Mutter natürlich. Diese Mutter muß an ihrem Kind schuld sein. Siehst du eine andere Möglichkeit? Sie ist auf jeden Fall schuld. Aber wir kennen die Natur der Schuld nicht. Was sagst du? Wir wissen nicht, warum sie schuld ist. Daß sie schuld ist, ist uns seit langem natürlich klar. Ach, warum. Geh, frag sie. Wie? Das frag ich dich auch. Wie fragt man eine Mutter, inwiefern sie schuld sei am Weinen ihres Kindes? Darauf antwortet dir keine. Mir schon. Mir auch. Ich werde es euch vormachen. Wispern. Sie sagt, sie hat keine Milch. Sie hat keine Milch! Keine Milch hat die Mutter mit dem Kind! Wenn die Mutter mit dem Kind keine Milch hat, dann hat sie nicht ans Kind gedacht, sondern ist gedankenlos in die Maschine gestiegen, die sie in die Antarktis brachte. Hört hört. Sowas! Sie hat eine

Tasche dabei. Da ist Milch, sag ich euch. In der Tasche muß Milch sein. Ich vermute, wir senden ihr einen Autor, der sie genauer befragen soll. Ich fühle, daß Kritiker hier nichts zu suchen haben. Ich habe etwas zu suchen. Aber ich will mit dieser Milch nichts zu tun haben. In der Tasche hat sie Milch. Es geht nicht um die Tasche. Was? In der Tasche ist Milch. Was sagst du? Ich sage auch: In der Tasche muß Milch sein. Und dann? Trinkt ihr Kind diese Milch, die sie in der Tasche zurückhält, dann hört ihr Kind mit Weinen auf. Es brüllt. Es kräht. Es kräht nun doch nicht. Es brüllt nicht einmal. Es weint. Es handelt sich um ein zurückhaltendes Kind. Was sich von der Mutter nicht sagen läßt. Es geht nicht um die Tasche. Was? Die Tasche ist nicht entscheidend für die Milch. Sie sagt, sie hat keine Milch in der Brust. Ach! Die Brust!

Keine Milch in der Brust. Die Mutter hat ein Kind, aber keine Milch in der Brust. Das ändert alles. Ich spreche sie von dem Vorwurf des gedankenlosen Flugzeugbesteigens frei. Ich spreche niemanden frei. Ohne mich. Wie kann ich sie freisprechen? Ich habe sie nicht angeklagt. Ich würde keine Mutter mit Kind jemals anklagen. Ich unter Umständen. Nicht unter diesen. Sie hat keine Milch. Ein Verbrechen. Ein Autor soll mit ihr reden. Wer redet mit dem Autor? Gesprächsleiter. Schon getan. Er geht hin und fragt sie, wo die Milch ist. Das Kind schreit. Es schreit grauenhaft. Entsetzlich ist es zu hören, wie das Kind weint. Es weint grauenhaft. Warum bin ich hier? Um das zu hören. So scheint es mir. Und Sie? Ich bin hier, um Sie zu hören. Aber Sie sagen ja nichts. Ich kann mir nicht helfen. Ich Ihnen auch nicht. Aber ich kann mir nicht helfen. Bisher konnte ich mir helfen. Nun, das Geschrei, ich helfe mir nicht weiter. Diese Mütter, wenn sie schreiben, sind abzuschaffen. Unbedingt abzuschaffen. Mütter abschaffen. Oder Kinder. Die Kinder schreiben nicht. So wie er. Er schreibt und wird nicht fertig. Die Mütter schreiben und fluchen. Die Kinder schreiben nicht und weinen. Die Zusammenhänge sind schmerzvoll. Ach. Einer, der den Augenblick ergreift, um zu trinken. Wo, glaubt ihr, sucht er den Flughafen? Hat er ein Retourticket? Bezahlt die Zeitung ihm ein Retourticket? Meine bezahlt mir keins. Meine bezahlte mir das Hinfahrtticket nicht. Meine bezahlte mir das Retourticket nicht, absichtlich, sagte, da kannst du bleiben, am Südpol. Meine bezahlte mir nichts. Meine alles. Sie will dabei sein. Meine das Rückfahrtticket, nicht aber das Hinfahrtticket. Eine Überlebensprobe, so buchten die's ab. Wenn er da hinkommt und einen Flughafen zum Rückflug findet, dann ist er unser Mann. Er ist auf die Klippen zugegangen. Würd ich nicht tun. Ich niemals. Gräßliche Gefahr. Ich schaudere. Ich schaudere bei Gefahren nie. Du erlebst keine. Mich schaudert. Ich schaudere, aber dich schaudert. Sagt das was aus? Gefährliche Lage. Er bewegt sich weiter auf die Klippen zu. Daß ihn der Sekretär vom Staate nicht warnt, daß ihn kein Sekretär hält! Unvorstellbare Gefahr. Jemand muß ihm was zurufen. Wir müssen ihn retten. Einfach. Ruf ihm zu, daß dort Klippen sind. Ich würd gern. Ich würd noch lieber was rufen. Worauf wartet ihr? Ruf doch du! Ich sags euch! Bin indisponiert. Man sollte ihm rufen, man sollte ihn retten, ja, man muß ihn unbedingt retten, koste es, was es wolle. Es kostet einen Ruf. Nicht viel. Billige Rettung. Zu billige Rettung. An einer solch billigen Rettung kann ich nicht teilnehmen. Hört man, ich habe ihm was zugerufen und ihn so vor den Klippen gerettet, wird man sagen, das ist bezeichnend für den, daß er die billigste Rettungsform wählt, die es gibt. Nein, ich kann ihm nichts zurufen. Wenn es darum ginge, mit dem Helikopter einen Einsatz zu fliegen, ich wär dabei. Abgesehen davon kann ich auch nicht fliegen. Er steht davor. Der vom Staate nimmt ihn am Arm. Eine Robbe. Sie haben sich einer weißen Robbe zugewandt. An den Klippen vorbei. Gerettet. Siehst du! Wenn wir eingegriffen hätten! Diese unsägliche Billigkeit der Rettung durch Zurufen! Er muß die Einsicht gehabt haben, daß der Flughafen nicht auf den Klippen liegt. Oder dann will er gar nicht zum Flughafen. Sind die Klippen weit weg? Siehst du nicht? Nein. Ich höre, ihr redet von Klippen. Dreh dich um. Bin zu träg. Sind sie weit weg? Nicht sehr – sie sind zu hören – raunt mal einen Augenblick nicht. Wir horchen. Wellen. Tosen. Ich höre immer nur die Dichterinnen, welche fluchen. Ihre Beschimpfungen haben sich gesteigert.

Sie sind jetzt ganz präzis. Sie steigern sich abermals. Hörst du? Nein. Du? Nein. Du bist auch nicht gemeint. Bist du? Es geht nur um mich.

Sie werfen mir die Katastrophe vor. Welche Katastrophe? Daß wir hier sind? Nein. Das ist öffentlich. Privater. Peinlicher. Peinlicher als der Südpol ist nichts. Meine Männlichkeit. Ach, sie werfen dir vor, daß du ein Mann bist. Wäre ich eine Frau, ich wäre Mutter, aber ich hätte Milch mit. Wäre ich eine Frau, wäre ich doppelte Mutter und hätte alle Milch mit. Als Mutter wäre es mir unmöglich, die Milch zuhause zu vergessen, das Kind aber mitzunehmen. Ich bin sozusagen Mutter. Beim Gedanken an den Südpol, den mir meine Zeitung nicht bezahlt hat, dachte ich sogleich an Milch. Ich packte eine Menge Milch ein, auf dem Grunde meines Koffers liegen lauter Flaschen und Milchtüten und nochmal Flaschen und nochmal Tüten. Klingt gründlich. Ich sag ja. Ich bin eine Mutter. Man sollte dir das Kind geben. Ihr das Kind entreißen und es dieser Mutter geben. Man täte allen Gutes. Und das Kind könnte außerdem noch trinken. Du bist die echte Mutter. Ich bin tief gerührt. Ich war auch gerührt, als mir das mit den Milchflaschen in den Sinn kam. Ich habe keine Brüste, aber ich denke an die Milch. Entreiß ihr das Kind. Kann nicht. Es ist – mit ihm – Sag schon. Das Kind und sie – es mag falsch sein – ein unerforschlicher Ratschluß der Natur – aber ich hab mich daran gewöhnt. Ekelhaft. Pfui doch. Schaut ihn an. Unanständig. Er ist zu loben dafür, daß er die Unanständigkeiten voll ausspricht. Entreißt du ihr das Kind. Ich? Kein anderer tut es. Um Gottes willen. Wo die schon über mich fluchen. Das nimmt noch zu. Ich kann nicht. Das Kind gehört nicht dieser weiblichen Mutter, es gehört diesem Manne, der sich durch seine gedankliche Fürsorge für allfällige Kinder, die er am Südpol treffen könnte, Verdienste als die wahre Mutter erworben hat.

Ich bin durstig. Ich auch. Ich komme um. Das wär nicht schade, wird aber nicht zugelassen. Milch her. Trinken wir sie selber. Ich möchte sie jetzt trinken. Alle für mich. Ihr habt mich nicht aussprechen lassen. Wo liegt dein Koffer? Ich geh ihm auf den Grund. Was? Über die Klippen gestürzt? Wenn ich bitte ausreden darf. Als ich die Flaschen und Tüten eingepackt hatte und sie den Grund meines Koffers in mehreren Lagen überdeckten, da ging mir auf, noch in Offenburg, daß ich nie eine Mutter sein werde. Nicht Mutter zu werden ist etwas Klares, damit habe ich mich abfinden müssen, aber noch nicht einmal im Leben für jemanden die Mutter werden, der Gedanke ist härter. Ich empfand ihn bis Frankfurt, da brach er mit überwältigender Kraft über mich herein. Er war aber schon in Offenburg drückend genug, so daß ich Tüten und Flaschen wieder auspackte und sie neben das Schuhschränkchen stellte, wo sie jetzt noch stehen. Mein Durst. Ich hatte alle Absichten. Ich konnte sie nicht durchführen. Wenn ihr ihm seine Unanständigkeiten über die Männer, welche keine Mütter sind, durchlaßt, dann könnt ihr auch mir verzeihen, daß ich naturgemäß gehandelt habe. Es war ein Gewissenskampf. Ich höre etwas Entferntes. Klingt wie Fluglärm. Nur fast. Ich kann mich täuschen. Ja, ja, einverstanden, du täuschst dich. Ich täusche mich auch. Ich hatte noch nie im Leben recht. Ich kämpfe wie ein Löwe für mein Recht. Es ist mir genommen worden, immer genommen worden. Zum Schluß hatte ich mit meinem Kampf gar nicht recht, denn ich hatte kein Recht. Ich kämpfe wie ein Löwe für meinen Irrtum. Ich werde nie mehr recht haben, nur noch mit Sätzen wie: Bisher war nichts zu hören. Richtig. Sehr gut. Du hast recht. Ihr tut mir gut. Eigentümlich: an sich herrscht Stille, tiefste Stille herrscht, aber sobald man hören will, gibt es auch Lärm, der zu hören ist. Erstaunlich, bei dem Schnee, der alles schluckt.

Die Eisfelder schlucken nichts, reflektieren alles. Alles wird geschluckt. Die Reflexion ist grenzenlos. Es herrscht ein vervielfachter Lärm. Hörst du nichts? Vielleicht war es ein Irrtum, dieses Symposium in der Antarktis. Ein Wettschreiben im Schnee. Wir waren schon überall, Jahr für Jahr. Es mußte etwas Neues sein. Das Auswärtige Amt leistet für alles Reisehilfe. Wir haben uns als neuen Rohstoff importiert, in der

Hoffnung, eine Maschine exportiere uns wieder. Wir überleben ein Trügen unserer Hoffnung nicht. Oder es wäre der Beweis, daß wir alles überleben. Letztes Jahr Graz, dieses Jahr die Antarktis, nächstes Jahr wieder Frankfurt. Braver werden. Sich zusammennehmen. Die Antarktis ist für mich noch nicht tot. Die Idee ist so schlecht nicht. Die Kritiker lassen durch mich ausrichten, daß die Antarktis keineswegs gestorben ist. Sie ist kein übler Gedanke, wir sind alle hier, er schreibt auf seiner IBM und wird nicht fertig. Das ist störend, aber sonst? Wo liegen die Fragen? Die Pinguine stehen so lesepublikumshaft herum und rühren sich nicht. Man weiß nicht, ist es wegen der ihnen vorgelesenen Texte oder der ihnen gegebenen Fische. Fest steht, daß sie auch stehenbleiben, wenn man ihnen keine Fische gibt. Also sind es die Texte. Der Lärm der Klippen macht mir zu schaffen. Bloß sehen wir nichts. Dunstschleier. Niemanden mehr warnen könnten wir. Aber er ist an den Klippen vorbei. Das erhöht die Spannung. Er kehrt zurück. Noch längst nicht. Mir ist der Lärm zu nahe. Das birst und birst. Schollen. Große Schollen. Die fahren aufeinander. Was ist dabei? Ihr wißt, daß die Antarktis leider nicht besonders groß ist. Zu Fuß kommt man leicht herum. Der Staat, jeder einladende Staat wird uns mit Schneefahrzeugen transportieren. Sie müßten erst mal kommen. Aber er ist zum Flughafen aufgebrochen. Zu Fuß zum Flughafen, um zu organisieren. Von einem Flughafen aus läßt sich nichts organisieren. Er muß erst einen Flughafen organisieren. Aber wir sind ja angekommen. Dort muß der Flughafen sein. Nun, ich war, mir war, mir war sehr anders. Ich wüßte nicht, daß ich angekommen wäre, wenn ich mich nicht hier stehen sähe. Daraus zu schließen, ist ein Kinderschluß, er muß gezogen werden, auch wenn man sich wieder einmal sträubt gegen soviel zugewanderte, zwanghafte Logik, das eine aus dem anderen, das nächste aus dem anderen, undsoweiter, immer diese Logik. Ich bin angekommen. Ich sah nicht, wo. Ich fand mich auf dieser Ebene. Dieser Lärm! Auf dieser Ebene läßt sich debattieren. Ich habe diesen Lärm von Klippen noch nie gehört. Heute ist er lauter. Leiser. Was tust du? Ich überzeuge mich, daß er leiser ist. Leiser Lärm. Die Klippen sind nicht groß. Zärtliches Geräusch. Ob das Klippen sind? Ich wollte einfach recht haben mit: leiser Lärm. Es ist leiser Lärm. Was tost da? Die Klippen. Dann ist Leisheit Ende. Lauter Lärm. Es WAR ein leiser Lärm. Tut mir leid für dich. Du HATTEST recht. Ich weiß nicht, was den Lärm um uns so laut macht. Er ist nicht laut. Es ist kein Lärm. Alles wird geschluckt. Reflektiert. Weggeschluckt. Zurückreflektiert. Unerfahrbar. Wen soll ich jetzt interviewen? Übrigens wollte ich heute die Zeitung nicht verlassen. Ich hab vorhin geschwiegen, aber, ich bin der einzige, dem die Zeitung ein Rückreiseticket angetragen hat und der spontan abgewinkt hat. Ich wollte nicht. Ich ging dann doch. Und weshalb? Deinetwegen. Ich darf nicht fehlen. Ich kam auch deinetwegen. Du stinkst, aber ich kam deinetwegen, alter Kalauer. Ich bin gern da, deinetwegen. Also meinetwegen bist du gekommen? Schmeichelhaft. Nun ja. Heute mittag war das Wetter besser. Jetzt sieht man nicht einmal mehr die Stelle, an der man den Flughafen suchen könnte. Heute mittag war das Wetter blendender. Man sieht nicht einmal mehr das Flughafengebäude. Ein Flughafengebäude sieht man nie. Den Tower eher. Den Tower. Der ist sichtbar. Meiner Meinung nach durchaus. Dieser Tower ist unsichtbar. Das Gebäude eines Flughafens wird in einer Senke angelegt, in der Regel. Unrichtig. Auf einer Anhöhe. Dann eben auf einer Anhöhe. Jedenfalls ist das Gebäude nie sichtbar. Nicht von weitem, zumindest. Man schaut ohnehin nur auf den Tower. Ich nicht. Ich schaue nicht auf den Tower. Ich gebe zu, ich schaue auf das Gebäude. Wenn es nicht grau ist. Bei grauem Flughafengebäude schaue ich auf den Tower. Der ist dann leider meist auch grau. Unangenehm. Unwillkommen. Es kommt dennoch so. Nicht wahr. Diesen Tower sehe ich nicht. Deutliche Unsichtbarkeit. Das Gebäude ist in einer sehr tiefen Senke, sodaß auch der Tower nicht daraus herausragt. Der Südpol ist eine Ebene. Sie haben die einzige Senke erwischt und dort den Flughafen angelegt. Ich würde nichts einwenden, wenn ich jetzt bei der Zeitung säße. Ich fände auch da etwas zum Schreiben. Man findet überall was. Das AA lädt uns ein, das Stück Land zu besichtigen, bis er mit Schreiben fertig ist. Wann ist er fertig? Der Unterstaatssekretär war auch noch nie hier. Alle Wege sind Pfade, die noch niemand ging. Nur leider ist der Unterstaatssekretär sie bereits gegangen. Klug. Er wartet es nicht ab. Er stiehlt uns unser Pioniertum. Ich pflegte jeweils der Erste zu sein. Jetzt nicht. Unvordenklich lang ists her. Hier geschieht nichts mehr. Stehen wir denn auf der Ebene? Ist da eine Ebene? Ist, was sich erstreckt, eine Ebene? Der Horizont ist etwas höher. Das ist der Horizont immer. Eine Sinnestäuschung, denn er ist tiefer.

Dann ist es wieder keine Ebene. Kaum. Das sieht gebirgig aus. Wieviel Uhr? Später. Alle zusammen. Später. Viel später. Wo steckst du? Hast du eine Ahnung von dem, was vor uns liegt? Sag uns etwas.

Ich vermute, eine düstere Vermutung, zugegeben, er wird nie mit Schreiben fertig. Manchmal durchzuckt mich ein verrücktes Erwartungssyndrom, er werde doch noch fertig. Aber irgendwie ist das gestorben, das ist deutlich, schreiend deutlich. Mehr kann ich nicht sagen, laßt mich in Ruhe. Ich hoffe, er wird nicht gerade jetzt fertig. Er kann jederzeit fertig werden, nur jetzt nicht. Ich verachte kein Sandwich. Und da habe ich mein Sandwich auch schon. Thunfisch. Er wird nicht intelligenter – Mir schien für kurze Zeit, er habe etwas begriffen, was wir noch nicht wissen. Dann schien mir, wir wüßten alles, was er noch nicht weiß und nie wissen wird. Er kommt auch nicht ganz mit, wenn ich ihm das erzähle. Er fürchtet selbstverständlich, irgendeinmal könne Intelligenz für unseren Beruf plötzlich wichtig werden. Aber ich ahne, ich ahne, daß er fast keine Denkprozesse bei sich mehr initiiert – wir müßten ihn längst ersetzt haben, oder jene, die uns ersetzen, müßten den, der der ist, mit dem ersetzen, der ihn vertritt, damit alle aus zweiter Hand mit zweiter Identität da sind. Er nimmt uns noch nicht einmal ernst, und das haben wir vielleicht verdient, aber er darf um Gottes willen nicht öffentlich recht haben damit. Hier im Eis stört es keinen, es gelangt nicht über den nächsten weißen Horizont, die Schneekämme schießen die Erkenntnis ab. Wir können uns nie auf seinen

Nachfolger einigen, und wenn man ihm drei junge Autorinnen vorsetzt, weiß er sogleich, was das Ziel der Literatur ist. Er ist auch viel älter als wir, so daß ein Ersatz noch dringlicher wird, denn wir wissen, daß Alte uns immer überleben, es muß ein Junger heran, der mit uns stirbt, es darf nicht der Alte daranbleiben, der zum Schluß ohne uns dasteht, weil wir ihm alle weggestorben sind. Alte sind zäh, Junge sind empfindlich, die im mittleren Alter sterben allesamt früh, nämlich jung und empfindlich. Die Alten aber haben den Zeitpunkt versäumt. Es gibt eine Periodik des Ablebens, nicht jeder Moment ist eine Möglichkeit zum Exit, im Gegenteil ist das Leben, unser Leben, eine sich drehende Burgzinne, und immer wenn eine Schießscharte vorbeikommt, können die Seele und was von ihr blieb, hinausfliegen über den Burggraben. Ich bin überzeugt, es ist meine tiefe Überzeugung, daß er im Augenblick den Flughafen sucht, um zurückzufliegen. Kaum steht man heute in einer Wüste, sucht man den Flughafen, früher suchte man ein Glas Wasser, ich meine, man findet weder Flughafen noch Wasser, also stirbt man in der Wüste ohnehin, die Wüste ist der sichere Tod, aber es ist eines, zu sterben mit dem Wunschbild eines Flughafens im Kopf, ein anderes, zu sterben mit dem Wunschbild eines Glases voll Wasser. Ich sterbe mit dem Wasser. Ich mit dem Flughafen. Bezeichnend. Ich verteidige mich nicht. Ich gebe dir keine Gelegenheit zum Meinungskampf. Widerlich. Widerlicher. Ich würde dich anspeien, wenn ich mit Spucke zielen könnte. Ich könnte mich treffen, darum speie ich nicht. Gallig, heute, wie? Heute ist nicht heute. Nur du siehst das nicht. Mir ging auf, daß heute etwas anderes ist. Gestern schien es mir wie heute zu sein. Aber gestern war nicht heute. Ich meine, woran unterscheidet man das? Wie pendelt man sich ein? Ich sehe ihn, wie er in den Uferfelsen herumstapft. Ertrinken. Ertrinken ist ein schrecklicher Gedanke. Wir sollten ihn nicht haben. Gesprächsleiter! Wir haben den Gedanken an das Ertrinken gehabt. Wir können es nicht leugnen. Wir würden den Gedanken gern ungeschehen machen. Er ist nicht geschehen. Ich habe nicht an Ertrinken gedacht. Ich habe an das eigene Ertrinken gedacht. Da bin ich nur mir selber verantwortlich. Man setzt für das eigene ›ich‹ in einen Gedanken leicht ein fremdes ›du‹ oder ein ›er‹ ein. Damit wird der Gedanke transitiv. Er schmerzt sodann. Schrecklich. Man könnte es so sagen. Schade, daß es so gesagt wurde. Die Verzweiflung ist schuld. Hier herum ist etwas Abgründiges. Es ist nicht das Warten. Das Warten auf keinen Fall. Warten erheitert. Wir wissen, was wir können. Vielleicht werden wir überrascht. Überraschungen, dagegen ist man nicht gefeit. Ich habe mein möglichstes getan. Wie sollte man? Was tut er? Wie siehst du aus? Was tut er? Normal sehe ich aus. Ich möchte etwas anderes, aber ich sehe sehr normal aus. Ich liege in der zugelassenen Bandbreite des nicht bewußt Wahrnehmbaren. Scheint mir nicht so. Was willst du sagen? Daß du lügst. Ach. Oder du siehst dich von außen. Aber ja doch. Ich aber sehe dich von innen. Faszinierend. Vieles ist faszinierend. Die Welt ist ein Faszinosum. Die halbe Welt nicht. Ein Stück Welt auch nicht. Ein kleines Stück kann ein Faszinosum sein. Dem man erliegt. Man kann keinem Faszinosum widerstehen. Das Verschwinden ist ein Faszinosum. Ein großes, tiefes Faszinosum. Und hier ist fast alles verschwunden. Das zieht mich an. Ich bin elektrisiert. Ich war immer gleichgültig, abgestumpft, widerwillig gegen alle Außeneinflüsse. Nun sie verschwunden sind und sich das Äußere darin zeigt, daß außen nichts mehr ist, bin ich fasziniert, elektrisiert. Schaut ihm auf die IBM. Auf die Walze. Dort wos rauskommt. Vielleicht kommt schon was raus. Hört ihr die Hämmer? Er hat angeschlagen die Taste. Der Hammer klemmt. Nur der erste. Der erste Hammer klemmte. Er repariert. Wir schauen auf die Schreibmaschine. Ich sehe nicht, ob etwas herauskommt. Du klingst auf einmal resigniert. Es wird werden. Was wird, wird. Allerdings ist das resignativ. Was wird, wird. Ich meine, muß wohl. Weil das so unspezifisch ist und sich nichts traut, wirkt es so resignativ. Ich glaube, ich resigniere vor der Grenzenlosigkeit. Grenzen machen mir Mut. Ich hasse sie. Aber sie sind eine Wohltat, verglichen mit der Grenzenlosigkeit.

Ich glaube, man bestrahlt uns mit einer Vernichtungslampe. Haben wir Feinde? Ich glaube, das ist – Ultraschall. Ich bin sicher, es handelt sich um Ultraschall. Man hört nichts. Man sieht nichts. Man ist überzeugt, daß sich die Sinne irren. Man merkt auf. Man hört noch immer nichts. Da ist nichts, melden die Sinne. Dann ist es Ultraschall. Aber wozu? Das weiß man nicht. Aber es ist reiner, sehr schneller Ultraschall. Es ist entweder nichts oder Ultraschall. Und im Zweifel ist es Ultraschall. Aber was soll der Ultraschall hier? Harmlos. Er soll hier gar nichts. Darum ist es Ultraschall. Wir stehen in einer Strahlung, die sich nicht zu erkennen gibt. Erkennten wir sie, wäre sie Schall. Also lügt sie auch da, im Moment der Erkenntnis. Ich höre keinen Ultraschall. Sind die Dichter, welche scharren. Ich höre nur meinen eigenen Ultraschall. Ich die fluchenden Dichterinnen. Ich finde sie etwas zu laut. Aber nicht schlecht. Einstweilen. Mein Urteil, auch. Einstimmig angenommen. Ein Dissens. Worin dissidierst du? Das Fluchen ärgert mich im Nervensystem. Nicht sehr, aber langwährend. Es nagt mich an und höhlt mich aus. Ein Troß Schriftsteller setzt sich auf den schwarzen Baumstamm im Eis. Still. Ich – Wir sind nicht mehr unter uns. Mir nicht geheuer. Ich fliege zur Zeitung zurück. Ich meine immer, als Kritiker müßte ich nach zwei, spätestens drei Stunden Klarheit gewinnen. Das habe ich immer gewollt. Ich sagte es laut, dann fiel man über mich her. Aber ich hatte recht. Du hattest immer recht. Darum geht es doch. Warum wollen alle recht haben, wenn es genügt, daß einer recht hat? Warum drängen sich alle nach dieser schwierigsten aller Aufgaben. Recht zu haben für alle, was gibt es Grauenhafteres, und nur der, der mit ganzer Kraft dahinter steht, kann die Aufgabe lösen. Recht hast du. Das ist mein Beruf. Meiner auch. Einer zuviel. Ach. So kommt es immer, und so geht es stets. Jetzt unternehme ich nichts mehr. Entmutigt. War ich immer. Ich habe als Entmutigter angefangen. Ich kam sehr weit. Das ärgerte mich so, daß ich Mut faßte. Von diesem Augenblick an war meine Karriere zu Ende. Ich war davon so entmutigt, daß sie gleich wieder anfing. Im Grunde müßte ich wissen, warum ich hier bin. Kannst du gar nicht wissen. Siehst du diese

Scholle. Zackig. Darum weise ich dich darauf hin. Unter dem Wasser liegt mehr. Ich bin jedenfalls nicht mehr bei der Zeitung – da sitzen sie denn. Was ich euch fragen wollte, Kollegen: Wie rasch zersetzen sich tote Pinguine? Ist schon jemals einer von uns in der Antarktis gewesen? Kann er uns beraten? Wenn ja, soll er uns erst sagen: Warum ist er seinerzeit in die Antarktis gefahren? Hand hochheben.

Nein. Niemand. Noch nie ist einer von uns hier gewesen. Das ist neu. Zu recht, meine ich. Ich bin noch immer – Lassen wir das. Es bringt nichts. Kaum ist der UniversalAnzeiger weg, benehmen wir uns kindlicher. Seine Regression fehlt uns. Wir fallen in unsere. Er findet das Flugfeld nicht. Den Tower auch nicht. Ich verspreche euch, ich nehme ihn nie wieder hierher mit. Wir könnten mit ihm abfliegen. Die Dichter bleiben hier. SCHWEIG, SCHMUTZ! Sie ist wunschresistent. Falls wir fliegen können. Das ist nicht sicher. Ich wollte nie hierher. Man hat mich auf Knien angefleht. Wer? Na, einer, ein Gewisser. Tut nichts zur Sache. Wer kann da hart bleiben? Vielleicht ist heute Sonntag. Ist sonntags hier etwas Besonderes los? Färben sie den Schnee gelb? Plötzlich steht Emanuel vor mir und schlägt mir auf die Gürtellinie und sagt: »Komm schon mit, die deutsche Literatur wird es schaffen.« Ist das wahr, frage ich, hat sie es geschafft? Der muß endlich fertiggeschrieben haben. Ich habe noch nie gesehen, daß die Literatur es geschafft hätte. Ich habe persönlich gesehen, wie sie es schaffte. Als ich noch ganz jung war. An die großen Schriftsteller konnte man glauben. Mann – Mir hat er zugesagt. Mir auch. Mir weniger. Aber erst von Seite 200 an. Ich kann es nicht begründen. Erstes Thema, zweites Thema, Durchführung. Fehlerlos. Mann, ja, Mann. Als ich jung war. Ich erinnere mich noch genau – an mich, als ich jung war. Das Erinnern macht uns aus. Mich besonders. Ich verschwinde, wenn ich mich erinnere. Ich bin dann nur noch Erinnerung. Ich bin nicht alt genug, als daß sich Erinnern lohnte. Ich schaue vorwärts, ich sehe da vorn etwas. Warum glauben wir ausgerechnet hier an die Literatur? Glaubt einer von euch an sie? Ich weiß nie, ob ich einen Roman oder eine Betriebsanleitung lese. Eine Betriebsanleitung wozu? Zu einem Roman. Man kann einwenden, jeder Roman ist die Betriebsanleitung zu einem Roman. Oft zu einem anderen, leider. Gut gesagt. Man weiß nicht, ist man im Roman oder in der Betriebsanleitung. Da lese ich, der und der tritt auf, und die und die ist schon aufgetreten, und ich denke, eine Handlung fängt an oder geht weiter, aber es ist nur eine Gebrauchsanweisung. Faszinierend. Ein Fleckenwasser. Der Roman sieht sich selbst als eine Beschmutzung, und er liefert in sich die Reinigung. Man muß nur applizieren. Ich lese lieber Betriebsanleitungen. Ich kann mir den Roman dazu denken. Dann habe ich etwas zum Kombinieren und komme nicht aus der Übung. Ich bleibe lieber bei der Zeitung. Wenn ich einen Roman habe, bleibe ich auch bei der Zeitung. Aber ich habe kaum jemals einen Roman. Wozu bei der Zeitung bleiben? Es geht nicht mehr. Ich jage, außerhalb der Zeitung, meinem Roman nach, um ihn mit zur Zeitung zu nehmen. Die Zeitung verlassen paßt mir nicht. Bei mir ists eine Ausnahme. Heute früh, als ich abflog – Gesprächsleiter. Unterbinden. Abgelehnt. Einschreiten. Abgelehnt. Als ich abflog hierher, funktionierte der Aufzug nicht, und – fällt mir nicht mehr ein. Wir hätten in Frankfurt an die Literatur glauben können. Man fühlt sich da geschützter, weil man weiß, da hat sie keine Aussichten. Hier hat sie auch keine, aber wir auch nicht. Dadurch stimmt alles wieder. Ich sage übrigens immer, daß ich an sie glaube. Ich glaube heftig an sie. Unauslöschlich ist meine Liebe. Man steht es nicht durch, wenn man sie nicht liebt. Sie ist mir ein Anstoß. Der größte Anstoß. Habe ich immer gesagt. Ich habe jede Unbill ertragen für diese Aussage. Ich stehe dazu. Ich glaube an sie, wenn ich einen Roman habe. Da bleibe ich bei der Zeitung und lese. Man braucht nicht an sie zu glauben. Es geht ohne. Man glaubt einfach, aber nicht an sie. Wenn bei einem Gefühl auch dessen Surrogat genügt, sagt Max Weber, dann soll man ruhig nach dem Surrogat greifen. Das Gefühl hat dann keinen Sinn mehr. Ich glaube also nicht an die deutsche Literatur. Aber ich ziehe dem fehlenden Glauben das Surrogat »Ich glaube an sie« vor. Warum näherst du dich? Ich habe mich nicht genähert. Würde ich nie tun. Habe aber bemerkt, daß – Fehler. Ich sage dir, eine hat mich am Knie berührt. Keine von unseren. Wenn ich wüßte, wann hier Nachmittag wird. Wir können nicht ewig hoffen. Er muß bald fertiggeschrieben haben. Wieviel Uhr? Er zieht eine Taschenuhr heraus, die zu zirpen anfängt. Na ja. Vor vier komme ich heut nicht zur Zeitung zurück. Dann noch der Verriß dieser Sache. Ich glaube, vier Uhr ist zu optimistisch. Fünf Uhr. Vier Uhr, es wird reichen. Fragt sich nur, in welcher Woche. Vier Uhr, am Monatsende, Tag dunkel, da sind wir wieder zu Hause. Ich tippe auf ewig. Ich meine, was sollen wir zurück, wenn wir nichts mitbringen. Erst müssen wir hier etwas sammeln. Sonst wollen die uns nicht mehr. Mich wollen sie. Mich begehren sie. Aber ich darf nichts mitbringen.

Bisher lief es nicht schlecht. Die entlassen auch mich. Ich weiß nicht mehr weiter. Das muß nicht unbedingt schlecht sein. Ein Arretierungssyndrom. Stillstehen auf dem ausgetretenen Pfad. Was wollen wir, deren Geschichte uns entglitten ist, besser sein als die brütenden Vögel um uns? Die Vögel. Ich sehe Vögel. Den Tower nicht, aber die Vögel. Sie fliegen höher. Hunger. Hunger habe ich. Ich will essen, und er ißt mich auf. Eine Schande. Denken wollen und gegessen werden. Hunger und Durst. Mir kommt der Schnee bis ans Knie. Mir bis an den Oberschenkel. Ich stecke tief im Eis. Ich noch tiefer als du. Streitet ihr oder wettet ihr? Mir kommt der Schnee auch bis ans Knie. Ich glaube, wir einigen uns auf »uns kommt der Schnee bis zum Knie«.

» – und wir werden bald im Eis stehen.« Wir stehen aber im Eis. Schwache Formulierung. Wir stehen tief im Eis. Zutiefst im Eis. Da kannst du nicht vorformulieren »wir werden bald im Eis stehen«. Da ist geschehen, was dein Satz androht. Er geht nicht. Unmöglich. Wie kann man einen solchen Satz formulieren, wenn der Fall ist, was der Satz erst verspricht? Ich dachte mir – Er denkt. Ha, er denkt. – Ich hätte gleich darauf einen zweiten formulieren wollen, bei dem das Eis näherrückt. Quatsch, wir sagen dir dauernd: Wir stecken tief im Eis. Weiß ich. Warum versprichst du uns dann das Eis? Es ist da. Sehe ich? Siehst du? Fühle ich? Ach. Dann sag den Satz, der sagt, wir stecken bis zum Arsch im totalen Eis. Warum sagst du den Satz nicht? Wollte eine Steigerung. Ach so. Ich verstehe. Ich hab immer verstanden. Wollte nicht vorgreifen. Ach. Tut mir leid. Ich möcht mich entschuldigen. Heftigst entschuldigen. Wie heftig darf man sich entschuldigen, bis es wieder eine neue Bedrohung wird?

Ich sag also, wie vorher: »– und wir werden bald im Eis stehen.« Hervorragend. Ziemlich ausgezeichnet. Was sagen die Kritiker. Von weit her: Nicht schlecht. Würden wir auch sagen. Abstimmen. Zähl die Hände. Genehmigt. Wann sind wir angekommen? Mir verundeutlicht sich alles. Hab ein Vagheitssyndrom. Vor drei Wochen. Ich sage nur, wie es mir erscheint. Mir scheint es, als wären es drei Tage. Es sind drei Wochen. Woran siehst du das? Uhr. Ach so. Ich glaube, ich sehe allmählich einen schwachen Sinn. Wir überleben. Ein Sinn. Ich sehe einen heftigen Sinn. Wir überleben. Das ist was. Es ist lohnend. Es ist nicht lohnend, aber unausweichlich. Was soll das arme Leben sonst tun, wenn nicht sich erhalten. Tut es ohnehin. Das Leben ist eine Maschine. Man kann es kaputtschlagen, dann ist es kaputt, und das ist banal. Man kann es nicht kaputtschlagen, dann erhält es sich von selbst weiter, das ist banal. Der Lebende hat keine Chance, außer der, in seiner Lebensfunktion banal zu sein. Was kann denn ich dafür, daß mich kein Hirnschlag überfällt? Das Eis. Es richtet zugrunde. Es tötet unheimlich rasch. Nun ist es natürlich warm. Dafür muß man dankbar sein. Südpol und warmes Eis. Wer denkt denn an sowas. Sie müssen es aufgeheizt haben. Wir hätten die Maschine sehen müssen.

Die Natur ist ein Wunder. War sie immer. Manchmal vergißt mans. Sie ruft es einem immer wieder in Erinnerung. Ich schreibe immer: Das Wunder der Natur. Das Wunder Natur. Auch sie kann nicht anders. Sei du mal Natur und hör damit plötzlich auf. Du kannst nicht. Man müßte sich allmählich auf den Flughafen zubewegen. Die Dichter singen liebenswert auf ihrem Eiskarsthügel ein Schubertlied, Der Leiermann. Muß man ertragen. Wir sind nicht mehr unter uns. Die hören natürlich auch, was wir sprechen. Naja, es lockert sich allmählich auf. Ist Emanuel wieder da? Vielleicht singt er mit. Ihr hört wieder mal nicht zu. Ihr hört nie zu. Wie soll er euch später vorlesen. Er wird nicht fertig. Schade. Er schreibt und wird nicht fertig. Daraus besteht Schreiben. Bei mir fängts nie an. Bei mir fängts schwer an, dafür ists leicht fertig. Bei mir fängts leicht an, aber es fängt immer nur an. Bei mir ists immer fertig. Aber ich brauche die Enden als Anfänge. Alles geht immer gut. Es ist eine der sanftesten Beschäftigungen, im Sinne, daß sie sich nie rächt, wenn man etwas Falches tut. Sie produziert etwas anderes, aber eine Rache für den Fehler gibt es nicht. Es ist immer alles gleich schlecht, meinst du. Immer alles gleich schlecht. Gleichmäßige Verteilung der Fehler sichert eine ebenmäßige Verteilung der Spannung. Der größte Fehler ist es, überhaupt zu schreiben. Bei mir fängts nie an. Ich stieg deswegen in die Maschine. Ich bin nicht in die Maschine gestiegen. Mich hat man hineingetragen. Früh betrunken. Ich brach auf dem Flugfeld zusammen. Man verläßt den Passagierraum, besteigt einen Bus, der einen zur Maschine fährt. Der Bus fiel aus. Lange Strecke zu gehen. Sonne. Ich hatte keinen Hut mit. Breche auf halbem Weg zur Maschine zusammen. Ich brach bei der Kontrolle zusammen. Ich litt an Gephyrophobie vor dem Flughafengebäude. Diese Gruben, deren Überbrückungen, ich kam nicht drüber. Ich schrie, Schaum vor dem Mund. Ich hatte auch Schaum vor der Nase. Ich hatte mir den Schaum schon zuhause abgewischt. Hatte ich selbstverständlich auch. Aber er kam wieder. Ich wische meinen Schaum nie ab. Würd ich nie tun. Würd ich keinesfalls tun, wenn ich Schaum vor dem Mund hätte. Ich habe manchmal Schaum vor dem Mund, passe aber nicht auf, wo das geschieht. Vielleicht hab ich schon zuhause Schaum vor dem Mund gehabt, vielleicht vor dem Flughafen, vielleicht im Flughafen, vielleicht sogar im Flugzeug. Gründe dafür gibts ja. Der Gutmütigste hat heute Schaum vor dem Mund, ununterbrochen, und ich bin noch nicht mal der Gutmütigste. Ich bin beinah der Gutmütigste. Ich hör wieder mal nicht zu. Wir sprechen über unser Verhalten beim Flughafen. Ich bin bei der Röntgenkontrolle zusammengebrochen. Mein Koffer wurde durch den Menschenkorridor geschickt, ich lief über das Fließband der Koffer. Eine Verwechslung. Ich fuhr unter der Lampe durch. Der Kontrollmensch schrie, Abstellen. Er hat auf dem Schirm gesehen, was in mir war. Der andere Kontrollbeamte sagte zu meinem Koffer, Bitte heben Sie die Arme und öffnen Sie vorn Ihren Mantel. Und? Es war mein Koffer. Er verstand den Beamten nicht. Kann ein Koffer nicht. Ich spreche nie in solchem Ton zu meinem Koffer. Meiner hat keine Arme. Ich würd in solchem Ton zu ihm sprechen, aber ich kann nicht sagen, Heb die Arme, hat er nämlich nicht. Was tat der Beamte? Nichts. Ich brach zusammen, blieb unter der Röntgenlampe liegen. Sie stellten den Durchleuchtungsapparat ab. Mein Koffer blieb allein in der Kabine für Passagierkontrolle. Jemand gab ihm einen Tritt. Ich erwachte, wußte nicht, wo ich war, sagte, Hallo Sophie, erhob mich und stand neben meinem Koffer. Wieso Sophie? Meine Frau, die augenblickliche. Sophie. Kein guter Name. Sie lebt damit auch schlecht. Ihre Mutter hieß Hilde. Es ist kein guter Name, ich hab nie Frauen mit guten Namen gekannt. Ich höre Autorinnen, welche singen. Unanständig. Warum muß ich mir das anhören?

Wenn das nur vorwärtsginge, ogott, laß uns vorankommen. Wir müssen was organisieren. Es geht vorwärts bei mir. Also, ich fasse zusammen. Die Zeitungen, Arbeitsstätten eines jeden von uns, liegen weitab. Wir sind out of the world, in der Abseitsfalle, aber darin liegt unsere Chance. Ich komme später darauf zurück. Wir sind von diesem polaren Flughafen aus, der inzwischen verlorengegangen, weggelegt ist, über schummrigkühle Schollen gegangen, und die sind seither abgesunken. Wir weigern uns zu glauben, der Flughafen sei mit abgesunken. Zumindest der Tower würde noch herausragen über die Eisoberfläche. Das Eis ist warm. Stellten wir fest. Stellten wir fest. Der Staatssekretär hats inzwischen vielleicht zurückgeschafft. Der UniversalAnzeiger auch noch. Er wird uns überleben, meine Herren, so sieht es im Augenblick aus. Es kann ein Eisbrecher vorbeikommen, das hieße

Glück haben. Die Mutter hätte ihr Kind nicht mitnehmen sollen. Die Schwierigkeiten haben sich erhöht, verflucht erhöht. Schwierigkeiten werden tiefer, in meinem Wortschatz. Bei mir verbreitern sie sich. Schwierigkeiten sind Ebenen ohne Rand, sie sind eher kühl, kochen aber über, und dann rächt es sich, daß kein Rand da ist. Das Kind hat keinen Rand. Die Schwierigkeiten mit dem Kind haben keinen Rand. Die Mutter hatte einen Rand, aber nun tritt sie darüber hinaus, verständlich. Sie hätte es nicht mitnehmen sollen. Das ist mein Rat. Meiner ist umgekehrt: Wo es Schwierigkeiten gibt, da stählst du dich, indem du mitten in sie hineinfährst und sie auf die Hörner nimmst. Zudem ist es dem Kind gegenüber eine Tat affektiver Zuwendung. Du redest kühl vom Kind. Kinder machen mich kühl, stimmt, aber ich bin wärmer als die übliche Umgebung. Ziemlich ungeheuerlich. Ich liebe Kinder über alles. Ich liebe sie auch über alles, darum bin ich eher kalt, sie gewöhnen sich dann rechtzeitig an die Welt und an mich, sie sind nie von mir enttäuscht. Soll man sein Kind enttäuschen, indem man ihm vormacht, man sei mehr als man ist? Ich bin nur so viel, wie ich bin, und das zeige ich ihm auch gleich. Wie viele Kinder hast du? Keines, leider. Man kann mit Kindern nicht warm genug sein. Die Wärme dreht man voll auf, wenn es Schwierigkeiten gibt. Ich kann nicht mehr mit dir sprechen. Herren Kritiker! Können Sie mit einem Mann sprechen, der, ohne Vater zu sein – Bist du Vater? Ein bißchen. Wie kann man das ein bißchen sein? Auf Umwegen. Hintenrum. Wie, hintenrum? Mein Kind, eine Tochter mit sehr männlichen Eigenschaften, wahrscheinlich nimmt sie sich mich als Beispiel – Daß ich nicht lache. Ich lache zum Glück nie. Sonst wäre jetzt der Augenblick. Ich finde es ungeheuerlich, daß ihr zu Kindern kalt sein könnt. Falsch. Ich sagte, ich sei EHER kalt, und dies auch nur zu einem Kind, das ich nicht habe. Noch ist nichts verloren. Laß uns begütigend zu dir sein. Jetzt weint er. Es hat ihn mitgenommen. Es ist das Thema des Kindes und seiner Wärme. Er liebt Kinder, zumindest tut er das, was er Kinder lieben nennt. Er ist aufrichtig. Unaufrichtig. Der hat immer gelogen. Er hat nicht immer gelogen. Nur oft. Also, des öfteren hat er gelogen.

Aber es war unabsichtlich. Er war subjektiv von der Richtigkeit seiner Ansichten überzeugt. Wer ist das nicht? Ich bin nie überzeugt von mir. Ich habe zuwenig Überzeugung. Das ist ein Gebresten, eine große Krankheit. Ich bin überzeugt von dem, was ich sehe. Ich nur von dem, was ich berühre. Richtig. Aber wenn ich etwas berühre, meine ich, auch meine Finger fühlen nicht genau genug, also bin ich auch davon nicht überzeugt. Gesprächsleiter! Ihr habt mich gerufen. Wann ist jemand überzeugt? Ganz einfach. Jeder hat recht. Jeder hat recht, und das immer. Das geht gut, solange jeder allein ist. Da kann er den größten Entsetzlichkeiten nachgehen, und er hat einfach immer recht. Es kann ihm den Tod bringen, aber er ist befriedigt, denn er hat recht. Die Schwierigkeit entsteht dann – Kannst du dich kurz fassen? Die Schwierigkeiten mit dem Kind sind immens. Ach, das Kind. Es käme zuerst. Wir sprechen hier arglos von der Überzeugung, zu der einer gelangt, so daß er sie dann auch verteidigt. Ich verteidige keine Überzeugung. Das ist eine Überzeugung niemals wert. Mühevoll gewonnen, es ist wahr, zerrinnt sie alsbald und zeigt ihre wahre Gestalt. Ihr seid kalt zu Kindern, und nun diskutiert ihr ganz brutal eure Überzeugungen. Nicht ganz. Du hast nicht mitgehört. Wir bitten dich, uns zu folgen, aber genau bitte. Ich denke an das Kind. Die Schwierigkeiten der Mutter. Ich denke an nichts anderes. Entsetzenerregend. – Die Schwierigkeit entsteht dann, wenn der immer recht gehabt Habende auf einen zweiten stößt, dem es gleich erging, der Zusammenstoß mag im Walde geschehen, in einem Gasthof, auf einer Klippe hoch oben, auf einer Ebene – Schwierigkeiten sind eine Ebene, sagten wir, mit lappenden Rändern. Sie sind ein Teppich. Ein Berberteppich mit lappenden Rändern, scheint mir. Die Mutter brachte das Kind auf seinem Berberteppich sämtlicher Schwierigkeiten mit der Natur und der Unnatur. Wessen Natur? Der Natur, wie wir sie bauten, und der Natur des Kindes. Die Natur dieses Mutterkindes verhängte sich mit den Spätfolgen unserer künstlichen Zweit- und Drittnatur. Ihr sprecht kalt, eisig. Wir sind angesteckt, verzeih. Gesprächsleiter! Ich muß antworten. Bring den da zum Schweigen. Erlaube, es ist der, der euch zum Weichreden bringen will. Mach ihn fertig. Erlaube, das kann ich gerade bei dem nicht. Er predigt keine Vehemenz, er predigt das Mähliche. Dann bring ihn mählich zum Schweigen. Versuchst du das? Versprichst du es mir? Mählich kann ich es.

Ihr diskreten ja ruhigen ja stillen Schmutzredner. Immer kälter werdet ihr! Sobald es um Kinder geht! Erlaube, sie machen sich Sorgen um das Kind. Sie müssen eine administrative Debatte halten. Sie lieben das Kind, aber das Administrative ist, auch und gerade wenn es ein Kind betrifft, kühl bis kalt. Wenn ihr jetzt kalt redet, könnt ihr keine warme Lösung für das Kind finden. Das beste wäre ohnehin, es stürbe. Der Mutter wegnehmen, eingraben, nein, es vorher ersticken. Jetzt geht er auf ihn los. Trennen. Knebeln. Binden. Wir haben Ruhe. Lebt er noch? Ja soll er nicht leben? Er ist ein Weichmacher. Selbstverständlich darf er leben. Wir haben keinen Grund. Ich habe keinen Grund. Ich habe einen. Ich habe einen knappen Grund. Der zählt nicht. Hast du einen Grund, ihn nicht am Leben zu lassen. Oh, es geht darum, ihm den Knebel herauszunehmen. Er soll weiterreden. Erst verspricht er, daß er uns nicht mehr unterbricht. Wir haben diese administrative Maßnahme zu besprechen. Welche Maßnahme denn? Es geht unter anderem um das Säugen. Das kannst du nicht. Das kann ich nicht, stimmt. Aber die Mutter, die kann es, nicht? SCHWEIG, SCHMUTZ! Sie gibt dirs. Ich kann das Kind nicht säugen. Aber ich kann es per Vertretung säugen. Dann säugt es auch die Mutter. Durchaus. Aber die Mutter ist meine Vertretung. Das ist, administrativ gesehen, nicht dasselbe. Bist du der Vater? Oh, fast. Leider bist du es. Plötzlich geworden. Ich wußte es nicht. Ich bin der Vater. Umso besser. Er ist der Vater. Nein, er. Er könnte es sein. Aber er ist es, das ist die Hauptsache. Es ist ungeheuerlich, nun streitet ihr euch noch darum! Ruhe. Sonst neuer Knebel. Willst du? Ihr redet kalt über das Kind, dann will keiner Vater sein. Oh, im Gegenteil, jeder will. Wir haben zu viele Väter. Der Brei ist fast verdorben. Ach, waren das Zeiten, als keiner der Vater war, nun ist jeder der Vater, und die administrative Maßnahme wird unübersichtlich. Er hat recht. Unbedingt. Er hat unrecht. Seien wir halbwegs menschlich. Es gibt ein Kind, halten wir uns an das Kind. Aber gewiß. Nicht ungern. Ich halte mich gern ans Kind. Ich hätte gern einen Vater bestimmt. Die Mutter kennen alle ein bißchen. Ich kenne sie besser als du. Woher weißt du, wie gut ich sie kenne? Ich kenne sie gut. Ich kenne sie ziemlich gut. Ich kenne sie ausgezeichnet, gemessen an der kurzen Zeit. Nun gibt es Schwierigkeiten mit dem Kind. Das Kind liegt auf dem Berberteppich sämtlicher Schwierigkeiten zwischen Kindern und Umgebung. Bereits der Hinflug – Sie stieg ohne sich umzusehen in die offene Bordklappe – fing katastrophal an. Sie hätte es nicht mitnehmen sollen. Es hat sich der Stewardeß fast auf den Ärmel der blauen Bluse erbrochen. Der uralten Stewardeß? Blutjung. Die blutjunge Stewardeß war es. Und, wie verhielt sie sich? SCHWEIG, SCHMUTZ! Die Mutter will es uns nicht sagen. Ich habe es aber gesehen, stimmts? SCHWEIG, SCHMUTZ! SCHWEIG, SCHMUTZ! SCHWEIG, SCHMUTZ! Eine Salve. Ich sag euch: Sie zog den Ärmel zurück. Und das Kind? Jetzt bewegt es sich! Es streckt die Ärmchen aus! Eine Ansprache? Es heulte auf wie in der Kinderkrippe im Taunus. Aber als erzieherische Maßnahme war das Verhalten der blutjungen Stewardeß schon ganz ordentlich falsch. Richtig, falsch. Falsch, sehr richtig. Sie, die Blutjunge, ist ein mikroskopisches Teil der von uns erzeugten Kunstnatur, die über die natürliche Natur gelegt wurde wie ein Teppich. Die Kunstnatur ist ein Berber. Ihre Zotten liegen an ihrem Rand parallel, nämlich dort, wo sie aufhört. Selbst die Kunstnatur hört auf, dahinter sind Kinder, und es ist vollkommen schwarz. Kein Ausgang mehr, aber das erfährt man nur langsam. Das Kind hörte dann zu heulen auf. Aber die Mutter muß eingehend an seine Krippe gedacht haben. Das kann ihr nicht gut getan haben. O doch. Sie sind nicht die Mutter! Fragen wir die Mutter! Eine Mutter weiß immer mehr über ihr Kind. Ich glaube, eine Mutter weiß alles über ihr Kind. Einschränkend muß ich sagen: Diese Mutter weiß vielleicht fast alles über ihr Kind. Sie weiß ziemlich viel über ihr Kind. Auch, daß es in seiner Krippe im Taunus nichts als Schwierigkeiten hatte. Diese Schwierigkeiten bestimmten oft das Gespräch, wenn sie Worte an das Kind richtete. Leider sprach sie nie mit dem Kind. Außergewöhnlich. Eine außergewöhnliche Mutter. Das Kind befand sich nie in einem Zustand großer Klage. Weder beklagte man es, noch beklagte es sich selber. Es und die Mutter waren übereingekommen, nur noch stumm zu sein. Das Stumsein ging übrigens eher vom Kind aus, das, so glaube ich, die Mutter bald nicht mehr ertragen konnte. Uns scheint die Mutter erträglich, aber dem Kind ist sie unerträglich. Man müßte das Kind zu seiner Muter zwingen, während die Mutter von selbst am Kind festhält. Ich will niemanden zwingen. Ich zwing verdammich kein Kind. Nicht einmal zu seiner Mutter zwinge ich es. Seltsam ist es dennoch. Sie dachte natürlich – Warum sagt die Mutter selbst nichts?

Sag, warum schweigst du uns an? Sie ist des Redens entwöhnt, des Redens unkundig geworden. Zu lange mit dem Kind zusammen und in dem Gesellschaftsvertrag mit dem Kind, der Stummsein vorschrieb. Nun hat es sie selber gepackt. Ich kann schon durchaus. Ach, sie kann. Hört, hört. Das Kind redet auch, ein unerträglicher Dauerredner ist dieses Kind. Sein Reden macht mich verrückt. Wie ich höre, kann sie. Was kannst du, sprich weiter! Ich rede nicht mit dem Kind, weil es – Sie ist in Weinen ausgebrochen. Nein. Sie kann weinen, wollte sie sagen. Jedenfalls hat ihr Kind, das ich so gut kenne wie die Mutter – Warum kennst du es so gut? Ich war dabei, als es – hm – kam, ich meine, als es unsere Natur, ahem, unsere Zweit- und Drittnatur betrat. Bei der Geburt warst du dabei? Zufall. Ging schnell. Eine gute Geburt? SCHWEIG, SCHMUTZ! Sie sagts ihm, sie behandelt ihn! Nun, ich sage Ihnen nur, ich war da, als es kam, und es sah mich als erstes, aber es kam dennoch, ich hielt das für ein gutes Zeichen. Ein sehr schlechtes Zeichen. Das Erwachen ist umso schrecklicher. Lassen wir dir die Illusion, das Kind sei trotz deines Aussehens gekommen. Natürlich kommen Kinder, das können sie sich nicht lange überlegen. Als es kam, hätte ich der Mutter zu Hilfe eilen können. Ich zog es vor, mich deutlich sichtbar hinzustellen. Kam es mit dem Kopf zuerst?

Unbedingt. Was zuerst kam, war unschwer als der Kopf kenntlich. Leider half ich der Mutter nicht, sondern stand deutlich sichtbar da. Das war wichtiger. Ich dachte mir, das Kind muß wissen, was seiner wartet. Ich hielt es für gut, noch einen Schrei auszustoßen, einen lauten, starken, des Inhalts, Überlegs dir nochmals, du kannst es nicht rückgängig machen, ach du willst, dann bitte sehr. SCHWEIG, SCHMUTZ! Sie nimmts mir noch heute übel. Ich verstehe sie. Ich kann sie gut verstehen. Man kann sie ungeheuer gut verstehen. Mir erginge es gleich. Nur bringst du sie nicht zur Welt. Keinen Disput, bitte. Auch ich war nur zufällig da, als es kam. Eine Frage der Zeit. Niemand von uns erwartete ein Kind. Am allerwenigsten die Mutter, die sich auf weitere Wochen und Wochen klaglosen Wartens eingerichtet und sich mit der gesamten Diät umgeben hatte, die sie unentwegt zu sich nehmen mußte, um das Kind gesund zu erhalten. SCHWEIG, SCHMUTZ! Jetzt erzähle ich zuviel. Sie ist mir böse. Ich tue es gern. Und dann kam es? Tatsächlich? Dann war es da? Es war nicht so wie alle Tage. Wir waren allein, zu zweit, in diesem Zimmer, das wir uns als Wohnzimmer mit eigener Hand und eigenen Utensilien hergerichtet hatten, ich hatte das Pendel der Standuhr geradegebogen, die Mutter lag tief vergraben im Lehnsessel, da wir einen geringfügigen Disput gehabt hatten, nun allerdings doch das Kind betreffend, seinen Namen und etwas von seiner Kleidung, denn ich wollte es, wenn es käme, einfach einige Monate in Küchentücher wickeln, da auf einmal war es da, weit vor der Zeit. Ich hatte es nicht abschrecken können, und wer mit mir als Bild vor Augen diese Natur betritt, der meint es ernst und bleibt bis ganz zum Schluß darin, also, man mußte sein Kommen positiv sehen.

SCHWEIG, SCHMUTZ! Sie flucht, aber sie meint das freudenstiftend. Sie war immer eine Freudenstiftende. Eine ruhige stille, energische freudenstiftende Frau, die mir manchmal schwer an den Karren fuhr, aber schaut euch diesen Karren an. Eine Pracht. Eine einzige strahlende Pracht. Eine glänzende Pracht, ich sehe nur Pracht. Hier einige Beulen. Ist sie dir da hereingefahren? Sie hat mich etwas beschädigt. Ich nehme es ihr nicht übel. Dann kam sie zu früh mit dem Kind. Ich hatte das Pendel in den Händen. Das Kind schrie. Ich lief zu den Küchentüchern. So fing das Kind an. Dann vergingen einige Jahre, in welchen es aß. Es aß unvorstellbare Mengen, es war auch klein gewesen. Alle Kinder sind klein. Mein Kind war unglaublich klein. Ich habe keine Kinder. Ich leider auch nicht. Du kennst eines. Ich kenne auch eines. Ich war dabei, als es kam. Es kam so früh, weil es sehr klein war. Es war fingergroß, um genau zu sein. Weit vor seiner Zeit. Es lief schnell herum, aber es war ausnehmend klein. Man konnte ein Küchentuch achtzehnmal um es wickeln, dann sah es oben heraus und aß inständig. Was man ihm hinstreckte, aß es. Die Mutter erhob sich aus dem Lehnsessel, der als Geburtsstätte gedient hatte, und streckte ihm diesen Lehnsessel hin. Es öffnete den Mund – weg war er. Was? Einen Lehnsessel? Der war das erste. Es erleichterte uns um den ganzen Hausrat. Nach vier Wochen stand in unserer Wohung kein Gegenstand mehr. Alles gefressen. Es lag in seinem Küchentuch und aß uns auf. Es wuchs nur unwesentlich. Ein schwieriges Kind. Es redete wie ein Strom. Wir hatten nicht gewußt, daß es so viel zu sagen gab. Es klärte uns auf. Es hat von allem ständig geredet, und dazu gefressen. Wir schaufelten ihm Kohle ein, es fraß unsere ganze Kohle. An Gewicht zugenommen, ganz normal. Nachdem wir keinen Gegenstand mehr in der Wohnung hatten, war es zweiundzwanzig Kilogramm schwer, kein Gramm mehr und keines weniger. Nun war es schon älter, mindestens einen Monat. Jedenfalls hatte es die ungeheuerlichsten Schwierigkeiten in seiner Krippe im Taunus. Zunächst war es nachhinkend hinter dem befrachteten Programm. SCHWEIG, SCHMUTZ! Sie widerspricht. Die Mutter verbessert Sie! Ach, ich ging zu weit. Verbesserung: Voraus war das Kind, weit voraus. Ja, doch, durchaus. Was es an Redezeit bei seiner Mutter eingespart hatte, hat es an zusätzlichem Talent in die Kinderkrippe eingebracht. Es war das begabteste Kind aller Krippen im Taunus. Sie fütterten ihm Wälder, es setzte fast kein Gewicht an. Der Taunus ist heute eine Gegend wie mit der Schafschere geschoren, kein zusammenhängender Wald, in den Wäldern kein Unterholz, alles gefällt, keine Schatten, alles mein Kind. Ach, also doch, dein Kind. Na, das Kind, bei dessen Kommen ich dabei war. Reiner Zufall. Es kam vor seiner Zeit. Es war ein begabtes Kind in der Krippe. Aber, Sie werden es nicht glauben, seine Schwierigkeiten lagen in seinem Talent. Das erging mir ähnlich. Ich hatte nie Talent. Nur Schwierigkeiten. Wir haben einerseits die Schwierigkeiten ohne Talent, die sind leicht zu beheben. Dann die mit Talent, die gehen nie mehr weg. Mir erging es genauso. Mir ist es, als sprächt ihr vielmehr von mir. Wir sprechen aber nicht von dir. Sondern von mir. In meiner Stadt am Rhein, ich erinnere mich, wie ich in meiner Kinderkrippe saß und die sechseckigen Bauklötze, die gerade aus dem großen Krieg herausgerettet worden waren, nach der Farbe ordnen mußte. Ich schaffte es zu schnell und wurde beinahe aus der Krippe entlassen. Man wird immer entlassen. Viel zu schnell jedenfalls. Entlassungen sind sehr zu fürchten, ob man jung ist, ob man alt ist. Als jung sind sie schlimmer. Man empfindet es schwerer, willst du sagen. Und wenn du hier entlassen würdest? Ich erfröre. Jeder erfriert, der entlassen wird. Keine Angst, wir entlassen hier keinen. Hier nicht. Man entläßt immer die Falschen. Sind Sie schon einmal entlassen worden? Man kann ohne Warnung entlassen werden. Jederzeit, leider. Ich wurde nie entlassen. Mich brauchten sie. Den da drüben brauchten sie nicht. Er aber überzeugte sie von seiner Notwendigkeit. Mich wollten sie entlassen, aber nur als Drohung. Sobald ich ganz klein war, durfte ich bleiben. Vielleicht zeigte ich, daß ich klitzeklein geworden war, nicht genügend nach draußen. Zunächst war meine Entlassung nur eine Drohung, um mich klein zu machen, dann machten sie die Drohung wahr, ich weigerte mich, aber ich mußte gehen. Ich nicht. Sie nicht, natürlich. Den einen ergeht es besser, den anderen ergeht es besser. War, daß Sie entlassen wurden, ein Grund für Ihr Kommen? Es ist vor allem für das Kind schwierig, wenn Sie entlassen werden, der Sie ja dabei waren, als es kam. Aber am schwierigsten ist es immer für die Kinderkrippe, wenn ein Kind nicht mehr hineinpaßt. Manchmal wird die Krippe sodann erweitert, manchmal wird am Kind gesägt, es wird gesägt an seinem Kopf, von dem eine

Scheibe abgeschnitten wird, und es wird gesägt an seinen Füßen, die bis zu den Gelenken abgetrennt oder eingebogen werden. Alle Kinder gehen in die Krippe, da alle Krippen für die Kinder und alle Kinder für die Krippen umgebaut worden sind. Ich nicht. Sie nicht, natürlich. Ich niemals. Sie hätten Ihre Einwilligung nicht gegeben, selbstverständlich.

Mich nahmen sie. Ich schleuderte ihnen mein »Nein« entgegen. Vehement? Sie wurden zurückgetrieben. Auch der mit der Säge. Dann packte er meinen Kopf. Ich möchte – Übrigens schwitze ich. Ich schwitze entsetzlich. Nicht so entsetzlich wie ich. Ich dampfe. Darum ist das Eis so heiß. Ich sehe, Sie haben die Ärmel hochgekrempelt. Bei zweiunddreißig Minus erstaunlich. Es ist so kalt, daß man sich nur noch ausziehen kann. Ziehen Sie sich aus? Neben Ihnen?

Ich müßte es der Kälte wegen tun. Ich tus nicht. Andere Rücksichten. Man kann sich nicht so entblößen. Sie wären nicht entblößt. Wer nackt ist, ist rätselhaft. Sie tuns auch nicht. Sie wollen sich nicht entblößen. Ihre Bemerkung über die Kälte ist erstaunlich. Jedenfalls haben wir alle die Ärmel hochgekrempelt. Zweifellos wegen der zweiunddreißig Minus. Stimmt physikalisch nicht. Ach, die gute alte Physik. Sie war die letzte Wissenschaft, die uns zur Befolgung gezwungen hat. Nun gehorcht unser Nervensystem ihr nicht mehr. Die Kompaßnadel bekundet auch Mühe. Überall zeigt sie nach Norden. Meine Empfindungen sind die von Hitze. Ich schwitze wie ein, erlauben Sie, Schwein. Wir sind ja auch unter freiem Himmel.

Der gute alte Himmel. Und die gute alte Physik. Was ist da draußen los? Wir sind draußen. Bist du gern hergekommen? Meinst du mich? Ich mit der zweiten Klasse. Ich immer in der zweiten Klasse. Ich nähme erste, aber ich schäme mich. Wenn es nur erste gäbe, dann – Der Unterschied macht mich fertig. Es darf keine Unterschiede geben. Die erste Klasse wird verabscheuenswert, weil es eine zweite gibt. Sonst – man steht unter Vergleichszwang. Und man entscheidet sich für das Bescheidenere. Ich habe mich immer für die in der zweiten Klasse eingesetzt. Sie kamen weiter, auch dank mir. Heute fahren sie erste und lachen mich aus. Ich frage: Gern hergekommen? Ich möchts von der Dichterin wissen. Kannst du was Gedämpftes sagen? Sehr gedämpft? Keinen Plüsch. Etwas Freundliches. Etwas prononciert Nicht-Beleidigendes. Eine kleine Ermunterung. Einfach so. Wenn sie rauskriegt, daß du die Ermunterung nur sagst, um sie zur Antwort zu bewegen, ist sie verstimmt und sagt mir nichts. Sag ihr etwas Freundliches, sei unüblich. Sag ihr nicht, daß sie mir auf meine Frage, ob sie gern hergekommen sei, dann zu antworten hat. Sie muß ja nicht. Du verstehst mich nicht. Mit der Gratis-Abgabe deiner Ermunterung wird ein Feld leisen gesellschaftlichen Zwangs geschaffen. Sie kann nicht einem, der sie freiwillig lobte, einfach die Antwort verweigern. Was sie sonst zweifellos täte. Recht hat sie. Ich verstehe sie. Aber ich DARF sie nicht verstehen, weil ich ja die Antwort von ihr will. Ich verstehe sie aber. Ich ja auch. Aber ich will die Antwort. Mir ist die Antwort gleichültig. Mir eben nicht. Du bist du. Bitte, nimm Anteil. Hilf mir. Ich verstehe dich. Eben. Ich will ihre Antwort nicht hören. Ich flehe dich an. Dann geb ich dir ihre Antwort: Sie ist gern hergekommen. Warum auch nicht? Die Gegend ist nicht angenehm, aber alle sind da, man trifft sich hier draußen leicht. Ich meine, wir sind drinnen. Frage des Standpunktes. Die Gegend umfängt einen so, daß man zwar draußen ist, aber ›draußen geborgen‹, also mehr oder weniger drin. Versteh ich schlecht. Inhaltlich oder akustisch? Steht man in der Landschaft, ist man draußen. Nun betrachte den Horizont. Neigt oder wellt er sich auf eine bestimmte Weise – Auf welche Weise? Erschrickst du? Zu Tode erschrocken. Ich bin immer erschrocken. Ich fing als ein Erschrockener an, dann fielen einige Gründe für meine Ängste weg. Welche? Wie? Wann? Sie starben. Die Gründe für meine Ängste starben alle. Meine Ängste verschwanden, da sie keine Gründe mehr fanden. Allerdings war es schwer, der Angst klarzumachen, daß ihr Grund verstorben ist, weil sie ja über diesem Sterben gleich wieder Angst hätte kriegen können. Man kommt an seine Ängste schwer heran. Ich stehe im

Dialog mit meinen Ängsten. Meine hören mir nicht zu. Ich rufe meine Ängste regelmäßig an. Sie legen gleich auf. Meine flackern manchmal abends wie eine einsame Bootslampe, der das Petroleum ausgeht. Ja, ginge es ihnen aus! Ein frommer Wunsch. Unsere Ängste bleiben bestehen. Ich kenne so etwas wie Angst nicht. Dann fehlt dir etwas. Du schneidest ein Gebiet von dir ab, das zu dir gehört. Schneidest du dir einen Arm ab? Sicher nicht. Aber du schneidest dir deine Ängste ab. Du wolltest uns erzählen, warum wir drin sind. – Wellt er, der Horizont, sich auf eine bestimmte Weise, dann stehen wir neu in einem Raum. Auch die Landschaft ist ein Raum, allerdings haben wir uns bei ›drinnen‹ und ›draußen‹ an Feststellungen gewöhnt, die die Zimmer-Lage festhalten. Wir sind drin, in der Landschaft, wir haben Raum, aber wir haben kein Zimmer. Nun möcht ichs von der Dichterin wissen. Sie kam gern her. Du weißt das nicht. Ich habe sie gefragt. Habe ich nicht gehört. Du mußt nicht alles hören, was ich tue. Das ärgert mich ohnehin. Ich habe keine Selbständigkeit.

Schweig, Schmutz! Ja, ja. Jetzt hat sie gesprochen. Wieder nichts. Du hast alles kaputtgemacht. Alles ist kaputt. Ich habe nichts kaputtgemacht. Versuchs nochmal. Sind Sie gern hergekommen: so die Frage. Sprechen Sie kurz und klar, und unterlassen Sie wilde Handbewegungen. Diese Handbewegungen entgleiten einem immer. Entsetzliche Handbewegungen. Die unterste Kategorie Handbewegungen geht von diesen Frauen aus. Entweder ›Schweig, Schmutz‹ oder die Handbewegung. Alles dient der Abweisung, jedes Mittel ist ihnen recht.

Schweig, Schmutz! Da ist sie wieder. Würden Sie mir antworten? Was denn? Oh! Sie geht auf mich ein! Warum nicht? Was wollen Sie wissen? Wollen Sie etwas wissen? Ich kann Ihnen etwas zum Wissen geben. Bitte, unterdrücken Sie Ihr Schimpfwort. Ich ertrage es nicht. Aber selbstverständlich unterdrücke ich mein Schimpfwort. Schmutz, bleib drin. Ich habe von Ihnen nichts zu befürchten. Ach, wissen Sie – mein Freund, der sollte Sie fragen, und er hat alles schon im Anfangsstadium zerstört. So ist er. Ich nehme es ihm nicht übel. Es ist, damit Sie wissen, warum – die Frage. Sind Sie gern hergekommen? Nicht ungern. Ich konnte zu Hause nichts mehr schreiben. Alles wurde rund und warm. Schreiben wurde unmöglich. In meiner Wohnung herrschte eine ununterdrückte Sinnlichkeit, die vom Herd ausging, die von der Decke sich senkte, die im Bett ohnehin schon immer da war und mein Schreiben förderte. Nun förderte sie es mit einem Male nicht mehr. Die Wände schrien: Narr, sämtliche Stahlstiche schlossen sich an, die Zimmerlinde brüllte dasselbe, und ich hatte sie doch regelmäßig begossen. Eine unwiderstehliche Freundlichkeit ging von allem aus. Ich gewann den überwältigenden Eindruck, alles habe sich gelöst und sei ohne jeden äußeren Eingriff in Ordnung. Ich wurde, so sah ich es, irgendwie nicht mehr gebraucht. Der Staatssekretär ruft mich mittendrin an, ob Antarktis, wenn ja, dann rasch, die Maschine warte. Ich sage Hals über Kopf zu. Mir auch klar, daß da wieder rasch mal was Neues. Zudem kann ich diese Kritiker, die ich schon lange sehen wollte persönlich, weil ich sie bisher nie persönlich sah, nur anschreien. Ich einigte mich mit mir selber auf einen einzigen Ausdruck. SCHWEIG, SCHMUTZ! Ich schreie euch an, da drüben. Ich auch. Ich selbstverständlich auch. Man hat mir ein Rückfahrtticket in die Handtasche gestoßen, regelrecht hineingestoßen. Hat man euch Tickets in die Hosentaschen gewürgt? Sie würgen immer irgendwelche Tickets in irgendwelche Taschen, sie reißen die Tickets von der großen Ticketrolle ab. Ich sah die Ticketrolle meiner Abteilung. Rund, dick, perforierter Rand. Eine unsägliche Ticketrolle, so dick wie der, der die Tickets abriß. Ich kam ohne Ticket. Faszinierend. Ich flog mit dem Gepäck. Das konnte niemand merken.

Nicht jeder hat ein solches Koffergesicht. Sie legen sich auf den Gepäckwagen, und Sie werden überallhin als Handgepäck befördert. Nicht, daß ich Sie als Tasche möchte, bitte enthalten Sie sich. Hast du ein Rückfahrtticket? Nein. Ich auch nicht. Ich habe nie was von Rückfahrttickets gehört. An meiner Ticketrolle waren nur Hinfahrttickets. Gibts noch was anderes? Wollt ihr nicht zurück? Wohl, doch. Na. Ich möcht schon zurück, aber was soll ich da. Nicht warm hier. Viele Sandwichs, aber viele auch unbelegt. Zu viele Taschen. Ich vergrabe in einigen meine Sandwichs wie ein Eichhörnchen seine Nüsse. Finde sie dann nicht mehr, bis auf dem Schinken der Schimmel wächst. Schinken mit Schimmel ist gut. Im Anfangsstadium. Alles Abgehangene. Gefahr nicht verniedlichen. Abgehangenes Fleisch macht draußen nicht viel. Wir sind drinnen. Im Raum. Nicht im Zimmer. Ich setze mich und sitze auf einer Tasche, die ein Sandwich enthält. Man sitzt weich. Mir ergeht es gleich. Ich habe das absichtlich getan. Das Eis ist so hart, daß ich mich lieber auf ein Sandwich setze. Ich sitze auf Spargeln. Daneben liegt mein Bleistift unter mir. Wir sitzen alle auf unserer Nahrung herum. Das ist die Antarktis. Früher war sie nicht so. Warst du mal da? Ich hatte keinen Grund. Ich habe auch keinen Grund. Ich habe wenig Grund, und doch bin ich da. Man war so schön am Lesen, bis er kam und sagte, da muß ich darauf reagieren, da schreib ich gleich hier einen Text, den ich euch vorlese. Der nimmt gebührend Stellung. Man sagte, warum nicht. Zeit haben wir ja. Der Unterstatssekretär wird gleich mit seinem Sonnenöl vom zentralen Rucksackabladeplatz zurückkommen. Er hat nicht an die Gletscherbrillen gedacht. Wir erblinden allmählich. Stimmt. Aber man kann auch blind schreiben. Blinde sind gute Schriftsteller. Das heißt nicht, man muß unbedingt erblinden. Wir tuns, aber das ist nicht obligatorisch. Man kann immer schreiben. Ohne Arme geht es schlechter. Aber sie finden Kommandos. Hier unten schaut niemand so genau hin. Man ist überwacht. Aber dafür ungenau. Man ist beobachtet. Aber die Beobachtung inflationiert. Jeder sieht nichts, darum starrt jeder auf den anderen, dann sieht jeder zuviel und schaltet ab, Ergebnis: Keiner sieht viel, aber alle starren. Ich habe mich etwas gewendet und sitze schon auf einem neuen Sandwich. SCHWEIG, SCHMUTZ! Ich kam nicht ungern hierher. Ist damit Ihre Frage beantwortet? Nun stehe ich und beschimpfe und werde damit nicht fertig. Ist er bald fertig mit Fragen? Er wird nie fertig werden. Die Antarktis ist als Vorlage zu reichhaltig. Das Ende der bekannten Welt stimuliert. Er ist ein Einzelheitenversessener, er geht auf jeden Punkt einzeln ein, also schreibt er das Wörterbuch durch. Er wird nie zwei verschiedene Pinguine beschreiben, weil er das Wort ›Pinguin‹ nur einmal gebrauchen will. Nachher ist es für ihn verbraucht, abgestanden, bedeutungsleer. Aber wenn es um die Unterschiedlichkeit des Schnees geht oder um das Zusammenstoßen der sich übereinander schiebenden Schollen – Du könntest den Text besser schreiben. Ich schreibe jeden Text besser. Ich fange gut an. Dann werde ich rasch schlechter. Das weiß ich. Ich weiche dem aus, indem ich nie fortfahre. Ich verkaufe meine Anfänge.

Meine Anfänge haben inzwischen eine Mitte und ein Ende. Das verkaufe ich. Es sind nur Anfänge. Ich habe ihnen aber alles gegeben, was es braucht. Hier, mein Anfang – Ich habe meinen Text aus Frankfurt mitgebracht. Ich habe auch einen aus Frankfurt mitgebracht, obschon in Frankfurt die Literatur verloren hat, man sagt, da ist keine Möglichkeit mehr für Literatur. Ich dachte mir, just zum Trotz nehme ich sogar einen langen Text aus Frankfurt in die Antarktis mit. Er soll sich am unerwarteten Ort bewähren. Ein Text bewährt sich immer. Was sich bewährt, ist von selbst ein Text. Ich nahm thematisch einiges vorweg, was ich hier anzutreffen hoffte. Mein Text hat sich insofern bewährt, als ich alles, was ich in ihn packte, dann tatsächlich angetroffen habe. Leider schrieb ich einen Entsetzens-Text. Texte gehen immer über das Entsetzen. Einen anderen Grund gibt es nicht. Meiner hat sich bewährt. Er enthält kein Entsetzen. Er ist zufrieden. Ich finde ihn geradezu pausbäckig. Das finde ich auch. Du meinst: deiner hat sich bewährt. Nein: deiner. Deiner kommt vor meinem. Mir scheint, deiner hat sich bewährt. Dein Text trifft auf die hiesige Lage am genauesten zu. Er behandelt sein Thema mit Liebe, es ist eine Liebe zur erfundenen Sache, allerdings wünschte man sich, er erfände weniger, weil wir dann nicht so schlecht dran wären. Dein Text traf auf die Lage noch besser zu. Wir haben keine Lage. Wir haben einen Text, der eine Lage schafft. Wie endet er? Indem er sie auflöst. Dein Text ist gigantisch. Es ist ein kleiner, sehr kleiner, ganz gigantischer Text. Er wäre nicht so gigantisch, wenn er größer wäre, jede Ausdehnung würde ihn nur kleiner machen. Das Gigantische daran ist, daß du ihn so klein gehalten hast. So klein ist er nun nicht. Ich meine: Gemessen an dem Umfang, den er leicht annehmen könnte, ist er klein. Das macht ihn gigantisch. Ich hielt ihn nie für klein. Er ist etwas größer als klein. Dann ist er weniger gigantisch. Er ist nur gigantisch in der absoluten Kleinheit. Darin ist nichts Kleines zu sehen. Gigantisch ist er auch nicht. Er ist gut. Aber er ist nicht ohne Ausdehnung, er ist nicht ganz klein. Ich finde ihn gigantisch, guten Gewissens. Er hat ein gutes Gewissen, und er ist nicht pausbäckig. Er hat übrigens auch kein ganz gutes Gewissen, aber er sagt es nicht laut. Er schweigt, wo andere Texte laut um sich schreien. Er hat Diskretion. Mir scheint er laut. Er ist kurz, aber er brüllt. Er brüllt keinesfalls. Gesprächsleiter! Er brüllt. Was finden Sie? SCHWEIG, SCHMUTZ! Sie ist wieder verstummt. Sie beschäftigt sich mit der Milch und dem Kind. Man müßte das Kind fragen. Es reagiert nur spontan. Man muß ihm den Text vorlesen. Er ist zu gigantisch. Es hört ein Wort und legt los. Gigantische Texte vorzulesen ist eine Grausamkeit. Das Kind kann nicht unterscheiden. Sehr wohl. Gerade Kinder können.

Auch ich steckte damals nicht in dem Alter, wo man bereits seine Unterhaltung in Texten sucht. Ich suchte sie in der Welt. Es war die Wirklichkeit, der ich mein Vergnügen überantwortete, und sie pflegte es gut. Sie lieferte Nachschub, wo sie konnte. Eines Tages nun trittst du – Das war in Köln. Köln oder Berlin – trittst du auf mich zu und liest mir einen anderen, ganz kurzen, gigantischen Text. Ich weiß nicht mehr, was er enthielt. Unwichtig. Ich weiß es noch. Bitte. Ich wollte dich nicht beleidigen. Die Qualität des Textes blieb mir haften. Sein Inhalt nicht. Er war gigantisch, aber wovon handelte er bloß – unwichtig. Von mir. Unwichtig. Ach. Von dir. Entsetzlich. Er WAR nicht entsetzlich. Entsetzlich, daß ich das vergessen konnte. Er handelte von dir. Ich hörte also zum ersten Mal, in einem Alter, da ich meine Unterhaltung in der Welt suchte, deinen riesigen Text. So riesig war er nicht. Bitte, er war klein. So klein auch nicht. Er lag irgendwo dazwischen. Nein, er war extrem. Sonst hätte er mich nie berührt. Du bist immer von Texten berührt worden, denen jeder Extremismus fremd war. Aber damals. Ich kam gerade aus der Wirklichkeit, die mir die überwältigendsten Vergnügungen bereithielt. Da mußte ein Text schwer ackern, um mich wegzulocken. Meine Texte ackern nie. Ackern heißt schwitzen. Er schwitzte nicht. Meine Texte schwitzen auch nie. Texte sollen sich anstrengen, aber nicht schwitzen. Gleichgültig. Schade, daß es dir gleichgültig ist. Gerade wo es faszinierend wurde. Dein Faszinosum erregt mein Desinteresse. Mach dir nichts daraus. Ich mache mir nichts daraus. Mir ganz gleichgültig. Sehr schön. Ganz gleichgültig braucht es dir nicht zu sein. Ich beschäftige mich mit dem Eis. Mir ist wiederum das Eis gleichgültig. Du hast in Frankfurt das Antarktissyndrom so genau nach- oder voraus-empfunden, daß es hier, in unerwarteter Umgebung, gültig wird. Ich weiß nicht, wohin mit den Komplimenten. Ich meine das ehrlich, nicht als Kompliment. Was sagen die Autorinnen? Sie schweigen. Ja, ja. Sonst noch was? Bisher traf kein Text zu, der jemals gelesen wurde. Das gilt für alle Zeiten, Orte, Jahre, Erdteile. Texte sind falsch, aus Prinzip. Also treffen die Texte zu, die nicht gelesen werden. Man steckt voller Betretenheit in dieser mißlichen Lage. Sodann hat Er – Er. Ach der – sich zurückgezogen. Jämmerlich. Der Abschaum. Der Flug hat funktioniert. Ja, der gute alte Auftrieb. Die Landung hat geklappt. Ach, der gute alte Reibungskoeffizient des Landungsrädergummis.

Die gute alte Physik. Sie half uns bisher. Jetzt erhitzt sie Eis auf fünfundzwanzig Grad, läßt draußen aber Schollen schwimmen, hier aber sitzen wir und schwitzen. Darum kremple ich die Ärmel hoch. Ich habe sie schon hochgekrempelt. Ich war immer mit meinem Ärmel beschäftigt. Ich habe ihn nicht gefunden. Wo ist denn mein Ärmel. Hab ich zuhause schon was Ärmelloses angezogen? Ich weiß nicht mehr, was ich ausziehen kann. Ich hab mich verrechnet. Natürlich. Normal. Wer würde sich nicht verrechnen. Auf die gute alte Physik war bisher Verlaß. Man besteigt ein Flugzeug zum

Südpol und mummelt sich ein wie ein Tibetaner an Weihnachten. Oder man mummelt sich nicht ein, weil man hofft, da unten verläßt man das Flugzeug und wird sogleich weggerafft und zu den Vätern gerufen. Zu den Vätern eingehen ist etwas Schönes. Bei den Vätern ist es schön. Ich habe mich bei den Vätern immer wohlgefühlt. Ich habe mich vor allem wohlgefühlt in einem Kollektiv, bei dem kein Zweifel darüber aufkam, daß es sich nach den Vätern sehnt. Nichts ohne Väter. Ohne Väter sind wir nichts. Also zieht man zum Beispiel in Köln nichts an, besteigt das Flugzeug zum Südpol, verläßt es hier unten und wird augenblicklich von der Kälte dahingerafft. So geht es, wenn die gute alte Physik stimmt. Mit dieser Erwärmung hat sie unsern Selbstmord verunmöglicht. Ich bin ein verhinderter Selbstmord. Ich bin ein möglicher Selbstmord. Aber kein unternommener.

Ich bin ein Selbstmord. Aber keiner, der zum Tode führt. Ich bin abwesend gewesen – ich dachte immer nur an – woran bloß? Wer hat achtgegeben? Du bist ein Selbstmord, hast du gesagt, aber kein tödlicher. Ich bin ein sehr lebendiger Mensch. Aber tief innen stimmt irgendetwas nicht. Das merkst du, wenn es bei dir vorfällt. Es kann nur ein Selbstmord sein. Bei mir ist der Selbstmord das Äußerlichste, was es gibt. Ich leite ihn immer in einen Mordversuch über. An wem? Das kann ich mir nicht lange aussuchen. Würdest du mich umbringen? Das kann ich nicht sagen. Wir werden, wenn wir in die Eisfelder vordringen, aufmerksam sein müssen. Ist tatsächlich noch keiner von uns je hier gewesen? Eben erst gekommen, leider. Ich dachte, einer sei schon früher gekommen. Emanuel? Laßt uns sitzenbleiben, einstweilen. Wir wollen einfach weiterwarten, ob noch etwas kommt. Ich habe Geschmack am Warten gefunden. Emanuel sucht den Flughafen und findet vielleicht Milch für die Mutter. Um die Zeitungen zu Hause wird Stacheldraht gezogen, damit wir nicht mehr zurück können. Er wird zurückkommen und uns erlösen. Ich bin so zufrieden, daß meine Haut rosa anläuft. Ich möchte ein kleines Stück des Rückwegs zurücklegen. Nur nicht sitzenbleiben. Meinetwegen eine kleine Strecke zu Fuß gehen. Ich habe schon eine ziemliche Strecke zurückgelegt. Ich ging stundenlang. Ich ging tagelang. Ich bin seit Monaten unterwegs. Ich bin an Ort und Stelle geblieben, sozusagen. Und doch hat sich alles verändert. Ich bin schon jahrelang unterwegs. Aber nur zum Teil hier. Ich bin länger unterwegs als du. Glaube ich kaum. Naja, mag sein. Ich war immer in meinem Leben unterwegs. Mein Leben ist ein seßhaftes. Ich bin damit nicht unglücklich. Ich will unvoreingenommen sein. Ich hab, würd ich sagen, eine ziemliche Strecke zurückgelegt. Nicht soviel wie du, aber mehr als du. Ich habe doppelt so viele Aperitifs getrunken wie sonst. Mehr aber hab ich nicht getrunken. Die Stewardessen kamen und gingen häufiger als sonst. Die Reise ging auch länger. Sie war unvorstellbar viel länger als andere Reisen. Ich war schrecklich luftkrank. Mit Folgen? Nein. Einfach schrecklich luftkrank. Ich bin, wie ihr alle, aus dem alten Europa gekommen. Europa ist am Ende. Das hier leider auch. Alles ist am Ende. Die Literatur geht immer weiter. Auch sie ist undeutlich geworden. Aber sie bildet gut ab. Sie kann immer ordentlich gut abbilden, auch wenn man sich keine Mühe gibt oder Fehler macht oder das Abbilden unterläßt. Man muß nur schreiben, den Rest besorgt das Schreiben. Und, schreibst du? Nein. Es hört bei mir lieber auf, als es anfängt. Ich schreibe nicht. Ich auch nicht. Ich habe kaum je geschrieben. Darum kam ich doch her. Ich wollte hier was lernen. Ich habe hier schon viel gelernt. Ich lernte von dir. Andersrum natürlich. Du lerntest, wie man es nicht machen soll. Nein. Ich möchte es so machen wie du. Dabei mache ich es so wie du. Das schadet nichts. Ich möchte es dennoch so machen wie du. Ich, zum Beispiel – Erzähl, erzähl, oh, erzähl. Ich bin vor einer besonders alten Stewardeß auf dem Flug hierher beinahe gestorben. SCHWEIG, SCHMUTZ! Du meinst die ganz alte Stewardeß. Die uralte Stewardeß, die mich bediente. Ich bin vor ihr beinahe gestorben. Das hat mich gerettet, nämlich, als ich daran dachte, daß ich ihr meinen Tod ja nur vormache.

Du bist ein gespielter Selbstmord. Die alte Stewardeß, ja, die gute alte Stewardeß. Und die gute alte Physik natürlich. Aber doch eher die gute alte Stewardeß. Es gibt Flüge, die sich lohnen. Ich sah, wie du beinahe starbst. Luftkrankheit vermutlich. Dir war unsäglich elend zumute. Ach, und wie elend war mir zumute, das siehst du von bloßem Anschauen nicht. Ich habe gesehen, wie elend dir zumute war. Ich sah es und nahm Anteil. Ich, lebhaftesten Anteil. Ich, damit verglichen, mit dieser geheuchelten Teilnahme verglichen, habe den allerlebhaftesten Anteil genommen an deinem elenden Zustand. Ich lebte in dir. Ich war, als wäre ich du gewesen. Ich war du. Mehr noch, ich war nie ich. Es war entsetzlich, sich so elend zu fühlen, wie du dich fühltest. Es war das Grauenvollste überhaupt. Da zwischen dir und mir kein Unterschied bestand, fühlte ich mich von der fürchterlich alten Stewardeß eben haarsträubend gequält. Wir sollten nicht mehr über die alte Stewardeß reden. Ich habe sie nicht einmal genau gesehen. Ich habe sie eher gefühlt als gesehen. Das ist selten bei einer Stewardeß. Ist nicht selten. Ist äußerst selten. Es kommt nie vor, daß man eine Stewardeß fühlt, aber nicht sieht. Man sieht die Stewardeß immer. Du. Ich sehe sie immer. Ich sehe sie fast nie. Du schläfst. Sie war so alt, sie war dem Tod nahe. Und ausgerechnet vor ihr starb ich fast. Ich hätte ihr beinahe den Tod vorgemacht. Du hättest es ihr gezeigt. Ich bin ein verhinderter Selbstmord, aber das hätte ich ihr gern vorgemacht. Es wäre ein Beispiel für sie gewesen. Du warst aber nur luftkrank. Leider nur luftkrank. Zum Glück nur luftkrank. So kann man es auch sehen. Was sagst du, Gesprächsleiter? Ich sage, So kann man es auch sehen. Man kann es von beiden Seiten sehen. Man kann alles von beiden Seiten sehen. Nicht alles. Eine Stewardeß kann man von mehreren Seiten sehen. Diese war so alt, daß sich das Interesse natürlich auf ihr Alter konzentrierte. Man bringt aber auch keine so uralte Stewardeß mit unvorbereiteten Passagieren zusammen. Wenn die Passagiere auf das Alter der Stewardeß nicht vorbereitet sind, kann das nur schief herauskommen. Die Stewardessen haben ein bestimmtes Alter, weniger dieses bestimmten Alters wegen, als darum, daß der Passagier sich von vornherein auf ein bestimmtes Alter einstellen kann, ohne dann überrascht zu werden. Es ist nicht so sehr das Alter an sich, als daß es nicht das erwartete Alter ist. Ich hatte nichts gegen die alte Stewardeß.

Bitte! Hatte ich etwas gegen sie? Ich etwa? Eine Ungeheuerlichkeit, mich in diese Verlegenheit zu bringen. Ich schäme mich, aber nicht meines Verhaltens ihr gegenüber, sie hat mich überrascht, sondern ich schäme mich dieser Frage an mich, sie überrascht mich noch jäher, heftiger.

Man ist oft überrascht. Es ist jämmerlich, aber man ist immer überrascht. Nicht immer, aber immer wieder mal. Es läßt sich kein Leben ohne Überraschungen konstruieren. Alles erwarten und damit recht haben, möchtest du das? Entsetzlich. Verheißungsvoll. Grauenhaft. Ich möchte nichts anderes. Ich kann mir nur ein Leben vorstellen, in dem immer wieder mal klitzekleine Überraschungen sich heimlich einschleichen und eines Morgens einfach explodieren. Explodierend möchte ich sie nun gerade nicht, die Überraschungen, wenn sie denn schon sein müssen. Diese alte Stewardeß war eine Überraschung, also war sie köstlich. Du bist entsetzt auf den Sessel zurückgesunken, aber sie war dennoch köstlich, weil sie so ganz und gar aus deinen Erwartungen an ihr Alter herausfiel. Sie fiel nicht heraus. Ich wußte, daß – Du schliefst ja – wußte, daß mir eine Überraschung bevorstehen würde. Du schliefst tief. Ich schlief, zugegeben, aber ich schlief leicht. Was ich nicht verstehe, ist, warum hältst du den Gedanken aus, an den Südpol zu diesem Symposium ohne Thema geflogen zu sein, aber den Gedanken, auf dem Weg sei dir eine uralte Stewardeß begegnet, hältst du nicht aus? Ich war luftkrank. Du warst schwer luftkrank. Ich fühlte mich ganz gut, aber ich war im Grunde schwerstens luftkrank. Das Einsetzen dieser Luftkrankheit fiel mit dem Erscheinen der uralten Stewardeß zusammen, hing aber damit nicht zusammen. Es fiel zusammen, aber es hing nicht zusammen, doch weil es zusammenfiel, dachte ich, es hängt zusammen, aber nicht alles, was zusammenfällt, hängt zusammen. Und umgekehrt. Umgekehrt aber auch. Man kann es von beiden Seiten sehen. Du warst luftkrank, ein bißchen, aber mehr nicht.

Ein bißchen luftkrank, das reicht. Ich starb fast, als ich dich anschaute. Es machte mich so verlegen, dich anzuschauen. Es war eine solch entsetzliche Qual, deinem Benehmen dieser Stewardeß gegenüber zuschauen zu müssen. Du hast mich von deinem Sitz aus regelrecht gefoltert, wenn ich dir zusah, wie du sie anschautest und behandeltest. Behandeln wolltest. Du tratst ja nicht in Aktion. Ich konnte nicht. Die Aktion wäre eine freundliche gewesen. Ich glaube nicht, daß es so rasch jemanden gäbe, dem ich liebenswürdiger gegenübergetreten wäre als dieser uralten Stewardeß. Aber ich bin doch vor ihr beinahe gestorben. Sie stand dem Tode nah, so alt war sie, aber sie war nicht tot, so alt war sie nicht, sie war so alt, daß man annehmen mußte, der Tod tritt bald ein, aber sie hat noch Zeit, mindestens bis zum Ende des Fluges, es wäre denn, die Höhe macht ihr zu schaffen und der Tod kommt früher. Dem aber widersprach der Umstand, daß sie so überraschend und eigentlich sehr lebendig auftauchte. Du Dichterin, mir überlegen: Stand die Stewardeß vor dem Tod? SCHWEIG, EKEL! Sag nicht immer SCHWEIG, EKEL! Ich frage dich, ob sie vor dem Tod stand. SCHWEIG, EKEL! Sie hat recht. Sie hat recht? »Schweig, Ekel« sagt sie zum Tod. Was soll man zum Tod anderes sagen als Ekel? Gesprächsleiter! Sagt man Ekel, wenn der Tod nahe ist? Ich mische mich nicht gern ein. Du mußt. Ich gebe nur zögernd Auskunft. Sagt man zum Tod Ekel? Heißt der Tod gar Ekel, wie die junge Dichterin behauptet? Sie behauptet nichts. Sie sagt zu allem SCHWEIG, EKEL! Ekel ist ihr kein eigener Ausdruck für den Tod, schon gar nicht für den Tod einer uralten Stewardeß, die sie nie gesehen hat, geschweige denn auch nur erahnt. SCHWEIG, UNSCHLITT! SCHWEIG, UNSCHLITT! Da! Sie straft dich Lügen. Sie hat die Stewardeß sehr wohl gesehen. Gesprächsleiter! Ist Unschlitt der angemessene Name für Tod? Ich behaupte, ja. Wer hat diese Stewardeß eingestellt? Ist sie eigens für unseren Flug dagewesen? Hat die Lufthansa eigens für uns diese alte Stewardeß angemietet? Wollte niemand sonst uns begleiten? Sind wir schon wieder so weit? Wie weit? Daß niemand die Dichter und die Kritiker auf ihrem Weg zum Südpol begleiten will.

Ich war ja begleitet. Mir wurde die Begleitung zuviel. Auf dem Rückflug könntest du wieder luftkrank werden. Ich kann nicht auf einem Rückflug luftkrank werden. Ich kann nur auf einem Hinflug luftkrank sein. Beim Rückflug hat man die Erwartung, die einen trägt. Die Erwartung trägt beim Rückflug gerade nicht. Sie trägt nur auf dem Rückflug. Beim Hinflug erwarte ich nichts. Du bist noch nicht da, also erwartest du das Ganze. Beim Rückflug weißt du, was dich erwartet. Du weißt nicht, was in mir vorgeht. Ich weiß nicht, was in mir vorgeht. Aber ich errate andere. Ich errate niemand. Ich habe keine Ahnung, was in mir vorgeht. Ich lebe im Rätsel, aber ich spreche unerschrocken darüber. Ich rede nicht in Rätseln. Weil du nichts begriffen hast. Wer begreift, redet in Rätseln. In Rätseln redet, wer nicht begreift. Es gibt keine Rätsel, außer, man macht sie. Auf dem Rückflug trägt mich die Erwartung. Ich werde nie luftkrank auf Rückflügen. Bist du schon je zurückgeflogen? Ich weiß nicht. Ich werde nie luftkrank. Ich werde auch auf Hinflügen nicht luftkrank. Die Erwartung trägt auch da. Mich trägt die Erwartung immer. Ich brauche weder Hin- noch Rückflug. Wir brauchen einen Rückflug. Die Luftkrankheit kommt an zweiter Stelle. Ich werde nicht luftkrank sein. Vor dem Staatssekretär so tun, als stürbe man. Er wüßte nicht, was damit anfangen. Entsetzliche Situation. Wenigstens wäre eine Frage angeschnitten, nämlich: Will der Mann einen Leichenzug? Finstere Rede. Helle Rede. Ich bin nicht ernst. Ich bin durchaus heiter. Noch nicht so heiter, wie ich werden will. Ich meine es nicht ernst. Ich hatte ja bloß vor der alten Stewardeß – Es reicht – einen Schwächeanfall. Mir reichte es auch. Mir reicht ein Schwächeanfall nicht. Ich brauche keine Schwächeanfälle. Ich kenne Schwäche nicht. Mir reichen drei Schwächeanfälle. Ich brauche mehr Schwächeanfälle. Nur die äußerste Schwäche hilft weiter. Sie hilft nicht weiter. Sie wirft zurück. Die Erwartung trügt. Die Schwächeanfälle helfen weiter als die Erwartung. Die Erwartung ist nicht auf dem Rückflug. Auf dem Rückflug erleide ich vor dem Sekretär aus demselben Staate einen Schwächeanfall. Er gibt den Befehl zu unserer Ausrottung. Wir haben doch vorher noch einen weiten Flug fertiggebracht. Es wird keine Schwächezeichen geben. Ich sehe Schwächezeichen nie. Siehst du Schwächezeichen? Kann ich nicht sehen. Ich fühle sie. Ich überwinde sie. Habe ich am Tag nicht vier, fünf, sechs schwerste Schwächeanfälle, kann ich nicht arbeiten. Ich hatte heute noch keine Schwächeanfälle. Ich fühle mich stark, kann also die Arbeit nicht aufnehmen, die von Schwäche handelt. Du kannst aber eine Arbeit aufnehmen, die von Stärke handelt.

Ich nehme nur Arbeiten auf, die von Stärke handeln. Ich brauche in meiner Schwäche Arbeiten von übermenschlicher Stärke. Je übermenschlicher meine Arbeiten, umso stärker darf ich schwach werden. Ich zittere wie Espenlaub, meine Helden haben achtfache Menschengröße. Ich brauche zehn Schwächeanfälle in kürzester Zeit. Ich lege immer los wie ein Berserker, ob mit oder ohne Schwäche. Ich kenne so etwas wie Schwäche nicht.

Wahrscheinlich bin ich unterlegen. Du bist unterlegen. Ich glaube es nur schwer. Du bist erbärmlich unterlegen. Ich finde, du bist entsetzlich unterlegen. Ich fühle meine Unterlegenheit nicht so stark, wie ich deine fühle. Das will etwas heißen, denn ich fühle meine Unterlegenheit stark. Ich werde sowohl auf dem Hin- wie auf dem Rückflug einen vollkommenen Schwächeanfall gehabt haben. Schwächeanfälle mag es geben, Unterlegenheit gibt es nicht. Keiner ist unterlegen. Keiner ist jemals einem anderen unterlegen. Ich fühle mich unterlegen, aber bin ich unterlegen? Ich vermute, nein. Ich bin überlegen. Ich will es nicht zu verstehen geben. Ich kümmere mich nicht um so etwas wie Überlegenheit. Deine Gleichgültigkeit macht dich überlegen. Du bist überlegen wegen deiner umfassenden Gleichgültigkeit. Deine Gleichgültigkeit ist total, sie erstreckt sich auf alles, sie überzieht alles mit ihrem gleichmäßig gläsernen Firnis, also bist du ganz natürlich vollkommen überlegen. Wir weichen diesem Symposium aus. Wir müssen dieses Symposium beginnen. Die Widrigkeiten sind ungeheuer, aber das Symposium muß sein. Wer fängt an? Gesprächsleiter! Richtig! Ich möchte anfangen! Ich habe es nicht ernst gemeint. Ich hatte vor der alten Stewardeß – Ja, mir genügte es auch. Ich glaube, du und ich, wir sind aus derselben deutschen Stadt. Ich bin aus derselben Stadt wie du. Ich bin wiederum aus genau derselben Stadt. Am Rhein. Am Rhein, auch ich. Auch ich komme vom Rhein. Eine rheinische Frohnatur. Das bin ich nun gerade nicht, aber zweifellos macht der Rhein fröhlich. Er ist eine Frohnatur, und man verwechselt ihn mit sich. Wäre er keine Frohnatur, würde er nicht mehr fließen. Der Rhein. Der Rhein. Ziemlich weit weg. Er ist winters aber auch gefroren. Ich war winters in derselben Stadt wie ihr. Merkwürdig, daß wir uns in Köln nie getroffen haben. Es war nicht Köln. Dann konnten wir uns nicht treffen.

Bei mir war es Köln. Dafür haben wir alle denselben Beruf erlernt. Denselben. Genau denselben. Ich habe ihn allerdings nicht gelernt. Ich konnte ihn spontan. Ich bin sehr spontan. Ich mußte meinen Kritikerberuf nicht lernen. Ich habe auch viel gelernt. Ich habe nichts gelernt, wie du. Das ist nicht mein Fehler. Man hat uns nichts beigebracht. Sie schaffen es nicht mehr. Ich glaube, ich leide unter einem Versagersyndrom. Ich kann dir heraushelfen. Das kann ich. Ich nicht. Ich stecke in diesem Syndrom. Ich sättige mich durch Essen und durch Denken. Denken sättigt mich mehr. Ich will dir helfen. Darf ich? Ich lasse mir nicht gern helfen. Gern, also. Das Versagersyndrom kommt dir, weil du alles gelernt hast. Es gibt nichts mehr zu lernen. Du bist am Ende angekommen, aber nicht dein Glaube, du solltest etwas lernen. Darum fürchtest du, daß du nichts mehr lernst. Während du alles kannst und nun nichts mehr lernst. Das macht alles anders. Ich habe nie daran gedacht, das geringste zu lernen. Ich glaube, kein Kritiker hat jemals etwas für seinen Beruf gelernt. Man ist Kritiker entweder von Geburt oder durch äußere Notstände oder aus Schwierigkeiten mit Frauen, die dann, wenn ich Kritiker bin, rasch zu Ende sind. Auch ich habe, seit ich Kritiker bin, keine Schwierigkeiten mit Frauen mehr. Mit einer, vielleicht, aber das zählt nicht. Aber das alles ist nicht mein Grund. Was ist dein Grund? Derselbe wie seiner. Wessen? Sein Grund. Und was ist dein Grund? Eben: Was ist sein Grund? Was ist dein Grund? Keiner. Es gibt keinen Grund. Ich bin Kritiker. Man hat einen Beruf, weil man nicht daran stirbt. Geht es Ihnen anders? Gesprächsleiter! Das genügt heute, das muß heute genügen. Er hat keinen Grund, sagt er. Und du hast denselben Grund wie er? Denselben. Dann hast auch du keinen. Ich habe den Beruf nicht gelernt. Ich bin hineingewachsen. Ich bin auch nicht Kritiker. Ich handle nur wie ein solcher. Du bist ja ein guter Kritiker, finde ich, daran halte ich fest. So rasch wirst du mir diese Meinung über dich nicht zunichte machen. Ich halte an meiner Meinung fest und an dir. Aber ich selber? Bin ich ein guter Kritiker? Du bist auch kein schlechter. Du machst es immer gut. Ich werde gleich ganz froh. Ach, da wirst du froh. Muß man es denn immer gut machen? Du sagst, ich mache es gut. Ja? Aber ich meine doch nicht, jeder müsse es immer gut machen, und nur dann sei er ein Kritiker. Ich meine nur, was ich sage, nämlich, du machst es gut. Dann mache ich es ja gut, nicht wahr. Ich sehe ein, daß du davon überzeugt bist. Aber du sagst es mir ja. Aber ich sage nicht, daß jeder es gut machen muß. Das sage ich ja auch nicht. Das sehe ich ein. Also, warum sagst du dann, ich mache es gut? Du meinst doch, ich mache es schlecht. Wenn ich sage, du machst es gut, dann meine ich, du machst es gut. Aber nicht immer. Also bitte, wenn ich es gut mache – was ich gar nicht finde –, dann mache ich es immer gut. Ich mag es machen wie ich will – ich halte mich für mittelgut, für etwas besser als mittelgut. Auf diesen Unterschied zwischen mir und dem Mittelguten kommt es mir an. Ich mag es machen wie ich will, ich meine, ich mache es immer gleich gut, in etwa.

Ich bin ein guter, mittelguter Kritiker. Du darfst mir widersprechen. Nie. Es geht darum, die Bewertung ›gut‹ und ›schlecht‹ in immer neuen Varianten und Substituten zu setzen. Der ganze Beruf besteht aus Gutgut- und Schlechtschlecht-Girlanden. Ich bewege mit den Wertungen sowohl das Kunstwerk wie mich selber, denn die Wertungen wirken nach außen hin wie auch auf mich zurück. Mir noch ein Sandwich. Spargel. Langen, dünnen Spargel. Mir etwas Tee. Warmen, mittelguten Tee. Nein, ich halte dich, ehrlich, für einen ganz ausgezeichneten Kritiker. Für einen wirklich ausgezeichneten Kritiker. Für einen – Ausgezeichnet. Ich will nicht gleich vergessen, was ich gesagt habe. Haben die Herren Dichter mitgehört? Wir singen noch Schubert. Wir Schubertianer. Wir bilden einfach einen Chor. Alles Komplizierte mißlingt uns, sogar die Chorabsprache. Wir haben nicht mitgehört, auch von uns sind mehrere luftkrank. Die uralte Stewardeß hat euch zugezwinkert, und zwar machtvoll. Sie hatte zwinkernde Absichten. SCHWEIG, EKEL! Da muß sie sich wehren. Das wußte ich. Wir waren luftkrank. Die meisten von uns. Ich bin gesund. Ich bin gesund geworden. Aber ich war schwer krank. Vielleicht war das mein Grund. Er hat einen Grund. Krankheit. Die Krankheit ist ein Grund. Die eigene Krankheit. Sie begründet alles. Man vergißt sie immer. Gut, wenn man daran erinnert wird. Ich bin nicht krank, also habe ich eine schwere Krankheit. Sie kann jederzeit wie Gesundheit wirken. Das ist ihre abgefeimte Verstellung. Schwer krank. Ich sehr schwer krank. Es nimmt zu und schleudert mich hinab. Das müßt ihr doch sehen! Das kann man doch nicht übersehen! Diese Stewardeß hat das an dir so ganz erkannt! Wir möchten im Chor weitersingen. Die Stimmen tragen bis an den Horizont. Darüber hinaus, wenn wir Glück haben. Da singen sie. Wieder. Müssen wir uns das anhören? Und er? Ist er mit Schreiben bald fertig? Ich glaube, da kommt nichts mehr. Oder aber, da kommt nur ganz langsam noch etwas. Er kann nichts dafür, aber er ist außerordentlich langsam. Die Gegend. Ich schleppe mich bald nur noch herum, indem ich mich an meinen Haaren ziehe. Schmerzhaftes Gehen, schmerzhaftes Stehen. Der Schmerz ist der höchste Grund. Der allerhöchste. Ich habe keine Schmerzen. Ich bin über den Schmerz hinaus. Ich wußte nie, was Schmerz ist. Ich war von Anfang an über den Schmerz hinaus.

Man sagt, der Flughafen sei von hier aus zu sehen. Man sieht ihn also, wenn man Ausschau hält. Ich möchte ja so gern Ausschau halten. Ich, schrecklich gern. Mir wäre es das Höchste. Ich würde alles darum geben, Ausschau halten zu dürfen.

Nur einmal Ausschau halten. Ich verlange nicht viel. Ich war anmaßend, grob, glaubte, die Welt liege mir zu Füßen. Ich trat diese Welt, so heftig ich konnte. Ich bin heute mit allem zufrieden, wie klein es auch sei. Nur das Kleinste ist gut genug für mich. Jetzt bist du wieder im Exzeß. Für mich ist das weder zu Große noch zu Kleine genau richtig. Im Prinzip ist mir alles recht, aber das Richtige darf das Prinzip nicht strapazieren. Prinzipien sind heilig. Sie sind zum Durchbrechen da. Ich halte Prinzipien hoch, aber nicht heilig. Allerdings halte ich sie sehr hoch. Ich bin da bescheidener. Wie bescheiden? Ich bin da fast nicht vorhanden, in Beziehung auf Prinzipien. Eigentlich gibt es mich diesbezüglich kaum. Heißt das, du setzt die Prinzipien ab, oder aber, du setzt sie obenan? Ich weiß es selber nicht. Einmal setzte ich sie obenan. Ich fuhr damit gut. Ich stelle mit Befriedigung fest, daß ich sie rechtzeitig absetzte. Ich fuhr wiederum sehr gut damit. Ich habe daraus ein Prinzip gemacht, aber keine Garantie. So siehst du aus. Wie sehe ich denn aus? So wie dein Umriß. Ich möcht ja nicht aussehen wie mein Umriß. Eine abschreckende Vorstellung. Mich zieht sie an. Laß mich überlegen. Den Flughafen sollte man dennoch von hier aus sehen. Wir sagten das Gegenteil. Ungültig. Du machst es dir leicht. Ich helfe uns weiter. Wollen wir? Ich möchte weiterkommen. Ich brauche etwas Mut, du auch. Ich brauche mehr Mut. Habe nichts dagegen, daß wir das Flughafengebäude nun von hier aus sehen. Wer das sieht, weiß ich nicht. Aber es ist besser, ich streue mal das Gerücht. Man kann insbesondere das Gebäude von hier aus sehen. Ich sehe es – nicht. Ich strenge mich an. Ich weiß nicht, ob es mir glückt. Mir glückt es auf keinen Fall. Aber ich bin bescheiden. Ich sehe es nicht, also ist mein Ziel erreicht. Ich sehe, weshalb ich es sehen sollte, und das ist soviel, als sähe ich es. Im Westen. Der Pol läßt keine Himmelsrichtungen zu. Aber wir stehen nicht genau auf dem Pol. Ich, vielleicht, aber ich will es nicht. Im Westen sieht man den Tower mit der Überwachungskanzel. Ich sehe die Überwachungskanzel. Aber nicht die des Flughafens. Noch eine? Sicher. Vor dem geistigen Auge. Eine sehr hohe Überwachungskanzel. Die gibt es immer. Besetzt? Tag und Nacht. Insbesondere nachts. Weil man sich nicht mehr überwacht fühlt. Nachts hilft die Besatzung der Kanzel nach. Woher weißt du das? Das weiß ich doch nicht. Ich glaube, es ist gar keine Überwachungskanzel. Was wollen die hier überwachen? Jedenfalls sieht man das Ggebäude. Sagt man. Das Gerücht hat meine Sicht verstärkt. Ein gutes Gerücht. Es gibt schlechte, die behindern nur. Ich bin nur zufällig hier. Ich bereue. Aber warum bereuen? Man bereut zuviel. Viel zuviel. Man bereut zuviel. Gewisse bereuen alles. Ich kenne einen, der bereut, noch ehe er handelt. Er bereut auf Vorrat. Ein rücksichtsloserer Mensch wurde selten gesehen. Allerdings habe ich nie nach rücksichtslosen Menschen Ausschau gehalten. Die erledigen sich von selbst. Ich bereue nie etwas. Insbesondere nicht, hier zu sein. Es tut mir nur etwas leid.

Mir scheint, ich verliere meine Zeit. Aber die Zeit gehört nicht mir. Ich habe meine Zeit lange schon abgetreten. Ich habe sie abgetreten und bekam sie vielfach zurück. Von dir. Ich habe sie dir zurückgegeben, nachdem du mir deine gegeben hattest. Niemandem gehört seine Zeit. Niemand kann seine Zeit jemals verlieren. Erstens ist sie nicht verloren, zweitens ist sie immer gewonnen, drittens ist sie nicht vorhanden. Man stiehlt seine Zeit. Man kann andern ihre Zeit stehlen. Ich tue es gern. Ich stehle Zeit wie ein Berufsverbrecher. Zeit kennt kein Eigentum. Mein Berufsverbrechertum trägt dem Rechnung. Verbrechen als Beruf. Zeit stehlen ist kein Verbrechen. Das Verbrechen sollte berufeshalber ausgeübt werden oder nicht. Ich verabscheue dilettantisches Verbrechen. Beim Stehlen der Zeit fängt es an. Ich tue es fachmännisch. Die Kritiker tun es auf vollkommene Art. Sie verlieren ihre Zeit nicht. Sie sind auch keine Berufsverbrecher wie wir. Wir sind die wahren, jene, auf die es ankommt. Eigentümlich, wie wir ausgerechnet beim Berufsverbrechertum leicht obenaus schwingen. Sie haben nichts zu melden. Abgeschmettert. Vor dem Ziel vernichtet. Ich greife ein und gebe ihnen einen weiteren Schlag. Aber Zeit geht jedenfalls verloren. Mein Eindruck trügt häufig, wenn es um die Zeit geht. Das meine ich auch. Du warst mir nie gewogen. Bitte sei mir geneigt. Bitte hör mit diesen Anfeindungen auf, es funktioniert nicht mehr. Ich nehme an, du bist der Friedlichste. Du gehst auf mich los, weil du dich schämst, daß alles so friedlich geht und daß gar kein Angriff notwendig ist. Das hättest du nicht gedacht. Du hast nie sehr viel gedacht. Jetzt geht es dir auf. Du solltest es erkennen können, mit der Zeit. Aber du verstehst auch die Zeit nicht, ebensowenig wie du den Angriff verstehst. Alles ist friedlich, und du voran. Wie? Das meinst du auch? Ich wußte nicht, daß du überhaupt mit mir sprichst. Dein Eindruck trügt häufig. Ich nehme dich als Zeugen. Du hast es gesagt. Du hast es eingesehen. Ich tat es längst. Ich wollte es dir nur nicht sagen, es dir ersparen, dich im Schutze deines Unwissens lassen, dir deine Laune bewahren. Die war nie gut. Wird nie gut sein. Sie mißfällt nicht. Gut, daß du selbst darauf kommst, daß dein Eindruck trügt. Zeit geht keine verloren. Zeit kann nur gewonnen werden. Der Gewinn tätigt sich, derweil sie vergeht, das ist richtig. Es findet ein Abzählen statt, während ein Hinzuzählen stattfindet. Zeit gegen Erfahrung. Dies hier ist keine Erfahrung. Was denn? Es IST, es ist, einfach. Auch eine Erfahrung. Sagst du. Meine ich. Ich war erfreut, als ich das soeben hörte. Sehr erfreut. Ich hatte es nicht mehr erwartet. Durch und durch zufriedenstellend, muß ich sagen. Dies hier ist, ist schlechthin. Das ist es. Du bist ja nun auch darauf gekommen. Getrennt von dir. Aber ich sprach gerade davon. Ich hab dir nicht zugehört. Du hast mit mir gesprochen. Ich kann mit dir sprechen, ohne dir zuzuhören. Wenn du von etwas sprichst, kann ich es dennoch unabhängig von dir entdecken, auch wenn wir darüber sprechen. Es gibt viele Ebenen. Oh. sehr viele. Ich sehe keine Ebenen. Ich sah einmal eine zweite.

Im Augenblick sehe ich unsere Ebene der Debatte und die Ebene des Eises. Die heißt Umgebung. Jede Umgebung bestimmt die Ebene der Debatte. Diese hier besonders. Weil du da bist. Ich habe dich hier nicht erwartet. Aber ich nahm sicher an, daß du herfliegen würdest. Das konntest du dir nicht entgehen lassen. Ich ließ es mir nicht entgehen. Ich ergriff es, so rasch ich konnte. Man verliert seine Zeit, aber – Das wollte ich. Was kann man heute noch tun, außer seine Zeit zu verlieren? Zunächst wütet man wie ein Stier, dann stellt man befriedigt, hochbefriedigt fest, man hat gewonnen. Lieber gewinnen als verlieren. Der Gewinn allerdings saldiert sich zunächst als Verlust. Wer bis zu den äußersten Grenzen des Verlustes geht, weit über sein Fassungsvermögen hinaus, der fährt ungeheuren Gewinn ein. Mein Eindruck trügt also häufig? Wolltest du das sagen? Schön, daß du hier bist. Häufig? Er trügt oft? Du hast von uns allen das beste Ortsgedächtnis. Da warst als erster hier. War ich. Eben. Du bist der erste von uns gewesen. Das war ich schon durchaus. Ja, schon. Jetzt möchten wir von dir den Rückweg wissen. Der ist mir entgangen. Aber ich war der erste hier. Sicher. Und jetzt, wie zurück? Augenblick. Wenn ich mich so umschaue – laß mir etwas Zeit. Ich würde sagen, hier durch, nach – also, die Himmelsrichtungen funktionieren nicht so ganz richtig. Aber munter, hier durch. Wie siehst du das? Ich sehe es nicht. Ich entnehme es. Einem Schriftstück? Als wärs ein Schriftstück. Ich brauche nichts Materielles. Ich entnehme es dem, was vorliegt. Mannigfaches liegt vor. Man braucht es bloß aufzuschlagen. Wie? Genug. Auf den Flughafen zu. Und der liegt da? Wer weiß das? Ich weiß es. Laß es mich verkünden. Ich sage euch, woher ichs habe, wenn wir angekommen sind. Ich komme übrigens aus keiner Stadt am Rhein. Ich bin aus einem pfälzischen Dorf. Von wo genau? Kann es nicht sagen. Bleibt mir unerklärlich. Habe Heimat unermüdlich gesucht. Nichts gefunden. Finde nicht zurück. Als ich achtzehn war und nach Berlin zog, verschwand mein Heimatdorf von der Karte. Kannst du das verstehen? DDR? Nein. Von der Karte verschwunden. Einfach so. Ich zog weg, da war es fort. Nicht mehr gefunden. Finde nicht zurück. Es sah stabil aus. Ich hätte nicht gedacht, daß die Existenz meines Heimatdorfes nur von meiner Anwesenheit abhinge. Tat sie wohl. Wenn man dir glauben darf. Darfst du aber nicht.

Ich komme aus Künzelsberg. Willst du uns ablenken? Nun hast du ein Dorf. Sieht so aus. Ich habe auch ein Dorf. Ich habe mehrere Dörfer. Ich habe ganze Reihen von Dörfern. Ja ja, ich will euch ablenken. Künzelsberg ist übrigens weg. Ist es weg oder noch da? Hör mir mal zu. Muß ja nicht sein. Ich zog nach Berlin, da war es weg. Ich fand es nicht mehr. Kann geschehen. Schien mir aber seltsam. Mir scheint vieles seltsam, was geschieht. Mir nicht. Ich akzeptiere. Resigniert. Nein. Keineswegs. Ich akzeptiere. Künzelsberg verschwand. Zunächst war es da, dann gab es das nicht mehr. Da es sozusagen unmöglich ist, beharre ich nicht darauf. Ich schäme mich. Scham ist das beste. Sie reinigt sagenhaft. Scham ist sagenhaft. Nach einer Scham ist man wie neu. Sie ist unerklärlich und irgendwie tief. Das beste ist etwas Scham. Na, ein bißchen Beharren ist auch nicht schlecht. Dieses Künzelsberg ist auch nicht schlecht! Scham ist so entsetzlich geistig, dieses Künzelsberg ist deftig, ein deftiges Dorf, zum Hineinbeißen. Er ist überhaupt nicht schlecht. Ich meine den ganzen Menschen. Der Mensch ist schlecht. Dieser da ist ganz gut. Er ist ziemlich gut. Aber er führt uns an. Er hat recht, und was er sagt, trifft zu, aber er betrügt uns. Aber dieses Künzelsberg ist auch nicht schlecht! Von der Landkarte verschwunden. Ein Berlinbesuch genügt. Nun ja, du koppelst das Verschwinden mit deiner Abreise. Gibt es sonst Möglichkeiten? Krieg. Künzelsberg kennt keinen Krieg. Die Künzelsberge gingen sämtlich durch viele Kriege hindurch. Aber sie haben dabei die Kriege aufgebraucht. Dank den namenlosen Künzelsbergen und deren namenlosem leisem Widerstand sind die Kriege aufgebraucht. Es verschwand dennoch, das Dorf. Dank deiner Abwesenheit? Ich muß es annehmen. Wo warst du denn? Du hast es gesagt. Du hast es nicht gehört. Ich höre kaum etwas, wenn du etwas sagst. Du sagst zuviel auf einmal. Muß jemand dir etwas sagen, bis du etwas hörst? Das Hören ist unabhängig vom Sagen. Man hört immer etwas, wenn man will. Berlin. Ich war in Berlin. Das ist schlecht. Dachte ich mir auch. Sehr schlecht. Ich wußte nicht, daß wir einverstanden sind. Gesprächsleiter! Ich höre aufmerksam zu. Gibt es etwas zu schlichten? Ich denke nicht. Ist es schlecht, in Berlin zu sein. Ist es gut? Wir kommen nicht weiter. Darf ich eine Lösung vorschlagen. Erst abstimmen, ob wir sie akzeptieren. Eine Mehrheit. Schlag etwas vor. Seht zuerst auf das Eis. Wir sehen. Ist es unendlich? Wir fürchten es. Ich fürchte es nicht. Aber ich fürchte nichts. Du bist ein Fall für sich. Das Eis wird sich rächen. Wenn euch das Eis beeindruckt, dann werdet ihr meinen Rat zu schätzen wissen. Spann uns nicht auf die Folter. Ich weiche ab. Ich nehme den Rat nicht an. Worum geht es? Die Parteien bringen verschiedene Einschätzungen eines Berlinbesuchs vor. Hört mich an. Die salomonische Lösung.

Nach Berlin zu fahren ist gut, auch moralisch gut, wenn dabei nur nach Berlin gefahren wird und nichts weiter. Diese Reise nach Berlin hat grundsätzlich nichts Schlechtes an sich. Ich kann daran nichts Falsches sehen, und ich denke, einer Mehrheit ergeht es ebenso. Man mag argumentieren, daß Berlin, die Stadt, etwas Abschreckendes an sich hat und daß zu ihrem Aufsuchen ein Abgrund fremden Terrains überstiegen werden muß. Allein wenn ihr mich fragt, so ist dieser Abgrund nicht so gar tief, und die Menge der Reisen ebnet ihn ohnehin ein. Auch moralisch erklimmt heute keine Krete des Bösen mehr, wer nach Berlin reist und sogar eine Weile da bleibt. Ich war auch schon da, und nicht nur wollte sich kein Gefühl der Verworfenheit bei mir einstellen, sondern ich verlängerte, nachdem er in verschiedenen Instanzen abgelaufen war, meinen Aufenthalt in geradezu schamloser, mich entblößender Weise, die ich nur darum nicht schildern will, weil sonst meine Stellung als Gesprächsleiter darunter litte. Ich entblößte mich in Berlin wie kaum einer, man kann sich nicht stärker und unumgänglicher entblößen als ich, ganz nackt, gedemütigt und wirklich frierend stand ich auf seinen öffentlichen Plätzen herum, dies ist ein anderes Kapitel. Doch ich sage euch, auch darin liegt nichts Verwerfliches. Weder ist der verwerflich, der sich in Berlin entblößt, noch ist Berlin verwerflich, weil es ihn entblößt und ihn dann stehenläßt. Worauf ich hinauswill, ist: Berlin ist ein Risiko, eines der umfassendsten Risiken der Menschheitsgeschichte, und wer diese Stadt freiwillig aufsucht, der begeht nicht feige Flucht aus unseren Territorien, sondern der sucht kühn, rücksichtslos auch gegen sich, und gemeinschaftsfördernd das zerstörerische Risiko dieser Stadt.

Eine Reise nach Berlin ist etwas grundlegend Gutes. Eine kleine Reservation kann nichts schaden, an diesem Punkt nichts schaden. Es handelt sich nicht um die Reservation eines Hotelzimmers oder die Reservation eines Sitzplatzes in einem Kabarett, sondern um eine juristische Reservation, um einen Vorbehalt mithin. Derjenige, welcher nach Berlin reist und dabei sein Heimatdorf verschwinden läßt von der Landkarte, handelt schlecht, grundsätzlich ist seine Reise abzulehnen. Wenn bei jedem, der nach Berlin reist, sein heimatliches Künzelsberg verschwindet, werden wachsende Breschen in die Reihen unserer Dörfer geschlagen, welche schließlich ganz verschwinden, nicht etwa, um aufzugehen im Kloß Berlin, sondern um sich, hast dus gesehen, in Luft aufzulösen und von einer höheren Macht im besten philosophischen wie im schlechtesten materiellen Sinne aufgehoben zu werden. Du reistest nach Berlin, und Künzelsberg verschwand dabei, wie du sagtest, so hörte ich es. Dies ist schlecht, ich bedaure. Du fällst unter die Reservation. Unter sie fallen nicht viele. Die meisten unter uns dürften mit einer Berlin-Reise etwas Gutes tun. Dasselbe gilt für den Südpol. Welche Rede. Einfacher Berlin-Besuch genügt. Ich war nie in Berlin. Ich meide es. Ist das schlecht? SCHWEIG, UNSCHLITT! Die Auskunftei ist geschlossen. Der Gesprächsleiter zieht sich zu der Dichterin zurück. Jene mit dem Kind braucht den Rat eines Mannes. Ich weiche Berlin aus, wo immer es auftaucht. Es begann als eine große Stadt und verkümmert nun. Ich war der erste, der es merkte. Berlin verkümmert, ohne daß ich es bemerke. Ich stelle fest, daß zwischen meiner Sicht auf die Dinge Berlins und Berlins Entwicklung kein Zusammenhang besteht. Ich versuchte, einen herzustellen. Vergeblich. Wenn ich laut schreie, stellt sich ein Zusammenhang ein. Schrei doch mal: Ihr geht unter! Ich weigere mich. Das Obstinate ist dein Kern.

Haßt du mich? Ewig. Ich war allerdings länger in Berlin. Du bist mir da begegnet, als ich für – wie hieß das Ding? – schrieb. Ich bin dir auch begegnet. Ich bin dir sicher da begegnet. Ich glaube, wir haben uns alle in Berlin getroffen. Früher oder später trifft man sich in Berlin. Obschon – wir kennen uns vom Rhein her. Man kann sich auch vom Rhein her kennen. Das hat keiner behauptet. Was willst du sagen? Wir sollten uns stärker mit der Literatur beschäftigen. Sie stirbt, und wir reden irgendwas zur Geographie. Geographie ist Literatur. Geographie ist die einzige Literatur. Alle Literatur ist Landschaftskunde. Das war immer so. Aber jetzt stirbt sie. Bisher ist sie nicht geradezu gestorben. Sie stirbt auch jetzt nicht an uns. Sie stirbt aus sich selber heraus. Wieso müssen wir das auch noch besprechen? Was meinen die Dichter? Wie bitte? Die Kritiker stellen eine Frage. Ach. Wir antworten. Die Kritiker warten. Wir antworten, worauf? Wieso wir besprechen müssen, daß die Literatur stirbt. Ach. Wir antworten. Wir warten. Wir antworten in Kürze. Wir wappnen uns mit noch etwas Geduld. Das war es, worum wir euch bitten wollten. Wir bitten nicht kniefällig, sondern im Sinne einer geringen Vorleistung, die uns den Umgang miteinander erleichtert. Wir können nicht gleich antworten. Da, wir haben es. Ich habe es nicht. Ich wurde nicht beteiligt. Wurdest du an der Antwort beteiligt? Sie fragen mich nie. Dich braucht man nicht zu fragen. Ich sage gern etwas dazu. Es bringt nichts. Laß bleiben. Man hat mich übergangen. Ich kann die Antwort an die Kritiker nicht mittragen. Wir antworten nun. Wir warteten geduldig. Danke. Vielen Dank. Wir sind euch verbunden. Unsere Antwort ist: Wir machen da kleine Unterschiede, ganz spezifische Differenzierungen. Wir sagen einerseits, andrerseits. Ich sehe noch nicht das ›einerseits‹. Wo soll die Differenzierung herkommen? Worauf wir antworteten, ist uns nicht mehr ganz deutlich. Wir äußern uns meist zu Berlin. Wir äußern uns oft so. Es kann nichts schaden. Eine Reise ist auch eine Betriebsanleitung. Gewiß. Man kann nicht widersprechen. Eine Reise ist fast alles, so auch eine Betriebsanleitung. Übrigens sprachen wir von der Reise nach Berlin. Ach, jene, bei welcher Künzelsberg verschwand. Schade. Eine

Katastrophe, wenn man es sich überlegt. Gab es Tote? Zweihundertzwanzig Einwohner verschwanden. Tot? Man kann es nicht sagen.

Sie sind nicht mehr da. Waren sie alt? Künzelsberg war ein altes Dorf. Ich war der Jüngste, bei weitem der Jüngste. Meine Eltern waren sechzig, als ich geboren wurde. Ich litt unter diesen alten Leuten und fuhr nach Berlin. Als ich zurückkam, war Künzelsberg verschwunden. Der Rhein floß noch, aber das Dorf war weg. Sogleich kam mir ein schlechtes Gewissen, daß meine Reise daran hätte schuld sein können. Ich ließ es hier debattieren. Faszinierend. Eine Reise ist eine Betriebsanleitung. Das haben wir unter uns festgestellt. Sie könnte also eine Betriebsanleitung zur Aufhebung des Ausgangsortes sein. Faszinierend. Daraus erhellt, daß die Reise im physischen Sinn zur Selbstaufhebung tendiert. Wenn die Ausführung des Reiseakts zur Vernichtung des Ausgangsortes führt, dann war da keine Abreise, und dann ist der Abgereiste nicht an einem Ort, von dem aus er wieder zurückreisen könnte. Er mag soeben angekommen sein: da sein Ausgangsort nicht mehr existiert, hat er keine Reise getan, sondern war schon immer an dem Orte, wo er gerade eben ankam. Da krachen tatsächlich zwei ekelerregend häßliche Eisschollen zusammen, bohren sich ineinander, feilen sich ab und zerfallen geräuschlos.

Ich warte. Ich warte auf das Symposium. Es fängt gleich an. Ein Symposium fängt nie an. Es hat immer angefangen. Man ist immer zu spät beim Symposium. Man betritt die Versammlung, und einer spricht immer schon. Gleichgültig, wo und wann das Symposium stattfindet, es hat immer schon angefangen. Auch jenes berühmte Symposium in Köln, bei dem ich Sie traf, hatte bereits angefangen.

Das Beste war, daß es gleich darauf zu Ende war. Einmal war ich Erster Redner. Ich war einmal Vorredner. Ich war mehr als du. Ich war letzter Redner. Das ist weniger. Ich war erster Redner, und – Ich bin Vorredner gewesen, kam dann noch einmal in der Mitte dran und hielt die Abschiedsadresse, die das Symposium des nächsten Jahres anzeigte. Ich bekleidete eine Reihe wichtiger Funktionen, unter anderem sollte ich das Symposium eröffnen. Klingt hörenswert. Ich höre ihm nicht zu. Sein Rede ist widerlich. Alles erfunden. Alles sehr wahr. Ich höre nicht zu, weil alles wahr ist. Ich kann nie zuhören, wenn ich nicht weiß, ob es wahr oder falsch ist. Ich höre auch ihm nicht zu, nicht weil es mich gleichgültig ließe, sondern weil ich ihm versprochen habe, ihm nicht zuzuhören, denn er sagte zu mir, bitte hör heute weg, wenn ich etwas sage. Ich höre nicht zu aus einem Freundschaftsdienst heraus. Ich vermute, ich werde weiterhin nicht zuhören, wenn es denn solchen Gefallen bei jenen, die reden, erweckt. Eine widerliche Rede. Sie sei abgekürzt. Bitte rasch abkürzen. Ich kürze noch etwas ab. Nicht genug. Ich fühle, deine Rede ist noch lang. Mach sie kürzer. Die Rede kann nicht kurz genug sein. Ich hörte bei jenem Symposium, das du kurz erwähntest –– meinst du das vierte oder das fünfte? Das fünfte. Ach, du meinst das fünfte, von dem wir wußten, es war das sechste, weil wir das erste nicht als Symposium zählten. Ich sagte, das erste Symposium heißt Null-Symposium. Das erste Symposium zählte. Kürze deine Rede. Ich kürze. Ich habe drei Seiten gekürzt. Sie waren funktional nicht notwendig. Die Form muß sich der Funktion anpassen. Die Funktion, meine Funktion ist sehr hervorstechend, aber sie ist gleichzeitig eher gedrungen, massiv, kauernd. Es ist eine fest und kurz und klein und stämmig auf ihren Hinterbeinen sitzende Funktion. Die Form muß sich ihr anpassen. Kürze deine Rede nochmal. Ich kürze. Noch immer zu lang. Weißt du ja nicht. Ich ahne es im voraus. Kürz nochmal. Kann nicht mehr. Es liegt noch eine Kürzung drin. Mach nicht so lange. Ich mache nie lange. Gibt man mir das Wort, lasse ich mir das Wort wieder nehmen. Ich würde mich nie ans Wort klammern. Es gehört mir nicht, man erteilt es mir. Das heißt nichts anderes als, man leiht es mir aus. Man darf es jederzeit zurückfordern. Man sollte sich am Wort festhalten. Übrigens gehören jedem seine Worte. Ich will sie nicht. Warum machst du Worte? Ich mache nie Worte. Ich mache wenig Worte. Treffende. Ich mache nie

Worte. Warum macht man Worte? Will man sich an den Worten bereichern, oder will man die Worte loswerden? Gesprächsleiter! Ich will folgendes sagen. Kürz. Es geht nicht kürzer. Kürz nochmal. Ich kann nichts mehr wegnehmen. Es geht an den Kern der Sache, was du jetzt noch gekürzt haben willst. Kürz den Kern. Ein Kern läßt sich nicht kürzen. Oh, ein Kern erscheint, nachdem man Tausende und Abertausende von Hülsen abgezogen hat. Der Kern läßt sich durchaus kürzen. Wir sollten das Symposium beginnen. Das ist mein Thema. Kürzen! Kürzen! Noch kürzer! Ich wollte auf das, was ich gekürzt sagte, zurückkommen und anmerken, daß selbst in jenem Jahr, in welchem ich die Eröffnungsrede halten mußte, bereits ein anderer sprach, als ich mit der Eröffnungsrede anfing.

Es ist unmöglich, ein Symposium zu eröffnen, es hat immer schon angefangen. Eröffne bitte dieses Symposium. Es hat angefangen. Es hat nicht angefangen. Es fing an, als wir ins Flugzeug stiegen. Es fängt hier und jetzt an. Es kann nicht stattfinden. Es ist kein Symposium. Äußere Umstände sind gleichgültig. Man kam, man führt jetzt ein Symposium durch. Wir sollten auf den Staatssekretär aus dem Staate warten, der ihn zum Sekretär machte. Vielleicht ist er auf die Eröffnungsrede vorbereitet. Es wird ihm ergehen wie mir. Einer hat immer schon angefangen. Du hast nicht angefangen. Ich will nicht damit anfangen. Ich kann die Verantwortung nicht tragen. Ich trage nie Verantwortung. Aber ein Symposium würde ich eröffnen. Eröffne es. Ich bin nicht Gesprächsleiter. Es wäre lächerlich. Ich würde es eröffnen, gleich darauf heißt es: kann nicht eröffnen, ist nicht dazu berufen, muß erst gewählt werden. Eröffnest du? Ich würde sagen: es ist eröffnet. Ich würde es schließen, wenn das notwendig werden sollte. Die Begleitung war absolut unerträglich. Ich hatte keinen Freiheitsraum, nur gerade meine Haut. Ich fühlte mich eingeengt. Ich habe mich inständig vor dem Erbrechen zurückhalten müssen bei soviel Begleitung. Gesprächsleiter! Schlichten! Es ist so. Die Dichter sind zum Südpol gefahren, nachdem sie sich einzeln dazu durchgerungen haben. Sie wurden von den Kritikern begleitet. Die Kritiker haben die Spesenrechnung angeschaut und gesehen, daß sehr wohl ein Abstecher zum Südpol drinliegt. Sie sind mit den Dichtern zum Südpol gefahren. Keinem ist es leichtgefallen. Der eine hat sich gegen sein Gewissen, aber mit seinem besseren Wissen, zum Südpol durchgerungen, der andere hat sich gegen seine Interessen, aber für seine Reisebrieftasche, für den Pol entschieden. Dadurch entstand bei jeder der Fraktionen der Eindruck, sie werde begleitet, oft sogar reichlich begleitet, bis zum Erbrechen begleitet, wie wir soeben gehört haben.

In Tat und Wahrheit aber hat uns niemand begleitet. Wir sind völlig allein gereist. Man erübrigte einen Piloten, den wir nicht zu Gesicht bekommen haben, und eine Stewardeß, die – nun, sie wurde ja schon beschrieben. Das nennt man eine Soloreise nach weit weg. Ich bin erschüttert. Darüber mag ich nicht sprechen. Ich habe davon nie angefangen. Ich hätte in meinen grausamsten Träumen nie geträumt, daß man davon zu sprechen anfangen könnte. Du tust es mit der dir eigenen Brutalität. Ich bin nicht brutal. Meine Nachgiebigkeit ist bekannt. Ich brauche sie dir nicht zu erklären. Ihr habt mich zum Gesprächsleiter gewählt, weil es damals noch schien, als bekäme das Symposium ein Thema. Nun hat das Symposium kein Thema bekommen. Ihr weigert euch, es kein Symposium zu nennen, was alles ja vereinfachen könnte, sondern ihr nennt das, was geschieht, weiterhin ein Symposium, was alles kompliziert. Ich bin demnach Gesprächsleiter, aber nichts weiter als eine Art Schlichtungsstelle, die immer wieder sagen muß, daß man die Dinge von zwei Seiten betrachten kann. Hältst du das für genügend? Ich? Ich frage, lohnt es sich? Ich frage so etwas nie. Ich habe mich zum Pol durchgerungen. Ich kann nicht auch noch fragen, warum.

Bruch, bitte, einen Bruch! Etwas anderes jetzt! Etwas Altes, jetzt! Nichts Neues, jetzt! Nicht auch noch weg von dem, was sich bewährt hat, jetzt! Was warst du denn noch, außer luftkrank? Jedenfalls außer luftkrank kaum sonst krank. Ich habe nicht gesehen, wie du vor ihr gestorben bist. Und wenn:

wäre das ein Verlust gewesen? Es wäre kein Verlust gewesen. Die alte Stewardeß, die mir gefällt, wäre ein Verlust gewesen. Du aber wärst kein Verlust. Ich würde dich nicht vermissen. Zuhause würdest du anders reden. Da bist du mächtiger, ja. Hier herrscht eine Aura der Aufrichtigkeit. Was Wunder, wenn mich das Sinceritätssyndrom packt. Ich möchte mich erleichtern, ehe ich, auf ihn wartend, daß er nämlich etwas schreibt – ehe ich hier erfriere. Ich möchte mich erleichtern um das, was mich in unserem Verhältnis zwischen uns beschwert. Mein Schoß blutet. Meiner auch. Ein Schoß blutet immer. Von weit innen. Es ist nicht der Schoß, es ist der Körper. Mich berührte jemand am Penis. Mein Penis blutet. In Ordnung. Kann nicht in Ordnung sein. Wenn er das tut, dann hast du den falschen. Ich kann nicht nachsehen. Hast du nachgesehen? Ich würde nicht nachschauen. Übrigens geht es lange. Geht nicht lange. Bei mir ging es immer lange. Angenommen, ich unternähme jetzt eine Prüfung, sie könnte unsere Rückreise verzögern. Eine Prüfung verzögert die Rückreise. Geht viel zu lange. Du fängst an, dir zu überlegen, was du prüfen willst. Das meiste kennst du bereits. Du hast soeben gehört, daß ›mein Schoß‹ blutet. Wessen Schoß? Du hast dich nicht gefragt, du hast dich erkundigt, du hast es nicht herausgefunden. Dann hast du es auf dich bezogen. Du schlägst eine Prüfung vor, wie es nur natürlich ist. Als Hindernis taucht unvermutet auf, daß die Prüfung zwar durchgeführt werden kann – warum sollte dein Penis nicht bluten, er kann es ja gut –, sondern daß die Prüfung viel zu lange dauert. Die eigentliche Prüfung ja nicht. Ich brauche keine Prüfung. Ich sehe es mir nur an. Da erlebst du deine Wunder.

Mein Schoß blutet stärker. Schöße, ja, nehmen mit der Zeit zu. Dahinter steht der Körper. Der hat mehr Ausdauer im Bluten. Das nützt mir nichts. Sie ist hilflos. Wir alle sind hilflos. Wir wären hilflos, wenn es uns nicht rechtzeitig eingefallen wäre. Mir fiel es schon längst ein, aber ich hielt es für besser, noch etwas damit zu warten. Warte nie zu lange. Du könntest es bereuen. Ich doch nicht. Andere, denen du vorenthältst, was du weißt, könnten es bereuen. Dann würdest auch du es bereuen. Ihr seid eine Gemeinschaft von aufrichtig Suchenden. Du, aus Zufall, entdeckst die Sache früher und teilst sie nicht rechtzeitig mit. Die anderen aber sind auf deine Auskunft angewiesen wie noch kaum in ihrem Leben, und sie gehen zugrunde, weil du es ihnen nicht rechtzeitig sagst. Könnten zugrunde gehen. Gehen nicht gleich zugrunde, meinetwegen. Es muß nicht gleich sein. Wart etwas zu, sieh der Zeit beim Verstreichen zu. Nimm ein Foto von dir auf und sieh dich auf dem Foto jünger werden. Das Foto ist immer gleich. Keineswegs. Absolut gleich. Unbedingt gleich. Das Foto verändert sich nicht. Sieh in einen Spiegel und halt das Foto neben den Spiegel. Du bemerkst, wie du im Spiegel gleich alt bleibst und auf dem Foto allmählich jünger wirst. Dies geht sehr langsam vor sich. Es ist besser, nicht in Wochen oder Monaten zu rechnen. Wie alles ist auch dies eine Frage der Langzeit-Statistik. Es mag durchaus geschehen, daß du in den ersten Tagen im Spiegel jünger wirst und auf dem Foto älter, aber sobald das Gesetz der großen Zahl in seine Rechte tritt, ist der Weg vorherbestimmt: Du wirst im Spiegel allmählich älter als auf dem Foto. Das muß sich nicht auf der ganzen Gesichtsfläche zeigen, auch nicht an den sogenannten und dafür gefürchteten Runzeln oder Furchen oder schmalen Einschnitten oder dort, wo eine Hautbeschaffenheit, die des Kinns, in eine andere Hautbeschaffenheit, die der Unterlippe, übergeht. Die Lippe kann blau verfärbt sein und das Kinn rot angelaufen. Dies ist ein Kontrast, bringt dich aber nicht auf das tatsächlich stattgehabte Altern. Dieses Altern findet außerhalb von dir statt, nämlich im Spiegel. Ich würde mehrere Wochen, Monate, Jahre veranschlagen für die Prüfung. Wir waren an der Prüfung des Penis. Des blutenden Penis, der schon ganz blutig ist.

Mein Penis war nie blutig. Mein Körper kann das nicht. Aber ich stelle mir vor, daß eine Prüfung von gutem wäre. Die Prüfung geht nicht, da sie zu lange währt. Sie währt noch länger als die des Alterns auf der Fotografie. Hättest du bei der Stewardeß ein Foto gemacht, so sähest du das nächste Mal, wenn du sie mit dem Foto konfrontierst, wie sehr sie gealtert ist. Es ist nicht das Alter, es ist die Differenz. Dafür braucht es zwei. Du ziehst eins vom anderen ab. Die Differenz ist bei mir, wenn ich etwas hinzuzähle. Ich habe Jahre hindurch eins zum andern gezählt und habe das immer Differenz genannt. Dafür spricht, daß – Ich blute aus dem Schoß. Sie kommt immer wieder damit. Sie kann nicht aufhören. Sie fährt uns dazwischen, wo sie kann. Sagte sie früher ›Unschlitt‹, so sucht sie uns nun mit ihrem Bluten heim. Wer soll das stillen? Ärgerlich. Ich ärgere mich über alle Maßen. Mich macht es friedlich. Allerdings blute ich auch, wenn auch nicht dort. Dort kannst du nicht bluten. Blutest du schon lange? Ehrlich, ich habe nachgeschaut. Ich schwimme in Blut. Aber es fließt nur langsam. Langsam fließendes Blut ist keine Gefahr. Ich saß einmal an einem Marmortisch und begann zu bluten. Mich hatte ein Geschoß getroffen. Es war geräuschlos abgefeuert worden. Da blute ich wieder. Ich habe noch nie geblutet. Mit diesem Geschoß hätte ich auch geblutet. Insbesondere wenn es so still daherkommt. Aber alles stimmt nicht. Es war ein lautes Geschoß. Ich dachte, er lügt in Bezug auf den Marmortisch. Ich habe ihn nie an einem Marmortisch sitzen sehen. Aber ich habe selber an einem Tisch gesessen. Nur war der geflochten. Und man schoß nicht auf mich. Ich saß friedlich da und sah in die Sonne. Weiter vorn lag das Eis. Die Eisschollen. Langsam beugte ich mich zu meinem Oberschenkel hinunter und zog mir das Geschoß heraus. Das Blut pulste. Ich hielt eine flache Hand darüber. Das Blut prallte an die Hand und wurde zurückgeschlagen. So schoß es hoch und fiel gleich wieder auf meinen Oberschenkel zurück. Ich riß ihn etwas mehr auf und formte eine Schale. Es fiel in diese Schale. Es war das Blut des Schenkels, nicht des Penis. Ich hob mich mit den Armen vom Stuhl und lag unter dem Tisch. Durch die Erschlaffung war der Schenkel wieder befähigt, Blut in sich aufzunehmen. Die Schale im Fleisch, die soeben noch vom zurückgefallenen Blut ganz voll gewesen war, wurde von unten her, vom Schenkel her, leergesogen, und ich war blutfrei. Ich kontrollierte, indem ich mich mit dem Messer, das auf dem Marmortisch lag, kurz in den Oberarm schnitt. Dort war noch Blut. Im Oberschenkel schien es nicht mehr zu sein.

Ich hoffte, derjenige, er glich dir, würde kein zweites Mal feuern. Ich würde es wieder nicht hören. Kaum war ich auf den Stuhl geklettert, würde ich wieder vom Stuhl gleiten müssen.

Zur Sicherheit nahm ich mir das Bein gleich ab. Es ging schwer. Ich habe mir mein Bein nie abgenommen. Meine Beine sind außergewöhnlich häßlich. Von mir sind nur zwei Beine überliefert. Eine Erbschaft, die niemand antreten will. Ich blute aus dem Schoß. Das geht vorbei. Es blutet aber stärker. Etwas frißt mir den Schoß weg. Ich nicht. Man zerfällt. Es schmerzt überhaupt nicht. So ist es gemeint. Stehst du auf? Ja. Befreist du uns? Kommt ihr mit? Ich sehe den Tower des Flughafens. Er spiegelt sich an einer Eiswand. Neue Eiswand? Eine alte Eiswand. Diese Eiswand gab es soeben noch nicht. Du hast es uns nicht rechtzeitig gesagt. Scheußlich. Gesprächsleiter! Bestrafen! Ich habe keinen Einfluß mehr. Sonst wäre ich schon lange dazwischengefahren. Ich bin ein Kind mit Texten in der Krippe. Wo? In der Krippe. Je näher ich dem Boden komme, desto intensiver ist der Taunus bei mir, um mich, in mir. Wo denn? Die Eiswand? Alles neu. Sie muß entstanden sein, als ein Stück mit glatter Fläche abbrach. Diese Stücke pflegen wegzugleiten. Unter dem Weggeglittenen kam diese polierte Wand zum Vorschein. In der Wand ist der Tower sichtbar. Es ist, zugegeben, der erste Tower, den ich in einer Spiegelung sehe. Wenn ich annehmen darf, daß der Spiegelung die Wirklichkeit entspricht, dann finden wir genau gegenüber von dem Spiegelbild den echten Tower. Wo denn? Müssen wir uns beeilen? Wird nicht verraten. Ich sehe ihn. Das genügt. Nimmst du uns mit? Kommt ihr denn mit? Können wir es? Habe ich euch gefragt? Er ist vorangegangen. Er weiß, wo es durchgeht. Ich auch. Ich bleibe hier. Ich bleibe hier am Ort. Ich bleibe auch hier. Und ich erst. Ich rühre mich nicht von der Stelle. So einfältig bin ich noch nicht. Dann geht er vergeblich voraus. Wollen wir nichts tun? Nicht daß es notwendig wäre. Aber es steht uns gut zu Gesicht. Zu spät. Er führt uns in die Irre. Übrigens ist er schon zu weit weg. Was sagen die Frauen? SCHWEIG, UNSCHLITT! Die sagen das bis zuletzt. Es sind mutige Frauen. Sie könnten vorangehen, aber sie haben Sympathie gefaßt. Ausgerechnet zu uns. Ich hätte euch gern etwas über Ästhetik gesagt. Aber die Vereinbarungen verbieten es, über Literatur zu sprechen. Brich sie doch, die Vereinbarungen. Sie sind getroffen. Ich kann sie nicht brechen. Nicht einmal, indem du stirbst? Wenn ich sterbe, rede ich nicht über Literatur. Gerade dann. Ich würde nur sterben wollen mit einem literarischen Gespräch auf den Lippen. Ich habe das Gespräch bereits angefangen. Was soll ich zögern und zuwarten, bis es zu spät ist. Man stirbt, und schon ist die Literatur da. Sie füllt die Lücke, die man hinterläßt. Es braucht nur noch jemanden, der die Lage lesen kann. Eigentlich weicht man der Literatur aus, wo und wie lange man kann, aber dann, wenn man stirbt, gibt es kein Ausweichen mehr. Dann gerade am wenigsten.

Da rühre ich etwas Neues an. Gestein. Ich glaube nicht. Das hat menschliche Gestalt. Stein. Mensch, glaube ich. Ich vermute, Stein. Stein und Mensch sind leicht zu verwechseln. Wer wurde denn, als Mensch, nicht längst zu Stein? Ich blieb weich. Ich blieb viel zu lange weich. Mich ekelte, daß ich so weich blieb. Allerdings finde ich dich hart. Ach, mich? Rührs nochmals an. Bewegt sich nicht. Das heißt nichts. Ich bewege mich auch nicht. Deshalb bin ich noch lange nicht aus Stein. Aber wenn du berührt wirst – Berührt zu werden ist kein Grund, aus Stein zu sei. Gerade wenn man berührt wird, allerdings auf eine bestimmte angenehme Weise, wird man von dem Stein, der man war, zu einem Menschen. Ich soll also bereits dieser Stein sein? Du enttäuschst mich. Das ist, was du das ganze Leben mit mir tatest: mich enttäuschen. Du ahnst nicht, wie sehr ich mich in der Erwartung nach dir und in dem Nichts-Kriegen von dir und der Unfähigkeit, die Erwartung zu unterbrechen, verzehrt habe. Habe ich dich vernichtet? Ich habe mich bemüht, mich nicht zu vernichten. Das fordert Opfer. Ich war froh, daß ich selbst kein Opfer wurde. Alles andere war diesem Zweck untergeordnet. Ich sage dir ein herzhaftes: Tut mir leid. Ich kann es nicht ändern, aber ich werde es ändern. Ich kann mich beklagen, darum beklage ich mich nicht. Deine Rede weist dich als weich aus. Siehst du. Ich habe es gesagt. Er ist weicher als wir alle. Zu Unrecht als Stein beschuldigt. Der nicht. Ich vielleicht. Ich unbedingt, verglichen mit ihm. Ich kann nur ein schlechtes Gewissen haben, weil ich so unermeßlich hart bin. Aber ich bin nicht hart, weil ich nicht Opfer werden will. Ich fürchte mich davor, mich zu verändern. Nur allergrößte und unbarmherzigste Härte verhindert einen Erfolg jener persönlichkeitsverändernden und gar persönlichkeitsauflösenden Kräfte, die wie Partikel auf uns einschießen, vielleicht sogar gezielt, von anderen abgeschossen. Du gehst zu weit. Nenn Roß und Reiter. Schieße ich Zeug auf dich ab? Du könntest es sein, ja. Ich bin es jedenfalls nicht. Ich weise jede Schuld zurück. Ich halte die Auflösung der Persönlichkeit nicht für schlecht. Sie bleibt ohnehin, was sie ist. Sie zerbricht. Sie kommt in Fragmenten daher. Das liegt am Konzept, nicht an der Persönlichkeit. Wenn ich dies alles so genau wüßte, würde ich mitreden. Gesprächsleiter! Ich mische mich ein. Ich würde ausnahmsweise wollen, daß dieser Gegenstand nicht weiter verfolgt wird. Kein Interesse? Kein Interesse? Im Gegenteil. Ein höchstes Faszinosum, ein tiefstes Faszinosum. Aber ich kann mich nicht ständig auflösen.

Rühr den vor dir nochmals an. Bewegt sich immer noch nicht. Das heißt noch immer nichts. Viele bewegen sich nie und sind keine Steine. Atmet nicht. Ach, atmet nicht. Perfid. Halt ihm einen Spiegel vor die Nase. Ich habe meinen Spiegel in Frankfurt gelassen. Ein Toter, zweifellos. Man sitzt hier, und der erste ist gestorben. Ist es ein Dichter. Ein Kritiker. Ein Kritiker ist als erster gestorben. Ich hielt Dichter für zerbrechlicher. Wir haben uns getäuscht. Ich schäme mich. Ich habe mich schon lange nicht mehr geschämt. Da stirbt nun als erster ein Kritiker und kein Dichter, und wir sagten das Gegenteil voraus. Zu unserer Entlastung möchte ich – Der Gesprächsleiter mischt sich ein. Wir können ihn gebrauchen – möchte ich vorbringen, daß wir keinem von uns den Tod wünschten, geradezu herbeiwünschten. Solche Wünsche sind uns fremd.

Tod ist keine Verheißung, ebensowenig allerdings, wie er eine Verklärung ist. Ein bißchen Verklärung ist beim Sterben. Oh, ein geringer zusätzlicher Schein. Der ist auch wohlverdient. Wohl, schon, ungefähr. Ich meine, es kommt darauf an, wie groß die zusätzliche Verklärung nach dem Tod ist, gegen welche natürlich nichts einzuwenden ist. Ich habe nichts dagegen eingewendet. Ich würde nie etwas dagegen haben wollen. Es hängt allerdings davon ab, ob der Tod oder die Verklärung gemeint ist. Gegen die Verklärung habe ich keine Einwände. Gegen den Tod habe ich mehrere. Er tritt im falschen Augenblick ein und zu früh. Habe ich damit recht? Ich stimme zu. Untersucht den Toten. Ist es ein Kritiker? Emanuel, was sagen Sie? Ein Verlust für die Literatur. Er ist ein Dichter. Daß ein Kritiker erst sterben muß, ehe man den Dichter in ihm erkennt. Die Schande ist unabwaschbar. Ich meine, das Symposium in der Antarktis war kein so ganz guter Gedanke. Er besteht aus Rumpf-Gedanken, die allesamt etwas Triftiges für sich haben, ein gewisser Reiz ging von ihnen aus, der es durchaus verständlich macht, weshalb man auf den Gedanken einstieg, und man muß hinzufügen, daß heute zwischen der Konzeption eines Gedankens und seiner Verwirklichung nur noch eine tragisch kleine Distanz liegt. Man muß schon froh sein, wenn ein paar Gedanken überhaupt Theorie bleiben dürfen und in jenen Räumen verweilen, von welchen eine schwache, aber dauerhafte Leuchtkraft ausgeht. Es ist letztlich Nichtverwirklichung, die einem Gedanken seine Anziehung verschafft. Rühr ihn nochmals an. Braucht ja nicht zu stimmen. Bewegt sich nicht. Atmet nicht. Ist kalt. Ein Toter. Vielleicht eine Tote? Fühl nach. Nachgeprüft. Ein Toter. Kalt. Bewegt sich nicht. Aber er schreibt noch? Er schreibt noch ein bißchen. Sie ändert sich auch im Tod nicht, die lebenslange Gewohnheit. Sie wird allerdings schwächer. Als ich starb, blieb sie gleichstark. Ich wurde begraben und wühlte da unten mit meiner Schreibhand herum, verwüstete den ganzen Kirchhof, weil ich in einsachtzig Tiefe wie ein Bagger herumfuhr. Die ganzen Grabsteine kippten an der Oberfläche oben, und niemand wußte, warum. Da ich meist waagrechte Handbewegungen beim Schreiben ausführe, konnte ich die Ebene nicht wechseln und blieb genau in einsachtzig Tiefe und zog dort so meine Kreise. Und? Erzähl es uns fertig. Wir lauschen atemlos. Uns ist bewußt: Du, das sind wir, in Bälde. Das seid ihr nicht. Unsinn. Ich erzähle das nicht, um euch Angst einzujagen. Das besorgen andere. Immerhin. Ich möchte es nicht hören. Mich widert dieser tiefe Grabende an. Er soll sich zur Ruhe legen, so, wie man ihn eingepackt hat. Prüf den Toten vor dir. Ein ganzer Dichter. Gefroren. Ein wahrer Dichter. Er war ein Kritiker. War er. Aber er ist ein Dichter. Man erkennt ihn kaum, man kann die beiden nicht mehr auseinanderhalten. Was schreibt er? Eines Tages gruben sie in die Tiefe, für eine neue Leiche, einen Schornsteinfeger, der zu Fall gekommen war, außen am Haus. Sie fanden einen meiner düsteren Quergänge.

Sie lauerten mir auf und erwischten mich, wie ich an der Handgeste einer Kapitelüberschrift vorüberraste. Sie hielten mich an und nahmen mich heraus aus der Erde, das, was von mir übrig war. Ich war munter verwest, vor mich hin verwest, aber noch war genug da, daß sie es herausheben konnten. Ich hörte nicht auf. Ich setzte mich an meinen Schreibtisch und machte da weiter, wo ich aufgehört hatte. Dann warfen sie mich weg. Ich ließ mich nicht stören. Ich kam verwandelt als Dünger noch einmal auf die Kirchhoferde. Diesmal drang ich tiefer ein. Meine Hoffnung auf Widerwärtigkeit wurde nicht enttäuscht. Deinen Geschmack möcht ich haben. Ruhe. Das geschah ihm wirklich. Er berichtet das Echte. Ich wollte es nicht hören. Ich wollte ihn erzählen sehen. Ich kam auf meine Rechnung. Entreißt ihm das Blatt. Entreißt mir das Blatt. Ich sehe nicht ein, warum man ihm das Blatt entreißt, nicht aber mir. Ich habe ein Blatt, genauso gut, das man mir entreißen kann. Die mit dem Kind, was tut sie? Ich sehe sie nicht. Dann sind auch sie gestorben. Als die letzte Nahrung kam, hatte man noch Hoffnung. Es ist immer gut, Hoffnung zu haben. Ein Teil davon ist Gewöhnung. Das Lob der Gewöhnung wird selten gesprochen, weil sie von allein zu kommen scheint. Aber wie viele haben sich nie gewöhnt und mußten ewig auf Gewöhnung warten und haben es bitter bereut, daß sie nicht zu ihnen kam und ihnen die versichernden Arme um die Schultern legte. Alle erfrieren. Viele aber tuns, weil sie nichts tun. Ich hielt dafür, man solle sich hier hineinknien und etwas tun, allmählich egal, was. Schade um sie. Schade um das Kind. Ja, das Kind. Durchaus, das Kind. Es hätte nicht mitkommen sollen. Aber wer findet schon, falls rasch in die Antarktis gefahren werden muß, einen Kinderhüter, eine Kinderhüterin. Sie hat ihr Kind mitgenommen, das ist ihr nicht vorzuwerfen. Wir hätten es ihr sagen sollen, wie es hier ist, aber wir wußten es selbst nicht. Meinst du, sie ist tot? Zweifellos tot. Schade. Du bist beschwert? Ach. Höchst beschwert. Ich liege am Boden. Ich zerbreche unter dem Gewicht. Also, um mich ist es nicht schade, was? Doch. Ich würde deinen Verlust bedauern. Ich würde ihn bedauern, aber verschmerzen. Man verschmerzt alles, ich will dich nicht beleidigen. Dein Verschwinden wäre entsetzlich, aber aushaltbar. Alles ist aushaltbar, es gibt nichts, was man nicht aushält. Ich will dich nicht beleidigen. Wenn du nicht mehr wärst, ich bräche in Tränen aus, aber ich würde sie abwischen, oder sie würden von selbst trocknen, und dann kämen keine neuen mehr. Es kommen eines Tages keine neuen Tränen mehr. Beim Schreiben verhält es sich ähnlich. Alles verhält sich beim Schreiben ähnlich wie beim Reden. Daß keine neuen Tränen mehr kommen, ist rührend. Man braucht nicht in der Metapher der Tränen zu denken, aber dennoch fühlt man instinktiv, es kommen eines Tages beim Schreiben keine neuen Tränen mehr. Sie sind alle, es müßte eigentlich aus sein, aber es ist nicht aus.

Wer keine Klarheit hat darüber, was er am Südpol will, braucht doch nicht so viel Treibeis. Er möchte von mir sprechen. Er möchte von sich sprechen! Stehe ich in Frankfurt und schaue ich mir einen Selbstbedienungsladen an, dann denke ich immer an Abreise. Hierher zu kommen hat mich dennoch überwältigt. Ich bin ein Eskapist, mißvergnügt. Kein Grund. Ich bin es gern. Ich war es immer. Stärker als ihr. Wenn ich den Wunsch habe abzureisen, dann färbt mein Ekel vor dem, was ich fliehe, die Lust nach der Abreise. Erkläre. Wir verstehen nicht, weil es uns entgeht. Das geben wir nicht gern zu. Du erklärst es uns lieber. Das Nicht-Fassen hat Größe. Wir lassen uns ausnahmsweise – Ausnahme bestätigt die Regel. Ausnahme hebt die Regel auf – ausnahmsweise lassen wir uns herbei, uns etwas erklären zu lassen.

Ich erkläre. Es war Zeit. Bitte. Ich kann warten. Erkläre. Die Farbe dessen, was ich zurücklassen will, springt auf mein Zurücklassen über. Da ich vor dem Ekel fliehe, den Anblicke in mir erzeugen, fliehe ich die ganze Zeit in Ekel hinein. Ach. Größeren oder kleineren Ekel. Ich möchte sagen, der Ekel dessen, was ich nach der Flucht, also post-fugal antreffe, ist etwas geringer als der prä-fugale Ekel, der vor der Flucht, also der Ekel vor dem Zeug, der Flucht-Zeugungs-Zeugnis-Ekel. Ha. Der Zeuge ist ein Ekel, weil er die Flucht antrat! Das war ein Witz. Ein Wortwitz. Ein beträchtlicher Wortwitz. Er muß nicht erklärt werden. Vielleicht sein Grund. Wer hat den Grund des Witzes mit dem Zeugen, der floh und ein Ekel war – der ein Ekel war, WEIL er floh, bitte – wer hat den Grund dieses Witzes nicht begriffen? Aufstrecken! Keiner. Zähle die erhobenen Hände. Keine. Du siehst ja nichts. Ich sage ja, keine. ›Keine‹ ist ein Ergebnis des Nicht-Sehens und nicht ein Ergebnis des Zählens. Gilt nicht. Alle haben aufgestreckt. Fast alle. Ich habe. Wenn du hast, dann ich auch. Alle. Fast keiner. Einer folgte dem anderen. Alle folgten mir. So siehst du aus. Du hast aufgestreckt. Du hast den Grund des Wortwitzes begriffen. Ich habe, richtig, eine natürliche Beziehung zum Wortwitz. Wir sollten alle diese natürliche Beziehung bekommen. Ich kann sie erklären. Der Wortwitz wird angestellt, um zum Lachen zu bringen. Wen? Uns? Darum wird er angestellt. Das sagt zunächst noch nichts aus. Wenn nicht gelacht wird – ist es kein Witz. Er wird aber angestellt, damit gelacht wird. Konkret wurde der Witz mit dem Zeugen und dem Ekel angestellt – Der Zeuge und das Ekel sind eins. Sie flohen, und darum wurde eins zu zwei. Warum flohen sie? Du solltest lachen. Gilt auch für uns. Ich lache. Lauter. Ich lache lauter. Man kann nicht nur lachen. Das Leben ist kein Gelächter. Mich ekelt. Du bist ein Ekel. Du bist geflohen. Du bist ein Zeuge. Da kann ich nicht lachen. Ich kann nur noch lachen. Gelächter. Widerliches Gelächter. Es braucht dazu ungeheure Ekel wie euch. SCHWEIG, RATTE! Ruhe. Du reizt sie. Sie nimmt den Tonfall an. Sie hat nie etwas anderes gesagt. Du hast dich nicht fertigerklärt. Oh, doch. Was? Jetzt möchte ich von mir sprechen! Es läuft gnädig ab. Sie sagen nichts wirklich von sich. Nun sitzen wir schon Stunden um Stunden hier und sind uns nahe. Wir müßten längst einen Plan gefaßt haben, womit wir uns hier beschäftigen wollen. Wir fliehen vor dem Plan. In den Ekel. Wir fliehen vor etwas Ekelhaftem in den Ekel, und wir merken es nicht. Man merkt sich selber nie. Nie so recht. Fast gar nicht merkt man sich. Ich merkte mich einst, da war es zu spät. Ich konnte mir helfen, weil ich Prinzipien hatte. Welche? Nie zuviel auf einmal. Wenn zuviel, dann auf mehrere Male verteilen.

Hast du einen Plan? Haben Sie einen? Ich hatte einen. Jedenfalls sind wir hier. Nicht zu fassen. Wie stehen denn Sie zu mir? Ich finde Sie besser als auch schon. Aber die allgemeine Lage schlägt auf Sie durch. Das können Sie nicht verhindern. Sie waren nie der Mann, der das verhindern konnte. Andrerseits waren Sie sich dessen bewußt. Sie sind einer der Bewußtesten hier. Ein ungeheures Bewußtsein strahlt von Ihnen aus. Ich habe viel von Ihnen zu lernen. Darum stoßen Sie mich derart ab. Sie stoßen mich so grausam ab, Sie wissen gar nicht, wie. Noch nie habe ich mich von einem einzelnen Menschen derart abgestoßen gefühlt. Normalerweise schaffen das bei mir nur ganze Gruppen. Sie haben eine Widerlichkeits-Ladung an sich, daß Sie und ich fast bersten. Das war mir klar. Ich glaube, ich sehe es etwas klarer als Sie. Na, gewiß. Ich bin ja auch etwas länger hier. Das merke ich. Übrigens, ich habe einen Plan. Was? Wir müssen etwas unternehmen. Was? Das ist der Plan. Aber wir haben nichts unternommen. Das war auch kein schlechter Plan. Diese Pläne verfolgen mich in meine Träume. Zerbrechen alle nächtlichen Aufschwünge, in welchen ich emporsteige und alles hinter mir lasse. Ich bleibe nachts so tief wie am Tage, erbärmlich. Ich träume manchmal, daß ich weiß, was ich hier tun will. Findest du das schrecklich? Ich würde damit aufhören. Manchmal fühle ich, daß ich lebe. Ich fühle wenig. Ich lebe kaum, also fühle ich wenig. Ich, etwas mehr. Darf ich etwas sagen? SCHWEIG, RATTE! Sie mischt sich ein. Man versteht sie. Man versteht, daß sie sich einmischt. Sie will teilnehmen. Dazu braucht es zwei. Lassen wir sie? SCHWEIG, RATTE! Ich fand ihren Ausspruch amüsant, soeben, nun fand ich ihn beleidigend. Je nachdem, wie man hinhört. Ich finde ihn amüsant. Sie soll teilnehmen. Wir dürfen sie nicht ausschließen. Wo steht das geschrieben? Darf ich wiederaufnehmen?: Manchmal fühle ich, daß ich lebe. Bravo. Da capo, da capo! Nicht allzu oft, muß ich einschränkend anfügen. Berührung des eigenen Körpers hilft nicht weiter. Ich meine, sie liefert keinen Beweis zum Gefühl hinzu. Es, das Gefühl sagt, ich lebe, und es sagt: vielleicht. Dann berühre ich mich. Bravo. Gut gemacht. Richtiger Gedanke. Das Taktile ist noch immer der beste Beweislieferant. Man muß sich oft selber berühren. Ich berühre mich. Es gibt keine Tränen. Ich sage dasselbe. Dennoch kommen natürlich keine neuen Tränen.

Auch wenn es keine Tränen gibt, sondern wenn Tränen nur etwas hinter den Tränen sagen wollen, steht fest, daß eines Tages keine neuen Tränen mehr kommen. Eines Tages kommen nur noch Tränen. Alle Tränen sind immer neu. So kann man es sehen. Aber auch umgekehrt. Allein, wenn ich mich berühre, beweist es mir nichts. Was denn nicht, zum Beispiel? Mach ein Beispiel! Ich möchte mithören. SCHWEIG, RATTE! Wir geraten ins Negative. Bald ist sie, die mit ihrer verweigernden ›Ratte‹, die Positivste. Wir entfernen uns aus der Reihe der positiven Elemente. Schade. Bedauerlich. Nicht wiedergutzumachen. Die Frauen siegen immer. Sie sind die natürlichen Siegerinnen. Sie fangen als Verliererinnen an. Keiner gibt ihnen eine Chance. Dann fangen sie an, die ersten Worte zu sprechen. Ihnen wird widersprochen. Ich trete sie persönlich nieder. Ich fahre gegen sie auf wie ein Bataillon. Sobald auch nur eine Frau gegen mich anrückt, bin ich eine Schlachtreihe. Du schlägst sie zurück. Aber sie siegen. Faszinierend. Am Ende. Ganz am Ende. An meinem Ende. An meinem Ende hat meine Frau gesiegt. Meine hat verloren. Sie hat mich verloren. An meinem Ende verlor meine Frau mich, und nun steht sie da und ruft in die Wüste. Ich habe gesiegt. Ich bin ein Mann. Also hat nicht sie gesiegt. Obwohl es mein Ende war. Die Frage ist, siegt sie an IHREM Ende? Was ist ihr Ende? Nach dem Ende kommt nichts mehr. Auch bei Frauen nicht. Bei dieser. Eine natürliche Siegerin. Eine Bezwingerin. Höre ich sie rufen, so fühle ich, daß ich da bin. Es ist belebend. Leider kein Beweis für das Leben an sich. Das Leben an sich gibt es nicht, aber ich hänge sehr daran. SCHWEIG, RATTE! Sie ruft. Beeindruckend. Einer der starken Beweise für irgendwas. Wo berührst du dich? Das Knie ist die zuverlässigste Stelle. Das Knie beweist alles. Was denn? Was du so wissen willst über dein Elementares. Bin ich? Bin ich sehr, oder bin ich ein bißchen? Das eigene Sein unterliegt zahllosen Abstufungen. Sie können alle am Knie ertastet werden. Wo? Sag wo? Ich bin schon an meinem Knie. Sag mir mehr. Kniescheibe, zum Beispiel. Ein gutes Beispiel, sehr befriedigend. Darf ich es gegen eine Eisscholle schlagen? Da. Da! Stechender Schmerz. Ein Beweis. Kein Beweis. Ein Scheinbeweis. Besser als nichts. Ich bin, und ich kann es nicht beweisen. Ich schlage mein Knie gegen ein Stück Eis, und kann noch immer nichts beweisen. Bin ich weiter? Ich bin besser dran, glaube ich. Glaube ich auch.

Du hast doch wenigstens ab und zu einen Gedanken. Ich schaue zum Himmel hoch, dem stahlblauen Gefährten und unendlichen Auge, und ich habe ihn als Gedanken. Aber ich muß den Kopf heben können. Was ich nicht immer können will. Du willst nicht können? Doch erst seit hier! Früher wollte ich können. Hier ergeht es mir anders. Ich kann nicht wollen, also, das Wollen entgeht mir. Dann forme ich den Masken-Satz, ich will nicht können. Dadurch verschleiere ich, daß mir nach dem Wollen nun auch das Können entrückt ist. Ich bin, aber mir entgeht alles. Ich bin, und ich bin rundum zufrieden. Ich bin, aber ich habe leichte Einwände. Wieviel Uhr ist es? Der mit der zirpenden Uhr, wo ist er? Jetzt zirpt die Uhr. SCHWEIG, RATTE! Lies die Uhr ab. Mir steht alles still. Der Schnee, unendlich. Dieses weiße Zeug, Schnee, Kristalle, Eis, liegt aber auch da, als sei es eine Formel für Endlosigkeit. Sand und Schnee zerlegen sich in ihre kleinsten Einheiten. Man ist umgeben von Milliarden Körnern, Kristallen. Billionen. Tendenz unendlich. Aus den Körnern macht man Menschen, weil man alles zu Menschen macht, alles Große, Viele, wird zu Menschen. Man liegt da, umgeben von Milliarden lächerlich kleiner Menschen, aber man liegt allein da. Ich liege da, darum stehe ich. Ich stehe erst, wenn ich liege. Aus dem Stehen kann ich gestürzt werden, aus dem Liegen bin ich nicht wegzubringen. Der Schnee, rund um mich, der Horizont, auch Schnee, hinter dem Horizont, wiederum Schnee. Aber der Schnee ist ja nur die Kopfbedeckung. Hut des Eises. Das Eis trägt Schnee als Hut. Der Schnee ist ein heller Borsalino auf der Glatze von dem Geschäftsmann Eis. Das Eis ist ein Name. Ein Mann. Ein guter Schluß. Wir gehen auf der Glatze eines Mannes herum. Wird ihm nicht gefallen. Fürchte ich. Jetzt kriege ich meine alten Ängste. Und die sind? Zuhause trat ich auf der Glatze eines älteren Herrn herum, der war auch Geschäftsmann. Ich bewohnte die Wohnung über ihm, und in der Küche war der Boden besonders dünn. Wenn er kochte, kochte ich oft auch, und ich fühlte, wie ich ihm, wenn er vor seinem Herd stand, auf der Glatze herumtrat. Was geschah? Er nahm es übel. Und?

Mach es nicht spannend. Ich mag Spannung nicht. Sie zerstört alles. Spannung, bitte. Gesprächsleiter! Ich entscheide mich für etwas Spannung. Nicht zuviel, das ist ein Befehl. Er nahm es übel. Als ich eines Tages vor dem Herd auf seiner Glatze herumtrat, erinnerte er sich an seinen alten Beruf. Und der war? Eismann, natürlich. Ach, Eismann. Du wohntest über einem Eismann. Das wußte ich ja nicht. Und er war Geschäftsmann, aber früher Eismann gewesen? Beides. Gleichzeitig? Er wischte sich über den Kopf. In der oberen Wohnung wurden mir die Füße weggeschleudert, und ich fiel vor dem Herd hin. Dann hob er die Hand über seine Glatze und ballte die Faust. Oben in der Wohnung hatte er meine Knöchel im Griff. Dann zog er seine Hand runter gegen seine

Knie. Ich wurde von der oberen Wohnung abgezogen, durch den Boden hindurch. Der war an der Stelle dünn, sagten Sie. Zuviel Spannung. Gesprächsleiter! Spannung geht. Was geschah, als Sie vor dem Herd einknickten? Mein Gesicht schlug in das hinein, was kochte. Es war verbrüht. Narben? Wir schauen nicht hin. Narben. Ich habe keine Narben im Gesicht. Bin von Natur aus häßlich. Narben allerdings – Ein hübsches Gesicht und eine Narbe, das ergibt zusammen – Lieber häßlich sein, ohne was. Ich habe häßliche Lippen. Nicht genügend männlich. Ich hab sie mir an den Ecken aufgerissen. Jetzt hab ich einen zu großen Mund. Aber ich habe keine Narbe. Ich bin eine Narbe. Aber sonst sehr hübsches Gesicht. Ich konzentriere mich auf das, was daran hübsch ist. Ein Fleck am Kinn. Bereits hatte er mich zu sich hinuntergezogen. Er war der Eismann. Ich wurde sein Koch. Jahrzehnte. Ich stand für ihn am Herd, und mit der Zeit drang ein anstaltsloser Insasse oben in meine leere Wohnung und trat mir auf der Glatze herum. Ob du ein paar Reißverschlüsse öffnest? Du. Das ist der Staatssekretär. Ich erkenne ihn nicht mehr. Ich habe ein schlechtes Gesichtsgedächtnis. Ist es derselbe?

Erinnerungsvermögen gesunken. Das erste, was sinkt. Sinken. Versinken. Die Schollen. Du würdest mich also bedauern? O doch, schon. Und retten? Würdest du mich retten? Das kommt darauf an. Wann denn? In höchster Not. Beschreib sie mir genau. Abstrakt: Würdest du mich retten in höchster Not? Ich würde alles für dich tun. Ich nähme an deinem Leichenzug teil. Würdest du einen Leichenzug wollen? Ein Leichenzug für mich, bitte. Ich möchte unbedingt einen sehr langen Leichenzug.

Ich kann ohne diesen Leichenzug nicht leben. Ich kann gut ohne Leichenzug leben. Man lebt besser ohne Leichenzug. Was soll ein Leichenzug fürs eigene Leben? Er kommt früh genug. Ein Leichenzug kommt immer zu spät. Er ist so höchst überholt. Der Leichenzug war schon bei seiner Erfindung überholt. Das hat die Erfindung nicht behindert. Möchtest du einen Leichenzug. Unbedingt möchte ich einen Leichenzug.

Du mußt das Gesetz rechtzeitig abändern. Es verhindert Leichenzüge, indem es sie nicht begünstigt. Es verhindert sie nicht. Es macht sie nicht anziehend genug. Es gibt nur noch wenige Leichenzüge. Ich möchte einen, ich kann nur so leben. Ohne Leichenzug ist der Gedanke an einen solchen nichts wert. Ich werde einen haben. Ich fürchte nur, wenn ich erst einmal geschwunden bin, organisiert ihn niemand.

Leichenzüge sind wahnwitzig schwer zu organisieren. Ich organisierte nie einen, also, wie sollte ich zum Beispiel dir einen dir gemäßen Leichenzug organisieren? Ich wüßte nicht wie. Ich wüßte schon nicht, wen ich dazu aufbieten sollte, und wie. Wer schreibt die Kärtchen und Einladungen? Wer weiß, wo sich sodann wer hinstellt? Ohne Leichenzug wird es bei mir nicht gehen. Es ist ärgerlich, daß es so warm ist. Wären wir erfroren, würde sich längst das Problem unserer Leichenzüge lösen. Bei dreißig minus wäre die Frage längst da. Bei zwanzig plus und diesem unbegreiflichen Eis um uns taucht sie noch lange nicht auf. Unglaublich, dieses Alter! Für eine Stewardeß! Man besteigt in Frankfurt ein Flugzeug, und dann das! Ich habe nichts gegen das Alter. Ich bin auch alt. Ich bin älter. Ich bin noch älter. Dann kriegt man wieder was gegen das Alter. Ich habe nichts gegen das Alter. Selbstverständlich habe ich nichts gegen das Alter. Ich verstehe nicht, wie eine Debatte ums Alter überhaupt aufkommen kann. Empörend. Ich sage ja, ich habe nichts gegen das Alter. Nun aber, in einem regulären Flugzeug, auf einem fahrplanmäßigen Flug zu einem der Pole der Erde, würde man doch erwarten dürfen, daß keine alte Stewardeß bedient. Es gibt auf jedem Flug vier, was sag ich, fünf, sechs, sieben Stewardessen, dann noch Stewards und andere Hilfskräfte. Aber die älteste Stewardeß bedient sodann ohnehin mich, und das zerbricht mich. Ich kann das nicht sehen. Sie muß ihnen durch die Ausleseprüfung gerutscht sein. Mit hereingerutscht ist die alte Stewardeß. SCHWEIG, RATTE! Was heißt da: Ratte?, du fluchende Dichterin! SCHWEIG, RATTE! Sie hat sich auf Einsilbigkeit verlegt. Sie nimmt an unseren Debatten nicht mehr teil. Ein Zeichen von Jugend. Es wird vergehen. Ist schon vergangen. So jung ist sie nicht mehr, die Dichterin, welche ›Unschlitt‹ sagte, welche jetzt ›Ratte‹ sagt. Sagte sie es weniger oft, sie wäre jünger. Es ist verblüffend, wie ein einziges falsches Wort eine Dichterin alt machen kann. Sie redet ein einziges Falsches, und sie altert, daß sie sozusagen zu Staub zerfällt. Wir Dichter sind resistenter. Ich wundere mich über unsere Resistenz. Ich kenne sie von mir. Ich bin ungeheuer resistent. Mußte ich mir angewöhnen. Wo käme ich hin, wäre ich nicht so resistent. Ich gebe nie nach, aber ich habe mir angewöhnt zu wissen, daß ich nicht immer recht habe. Aber ich gebe nie nach. Es erhält jung.

Ich verhalte mich ebenfalls starr. Ich starrer. Ich bin ungeheuer festgelegt. Dahinter steckt ein höchst biegsamer Mensch, der eigentlich alles kann. Das erhält gleichfalls jung. Da sitzt man als junger Mensch, und die Uralte kommt auf einen zu und serviert den Drink. Was für eine Art Drink kann die servieren, fragt man sich unwillkürlich. Man fragt sich alle wichtigen Dinge immer nur unwillkürlich. Hätte man keine Unwillkürlichkeit, mit dem Fragen wäre es überhaupt aus. Die Welt würde beiseite gelassen.

Der Unterschied zwischen uns Dichtern und den anderen Passagieren im Flugzeugraum war, daß wir ein riesiges Maß an Unwillkürlichkeit aufbrachten, das man uns auch ansah, während die anderen Passagiere nicht einmal hätten angeben können, was man sich unter Unwillkürlichkeit überhaupt vorstellen sollte. Man sollte sich uns vorstellen. Es wäre das Beste. Ich hatte also an meiner Unwillkürlichkeit gearbeitet, saß in meinem Sessel, dessen hintere Lehne ich gekippt hatte, bis sie sich nicht weiter kippen ließ, da trat die uralte Stewardeß auf mich zu. Zunächst glaubte ich an einen Scherz. SCHWEIG, RATTE! Da stichelt sie wieder. Unverschämt. Wir können sie nicht weitersticheln lassen. Ist es die mit dem Kind? Vermutlich eine andere. Eine andere? Nochmal eine andere? Wie viele dieser Dichterinnen sind denn hier? Ich zähle fünf, nein, sieben, nein, elf. Starke Vermehrung ist zu fühlen. Entsetzlich. SCHWEIG, RATTE! Betretene Pause. Ich halte das nicht mehr aus! Unerträglich! Ständig diese Unterbrechungen. Wir sind am Ball, und man holt uns vom Ball weg. SCHWEIG, RATTE! Provozier mich nicht, du! Die alte Stewardeß hat sich auch – Du meinst: die ur-alte Stewardeß. Die uralte Stewardeß hat sich an deinem Fast-Tod gefreut. Es freute sie, daß du fast gestorben bist. Sie trat auf dich zu, ich sah es genau, weil ich meinen Sitz nicht nach hinten kippte, und sie betrachtete dich mit allen Anzeichen mörderischster Angriffslust, wie man sie nur bei Stewardessen findet, welche jederzeit von einem Fahrgast – Von einem Fluggast, willst du sagen. Von einem Fahrgast – Was im Flugzeug fliegt, ist ein Fluggast, du dichtendes Dummerchen. Ich sage Fahrgast. Die ist höchst aggressiv, eine solche Stewardeß, weil sie weiß, daß der Fahrgast sie jederzeit entlarven kann. Wenn er mit ihr nicht zufrieden ist, zeigt er sie beim Piloten an oder läßt sich ihr Geburtsdatum zeigen. Sie dürfen nicht mehr fliegen, sagt er zu ihr, Sie sind zu alt. Sagt er aber nicht. Würd ich nie sagen. Ist höchst unanständig. Ist fantastisch unanständig. Ich kann nichts derartig Unanständiges sagen. Mir kommt es in den Sinn, aber ich kann es nicht aussprechen. Mir kommt es auch in den Sinn, aber ich will es nicht aussprechen, damit das Zurückgehaltene sich in mir verdichtet. Schließlich läßt es mich platzen. Dann schreibe ich es nieder, auf die grauenvollste Art, die man nie veröffentlichen kann. Man kann alles veröffentlichen. Oh, gewiß, du hast ganz recht. Ich habe recht. Ich habe auch recht. Man kann nichts veröffentlichen. Oh gewiß, auch du hast recht. Wer hat nun recht? Beide natürlich. Wie das? Man kann alles veröffentlichen, aber man kann nichts veröffentlichen. Darum veröffentlicht man alles, aber nichts ist veröffentlicht. Je mehr man veröffentlicht, desto größer wird das Geheimnis der Veröffentlichung. Verstehe ich nicht. Ich weiß, daß ich wenig verstehe, aber so wenig habe ich noch nie verstanden.

Die Aussage ist fantastisch. Du verstehst mich. Noch weniger. Aber die Aussage ist fantastisch. Es ist egal, ob man veröffentlicht oder nicht. Man darf alles tun. Das meinte ich nicht. Nein? Entsetzlich. Das hat er nicht gemeint. Ich meinte, daß man alles oder nichts veröffentlichen kann und daß man anhand seiner Entscheidung über die Natur einer Veröffentlichung nachdenken muß. Ich denk mal nach. Ich möchte auch nachdenken. Ich denke immer. Man sieht es nur nicht. Muß man das? Ruhe! Ich möchte jetzt dringend nachdenken. Ich bin am Nachdenken, aber ich möchte das Thema meines Nachdenkens ändern. Ich möchte nicht über die Natur von Veröffentlichungen nachdenken. Das kann ich einfach nicht. Du meinst: Es ist dir zuwider? Nein, ich bin unfähig. Du brauchst nicht zu staunen, ich war immer unfähig. Da berührt mich wieder ein Kritiker. Ich. Sie. Ich dachte, nach Ihrer letzten Kritik – Nicht ernst gemeint. Aber veröffentlicht. Tut man halt so. Sie fühlen sich weich an. Das haben Sie nicht geschrieben. Wußte ich auch nicht. Man lernt nie aus. Ehrlich. Das heißt, Sie lernen nicht aus. Was sehen Sie links? Nichts. Riesige Schollen. Das türmt sich auf. Mir scheint, ich liege darunter. Ich will darauf zugehen. Ich will etwas essen. Tun Sie ruhig. Ich lasse sie los. Ich will irgendwie nicht mehr. Wer hat dich berührt? Er schrieb schlecht über mich, der Kritiker. Zerstörerische Absicht. Geht mir auch so. Zerstörerisch? Wenn ich Kritiken schreibe. War er von oben herab? Oh, es ging. Darf ich einschlafen? Brauchst du meine Erlaubnis? Ich wußte nicht, daß du mich das fragst. Ich bin verwirrt. Ich wollte auf die Schollen zu, nun will ich nicht. Das ist üblich. Darf ich einschlafen? Du singst mir etwas, hast du gesagt. So kindlich? Also, ich meine – Ja, ich fahre vor dem Schlafen immer in meiner Biographie zurück. Erinnerungssyndrom, ließ mich behandeln, es verschwand nicht. Ich gebe zu, ich schlafe besser, wenn du – Das Lied vom Fliegevogel, der übern Teich ? – Meine Amme. Ich hatte keine Mutter. Sie war eine vollkommene Stellvertreterin. Es geht nichts über eine Amme. Ich hatte keine Amme. Nur eine Mutter. Eine Amme ist so – bestimmt. Sie weiß, was sie zu tun hat. Die Mutter ist nur verstört. Sie weiß es nicht. Sobald sie es weiß, ist sie eine Amme. Lieber gleich von Anfang an, sodann, eine Amme. Bin nicht deine Amme. Wir singen das Lied vom Fliegevogel. Klingt beruhigend. Wie versichernd. Da ist etwas, man weiß es nur nicht. Da ist nichts, aber man weiß es auch nicht, also ist da etwas. Eher schon. Dachte nicht, daß du für mich singst. Hat der Kritiker dich berührt? Niemand hat mich berührt. Ich höre die Antwort nicht mehr. Schlafe schon. Schläfst du tief? Tief. Ich finde, man kommt ohne Nachdenken aus. Klingt gräßlich. Aber es stimmt.

Die Aussage ist fantastisch. Man braucht nicht nachzudenken. Weil man alles schon weiß oder von selbst mitkriegt. Wer nachdenkt, hat ein Instinktdefizit, das er mühsam nachlernt. Das läßt sich nicht nachlernen. Mir sagte mein Instinkt: Sogleich mußt du diese Alte vor deinem Sessel da loswerden. Ach, dein Instinkt. Derselbe, der mir zur Fahrt an den Südpol riet. Du ahnst nicht, wie sie sich an deinem Fast-Tod gefreut hat. Ich glaube, es war die Unterhaltung des Fluges, wenn nicht des Lebens. Du sagst das so, als hättest du dich gefreut. Ich habe nicht gelacht. Du warst ja luftkrank. Und bin vor der alten Stewardeß beinahe gestorben. Ich habe noch fast nichts getrunken gehabt seit dem Abheben. Ich kann nur beim Landen trinken, beim Abheben nie. Ich hatte nichts getrunken, saß da und überlegte mir einen abstrakten Artikel. Die schreibe ich am liebsten. Ich schreibe nur abstrakte Artikel. Die Zeitung zahlt mir die Rückreise nicht. Man kann gar nicht abstrakt genug schreiben. Der Abstraktionsgrad muß so sein, daß alle zukünftigen Zeitungsartikel in dem einen, den man gerade schreibt, enthalten sind. Du sagst es. Ach, du meinst das auch? Ich meine alles, was du sagst. Ach, du sagtest, du seist ich? Nur in gewissen Augenblicken. Jetzt nicht. Aber fahr fort. Der abstrakte Artikel ging so. Ich hatte seine Form, nicht aber seinen Inhalt. Die Form folgt der Funktion, der Inhalt folgt der Form, und das Besprochene stellt sich auf den Artikel ein. Tut es bei mir auch. Ich bespreche nichts, das nicht die Form meiner Artikel hat. Die ganze Kunst hat immer die Form meiner Artikel gehabt. Zunächst nicht. Zunächst weigert sich die Kunst, die Form eines Zeitungsartikels anzunehmen. Man kriegt Schwierigkeiten mit der Zeitung, sie zahlt keine Reisen mehr, weil die Kunst eigene Wege geht und nicht die Form eines Artikels hat. Dann muß man die Zeitung davon überzeugen, daß die Kunst in jeder Phase ihrer Entstehung nichts anderes ist als ein Zeitungsartikel, den derjenige, der der Kunst nachreist, nur aufs Papier zu werfen braucht. Aufs Papier werfen, ist gut gesagt. Klingt entspannt. Und schnell. Und mühelos.

Eines Tages ist die Kunst dann ein Artikel. Sie wehrt sich eine Weile, dann aber paßt sie sich an. In diesem Augenblick zeigt sich die Zeitung befriedigt, weil die Kunst auf einen Artikel zurückgeführt werden kann. In diesem Augenblick legt man ein Brikett nach und schreibt: Die Kunst wird uns durchschaubar. Das peitscht sie weiter. Das sind Details, für Fortgeschrittene. Ein Artikel muß die Kunst zusammenfassen, also muß sich die Kunst von einem Artikel zusammenfassen lassen, auf eine »und« »und« »und«-Weise. Ein Und-und-und-Satz ist ein Güterzug mit so und so vielen Waggons, die »unds« sind die Kupplungen. Da die Welt immer ein Güterzug ist, also auf aneinandergekuppelte Waggons verladen werden kann, so ist auch die Kunst ein Güterzug. Du lädst die Kunst auf deine Waggons? Die Waggons sind geprüft. Ich habe auch schon viele Menschen auf Güterzüge verladen. Man sollte Menschen viel häufiger auf Güterzüge verladen. Die Luft ist frisch, die Reise billig. Sobald sich die Kunst nicht mehr wehrt, ist die Zeitung spendierfreudig. Ich halte mich sodann immer in der Nähe der Kunst auf, welche ein Artikel ist, ich wähle nur aus, welcher Artikel sie ist. Es gibt Kunst, die ist ein kurzer Artikel, es gibt Kunst, die ist ein langer Artikel, es gibt Kunst, die ist kein Artikel. Sie ist keine Kunst, aber ihr das glaubwürdig zu sagen, dazu bedarf es eines weiteren Artikels. Das war also dein abstrakter Artikel. Oh, keineswegs. Ach? Ich glaubte, das sei dein Artikel gewesen. Ich kann mir nicht vorstellen, was dein Artikel sonst hätte gewesen sein sollen. Was hätte er auch sein wollen, wenn nicht diese Reflexion über Kunst als Artikel. Ich sagte: Ich hatte die Form, nicht aber den Inhalt. Ich habe zum Beispiel alle künftigen, überhaupt noch schreibbaren Bücher besprochen und eine Hohlform entworfen, in der von Mal zu Mal nur noch einige Daten ausgewechselt werden mußten, um wiederum die Kunst im Artikel zu haben. Mit kleinen Varianten, damit es nach Arbeit ausschaut. Kaum hatte ich diese Hohlform, trat die uralte Stewardeß in mein Blickfeld, und so ist wegen einer Frau wieder eine Erfindung verlorengegangen.

Vergißt du alles, wenn du eine Frau siehst? Ist das noch dieselbe wie die Alte, von der ihr eben gesprochen habt? Dieselbe. Aber sie war nicht alt, sie war uralt. Darum bin ich auch beinahe vor ihr zugrundegegangen. Ich sah gerade meine Hohlform einer Besprechung aller künftigen Buchbesprechungen lebhaft vor mir flackern, und dann kam sie mit einem Glas voll braunem – ich erinnere mich nicht. Jedenfalls bin ich den Weg alles Irdischen gegangen. Nicht ganz. Richtig. Nicht ganz. Noch bist du da. Gedenke es weiter zu bleiben. Gut gehandelt. Überleben ist eine gute Tat. Sehe ich nicht. Nur bei mir. Was ich sagen wollte – Ach ja. Die Hitze nimmt zu. Ich habe gesehen, wie du fast gestorben bist. Es nahm mich mit. Es nahm mich unsäglich mit. Ich möchte nicht, daß man davon spricht. Es wurde da schon kälter. Ich habe mich da schon die längste Zeit nicht mehr bei der Zeitung zuhause gefühlt. Sie wird dir geholfen haben. Sie hat mich abgelenkt. Nicht schlecht. Nicht wenig. Sprecht ihr noch lange über die alte Stewardeß? Nun sitzen wir schon Stunden um Stunden hier. Tage um Tage. Monate um Monate. Die Jahre zerrinnen zwischen den Fingern. Und wir sind uns nahe. Wir müßten längst einen Plan gefaßt haben, womit wir uns hier beschäftigen wollen. Hast du einen Plan? Haben Sie einen? Hast du einen? Ich sage nichts. Ich hatte einen. Jedenfalls sind wir hier. Nicht zu fassen. Kein Spott. Ich fasse es nicht. Wie könnte ich es fassen? Es gibt kein Rezept, dies zu fassen. Man kann es fassen, wers nicht fassen kann, der kanns nicht fassen. Wie stehst denn du zu mir? Ich finde dich besser als auch schon. Aber die allgemeine Lage schlägt auf dich durch. Das war mir klar. Ich glaube, ich sehe es klarer als du. Gekrache von den treibenden Schollen her. Krähen. Frierende Krähen. Trauriger Anblick. Warmes Eis und frierende Krähen und tatenlose Dichter. Ich fühle mich gut. Das wollte ich damit nicht sagen. Ich fühle mich auch gut. Ich fühle mich schlecht. Dafür bin ich schon etwas länger hier. Ich habe übrigens einen Plan. Was? Wir müssen etwas unternehmen. Nur nicht sitzenbleiben und die Dinge treiben lassen, indem wir sie betrachten. Wie? Mein Plan. Ach. Das war er. Wir müssen etwas tun. Aber wir haben noch nichts unternommen. Das war auch kein schlechter Plan. Ich träume alle paar Stunden wieder, daß ich eigentlich weiß, was ich hier tun will. Findest du das schrecklich?

Ich würde damit aufhören. Manchmal fühle ich, daß ich lebe. Nicht mehr allzu oft. Berührung meines eigenen Körpers hilft nicht weiter. Ich meine, sie ist kein Beweis.

Jetzt hat es mich am Penis berührt. Das hab ich nicht verstanden. Du redest auf einmal so leise. Ich bin aber schwerhörig. Das hat wehgetan. Ich hätte eine andere Berührung gewollt. Das kam nicht von weiter oben. Keine Ahnung, was das war. Bei mir ist nichts? Bei dir? Nichts. Wo sagst du, hat es dich berührt? Ist er schon zurück? Er sollte uns wegführen. Hier ist kein weiterer Aufenthalt möglich. Die verstehen dich nicht. Du kannst ebensogut schweigen. Da war ein Pinguin. Es handelt sich um unglückliche Vögel. Sie sind eine Fehlkonstruktion und merken es nicht. Sie wollen es nicht einsehen. Mir schnürt es die Brust zusammen, wenn ich sie anschaue. Sie sind falsch, so wie sie sind, schlicht falsch. Aber umbringen darf man sie nicht. Ich ermüde allmählich. Möchte sterben. Ich auch. Ich sterbe, aber weil ich hier bin. Ich sterbe, weil ich bin. Ich sterbe ohne Grund. Wozu immer einen Grund? Man nimmt das zu wichtig. Ich nehme Gebären wichtig. Sterben ist zweitrangig. Man geht hinaus. Geboren werden. Man betritt. Das lohnt. Sterben lohnt nicht. Es ist auch nichts Besonderes. Schweigen ist die angemessene Haltung. Wir sollten näher zusammenrücken. Ohne uns zu berühren, selbstverständlich. Wo bist du? Wo bliebst du? Schläfst du? Paß auf. Ich schalte eine Erholungspause ein vor dem Schlafen. Man darf nicht einschlafen, ohne Vorkehrungen getroffen zu haben gegen das, was beim Schlafen geschieht. Ich gehe jetzt auf die Suche. Folgt mir nicht. Ich geh allein. Ach, da berühr ich was Kaltes. Schon wieder. Deine Stimme bricht. Deine Ärmel wirken so dünn. Meine Ärmel wirken dicker. Ich habe Arme, die sich straffen können. Können das deine? Nicht jetzt. Ich zeige es dir. Es hat Zeit. Ich höre, daß eure Stimmen brechen. Meine Stimme ist wohlauf. Da bin ich mit der Hand in einem Gesicht gelandet. Ich landete weich. Was hier noch landet, sind Hände. Jetzt höre ich dich nicht mehr. Der ist noch lebendig. Hast du mir Feuer? Womit? Ein Feuerzeug. Ein Feuerzeug hab ich in der Regel dabei, wenn nicht – Ja?, wenn nicht – Sag schon. Wir würdens gern hören. Laß es uns hören, solange einige noch hören. Wenn nicht die Gegend so aussieht, als erzeugte sie selbst Feuer. Das ist hier der Fall. Feuer – und Feuer, überall. Nicht der Fall, willst du sagen.

Siehst du die drei Schollen, die kleiner werden? Erzeugt sowas in deinen Gedanken Feuer? Ist auch nur annähernd vorstellbar, daß diese Landschaft in einem Brand aufgeht? Annähernd vorstellbar, durchaus. Nicht ganz. Gerade weil es so unwahrscheinlich ist, dachte ich, sicher erzeugt das Eis viele Feuer, so nahm ich mein Feuerzeug nicht mit. Schau her, da ist es. Ich habe kein Feuerzeug dabei. Ich habe überhaupt kein Feuerzeug überhaupt. Ich hinke. Wo ist er noch lebendig? Setzt euch. Wir können nicht mehr. Das ist kein Grund. Das Können muß ja gerade überstiegen werden. Gerade die Hindernisse des Könnens müssen eingerissen werden, denn sie sind die schlimmsten Mauern. Man kann über sein Können nicht hinauskommen. Eine natürliche Grenze. Schmerzhaft, darüber zu sprechen, da so lächerlich. Das Können ist kein Maßstab. Ich war mal jenseits meines Könnens. Es bekam mir wohl. Zunächst wirkte die Gegend unwirtlich, ich fühlte mich unsicher, und ich vermute dunkel, ich trieb einiges Falsche. Dann, natürlich, gewöhnt man sich – Ich gewöhne mich nie. Man gewöhnt sich immer an alles. Alles ist aber selten zu haben. Meist gewöhnt man sich an Kleinkram, an elende Kleinigkeiten des Alltags. Der Alltag ist nicht mehr, was er war. Er hat eine Dimension an Gefährlichkeit dazugewonnen, die Gewöhnung immer schwerer macht. Ich, nun ja, ich habe mich an den Alltag vollständig gewöhnt. Es geht nicht um den Alltag. Es geht darum, sich jenseits dessen aufzuhalten, was man kann. Ich sage euch, nachdem ich mich daran gewöhnt hatte, konnte ich auch das. Was denn? Mich jenseits des Könnens aufzuhalten. Wie ging das denn? Nach der Gewöhnungsphase glitt ich mühelos in die Routinephase. Nachher konnte mir nichts mehr passieren. Ich empfehle es weiter. Er hat recht. Wenn wir uns auf das verlassen, was wir können, wo kommen wir da hin? Ich habe mein Können schon lange hinter mir gelassen. Mir ist es nie Maßstab gewesen. Ich nehme mir ein Beispiel am Können anderer, das halte ich für besser. Apart. Faszinierend. Das mußtest du uns mitteilen. Das bringt uns etwas. Setzt euch, habe ich gesagt. Ich gebrauche die Wendung, die sagen will, Setzt euch, weil ihr jetzt steht. Bei euch heißt sie, Setzt euch, weil ihr schon liegt. Wir sind unfähig. Das macht nichts. Wir setzen uns.

Sitzt du? Ich saß immer. Dadurch, daß ich weniger Kraft beim Stehen verlor, habe ich jetzt länger Kraft für das Sitzen. Jetzt sitzen wir. Habt ihr eure Schwämme und Schiefertafeln dabei? Du seist, sagt man, endgültig in deinem Urteil. Es gebe Gewißheit, hört man. Wer sagt das? Ich sagte es nicht. Wie könnte ich so etwas sagen? Und doch, als ich es hörte, dachte ich unwillkürlich, Das ist von mir, So denke ich, Das kann nur ich sein. Es gibt Gewißheit, sicher, jawohl. Gewißheit. Habt ihr eure Hausaufgaben gemacht? Sie. Sie da. Sagen Sie mir die Vokabeln auf, die Sie heute in ihren Feststellungen verwenden wollen. Ich schreibe heut nichts, Herr. Zu kalt, Herr. Sagen Sie die Worte auf, die Ihnen im Kopf herumgehen. Er ist doch der Kritiker? Der letzte? Weiß nicht. Wer durch diesen Schnee kommt, ist Kritiker. Ich meine, wer sollte sonst hier sein? Es ist der letzte Kritiker. Ganz frisch. Nahende Unschuld, wenn er wüßte. Hatte Ihre Maschine Verspätung? Verspätung auch, ganz richtig. Richtig, Verspätung. Eine Maschine hatte Verspätung. Ihre Maschine kam also viel später als unsere. Das auch. Aber Sie ahnen es nicht. Wir ahnen vieles. Sie kommen in aller Unschuld, und das Erste, was Sie tun, ist, uns zu beleidigen. Bezeichnend – Man ahnt sowas nicht. Mir wurde unterwegs so schlecht, daß ich mich beinahe vor der alten Stewardeß übergeben hätte. Die alte Stewardeß saß da und – Die alte Stewardeß. Er hatte sie auch. Genau gleich. Du hattest doch auch etwas mit der alten Stewardeß. Wen meinst du? Dich. Ich doch nicht. Der neben mir. Stoß ihn an. Angestoßen? Du sag mal, was hattest du mit dieser alten Stewardeß? Er ist leider tot. Ich auch bald. Leider. Nur die alte Stewardeß überlebt uns. Herr Kritiker! Der Herr, der neben jenem sitzt und tot ist, hatte ganz ähnlich wie Sie etwas mit der uralten Stewardeß zu tun, und dies während des Fluges von Frankfurt in die Antarktis. Ich verdächtige uns, daß wir alle etwas mit ihr zu tun hatten. Wir durchlaufen alle dieselben Erlebnisse. Alle Erfahrungen sind sich immer gleich gewesen, und im identischen Bewußtsein unserer Ähnlicheit hofften wir uns zu differenzieren, indem wir in die Antarktis fuhren – flogen – fahren war uns zu lange. Dabei: gehen hätten wir sollen, das hätte es gebracht. Gehen bringt es immer.

Aber der Ozean. Die Ozeane. Die Ozeane kommen zwischen Frankfurt und der Antarktis ihrer liebsten Tätigkeit nach: Sie erstrecken sich. Für den Ozean ist das Schiff erlaubt. Niemand verweigert dir auf deinem Weg zum Pol ein Ruderboot. Oh, mir wurde es oft verweigert. Aber das war der Nordpol. Die Norweger können sehr unhöflich sein. Ich kannte einen Norweger, der – Gesprächsleiter! Es gibt mich noch. Konzentrier ihn auf den Südpol. Wir können nicht universal werden. Erst ich! Alle Erfahrungen, sagte ich, sind sich gleich. Es gibt nur einen Typus Mensch, es gibt nur einen Menschen, der ist Dichter oder Kritiker, was natürlich dasselbe ist. Dieser Typus Mensch vervielfältigt sich auf einfache Weise zu Millionen und Milliarden, welchen Gedanken er nicht aushält und deswegen anfängt sich für verschieden zu halten. Wir differenzierten uns mit der Polreise, leider unternahmen wir sie kollektiv. Wieder alle dasselbe getan. Ich ging links herum. Ich wich ab. Ich weiche ganz natürlich ab. Ich brauche nicht eigens darauf zu schauen. Erst in neuerer Zeit, in der neuesten Epoche, seit zehn Minuten nach unserem Abflug, ist es üblich geworden, Erfahrungen einem einzelnen Menschen zuzuschreiben. Dabei sind alle Erfahrungen ununterscheidbar. Wir können von uns sagen, bei Geburt hatten wir keine, beim Tod hatten wir ein bißchen davon. Ich leider nun nicht. Ich habe an Erfahrung gewonnen. Ich habe etwas zugelegt. Ich nun gar nicht. Ich halte mich jenseits meines Könnens auf und bin diesen Fragen nicht verantwortlich. Es gibt nur eine Sorte Erfahrung. Wer immer wahrheitsgetreu von dieser erzählt, hat recht, durchaus und immerwährend recht. Es ist ein Rechthaben von höchstem Wahrheitsgehalt, natürlich nur von einer Sorte, aber eben von der richtigen Sorte. Antwortest du dem Herrn Kritiker? Er ist beunruhigend unerschöpft. Er quillt und es quillt auch. Ich nehme an, man quillt, wenn man von einem Flughafen kommt. Krempeln Sie die Ärmel hoch, hier ist es kalt. Sind Sie müde? Nein. Ich bin nicht müde. Ich dachte es mir. Was? Was Sie sagten. Nun unterrichte ich Sie. Danke. Ja, bitte, unterrichten Sie mich. Ich unterrichte Sie nur, weil Sie frischer sind als wir. Wir richteten uns soeben an die Mutter mit dem Kind. Sie antwortet uns nicht. Dies ist die Lage. Sie sollten endlich Ihre Vokabeln aufsagen. Ich sage – aufgesagt. Habe ich gar nicht gehört. Ging aber schnell. Bringt ihr der Mutter etwas Milch? Sie soll dem Kind die Brust geben und dann die Milch aus dem Mund des Kindes saugen. Ach, sie soll die Brust geben und dann dem Kind die Milch wieder wegnehmen. Herr Kritiker, Sie Neuankömmling. Sie wissen, wo der Tower emporragt, wo sich das Flughafengebäude erstreckt und wo sich der Tower in den kalten Himmel erhebt. Führen Sie uns dahin. Der Rest von uns möchte in den Wartesaal. Würden Sie das für uns tun?

Sagen Sie einige Vokabeln auf. Welche Vokabeln? Gleichgültig. Einige Vokabeln – Sie haben doch einige Vokabeln zum Aufsagen? Haben Sie sich die Mutter mit dem Kind angeschaut? Sie saugt ihm die Milch wieder weg. Ich glaubte, sie sei tot. Sie wirkte tot. Das ist nicht dasselbe. Sie wirkt wie dasselbe. Es könnte eine andere sein. Durchaus. Eine Mutter mit dem Kind muß nicht dieselbe Mutter mit Kind sein, wie die Mutter mit dem Kind von soeben. Sie sieht ähnlich aus. Mütter mit Kindern sind alle verschieden. Ist das Kind größer, trägt es die Mutter. Auch das sieht gleich aus. Ist das

Kind weiblich, gibt es mit der Zeit der Mutter die Brust. Auch das sieht nicht anders aus. Sie ist übrigens tot. Aber das ändert sich manchmal. Aber sie ist tot. Die beiden sind tot. Die anderen auch. Einige Vokabeln, jetzt. Dann reden wir über das andere. Jetzt gibt sie ihm wieder die Brust. Man muß auf ihre Bluse schauen. Da kommt die Brust heraus. Emanuel, wo ist es? Da kommt sie nicht heraus. Da auch nicht. Sie kann nur da herauskommen. Wir starren wie gelähmt. Hier, genau hier muß sie sich zeigen. Hier kommt sie auch heraus. Da kommt die Brust heraus, die sie dem Kind gibt. Sie haben sicher einige Vokabeln, die Sie uns aufsagen können. Der Frischling! kaum angekommen, stürzt sich in die Beschwernisse, bürdet sie uns auf, leider. Gesprächsleiter! Ja. Du bist abgesetzt! Durchaus. Du bist wieder eingesetzt. Auch das ist möglich. Vielleicht bin ich abgesetzt und eingesetzt aufs Mal. Du weißt, auch der Limbo ist zwischen Himmel und Hölle, dies ist der Limbo. Wer denkt denn noch an Vokabeln? Haben Sie diese Schollen gesehen? Welche? Neue. Ach, neue Schollen. Apart. Vokabeln. Schollen. Die eine frißt die andere. Diese ließ sich nicht essen, da wurde sie gerammt. Knirsch, weg ist auch sie. Haben Sie das gesehen? Ich fröstle, wenn ich das sehe. Ich denke immer, so, genau so ist das Leben nicht. Das Leben ist nicht so. Das Leben vielleicht, nicht unser Leben. Wir haben das bessere Leben. Dies hier ist nicht das Leben. Wir flogen nur hin. Wir fliegen per Flug zum Leben, das nicht das Leben ist. Keinesfalls ist dies das Leben. Das kann nicht das Leben sein. Weil das Leben nie das Leben ist. Aber da kommt die Brust heraus. Hier. Da ist sie. Es ist nur ihre Hand. Es ist ihre Hand, die die Brust herausholt. Das Kind speit noch immer Milch. Es muß viel getrunken haben. Es hat sich an der Milch betrunken. Das ist nur ihre Hand. Aber die Hand holt die Brust. Nein, die Hand holt das Kind. Oder das Kind holt die Hand. Kinder holen sich oft die Hände, weil sie gehalten werden wollen dann, wenn niemand, kein Mensch sie halten will. Sie haben die Begabung, das muß man anerkennen, immer dann gehalten werden zu wollen, wenn man sie nicht halten kann. Oh bitte, halten WILL. Dann wollen sie gehalten werden und greifen nach der Hand.

Die Hand aber greift nach der Brust, holt sie heraus und gibt ihnen die Brust. Er hatte seine Erfahrung mit der bewußten Stewardeß. Entsetzlich, daß er nun das sehen muß. Finden Sie, was Sie sehen, entsetzlich? Nein. Er findet es nicht entsetzlich. Ich finde es auch nicht entsetzlich. Ich finde es höchst unangenehm, aber nicht entsetzlich. Ich weiß, daß es anderen gefällt. Mir gefällt es ja auch. Es ist die Grundstimmung. Aber die Hand holt die Brust, nicht das Kind. Die Hand holt die Brust und das Kind. Die Brust lockt das Kind an. Das Kind holt die Hand. Die Brust kommt gleich. Dann saugt das Kind, aber sie holt sich die Milch von ihm zurück. Sonst verdursten beide. Mutter! SCHWEIG, ENDBEREITER! Das war die andere. Die echte Mutter hat geschwiegen. Da ist die Brust. Die Brust ist nun da. Hoffentlich findet das Kind die Brust. Gefunden. Es trinkt sich voll. In der Kälte. In der Kälte.

Ich friere. Es ist kälter geworden. Es gibt hier eine Art Klima. Wolltest du das sagen? Ich kann nicht mehr aufstehen. Ich möchte aufstehen, weiß aber nicht, was dann geschieht. Bleiben wir, wie wir sind. Es ist das beste. Wie steht es mit den Gefühlen? Keine. Gut so. Und jetzt? Keine. Gut so? Zwischen uns ist nichts los. War nie etwas los. Wird nie – Jetzt blute ich an der Hand. Vorhin wurde ich am Penis berührt. Muß ja nicht sein. Ich habe auf den Schnee geschlagen. Der schneidet schön. Du kommst ja auf mich zu! Jetzt knirscht wieder was, weiter weg. Ich sehe alles, aber es ist just dahinter. Das ist die Dichterin, die sich die Knie reibt. Die hört damit wirklich nie auf. Warum tust du das? Es ist kälter geworden. Sie ist wahnsinnig. Nicht weitersagen. Jetzt sagt sie nicht einmal mehr, Endbereiter! War gemütlich, das. Jetzt sollte auch ich Angst haben, ich fühle es. Aber ich habe keine. Ich auch nicht. Jetzt kanns erst richtig losgehen. Ich fürchte mich. Ehrlich. Gebts doch zu. Ich habe schreckliche Angst, schon länger. Jetzt platzt du heraus. Das sieht ja jeder. Ich glaube, da bricht einer zusammen. Ist es eine? Eine. Sie bricht zusammen ohne Ton. Irgendwie peinvoll. Ich möchte auch zusammenbrechen. Du? Nein. Bewahre. Nie. Das schiebe ich auf. Ich meine, du hast Angst, der Wahnsinn greift auf dich über. Ist ja nicht ansteckend.

Nur ein geringfügiger Wahn. Geschlechtsspezifisch. Männer bekommen ihn nicht. Ortsspezifisch. Alle hier bekommen ihn. Ich mochte ihn nicht. Es muß noch etwas anderes sein. Es macht doch keine Angst, wahnsinnig zu werden, besonders wenn es ein leichter Wahn ist. Wahnsinn merkt ja nichts mehr. Jetzt will sie ihrem Kind die Brust streicheln. Er ist mit der Milch nicht zurückgekommen, das Schwein. Ich rieche die Farbe des Eises. Ich höre die Gestalt des Towers. Ich empfinde sogar den Gestank des Bodens zweitausend Meter unter dem Eis. Ich glaube, jetzt stillt sie es. Ich rieche den Tower. Der riecht doch ganz anders. Nur sie hat eine solche Brust. Man hört, manchmal schaut sie noch geschmeidiger aus. Die anderen haben keine Brust. Berührt es dich wieder? Wo? Wir haben auch keine Brust. Sie ist die einzige. Also muß sie das Kind stillen. Sie muß gar nichts. Man muß das Kind fragen. Das Kind kann nicht sprechen. Es versteht keine Frage. Also wird es gestillt. Ich würde es gern stillen. Aber ich habe keine Brust. Jetzt riecht es nach dem Öl der Pinguine. Die kleben ihre Federn zusammen und tauchen weg. Wo ist der Eisberg. Bei der Scholle? Weiter links.

Nicht bei der Scholle. Da ist der Eisberg. Ich lebe immer. Ich widerspreche. Man lebt nur, wenn man sich liebt. Liebst du dich? Stehe mir zu nah. Man lebt auch, ohne daß man sich liebt. Man lebt nur, wenn man sich haßt. Haß ist Tod. Gesprächsleiter. Schlichten! Ich gebe ihm recht. Wem? Dem mit dem Haß. Der Haß wäre der Tod? Nicht ganz. Dann hat er nicht recht. Manchmal berühre ich mich und denke, obgleich ich tatsächlich bin, lebe ich. Wenigstens ab und zu ein eigener Gedanke. Man lebt nur mit eigenem Gedanken. Ohne eigenen Gedanken lebt man nicht. Das ist kein Leben. Man lebt, wenn man haßt. Indem man haßt, hat man eigene Gedanken. Also lebt man. Aber es ist kein Leben. Es ist der Haß. Keineswegs. Es ist die Liebe zum Leben, das nicht da ist. Wie sollte es auch? Ich habe das Leben gesehen. Hier? Ich habe es schon lange gesehen. Ich habe eine Art Geburt gesehen. SCHWEIG, ENDBEREITER! Sie spricht es freundlich aus. Ich habe eine Geburt erlebt. An mir selber. Es ist der Haß auf die Geburt, der zum Leben führt, das vorbei ist. Auch die Liebe zum vorbeigegangenen Leben ist die Liebe zum Leben. Es ist die Liebe zum Tod. Die Geburt in den Tod ist die Liebe zum Leben, nämlich, es soll einen nicht allzu sehr berühren. Damit kann ich nun schon mehr anfangen. Man lebt nur, wenn man gebiert. SCHWEIG, ENDBEREITER! Sie nimmt heute nichts von uns an. Früher hatte ich das Gefühl, ich hätte ein Recht zu sprechen. Heute nimmt sie mir das Recht durch beißende Kommentare. Sie ist nicht bissig. Sie ist ganz gezähmt. Sie ist ganz friedlich. Sie sagt ›Endbereiter‹, sonst nichts. Du siehst sie nicht richtig. Ich sehe sie richtig. Mich hat sie nicht beeindruckt. Ich schaue den Himmel an und habe ihn als Gedanken. Aber dazu muß ich den Kopf heben. Was ich nicht immer will. Wieviel Uhr ist es? Der mit der zirpenden Uhr, wo ist er? Die Uhr zirpt fünf. Lies die Uhr ab. Es ist fünf. Lies sie trotzdem ab. Man weiß nie. Der Schnee, unendlich. Die Temperatur, minus zwanzig Grad, Eis. Und der Schweiß läuft mir herab. Ob du ein paar Reißverschlüsse an deiner Seite öffnest? Du mir. Wo ist der vom Staat Beamtete? Die stapfen in der Ebene herum, treten Schnee flach, sagen bei jeder Erhöhung, schau, der Flughafen. Sie haben Hoffnung. Jetzt weiß ichs. Man lebt nur, indem man hofft. Indem man die Hoffnung haßt. Indem man die Hoffnung gebiert. Dieses Gebären von Hoffnung ist der Tod, nämlich die Liebe zum Leben. Die Liebe zum Leben ist die Hoffnung, sie gebiert den Tod. Ist das ein eigener Gedanke? Sehr eigen. Würde ich ihn haben können? Du hättest diesen Gedanken nicht. Richtig. Wieso richtig? Du müßtest traurig sein. Den Gedanken würde ich nicht haben wollen. Sieh, schau, kiek, die Schollen.

Jetzt kracht es aber. Das ist unser Untergrund. Meiner ist noch fest. Was sagen die Frauen? Sie haben recht. Sie glauben, es ist das Ende.

Das ist die Gegend. Das donnert ja ganz schön. Ich höre nicht, wie es donnert. Ich höre dich nicht. Ich höre ganz wenig. Soll mich das nervös machen? Ich wäre nervös, an deiner Stelle. Man läßt mich absichtlich nichts hören. Ich soll nervös werden. Den Gefallen tue ich ihnen nicht. Ich habe dich gehört. Seit langem das Erste, was ich höre. Lohnte sich nicht. Ich lohne mich nicht?

Eine gute Feststellung. Ich lohne mich nicht. Ich dachte mir, ich kann nicht meinen Wert wert sein, ich bin weniger wert als mein wahrer Wert. Als Folge davon wollte ich mich loswerden, aber ich schaffte mich nicht. Plötzlich schnellte mein Wert in die Höhe, ich war wieder ein Preziosum, litt unter einem Überbewertungssyndrom, dann unter einem Unterbewertungssyndrom. Ich fand nicht heraus, was mein wahrer Wert ist, glaubte schließlich, ich sei weniger wert, als ich wert bin. Aber wer legt den Wert fest. Ich höre nichts. Ich bin nicht nervös. Ich will auch nichts hören. Das donnert ja ganz schön. Die Eisflächen schieben sich ineinander. Unsere hält. Sie wird lange halten, unsere Fläche. Sie hält ewig. Wieso sollte ausgerechnet unsere brechen? Sind wir bald am Ende, oder gibts da noch irgendeine Steigerung? Das Eis kriecht auf uns zu. Das geht bis zur nächsten Eiszeit. Der Sturm ist nicht von schlechten Eltern. Wirst du weggeweht? Kein Wind zu fühlen. Ein ungeheurer Sturm. Einer ohne Wind. Ein maßloser Orkan. Nur der Wind fehlt. Der Wind ist eine Bedingung für den Orkan. Es ist ein Orkan ohne Wind. Ein Orkan an Ruhe, Bewegungslosigkeit, Blindheit, Lähmung und Sitzenbleiben. Den Orkan fühle ich. Ich fühle ihn stärker. Ich bin sein Opfer. Ich bin im Windschatten, irgendwie im Windschatten. Der Wind ist scheußlich. Ich würde sagen: Wind, aber kein Sturm. Wenn ich es so ausdrücken darf. Mein Schal! Weg. Ich glaube, es zerstört mir die Ohren. Geschieht mir recht. Geschieht dir recht. Ich hoffte, es würde dir die Ohren zerstören. Damit hofftest du bloß dasselbe wie ich. Ich hoffte, es würde mir die Ohren zerstören. Warum hoffst du sowas? Weil ich meine Ohren nicht mag. Ich hoffte, deine würden gleich darauf zerstört. Bei mir ist es erst ein leises Zirpen. Ist das bei euch ein Donnern?

Jetzt hat der Sturm eine Scholle zerfetzt. Ohne Wind, er hat sie nicht einmal berührt. Wann stürzt er sich auf mich? Er ist in mir. Er zerreißt mich. Ich mag das nicht. Wehre dich. Ich mag nicht. Wehre dich. Er hört nicht auf mich. Da fällt mitten im Orkan eine frische Brise von der See her ein. Spürst du sie? Eine sehr kleine Brise. Ein Brischen. Ein winziges Brischen, mitten im Orkan. Um uns herum der Orkan, wir im winzigen Brischen. Ein Brischen. Ende der Untertreibungen. Ich untertreibe gern. Nicht so gern wie ich. Man kann diese Stürme nicht zum Nennwert nehmen, sonst kommen die sich wichtig vor und blasen doppelt so stark. Kein Sturm bläst stärker, wenn du ihn wichtig nimmst. Du hast keinen Einfluß auf einen Sturm. Zuhause ja. Zuhause ja. Zuhause schon. Nicht aber hier. Zuhause habe ich Einfluß auf die Stürme. Aber zuhause gibt es keine Orkane, in deren Inneren ein Brischen weht. Ende der Untertreibungen. Gesprächsleiter. Soll ich eingreifen? Wollte ich dir sagen. Ich kann nicht eingreifen. Wußte ich. Warum sagst dus mir dann? Ich will dich in Verlegenheit bringen. Tust du allerdings. Du bleibst sehr ruhig. Ich bin in Verlegenheit. Ich bleibe ruhig. Du solltest eingreifen. Da wächst meine Verlegenheit ins Ungemessene, daß ich nicht eingreifen kann. Das soll sie ja. Würdest du eingreifen? Wenn ich verlegen wäre. Bist du verlegen? Nein. Unfair. Dann greifst du nicht ein. Ich wollte es dir nicht gleich sagen. Ich bin nicht Gesprächsleiter. Ihr habt mich dazu gemacht. Die Brise wird stärker. Eine starke Brise. Sie greift ein, nicht ich. Zuhause würde sie die Zeitung glatt wegfegen. Schade, daß es diese Brise zuhause nie gegeben hat. Du möchtest, daß deine Zeitung weggefegt würde? Mitsamt der Literaturbeilage? Ach, Gedanken. Wer kann sich darauf verlassen? Ich verlasse mich immer auf meine Gedanken. Zollfrei sind sie. Sonst hätte ich sie nicht. Du meinst: du hast seine Gedanken? Man tut, was man kann. Man weiß, was man kann. Nur ich weiß es nicht. Ich wußte es nie. Ich habe mich rechtzeitig beklagt. Ärmster.

Ich Elender. Ich leide stärker. Ich beklage mich nicht. Ich übe eine Art heldenhaftes Klagen. Man weint, wenn ich echt auftrete. Ich weiß nicht, was ich kann, und ich beklage mich mit äußerster Dringlichkeit. Die Zuhörer brechen zusammen. Ich richte sie wieder auf. Ich bin der Held, wenn ich meine Hörer aufrichte, nachdem ich mich bei ihnen heldenhaft beklagte und damit Wirkung hatte. Zugegeben, man weiß dann noch immer nicht mehr. Man steht, nach einem solchen Geben und Nehmen, nur einfach viel stärker da. Meint ihr Dichterinnen das wirklich? Was sagt die mit dem Kind? Es hatte Schwierigkeiten. Mit den Texten? Zu Hause. In der Kinderkrippe im Taunus. Gab es da Texte? Man las ihm zu früh etwas vor. Es hatte große Schwierigkeiten. Die Mutter hatte es in die Krippe gebracht, damit die Krippe ihm die Mutter würde. Gleich darauf gab ihm die Krippe etwas zum Lesen. Es war zu früh. Das Kind verstand nicht und wehrte sich. Die Mutter holte das Kind. Die Krippe war beleidigt und schmollte. Das Kind war rasend vor Zorn, dann war es eingeschlafen. Die Krippe unternahm keinen Versuch mehr. Die Mutter brachte das Kind nicht mehr in die Krippe. Das Kind nahm sich nie mehr etwas zum Lesen vor. Es war für sein weiteres Leben geschädigt. Aber es kam häufig in den Taunus, um sich zu verlustieren. Im Taunus verlustiert man sich gut. Ich habe mich im Taunus oft verlustiert. Ich ziehe das hohe Gebirge vor. Ich liebe das Ernsthafte, Tiefe. Ich habe mich des Verlustierens entwöhnt. Bedauerlich.

Ich verlustiere mich gern. In Köln fehlt mir leider der Taunus. Ein Kind hätte ich. Ich habe auch ein Kind. Ich habe zwei Kinder. Ich habe so viele Kinder ich will. Überall habe ich Kinder. Sie kennen mich nicht. Es ist eine Tragödie. Ich kenne Sie auch nicht. Sie sitzen neben mir. Der Nebenmann ist der Unbekannteste. Ich war es, der Ihr Kind betreute, als Sie abends – Freitags, glaube ich. Donnerstags. Als Sie donnerstags – Danke für das Hüten. Es gab einen Zwischenfall. Unvermeidlich. Sie haben mir nach dem Hüten mein Kind nicht zurückgegeben. Sie haben es nicht bemerkt. Das ist keine Entschuldigung. Sie wußten, ich würde es bemerken, spätestens wenn ich zu Hause ankäme und sähe, daß in der Hand, die ich dem Kind gab, keine Kinderhand steckte. Das Kind, das neben mir nach Hause lief, war nicht mein Kind. Sie nahmen ein Kind mit nach Hause. Immerhin. Es war Ihr Kind. Ich habe mein Kind. Es ist jenes, das in der Krippe litt. Das aber den Taunus liebt. Allerdings liest es im Taunus nie. Das kann sich ändern. Dieses Kind hätte ich Ihnen mitgegeben? Ich behaupte nichts. Sie stellen hier massive Anschuldigungen hin. Zurücknehmen. Ich kam mit deinem Kind nach Hause. Es war mein Kind. Wir haben nun Zweifel. Ich erkannte es als mein Kind. Ich erkenne jedes Kind als mein Kind. Man läßt die Kinder zu mir kommen. Ich adoptiere sie alle. Faszinierend. Ich würde meine gern los. Laß sie lesen. Sie entfremden sich von selbst. Wenn das stimmte! Sie lieben mich. Da mußt du härter vorgehen. Kinder entfremden sich leicht. Dann bist du sie mit der Zeit los. Ich brachte es in die Krippe. Die Krippe nützt nichts. Die Krippen im Taunus zwar, sie sind gut. Keine Texte, bitte. Die Texte, die in den Krippen den Kindern vorgelesen wurden, handelten von Krippen und Kindern. Sie kriegten ihre Lage vor die Augen. Mach vor Erregung – Ich bin nicht erregt. – den Eisberg nicht kaputt. Du hackst ja daran herum. Wir haben es aufgegeben. Wenn alles hier schmilzt, sind alle Küstenstriche überflutet. Es wäre eine durch das Symposium hervorgerufene Überschwemmung. Ich kann nie mehr zurück. Mutlos? Rache. Ich bin hier heimisch. Ich sterbe hier, also bin ich hier heimisch. Von meinen Gefühlen möchte ich nichts sagen. Sie bleiben geheim. Man muß wo heimisch sein, ehe man wo stirbt. Ich bin ja heimisch. Ich habe mich eingewöhnt. Es fiel leicht. Wie? Durch Kauern. Da war ich nahe. Ich bin nahe. Und jetzt bin ich es gewohnt. Stirb. Ja, gern. Geh nicht weg. Ich möchte es noch kälter. Ich hacke am Eisberg weiter. Es geschieht nichts. Er schmilzt nicht. Ich habe den Berg schon lange gesehen. Er hat mit uns nichts zu tun. Vielleicht verdeckt er den Flughafen. Man sieht ihn von der anderen Seite. Er verdeckt nichts, soweit man sieht. Man weiß nicht. Jetzt knistert es in deinen Ohren. Ich dachte, nur ich höre es. Wenn es mich betäubt, dann mußt du ja leiden. Du spürst es? Als geschähe es mir. Aber ich weiß, daß es in deinen Ohren geschieht. Dein Knie ist zerbrochen. Es schmerzt mich. Furchtbar. Es durchbohrt mir den Kopf und hinterläßt eine Blutspur im Hirn. Das ist ein durch dich gebohrter Eiszapfen. Ich kann dich nicht sehen. Geschweige denn ich mich selber.

Jetzt knallt es. Vorbei. Ich hacke am Berg herum. Ihr Kritiker? Gut, gut. Gut gesagt. Jetzt knallt es wieder. Ein gebräuchlicher Knall. Hörst du den Knall? Ich glaube, es hat geknallt. Ja. Geknallt. Augenblick mal. Und deine Zeitung? Schau, die Schollen. Gehst du da wieder hin? Sie sieht aus wie ein Kollege. Eine frißt die andere. Ich meine, falls du je wieder hinkommst. Das frage ich dich. Wir denken dasselbe. Wir denken nicht. Es geht uns im Kopf herum. Das schiebt die Aktivität auf das Denken zurück. Wir tun nichts dafür. Es geht in uns herum. Glaube ich nicht. Deine Sache. Sobald wir zurück sind. Wir finden ja den Tower nicht mehr. Aber er steht, als wir ankommen, nicht in der Senke. Jetzt birst auch die, die die andere gefressen hat. Eine Reihenfolge, sag ich dir. Die eine siegt und krepiert am Sieg. Und deine Zeitung? Ich friere. Da knirscht es. Plötzlich. Nicht da. Daneben. Da bin ich. Ich knirsche nicht. Kommt näher. Nein. Schon da. Kriegst du die Augen auf? Ihr werdet es nicht glauben. Emanuel ist da. Guter Laune. Ich glaube es nicht. Emanuel ist nie da. Emanuel ist überall. Er schleicht schon etwas stärker als damals, wo er wegging und wir hoffen durften, er komme nicht wieder. Allerdings wollte er die Autorin retten. Das ist nicht schlecht. Hat er Fleisch dabei? Warte. Es ist nicht sicher, daß es Emanuel ist. Laß mich sein Gesicht freikratzen. Kratzt du noch? Das geht lange. Der Schnee ist nicht so dicht gefallen. Das dichteste, was ich je an Schnee sah. Ich bin schon längst durch den Schnee. Auf der Haut. Aber ich hab ihm auch die Haut gleich weggekratzt. Darunter ist gleich wieder ein Gesicht. Verstörtes Gesicht. Dann wieder eines. Lauter Gesichter, man löst eins ums andere ab. Ich werfe ihm nicht vor, er habe kein Gesicht. Mal mußt du aufhören. Das letzte behält er dann. Wann? Zufall. Nimm eins, laß es stehen und sag, das ist Emanuel. Dieses? Gefällt dir das? Es ist Emanuel. Kein Zweifel. Es ist sowas wie Emanuel. Sag, Emanuel, hast du Fleisch dabei? Meins. Und Milch? Ein Pintlein voll. Du solltest, Emanuel, diese Lebensmittel der Mutter mit dem Kind bringen. Wenn ich mich weigere? Das Kind wird sterben. Ich mache ja nur Spaß. Das muß es ja nicht. Es kann mit LH475833 zurückfliegen. Wie einige von uns. Wer? Welche?

Ich möchte zurückfliegen. Wie kann ich zurückfliegen, wenn kein Flughafen ist? Den meisten gefällt es. Die bleiben hier. Sie werden nicht gehindert. Er packt Lebensmittel aus. Man soll sich vorher nähren. Vielleicht überlegt man es sich anders.

Man kann hier gut leben. Es gibt zwanzig Menüs für Moose und Flechten. Man kann hier gut schreiben. Alles, was man hier schreibt, wird ein Symposium. Man kann es gleich besuchen. Ich kenne die Gegend, weiß also, was einer darüber schreiben kann. Etwas Milch? Emanuel, hast du die Milch? Das Pintlein ist gleich leer. Man geht doch nicht ins Wasser, wenn man mit wenig Aufwand schreiben kann. Da kommt noch wer. Falscher Alarm. Aber es war jemand. Wer soll denn noch kommen? Ich habe jemanden gehört. Du sagtest mir, du habest jemanden gehört. Ich nahm an, das sagst du so. Ich auch. Ich höre immer jemanden. Das gehört hier doch dazu. Ich meine, wenn ich jemanden höre, dann IST das auch jemand. Das meint man, so sagt mans. Mein es nur. Bedauern Sie uns, Emanuel? Mir dürfen Sie es sagen! Ich muß jetzt essen. Ich nehme Ihnen nichts mehr übel. Damals in Frankfurt – nun. Wir sind ja auch zu bedauern. Warum seid ihr hergekommen? Wir wollten schauen, wie er fertig wird mit Schreiben. Ihr wartet also auch auf ihn. Ich warte auch. Ich warte auf jeden und jede. Keine kommt. Kommt ihr? SCHWEIG, ENDE! Sie weigern sich. Die Dichterinnen kommen nicht mehr. Sie haben sich eingerichtet. Er wird nicht fertig. Das sag ich ja. Es ist einer von euch. Bezeichnend, diese Langsamkeit. Ißt das Kind jetzt? Welches Kind? Ihr Kind. DAS Kind. Sie gibt ihm vielleicht nochmals die Brust. Hast du das unseretwegen veranlaßt? Sie tut es freiwillig. Du hältst mit diesem Anblick einige von dem sicheren Tod ab, Emanuel. Selbstverständlich. Gern geschehen. Und warum bist du zurückgekommen, Emanuel? Ich? Euretwegen. Ich tue alles für euch. Riesiger Blödsinn, das habe ich gleich gesehen, aber ich folge euch, indem ich überallhin vorausgehe. Ich bedaure euch, das teile ich mit. Da geben Sies zu. Warum nicht? Jetzt werden meine Schritte aber kleiner. Ich hab noch nicht bei mir nachgeschaut. Schau nach. Tatsächlich. Auch kleiner. Da reißt Stoff an der Hose. Da öffnet sich Fleisch. Etwas Schlimmes? Ich sah einmal einen Leichenzug, bei dem war der Sarg, von allen unbemerkt, aufgegangen. Man hörte von dem Wagen hinter den Pferden her nur das Reißen von Stoff. Die Kleider der Leiche zerrissen. Die Trauergemeinde bemerkte es nicht. Ich wies auf den offenen Sarg und bezeichnete den Spalt zwischen Deckel und Gehäuse. Man hörte mich nicht. Ich gab es auf und brachte die Trauerfeier ordnungsgemäß hinter mich. Man öffnete den Sarg ja doch. Beim Entladen merkten sie es. Es war ihnen unangenehm. Schau mich an. Mir kann es besser gehen als dir. Du weißt es nur nicht. Das ist wirklich genau dasselbe. Jetzt kann ich schon fast keinen Schritt mehr.

Ich vermute, ich bin beschädigt. Die Vermutung ist nicht angenehm. Darf ich etwas zur deutschen Literatur sagen? Halt dich an die Konvention. Die Antwort ist: nein. Dann sage ich nichts. Selber schuld. Schau lieber, wie du dich entwickelst. Daß es hier fertig ist mit mir, sehe ich ein. Ich wollte mir die Mühe machen und es dir wiederholen. Sieh mich an. Schau mir tief in die Augen. Und was siehst du da? Deine Augen. Das müßte Botschaft genug sein. Wenn ich nicht wüßte, daß es mir besser geht, dann müßte ich annehmen, ich wüßte nichts. Wer ist da? Schneeblind. Aber das greift auf alle über. Er hatte die Augen immer offen. Er hielt den Schnee für ein Blatt Papier. Ich nie. Ich habe mich im Schnee nie getäuscht. Schnee ist Schnee, Papier ist Papier, und wer es verwechselt, wird blind. Eine Versammlung von Sitzenden. Ich konnte nichts ändern. Anfangs war das Sitzen die Bequemlichkeit des Sitzens, jetzt ist es die Unfähigkeit zum Stehen. Die Logik des Menschen tendiert zum Beugen, zum Krümmen, zum Winden. Würden Sie etwas ändern wollen, Emanuel? Ich? Wieso? Ich fragte nur, ach, nur so gefragt. Meine Schuhe. Was ist los? Zu klein. Nochmal zu klein. Sie waren schon zu klein. Vorn. Jetzt drücken sie hinten. Nummer fünfundvierzig steht noch dreißigmal auf dem Schnee herum.

Gerade wie ich mich auf meinen Fuß im Schuh konzentriere, fällt mir wieder die Brise auf. Ein Brischen. Draußen tobt der Orkan. Frisches Brischen. Sei froh, daß der Orkan so weit weg ist. Er würde nicht stören. Mich stört ein Orkan. Jeder Orkan stört mich. Ich kann mit einem Orkan nicht leben. Außerhalb eines Orkans lebt es sich nicht angenehmer. Ein Orkan kann stattfinden, ohne mein Leben zu beeinflussen, aber nicht in meiner Nähe, da sollte er nicht stattfinden. Er fragt dich nicht. Diese Südpolorkane mit ihrem Wehsyndrom. Es ist mein Wehsyndrom. Die Natur stiehlt es mir. Ich kann Orkane nicht überleben. Ich überlebe diesen, also ist es kein Orkan. Sobald er weiß, ich bin hier, bricht der Orkan los. Er beeinflußt mich nicht. Ich halte ihn nicht aus. Ich mit Einschränkungen. Die Kopfschmerzen sind geduldig zu tragen. Hätte ich sie früher gekannt, ich hätte die Reise nicht unternommen. Höchstens fürs Symposium, ja, fürs Symposium, da hätte ich die Reise auf jeden Fall unternommen. Es findet am Südpol statt, also hätte ich diese Reise sowieso unternehmen müssen, ich hatte keine Wahl. Da stehe ich nun und klage über Kopfschmerzen, die ich hätte vermeiden können. Dabei konnte ich sie nicht vermeiden. Alles tödlich hier. Minus fünfzig Grad. Diese minus Fünfzig werden uns nicht gezeigt. Werden nicht vorgeführt. Wir stecken in unsern plus Zwanzig, mit Brischen, draußen der Orkan und minus fünfzig. Alles, ohne daß ein Haus um uns herum wäre. Mindestens minus fünfzig. Jedenfalls minus fünfzig. Grauenhafte Kälte. Kälte ist nichts Grauenhaftes. Hab ich nie gesagt. Kälte ist notwendig. Ich komme ohne Kälte nicht aus. Ich komme ohne Orkane aus. Ich komme ohne Reisen nicht aus. Da kann mich ab und zu mal eine Reise zu den Orkanen tragen, ich kanns nicht verhindern. Was meinen die Kritiker? Sie wird ihre Brust wieder verstecken müssen, die Mutter. Ein so breiter Warzenhof. Ich habe noch nie einen so breiten Warzenhof gesehen. ich möchte mit diesem Bild eines von leichten Hautaufwerfungen überzogenen Warzenhofes sterben. Ich möchte sterben mit dem Gesicht meiner Mutter ganz vorn im Hirn. Das Gesicht meiner Mutter ist der Warzenhof dieser Frau. Seltsam, aber, gerade wie ich merke, daß mein Hirn nur noch von diesem Warzenhof beherrscht ist, kommt mir wieder mein Fuß im Schuh in den Sinn. Kommt mir mit Macht in den Sinn und besetzt den Sinn neu.

Jetzt hört auch das Brischen auf. Leben noch alle? Ich habe keinen Überblick. Schaff dir einen. Ich kann auf keine Erhöhung klettern. Wozu brauchst du eine Erhöhung? Ich könnte den Rucksack unterstellen. Aber ich habe keinen Rucksack. Du steckst mir einen Rucksack zu. Er zerbirst mir unter den Füßen. Er verpflaumt mir unter meinem Gewicht. Man könnte sich ins Wasser stürzen. Wer ist ›man‹? Um es abzukürzen. Also, du willst ins Wasser? So früh schon? Ich werde nie ins Wasser gehen. Du kannst es nicht denken. Ich allmählich schon. Wenn schon die Luft unerträglich ist, ist das Wasser bestimmt noch unerträglicher. Dreiundzwanzig, ich meine, dreiundzwanzig minus. Ich gehe nicht ins Wasser. Das ist ein Entschluß. Ich fasse keine Entschlüsse mehr. Aber ich gehe nicht ins Wasser. Kein Zweifel, man will uns dahin treiben. Ich lasse mich nicht treiben. Die Abwehr des Getriebenwerdens ist auch nicht schlecht. Sie paßt auch. Jeder denkbare Staat hat unsere Ausrottung beschlossen. Ein Aufschrei wird um die Welt gehen. Unser Verschwinden ist das Fürchterlichste, was es gibt. Unsere Ausrottung ist nur noch eine Frage der Zeit. Unsere Ehre muß darin liegen, es möglichst früh eingesehen zu haben und es jedem zu erzählen, so daß deutlich wird, daß man mit uns machen konnte, was man wollte, aber nur mit unserem Wissen. Dann sind wir eben ausgerottet. Ich bin ganz trotzig. Wir können nicht ausgerottet werden. Wieso nicht? Wir sind noch zum Thema gekommen. Es wird sie nicht hindern. Zu einer Ausrottung braucht es mein Einverständnis. Ich werde es nie geben. Ich noch weniger. Versuch mich nicht zu übertrumpfen. Ich wollte nur sagen, daß mein Widerstand gegen eine Ausrottung der unbarmherzigste ist. Wie äußert sich das? Zu meinem Ausrotter sage ich »Nein!« Ein guter Gedanke. Bei mir ist noch keiner vorbeigekommen. Ich gehe nicht ins Wasser. Gehe einfach nicht. Das ist Konsequenz.

Einfacher Trotz, aus dem später etwas entstehen wird. Die rotten uns trotzdem aus. Jeder Staat rottet uns aus. Darum ist der Staatssekretär nicht mehr hier. Er sucht den Flughafen, zurück will er. Vielleicht hat er ihn schon gefunden. Er wird niemals sichtbar. Er hat ihn nicht gefunden. Er sucht ihn noch. Vielleicht hat er ihn. Dann sitzt er längst in der geheimen beheizten Halle und wartet auf Maschine LH 475833, jene mit den Skiern anstelle der Räder.

Mit Emanuel hebt sie ab. Er hat der Mutter weder Milch noch Fleisch gebracht. Das Kind weint an ihren Warzenhöfen, an ihren breiten Warzenhöfen weint das Kind. So wird man zurückgelassen. Schriftsteller sind Manövriergut, waren immer Manövriergut. Ich habe mich beim Schreiben immer kotzjämmerlich gefühlt, ich wußte, es ist überflüssig, wird nicht wahrgenommen und im schlimmsten aller Fälle sogar gelesen, noch schlimmer, begeistert gelesen, was die perfideste Art der Nichtwahrnehmung ist. Kannst du, Mann, dem Kind nochmal die Brust geben? Du solltest eine Frau fragen. Das Kind merkt es nicht. Kinder merken nichts, wenn man sie an eine Männerbrust legt. Alle schreien auf, aber das Kind ist das einzige, das nicht aufschreit. Man tut es nicht mit Rücksicht auf die Reaktion der Erwachsenen, und doch ist nur die Reaktion des Kindes ausschlaggebend, sie ist durch und durch positiv, da das Kind gar nicht trinken will, nur in den seltensten Fällen trinken will, aber meist will es gar nichts und ist mit einer Männerbrust ebenso zufrieden wie mit der Mutterbrust. Du solltest eine Frau fragen. Ich frage dich. Nein, ich mag dem Kind meine Brust nicht geben. Das wollte ich ja hören. Warum sperrst du dich denn so? Ich bedränge dich ja nicht.

Kommt ihr mit? Ich sehe den Tower des Flughafens. Er spiegelt sich an einer Eiswand. Neue Eiswand? Eine alte Eiswand. Diese Eiswand gab es soeben noch nicht. Du hast es uns nicht rechtzeitig gesagt. Scheußlich. Gesprächsleiter! Bestrafen! Ich habe keinen Einfluß mehr. Sonst wäre ich schon lange dazwischengefahren. Ich bin ein Kind mit Texten in der

Krippe. Wo? In der Krippe. Je näher ich dem Boden komme, umso intensiver ist der Taunus bei mir, um mich, in mir. Wo denn? Die Eiswand? Alles neu. Sie muß entstanden sein, als ein Stück mit glatter Fläche abbrach. Diese Stücke pflegen wegzugleiten. Unter dem Weggeglittenen kam diese polierte Wand zum Vorschein. In der Wand ist der Tower sichtbar. Es ist, zugegeben, der erste Tower, den ich in einer Spiegelung sehe. Wenn ich annehmen darf, daß der Spiegelung die Wirklichkeit entspricht, dann finden wir genau gegenüber von dem Spiegelbild den echten Tower. Wo denn? Müssen wir uns beeilen? Wird nicht verraten. Ich sehe ihn. Das genügt. Nimmst du uns mit? Kommt ihr denn mit? Können wir es? Habe ich euch gefragt? Er ist vorangegangen. Er weiß, wo es durchgeht. Ich auch. Ich bleibe hier. Ich bleibe hier an Ort. Ich bleibe auch hier. Und ich erst. Ich rühre mich nicht von der Stelle. So einfältig bin ich noch nicht. Dann geht er vergeblich voraus. Wollen wir nichts tun? Nicht daß es notwendig wäre. Aber es steht uns gut zu Gesicht. Zu spät. Er führt uns in die Irre. Übrigens ist er schon zu weit weg.

Was sagen die Frauen? SCHNAUZE, DISSOLUTOR, TERMINATOR! Die sagen das bis zuletzt. TACE! Es sind mutige Frauen. Sie könnten vorangehen, aber sie haben Sympathie gefaßt. Ausgerechnet zu uns. Ich hätte euch gern etwas über Ästhetik gesagt. Aber die Vereinbarungen verbieten es, über Literatur zu sprechen. Brich sie doch, die Vereinbarungen. Sie sind getroffen. Ich kann sie nicht brechen. Nicht einmal, indem du stirbst? Wenn ich sterbe, rede ich nicht über Literatur. Gerade dann. Ich würde nur sterben wollen mit einem literarischen Gespräch auf den Lippen. Ich habe das Gespräch bereits angefangen. Was soll ich zögern und zuwarten, bis es zu spät ist. Man stirbt, und schon ist die Literatur da. Sie füllt die Lücke, die man hinterläßt. Es braucht nur noch jemanden, der die Lage lesen kann. Eigentlich weicht man der Literatur aus, wo und wie lange man kann, aber dann, wenn man stirbt, gibt es kein Ausweichen mehr. Dann gerade am wenigsten. Da rühre ich etwas Neues an. Gestein. Ich glaube nicht. Das hat menschliche Gestalt. Stein. Mensch, glaube ich. Ich vermute, Stein. Stein und Mensch sind leicht zu verwechseln. Wer wurde denn, als Mensch, nicht längst zu Stein? Ich blieb weich. Ich blieb viel zu lange weich. Mich ekelte, daß ich so weich blieb. Allerdings finde ich dich hart. Ach, mich? Rührs nochmals an. Bewegt sich nicht. Das heißt nichts. Ich bewege mich auch nicht. Deshalb bin ich noch lange nicht aus Stein. Aber wenn du berührt wirst – Berührt zu werden ist kein Grund, aus Stein zu sein. Gerade wenn man berührt wird, allerdings auf eine bestimmte angenehme Weise, wird man von dem Stein, der man war, zu einem Menschen. Ich soll also bereits dieser Stein sein? Du enttäuschst mich. Das ist, was du das ganze Leben mit mir tatest: mich enttäuschen.

Du ahnst nicht, wie sehr ich mich in der Erwartung nach dir und in dem Nichts-Kriegen von dir und der Unfähigkeit, die Erwartung zu unterbrechen, verzehrt habe. Habe ich dich vernichtet? Ich habe mich bemüht, mich nicht zu vernichten. Das fordert Opfer. Ich war froh, daß ich selbst kein Opfer wurde. Alles andere war diesem Zweck untergeordnet. Ich sage dir ein herzhaftes: Tut mir leid. Ich kann es nicht ändern, aber ich werde es ändern. Ich kann mich beklagen, darum beklage ich mich nicht. Deine Rede weist dich als weich aus. Siehst du. Ich habe es gesagt. Er ist weicher als wir alle. Zu Unrecht als Stein beschuldigt. Der nicht. Ich vielleicht. Ich unbedingt, verglichen mit ihm. Ich kann nur ein schlechtes Gewissen haben, weil ich so unermeßlich hart bin. Aber ich bin nicht hart, weil ich nicht Opfer werden will. Ich fürchte mich davor, mich zu verändern. Nur allergrößte und unbarmherzigste Härte verhindert einen Erfolg jener persönlichkeitsverändernden und gar persönlichkeitsauflösenden Kräfte, die wie Partikel auf uns einschießen, vielleicht sogar gezielt, von anderen abgeschossen. Du gehst zu weit. Nenn Roß und Reiter. Schieße ich Zeug auf dich ab? Du könntest es sein, ja. Ich bin es jedenfalls nicht. Ich weise jede Schuld zurück. Ich halte die Auflösung der Persönlichkeit nicht für schlecht. Sie bleibt ohnehin, was sie ist. Sie zerbricht. Sie kommt in Fragmenten daher. Das liegt am Konzept, nicht an der Persönlichkeit. Wenn ich dies alles so genau wüßte, würde ich mitreden.

Gesprächsleiter! Ich mische mich ein. Ich würde ausnahmsweise wollen, daß dieser Gegenstand nicht weiter verfolgt wird. Kein Interesse? Kein Interesse?, im Gegenteil. Ein höchstes Faszinosum, ein tiefstes Faszinosum. Aber ich kann mich nicht ständig auflösen. Rühr den vor dir nochmals an. Bewegt sich immer noch nicht. Das heißt noch immer nichts. Viele bewegen sich nie und sind keine Steine. Atmet nicht. Ach, atmet nicht. Perfid. Halt ihm einen Spiegel vor die Nase. Ich habe meinen Spiegel in Frankfurt gelassen. Ein Toter, zweifellos. Man sitzt hier, und der erste ist gestorben. Rühr ihn nochmals an. Braucht ja nicht zu stimmen. Bewegt sich nicht. Atmet nicht. Ist kalt. Ein Toter. Vielleicht eine Tote? Fühl nach. Nachgeprüft. Ein Toter. Kalt. Bewegt sich nicht. Aber er schreibt noch? Er schreibt noch ein bißchen. Sie ändert sich auch im Tod nicht, die lebenslange Gewohnheit. Sie wird allerdings schwächer. Als ich starb, blieb sie gleichstark. Ich wurde begraben und wühlte da unten mit meiner Schreibhand herum. Mich widert dieser tiefe Grabende an. Er soll sich zur Ruhe legen, so, wie man ihn eingepackt hat. Prüf den Toten vor dir. Ein ganzer Dichter. Gefroren. Ein wahrer Dichter. Er war ein Kritiker, War er. Aber er ist ein Dichter. Man erkennt ihn kaum, man kann die beiden nicht mehr auseinanderhalten. Deinen Geschmack möcht ich haben. Ruhe. Das geschah ihm wirklich. Er berichtet das Echte. Ich wollte es nicht hören. Ich wollte ihn erzählen sehen. Ich kam auf meine Rechnung. Entreißt ihm das Blatt. Entreißt mir das Blatt. Ich sehe nicht ein, warum man ihm das Blatt entreißt, nicht aber mir. Ich habe ein Blatt, genauso gut, das man mir entreißen kann. Die mit dem Kind, was tut sie? Ich sehe sie nicht. Dann sind auch sie gestorben. Als die letzte Nahrung kam, hatte man noch Hoffnung. Es ist immer gut, Hoffnung zu haben. Ein Teil davon ist Gewöhnung. Das Lob der Gewöhnung wird selten gesprochen, weil sie von allein zu kommen scheint. Aber wie viele haben sich nie gewöhnt und mußten ewig auf Gewöhnung warten und haben es bitter bereut, daß sie nicht zu ihnen kam und ihnen die versichernden Arme um die Schultern legte. Alle erfrieren. Viele aber tuns, weil sie nichts tun. Ich hielt dafür, man solle sich hier hineinknien und etwas tun, allmählich egal was. Schade um sie. Schade um das Kind. Ja, das Kind. Durchaus, das Kind. Es hätte nicht mitkommen sollen. Aber wer findet schon, falls rasch in die Antarktis gefahren werden muß, einen Kinderhüter, eine Kinderhüterin. Sie hat ihr Kind mitgenommen, das ist ihr nicht vorzuwerfen. Wir hätten es ihr sagen sollen, wie es hier ist, aber wir wußten es selbst nicht. Meinst du, sie ist tot? Zweifellos tot. Schade. Da knirscht es. Kommt näher. Ist schon da. Kriegst du die Augen auf? Es kriegt meine Brust nicht. Wer will das wissen. Es ist jemand da. Ihr werdet es nicht glauben. Emanuel ist da. Gute Laune. Er schleicht etwas geduckter als damals, wo er wegging.

Hat er Fleisch dabei? Warte. Es ist noch nicht sicher, daß es Emanuel ist. Laß mich sein Gesicht freikratzen. Kratzt du noch? Ich würd nicht so lange kratzen. Ich kratze nie an einem Gesicht. Ist es zugefroren, ist es zugefroren. Was willst du damit ändern? Dieses nicht. Der Schnee ist nicht so dicht gefallen. Der schon. Ich sehe keinen Schnee. Es gab starken Schneefall. Es gab keinen Schnee. Es gab nur einen Fall. Ich bin schon längst durch den Schnee. Ein Kritikergesicht. Ein kratzender Schriftsteller legt ein Kritikergesicht am Symposium bloß. Gelingt es? Das möchte ich wissen. Es muß gehen. Auf der Haut bin ich. Bis zur Haut heruntergekratzt habe ich ihn. Und er? Er kratzt an mir. Er ist durch meine Haut hindurch. Und du? Ich bin durch seine Haut hindurch. Und er? Wir sind uns gegenseitig durch die Haut hindurch. Ich hab ihm die Haut gleich weggekratzt. Darunter war gleich wieder ein Gesicht. Dann wieder eines. Lauter Gesichter unter den Gesichtern. Mal mußt du aufhören. Was? Mit Kratzen aufhören. Wann? Zufall. Nimm eines seiner Gesichter, kratz es ihm nicht mehr ab und erklär es zum richtigen, sag, das ist Emanuel, wir kratzen nicht weiter. Dieses hier? Gefällt dir das? Es ist Emanuel, kein Zweifel. Und das? Eins weiter? Es ist Emanuel, kein Zweifel, der Kritiker. Was sagst du, Emanuel? Mir gefallen alle seine Gesichter. Und deine? Ich kenne keines. Nehmt von mir, was ihr wollt. Dieses da ist sowas wie Emanuel.

Stiften wir abermals. Sagen wir mal, *just for the record*, das sei Emanuel. Sag, Emanuel, hast du Fleisch dabei? Meines. Und Milch? Eine Pint voll. Du solltest, Emanuel, diese Lebensmittel der Mutter mit dem Kind bringen. Wenn ich mich weigere? Das Kind schickt sich an zu sterben. Es wird sterben. Weiß man ja nicht. Als ich ein Kind war, bin ich nicht gestorben. Ich bin als Kind gestorben. Ich weiß, daß du als Kind gestorben bist. Du wurdest alt damit. Ich bin später gestorben, als ich kein Kind mehr war. Daß ich ein Kind war, habe ich gut überlebt. Den meisten gefällt es inzwischen. Sie bleiben hier. Das Kind aber wird sicher sterben. Emanuel, bring ihm Milch, wenn du welche mitgebracht hast. Es muß sowieso sterben. Es muß sterben, aber man sollte es zu retten versuchen. Dann stirbt es, aber wir haben uns bemüht. Es stirbt auch so. Muß es ja nicht. Es kann mit der LH475833 zurückfliegen. Wie einige von uns. Sie muß nur erst gefunden werden. Wer findet sie? Den meisten gefällt es inzwischen. Sie bleiben hier. SCHWEIG! Ein paar wollen doch noch ins Wasser. Wer findet uns das Wasser? Unnötig. Den meisten gefällt es inzwischen. Sie bleiben hier. Flüche. Verfluchung. Verdammt.

Sucht

Ach, sagte ich, Der Supermarkt. Neuerlich geschah alles dort. Auch das war nicht mehr neu. Weil andrerseits die Schauplätze depressiver Abenteuer immer weniger wurden, je öfter sie wechselten, war mit einem Festhalten an den bewährten Eilanden seiner Robinsonaden womöglich ein kurzer Halt in Emanuels Modeschauen zu gewinnen. Sie waren samt dem in ihnen tranig radschlagenden Pfau dazu bestimmt, eine Übersicht zu liefern, wenn nicht über das alt gewordene Einstige, so doch über die frisch gewonnenen Unmöglichkeiten jeglicher Anpassung an die dort herrschenden Marktverhältnisse. Wir dürfen im Supermarkt zuschauen, dürfen wir. Emanuel suchte einen kooperativen Supermarkt auf, um dort für sein schlechtes Geld etwas zu kaufen, das es dort, falls sie ein Lager besaßen, nicht geben konnte, da sie es nicht an Lager hatten, ausgenommen, der Käufer brachte, was er kaufen wollte, selbst mit. Gleichgültig durfte es Emanuel lassen, daß er kein Geld hatte und daß ihm keiner welches in den staunend offenen Mund legte.

An den Wänden des Supermarkts hingen, als E. durch das Drehkreuz hereinkam, schwärzliche Bretter an ausgesprochen schwärzlichen Haken. Freund Kohle war dagewesen und hatte alles vollgestaubt. An den Haken knisterten, aufgehängt, die abholfertigen Pakete, von welchen Emanuel nicht wußte, wie er sie hätte abholen können; die Haken etwas zu hoch, keine Leiter da. Der Marktleiter, Herr Masoch war bei einem Versuch, seinem Leben nach einer unbefriedigenden Affäre ein Ende zu setzen, von Emanuel ertappt und gerettet worden, und seither genoß Emanuel im Supermarkt unbeschränkten Kredit, da Herr Masoch, der an der Namensvetterschaft mit dem wahnsinnigen österreichischen Adligen litt, nach dem gescheiterten Versuch seiner Selbstentleibung, dem ein gleichwertiger, ebenso mißglückter Versuch eines Neuanfangs derselben Liebesbeziehung gefolgt war, das Leben an sich als ein Verdienst und seine Lebensumstände als eine Belohnung aufzufassen schien. Emanuel tastete diese Auffassung nicht an, sondern ließ sie, wie sie Herrn Masoch bettete, auch wenn er dabei kalte Füße bekam. Immerhin war die Kälte der Füße geringer als das Brennen des Hungers. Emanuel füllte seinen Rollwagen mit Nahrungsmitteln, während Herr Masoch, niedergeschlagen und aufgerieben, sich dank kleinen, eingehend durchgeführten, plötzlich zu Ende gebrachten Debatten über die Unsterblichkeit der Seele am Leben erhielt. Er schien es so zu wollen. Den Bart, um dessentwillen er Verwechslungen mit dem Adligen fürchtete, hatte er sich wegrasiert, und an die Behörden hatte er, um eine Namensänderung im Register zu erwirken, 2000 Mark Bestechungsgeld (in kleinen Scheinen) gesandt, welche jene mit einem lakonischen Knurren verbuchten und ihm einen Bogen mit punktierter Linie zusandten: Wie möchten Sie heißen? Emanuel, schrieb Herr Masoch zurück, und, Meinen Doktor möchte ich behalten. Formularlos wurde ihm das gewährt, obgleich er keinen Doktorgrad erworben hatte. Die Behörden waren dem Trugschluß erlegen, wenn einer Masoch heiße und Emanuel heißen wolle, dürfe dieser Emanuel ebenso gut Doktor sein wie der Masoch, bitte nicht nur bestechen, nun auch die Einkommenssteuer nachzahlen. Meine Pakete, bitte, sagte Emanuel zu Herrn Masoch, nicht anders, als hätte ihm Herr Emanuel eine stählerne Ahle auf den Tisch gelegt.

Allen östlichen Einladungen zum Trotz sah Emanuel keinen Tisch, auch sonst nichts Klebriges, weil nichts behaftbar sein wollte, demnach die Ahlen nirgendwo steckenblieben und auch nicht sanft, elektrisch oder nicht elektrisch vibrierten; auf keinen Fall hatte das allgemeine Unglück am ehernen Bestehen der Marktgesetze gerüttelt: kein Objekt, keine Ware, die nicht im Bedarfsfall gratis abgegeben werden konnte. So kriegte Emanuel kostenlos das, was den Wert anderer, hinter den Paketregalen verborgener Objekte ausmachte, auf die steif nach vorn ausgestreckten Arme gehäuft. Emanuels Sicht war schwach, wenn das Schwäche war, er hatte den Star, falls ein Star unter diesen Brauen lag. Herr Masoch hatte kaum den in seinen Worten steckenden Wink bemerkt, als er eine der dünnen, glänzenden Ahlen auf dem Tischblatt an der Spitze ergriff und zerbog, bis alles sich rötete, auch der Paketabholer Emanuel, dessen kooperative Lebenslust solche Wendung nicht erwartet hatte, ihr aber gern aufsaß; doch die Welt, die in Emanuels geheimer, unter der Toga verborgener Wunde in vielen gerinnenden Kugeln schäumte und z.B. Asien platzen ließ, hatte nicht mehr viel Erwartungsgemäßes an sich, vielmehr rollte sie dampfträchtig wie eine entgleiste Stephenson ihren gedunsenen stählernen Fischbauch vor sich her. Zum Glück hörte Emanuel sich gern zu. Es erleichterte das unumgängliche Bebildern. Andere mochten dabei rasend werden. Und das war dem Tempo durchaus angemessen. Denn Herr Masoch schob, als das Drehkreuz des engen Durchgangs zum Stehen kam und Emanuel seine in die Stäbe geratene Hüfte zurückzog, ein Papier unter Emanuels tropfendes Blut, zumal reichlich davon vorhanden war und neues hinzukam. Emanuel rollte den Abholvertrag zusammen, rollte seine Vanillestengel mit den Gewürznelken zu einem Stäbchen, ließ aber einen Sack Reis liegen, mit der Entschuldigung, der werde ihm aufquellen, falls Reisverträge aufquellen könnten, was sie aber leider, Pech gehabt, unweigerlich täten. Ein Brett klatschte in die Konserven, als Emanuel mit dem gelenkigen Hüfttrick die geladenen Drähte übersprang, durch welche die Kunden nach dem Verlassen des Supermarktes annähernd doch fast hingerichtet wurden; weshalb sie sich in konzentrischen Kreisen, deren Radien durch die reine Todesangst äußerst klein gehalten wurden, um Herrn Masochs Hauptkasse drängten, die ein Stück begehbaren Boden bot und den Käufern sowie Lieferanten die Möglichkeit eigener Klein-Impulse ließ. Auf den dünnen, über Unebenheiten, um Kurven, über Warenhügel lafettierten Fließbändern trennten schwarze Leisten aus Hartgummi die Warenhaufen nach Besitzständen auf; die in den schwarzen Hartgummi gebrannte Gravur »Der Nächste bitte« gab keinerlei Aufschlüsse über das Erbauungsdatum des Hauses, wie es in einer Blockhütte in abgelegener gurgelnder Felsschlucht der Fall gewesen wäre, welche auf dem Eichenbalken über der Tür eine solche Inschrift aufgewiesen hätte. Die Inschrift

»Der Nächste bitte« wünschte zu besagen »Hier zahlst du, oder wir drehen dich um«. Am Leben bleiben – aber das muß ich doch, und außerdem ist es eine Gaudi, sagte Herr Masoch, der, neben dem mit Paketen und neuen galvanisierten Schraubhaken überladenen Emanuel diskutierend, ausdiskutierend herging und bisweilen in eine der Menschenansammlungen ordnend eingriff – keine Gaudi vielleicht, wenn Sie so wollen, aber schlechthin ganz gut zu ertragen. Leider ertrug Emanuel das Leben nicht, weil er zweimal die Woche herkam in den Supermarkt und sich vormachte, es sei der Hunger, der ihn treibe.

In Emanuels Nähe schien sich ein Supermarkt zu erheben, Emanuel brauchte bloß um die Ecke zu biegen oder sich einzutrichtern, das, worum er biege, sei eine Ecke; Herr Masoch hätte dies unter Umständen »Bruch« genannt, Herr Masoch dachte an so etwas nicht. Ecke: als wären die Straßen wie Bolzen rechtwinklig aufeinander zugefahren und hätten Emanuel an die spitzen Fugungen der Hauswände geknallt.

Emanuel aß, als er zu Hause angelangt war, wo alles noch viel schlimmer wurde, wo seine Zustände sich haltlos verschlimmerten, wo seine Übelkeit zum Zustand wurde und kein Atem mehr sich schöpfte, Berge von Papier in sich hinein, nachdem er das meiste der Verträge mit Masoch achtlos in seinen Dampfkochtopf gesteckt hatte, solange im Supermarkt das nicht zu haben war, was er haben wollte, haben mußte, um aus der Tätigkeit herauszukommen, die darin bestand, das meiste der Papiere achtlos in den Dampfkochtopf zu stecken, Butter hinzuzugeben, Teelöffel um Teelöffel voll Butter, während die provisorische, schummrige Agnes und die schummrige, um den Tischfuß geschlungene Tamara im Hintergrund der Küche unsinnig herumlagen und ihn durch die groben, vor ihre undeutlichen Umrisse gezogenen Tuchvorhänge beobachteten; als hätten sie für ein schönes, am falschen Ende aufgezäumtes Schauspiel teure Plätze gemietet und warteten gespannt auf den Auftritt des Besetzungs-Buffos mit der Ankündigung der Szenenfolge. Emanuel fühlte, daß er ein absolutes, absolut unwesentliches Stück weitergekommen war, bloß befand er sich, wie der Lichteinfall erzählte, auf einer Art Rückweg; und daß dieser über trockene Witze und die Leichen einiger Zimmergenossen ging, machte den allgemeinen Herbst nicht schmackhafter. Ein leichter, in einer Ritze plötzlich aufgekommener Luftzug blies ein hellgrünes, lippenstiftförmiges Akazienblatt von einem kranken Schemel mit fünf, aber ungleich langen Beinen herab; es verharrte einen Augenblick über Emanuels ausgestreckter Säehand, geriet in Zeitnot, die Luft zum Schweben wurde ihm durch eine zweite, hinter dem schwärzlichen Haken gelegene Ritze entzogen; es stürzte mit beachtlichem, vielleicht übermäßigem Gewicht und einem leichten Knall auf den Boden und schien leise, wispernd, leise über die Akazie, die es nach seinem Abfall kaum mehr kennen konnte, zu klagen, da irgend etwas ihm wehgetan haben mußte, ihm, dem von Emanuel ergriffenen und gleich wieder an die Pfanze mit einer Nadel angehefteten Blatt. Doch nahm Emanuel an, Tamara habe die Gestalt seines Leidens an einem Akazienblatt nachvollzogen, weil bei Agnes mit einem Nachvollzug gleich welchen Aktes nicht mehr gerechnet werden konnte. In dieser von seinen hochbegabten Kollegen geschaffenen Situation, die deren Überlegenheit in vielen gräßlichen Kunstformen der schleichenden Psychose aufzeigte, hängte Emanuel seine ganze Glaubwürdigkeit an einen Schrei, der der Küche nicht fremd sein konnte und der Agnes gelegen kommen mußte, im höchsten Fall sogar eine echte, traurige Träne auf Tamaras dunkle Wimperntusche zu zaubern die Macht hatte. Trauer war eine Mühe, der sie sich unterzog, weil Emanuel schrie

»Es ist körnig. Du bist körnig (an Agnes). Du bist körnig (an Tamara, die sich selbst mühsam umschlang). Der Schnee, die uferlose verwaiste Tellerfläche mit dem Idioten, der gegessen wird. Ein Korn am anderen, das schabt so, derart rauh. Ich hätte da bleiben sollen, zum Aufschaufeln, nicht um die Ecke gehen wegen dem Aufnchmen. Könnt ihr mir verzeihen, ihr tut es nicht, das ist egal.Ich wische es zusammen.«

»Ich habe lange auf dich gewartet«, sagte Agnes, »fast ein wenig zu lange. Wenn ich daran denke, daß seit Tagen die Zimmer um mich schrumpfen und mir vorkommen wie über den Kopf gezogene Plastikbeutel, die am Hals verschnürt werden ... Wer kauft meinen Kopf? Er wird im Zug einer Häutung abgestoßen.‹ –

»... gehakt«, unterbrach Emanuel, »alles an Haken ...«

»... kommst du vom Super zurück mit blutenden Händen, als wärst du in Stechgewächsen groß geworden ...«

»... Ahlen«, unterbrach Emanuel, »auf dem Empfangstisch. Er hat wieder debattiert und endete nicht. Ich habe ihn mitgeschleppt. Masoch macht weiter. Geht mit dem guten Beispiel voran. Einige wollten schlüpfen. Der Rechen ist enger geworden ...«

»... doch fragen dürfen, was ein armes Wesen wie ich mit einem Wesen wie dir denn soll. In der Lade, die du selbst auftun kannst ...«

Emanuel wischte sie weg, als er sich über die Stirn strich. Sie geriet ins Kreischen. Emanuel wischte langsam zur Schläfe. Ihre, Agnes', Lautstärke flößte ihm Bewunderung ein. Er hielt sie für die höchste Nachbildung einer funktionalen Existenz; sie störte ihn mit ihren Laden, solange er Papier unter Dampf hatte! Wo lagen diese Laden, wenn sie irgendwo lagen? Vermutlich hätte Agnes ihm, hätte er sie ins Examen genommen, kaum noch den Standort des Tisches angeben können. Tische mußte es geben, Kommoden für die Laden, Schränke für die Innen-Laden, Tische und Schränke, daß sich die Balken bogen. Sie erschienen eigens für die Lade, diese verweigerte das Gleiten, eine Messerspitze oder ein Teelöffel Gleitfett, es gab sie nicht, das war unwesentlich, wer sagte da unwesentlich, es konnte sie nicht geben, einfach so geben, wie es Agnes gab. Emanuel kam auf Öffnung. Öffnung.

»Er hat dich erledigt!«

schrie Tamara durch die Vorhänge hindurch. Ach, die Vorhänge. Neuerdings geschah alles hinter ihnen. Aber auch das war nicht mehr neu. Emanuel wollte Agnes bitten, nach vorn an die Rampe zu treten, ließ sie aber, wo sie war. Agnes konnte nicht mehr gehen, konnte oder wollte ihre Füße nicht mehr abnützen, nun waren ihr auf einmal ihre Füße und deren Sohlen überaus wichtig, nachdem Hinweise, die Sohle nütze sich beim Gehen nicht ab, nicht aufgenommen worden waren, obschon Emanuel nicht lockerließ, während Tamara flaumig, in Zeitungen eingewickelt, unter dem Tischblatt lag, genau so, wie sie unlängst von der schweren Operation zurückgefahren worden war, welche sie indessen äußerlich nicht verändert hatte, vielleicht wurde ihr etwas entnommen, aber Emanuel hing der Auffassung an, ein Nächster, etwas Geliebtes werde in den Operationsraum weggefahren, der Zurückbleibende leide alle Nöte dieser Welt und wolle sich an die Stelle des zu Operierenden legen, dabei habe der Operator kraft eines magischen Armes, der aus dem Raum herausrage und ein verjährtes Skalpell halte, bereits Zugriff auf ihn, und in Wirklichkeit werde der Zurückgebliebene operiert, während der auf den Tisch Geschnallte nur der Vorwand sei, damit der Zurückgebliebene in seinem Mitfühlschmerz für den Angeschnallten die Operation am eigenen Leibe so gut erfahre wie überstehe, wie es denn dementsprechend auch Emanuel, der Zurückgebliebene war, der sich um mindestens ein Organ erleichtert fühlte, während Tamara, die Hinausgefahrene und leise – als wärs erfolglos geblieben – Zurückgerollte, passiv, gefühllos, geradezu roh weiterhin unter dem Tisch lag und nichts von sich gab; dies alles, sofern die Operation nicht überhaupt ein Witz gewesen war; alle Witze wurden zusehends schlechter; vielleicht hatte keine Operation, sondern eine Operation am Witz stattgefunden; einer entnahm ihm die Pointe; nun fielen Emanuel nur noch solche ohne Pointe ein; sie schienen friedlicher so; vielleicht ist es, dachte Emanuel, geboten, zu den Nekrologen überzugehen, die doch zumindest, was Lebenslauf und Schilderung allgemeiner Umtriebe zu Lebzeiten betraf, die Leute zu fesseln wußten. Hatte ein Herr, hatte eine Dame auch zu seinen und ihren Lebzeiten strikte nichts gelesen, so konnten sie noch immer hoffen, dereinst von ihrem eigenen Nekrolog, der fahrig die ganze Laufbahn auf den Begriff brachte, gefesselt zu sein; sofern man sie an ihrem Begräbnis teilnehmen ließ, was als Erlaubnis bisher nur selten gewährt worden war. Die Nekrologe kriegten unausweichlich ihr Imprimatur, den Toten wurde mit ebensolcher Unausweichichkeit das Appariturum verweigert. Tamaras Operation wäre ein müder Witz gewesen, wenn Emanuel diesen Witz hätte anerkennen wollen, er mochte ihn nicht anerkennen, wozu auch?, denn leider gab es für ihn Sinnvolleres; zumindest hatte er sich diese Erleuchtung, als er in der Frage (war es eine Frage, gewiß nicht, wurde sie gestellt, gewiß nicht, gab es einen, der sie stellte, gewiß nicht, war sie unumgänglich, oh) unsicher geworden war, von Herrn Masoch bestätigen lassen: Es gibt für Sie Sinnvolleres, als diesen finsteren Witzen nachzuhängen, sagte Herr Masoch, und Emanuel sagte es seinen beiden weiblichen Finsteren durch die zugezogenen Tücher weiter. Agnes, soweit Reste von Agnes übrigblieben und sich nicht Sylvie, Lulu oder sonst eine Freiwillige an ihre Stelle geschoben hatte, Agnes schien leise zu lachen.

›Er hat dich erledigt! Du bist mitten im Blut drin!‹

schrie Tamara um das Tischbein herum, es klang wie eine Tagereise um ihr Gewimmer. Nach Emanuels Ansicht durfte Agnes, die ohne zu altern die Fähigkeit zu klarem Substanzverlust (Eis) und ohne Säugling zu werden jene zu klarer Substanzaufnahme (Waggon) hatte, kaum mehr eine Bedeutung zukommen, es wäre denn, sie hätte die Lust zum Gehen wiedererlangt. Doch noch vor dieser Lust gab es andere Lüste, die ihr auch schon entschlüpft waren; von den anderen Lüsten jene Lüste, die sie gar nie gekannt hatte. So ging Emanuel näher auf seine eigene stumpfsinnige Seligkeit beim Betrachten von Haken ein, die aus der Wand ragten und einen stählernen Finger nach oben krümmten, eine wortarme Aufforderung mithin, bitteschön näher zu kommen, die so dringend war, daß man Hut, Mantel, Galosche darüber hängte, um von der Mahnung erlöst zu sein; dieses Betrachten der Haken schuf ihm Freiräume, von denen er hörte, er müsse sich in sie hineinfressen, mit Vorzug in einer methodisch angepackten Umsetzung à la Krautmeyer, oder wie der Anuskopf jener wäßrigen Sonntagszeile geheißen hatte, die aus einem Gemeng von akademischen Theorien über die literarische Periodizität der Völkerscharen des fünfzigsten Breitengrades und höher ihre süffigen Mixed Pickles, eine Büchse voll deutschsprachigen Brotaufstriches anrichtete, ehe sich die Anrichter kichernd zu Richtern ernannten. Es schien ihnen, dachte Emanuel, auch wenn andere die Kost zurückgaben, gut zu schmecken ...

Hört mir zu, denn auch ich habe das Recht, euch meinen Schmerz zuzufügen ...

axiomatisch ...

Es kann überhaupt bis in alle Zukunft nur noch erzählt werden. Auch dann nicht, wenn ...

paralysierend ...

Im Grunde sagen alle fast immer sozusagen dasselbe, ganz gleichgültig, wie das Thema gerade heißt; sie haben ihre festen Sätze, damit erledigen sie ihr Thema, natürlich gehört der Satz »Ich schrieb und es nützte nichts« mit zum Arsenal. Die Themen werden gejagt wie die Tiere, mit der Eisenbahn in die zirkumpolaren Gebiete auf »Geschichten-Safari« verfrachtet, reiner Bluff, toller Betrug, die so Reisenden nehmen die Wirklichkeit im Bogen von ihr weg wieder aufs Trittbrett und erwarten, daß die schamlose Irreführung ihrer ungeheuer geschichtengierigen Expeditionsbegleiter niemals auffliegt; ihr reiner Irrsinn, durch immer neue Titel weiszumachen, es gebe mehr Themen als immer nur das eine, dasselbe; das vollständig Nebensächliche, welches nur dadurch, daß es das einzige ist, eine gewisse Wichtigkeit erhält, ha!, die nicht enden wollende Kundenschlange davor ist viel zu beeindruckend ...

allergisch ...

Meine folgende Geschichte, die mit meinen täglichen unausgesetzten Erniedrigungen nichts zu tun hat, wird zwar euer bisheriges Zuhören sein, hat aber mit jenem Idioten dort, dem die Zunge zum Mund heraushängt, nichts zu tun ...

schematisch ...

In dieser Umgebung, unter diesen Umständen, in dieser Gesellschaft, vor diesem triefenden, wächsernen Hintergrund, euch unbeschwerten bis zum Rist eingepuderten Säuglingen eine Geschichte zu erzählen hieße ... grob skizziert ...

labyrinthisch ...

Wenn ich, während Zustände herrschen, die es mir in meiner eigenen Küche, da eure verschwommenen Gesichter, Wände und Wände dazwischen, die in meiner eigenen Küche, falls sie warten, auf kurzfristige Erlösung durch das Stenogramm einer Geschichte warten und noch einmal den nachgeschraubten Spannungsbogen nachgreifen wollen ...

konkret ...

monolithisch ...

Der erfreuliche Umstand, daß ich einem das Leben gerettet habe, der mir zu keiner Zeit meines Lebens, es war nicht das Lebendigste an mir, verborgen geblieben ist, ausgenommen jenem beobachtenden Selbst, das sich in frühen Jugendjahren in dem von mir unerforschten Prozeß einer Identitätsnova abspaltete, kurz, mein weggesprungenes Auge im oberen Zimmerwinkel, dort, die Ecke, preßt mit unnachahmlicher Kraft eine Geschichte aus mir heraus, aus meinem bisher immer beschädigten Hirn heraus, das, worüber es schreibt, während des Schreibens entstellt, sich gewissermaßen an die mir aufgezwungene logizistische Blendung anpaßt ...

sedativ ...

Ich muß euch eine Geschichte erzählen. Einmal, vor ungefähr drei Jahren, saß ich in der Sibirischen Eisenbahn, die mit der Geschwindigkeit eines japanischen Expreß den bis zu einhundert Metern tief gefrorenen Boden hinter sich zu lassen schien. Alles an der Reise erwies sich als Täschung, das ist handelsüblich, aber noch nie hatte sich so viel auf einmal als vollendete Täuschung erwiesen. Die Täuschung hatte mit höchstem Angriffswillen in konzentrischen Kreisen sogleich so viele Angriffswellen gegen mich geritten, daß mir nur ergebenste Hinnahme blieb: Wir fuhren also unvorstellbar schnell, verzeiht mir, wenn ich das sage. Mir saß eine Adlige, die Frau des Fürsten Myschkin, gegenüber. Ich überraschte mich damit, daß ich ihr ein Bewußtsein ihres Wertes gab, obgleich ich Nachwelt war, die reine Nachwelt. Sie sagte mir, Mein Gemahl pflegte zu sagen, Idioten kosten Menschen das Leben, wenn es sich trifft, daß sie über sie befehlen. Und Sie, hinkender Bote aus der anderen Welt, befehlen über mich ... Emanuel war über der Eisenbahngeschichte und über all dem in sich zusammengesunken, und Tamara, die bereits zusammengesunken war, richtete sich etwas auf. Agnes schloß eine Schranktür und hörte das Knacken und war vom Knacken unbefriedigt und wiederholte das Schließen. Emanuel stieß sich vom Boden des dunklen Warenraumes mit den Brettern an den Haken ab und federte ins Abteil wieder ... Soweit ist es in kürzester Zeit gekommen: dies waren die Worte der Adligen. Glaubt mir, daß ich mich ohne Umstände betroffen fühlte. Da ich, sagte die Adlige dann, meines Mannes treue Schülerin in allen Belangen bin, die auch das Lächerlichste, einen Transport, ich meine eine gewöhnliche Bahnfahrt angehen können, verbiete ich Ihnen, mir vorzuschreiben, was ich tun soll. Sollten Sie in Ihrer befehlenden Haltung verharren (ich tat nichts dergleichen! sie täuschte sich völlig in mir!), sollten Sie sich weigern, mich augenblicklich mit Tränen auf den Wangen um Verzeihung zu bitten und sich zu unterwerfen, indem Sie die Macht, die jetzt Ihnen gehört, auf mich überschreiben, spitze Instrumente zur Selbstkasteiung liegen auf dem Klapptischchen, neben der Dose mit dem Rasierstekker –, so werde ich Sie durch meine Bediensteten kleinmachen lassen ...

die alte Autorität ...

Einer ihrer Bediensteten erhob sich, genau einer, und sie führte etwa sechzig mit sich, falls ich in der Dunkelheit richtig zählte, richtig zählen wollte. In der Finsternis, die in unserem Abteil herrschte, war es unmöglich alle Bediensteten der Adligen zu zählen, derart weite Abstände legten sie zwischen ihre Sitzplätze, nun, Zwischenraum, Zwischenraum und noch einmal Zwischenraum zwischen ihnen, von Abteil zu Abteil dieselbe Dienerschaft der Adligen und treuen Gattin Myschkins, die in Minsk einen Delikatessenmarkt aus der Obersilurzeit heimsuchte. Kein Schaben der Körper, da die Körper durch die Zwischenräume gleichsam wattiert in den Reiseabteilen saßen, alle mit Kegeln beschäftigt, hatten ein Loch in die Zwischenwände gerissen und über die ganze Wagenlänge eine Kegelbahn eingerichtet, ehe der aufgestandene Bedienstete sagte, »Es besteht die Gefahr, tödliche Gefahr, daß wir nun die Fenster aufreißen. Draußen herrscht die Sibirische Kälte, durch die unser Expreß mit äußerster Geschwindigkeit auf dieses Minsk zurast, das Ihnen aus Landkarten und alten Kupferstichen geläufig ... oh ja! aber ja! ja gewiß! rief ich rasch ... geläufig sein muß, fuhr der aufgestandene Bedienstete fort, und sollten Sie dem Wunsch meiner Herrin nicht nachkommen, reiße ich Ihnen einzelne Glieder aus oder verrenke sie ganz, oder ich nähe Ihnen künstliche Glieder an, die ich Ihnen dann verrenke, oder Sie gewöhnen sich an die künstlichen Glieder, sodaß die echten von selbst abfallen; doch was gibt es bei Ihnen, falls Sie es wirklich sind, noch mehr zu verrenken. Ihrer Krümmung nach zu schließen, wurden Sie bereits kreuzweise überfahren. Falls Sie den Wunsch meiner Herrin nicht befolgen, machen wir Drohungen wahr, die wir noch gar nicht ausgestoßen haben. Meine Wünsche sind Befehle, die einen Gehorsam verlangen, den ich nicht mit Androhung von Strafe erzwingen möchte ...«

»... die Kälte ist in ihrer Entsetzlichkeit hinreichend, um als sanfte Drohung zu wirken. Die Drohungen sind nicht als Versprechen aufzufassen, sondern als ein Mittel, welches wir ungern einsetzen; es gehört sich zu drohen, wenn Sie verstehen. Die Kälte draußen im rasch vergehenden Sibirien ist die Durchführung Ihrer Strafe – ich sage: wäre, denn es wird keine Strafe geben, ebensowenig wie es eine Drohung gibt; allein gesprochen wird darüber –, und Ihre Strafe kommt auf Sie zu, ob Sie meinen Befehlen gehorchen oder nicht. Das waren die Worte des Bediensteten. Dem Herrn Masoch stand die Uniform der Leibwache gut. Seien Sie kein Dummer, rief ich. Sie meinen, weil ich mich manchmal als Masoch verkleide, lachte er. Sie sind Masoch, sagte ich. Sie verlieren dabei, sagte er. Aus Wien, deutete ich an. Im übrigen, sagte der Bedienstete, habe ich nicht die Macht, Sie zu bestrafen, da ich viel schwächer bin, als ich aussehe, sehen Sie mich nur an! Das war der Ausruf des Bediensteten. Er hob seinen Mantel an einem Schoß an, unter welchem ich zu meinem Erstaunen blaßrosa und tiefgrüne Kissen erblickte; er hatte sie sich um den Leib gebunden, um sich gegen die Kälte zu schützen. Kälte?, hier?, fragte ich unausgesetzt und methodisch, ich errichtete mit zwei einzelnen und unverbundenen Fragewörtern die schönste Methode, ich benützte diese Wörter zum Hämmern, wobei mein Hämmern kein Ziel hatte, ich hämmerte die Wörter in die Luft, weil mir schien, jetzt müsse das sein: Wenn es wirklich kalt wäre, dann müßte ich jetzt frieren, was ich leider von mir nicht sagen kann. Fortgesetzt waren übrigens, den Schienen entlang, Dragonerpatrouillen unterwegs; nachts, bei Stillstand, wurde die Postenkette bis dicht um die Waggons zusammengezogen; von der Seeseite aus durfte sich das Boot nur dann seinem Ankerplatze nähern, wenn es unbedingt Wasser, Proviant nehmen oder Freitag abliefern mußte. Auch dann wurde, sobald es geankert hatte, eine Wache an Bord geschickt: ich schweife ab. Dies war Emanuels Bemerkung. Potentiell axiomatisch: Der Adligen Frieren wäre mein Eisenbahnofenholen. Schematisch: Eine Ummantelung schützt uns vor allzu enger Umarmung mit der sibirischen Kälte. Auch Feuer isoliert, flüchtig besehen; allerdings ist das Eindringen umso heimtückischer; doch darauf kommt es nicht mehr an. Labyrinthisch: Wenn Zugabteile mit Verbindung zu Europa zusammen mit einem Punkt Asiens mittlerer Entfernung auf eine Temperatur sinken, die selbst für Myschkin, den armen leuchtenden Myschkin auf seinem Weg von Europa hin zu einem Punkt mittlerer Entfernung des prinzipiellen Asiens, von welchem aus es kein Zurück mehr, nein, abendländische Thermostate sind selbst Regulative des Adels. Monomanisch: Kälte? Hier? Die Heizungen sind das Modernste an diesen Zügen. Weder liegt in den Zügen etwas Verruchtes noch sind die Heizungen zu verurteilen; sie saugen zwar kalte Luft an, lassen sie aber durch geheizte Drähte passieren. Ein unermeßlich engmaschiges Netz von Glühdrähten. Die Elektrizität andrerseits – das können Sie, verehrte Frau Myschkin, meine liebe Agnes, nicht wissen, o Seele, gib mir die Kraft dazu – Elektrizität wird erzeugt durch die Reibung zweier magnetischer Eisen, die ganz in der Lokomotive gelagert sind; andrerseits bewegt sich diese Zugmaschine mit Dampf und Schornstein vorwärts. Ich möchte darauf hinweisen, daß nicht oft genug von der Bedeutung der Lokomotive für unser Vorwärtskommen gesprochen werden kann; wer bin ich, daß ich es vorbringen kann, so oft ich will, und es entgeht dennoch, ich mag es vorbringen sooft ich will, allen anderen? Dann wurde ich persönlich: Was aber die Adlige betrifft, so schlägt sie Myschkins Anordnungen insofern in den Wind, als sie sich mir jetzt unterworfen hat und mich ... kriecherisch ... unerträglich ... tief unten ...

rein emotiv ...

Hätte Agnes mir doch Myschkins Worte nicht verraten! Es blieb mir kein Name für ihn außer dem des heiligen Narren. Meine Eifersucht schrie unter meinem Brustbein. Wenn ich auch nicht erwartet hatte, eine Röte auf ihren Wangen zu erblicken, die jener glich, die ich beim Durchbohren meines Fingers mit der Ahle empfand, so hoffte ich doch auf ein leises Zeichen ihrer Unbehaglichkeit; ein sanftes gurrendes Klagen wäre mir genug gewesen. So lud sie mich zu unbeschreiblichen Grausamkeiten, deren Anwendung mir ein Vergnügen bereitete, das alsbald zu der bekannten Wiederholung führte und Agnes' letzte Aufwallung, die Oberhand über mich zu gewinnen, in den Lustschreien der Erniedrigung erstickte. Eine leise, adlige Verlegenheit, die in gewissem Gegensatz zu Tamaras funktionalem, statischem Kauern stand, hätte Agnes gut zu Gesicht gestanden. Ein dienendes Kreischen, vielleicht; auch ich hätte es ausstoßen können, bei entsprechender Anstrengung. Agnes legt sich auf den Bauch, die Arme sind nach vorn gestreckt, sie liegt genau längs der Bahn der Kegelbahn, die durch die sibirischen Abteile führt, ihre Hände liegen zusammen, die Fingerringe klingeln, wenn sie aneinander stoßen. Emanuel steht neben ihr und hebt mit der linken Hand mühelos ihre Arme, die sie absichtlich gestreckt hält, damit er sie nicht heben kann; da er dies dennoch tut, erzeugt er in ihr einen gewissen Schmerz, den die Bediensteten, von ihr vorher darum gebeten, mit der größten Aufmerksamkeit verfolgen, während sich an der ungeschützten Scheibe, hinter der die verschneite Steppe mit nicht mehr als sechzig Stundenkilometern vorbeizieht, verzackte Eisblumen bilden, die von dem Bediensteten mit den Kissen erstickt werden, bis sie als Wasser herunterlaufen. Vorsichtig verstärkt Emanuel den Druck auf Agnes' steife Arme, die Dehnung ist entsetzlich, und nach zwei Atemzügen läßt er ihre Gliedmaßen langsam auf den Abteilboden zurückgleiten. Meiner Vorstellung nach, die wie die meisten meiner lähmenden Vorstellungen von meiner verlorenen Hand auf das grausamste abgewürgt wurde, hätte sie sich anschließend auf den Sitz setzen und darauf hin und her rücken müssen wie ein verlegenes kleines Mädchen, das eine Blume zerrissen hat. Betrachten Sie mich einfach als Frau, sagte die Adlige zu mir, Emanuel. Das war die Rettung ihres Adels. Ich versuchte sie bei der angegebenen Eigenschaft zu fassen, sofern ich diese Eigenschaft kannte. Sie verwandte zunächst alle Mühe, mich, der ich in meiner Grausamkeit zu frieren angefangen hatte, hinter dem in meinem Abteil aufgebauten Hibachi-Ofen hervorzulokken, hinter dem ich mich erholte und wie eine magische Kröte die Wamme pulsen ließ und ihre Beine zählte, die Zahl ihrer Beine abschätzte, neun, fünf, vielleicht acht, stark behaart, dunkel. Sie sind die Frau von Myschkin, ein göttlicher Narr, sagte ich, Also hat Myschkin, der Verwesende, ihr Frausein bei sich und »führt es in einer Ledertasche herum«. Mir bleibt, plump gesagt, eine bisher vielseitige Gesprächspartnerin, die mich eben noch von ihren Bediensteten zerreißen lassen wollte; nun willfuhr sie und ließ mich mich selbst zerreißen, indem sie meinen einen Teil gegen meinen anderen Teil ausspielte, o die Zerrissenen haben einen Punkt, einen Knopf, eine Klinke, die zu berühren sich lohnt; sie zerspringen sogleich. Warum gehen Sie nicht auf mich ein? Ich traf Herrn Masoch vor Jahren, zwischen uns ist nichts mehr. Woran liegt das? Das war mein Hilfeschrei. Sie beachtete meine Schmeicheleien nicht, solange es Schmeicheleien waren. Wir müssen das Licht anzünden, sagte sie mir, und weitere ähnliche Belanglosigkeiten, die gut klangen, wie Wir müssen Feuer machen, Wir müssen Nahrung zu uns nehmen, Wir müssen uns an den Rippen waschen; ich schmorte in kleinen Ereignissen, denn während sie mir in einem Augenblick der Ruhe die Karten schlug, kochten die Bediensteten Tee mit teleskopischen Löffeln, aus denen Tauchsieder hervorkrochen und sich in die dünnen Tassen fraßen. In diese wurde brandheißer Tee geleert, doch noch ehe sie bei den Lippen ankamen, war der Tee eiskalt, so daß man ihn auf den Boden leeren konnte und zerreiben, worauf er weiß wurde und gefror. Von Weiterkommen zu sprechen wäre Wahnsinn gewesen, wenn auch nicht Unsinn. Wie ein Schlitten glitt die auf den Kopf gestellte Schneeplatte unter uns weg, es war, als wären aus der Landschaft oben Kufen herausgestanden, mittels welcher sie unter uns wegfuhr, denn in bezug auf den

Sonnenstand (bleiche Sonne) blieb der Zug an Ort und Stelle stehen, minuten-, monatelang; wir, der Zug, waren das Dach, unter welchem sie sich wegbewegte, und wir waren, stillstehend, in eine unbeschreibliche Umgebungsgeschwindigkeit geraten, nun begannen wir uns auch zu drehen; mit hoher Umdrehungszahl rotierend, durch Sibirien hindurch nach Berlin, sagen wir Berlin-Ost, ganz still. Totenstill und angespannt saß die Adlige da, die Unterarme auf die Knie gepreßt, versuchte sie eine Übung mit sich allein zu wiederholen, wozu sie vorher mich gebraucht hatte, wozu ich mich nunmehr nicht mehr hergab; aus ihrer Schulter hatte sie die Lesebrille noch nicht herausgezogen, da sie eine stark blau getönte Stelle auf sich fühlte, nachdem sie die Verschlüsse eines netzartigen Korsetts aufgeschraubt hatte, ein Bediensteter brachte ihr dazu den mild schimmernden Schlüssel. Zwei Stationen weiter, die Landschaft fuhr unter uns weg und brachte uns die Stadt Minsk näher, legte sie die Lesebrille, durch die sie kurz auf die lange, gerade, grüne Bahn quer durch die Abteile gestarrt hatte, in die getönte Schulter zurück, nachdem sie die Verschlüsse der Schulter, zwei um eine knisternde Metalleiste gebogene längliche Schnallen, zugedrückt hatte. Sie stieg aus. Sie ging so weit, mit ihrem ganzen Personal auszusteigen. Feierabend. Auf ein Handzeichen hin war die Landschaft zum Stehen gekommen, was, da der Zug nie gefahren war, ein Aussteigen leicht machte. Myschkin würde nun dafür sorgen, daß ihr Lohn keine Belohnung würde. Abteil um Abteil voll Bediensteter stieg aus, ehe Abteile voll Bediensteter mitten im sibirischen Schnee vor der hinteren Waggontür standen; Schnee fraß sie bis zu den Knöcheln, wollte ihre Schärpen an sich reißen, fror ihre Unterkleider zu Brettern. Ich vermute deutlich, daß sie einige klamme Schneebälle warfen und sie sich gegenseitig, sobald sie gelandet waren, in die weiten Kragen stopften, nachdem ich nur Augen für die Fürstin gehabt hatte, die neben dem Trittbrett ihres Waggons auf einer unförmigen verquollenen Tasche im Eis saß, den Ellenbogen auf das Trittbrett stützte, ihren Kopf auf den Ellenbogen, ihre Schulter auf den Kopf, den Kopf mit dem Ellenbogen, das Trittbrett mit der Schulter, ihren Ellenbogen mit der Tasche, den ganzen Zug mit ihrem Kopf – eins stützte das andere. Ich fror. Ich drehte mich hoffentlich nach einem kurzen Abschiedswinken um, schaufelte den Tender frei, lockerte die reibenden Magneteisen, die die Elektrizität erzeugten und gleich verloren, ging in mein Abteil zurück, wo die Kegelkugeln herrenlos auf der schrägen Seitenbahn des Schienenbetts warteten, während sich draußen Abteil um Abteil voll Bediensteter nun mit Schnee einrieb, ihn sich auf der Brustfläche verstrich, sich die Stiefel mit ihm füllte, in die Stiefel hauchte, Eiswülste zu den Schäften herausknetete. Ich legte mich auf die freie Bank im Abteil, stützte meinen Kopf auf die Lehne, bog in meinen Gedanken ein paar steife Arme nach oben, lehnte meinen Arm gegen die Stütze, brauchte nicht lange zu atmen, bis ich wußte, daß die Adlige den GANZEN Zug ihren Kopf berühren ließ, da ihr Kopf sonst in den Schnee geglitten wäre. Was war denn schon Agnes' Beziehung zu Emanuel, wenn Agnes eine Beziehung zu einem ganzen Eisenbahnzug haben konnte, mit allen maschinellen Vorteilen, die sich daraus ergaben? Man denke nur und erinnere sich an die Radiatoren, kalte Luft, angesaugt, durch heiße Drähte. Was geschieht in Adligenköpfen? Im Abteil fand ich ihr Taschenmesser. Ich klappte eine der drei scharfen Klingen auf. Ich fühlte mit zunehmender Klarheit, wie ich mir in die Hand schnitt, allmählich mir die Hand auftrennte, leider wurde sie das erste Opfer, damit der Schmerz mich in die Wirklichkeit zurückriß. Eins der Eisstücke, das ich vom hinteren Trittbrett abgekratzt hatte, schmolz auf dem Klapptischchen; der Aschenbecher rauchte vor Zigarettenresten, Bündel um Bündel Filterzigaretten hatte die Myschkin, die sie offenbar nicht in die Hände ihrer Bediensteten wollte fallen lassen, im Aschenbecher versenkt, ohne sie geraucht zu haben …

faktisch …

… draußen loderten ihre Haare, wenn sie nicht im Aschenbecher schwelten, was sie nur dann taten, wenn sie nicht, wie es Emanuel schien, Bündel um Bündel Filterzigaretten in den

Aschenbecher geworfen hatte, sondern sich. Meine Augen kreisten um ihre Haare und zogen sich von jenem hinteren Trittbrett zurück, bei welchem sie erwartungsgemäß im Schnee saß und die Lesebrille wieder aus ihrer Schulter schraubte, dann ein Buch herausschraubte, dann im Buch zu blättern anfing, während ich, versteht ihr mich?, im Abteil auf der freien Bank lag und spielerisch beide Hände um einen Kegelball geschlungen hatte, um eine siegreiche Partie zu beginnen, eine unausweichlich völlig siegreiche Partie; zudem dachte ich über ihr System des Herausschraubens nach, ehe ich so etwas wie den hiesigen Supermarkt aufsuchte, um etwas zu kaufen, was es dort nicht geben konnte ...

Im Blut! schrie Emanuel, der von Tamaras Operation zurück war. Agnes preßte ihre Handballen auf die Ahle. Ich Wesen, schluchzte der riesige, strähnige, fettleibige Emanuel, nachdem Agnes sich noch ein Messer mit Gleitfett am Dampfkochtopfrand abgestrichen hatte, worin die Verträge mit Herrn Masoch kochten, ehe sie den Dampfkochtopf vom Haken an der Wand nahm, mit dem Hammer eine Wand erst aufrichtete, dann sich selbst erschuf und »Bitte jetzt einen Hammer« mit dem Mund unten an dem vorgeschobenen Kopf wisperte.

Man

Hallo, im Vorbeigehn, ich bin Agnes.
Verstanden, Zufall, ich bin Emanuel.
Ach, verstanden, ich bin Agnes.
Wer ist wer?
Ich bin ich und nicht Sie, aber gefangen hier.
Und jeder spricht, was er zu sagen hat.
Und manchmal, was der andere sagt, ich weiß es von dir längst, da sag ich halt, was du sagst.
Halt, hm.
Warum sind Sie hier?
Ich? Sie?
Warum du?
Zufällig.
Was hast du gekriegt?
Dreißig Jahre.
Mord?
Mehrere.
Wieviel Sie?
Siebzehn Jahre.
Macht dreizehn mehr für mich.
Sind alle tot?
Wer?
Die Sie ... in den Händen ...
Mord, als schöne Kunst betrachtet, läßt unbefriedigt.
Man fängt immer wieder damit an, aus ästhetischen Gründen.
Und Sie?
Überzeugend.
Ich bin für das hier, wofür du hier bist.
Dachte ich.
Wie lange läßt man Sie jeweils allein?
Kommt auf die Tageszeit an.
Ich schlage vor: der Wärter kommt am Abend.
Spät?
Und wie heißt er?
Heißt gar nicht.

Man muß ihn ansprechen können eilig.
Nun nun dann Endermann, er ist Wärter, kauft auch Gefängnisse, ein Privatstrafanstaltenaufkäufer gewissermaßen.
Einverstanden, oh einverstanden, apart.
Sehr später Abend.
Ich weiß, später als Mitternacht kann das Leben nie sein.
Nehmen Sie an: Zelle, später als Mitternacht.
Vier Uhr?
Erweitert sich die Zelle?
Wie immer.
Vier Uhr wäre früh.
Nehmen Sie an: nach Mitternacht wird es immer später, immer später, die Uhrzahlen reichen dafür nicht aus.
Die Zelle erweitert sich diesmal ungeheuer.
Du reizt mich.
Ich mag idiotisch klingen mit meinen ewigen Vorschlägen zur Innenausstattungsverbesserung, doch aber unentwegt ich schlage eine Verbal-Renovation des Gemäuers vor.
Renovation, aha, ›Mansion‹ vielleicht?
Die Zelle ein Mansion?
Fast.
Etwas kleiner.
Nehmen Sie an: zunächst ist es zwölf Uhr mitternachts, dann dreizehn Uhr, vierzehn, undsofort.
Nehmen Sie an: Zweihundertsiebenunddreißig Uhr mitternachts, so muß es heißen, wenn es vorbei ist und doch immer weiter geht, es ist eine Frage der Zahlenreihe, klar?
Ich glaube, das reizt mich auch.
Wußte ich.
Du bist mir etwas zu sorglos mit Projekten.
Neuer Vorschlag?
Ich akzeptiere nicht viel.
Schon bereits zweihundertvierzig Uhr mitternachts.
Muß schon grauenhaft sein bis dahin, und von da an nochmal grauenhafter.
An Spaß dachte ich nicht.
Keine Sekunde?
Mit Ihnen?

Möglich.
Nebenbei: warum sind Sie hier?
Sagte ich.
Nicht genau genug.
Das Leben von jemand anderem hörte plötzlich auf, und ich wurde in der Nähe gesehen.
Ein Leben?
Das ist nichts.
Mein Zweitvater ist er gewesen.
Zweitvater, na ja, Zweitvater.
Sicher kennt man nur seine Mutter.
Die hat ungestört gelebt.
Starb dann.
Natürlich?
Qualvoll.
Und dann der Zweitvater, hm.
Aber, ist doch nichts.
Siebzehn Jahre.
Macht abzüglich Begnadigung sechs.
Zehn, bei dir.
Oh, auf dreißig Jahre gibt's keine Ermäßigung.
Ich bin da, weil du da bist.
Das ist Rache genug.
Nun möcht ich die Zelle verlassen und ins Mansion, ach.
Ein so derart einfaches Verlassen kenne ich nur vom luftleeren Raum und da war ich noch nie, aber ich kenne das euphorische Schweben, fang an, ja bitte, fang an.
Dieser Abend.
Verrückt.
Bin gleich zurück.
Trink schön.
Gut behandelt werden möcht ich.
Ich fühl mich auch so verrückt.
Bist dus?
Ich stells mir vor, also bin ichs.
Ich hab ein Geheimnis, das erraten Sie nicht.
Da bin ich neugierig.
Ich schlage Ihnen dieses Hemd ins Gesicht.

Alles kann mal vorbeisein, untergehen.
Für viele gibt es Gnade.
Fromm?
Ich glaube, daß mir dereinst alles verziehen wird.
Fürchten Sie sich?
Stiefy zum Beispiel.
Na ja, wer ist Stiefy?
Später, später, ich spül mal Geschirr.
Sieht gut aus.
Spritzt.
Er ist mir so nah.
Sehr nah doch, Sie meinen diesen Stiefy.
Es sagt mir nicht immer zu.
Aber er ist Ihr Stiefy, stimmt's, ich brauch das Ding und weiß nicht, wie es heißt.
Ist ers?
Ich denke es mir, also ist ers.
Seltsam, man denkt es sich, und dann ist es so.
Heute abend ist das so.
So.
So durchaus so.
Der Kopf bestimmt, die Wirklichkeit gehorcht.
Ich möchte Ihnen von meinem Zweitvater erzählen.
Er war echt.
Ach.
Nicht so wie Ihrer.
Hat deiner dir soviel Gutes getan?
Wenn ich so die Teller prüfe.
Schmutzig.
Nicht mehr lange.
Ich kann noch lange spülen.
Alles nimmt ein Ende.
Wie rieche ich?
Veilchen.
Verstehst du was von Düften?
Ich kann das, was mir gefällt, unterscheiden von dem, was mir mißfällt.
Wenn ich auf den Beinen stehe, bin ich nicht schön.

Was tun Sie jetzt?
Warten.
Auf wen?
Ich hab inseriert.
Heiratsanzeige?
Dummkopf.
Unser Mansion am Südpol.
Unser was?
Mansion statt Zelle, so war die Vereinbarung.
Gott, die Vereinbarung, das Mansion, richtig, trifft zu.
Weg damit, meine ich.
Ho, wir verkaufen's.
Ohne ihn zu fragen?
O, ich habe ihn gefragt.
Er war positiv.
Das wundert mich.
Mir sagte er neulich: nein, nie.
Kommt drauf an, wie du fragst.
Wie haben Sie gefragt?
Kunststück.
Bei mir hatte er Angst um sich.
Die hab ich ihm genommen.
Genommen?
Hm.
Das wäre also gestattet.
Du hast deine Aufgaben.
Laß dich nicht ablenken.
Nun kocht da diese synthetische Hundechemie.
Wie geht das Lied vom mechanischen Hund?
Ich sings, Diene Hund du Maschine und schwenk das Gelenk mit Metall in dein All du bist ein Tier mir untertan kannstnitverstan okay bleib Blei.
Ein Gesang von hoher Glätte.
Ich vergaß die Strophen, sang nur die Entries.
Synthetische Hunde erschnuppern die Zukunft.
Und Zukünftige, Eindringlinge.
Das weißt du woher?
Eine Sage.

Braucht nicht zu stimmen.
Werde Mühe haben, den Richtigen rauszufinden.
Brauchen Sie Hilfe?
Tanz mit mir.
Bin im Begriff.
Mit einem Gescheiterten wie mir.
Wär ich Sie, ich hätte Angst.
Wovor denn?
Haben Sie Angst?
Man sagt so.
Was?
Gerüchte?
Na.
Man sagt so.
Niemand glaubts.
Ist bekannt, daß unser Mansion am Südpol weggeht?
Woher?
Es sollte ja bisher nicht weg.
Es geht aber weg.
Ich glaub Ihnen ja.
Ich darf doch tanzen, ja?
Mit wem Sie wollen.
Du wirst mir nicht dich verbieten.
Stehe zu Diensten.
Beauftragen Sie mich mit dem Verkauf?
Was?
Ja.
Das geht rasch.
Ich habs lange nicht fassen können.
Jetzt faß ichs.
Kann ich jetzt nicht sagen.
Sie brauchen nur zu befehlen.
Was?
Also verkaufe ich es.
An wen denn?
Halt mal.
Nicht so schnell! Ich komm ins Schwärmen, und es läßt mich kühl, und diese Gleichgültigkeit nimmt mich mit.

Ist das neu?
Das erste Mal seit langem, seit meiner Jugend, da es Nacht ist und ich glücklich und gelöst bin.
Ich bin dir peinlich, nicht?
Ich bin zu dumm für die Situation, das ist es.
Alles?
Bin ich dir zu nahe gekommen?
Darum kommt es Ihnen peinlich vor, ja?
Ich kann weit gehen.
Da ist das geschleuderte Hemd in Ihrem Gesicht.
Damit kann ich mich würgen.
Glauben Sie nicht, das Mansion am Südpol ist zu teuer?
Woher weißt du das?
Na, ich weiß nichts Genaues.
Aber verkauft mans, kommt man mit dem Preis in Versuchung.
Na und?
Niemand kaufts.
Ein Mansiontrödler vielleicht.
Samstags ist Ruinenmarkt.
Na und?
Eben.
Ist doch nicht übel.
Man verkaufts und niemand solls kaufen.
Und darum würgst du dich?
Ach, würge ich mich?
Du bist mir unheimlich.
Schönes Hemd, Schal, das geben wir obendrein.
Mach mich weiter heiter.
Vielleicht hab ich mit Ihnen Geschäfte zu besprechen.
Diese Spiele mit dem Schal passen nicht dazu.
Ihr Zickzacktrippeln auch nicht.
Ein fröhlicher Mensch.
Ich geh mal hinaus, sehen Sie, folgen Sie mir mit den Augen, draußen bin ich.
Möcht mal was zu mir sagen.
Verrücktheit.
Sie tanzt zu angeschlossen.

Mir kommts.
Habe eine große Zukunft im Mansion als Südpolknecht.
Da bin ich wieder zurück.
Ich habe mitgehört.
Und ich neige mich gegen Sie, eine Verbeugung.
Das wäre alles.
Wir wiederholen nie.
Einsiedler! Kennen Sie die sehnsüchtigen Schreie einer schlechtverwalteten Küche nach dem begehrten Mann?
»Mann! Mann!« Unwiderstehlich.
Das Geschirr braucht Ferien.
Lange, lange Ferien.
Wo soll das Geschirr denn hinfahren?
Schwung hast du.
Die Chemiesuppenschüssel geht mir an die warme Westküste.
Ist hier doch schon warm.
Daß du nicht schwitzt.
Na.
Na, was na?
Du schwitzt, richtig?
Silicon Valley, sehr heiß da.
Kühlen.
Ihre Kleider sind auch schön massiv.
Genierst du dich, wenn ich sage, du schwitzt?
An den Beinen?
Werden Sie rot?
Du sprichst »Beine« geniert aus.
Langsam.
Ich will Sie ja nur einen Moment fesseln.
Du konntest immer tun, was du wolltest.
Oh, genau wie Sie.
Ich nicht.
Oh, drum haben Sie das Mansion am Südpol, und ich hatte meine Freiheit.
Ebenso riesig wie das Mansion am Südpol.
Heut ist eine Party.
Meinetwegen durchaus.

Die Erfindung der Selbstbedienung entlastet den Mansion-am-Südpol-Diener, meine Wenigkeit.
Stiefy hat mir mein Taschengeld nicht bezahlt.
Du warst lange genug in der Unterwäsche.
Sind meine Kleider.
Tat mein Liebhaber auch.
Er konnte nur deine Entschuldigungen nicht.
Es SIND meine Kleider.
Kann ich das beweisen.
Ich glaube dir alles.
O, Gentleman mit der Buttonweste!
Geschmeichelt.
Kostet mich nichts.
Ein Taschengeld schon.
Theater.
Lächerlich.
Ich pisse aufs Theater.
Pißt.
In welchem Abort bist du denn geboren?
Mein Zweitvater wohnte zur Miete.
Das Mansion am Südpol gehörte nem Staatsanwalt.
Man würde annehmen, son Staatsanwalt läßt seine Mieter in Ruhe.
Anzunehmen.
Aber klar.
Sie kennen Staatsanwälte.
Nicht manchen.
Du hast kein Schicksal, das ist es.
Oh, ich rede ja nur so.
Das wollte ich sagen.
Hab ich angenommen.
Ich wußte, daß du das jetzt sagen würdest.
Ach.
Ich weiß so gar nichts von dem, was geschieht.
Lügner.
Nicht möglich! Aber warum sollte einer Ihr Mansion am Südpol kaufen?
Sein Mansion am Südpol.

Wenns einer kauft, ziehen Sie mit Stiefy in die luxuriöse Zweizimmerwohnung in der Stadt.
Warum nicht?
Stört.
Ehrlich, ja.
Es ist dumm, wenn das Mansion am Südpol weg ist und der Zweitvater noch da.
Du meinst?
Beide behalten oder beide loswerden.
Du Schwein!
War nicht ernst gemeint.
Ich hab so Ideen.
Ein Zweizimmerschloß geht gut.
Ein Zimmer für Sie, eins für ihn.
Ein Dreizimmer.
Unsinn.
Ein Vierzimmerlandhaus. Ein Vierzigzimmer.
Sie können sich das leisten.
Zuviel zum Putzen, besonders die Zinnen.
Ein bißchen putzen wird er noch können.
Ach Manl!
Er hört den Schrei der Zimmerfußböden: Wisch uns, wisch uns.
Ich hau Ihnen eine runter.
Stiefy, dieser Zweitvater, natürlich Anwalt, ist hochanständig.
Er gibt sich nur Gemeinheiten hin, die sich an die Gesetze halten, an denen er mitwirkte und die er so faßte, daß er darin Platz finden konnte, darum sind die Gesetze so, es sind seine.
Er schwitzt Gewalt.
Sagen wir mal, er schwitzt.
Vielleicht schlägt er Ihnen, wo Sie das Schlimmste beabsichtigen, mit einer baren Million aufs Haupt.
Einer Million?
Ich biete das Mansion zum Verkauf an.
Jeder kann es kaufen.
Entsetzlich.
Das heißt: Stiefvater auf ewig.

Kleiner Preis für Ihre Privilegien.
Man erbt doch nur eine kühle, dürre, trockene Gruft.
Als ich klein gewesen bin, hatte ich so Regungen.
Jetzt?
Ich bin ganz angespannt.
Andermal, sag ich.
Ist keinmal.
Hältst du es für gefährlich?
Ich weiß, was mir nachher blüht.
Ist keinmal.
Ich hatte gerade einen trockenen Ekel.
Warum sich nicht setzen?
Ich kann mich in der Mitte nicht mehr knicken.
Ich kann mich nicht mehr nach den Topflappen bücken.
Ich tue nichts dergleichen.
Ich will stehenbleiben auf immer.
Ich befehle dir, dich zu setzen.
Ich gehorche gern.
Setzen.
Trinken.
Gib mir auch was.
Meine Freude am Gehorsam ist unendlich, und das Beste ist, sie kommt nur, wenn mir sie jemand befiehlt, ich brauch einen Auftrag für jedes Stück Freude.
Das muß weg.
Du hast keine Bewegungslust, das ist es.
Du verkettest dich mit deiner Untätigkeit und machst dir ein Gefängnis in Faulheit.
Das Heineken ist etwas bitter, zu bitter für den Durst.
Manl, ich muß mit dir ein ernstes Wort sprechen.
Gerste, widerwärtig.
Auf mein Wohl!
Gehorsam ist das Gegenteil von dem, was man denkt.
Ich empfinde dich als schüchtern.
Sie meinen: ich bin es nicht wirklich.
Ich bins.
Ach so.
Zum Wohl!

Jetzt seh ich einen Knick in deiner Körpermitte.
Ich müßte Küche reinigen und so.
Red noch ein bißchen.
Man hat seinen Ehrgeiz.
Ich möcht wissen, was Sie mir sagen wollen.
Frech.
Ich errats nicht.
Da gibts davon was, und davon was.
Wovon reden Sie jetzt zu mir?
Kann mich nicht entscheiden.
Sag ich ja.
Ochsenzungen.
Mhm.
Ochsenzungen.
Und was sagen Sie?
Lange Reihen, sage ich, herausgeschnittener Ochsenzungen,
sage ich.
Was?
Monatlich blutige Schlachttage.
Jeden Monat fließt Blut.
Wann solls sonst fließen?
Deshalb die Zungen.
Was?
Ich überleg mir mal etwas, eine Verstümmelung,
nur klein.
Ech ben een Oox, Madam, ech ben een Ox!
Setzen!
Trinken!
Die Befehle werden banal.
Ihre Kleider werden verrutscht.
Der Abend wird kürzer.
Ist im Getränk sich lümmeln verboten?
Und das, Sie verletzen?
Wie bitte?
Bei Frauen, sage ich, wird alles ekelhaft.
Die pinkeln auch.
Die pinkeln auch.
Und Männer?

Es ekelt mich davor weniger.
Weil du einer bist.
Wir reden von der Ekelhaftigkeit, wenn Frauen pinkeln, nicht?
Denkst du an mich?
Absolut nicht.
Andere denken.
Die schon.
Denken, daß ich in einen verliebt sein könnte.
Nach dem Pinkeln.
Nach dem Pinkeln, ganz richtig, Emanuel.
Was weiß ich?
Du hast doch eine adlige Seele.
Pfalzgräflich.
Du stellst dir meine Umgebung, von der wir flüchtig sprachen, als einen Schraubstock vor, in dem bin ich eingeklemmt und wimmere und rühre keine Hand mehr, ja?
Die Fantasie, die Sie mir zutrauen!
Hast du weniger Fantasie?
Fast nichts.
Das merke ich.
Ich kann noch nicht mal denken, was ich anstatt der Küchenreinigung tun soll.
Ach.
Ich denke halt an Ihre Umgebung.
Sie hält mich fest; das denkst du am liebsten.
Tut sie das nicht?
Abgenabelt das Individuum.
Selbständig geworden?
Machen Sie doch mal eine Probe.
Der Mansionverkauf ist dafür nicht schlecht.
Zuerst muß ich mit der Vergangenheit fertigwerden.
Und wie werden Sie damit fertig?
Indem ich sie bewältige.
Ich wiederhole meine Frage.
Die gute alte Zeit!
Ach, vergangen, vergangen!
Werden Sie so damit fertig?

Du hast eine Lehrermoral.
Weil ich damit nicht fertigwerde.
Allein die Bewältigung meines Stiefvaters würde Jahre brauchen.
Und erst meines Stiefvaters!
Jahre.
Der Besitzer dieses Mansion ist schmutzig.
Dies, weil du an meine Reinheit denkst.
Sie sind rein.
Sie pinkeln, aber das macht nichts.
Dir.
Keine Frage.
Ich frage ja nicht.
Nicht im Schmutz, in Weibern watet der Besitzer.
Jeder Besitzer watet.
Hol mir ein Heineken.
Banal.
Ich gehe zum Kasten, da steht schon was, ich nehms raus.
Serviert.
Was fällt dir beim Einschenken ein?
Lady Mountshadden, die sich den gläsernen Hosenwandorden gleich fest anheften ließ, im anglikanischen Lodon an der Thimse.
Wissen Sie, wann?
Du meinst, wo.
Darf ich Ihnen das Heineken über die Breeches schütten?
Da hab ich es schon getan.
Gesehen?
Bin dran.
Am Sehen?
Sehs nicht gleich, bin dran.
Empfindest du?
Weniger, als ich dachte.
Ich bin ein eifriger Leser.
Die Stellen haben alle unrecht.
Kennst du die Geschichte von Edison?
Nein.
Hat Sie mit dem Heineken zu tun?

Sie lautet: Da erfindet Edison tatsächlich das Licht, er schraubt sich ein, hängt oben an der Decke, Kopf nach unten, nimmt einen langen biegsamen Stock und sucht den Lichtschalter, legt ihn um und brennt in seiner Fassung los, also stimmt die Geschichte.
Wer hätte das von Edison gedacht?
Wer hätte das von dir gedacht!
Das Heineken?
Du brauchst es nicht mehr zu tun.
Ich habe verstanden.
Ich habe damit die Unlust ausgedrückt, reden zu müssen, wo ich in der Küche arbeiten müßte.
In dir fließt es.
Das sagst du ständig.
Deine Breeches, und so.
Ich sage Ihnen einen Traum.
Ich liege in einem Fichtenwäldchen vor einem tiefen Einschnitt, der mit Haselnußbüschen bewachsen ist.
Vor mir steht der Förster mit dem Holzbein und sagt: Lieber Emanuel, ich weiß, was du vorhast.
Masturbation geht doppelt so lang, ergibt aber das Doppelte.
Er verschwindet, ich bleibe erschöpft liegen.
Alles ist Dreck.
Alles Dreck.
Klingt sehr ernst, diesmal.
Dir ist was in den Kragen gerutscht.
Ich fühle nichts.
Darf ich dir in den Kragen greifen?
Bereits ausgeführt, blitzige Praxisumsetzung, was?
Ein weiter Kragen.
Sie fühlen das Insekt, das vorhin reinschlüpfte.
Ich glaube, es hätte mich ohne Sie gestochen.
Ich falle fast auf dich rauf.
Halten Sie sich am Tisch.
Gut so.
Ich habs.
Soll ich das Insekt zerdrücken?
Bitte.

Ganz.
Kannst du ein bißchen warten?
Zerdrücken Sies nicht?
Es ist mir entschlüpft.
Ihre Zeit möcht ich haben.
Ich möchte Ihnen erzählen von meinem Stiefvater, der Pächter war im Mansion, das dem Staatsanwalt gehörte, den er den Staatsanalwalt nannte.
Meines Stiefvaters Leben war eng mit dem Leben des Staatsanalwaltes verbunden.
Mein Stiefvater ... haben Sies?
Gleich.
– mein Stiefvater sah allen Urteilen des Staatsanalwaltes von der Tribüne aus zu.
Ich atme erregt, hören Sie?
Küß mich, Manl.
Haben Sies?
Wieder entschlüpft.
So ruinierte der Staatsanalwalt meinen Stiefvater, den ich Vrrater nannte, halb Frater, halb Verräter.
Mein Vrrater und der Analwalt waren ein Herz und eine Seele.
Mäßig erfreut darüber, immerhin.
Sie habens!
Jetzt!
Zerdrücken!
Ich lasse Sie plötzlich los.
Kümmre dich um die Suppe!
Jetzt möcht ich was tun.
Es war schön zu warten.
Sie sind fast eingeschlafen.
Zweihunderteinundvierzig mitternachts, sagen Sie, ob es an der Wand modrig ist.
Grauenvoll.
Das ist das Schöne daran.
Ich tus aus dem Stand.
Oh, zögere nicht.
Nimm dir Zeit, aber zögere nicht.

Ich stürze mich auf Sie.
Na, da tauch ich plötzlich unter Ihnen weg.
Selber schuld.
Woran denn?
Ich glaube, das kann ich nicht wieder tun.
Sollst dus?
Befrag dich mal schön.
Fühlte mich verpflichtet.
Weshalb fühlt man sich immer verpflichtet?
Laß es, wenns dir nichts sagt.
Denkst du an die rosa Lippen deiner Schwester?
Fast eine Schwester.
Ich kann nicht mal wissen, ob es mir nichts sagt.
Ich gehe mal zu den Töpfen.
Ich öffne schon mal den Topfschrank.
Nanu.
Lauter Bücher, so locker gefügt, Episteln.
Es hat sich angesammelt.
Kochbücher.
Mal lesen.
Ich blättere etwas rum.
Das da ... La-Can ... Der-Rida ... das kenne ich.
Ich eile gleich herbei.
Das kennen Sie niemals.
Sie lesen nie was aus, nur an, immer an.
Meine Jugend.
Tief hier drin.
Ich werde ganz fieberhaft.
Richtig zertreten hat der Staatsanalwalt meinen Vrrater.
Die zertreten alles.
Werden gut dafür bezahlt.
Lesen Sie nicht immer, bitte!
Ein Buch über Mansionbesitz.
Die A-mor-ti-sa-tion von Festwerten.
Hier eins über Mauerbau.
Ach.
Sah aus wie ein Kochbuch.
Ich sah erst, als ichs aufschlug, daß es was anderes ist.

Vielleicht kochst du hinter einer Mauer, was?
Ich bin reines Dynamit in Ihrer Nähe!
Das sehe ich.
Was?
Da steht eins heraus.
Ordnen wir mal die Bücherrücken.
Umso besser.
Was?
Noch besser.
Es schaut schön aus, jetzt.
Zieh dir die Stiefel aus.
Ich gehorche augenblicklich.
Da kocht tatsächlich Wasser!
Man muß zum Herd stürzen, bleibt nichts andres übrig.
Kein Wasser.
Ich kann die Breeches ausziehen.
Rasch, rasch.
Bei mir ist ein Elastik locker.
Bist du noch sehr stolz?
Es schleift sich ab.
Ich rucke mal am Bund meiner Breeches.
Glaubst du, daß sowas wie weiche Liebe bis in den Kern des harten Elefanten vordringen kann?
Kann.
Siehst du?
Mein Elastik ist wieder straff.
Was hast du jetzt ausgespäht?
Sie, so wie Sie früher gewesen sind.
Sag mal, gibt dir Stiefy aufs Jahresende ein Zeugnis?
Wer?
Nein, Endermännchen.
Ich gehe nicht auf Jahresende.
Soeben gingst du noch auf Jahresende.
Ich machte Ordnung in der Küche.
Das heißt nicht, daß ich auf Jahresende gehe.
Wenn ich das hör, gibts mir einen Stich.
Sie schwanken.
Das siehst du schnell.

Da sehen Sie nicht, wie ich leide.
Da, handdick Schmutz auf dem Topfboden.
Ich sehe, wie du Ordnung machst.
Und sagen, daß ich auf Jahresende gehe.
Was soll in diesem Zeugnis stehen?
Vergiß es.
Der Kerl ist Dreck, nehmen Sie ihn nicht, das steht doch im Zeugnis, wenn Ihr Stiefy es schreibt, mit Endermanns Unterschrift wird es kaum besser, der schreibt, schicken Sie ihn rasch zurück, er hat Heimweh, nun ja, er hat recht.
Er wird es nicht schreiben.
Vergiß es.
Ich empfinde das Thema als unangenehm.
Ein zweiter Topf.
Handdick Schmutz auf dem Topfboden!
Du hörst, wie ich dich bitte: vergiß es.
Vergessen wirs.
Na gut.
Nicht daß du wieder davon anfängst.
Ich nicht.
Da trat soeben ein längeres Schweigen ein.
Und wer wird dein neuer Herr?
Ich selber.
Das geht schief.
Es handelt sich um eine rüstungstechnische Unternehmung.
Du zahlst dir ein Salär, meinst du.
Oh, ich gebe einige Aktien aus.
Die werden gekauft, ich löse Geld, das ich verbrauche.
Zuerst mein Mansion verkaufen.
Davon krieg ich nichts.
Das ist noch Pflicht.
Du erwirbst dir in deiner Unternehmung die Aktienmehrheit, nicht wahr.
Keine Frage.
Das geht spielend, Agnes.
Ich würde dir gern Geld geben.
Ich habe grad keines.
Das Mansion.

Oben sitzt Stiefy.
Es muß eine Lösung gefunden werden.
Ich gebe dir weiß Gott schon genug.
Ich sage ja nichts.
Gehen wir ins Wohnzimmer?
Gehen wir in den Salon.
Er wirkt wie die Küche, verfügt aber über drei oder vier schwere häßliche Polstermöbel.
Ich wollte Ihnen schon lange was sagen.
Du hältst zuviel zurück.
Sie sind heute großzügig, echt großzügig.
Soll ich mal gehorchen?
Wäre das eine Steigerung Ihrer Großzügigkeit?
Du willst mich doch mal rumkommandieren.
Ich spürs.
Ich muß doch sehr bitten.
Darf ich dir was vorlesen aus deinen Büchern?
Ich kenne sie auswendig.
Da hast du viel gearbeitet.
Nachschlagewerke.
Es steht nichts drin.
Wollen Sie mich bewegen?
Hinreißen.
Nicht mit diesen Büchern.
Da lesen Sie.
Ich bin nackt wie ein Hühnerhals. Hat mich denn keiner lieb?
Steht nicht drin.
Das ist Ihr eigenes Buch.
Ich habe keins.
Versteckt auf sich haben Sies.
Schau doch nach.
Ich kenne meine Bücher völlig auswendig.
Es steht was drin von Rechen, wie man Flecke auskriegt, wie man eine Maschine ölt.
Wie ölt man eine Maschine?
Gelenk suchen, Öl rein, aus der Pinte.
Du kanntest die Stelle nicht, die ich vorgelesen habe.

Der Vorwurf ärgert mich.
Ich kenne meine Bücher.
Sie stehen in den Geschirrschränken.
Was sollte sonst in den Geschirrschränken stehen.
Was liegt in Ihrem Wäscheschrank?
Eine Partitur.
Darauf noch eine.
Das ist Ihr Wäscheschrank.
Bei Musik ists erlaubt.
Alles liegt immer in Möbeln, die dafür nicht gemacht sind.
Richten wir die Suppe an.
Werfen wir ein Auge auf den Suppentopf, brodelnde Chemie,
ihm entquillt schwarzer Dampf, alles nicht ganz richtig.
Neue Verbindung, bereits legiert, zu spät.
Man sollte ihn vom Feuer nehmen.
Nimm.
Zu spät.
Man kann ihn auch drauf lassen.
Was gibt das?
Immer mehr Rauch.
Viel Arbeit zum Sauberkriegen.
Tu ich morgen.
Und wenn ich dir sage, daß dus jetzt tun sollst?
Unmöglich.
Ach.
Vorhin hab ich mir angehört, wie du arbeiten mußt.
Das wechselt.
Und du bestimmst es.
Reden wir vom Mansion?
Er sitzt oben.
Unsinn.
Du glaubst mir nicht?
Er steht oben.
Das ist kein Problem.
Ich wollte Ihnen schon lange was sagen.
Du wagst es nicht?
Abgeklärt sind Sie nun gerade nicht.
Ist es das?

Mehr ist jetzt nicht.
Sie wollen mich.
Aber Sie überstürzen alles so, daß ich Angst kriege.
Da kriegen Sie mich nicht.
Ich sag Ihnen alles deutlich, wie man vorgehen muß bei mir.
Wie?
Hab ich Ihnen gesagt.
Du errätst mich ja.
Ich bin so ausgelassen.
Lieber nicht.
Du bist ja noch viel ausgelassener.
Oh, ich bin ausgelassen, ja, ich bin ausgelassen.
Ich werde plötzlich schroff.
Lassen wir das.
Was denn?
Ich sagte, daß es Ihnen an Abgeklärtheit fehlt.
Beine zusammen.
Ich mach mit meinen Beinen, was ich will.
Sie irritieren mich.
Du reizt mich, du reizt mich an.
Vorhin waren Sie ein Hühnerhals.
Das nützt dir nichts, dich auf vorhin zu beziehen.
Du mußt mich nehmen, wie ich bin.
Tu ich ja.
Ich bin immer ein bißchen anders.
Ich mag rasche Änderungen in einer Person.
Ich sag mir nicht, was war ich heut schon, und bin dann dieselbe, sondern ich sag mir, was war ich heut noch nicht, und dann werd ich was, das ich noch nicht war.
Das soll ich verstehen.
Heut bin ich Millionärin schon gewesen.
Die Unnahbare bin ich auch schon gewesen.
Hach, jetzt bin ich müde.
Das gefällt mir besser.
Ich streich Ihnen mal über die Augen.
Wie müde sind Sie denn.
Wenn ich schlafe, werde ich ein Kleinkind.
Schände meinen Schlaf nicht.

Ich streck mich auf der Banquette aus und schlafe mal unruhig ein.
Da kommt mir etwas in den Sinn, an dem ich leide: Diese Umgebung ist fast namenlos.
Ich weiß einige Beschimpfungen, die ich ihr entgegenschleudere, aber sie fällt immer wieder über mich her.
Klingt, als wärst du entwaffnet.
Ich habe nicht mehr viel Mut, wissen Sie.
Ich hoffe noch auf eine kleine Belohnung, aber mehr als das liegt nicht mehr drin.
Lehn dich auf.
Wogegen?
Gegen dein Dienertum.
Es ist nicht zufällig.
Sie sahen, wie ich in Tränen ausbrach.
Gott, da kommen mir die Tränen.
Du weinst ja nicht.
Niemals.
Ich, niemals.
Du bist heute umgänglich.
Ich bin ganz kalt.
Glaubst du, du schlägst das Mansion los?
Unbedingt.
Das werd ich sehr aggressiv verkaufen.
Das dachte ich mir.
Ich will ja doch nur ausgehalten werden von Ihnen.
Darf ich das?
Ich halte dich weiter aus.
Du bist der vollkommene Diener, dir kann ich sogar befehlen, Sei mir gleich, und auch darin gehorchst du, nämlich, auf Befehl gehorchst du mir nicht.
Es macht mich glücklich.
Mich auch.
Wir küssen uns.
Bisse.
Blutgerinnsel.
Zweihundertzweiundvierzig nachts.
243.

Abwischen.
Hinaus können wir, aber nicht weg.
Ich will ja nicht einmal hinaus.
Das überrascht mich.
Ein Taschentuch zum Abwischen.
Bist du nervös?
Auf eines können Sie sich verlassen.
Es gibt hier einen Freund für Sie.
Etwas Taschentuchpapier zum Abwischen.
Ich riegle jetzt die Tür ab.
Jetzt klingelt es.
Laute Klingel.
Das ändert den nicht, von dem es ausgeht.
Macht ihn schwerer.
Das ist er!
Stiefy!
Unmöglich.
Wer betätigt die Klingel?
Das läßt du los, um mich zu ängstigen.
Kurzschluß.
Ich glaube, Agnes, wir verkaufen lieber schnell.
Ich sage dir, er sitzt oben, und wir werden ihn nicht los.
Jetzt klingelt es.
In einer Viertelstunde, Vaterstief!
Das Rohr stößt Schreie aus.
Herr Stiefer, ich muß jetzt ... verzeihen Sie, aber ich muß eine Ungeheuerlichkeit ...
Jetzt geht er in seinen Waschraum.
Erfinden Sie nicht diesen Schrecken.
Jetzt läßt er Wasser über sich laufen.
Nimm mich, jetzt!
Ihm zuliebe?
Ich mag nicht.
Ich klammere mich an Sie.
Ich werfe Sie von mir weg.
Es geht nicht.
Legen wir uns aufeinander, großes melodisches Geschirrklappern.

Ich bleibe unter Ihnen liegen, werfe Sie ab.
Er läßt uns nicht.
Da haben wirs.
Was ging nicht?
Es ist niederdrückend.
Das ist doch gut gegangen, was willst du mehr?
Für Sie ist es immer gut.
Ja.
Natürlich war es gut.
Ich fand es gut.
Wollen Sie noch was an mir aussetzen?
Sie wissen, daß Sie dürfen.
Ich will nichts aussetzen.
Den nächsten Befehl geben, vielleicht.
Wie soll ich beim Verkauf des Mansion vorgehen?
Davon reden wir später.
Wir reden vielleicht noch ein wenig über den sogenannten Stiefy, den ich nicht kannte, den ich nun kenne.
Nun du ihn kennst, müssen wir eine Lösung finden, nicht dieselbe wie früher, eine neue Lösung, ich bin auch nicht mehr dieselbe, o man wandelt sich so rasch und so grundsätzlich, ja nur allzu sehr.
Es gibt keine Lösung.
Das Mansion kann nicht losgeschlagen werden.
Nicht einmal dein Genie kann dieses Mansion loswerden.
Wer betätigt die Klingel?
Kurzschluß.
Ich glaube, Agnes, wir verkaufen lieber schnell.
Ich sage dir, er sitzt oben, und wir werden ihn nicht los.
Da klingelt es.
In einer Viertelstunde, Vaterstief!
Das Rohr stößt wieder seine Schreie aus.
Herr Stiefer, ich muß jetzt ... verzeihen Sie, aber ich muß eine Ungeheuerlichkeit ...
Jetzt geht er in seinen Waschraum.
Erfinden Sie nicht diesen Schrecken.
Jetzt läßt er Wasser über sich laufen.
Nimm mich, jetzt!

Ihm zuliebe?
Ich mag nicht.
Ich klammere mich gern an Sie.
Bilde mir ein, ich sei geborgen.
Ich muß Sie wieder wegwerfen von mir.
Es geht nicht.
So aufeinanderliegen, nicht schlecht.
Geschirrklappern.
Ich bliebe gern unter Ihnen liegen.
Da, jetzt werf ich Sie ab.
Er läßt uns nicht.
Da haben wirs.
Was ging nicht?
Es ist niederdrückend.
Das ist doch gut gegangen, was willst du mehr?
Für Sie ist es immer gut.
Ja.
Natürlich war es gut.
Ich fand es gut.
Wollen Sie noch was an mir aussetzen?
Sie wissen, daß Sie dürfen.
Ich will nichts aussetzen.
Den nächsten Befehl geben, vielleicht.
Wie soll ich beim Verkauf des Mansion vorgehen, sagen Sie mir die Feinarbeit.
Davon reden wir später.
Wir reden vielleicht noch einwenig über den sogenannten Stiefy.
Nun es ihn gibt, müssen wir eine Lösung finden.
Es gibt keine.
Das Mansion kann nicht losgeschlagen werden.
Nicht einmal dein Genie kann dieses Mansion loswerden.
Ich hätte einen Vorschlag, der ist unvorstellbar.
Aber warum gehen Sie nicht hoch und schauen nach?
Ich fürchte mich.
Komm mit.
Ich brauche nicht nachzuschauen.
Da ist nichts.

Soeben, als du auf mir warst, war da auch nichts?
Mir ist nicht zu helfen.
Es ist niederdrückend, und ich freue mich auch noch heimlich daran.
Was tun?
Weg.
Raus aus dem Mansion.
Wohin denn?
Wieso fahren wir nicht nach Kalifornien?
Es ist nicht die neueste Idee, aber sie hält meist, was sie verspricht.
Diese Art von Ideen darf man noch jahrelang haben, sie wirken immer.
Ist es dort schön?
Was heißt da schön?
Wir sind auf der Flucht.
Und da frißt man, was vorgesetzt wird, was?
Meine Gefühle, verzeihen Sie, fliegen noch etwas weniger hoch.
Das bringt Sie in neue Abhängigkeiten.
Ich muß in der Küche Ordnung schaffen.
Darf ich dich ablösen.
Oh, gern.
Ich verwische so gut ich kann die Spuren des gemeinsamen Sichwälzens.
Sie können das besser.
Da ist noch ein Fleck.
Keiner.
Es geschah ja nichts.
Ach, kein Fleck.
Bei Ihrem Zweitvater oben vielleicht.
Es bleibt nur eins, alles verkaufen.
So kriegt man die Flecke weg und kriegt noch Geld dafür.
Hast du die Verkaufsanzeige aufgegeben?
Wann hätte ich das tun sollen?
Du hattest genug Zeit.
Ich bin seit langem mit Ihnen hier, konnte die Küche nicht verlassen.

Nimm an, du hättest sie aufgegeben, die Annonce, sei nicht so träg, schlüpf weg aus dir.
Wann hast dus genau getan?
Sie ist heute mittag im Amtsanzeiger vom südlichsten Polbezirk erschienen, die Anzeige.
Hat sich jemand gemeldet?
Fühlen Sie eine Meldung?
Red sie mir ein.
Es meldete sich aus dem Eis heraus ein mächtiger Mann, schwarz, breite Statur, überhängende Genitalien, kann tief singen, war Künstler und gab es auf, als es schwer wurde, ist jetzt, was er ist, ein mächtiger Mann, von Gestalt, von Einfluß, und vor allem von Erscheinung.
Da überkommt mich ein krampfartiges Weinen.
Jetzt sind Sie dran.
Das kommt und geht, alles unvorhersehbar.
Apart.
Ich habe lange nicht mehr geweint.
Ich muß viel nachholen.
Ich verstehe Ihr Verhältnis mit Ihrem Zweitvater noch immer nicht.
Wenn ich etwas sagen darf: Als meiner starb, ackerte ich die Prozeßakten ganz unbeteiligt durch, mit welchen der Staatsanwalt, sein Mansionvermieter, ihn hatte fertigmachen wollen.
Kaum war mein Zweitvater tot, hatte ich soviel zu tun mit der Nachlaßregelung, daß mir für Trauer keine Möglichkeit blieb.
Das hat mich, so seltsam es klingt, getröstet.
Ich löse mich nicht von deiner Sprache.
Muß dir gebannt zuhören.
Deine Sprache reißt mich hin.
Es ist eine Sprache, die das Ende der Welt herbeiführt.
Ich setze mich jetzt an die Tasten.
Die stehen auch schon lange genug hier.
Natürlich setzen Sie sich sogleich an diese Tasten.
Du hast mich gehindert.
Gern.

Spiel mir endlich was.
Was?
Bach?
Lanner?
Duke Ellington?
Egal.
Wozu willst dus hören?
Ich komme gut mit Ihnen aus.
Ich auch mit dir.
Distanz, Trauer, Schmerz, Überschwang.
Wenn das kein Angebot ist, warum willst dus hören?
Ich muß das andere entscheiden.
Das kann ich besser mit Musik.
Was willst du entscheiden?
Ob eilfertig du das Mansion verkaufst.
Ob ich dir gestatte, so zu tun, als könntest du das Mansion verkaufen.
Ich kanns.
Ich muß ohnehin meine Ellingtonlektion durchüben.
Du wirst überwacht.
Je grausamer die Überwachung, desto besser kann ich die Lektion nachher.
Du brauchst einen Erzieher.
Ich bin in der Küche nicht gut.
In Musik bin ich besser.
Ein Erzieher braucht nicht gut zu sein in den Gebieten, in denen er erzieht.
Er braucht nur zu erziehen.
Das tu ich.
Darum laß ich dich ja mich überwachen.
Ich blättere so vor mich hin in Partituren.
Händel also.
In schwarzes Saffian gehüllt.
Darf ich dem zweiten Buch mein Saffian anziehen?
Nur vor mir.
Ich überlege.
Darf ich anfangen?
Ich überlege.

Da hören Sie ein blues-gesättigtes Arpeggio, wenn man will.
Ich überlege, ob wir nicht unsere Karrieren zusammenlegen könnten.
Du meinst, ich spiele, während du die Chemie für die mechanische Einheit kochst, die unser Hund sein soll?
Meine Firma in Silicon Valley, liefert an die Rüstung, was die Rüstung nicht nimmt, tropft in den Zivilbereich, die Zukunft der Freizeit sind Perzeptionsspiele, zunächst warens elektronische Männchen, und jetzt sinds körperlose Augen, du blickst durch ein Okular und siehst ein Auge.
Und dann, was nun, angenommen, ich will kein Okular?
Du spielst mit dem Auge.
Sie könnten mich da unterhalten.
Ich muß meine Ohrringe anziehen.
Spielen Sie endlich.
Gerade wollte ich.
Da hast du überlegt.
Spielen, jetzt.
Ich muß die Ohrringe dazu tragen.
Du kannst mich sonst nicht beurteilen.
Ich möcht Ihnen schmeicheln.
Würden Sie einwilligen?
Nur du interessierst dich für mein madengraues Spiel.
Und fürs Mansion.
Ich möchte mit meinem madengrauen Spiel beginnen.
Ich glaube, der erste Käufer kommt.
Zunächst muß ich spielen.
Dann kommt gleich der erste Käufer.
Dreihundertfünf nach Mitternacht.
Wir können nicht verkaufen.
Du kennst das Hindernis.
Sie reagierten vorhin, als habe da wer geschrien.
Ich bin überzeugt, oben ist alles leer.
Geh doch, schau nach.
Nimm nicht vorweg, was ich tue.
Schau nach, los.
Ich seh dich.
Ach.

Ich bin ganz erstaunt, aber kein Wunder, ich bin auch erleichtert, würd ich sagen, wenn ich mich so anschaue, ich wills nicht zu lange tun, die Augen, die Augen.
Ich schau nicht nach, wenn ich überzeugt bin, da ist nichts.
Meinst du, da kommt ein Käufer?
Die Käufer werden in Massen kommen.
Ein solches Mansion war im Polaranzeiger noch nie angezeigt.
Ich habe einen außerordentlich günstigen Preis dazugeschrieben.
Wieviel?
Es war meine Aufgabe, Käufer anzulocken.
Ich habe Käufer angelockt.
Mit allen Mitteln.
Sie hätten meine blumige Beschreibung lesen müssen.
Ich werde es dir nicht vergessen, daß du mir zugehört hast.
Ja, ja.
Jetzt den Lanner, bitte, einen Walzer, einen Galopp.
Setzen Sie sich anständig hin.
Ich sehe kein Bein, lassen Sie mich ein Bein sehen.
Ich spiele mal ohne Pedal, sehen Sie mich an.
Jetzt spielen Sie Varianten von ›Mood Indigo‹.
Das klang, wie soll ich sagen, harmonisch, ziemlich harmonisch.
Der Richter mußte nicht viel sagen.
Der Richter litt an Durst während deines Spiels.
Kannst du mir ein Heineken holen?
Deine Aufgabe.
Agnes, der Abend ist fortgeschritten.
Dreihundertfünfundfünfzig, sag mal, gibt es noch Zahlen für so was Vorgerücktes?
So weit sind wir noch nicht.
Bist du nervöser als eben?
Abhängig, irgendwie.
Also nervöser.
Kaum.
Fast nicht.
Schaut auch nicht so aus, finde ich.

Finden Sie.
Ich möchte ein Heineken, weil Ihr Spiel mich durstig machte.
Das ist ein Verbrechen Ihres Spiels.
Es war nicht schlecht, aber der Richter wurde von anderen Zwischenfällen gequält.
Willst du sagen, du kannst dieses Spiel nicht brauchen?
Durchaus.
Das knickt Sie, ja?
Wo hast du plötzlich diesen Beefeater her?
Lag oben auf dem Gestell, wo die Topflappen liegen.
Hinreißend.
Der Kasten oben ist verschlossen.
Irre ich?
Nur ich habe den Schlüssel.
Und ich habe einen.
Zwei.
Du stiehlst Gin, du Schwein.
Wer verbietet hier?
Das gibt es nicht.
Auf einmal.
Ach so.
Ich müßte mal eine Note erteilen.
Reichst du mir dein Zeugnis?
So tief im Richteramt stecke ich noch nicht.
Dein Spiel hat mir gefallen und mißfallen.
Was soll ich bloß sagen?
Eine Drei?
Eine Vier?
Wiederholst du die Klasse?
Komm mal zu mir her.
Mein Stiefvater wird sich freuen über den Verkauf.
Bestimmt.
Er hat schon lange auf sowas gewartet.
Ich komm zu Ihnen rüber.
Bin ich nahe genug?
Die Frage ist, was wird er tun.
Das denke ich mir, sooft Sie den Verkauf erwähnen.
Was tust du, wenn der erste Käufer kommt?

Spielen Sie noch etwas Ellington.
Komm noch etwas näher.
Darf ich die Ohrringe wieder ausziehen?
Wenn der Käufer kommt ... behalten Sie sie an.
Ich hör ihn wieder, oben.
Ich werde jetzt drängend, da das Gefaßte nichts nützt.
Ich möchte die Ohrringe ausziehen.
Ich stehe nahe genug bei Ihnen.
Was soll ich mit meiner Nähe anfangen?
Denken.
Man muß öfter nach außen horchen, dort gibts die Neuigkeiten, die zu hören sich lohnt.
Er muß sehr schmutzig sein.
Vielleicht ist er gebrechlich.
Er ist gebrechlich, wollen Sie sagen.
Ich denke, was ich mit meiner Nähe in Bezug auf dich tun könnte.
Dir kommt nichts in den Sinn.
Na.
Mir kommt viel in den Sinn.
Ich höre so normal gar nichts mehr, ich muß angestrengt horchen, um überhaupt etwas, einen Klang oder so, hereinzubekommen in meinen Kopf.
Er reibt sich an der Wand.
Er ist ein Tier.
Was tut ein Tier, wenn Sie ihm den Käfig verkaufen?
Du verkaufst das Mansion ja.
Er wird Sie hinter dem Vorgang vermuten.
Stecke ich dahinter?
Ich war lange nah genug.
Ich geh wieder auf Distanz.
Bitte spielen Sie noch etwas Ellington, aus der Zeit, wo er Otto Hardwicke loswurde.
Otto wer?
Guter deutschstämmiger Klarinettist, die Musik blieb nach seinem Weggang fast gleich gut.
Wir sprechen über die Schwierigkeiten später.
Die Schwierigkeiten mit den Tasten?

Genau die.
Setz dich.
Denk jetzt mal was Unabhängiges.
Mein Körper ist mit Haut bedeckt.
Da schmort die Pfanne, Chemie.
Lauf hin.
Ich laufe, ich stolpere, man sollte nicht laufen.
Sie schmort nicht, eine neue Verbindung, sieht aus, na, Kunststoff, das sag ich mal so, es ist –
Magst du mich, wenn ich spiele?
Sie schmort nicht mehr.
Ich spiel trotzdem was.
Sie jagen mich vergebens herum.
Ich kann wütend werden.
Ja?
Ich kann nicht immer zu Diensten sein.
Ich höre, daß du wieder stärker als ich bist.
Der Gin war so einfach zu finden, und es war die Marke, ich klaue nur Marken.
Ich schmelze Metall und mache jeden Schlüssel zu jedem Kasten nach.
Mein Stiefvater hat Schwierigkeiten mit seinen Haaren.
Gut gedacht! Vorn fallen sie ihm aus, seit einigen Jahren.
Er muß sie streicheln, dann bleiben sie ihm auf dem Kopf, sagt er, aber ich hab mir vorher Haare ausgerissen, hab sie innen an der Handfläche und pappe sie ihm auf die Stirn, halten solide.
Stirnberührung, er haßt es, zärtlich zu sich selber zu sein.
Stachliger seltsamer Stiefvater.
Ich kenne viele solche.
Ein Heineken bitte.
Holen Sie es.
Ich hole es, öffne es.
Gesundheit, hier herscht der Tumor, beste Gesundheit.
Du hast mich mal im langen Volkswagen gesehen.
Ach.
Ja, das habe ich.
Mit meiner Freundin.

Oh, selbstverständlich.
Sie ist gestorben.
Ach?
Verbrannt.
Verkohlt.
Ich habe meine Freundin gegessen, als sie verkohlt war.
Seltsam.
Müssen Sie mir sonst noch etwas mitteilen?
Du hast uns gesehen, wie wir uns unsere offenen Organe zeigten.
Mhm.
Ich habe in diesem Volkswagen nichts getan.
Klar?
Ich habe auch nichts gesehen.
Ich werde dir immer und ewig Ellington vorspielen, und nichts anderes.
Zwischendurch müssen Sie schlafen.
Schlaf ist gesund.
Gleich fang ich an zu schreien.
Ich finde Sie namenlos abstoßend.
Du willst mir sagen: Verlier den Grund unter den Füßen nicht.
Ich sehe nur, daß Sie sich einspinnen in ein System.
Ich würde das System nicht mehr lange mit mir herumschleppen.
Sie sehen blaß aus.
Ich bin logisch, mit meinem System.
Das ist es ja, was mir Sorgen macht.
Eine Tatsache ergibt die nächste.
Sie kommen aus Ihrem Gebäude nicht mehr heraus.
Es fing so gut an.
Ich war der Diener, Sie kamen auf Besuch.
Nicht ganz, erst bauten wir uns das Mansion.
Feucht hier, bei Ihnen auch?
Kante, ja, durchaus.
Anfangs hätten Sie sich mit einem einfachen Tanz zufriedengegeben.
Steigerung um Steigerung.

Wir sollten von dieser Bergreise runter.
Ich mag es nicht, daß du diesen Gin gestohlen hast.
Daraus kann sich was ergeben, wenn Sie grundsolid weiterdenken.
Zuerst denke ich, dann arpeggiere ich, vor dem Arpeggio ist die Überlegung länger, weil es in alle Richtungen gehen kann, sehen Sie, so, ein steigendes Arpeggio, und sowie wir Mut fassen, so, ein sinkendes, fallendes, stürzendes Arpeggio, senkrecht hinab über die Tasten.
Gleich fang ich an zu schreien.
In meinem Beefeater ist ein Rest roter Bodensatz.
Trink ihn aus.
Schreist du?
Nun schreie ich.
Ich hörte mich noch nie so laut.
Ekelhaft.
Ich schütte das Glas aus.
Und jetzt sterbe ich.
Ich schütte den Gin zurück.
Du hast ihn geschluckt.
Du speist ihn ins Glas, schüttest das Glas in die Flasche, stellst den Gin zurück zum Bacardi.
Weshalb sollte ich das tun?
Hast du doch, beim Ouzo, dort ist der Bacardi.
Nur, weil Sie es gedacht haben.
Bitte zeigen Sie mich endlich an.
Ich habe Gebranntes gestohlen, und es machte mir Spaß.
Ich kann nicht.
Lieber breche ich mit dir zusammen.
Zeigen Sie mich an.
Das müssen Sie können.
Lieber Manl.
Wir sind doch zwei Gemütsmenschen, nicht wahr.
Wie Sie das ausdrücken.
Wir wollen doch nicht, daß es uns schlecht geht, ja?
Kommen Sie her.
Lassen Sie sich streicheln.
Sie sollen es gut haben.

Ich wußte, daß du nicht auf Bestrafung beharrst.
Ach, Sie wissen.
Alles soll immer gut sein zwischen uns, von nun an.
Ich möchte mich anklagen, Manl.
Selbstkritik.
Anklage.
Selbstkritik genügt, Agnes.
Das ja, aber mehr nicht.
Ich bin viel zu rührselig gewesen, Manl.
Wenn du mich bittest, hart durchzugreifen, bin ich zu weich.
Willst du Liebe, bin ich hart und abweisend.
Manl, so kannst du mit mir nicht auskommen, da ist absichtliche Blockage.
Stimmt.
Nun gelobe ich aber Besserung.
Ich werde hart sein, wenn du es verlangst, und solltest du Zärtlichkeit wollen, wird sie dir zuteil werden.
Du hast schon einen Vorgeschmack erhalten, indem ich Duke Ellington spielte, als du Duke Ellington wolltest.
Fick mich.
Ich knie vor Ihnen nieder und will Ihr Glied herausholen.
Genügt.
Und so eigentumserpicht, wie ich bin.
Du mußt mich hassen, Manl.
So kann es nicht weitergehen.
Ich ändere mich auf immer und ewig.
Zeigen Sie mich an.
Diebstahl, Gin, wurde aufgedeckt, Angeklagter verschob Gin in ein zweites Schränkchen, Gin jetzt gestohlen *und* versteckt.
Zeigen Sie mich an.
Keine Polizei da.
Rufen Sie an.
Kein Telefon.
Ach, und das da?
Ich stelle es mir als Kaffeemühle vor.
Es ist ein Telefon.
Heben Sie ab, wählen Sie die Nummer des Ortspostens, 44 44 770.

Ich kann damit nur Kaffee mahlen.
Wenn die herkommen, kriege ich zwei Jahre und werde auch noch bewußtlos geprügelt.
Darum möchte ich bitten.
Vielleicht prügeln sie dich tot.
Ich bitte darum, sage ich.
Das muß noch möglich sein, in diesem Lande.
Du bewegst mich nicht.
Das ist die Höhe.
Ich kündige Ihnen.
Du bist so schwach.
Ich setze bei meinem Stiefvater das meiste durch.
Wenn Ihr Vaterstief Ihnen gehorcht, dann gibt er einen Teil seines Willens auf.
Das tut er nicht umsonst.
Dafür will er was zurück.
Was will er?
Absoluten Gehorsam natürlich.
Wer will denn das nicht?
Und worin soll ich ihm gehorchen?
Er wird es Ihnen rechtzeitig mitteilen.
Ich geh nicht mehr hoch zu ihm.
Er wird Sie finden.
Meinst du, er würde wollen, daß ich dir Ellington vorspiele?
Nein.
Das wollte ich.
Ich glaube, ich habe freiwillig gespielt.
Es war ein Auftrag.
Alles ist ein Auftrag, Agnes, auch das, was wir freiwillig tun.
Es war mein Wille.
Wir haben keinen Willen.
Ihr Stiefvater bestimmt, was Sie tun, Sie bestimmen, was ich tue.
Wer sagt das?
Ihr Stiefvater.
Den kennst du nicht.
Das wiederum sagen Sie.
Und du bestimmst auch, was ich tue.

Ich bestimme nicht, ich schlage vor.
Du verkaufst mein Mansion.
Bestimmt.
Das werd ich auch tun.
Lassen Sie die Käufer kommen.
Möcht ich gern.
Sie kommen aber nicht.
Denken Sie heftig dran.
Die kommen schon.
Haben Sie gesehen, wie heftig ich mich umwende?
Erinnerung, Erregung, Erbitterung, die drei ERs.
Zeigen Sie mich an, sagte ich.
Diebstahl von Gin reicht zu nichts.
Dafür nehmen die dich nicht mal mit.
Ich würde vor den Staatsanwalt kommen.
Es wäre meine einzige Möglichkeit, ihn zu sehen.
Telefonieren Sie.
Du zerstörst unser Spiel.
Es soll niemand von außen reinkommen.
Heben Sie den Hörer der Kaffeemühle ab, los.
Du bekämst zwei harte Worte, mehr nicht.
Die würden mir sagen, Passen Sie besser auf den Gin des Mansion auf, weibliches Männchen.
Was ist in dem Topf?
Da koch ich was Eigenes, Spezielles, eine Verbindung.
Für den Hunderoboter, sagten Sie.
Ich nahm einen Metallhund an.
Ich mag es nicht, wenn Sie einen maschinellen Hund dazudenken, klar?
Ich liebe es nicht, wenn Sie mir meinen Herd besetzen.
Ich benötige freien Zutritt zu meinen Herdplatten.
Wird gehört.
Was ist drin?
Ich schraube mal am Deckel.
Der Deckel klemmt aber.
Kunstharz.
Ich schmore vier Volumina Kunstharz.
Teufel; das mach ich nicht auf.

Wollen Sie sich kaputtmachen?
Soll ich das übernehmen?
Tuts der Topf?
Oh, es geht von selber auf.
Da ist Druck drin.
Der Topf pfeift, der Deckel biegt sich durch, er fliegt unter Knall weg.
Ich halte angeekelt die Hände über den Kopf.
Eine Bechamelsauce fließt mir vor die Füße.
Welches Maschinenwesen soll das denn fressen?
Öl?
Braucht dich nicht zu kümmern.
Wir reisen ja.
Nach Kalifornien reisen wir.
Überlebst du das?
Brr.
Widerlich.
Ins Valley, mit Spinett und mit Roboter.
Lassen Sie mich trällern.
Ich sehe schon die Zöllner.
Hör auf.
Du bist nervöser denn je.
Man schaut dich an und hofft, daß das Bild lügt.
Die Zöllner: Ach, mit Spinett und Hundemaschine und mit Frau wollen Sie ins Valley?
Will ich nicht hören.
Mehr davon.
Etwas müssen Sie aber an der Grenze lassen.
Wir beschlagnahmen Ihnen eins von den drei, das Spinett, den elektronischen Hund oder die Frau, als Pfand.
Die Zöllner! Zöllner! Was wollen Sie uns denn als Pfand auf dem Zollposten lassen?
Was sagst du ihnen?
Sie schlagen auf mich ein, ich nehme es zunächst nicht wahr, schlage dann zurück.
Vergeltung ist etwas Natürliches.
Sie nützt nichts.
Sie ist ökonomischer Unsinn, da sie nie wiederbringt, was

man verlor, aber sie verschafft das Gefühl, man sei vor künftigen Angriffen gefeit.
Jetzt reiße ich Ihnen eine Handvoll Haare aus, und Sie schleudern mich gegen den Herd.
Das nächstemal wird die Fürsorgliche tödlich für dich.
Dreihundertsiebzig, es geht voran.
Um einmal reinen Hohn zu gebrauchen, das Lumpenwerk gnadenlosen Hohns.
Als wären Sie je fürsorglich für mich gewesen.
Bitte, Manl, ich sorgte für dich wie für ein Kind.
Ich weine los, da weine ich los, bereits getan.
Ich höre Ihr feines Gefühl sprechen.
Friede, bitte, Friede.
Am meisten staune ich, wie rasch Sie den Topf platzen ließen.
Unheimlich, wie Ihre Einbildung die Wirklichkeit verändern kann.
Ich, Emanuel, ziehe mich jetzt vom Herd zurück.
Schlechte Erfahrungen.
War zu erwarten.
War keineswegs zu erwarten.
Ich erwartete es, bin ihm aber gedanklich ausgewichen, solange es ging, und warum, weil es unangenehm war und stach, und das tue ich immer.
Diesen Abend mach ich mehr Punkte.
Ich bin jetzt der Glücklichere.
Mein geringes Talent tut sich mit meinem größeren zusammen und beide arpeggieren, damit ist das größere vorn, das ist nicht wie bei dir, wo das geringe das größere erstickte.
Freundlichen Dank, ich hole das Messer.
Trotz meinen Minuspunkten bessert sich mein Anschlag.
Ich möchte diesen Ellington in meinem Rüstungswerk.
Rüstungswerk?
Was ich in Kalifornien eröffne.
Die Aktienmehrheit gehört mir.
Wir sprachen davon.
Wann?
Die Uhr zeigte zweihundertdreiundsiebzig.
Und einhalb.

Bekams nicht mit.
Ich verzeihe.
Ich möchte in deinem Rüstungswerk spielen.
Darum biete ich es dir an.
Ich frage mich allerdings, ob es mein Talent fördert.
Mußt du auch fragen.
Mein Talent ist wie ein Talent: etwas höchst Zerbrechliches.
Ich kann kaputtgehen, und mein Talent lebt weiter, aber ich kann weiterleben, und plötzlich ist mein Talent kaputt.
Wichtig ist, daß es Sie knickt.
Mit dem Spinett im Rüstungswerk: für einen Erfolg wäre gesorgt.
Hunderttausende kalifornischer Elektroniker unten an den miniaturistischen Chipschweißmaschinen, Sie oben auf dem Söller, neue Ohrringe, man gibt Ellington, während die Perzeptionsgeräte zur Fernentdeckung konstruiert werden.
Und in der Pause klettern alle hoch und öffnen mir den Mund und starren auf die Porzellanplomben.
Na, Schweißer mit flüssigem Metall, ich bitte.
Das schütten Sie mir über die Brüste.
Im Gegenteil.
Wird alles für die Geräte gebraucht.
Falscher Verdacht.
Sie wollen mich anheizen.
Ich spreche von meinen westküstlerischen gutmütigen Arbeitern.
Mein Anschlag wird immer besser.
Fast alles geht schon flüssig.
Ein schwerer Schlag erklingt oben an der Decke.
Was war das?
Das kann geschehen.
Sie denken zuviel.
Was ist geschehen?
Gut, daß Sie fragen.
Ich weiß es nicht.
Sag mir sofort, was du glaubst, daß das war.
Sie brauchen meine Ansicht nicht.

Ich zögere.
Ihr Stiefvater vermutlich.
Er wars tatsächlich.
Es bleibt nichts anderes übrig.
Es gibt ihn ja nicht, sagst du.
Ich behaupte es noch.
Aber wer ist immer völlig sicher?
Papa ist schwer hingefallen.
Offenbar.
Ganz ganz schwer hingefallen.
Man muß ihm helfen.
Bestimmt.
Muß man.
Sonst löst er das Problem, das wir mit ihm haben.
Er muß fürchterlich gestürzt sein, aus dem Nichts heraus, gestürzt.
Die Folgen sind nicht auszumalen.
Mir versagen die Gedanken.
Also kommt da kein Schlag mehr.
Ich schlage am besten mehrere Male mit dem Besenstiel von unten an die Decke.
Sehen Sie, niemand mehr da.
Ich habe einen Schlag gehört.
Sie denken zuviel.
Dann meldet sich das, was Sie denken.
Sie kriegen einen solchen Schreck, daß Sie nicht mehr denken.
In diesem Augenblick ist auch das, was schlägt, weg.
Schon wieder ein schwerer Schlag an die Decke, von oben nach unten.
Du wirst sein Gesicht nie mehr sehen, so wie es vor dem Sturz war.
Sie meinen, er hat sich verletzt.
Das Gesicht zerquetscht.
Der Ausdruck ein Brei.
Tropft es?
Moderato.
Es muß dieses vorstehende Waschbecken sein.

Ich hab ihn früher oft da gewaschen und mich oft verletzt.
Ich habe mich immer verletzt, wenn ich ihn gewaschen habe.
Sie haben ihn oft gewaschen, ja?
Was denkst du?
Hängt von Ihnen ab.
Sehr oft gewaschen.
Regt dich das auf?
Das dachte ich mir, daß ich nicht der erste bin.
Lassen Sie mich mal überlegen.
Jetzt ists mir klar.
Sie sind dabei oft hingefallen, ja?
Äußerst oft.
Er gewöhnte sich an Sie.
Jetzt wäscht er sich allein.
Und fällt natürlich auch hin.
Ich fiel hin, weil ich ihn hatte.
Er fällt hin, weil er mich nicht hat.
Geh und hilf ihm.
Er ist nicht eigentlich da.
Es klingt, aber er ist anderswo.
Ohne dich geschieht was Schlimmes.
Wäre ich nicht, dächten Sie ihn nicht.
Ich bin dafür, wir warten den ersten Käufer ab und verheimlichen ihm das erste Stockwerk.
Er wird weiterschlagen.
Er ist schwer verletzt.
Bis ein Käufer da ist, schlägt er nicht mehr um sich.
Jetzt fällt er wieder.
Hören Sie den enormen Schlag von oben?
Jetzt wieder.
Hilf ihm doch! Das Waschbecken zerstört ihn! Er fällt nicht mehr.
Er fällt nicht mehr?
Alles ist ruhig.
Alles Einbildung.
Sie wollten mir den Ellington vorspielen, da kam Ihnen Ihr Stiefvater in die Quere.

Meinst du, du kriegst die Mehrheit in deinem Rüstungswerk?
Die Banken weiter westlich lassen einiges springen.
Wenn man in diese Wüste investiert.
Ja doch.
Oh, dreihundertdreiundachtzig, lösen wir auf?
Unser Abend schreitet voran.
Leiden Sie denn auch?
Ich wehre mich bis zum Äußersten, wenn ich da spielen muß.
Nicht daß das ein Wink sein soll, ha.
Aber wissen Sie, daß man ohne Beine besser lebt?
Ich hacke Ihnen die Beine ab, da sind Sie auf mich angewiesen.
Man spielt besser ohne Beine.
Was?
Ich hör ein hysterisches Pfeifen, von mir, schau an.
Was sagst du?
Axt nehmen, Bein herlegen, hacke-hacke, Bein wegwerfen.
Rumpf hoppelt rum.
Hacke-hacke.
Anderes Bein.
Rumpf hoppelt weniger eifrig.
Plitsch, ein Arm.
Platsch, ein Arm.
Rumpf krümmt sich, aber hoppelt nicht mehr.
Ist zum Gebrauch frei, völlig frei.
Woher hast du das?
Spontan.
Das glaub ich dir nicht.
Es ist ein alter Sexualtraum.
Wissen Sie, was Sexualität ist?
Ich meine, wirklich?
Kann Ihnen aus dem Stegreif einiges erzählen.
Das andere.
Was?
Ich fange meine Erzählung mit der in sich gekehrten Lust an.
Ich, beinlos! Nervosität! Manl! Ich hab da mal was gelesen,

das waren lauter Beinlose, die schliefen miteinander, wann sie wollten.
Konnten das auch, da kein Bein mehr die Genitalien behinderte oder gar verschloß.
Aufregung.
Zusammenbruch.
Die Ohrringe! Das wimmelte da nackt und beinlos rum, bewegte sich mit den Armen fort und schlief ständig miteinander.
Die Ohrringe! Ich muß meine Ellingtonlektion zuende bringen.
Ich erzähle Ihnen, was die Beinlosen sonst noch trieben.
Ich kann nicht mehr.
Gnade.
Reden wir vom Westen.
Ich hacke Ihnen die Beine nicht ab, setze vielmehr Ihrem Spinett noch eins an.
Ich muß meine Lektion aufsagen.
Kontrollierst du mich?
Ich verstehe von Musik nichts.
Vorher kontrolliertest du auch.
Da tat ich so, als ob.
Bitte, ich will Sie nicht mehr täuschen.
Ich horch mal hoch.
Dieses Waschbecken ist entsetzlich.
Keine Täuschung mehr! Jetzt fällt er nicht mehr hin, das höre ich.
Er ist nicht hingefallen.
Es gibt ihn nicht.
Gäbe es ihn aber, so hätte er sich gewaschen wie sonst.
Jetzt, an der Mansionmauer! Was?
Da war doch jemand an der Mansionmauer! Eine Maus.
Größer.
Ein mechanischer Hund, ein stilles Tier-Chip mit Gestänge.
Etwas größer.
Kuh.
Kuhmaschine.
Etwas kleiner.

Etwas war da.
Kroch irgendwie so rum.
Da schau ich nach.
Warum bei Stiefy nicht?
Ich kanns nicht genau sagen.
Was unten geschieht, scheint mir dringlicher.
Weil du dir denkst, daß ein Käufer kommt.
Nicht schlecht.
Natürlich interessiert mich das stärker.
Erstaunt Sie das?
Hast du einen Augenblick Zeit für mich?
Ja?
Da war was an der Mauer.
Es kroch, meinen Sie.
Es schlug.
Ach, es schlug.
Kaum schlägt der oben nicht, soll es an die Mauer schlagen.
Ich will Ihnen etwas von meinem Stiefvater erzählen.
Der kannte den Staatsanwalt gut.
Den Staatsanalwalt.
Gut?
Jetzt kommt die Geschichte.
Ich stürze mich auf die Schublade.
Lassen Sie die Löffel liegen.
Sind alle schwarz angelaufen.
Der Staatsanwalt war ein friedlicher Mann.
Er hatte nur eine Schwäche: Er hörte auf Einflüsterungen.
Denen hat er nicht widerstehen können.
Diese Löffel schmutzig warten lassen! Ganz und gar unmöglich! Jemand mußte dem Staatsanwalt diese Greuel gegen deinen Stiefvater einflüstern, nicht wahr! Spielen Sie mir augenblicklich was! Zuerst meine Ohrringe.
Such sie.
Sie kriechen unter das Spinett.
Die saßen zusammen beim Likör.
Mein Stiefvater hatte den Staatsanwalt im Griff.
Er stand hinter den Vorgängen gegen deinen Stiefvater.
Der Staatsanwalt: nichts als das Werkzeug.

Ich werd ganz verbissen.
Der Staatsanalwalt war das Schwein, dies ist sein Stall, und wir sind darin glücklich und warten auf den Abend, und das sag ich auch noch laut.
Mein Stiefvater.
Wie hat er den andern im Griff haben können?
Der Staatsanwalt, lieber Manl, war Liebhaberfotograf, und mein Stiefvater wußte, wo er die Fotos aufbewahrte.
Das wollte er nicht gern weitersagen, und der Staatsanwalt mußte ihm dabei helfen.
Helfen?
Mein Stiefvater schweigt nie umsonst.
Ihre Ohrringe.
Ich klaube etwas vom Boden auf.
Das war Ihre Erzählung.
Sie hat getroffen.
Ich habs nicht so gemeint.
Die Nachwirkungen werden lange dauern.
Da.
In mir krümmt sich alles.
Ich sehe nichts.
Jetzt möcht ich was dagegenerzählen.
Nein, jetzt ich noch eine Erzählung, eine kurze.
Es ist eine Erwähnung.
Ich stand im Keller und stellte mich auf die Zehenspitzen, um einen Waschlappen von der Trockenleine zu nehmen, da stand mein Stiefvater hinter mir.
Ich stöhne.
Bitte, nicht das auch noch.
Interessiert dich nicht, was?
Ich möchte etwas Ellington hören.
Ich muß eine Musik haben, zu der ich mir überlege, wie ich mit dem Käufer verfahre, der sich meldet.
Ohne Ihre Musik kann ich das Mansion nicht losschlagen.
Ohne daß du mich zu meinem Stiefvater befragst, gibt es keine Musik.
Was soll ich dazu fragen?
Ich sagte: Waschküche.

Der Ort ist gegeben.
Was geschah da?
Frag: »Was geschah da?« Bitte, frag es.
Du mußt die Frage stellen, ich kann nicht leben, ohne die Antwort zu geben.
Was sagen Sie da?
Ihr Stiefvater war ganz nackt?
Ich nahm den Lappen von der Leine und dachte an gar nichts.
Das gehört sich.
Nackt, recht so.
Da hat er gestanden.
Ganz nackt.
Sehr gut.
Natürlich stand er da.
Er hat sich die taktisch vielversprechende Stelle ausgesucht.
Dort hat er auch gestanden.
Ganz nackt dort.
Auch gut.
Drüben hat er auch gestanden.
Ich da.
Nein, ich habe da gestanden und er da.
Da also auch.
Wo überall haben Sie gestanden?
Da.
Und da.
Ich lief rum, weißt du.
Kein Ausweg bot sich.
Ich suchte meinen Ausgang an ihm vorbei.
Und Sie waren angekleidet?
Ich bin doch nie ausgezogen.
Entscheiden Sie sich für eine Variante.
Wo standen Sie, und wo er?
Hier.
Da, drüben.
Sehr gut.
An diesem Punkt bestimmt nicht?
Ich muß heftig nicken, schreite suchend den Raum ab.
Sie meinen, überall, wo Sie hinzeigen, da sehen Sie ihn noch?

Als wärs soeben.
Und die Strümpfe rutschen Ihnen ans Knie.
Daran dachte ich nicht.
Sie müssen runterrutschen, wenn er schon dasteht.
Ich hab sie befestigt.
Ich hänge diesen Lappen von der Leine.
Ich vermute, daß meine Strümpfe dabei oben bleiben.
Ihr Stiefvater.
Was ist mit meinem Stiefvater?
Sie sagten, er steht hinter Ihnen.
Ja, einmal.
Aber nicht jetzt.
Aus dem Rohr dringen Laute.
Ich verstopfe es.
Nehme dazu eine Mullbinde.
Sie quillt auf, ist groß genug, befriedigend.
Ihr Stiefvater ist wieder mal erledigt.
Ihr Hirn wollte nichts von ihm wissen.
Nur kurz.
Dreihundertdreiundneunzig, rasende Zeiger, sterben sollt ihr, ich verbieg euch, bis ihr haltet.
Später Abend, was?
Was paßt Ihnen nicht?
Oben ist er doch auch.
Oben ist er weiter weg.
Es braucht ja nicht zu etwas zu kommen, in der Waschküche.
Sie drehen sich um, er sagt, »Entschuldige, du, ich hatte nichts anzuziehen, ich dachte, du hängst mir etwas von der Leine.« So spricht mein Stiefvater nicht.
Woher wissen Sie das?
Sie stellen ihn in die Waschküche.
Wieso redet er da nicht so?
Er spricht, wie mein Stiefvater spricht.
Er kann nicht anders sprechen.
Sehr gut sogar.
Ich weigere mich.
Wenn er hinter mir steht und ich drehe mich um, dann geschieht es doch.

Ich möchts nicht hören.
Aber doch, ganz einfach.
Er läßt ein Taschentuch fallen, da muß ich mich bücken, um es aufzuheben.
Doch nicht Ihr Stiefvater.
Gerade der.
Können Sie ohne Ohrringe … die Lektion spielen von Ellington?
Und wie ich mich bücke, fällt er über mich.
Er riecht nach getrocknetem Blut und Seife, ich natürlich genau so.
Ich schlage Ellington vor.
Und dann vermischen sich Blut und Seife zu einer Sinfonie von knochenfeuchtem Körperdunst, an jedem Ringelhaar ein trüber Schweißtropfen, über der Stätte ein Geruch von verschlafenem Stroh.
Ich kann mich fassen, ist das kein Grund für mich?
Richtig, die Ellingtonlektion.
Ohrringe anhängen.
Wieder einer zu Boden gefallen! Lies ihn auf.
Ich krieche gezwungenermaßen wieder unter das Instrument.
Dann mich abfragen und nachprüfen.
Ich sehe, Sie gehen aufs Ganze.
Mir geht es bisher gut.
Beklagst du dich?
Ich höre, wie Sie trauern, das ist alles.
Sie werden nicht spielen können.
Manl.
Nimm mir nicht auch dieses Fremde, diese Freude.
Du bist so entsetzlich nervös.
Ich fühle, wie die Nervosität stehenbleibt, gleich darauf klettert sie nochmal weiter.
Ich schreie gleich los.
Nein, ich schreie nicht.
Ich sage dir kurz auf, was ich über ›Mood Indigo‹ weiß, es war mal nach seinem Gig in Bornemouth, da spielte Ellington, den die Amerikaner eingeladen hatten zu einer Regierungsfeier, dies Indigo zur Probe, und es ging schief, Hard-

wicke war angereist, der war der einzige, der elegant durchkam, alle anderen zu täppisch, Mood Elephant.
Hier, da, dort floß der Potomac, und da kam der amerikanische Präsident mit seinem gesamten Hofstaat in einer Barke geschwommen, sein einer Fuß war hoch angeschwollen, und der Ellington, der in Washington DC wohnte und sich in der Insel festgebissen hatte, hatte eigens dafür eine festliche Musik geschrieben.
Du bist wirklich ungeheuer aufgeregt.
Du hast die nächste Stufe geschafft.
Zittere nicht so.
Ich zittere unwillkürlich.
Die Musik ist von einer infamen Vergeblichkeit.
Spielen Sie nur.
Ich beklage mich nicht.
Ich arpeggiere wild.
Ich schlage die Tasten.
Ich muß mich jetzt den Silberlöffeln widmen.
Ich möchte dir was spielen.
Wenn du nicht zitterst.
Sonst kann ich nichts verkaufen.
Resigniert?
Ich verkaufe ohnehin nichts.
Lieber Löffel reinigen.
Ich kann die Kerle nicht fassen.
Ich umarme, umgarne dich, verlocke dich zum Zuhören, spiele, du sitzt zitternd, und der Löffel klappert auf meinem Spinettkasten.
Weltmännisch der Präsident der Vereinigten Staaten in seiner Barke bog um eine Ecke des Kanals, vorher war er gar nicht sichtbar gewesen, und Ellington in seiner kleineren Barke, die er gemietet hatte aber selbst rudern mußte, bog aus einem Seitenarm mitten in die Versammlung des Hofstaates hinein.
Ich wirke bereits gealtert.
Wieviel gibst du mir?
Sechzig.
Sie tun mir gut.

Was Sie alles über diese Musik wissen.
Der Präsident sagte von weitem, Gnädiger Herr – Jetzt pocht es laut an der Tür.
Ich habe mich sofort zitternd erhoben.
Mein liebes Kind Agnes.
Du zögerst.
Wir werden ihn gleich reinlassen.
Wen?
Von wem sprichst du?
Als ich die Anzeige beim Polaranzeiger aufgab, stand neben mir einer, der sie gleich las, war auf seinem Motorschlitten gekommen, hatte gehacktes Holz auf dem Gepäckträger, jede Menge Nutzholz zum Einheizen.
Der sagte mir, er komme gleich vorbei.
Wer war es?
Nannte sich Endermann.
Ich fragte nicht viel.
Ich wußte, mir muß jeder recht sein.
Ich will ihn nicht.
Auch Sie werden bescheidener reden, wenn Sie die Unmöglichkeit einsehen, das Mansion zu verkaufen.
Nicht Endermann! Sie kennen ihn?
Bilde ich mir ein.
Muß das sein?
Er war mir unbekannt.
Der kommt nicht rein.
Ich flehe Sie an.
Nehmen Sie vorlieb.
Ich habe mein Hemd geordnet.
Jetzt die Lektion.
Ich werde Sie kontrollieren.
Ist große Strenge erwünscht?
Bei der kleinsten Abweichung schlägst du mich mit dem Stöckchen.
Ich halte dir jeweils eine Handfläche hin.
Ich kann nicht.
Du bist nicht stark genug?
Alt?

Du willst nicht?
Es will nicht mehr.
Alt.
Durchbohr mir wenigstens die Ohren für die Ringe.
Süße Ohren.
Ja, durchbohr sie.
Sei nicht uralt.
Komm.
Sie sind durchbohrt.
Das kümmert mich nicht.
Mach ein Loch in sie.
In der Mitte, los.
Ich versuche es bebend.
Lieber strenge Aufsicht üben.
Ich sag dir, wenn dieser Endermann kommen sollte, zerbreche ich.
Ich werd ganz heiser.
Was?
Er ist drückend.
Ich bin hin.
Wenn er diesen Raum betritt, ist es aus mit mir.
Spiel was.
Wir können das nicht entscheiden.
Ich bitte dich flehentlich: Laß Endermann hier nicht eintreten. Er zerquetscht dich.
Hat er Handschellen mit?
Dreihundertdreiundneunzig nach media noche.
Na also.
Unser Verbrechen endet nicht mit der Uhr.
Es soll schlimm werden.
Für wen, Manl?
Sie haben mich nicht angezeigt.
Ich durfte mich von der Polizei nicht tottreten lassen.
Es hätte mir gefallen.
Ich durfte nicht.
Mußte weiterleben.
Das hat Auswirkungen auf Endermanns Erscheinen.
Das hat nichts miteinander zu tun.

Darum bist du so nervös.
Warum?
Und alt geworden.
Weiß nichts davon.
Weil du tot bist.
Du mußt leben und bist tot, Manl.
Ich zittere.
Daß er kommt, ist wahrscheinlicher geworden.
Als ich die Anzeige aufgab – Du warst ja immer hier! Wir haben entschieden: ich war weg, gab die Anzeige auf, der Käufer kommt, er kriegt das Mansion samt dem Stiefvater.
Durchbohr mir die Ohren! Falsch! Ich schlage dir mit dem Stöckchen die Handrücken.
Triff mich.
Du Zombie.
Ins Grab mit dir.
Ich bin ein zahnloser Stammler, aber dies sag ich noch, und wenn ich darüber zugrunde gehe.
Ködern Sie mich erst.
Du rammst.
Du gehst auf mich.
Nicht wenn Sie Ellington unter den Händen haben.
Was haben denn die Beinlosen da getan?
Und er dreht sich um, schaut auf den geschnitzten Wandteller, wendet sich wieder meinem Spinett zu.
Hast du mir etwas zu sagen, hattest du je etwas zu sagen?
Dieser Rücken! Mein Hintern soll aufgespreizt sein.
Tob dich ruhig aus in mir.
Diese Beinlosen auf den Fotografien waren immer offen.
Bilden Sie sich nichts ein, von wegen Großzügigkeit, Gewährenlassen.
Du willst eine Lustmaschine aus mir machen, eine Unterhaltungsmaschine, die dazu noch Spinett spielt.
Ihre Hitze anmachen.
Ihre Trommeln drehen.
Weshalb sollen Sie nicht auf dem Söller Spinett spielen, während unten die Schaltteile geschweißt werden?
Das Sprechrohr stößt den Mullpfropfen heraus.

Es läßt zwei Manschetten und einen Hemdkragen heraus.
Die Wäsche.
Wo sind die Ersatzkragen, Manl?
Das kann das Rohr gar nicht.
Ich blicke ungläubig auf die Wäschestücke.
Du sabberst, das sieht man.
Die haben Sie vorher reingetan, um sie im richtigen Augenblick runterwerfen zu können.
Ich rufe was ins Rohr.
Gleich, Vaterstief! Zeigen Sie mir die Mechanik! Wir suchen die Manschetten, Vaterstief! Fall nicht hin! Sie zeigen mir Ihre Maschine nicht.
Dafür kriege ich den Stiefvater.
Fürchtest du mich, wenn ich barsch bin?
Zieh die Ersatzmanschetten raus.
Keine da.
Ich falle hin, weil ich so wühle.
Noch nie ist hier eine Manschette von mir verlangt worden.
Ich ziehe ein teleskopisches Stöckchen aus der Tasche, ziehe es in die Länge, ziehe dem Greis einen Hieb über.
Entfernung.
Kälte.
Schmerz.
Für meine Belegschaft werde ICH Klavier spielen.
Verstehen Sie?
Nein.
Dann schweige ich.
Du fällst in dir zusammen, ich sehs, bedeckst dich mit Fell.
Bitte, Manl.
Nichts ist mehr gedacht.
Ich bin in der Küche, Sie sind die Herrin, ich gehorche.
Vierhundert und eine Minute, sehr phobisch.
Mein Tod.
Das Spiel geht nicht weiter.
Ich meine alles ganz scherzhaft, insbesondere alles Folgende.
Die Barke und Ellington stießen mit der Barke und dem Präsidenten der USA zusammen, knirsch, das Holz, knirsch knirsch, das Brett.

Jeder, der beischläft, Manl, muß gleich darauf in den Sarg.
Das war eine Lektion und ein leiser Fehler darin.
Ihr Musikbuch, bitte.
Ich finde es nicht, suche über den Spinettasten.
Ein zweiter, noch gröberer Fehler.
Sei gefälligst gnadenloser.
Tu nicht so, als wärst du streng von dir aus.
Du bist streng auf Befehl.
Ich schreie.
Hemmungslos.
Aufstehen, wenn ich mit dir spreche.
Gern.
Ich springe wacklig auf.
Jetzt spreche ich.
Setzen.
Ich laß mich einstweilen mal auf diesen Küchenstuhl fallen.
Jetzt sag ich gleich etwas.
Auf!
Ich muß aufspringen und zittern.
Sag ichs?
Na?
Setzen! Ich setze mich sogleich.
Jetzt hab ich aber etwas zu dir gesagt, nämlich »Setzen!« Also, auf! Aber Sie sagen: setzen! Wenn ich etwas zu dir sage, stehst du auf! Ich springe keuchend auf.
Setzen! Du ruckst in die Höhe, setzt dich, springst auf, setzt dich, undsoweiter undsofort, ja.
Lassen wir das.
Ich mache Fehler, sagst du.
War das einer?
Müde.
So etwas kenne ich nur bei Tieren.
Zunächst hält man ein Tier für einen Menschen, dann wird es endgültig in den Augen zum Tier.
Man behandelt es entsprechend.
Du meinst, als Tiermaschine.
Oh, höchst ehrfürchtig.
Jetzt zittere ich, weißt du.

Ehrfürchtig wird es verehrt.
Fehler.
Nervös.
Ich ziehe dem Greis einen leichten Schlag über.
Liebe Agnes.
Wenn wir uns nichts mehr denken, dann sind die Dinge, was sie sind.
Ich denke noch.
Ich denke mir Verschiedenes verschieden weit weg.
Ich mag dich, so wie du denkst, aber du holst die Sachen zu nah heran.
Etwas Musik könnten Sie uns noch geben.
Ich warte auf deine Korrektur.
Jetzt pocht es an der Tür, etwas zu laut, Ihre Meinung?
Ach, Endermann, der Türdrücker.
Kapital und Kaufkraft.
Das Sprechrohr schreit.
Er will zu meinem Stiefvater.
Das denken Sie sich.
Das will er nicht.
Er will zu Ihnen.
Verkauf ihm alles.
Bitte laß ihn nicht ein.
Er muß reinkommen zur Unterzeichnung des Vertrages.
Soll draußen unterzeichnen.
Macht es draußen aus.
Mach schon auf.
Du wirst sehen, er ist umgänglich.
Es gibt keine Annonce.
Er kann irgend sonst hier sein.
Es muß nicht die Annonce sein.
Jetzt gehe ich nur schwerfällig zur Tür, aber was soll ich sonst tun?
Wer ist da?
Dort.
Was?
Sag »dort«.
Wer ist dort?

Dort draußen.
Wer ist dort draußen?
Was sagt er.
Nichts.
Frag ihn, wie er heißt.
Er sagt ...
Also sagt er doch was! Herr Endermann.
Bitte gehen Sie.
Ja, Sie kommen ungelegen.
Ich wende mich Emanuel zu, muß wohl.
Was will er?
Was sagt er?
Er sagt es mir nicht.
Reg dich nicht auf.
Jetzt stolpere ich zur Tür.
Mann! Welche Energie! So rasch! Was bieten Sie uns denn?
Warum sagt er auch dir nichts?
Wie er ausschaut, das sagt genug.
Er will kaufen.
Aber – Ja?
Du hast richtig gesehen.
Er will zu deinem Stiefvater.
Er will Stiefy ein Angebot machen, das ihn rückwärts umwirft.
Das denkst du.
Wo ist er?
Hm.
Da ist er nicht.
Ich hab ihn die Hintertreppe hinaufgewiesen.
Ich bin am Sprechrohr, sieht von nah lang aus.
Gleich.
Er kommt hoch, bereits Besitzer, Treppe hoch, römisch eins.
Ich will ans Sprechrohr.
Ich stoß dich weg.
Ich gleite aus, bleibe liegen.
Er ist alt.
Sie werden sehen, in diesem Alter hat man zu nichts mehr rechte Lust.

Er wird verkaufen.
Ich hab bisher wie verrückt einen Teller gespült, da, so, werd sauber, welche runde Fläche, was darauf schon geschah! Mischen Sie sich nicht ein in mein Revier.
Ich ließ den Teller fallen, lief zum Sprachrohr.
Ich schlage Sie nieder.
Stopfe das Rohr mit dem Mullpfropfen zu, kein Sieg, eine praktische Maßnahme.
Zersplittert.
Aus Ihnen wird keine Tellerwäscherin.
Wer absteigt, muß das sorgsamer vorbereiten.
Alt.
Völlig kaputt.
Vierhundertfünfzig der Abend, sechzig.
Ich fasse mich, darf ich?
Arm zu werden ist unmöglich.
Ich verkaufe Ihnen das Mansion, aber nicht einmal mir gelingt der naßforsche Coup.
Ich wispere.
Verlang ihm nichts dafür.
Jetzt fistle ich mit ganz spitzer Dünnheit.
Aufwischen wollen Sie wohl nicht.
Will ich.
Ein einsamer Teller.
Wenn Sie drei, vier, den Stapel zerschlagen hätten.
Sie verstehen nicht viel.
Ich möcht noch ein bißchen aufsagen, was ich so weiß über Ellingtons Musik.
Zunächst Ihre Ohrringe.
Ich spiele besser ohne.
Damit wir spielen können.
Ich presse Ihnen die Ringe an die Haaransätze.
Ich war beim amerikanischen Präsidenten.
Was?
Das war falsch.
Ich war nur beim Verwalter, er nannte sich ähnlich.
Schlag mich.
Ich schlage nicht immer.

Sie sollten mich beauftragen mit dem Verkauf.
Was tust du dann?
Ich steige Endermann nach, dem Türdrücker.
Du gehst nicht mehr hoch, sagst du.
Ich gehe hoch, um dem Käufer zu folgen.
Ich muß Ihr Mansion irgendwie losschlagen.
Oben wartet Stiefy.
Wenn Sies nicht denken, dann nicht.
Wann?
Zitat Ende.
Ich sprach soeben von Ellingtons Musik.
Ich lese mal im Musikbuch nach.
»Sie sind jeweils für einen eigenen Anlaß entstanden.« Wer ist »sie«?
Klaviersuiten, Musik und Chemie, eigene Konstruktion, chemische Sonaten.
Da muß ich doch tatsächlich das Buch ablegen.
Scheint mir richtig, aber nicht wichtig.
Es ist die Art Fragen, mit welchen der Staatsanalwalt meinen Stiefvater quälte.
Mein Stiefvater wußte nichts dergleichen und war dennoch unglücklich.
Armer Mann trifft bösen Mann.
Jetzt werd ich eindringlich, am eindringlichsten.
Sie hätten den Staatsanwalt zurückhalten sollen.
Ich kannte ihn nicht.
Oh.
Du denkst das Ekelhafteste von mir.
Ich führe es zumindest nicht durch.
Abstoßendes Schwein.
Richtig! Ich ziele mehrmals, schlage daneben, dann: schlage Sie mit dem Stäbchen.
Ich schlage jetzt, wenn Sie recht haben.
Ich lese nur.
Vermutlich war diese Partiturkopie als eine Art Bestandsaufnahme gedacht.
Richtig! Ich schlage Sie.
Falsch.

Keine Krönung.
Ideell wars gemeint, Zitat Ende.
Das Sprechrohr brüllt.
Kein Todeskampf, aber Schmerz in den Lauten.
Endermann bringt sein Angebot vor.
Sie meinen, er spricht mit Ihrem Stiefvater?
Gut, daß er gekommen ist.
Gut, daß du die Anzeige aufgegeben hast.
Wenn Sie mir die Zeit dazu geben, denke ich mir Annonce und Endermann, beide werden tätig gleichermaßen.
Gut getan.
Endermann regelt beides, Stiefvater und Mansion.
Das Rohr brüllt wie aus einem obengelegenen Maschinenraum.
Ich rufe dem mit Mull halbverstopften Rohr was entgegen.
Weitermachen, sagt seine Tochter.
Ich ziehe den Mullpfropfen heraus.
Endermanns Stimme fragt: »Weitermachen?« Ja, weitermachen.
Er ist tatsächlich oben.
Ich konzentriere mich darauf.
Er hat ihn getroffen, er spricht mit ihm, er wird ihm das Mansion entwinden.
Wenn Sie meinen.
Ich hör ihn doch.
Ja, wenn Sie es sagen.
Ich meine, wenn er tatsächlich oben sein sollte, bringt er sein Angebot vor, dafür ist er ja gekommen.
Was hast du genau in dieser Annonce geschrieben?
Unwichtig.
Sags mir, Manl.
Wissen Sie, ich möchte, daß die Polizei hier aufkreuzt und mich totschlägt.
Dafür habe ich Gin verschwinden lassen, dafür laß ich Endermann kommen.
Dafür schlägt Endermann Ihren Stiefvater zu Boden.
Ich atme jetzt schwer.

Wo hast du das her?
Das Sprechrohr stößt einen Endschrei aus, dem eine ganze Reihe ähnlicher folgt, sie werden leiser.
In fünf Minuten, Stiefy.
Ich helfe, Vaterstief.
Du willst doch verkaufen?
Hast du mir nicht gesagt, laß ihn kommen?
Die Schreie des Rohrs haben einen Höhepunkt nochmal erreicht.
Feste Materie kracht, ein Schrei zersplittert und hört in seinem Werden auf.
Wir sind beide nur noch gedrückt-ruhig.
Frag mich lieber nicht.
Ich möcht nichts als Üblichkeit jetzt, nichts als normale Üblichkeit.
Du hast ein kräftiges Denken.
Endermann hats ausgenützt.
Er war riesig stark.
Etwas Hohn hilft, rein muß er sein.
Ein Hochzeitstortengesicht in der Papierkrause.
Wie er jetzt überlegen ist! Ich schlage Sie über den ganzen Körper.
Rede ins Sprechrohr.
Nicht an diesem Mansion am Südpol hängen, Herr Stiefvater.
Zigarre, Herr Stiefvater?
Gib die Gabel endlich her.
Ohren durchbohren.
Wie kann ich ohne diese Ohrringe spielen?
Verloren, verloren, alles verloren.
Gib sie her.
Du mußt dich selbst anstechen.
Ich falle da aus.
Warum sind Sie hier?
Warum du?
Zufällig.
Überzeugend.
Ich bin hier, weil du hier bist.

Weiß ich.
Wie lange noch?
Verstehe ich nicht.
Du reizt mich.
Wußte ich.
Fünfhundert Uhr mitternachts, einfache Mitte der Nacht.
Bedeutet Tod.
Muß schon grauenhaft sein bis dahin, und von da an nochmal grauenhafter.
An den Spaß des Todes dachte ich nicht.
Keine Sekunde?
Mit Ihnen?
Möglich.
Ich bin tot, wenn du tot bist.
Sie ja.
Ich nein.
Endermann.
Ich seufze.
Der junge Endermann.
Ich krächze zum erstenmal.
Er ist oben fertig.
Du meinst, er hat Stiefy sein Angebot gemacht?
Ich krächze zum zweitenmal.
Stiefy nahm an.
Schöner Gedanke.
Endermann selber war schon nicht schlecht.
Ich habe Ihnen nicht alle Gedanken mitteilen können.
War so aufgeregt.
Ich fühle mich etwas unbefriedigt, noch.
Hand zwischen die Wände, Agnes.
Sie sehen, es regelt den Rest.
Ich lege mir eine Hand auf die Brust, eine zweite auf den Magen.
Ich versorge die Saucenplatte.
Ich versorge das Tassenservice.
Verrückter Abend.
Viel Liebe.
Jetzt bin ich zur Tür getreten.

Er war unten.
Jetzt geht er nochmal hoch.
In diesem Alter hat man auf ein solches Mansion am Südpol keine rechte Lust mehr.
Ich stürze mich auf Sie.
Er geht nochmals hoch! Das denkst du mir nicht! War nicht vorgesehen.
Kam mir soeben in den Sinn.
Nicht hochgehen lassen! Agnes, kümmern Sie sich um Ihre Zufriedenheit.
Es geschieht etwas Fürchterliches.
Die Naßzelle.
Er bringt Stiefvater ins Badezimmer.
Er wäscht ihn abermals.
Was glauben Sie, wie mein Stiefvater sich freut, wenn der Staatsanwalt ihm die Ehre erweist.
Sie kommen.
Sie beruhigen sich.
Rasch durchbohren Sie sich mit der Gabelzinke das rechte Ohrläppchen.
Während ich den Ohrring anhänge, durchbohren Sie sich das linke.
Sie werden spielen, als hätten Sie die Mehrheit im Betrieb.
Gott weiß, ich verschaffe sie Ihnen.
Ich atme nun rasselnd, so soll es sein.
Ist sonst noch etwas los, in der näheren Umgebung?
Ich wollte Ihnen etwas verkünden, Agnes.
Die Ellingtonlektion haben Sie vorzüglich bestanden, ganz exzellent.
Brauchen wir das Spinett noch?
Nein.
Ich hole lieber die Axt neben dem Herd und lasse sie auf das zerbrechliche Holzkistchen fallen.
Du räumst mein Talent auf.
Ich werde gleich wieder demütig.
Ich stelle die Axt weg, serviere Ihnen ein Heineken.
Ich vergaß meine Demut zeitweise.
Verzeihen Sie mir.

An meiner wiedergefundenen Demut läßt sich nicht mehr rütteln.
Absolviert.
Ich möchte Ihnen etwas zu essen bringen.
Solange ich kann.
Chemische Suppe.
Dachte ich mir.
Ich serviere die Suppe Chemie in dem schwarzgebrannten Topf.
Macht Mühe.
Absolviert.
Ich danke Ihnen.
Ich fürchtete um meine Fortsetzung als Servierer.
Bin geschwächt, glaube ich.
Während ich esse, tust du einfach so das Notwendige, nicht?
Entlaste dich.
Räumst du weg?
Was denn?
Oben natürlich …
Komme die Treppe nicht hoch.
Sie ist steil.
Aber nicht lang.
Stelle ich mir vor.
Ach, da müßte man wegräumen.
Überlassen wirs dem Käufer.
Wem?
Schon weg.
Dem jungen Endermann, diesem starken Türdrücker.
Ich hab ihn nicht mehr runterkommen hören.
Ach ja.
Setzen wir uns, der Länge nach, Sie können nicht.
Ach ja.
Mein Kopf ist müde.
Du hättest ihn runterkommen lassen können.
Lassen Sie ihm endlich das Mansion am Südpol.
Lassen Sies?
Er hat es.
Sicher?

Immer.
Ich gehe jetzt.
Sie lassen mich allein, setzen sich neben mich.
Ich kriege einen Heulkrampf, kann nichts dafür.
Da liegt noch Ihr Schal.
Welche Zerstreutheit.
Bitte lassen Sie sich dieses Hemd anziehen.
Ich ziehe Ihnen das Hemd an, es war ein Schlage-Hemd, es ist ein Trage-Hemd, so.
Zieh zu.
Sie würgen, ohne zu zappeln.
Ich lasse ihn lange zugezogen.
Sie legen mich sanft auf den Boden.
Ich bin leblos.
Diesen Stahlmops hat sie bezirzt.
Dieser Roboterhund namens Manl ist von ihr geschmissen worden.
Weit geschmissen.
Ich rieche an meiner alten Haut.
Es stinkt nach Leiche.
Kehren wir zurück zum Kakerlakenschweiß.
Sie erregt sich zum Tode, aber auch zur Lust.
Prachtvoll schaust du aus, Manl.
He he, bist völlig vernachtet.
Fühlst du, wie man Zuneigung kriegt?
Dieser Abend, vollständig ... bin ich jetzt tot?
Ja, Manl, Gelächter, du bist angetreten.

Anmutung

Die Atombombe löscht alles Leben. Das muß nicht unbedingt schlecht sein. Emanuel hat viel mehr Raum und Zeit nachher, es gibt kein Gedränge an den Abendvorstellungen von Bands der Heavy-Metal-Scene, alle menschlichen Verabredungen beschränken sich auf das strikte Minimum, und es gibt nur noch einen Drink aufs Mal für jeden. Die Bombe verzögert ihren Fall. Fehlen die Streuschächte. Erdlitze, Endschwänze, Blendlaterne, Frauenhilfsdienst-Brieftaube, dem Übungs-Phantom, dem der Insufflationstherapie gewidmeten Exerzitien-Sukkubus den künstlichen Mund bewienern. »Alle Hosen reißen, und immer an der Beinnaht zwischen der Beinkonfluenz.« Emanuel, der Leichenbitter mit dem pantheistischen Glauben an Seelenwanderung, kann den Zinksargdekkel nicht ganz einschrauben. Zumindest läßt er dem Toten einen Aluminiumhebel drin, mit dem der das Grabgehäuse aufstemmen kann, wenn er weiterwandern wollen sollte. »Beim Schlafen Schotter kauen« die Metapher für Zähneknirscher beim Schnarchen. Meine erste Übernachtung mit einem Mann in der andern Hälfte des (klappbaren) Ehebettes geschah in Nordjugoslawien, nachdem Emanuel mich zu den Hinterglasmalern mitgenommen hatte. Generalič, um den es ging, ließ sich entschuldigen, die anderen wohnten in einem, zwei Dörfern, sogenannten Hinterglasmaler-Flecken. Die jugoslawische Gastfreundschaft ist berühmt, in Wirklichkeit schlägt sie jedes Bild, das Emanuel sich von ihr bilden könnte. Das Essen wurde in Lastwagenportionen angefahren, alle Frauen des Dorfes mußten eine Koch-Brigade bilden. Ein Rettungsgürtel aus Blei. Hoffentlich hat mein Vorgänger mir etwas Zeit auf dem Parkingmeter (und auf der Schachuhr) zurückgelassen! Der alte Witwentröster: Schokolade. Der Mann kommt heute noch vorbei. Das Radio sendet einen frommen Buxtehude auf dem Pedalcembalo, sehr tiefe Fußtöne. Spontan in ein heftiges Warten ausbrechen. Das ist nicht meiner Weisheit letztes Keuchen. Emanuel kann keinen Körper sondieren, der kleiner ist als die Sonde. Das bringt meine Unruhe nicht weiter. Er trägt ein Béret Basque, und es fehlt ihm ein Finger. Solche Leute haben immer was zu mekkern. Ich bin nie so gewesen, wie ich bin. Ich bin, aber auch das ist unsicher. Ich möchte sein, das ist kein großer Wunsch. Ich liebe, aber wen? Ich liebe vor mich hin. Eines Tages habe ich angefangen zu lieben. Ich war der, der liebte. Ich liebte niemanden. So war ich. Ich war nie so, wie ich gewesen bin. Emanuel schätzt mich falsch ein, wenn Emanuel mich einschätzen will. D., ein Mitschweizer (Mitschwitzer), ist, so schreibt er mir, »zufällig« in Berlin. Das »zufällig« hat er im kurzen Brief sehr geschickt zwischen zwei harmlose Wörter wie »Eisenbahn« und »Schönwetterbesuch« gesetzt. Die ganze Intentionalität seines Herkommens ist in diesem »zufällig« enthalten. Bereits ruft er an! Er macht mir selbstredend keinen Besuch, sondern ein sogenanntes »Besüchlein« (äs Bsüechli), das heißt, es werden einige wichtige Dinge laufen, in deren Verlauf mich sogar ein sog. Herz- oder Hirnschläglein (es Schlegli) ereilen könnte. D. ist hinter seinen Diminutivchen unsäglich energisch, ich werde mich zu keinem seiner Probleme entscheiden können, da mir die Entscheidung sogleich aus der Hand wird genommen werden. Dann erst werde ich zu allem »nein« sagen; zu spät für jede Wirkung. Aber das Nein muß ihm diesmal entgegengeschleudert werden, nur ein Nein wird ihn dereinst aufhalten; dann, wenn er von meinen Entscheidungsfähigkeiten endgültig Besitz ergriffen haben wird. Bei diesem Besüchlein wird es bei der absoluten (keineswegs absolutistischen) Dominanz meiner Person bleiben, allein schon der Umstand, daß ich nicht abzusagen wagte, spricht für mein wehrloses Opferdasein. Das Pferd litt natürlich an Schwäche, wie alle Pferde, die sich gerne ziehen lassen würden. So schwach ist Emanuel schon: Emanuel kann sich die Frage, ob Emanuel sich das leisten kann, nicht leisten. Dreah di Waderl / Der spöttische Gnazi. Er starb, ganz ohne Durchfall und ohne Blutungen aus dem Ohr. Einfach so, pinkel-dich, weg, basta. 4mal nächtlich eine Tablette. Ein schwer Geschlechtskranker mit einem Hang a.zu sitzender Lebensweise, b.zur Offizierslaufbahn, c.zur Nordnordwestlichen Marschrichtung, d.zur Selbstjustiz. Buchkritik: das Gegenteil des »Verrisses« ist der »Verleim«, der auch das Auseinanderklaffendste noch zum Einstand bringt. Eine Zeitschrift, die die Frauen nicht als Staub, sondern doch schon als lebende Korpuskel behandelt. Sie zeigt ihnen bunte Kleider, das Rezept für eine Erdbeerschale und für den Rest sehnige Männerhände. Ein durch Verweigerung von Nahrung bedingtes Verhungern: Psychogener Tod. Ich möchte mir den Ort, an dem ich krank werde, selbst aussuchen, weil ich ohne die freie Wahl meines Sterbeplatzes nicht leben will. Was mich am Wandel interessiert, ist, daß er nicht zustandekommt. In seiner Körpertemperatur dasitzen und fühlen, wie sie sich nicht senkt. Emanuels alte Wanduhr ist vor mehreren Jahrzehnten auf zehn Uhr sieben stehengeblieben. Die kurzfristige Zeit, der chronometrische Mikroraum kann ganz genau von der Zeigerstellung abgelesen werden, der Makroraum bleibt uns vorenthalten, rätselhaft, allenfalls gibt die Faktur der Uhr noch Aufschlüsse. Profite herausholen, Verluste kleinhalten, behutsames Zugrunderichten ... Stundenlang mit 120 im Nebel fahren. Emanuel könnte auch stehen, Emanuel sähe es nicht. Sicht 20 Meter. Straße, die hinten verschwindet, wird eingerollt und vorn wieder angesetzt. Das Land hat einen einzigen Baum. Er wird immer wieder irgendwo aufgestellt und schimmert durch den Nebel. Immer derselbe. Das Land hat ein Haus. Es steht vorn an der Ecke, etwas jenseits des Sichtkreises. In einem Tal ist der Nebel weg. Sogleich Hunderte von Polizeikontrollen. Das Tal hat vier Häuser. Mit einem Kugelschreiber auf Fettpapier schreiben. Schriftlos, folgenlos, zu Papier gebracht, aber nicht auf dem Papier. Nach Worb telefonieren für einen Heimat-Schein. Der Schein der Heimat lebt weiter in der Heimatgemeinde, die Emanuel zweimal in seinem Leben betritt, um festzustellen: Lauter Laederachs, ganze Horden desselben Namens, alle im bäuerlich-kleinbetrieblichen Tao festgehalten, Molkerei-Lastwagen, Schreinerei-Lastwagen, Ladengeschäfte irgendeines ausgestorbenen Detailhandels, Briefkastenanschriften vor niederwalm-dachigen Bauernhäusern: The Laederachs make it all. Wofür sich die Sporen in der edlen Musik abverdienen, wenn Emanuel den Pegasus des großen doppelchörigen Orchesters nicht reiten will? Warum zum Beispiel Carmen aufführen, wenn damit keine Zigarettenwerbung verbunden werden kann? Hindemith hat einmal Così fan tutte dirigiert, und es soll nicht besonders gewesen sein, was ja möglich und hinnehmbar gewesen sein mag, aber Hindemith gab Mozart die Schuld, und auch daran dachte Hafner, als er wieder einmal ärgerlich seine Teilnahme an einem Preisrichtergremium ablehnte; da, insbesondere wenn er an Hindemith dachte, war es Hafner bereits klar, daß er sich Beurteilungen von Musik anderer so lange verweigern würde, bis solche Beurteilungs-Kongregationen aus Mangel an Mitgliedern endgültig vom Erdboden verschwunden sein würden. Hafner hatte ein Stück Kunstzerstörung im Sinn, ein Stück fachmännisch ausgeführter Kunst-Detail-Vernichtung. Er gab sich und der Welt noch Gründe für seine Nichtteilnahme, die plausibel klangen, aber längst hatte die Zerstörungswut, eine blinde Wut, sein Gehirn überschwemmt und ihn zu ihrem Opfer gemacht. Es brauchte seine Ratio nur noch, um von seinem triebhaften Verfallensein an die Liquidation der Musik abzulenken. Beamtenscherze: Plötzlich tauchte ein neuer Stempel in der Behörde auf, er trug das Schrift-Kürzel »Verschl.«, wurde von da an fleißig verwendet unter der Voraussetzung, das »Verschl.« meine »Verschlußsache«, also: geheim, der Presse nicht zugänglich, von keiner Instanz nachzukontrollieren. Der Stempel stieg sehr rasch zum Lieblingsstempel der Behördeabteilung auf, in der er zuerst im Stempelständer gefunden worden war. Bald schon Kopien des Stempels im Umlauf, bis eines Tages der Stempel-Fabrikant gesteht, Liebe Kolleginnen und Kollegen, ich bin es, der den Stempel selber gemacht hat, mit der Inschrift meinte ich etwas ganz anderes, nämlich »Verschlampt«. Der Ärger war ungeheuer, denn die Aufschrift zierte inzwischen sämtliche Akten, die Emanuel dem Publikum und den Kontrolleuren hatte vorenthalten wollen. Derselbe Beamte war ein treffender Witzvogel, der die Behörde an ihrem empfindlichsten Punkt, dem der Langsamkeit, immer wieder neu ins Nervenzentrum zu treffen pflegte. Er montierte kurz nach der Stempel-Affäre ein Schild über seinen Schreibtisch: »Die Geschäfte sind im Gang«. Als Entsprechung hatte er seine ganzen Akten im Korridor (Heja dr Gang) vor seinem Büro aufgehäuft. Nur seine Unentbehrlichkeit (er war der einzige, der sich in der städtischen Kanalisation und im Katasterregister auskannte) rettete ihn vor der fristlosen Entlassung. Kurz darauf erschoß er vier seiner Kollegen, womit die Sache ernst wurde, bis ein weiterer Kollege einen kräftigen, haarigen, höchst unerwarteten Witz darüber riß, da war sie wieder heiter, und die Geschäfte des Amtes gingen, während sich die Särge neben den Stahlschränken stapelten, während das aus den Fugen zwischen den Buchenbrettern rinnende Leichenwasser neben den Papierkörben zwergenhafte Badeseen bildete, so weiter wie vor den tödlichen Schüssen.

Emanuel tat X, aber Y hinderte ihn daran. Daher tat er Z, zunächst notbehelfsmäßig, dann nahm er sein Z ernst, es verlor den intentionalen Charakter, nur Y überwinden zu helfen. Bei Z aber hinderte ihn A. Dann tat er B, aber da stand C im Weg. D half auch nichts. Er schämte sich unausstehlich-schrecklich, G zu tun, was übrigens F schwer schadete. Er redete sich heraus, dann kam Freund H mit der Nachricht: K ist schwer geschädigt durch dich, Y, er stirbt. Emanuel war gefangen, und er war schuld. Auf diese Bemerkung gab es keine Antwort mehr, sie erwies sich als Falle am Ende einer Einbahnstraße. Emanuel wich an die moralische Hausmauer zurück, preßte sich an den Stein, von vorn fuhr, wie der Kolben einer Spritze, die aufgezogen wird, der schwere Amerikanerwagen mit den kichernden Agnes und Tamara am Steuer in die Sackgasse, genauso breit wie diese, und knisterte langsam auf Emanuel zu. Als sie einen halben Meter vor ihm waren, öffnete sich in der Kalkmauer eine Tür, und er befand sich in einem weißgestrichenen unauffälligen Raum mit einer Kopiermaschine. Wir haben im Büro alle Ventilatorkabel durchschnitten. Ich tue immer mein Möglichstes. Glauben Sie, ich könnte einmal nicht mein Möglichstes tun? Oder gar zweimal? Emanuel kann doch nicht sein, ohne sein Möglichstes zu tun! Die Beschreibung des Aufhörens an sich. Er kann nicht sein, ohne sein Opfer beim Vornamen zu kennen. Manchmal kitzelt er es an den Fußsohlen, aber nicht jedes Opfer.

Manchmal ist eines verkrümmt. Sie versuchte in ihn einzudringen: es war für beide unendlich peinlich, und beide litten sehr darunter. Eine leise Verlegenheit, die in einem gewissen Gegensatz zu einer unbekümmerten Forschheit steht. Jede gesellschaftliche Gruppe möchte gern alle sein. Sie versucht, alle, die sie nicht ist, durch Geld gefügig zu machen oder durch Krieg auszurotten. Begriffe heideggernd finden: durch Schrauben und Schaben an den Wörtern. Verfertigung der Gedanken beim Reden im Schwarzwald. Sein Kommen schafft irgend eine Leere in mir, die ich mit dem täglich-altruistischen Samaritertum nicht mehr auffüllen kann. Emanuel: Wie geht es dir? – Agnes: Ich bin geheilt. – Emanuel: Ist es dir nicht gut gegangen? – Agnes: Ich habe nicht mehr gehen können. – Emanuel: Und jetzt? Kannst du wieder? – Agnes: Sie haben es mich neu gelehrt. – Emanuel: Wo hast du sie gefunden? – Agnes: Ich bin zu ihnen gegangen. – Emanuel: Aber du konntest nicht gehen! – Agnes: Darum. Der Vater hat etwas von einem Kastrator an sich, daraus folgt, daß jeder Kastrator beim Ausüben seines Berufes allmählich dein Vater wird. Zur Kastration kommt es in diesem Kulturkreis selten; Emanuel gibt sich mit der Beschneidung zufrieden. Es funkeln die dreieckigen Beschneidungsmesser. Die Schneiderin hat für ein Abendkleid 44 Stunden gebraucht, sie verlangt 500. Für Arbeitszeit. Es kommt darauf an, wo Tamara nähen gelernt hat, was für eine Methode Tamara anwendet. Agnes: aber es war mit sehr vielen Chiffons. Emanuel: Per Chiffon braucht Tamara fünf Minuten! Agnes: Und sie ist noch nicht in einem Alter, in dem sie nirgends mehr hinkommt! Von irgendwoher erhielt ich eine Karte zum Konzert. Ich glaube, es war ein Zeichen recht entlöhnter Arbeit. Ich saß unterhalb der Rampe. Sie war zu hoch für mich. Oben vollführte einer Kunststücke auf einer Baßgeige. Beschwingte zweihändige Gelenkigkeiten begleiteten ihn auf seinen Tänzen über das pechschwarze Griffbrett. Hätte ihn einer mit Leim bestrichen, wäre er bei seinen Etüden und seinen Läufen steckengeblieben. Eine Frau kam vorbei. Ich dachte: warum im Konzert? Aber es störte sie nicht. Sie verkaufte und verkaufte. Ich bestellte einen Teller Mehlsuppe. Sie nahm meine Bestellung schweigend auf einen Notizblock auf. Es gab nichts zu reden bei einer Bestellung. Die Gläser fielen mir vom Tablett vor Staunen. Ich brachte die leeren Flaschen zurück und kaufte mir vom Rückgeld neue. Tamara: Sie können ruhig etwas anderes tun, während ich rede. – Agnes: Tu ich auch. – Tamara: Sie können tun, was Sie wollen. Ich bin nicht wichtig. – Agnes: Find ich auch. – Tamara: Verglichen mit Ihnen. – Agnes: Sind Sie niemand. – Tamara: Wollte ich sagen. – Agnes: Schön, daß Sie sich richtig einschätzen. – Tamara: Und Sie sind ungeheuer. – Agnes: Na, so groß seh ichs nicht. Aber Sie sind auf der richtigen Spur. – Agnes: Woran ist er jetzt? – Tamara: Aus einer vollen Hutschachtel trinken. Mit einem Schraubenzieher Butter auf ein Knäckebrot streichen. Mit einer Säge eine Lampe anzünden. Ein frisches Hemd zum Aufwischen von Marmelade verwenden. Mit einer Unterhose eine Grammophonnadel reinigen. Frische Bücher im frischen Mehl wenden, Eigelb dazugeben, braten. Von den Stühlen abgezogene Kissen, ausgeweidete Radios, leere Nagelkisten, zerbrochene Einsteinbüsten und Dampfmaschinenmodelle, Segelflugzeuge mit verlorenen Bleigewichten, eine Mütze eines kranken Stationsvorstandes, batteriebetriebene Winkkelle mit Blinklämpchen, ein mit Wasser vollgesogener und Wasser sintern lassender Klumpen aus Schaumgummi, mal zusammengepreßt, lockert sich nicht mehr, auf drei Kommoden abgestützter Pingpongtisch, Hausrat (beinah nur Teekannen) in Waschkörben, alles mit getrockneter und verpappter Dispersionsfarbe bestrichen, zerschnittene Stoffgartenstühle, Saugschwämme mit Stiel, mit denen Emanuel Überschwemmungen bekämpft. Agnes: Er hat etwas für den Rundfunk geschrieben. – Tamara: Was? – Agnes: Einen Stummfilm. – Tamara: Haben sie ihn genommen? – Agnes: Er hat etwas Ton unterlegt. Polka. Samensee. Ich habe gehört, in Holland sei der Boden nicht stark. Sind wir hier in Holland? Hat sich Holland vergrößert? Ich fühle, daß unter meinen Füßen Holland ist, sagte ein Seefahrer nach seiner Rückkehr, kurz bevor er das erste Mal hinfiel. Die Hollandisierung eines Arguments, es steht auf immer schwankenderem Boden. Wird noch ein Deich geöffnet, ertrinkt es. Adieu

Argument, adieu Beweis der Meinung meines Gegners. Er wird von der Logik nicht mehr gestützt, es bleibt ihm nur der Glaube. Skizze. Pathogene Familienstrukturen. Vater-Mutter-Sohn-Tochter-Sohn (nach Alter gegliedert). Beschreibe die Struktur in Macht/Ohnmacht/Gegenmacht (wobei Gegenmacht das wäre, womit ein hoffnungslos Unterlegener dem Überlegenen antwortet und ihn nicht entmachtet, sondern in tiefe Verlegenheit bringt). Der Überlegene ist in geschlossenen Systemen immer einer ›in Verlegenheit‹: will sagen, in Not, WEIL er überlegen ist. Niemand ist so gnadenlos autoritär wie Unterlegene. Die Verteidigung der eigenen Unterlegenheit nimmt immer diktatorische Züge an. Robert Walser der unbarmherzigste Krieger für die eigene Niederlage, sein unerbittlicher Kampf beginnt dann, wenn ihm Sieg droht, zugegeben, seine Chancen für einen Sieg stehen niemals gut, aber so um die 10 % dürfte man ihm geben, erstaunlich und erhellend, nun zu sehen, welchen erbitterten Krieg er diesen 10 % Sieg-Möglichkeiten widmet, niemals wurde ein ohnehin kaum vorhandenes Possibilitäts-Segment dermaßen vernichtet. Geschlossene Systeme funktionieren, wenn a.alle Regeln vorgegeben sind, b.jeder den Eindruck haben darf, er werde besser behandelt als streng nach den Regeln. – Es herrscht ein Zwang zum »gut auskommen miteinander«, und sobald jeder weiß, daß jeder andere das weiß, kann der Vorwurf »Du weißt, daß wir miteinander auskommen müssen; deinetwegen hälts Emanuel hier nicht aus« auch wieder zum Druckmittel werden. Emanuel gewinnt den Eindruck, alle Machtspiele gehorchen einem abstrakten Code, immer demselben. An der Oberfläche sind sie allerdings unvorstellbar differenziert. Und von irgendwoher erhielt ich eine Karte zum Konzert. Ich glaube, es war ein Zeichen recht entlöhnter Arbeit. Ich saß unterhalb der Rampe. Sie war zu hoch für mich. Oben vollführte einer Kunststücke auf einer Baßgeige. Beschwingte zweihändige Gelenkigkeiten begleiteten ihn auf seinen Tänzen über das pechschwarze Griffbrett. Hätte ihn einer mit Leim bestrichen, wäre er bei seinen Etüden und seinen Läufen steckengeblieben. Eine Frau kam vorbei. Ich dachte: warum im Konzert? Aber es störte sie nicht. Sie verkaufte und verkaufte. Ich bestellte einen Teller Mehlsuppe. Sie nahm meine Bestellung schweigend auf einen Notizblock auf. Es gab nichts zu reden bei einer Bestellung. Die Gläser fielen mir vom Tablett vor Staunen. Ich brachte die leeren Flaschen zurück und kaufte mir vom Rückgeld neue. Die Frage ist, wieviel die Menschen in einem bestimmten System über ihre System-Zustände thematisieren können. Gruppe. Tod durch Einschnüren. Tod durch Erwürgen. Tod durch Ersticken. Es muß heißen: Tod durch Erwürgtwerden. Gab es den folgenden Fall: Einer stürzt auf einen andern zu und fängt ihn, ohne ihn zu grüßen, zu würgen an. Diese plötzliche Kraftentfaltung ruft im Nerven- und Muskelsystem des Würgers einen Schock aus: er stirbt, während er besonders fest zudrückt. Der Gewürgte wird, weil er dem hinter ihm stehenden Würger gerade in dem Augenblick einen Ellenbogen in die Leber rammte, des Totschlags angeklagt. Gruppe II. Er verstand nicht zu leben, dies in einem Maße, daß es Tod genannt werden mußte. Er hätte nicht überleben können, wenn er sich nicht mit einer Herde anderer zusammengetan hätte, die ihm unausgesetzt vorsagten, Wir leben nicht schlecht, alles in allem. Dieser offensichtliche Tod in so vielen Leben, dieser Tod in der Seele eines Kollektivs entwickelt sich, wenn genug Träger ihn unter sich zerhacken und den zerhackten Tod unter sich verteilen, zu einem leichten Überdruß, einer fast nicht fühlbaren Unsicherheit, ob Emanuel ist und ob Emanuel weiter sein soll. Dies alles ist unmerklich, es springt nicht ins Auge, Emanuel kann es nicht erkennen, selbst wenn Emanuel sehr nahe an den Todesverteilern und Todesträgern dran ist. Sie haben allerdings eine Eigenschaft, die sie von weitem kenntlich macht, angenehmerweise auch nachts oder im Radio: sie können nur stockend sprechen. Daß dies überhaupt einsehbar ist, liegt daran, daß sie zwar stocken, aber nie schweigen können. Ein ruckendes Sabbern geht von ihnen aus, die Rucke, der Ausstoß kleiner Wortpakete soll dem, was sie von sich geben, Rechtschaffenheit verleihen, es als ein »Überlegtes« erscheinen lassen. Diese Todesträger, diese Todesverdünner sind berufsmäßige Verschönerer ihrer Innenkatastrophe, Achselhöhlenbesprüher ihres geistigen Moschusgeruches, unermüdliche Desinfekteure der von ihnen ebenso unermüdlich eingerichteten Schweinekoben für Stammler. Kaum je wird so viel Grauenhaftigkeit mit so wenig ausgedrückt: Ein leichter Überdruß ist festzustellen, nachts ein leises Stammeln und Stocken; um es zu hören, muß Emanuel mit ihnen zu Bett gegangen sein, und das ginge denn doch zu weit, demnach muß nachgeschoben werden: vermutlich hat ihr Todesträgertum äußere Anzeichen, zB jenes, daß Parias eine Gesellschaft bilden und die Gesellschaftsbildenden ausstoßen – aber keines dieser Anzeichen wurde je korrekt gelesen oder beglaubigt. Sie kennen ihn nicht gut genug, um ihn mißverstehen zu können. Jetzt möchte ich unbedingt auf Sie los. Alles attackiert sich rasend schnell. Gleich geht einer auf Sie los. Ringkampf, Keuchen, Erfolg. Alles verendet sich rasend schnell, wissen Sie. Wir müssen uns näherkommen. Sie klettern zu mir herauf wie zu einem Korb am Besanmast! Ich hätte nie gedacht, daß unsere Niveauunterschiede von Ihnen so rasch würden überbrückt werden! Jetzt sind Sie am Besanmast oben, also bei mir! Ich ließ mich zu Ihnen herunter, nun bin ich schon heruntergelassen. Also tiefer als Sie bin ich. Sie lassen sich zu mir herab. Haben Sie Muskelschmerzen? So kann ich nicht mit Ihnen sprechen. Unsere Köpfe auf gleicher Höhe, unser Verstand nicht. Ich hatte als erster den Gedanken, mich zu Ihnen herabzulassen, also war ich intelligenter. Sie mögen mich für verächtlich halten, aber es war ein Akt von Intelligenz, einzuschätzen, wie wir eigentlich zueinander stehen. Sie lassen sich jetzt zu mir herab, gewiß, aber nur, weil ich mich bereits herabgelassen habe. Immerhin habe ich einberechnet, daß auch Sie sich herablassen dürfen können müßten. Gesicht wahren, Gesicht wahren, nicht wahr. Tamara: Er hat seinen Hut vergessen! – Agnes: Rasch verstecken! – Emanuel: (kommt zurück) Habt ihr meinen Hut gesehen? – Agnes: Nein. – Tamara: Das hat er nicht gemerkt. – Agnes: Rasch, Hut zerreißen. – Tamara: Wenn Sie mit dem Stuhl auf dem Boden umherrutschen ... beschreiben Sie da ein Muster? – Agnes: Warum geschiehst du? – Tamara: Von Ihnen ist nicht mehr gerade viel zu erwarten. – Agnes: (zu Emanuel, der einen Blinden spielt) Empfinden Sie doch bitte, wie Sie aussehen! Leider brauchst du mich instrumental, bitte brauch mich affektiv. – Emanuel: Sie haben versagt. – Agnes: Nein. – Emanuel: Ich habe meine Pflicht getan. – Agnes: Kann sein. – Emanuel: Ich möchte, daß Sie das fühlen. – Agnes: Hab ich was anderes gesagt? – Emanuel: Sie sagten, ich hätte versagt. – Agnes: War einmal. Davon kann keine Rede sein. Wo haben Sie das Geld? – Emanuel: Kommt später. – Agnes: Sie haben es nicht hier? Sie haben versagt! – Emanuel: Sehen Sie! – Agnes: Wird bestraft. – Emanuel: Soeben war ich noch o.k. – Agnes: War einmal. Was wühlen Sie? – Emanuel: Da. Die zwanzigtausend! Im Sekretär, kleine Scheine. – Agnes: Großartig. – Emanuel: Jetzt werd ich bestraft. – Agnes: Aber, Lieber! – Emanuel: Ich habe meine Pflicht getan, wollen Sie sagen? – Agnes: War das je anders? Gibt es noch eine Abscheulichkeit, die Sie nicht begangen haben? – Emanuel: Ich habe Robert Walser nie ernst genommen. – Agnes: Darauf steht die furchtbarste aller Strafen. – Emanuel: Bitte, stark, gern.

Emanuel: Die Lampe ist zu hell. – Emanuel: Ich stelle sie ab. – Emanuel: Gehen Sie dazu durchs Zimmer. Ich mag Inszenierungen nicht, wo alles statisch bleibt. – Emanuel: Aber wir sollen ja stehenbleiben. – Emanuel: Wer hat das gesagt? – Emanuel: Der Regisseur. – Emanuel: Gehen Sie trotzdem über die Bühne. Ich übernehme die Verantwortung. – Emanuel: Wenn er aber kommt? – Emanuel: Wer? – Emanuel: Der Regisseur. – Emanuel: Ich bin der Regisseur. – Emanuel: Nur heute früh. – Emanuel: Er kommt nicht mehr. – Emanuel: Was wissen denn Sie? – Emanuel: Er hatte einen Unfall. Ich bin jetzt der Regisseur. – Emanuel: Dann geh ich über die Bühne. – Emanuel: Nur nie statisch bleiben. – Emanuel: Wechselt das noch oft? – Emanuel: Ich bin konsequent. – Emanuel: Was ist geschehen? – Emanuel: Ach, ein Auto. – Emanuel: Ich kann vor plötzlicher Bedrückung nicht mehr spielen. Wenn nur die Lampe nicht so hell wäre. – Emanuel: Stellen Sie sie ab. – Emanuel: Ich möcht dazu nicht gehen. Ich stell sie von hier aus ab. – Emanuel: Dann haben wir wieder dieses verdammte Statische. – Emanuel: Über den Damm hinweg wachsen ihnen die Schwänze in die Arschlöcher hinein, das ist wie bei den Widdern, die vom eigenen Gehörn erstochen werden, das ihnen langsam in die Schulter hineinwächst. Ein R. Steiner schreibt in der Wiener Klinischen Rundschau etwa um 1900: »Die Philosophie Friedrich Nietzsches als psychopathologisches Problem«. Sie lasen ihm die Wünsche vom Genick ab. Schenk mir zum Geburtstag einen Gutschein für eine Gratis-Feuerzeugfüllung. Agnes lebt in einer streng hierarchisch gegliederten Innenwelt, der sie die Außenwelt entsprechen läßt. In dieser Welt befördert sie sich ständig hinauf, hinauf, während sie in der nichtprojektiven Welt alle möglichen Rückstufungen über sich ergehen lassen muß. Ich habe gelitten wie eine Bluterin. Habe weitergemacht. Plötzlich ging es. Ich hatte Gefallen an der Sache. Ich schien zu heilen. Es ging immer besser, auch mir. Dann: gesund. Da. Ich höre ein paar Platten in der Kabine des Ladens an. Die Tür schließt sich schalldicht. Ängstlich ist Emanuel mit der Platte allein. Zwei Boxen sind oben, hoch. Die Töne fallen auf einen herab, das ganze Orchester stürzt sich auf einen. Die Kabine ist zu klein. Echos und Widerhalle fangen an sich zu kreuzen, es entsteht das große Streichergeschmier. Nachdem ich eine Weile im Unrat verbracht habe, reiße ich die Tür auf und höre so weiter. Der Laden empört sich. Der Verkäufer schließt mit höchster Höflichkeit die Tür und dreht den Griff. Eingeboxt wie in einer Büchse bin ich. Alles gefällt mir nicht. Ich kann keinen Konflikt mit dem Laden riskieren, sonst ist mein Vormittag emotional dahin. Käme ein Konflikt, ich bräuchte sechs Stunden zu seiner inneren Bewältigung. Auch wenn ich auf dem Platz Sieger bliebe. Ich drehe am Griff. Zum letztenmal schwemmt die Platte in den Laden. Natürlich nehme ich sie. Untern Arm klemmen, wegzotteln. Ein peinlich genaues Mißverstehen. Das gehört eben zur Genitalfolklore. Ich bin lange genug schön gewesen. Ich bin schön lange groß gewesen. Hoffnung ist ein schlechtes Abendessen, aber ein gutes Frühstück. Wenn Sie mir glauben, haben Sie die richtige Meinung von mir. Mir die Hände mit Kleie waschen sollen Sie. Enanuel ist in einer Mißerfolgsserie befangen, die er erst einmal brechen muß. Es handelt sich um eine Serie, also um etwas Magisches. Sein Mut zerbröselt an diesem Zauber, er weiß jetzt, gut sein genügt nicht länger, es muß zur Qualität noch etwas hinzukommen, das sie aufhebt.

Helligkeit kommt wieder, bleibt, schrill und knatternd & Uhr 18.30 & schwarz-weiße Tragtasche mit den faulenden Erzeugnissen drin, bauchige Wasserflasche, Bestecke faltbare, Tomaten zwischen Zeige- und Mittelfinger & Schürze überm Kreuz zusammengebunden & Tablettofen klettert an Gabelhand hoch bis Flügelheldin erstickt & neue Ventilatoren, Blechtische *vor* dem Telefon in der Nische, schwarze Röhrenlampe mit goldenen Kugeln & Keuchen der Treppenersteiger vom Parterre hoch in den Halb-Ersten & rote Stühle rosa Busen blasser Umriß la gare de Lyon um halb zwei. Salz. Salz & Pfeffer. Salz & Pfeffer & Essig. Salz & Pfeffer & Essig & Öl & Halter auf Glasplatte Tränkstelle für die Fingerabdrücke der scheuen Stoßzähne & Miß Zonis Pulsen vor dem Zubettgehen, während die Jalousie des Kiosks (Segeltuch) im Drehwerk von zwei Glühbirnen erleuchtet wird. Verschwimmt auch das. Vielleicht verteidigt Emanuel immer mehr oder weniger die Gesellschaftsschicht (den Gesellschaftsfleck), woher Emanuel stammt. So werde ich bis ans Lebensende fähige Ingenieure hochleben lassen, »und ich gebe zu, daß ich gegen den Beruf des Ingenieurs kaum je etwas haben werde«. Sie werden lachen: aber dem Menschen ist auf einmal der Arm so dünn geworden, daß die Armbanduhr zu Boden gerutscht ist! Alles könnte voller Lautsprecher sein, in den Prager Hotelzimmern. Ein Glockenschacht in der Wand. Böhmischer Lüster, der nicht brennt. Das Telefon hat eine Zahl zuviel, ich kann nicht wählen. Das Radio, zum Einstecken, hört plötzlich auf zu spielen. Nachttischlampen mit Resonanzschirmen, jedes Knacken der Birne wird verstärkt. Hohle Bettgestelle (durch Klopfen feststellbar). Große Zurückgezogenheit, wo ich Zeit hätte, ist mit privaten Betätigungen leider unvereinbar. Habe ich Zeit, arbeite ich nicht. Da bin ich still. Regentage und das Betrachten grausamer Werke bildender Kunst (starker, perfider Farbauftrag) versetzen mich in diese Stimmung. Zwei Katzen mit den Schwesternkäppchen des Roten Kreuzes haben die Merkwürdigkeit, an den Hinterteilen zusammengewachsen zu sein. Die Körper bleiben vor Abfeilung und Korrosion geschützt durch den steifen buschig-haarigen Schwanz. Prioritäten an französischen Postschaltern: 1. Kriegsinvalide nach Vorzeigen ihrer Karte (Definition: station debout penible), 2. Begleiter von Totalinvaliden, 3. Arbeitsinvalide gegen Vorweis der nationalen Prioritätskarte, 4. Jeder Titular einer Prioritätskarte. Aber hingegen die Innsbrucker-Platz-U-Bahn: Am Zeitungskiosk Tafel mit Fotos: Identifizierungsversuche des Roten Kreuzes, nämlich Leute, die ihre Namen nicht kennen, da sie 1945 als Säuglinge in irgendwelchen Heimen oder am Bachrand aufgefunden wurden. Gäbe es keine anderen Leute, wüßten sie nicht einmal ihre Augenfarbe. Doch Gütige haben sie ihnen gesagt, wofern sie sich nicht vor den Spiegel stellten. Doch Spiegel lügen behend, und als sie sich in der reflektierenden Quecksilberlösung erblickten, wars aus; sie hatten sich auf Nimmerwiedersehen verloren, liefen mit schmutzigwerdenden Galoschen aufs Fundbüro, Ich hab was verloren. Ja bitte, was denn. Verloren habe ich den, der fragt. Jesaas do sehns des Tablett, des is alls was man bei uns abgegebn hat. Kein Fragender hots so denn geliefert auf Ihr Dienstleistungsbüro. Wos meinens, wos? Ich meine die Restitution dessen, was seit dem Vortag perdü ist, dafür sind doch Sie da, nicht. Nicht etwa vielleicht hinten auf dem Tablett ein kümmerndes Ich. Na, nö, leider net, morgn wieder, da macha mar auf die achde auf. Es war ein Streit, der brannte wie das Wissen bei Bernard de Clairvaux; das Fundbüro hatte die Sache im Griff, wenn auch nichts replazierend anzubieten. Nach der Diskussion verließ ich Marco, wie er still im barocken Stuhl saß, halbdunkel-umrandet störrisch in der Nase bohrte und eine wütende Schlammblase in sich aufgestochen wußte. Eine dumme geblumte Frau mit schmutzigen Fersen, die aus Filzpantoffeln herausschauen, sie wird begleitet von einem sehr intelligenten Spitz, der aber, da er ein Tier ist, noch immer dümmer ist als sie. Das ist angewandter Darwin! Agnes und ich hatten heute früh unseren Kaufparoxysmus. Während sie

Toilettentaschen mit Koffergriffen fraß, soff ich secondhand-Schallplatten. Jetzt beide abgespannt-mürrisch von der Wochenabrechnung. 400.-DM für unsere sublimierten Liebesspiele mit der Ladenware. »Du machst mich krank!« schreit sie, während er sich rohes Gehirn mit Zwiebeln aufs Brot streicht. Er reicht ihr ein Fieberthermometer. Da verschwindet das Brot unter seiner Hand. »Zwecklos,« sagt er, »warum schreist du, ich mache dich krank?« Da verschwinden die Zwiebeln aus dem Hirn. »Ich habe dich falsch verstanden,« sagt Agnes. Da verschwindet das Hirn. »Ja,« sagt er, und plötzlich ist er weg. Steife Haarpinsel in Büchsen auf drei Beinen im Restaurant am Alexanderplatz, zum Auswischen der Aschenbecher. Die Frage lautet heute, am 12.7.88, in Prag doch nur: Was tun die Behörden eines Landes mit dem Inhaber eines ungültigen Passes, nachdem sie ihm bereits aus Nachläßigkeit die Einreise erlaubt haben? Werfen sie ihn hinaus? Es wäre das Beste für ihn. Eine Zeitlang hatte ich das Versatzstück »Mein Onkel«, das einige Geschichten anfing. Dasselbe Jahr: Mit Agnes, die auf der meerrollenden Matratze eine warme Nacht verbrachte fern von mir, auf welcher liegend und mich einlassend sie sich über den Stand des Scheckkontos informiert, den Brief ihrer Mutter aus den Ferien liest. Die Nachbarin im grellgrünen Kleid und hinter aufdringlichem Lippenstift kam die Treppe herunter. – »Ich schulde Ihnen noch Geld für den Kaminfeger«, sagte Agnes. – »Aber meine Liebe, das machen wir mit deiner Mutter aus!« Ich möchte von mir selber abgelenkt werden. Wir hätten in die Antarktis fahren können und unterließen es. Deshalb habe ich Agnes nach Berlin mitgenommen und fuhr gestern mit ihr in den Wald bei Spandau, weil dort ›was die Aussicht behindert, selbst zur Aussicht wird‹. Obgleich sie mich enerviert, indigniert, reizt & langweilt & enttäuscht, ist sie als luxuriöse Ausrüstung von Vorteil. Sie läßt mich nicht zum Bewußtsein meiner selbst kommen.

Tamara, mit ihren alles-teilenden, somit auch mit-teilenden, ja omni-distributiven Fähigkeiten bringts am besten an den Mann, der zerknittert sitzt und das Gebäude still einreißt.

Das Café am Marktplatz. Ich wollte da hin, dann nicht mehr da hin, ich erkläre mir den Sinneswandel nicht oder menschheitsgeschichtlich, dann plötzlich, die Ampel wurde grün, schnappte hinüber, ich überquerte, muß dann aber irgendwie zurückgekommen sein, denn da saß ich und schrieb die Geschichte der Gattung ein Kapitelchen, Subkapitelchen weiter. An den Wänden hängt ein Schweppes-Bild mit sogenannt lustigem Text, dann eines des Spalentors, einer Sehenswürdigkeit, die nur für Postkarten dasteht, und umso hübscher wirkt, je schäbiger ihre Funktion ist, dann ein Bild von einer Sägerei in Oberwil. Ferner hingen sechs Lokalkostüme in einer aufsteigenden Reihe hinter der Theke. Der Wandanstrich ist figürlich und zeigt: Basels Wilden Mann, er schwenkt den ausgerissenen Baum, dessen Wurzeln lallen, eine Clique über das Hellgrau zwischen zwei meergrünen Quadraten, deren Löcher und Durchbrechungen verraten, daß es sich um Häuser handelt. Sie »meinen«, was sie nicht sind, deuten geschickt an, und doch will Emanuel von Andeutungen nichts wissen. Emanuel ist nun sehr kurze Zeit ein Reiter mit grauer Mütze, grauen Hosen, grünem strengem Rock und grünen Streifen auf den Hosen, auf schwarzem Porzellanpferd mit weißem Zaumzeug. Tanara leert ein Sparschwein mit Blumen an der Seite, mit drei übereinanderliegenden weißen Tupfen auf der kapitalen Schweinestirn, sie fährt ihm in die Ritze, das Geld steckt fest, sie hebt es hoch und schmettert es auf den Marmorsims, neben welchem technisches Gerät, ungenügend allesamt, steht. Ein schwarzes Telefon auf dem Fernsehgerät, dessen Teleguidance-Infrapult unter ein Butterpapier gerutscht ist, ein Buchkarton auf dem rotgemusterten Teppich, an einem Haken hängt schräg ein Wasserverdampfer vom Radiator, auf dem Klavier ein Strohhut, die Sonate c-moll ist aufgeschlagen, Haarlack floß über die Strickmaschine, auf dem grauen Schrank ruhen Zeichnungsmappen, neben der Plättemaschine eine getrocknete Zimmerpflanze, zwei Kissen auf dem gelbüberzogenen Bett, am Fuß des Kastens ein gerollter Teppich, eine Kommode läßt sich als Schreibtisch ausklappen, Blumenvignetten darauf, ein Rohrstuhl mit blaurotem Kissen. Und ein leerer (ausgezischter) blauer Wasserball auf dem Sims. An der Stadthof-Brötchen-Bar. Ich bestellte eine heiße Bouillon und betrachtete die Brötchen vor mir. Sah Zwiebelschoten auf Tomatenpüree, dies im Augenblick, wo ich die Bouillon trank. Die Bouillon war zu heiß, brannte mich am Gaumen, da erinnerte ich mich, daß ich schon einmal gebrannt worden war, die Erinnerung kam mir, während ich neue Sandwiches anstarrte. Nachtkampf der »Scipio« gegen die »London« (1712)(oder 1782? ist es wichtig?). Kampf der »Belle Poule« gegen die »Arethusa«: 1. Kampf des Unabhängigkeitskriegs Amerikas. Das Axolotl ist das Meerschwein des Wassers und wird für biologische Experimente gern gebraucht. Eine Zierkanone mit einem Drachenkopf an der Mündung. Die Venus der Hottentotten: hängende Schamlippen, Gurkenbrüste, enorme keulenförmige Hinterbacken. Pariser Kanalisationsbesuch: jeden Donnerstag 14,15,16,17 h. Treffpunkt an der Place de la Concorde, auf dem plateau de la statue de Lille. Bei Seeschlachten werden die Segel durchlöchert. Blutende Leute stürzen von der Fock, einzelne sitzen rittlings in den Rahen, feuern mit Gewehren. Nachtkämpfe, Vorbereitungen dazu auf dem Lande: gestapelte Kugeln, ratlose Offiziere, Oberste mit ihren Gattinnen, die nachhause geschickt werden, Emanuel sieht zu, wie die Füsiliere schuften. Reklame: ein Silberfisch, mit Tomaten belegt. Eine Zwiebel deckt das gebrochene Auge. Ein Glas Evian-Wasser, die Flasche, aus der es strömt, schwebt verschwommen im Hintergrund. »Le Louis XV«, das Instruktionsschiff für den König persönlich. Die Lippen sind zwei rote Wollfäden. Die Augen sind gestrickt, blaue Wolle. Bauschige weiße Haare, spänig. Die Haut ein schlaffes Stück Stoff. Kein Körper, nur ein Pendel, der Leib hängt in einer hohen schlanken Uhr. Im Haus der Renegaten: Zinzendorf-Gemeinde. Die Treppe teilt sich. Ein Gummibaum steht an der Wegkreuzung. Andere Zimmerpflanzen recken betend ihre Zweige, der Feuerlöschapparat wird verdeckt. Licht auf die gekachelten Rostbratenböden durch regelmäßig angeordnete Dachluken, Milchglasscheiben, konische Schächte nach ganz weit oben. Vor den Fenstern mit den Rollgardinen wucherts. Die Türklinke zum

Versammlungsraum (mit Orgel bestückt) ist in Messing gehalten, mit fehlenden Beschlägen. Ich sitze auf einem Rohrstuhl, den ich mir zu einem Schultischchen gezogen habe. Sie spielt langsam ein Buxtehude-Präludium, das ich unmittelbar nach dem letzten Ton gut finden werde. Großmama ist gütig, sie sandte diese Blicke. Sie war wohl da, doch fehlte ihr etwas. Wir finden erst später heraus, was. Natürlich ist es zu spät, aber wir können lindern. Sie hat uns die gütigen Blicke viel länger zugesandt, als wenn wir nichts bemerkt hätten. Im Hinterhof des »Falken« ein Glasdach mit Wasserdüsen, die es kühlten. Ein Nachttopf mit einem Entenkopf, der beim Sitzen zwischen den Beinen herausragt. Ein Kleinkind-Plastikring mit drei blauen nierenförmigen Herzen zum Draufbeißen. Das idiotischste aller Leben: abends ein bißchen Theorie, graue, tagsüber unentwegt Praxis, quirlige, von einer schweinischen Liquidität, fließt über alle Dämme. Ich will sie zusammenraffen und in kleine Vierecke stauchen, da ist schon wieder Abend, ich muß schlafen – auch nicht der rationalste Zustand – dann wieder Morgen, wo die ganze Soße neu quillt. »Der obszöne Witz, welcher aus der Zote hervorgegangen ist, macht aus dem ursprünglich die sexuelle Situation störenden Dritten einen Bundesgenossen, vor dem das Weib sich schämen muß, indem er ihn durch Mitteilung seines Lustgewinns besticht.« Freud ist ein lichtenbergscher Witz, tief dort, wo er gleißend Oberflächen schildert. »Das älteste Gewerbe. Sie kennen es, Gnädige.« – »Das Bearbeiten von Feuerstein, meinen Sie?« Der Fettkloß seufzte und spuckte einen gelben tunkigen Ballen nassen Schleim, den er sich in den Zwischenraum zwischen Auge und Augenhöhle schob. Beim Herausziehen des Armes aus seinem Kopf – er war bis zum Ellbogen im Schädelknochen – riß er sich eine Wimper aus. Basler Theater: Orchesterprobe im Bühnenbild zu Pinters Geburtstagsfeier. Ich ging einen Gang zur Bar hinauf und blies mir die Lunge weg. Er fuhr mit seiner Großmutter über Land. Sie hielten in einem Wald. Er stieg aus, um sein Wasser zu lassen, trat hinter einen Baum. Hinter dem Baum lag ein Fuchseisen, das tötete ihn. Sie wartete im Wagen, bis er starb. Es werden Lichtbilder mit einem beweglichen Teil gezeigt. Etwas Bewegliches ist in Öl gelagert. Die Figuren auf den Bildern können den Mund schließen. Das Schlachten vermachte dem Metzeln ein Legat von dreizehntausend Köpfen. Durch die Scheibe eines Restaurants, in dem Emanuel unvorstellbar viel ißt, sieht Emanuel jemanden mit einer breiten Krempe am Hut. Bedrückend, bedrückender, als sähe Emanuel jemanden hungern. Tamara ging in den Keller. Hinter ihr schritt eine zweite Frau, mit Krücke. Tamara hatte sich verdoppelt. Das geschieht oft. Plötzlich ist da wieder nur eine. Wären es mehr, geschähe unerwartete und schicksalgewollte Multiplikation, das Replikanten-Syndrom, so ließe sich eine Schlachtreihe aus Frauen bilden. Vor dem Kreiskommando Liestal: Eine ältliche Dame behandelt meinen Auslandurlaub, ruft auf der direkten Linie nach Bern, was Bern zu meinem Abgang meine. Vor dem Büro eine Baracke, die das Licht wegnimmt, General Guisan an der Wand, in der Nähe von Burg Wildenstein mit Bleistift, Bleistiftschärfmaschine Marke Jupiter klebt an der Schreibtischplatte, sie hat ein schwarzes Nähmaschinendrehrad. Papier- und Aktengestelle bis zur Decke, ich sitze und versperre den Durchgang mit meinen Beinen, ein Autoreifen als Aschenbecher auf der Schreibtischplatte. Alle nehmen ihr privates Laster, das Rauchen, mit in ihre öffentliche Tätigkeit, das Erteilen von Auslandurlauben. Da steht dreißig Zentimeter vom Schreibtisch entfernt ein Drehstuhl, über dessen Rückenlehne das ältliche Fräulein seinen dünnen Wollpullover gehängt hat. Die direkte Linie nach Bern ist nicht zu hören, Berns Meinung zu meinem Fall entgeht mir, ich höre außerdem schon gar nicht mit. Auf einmal legt sie den Hörer ab und sagt, Bern ist in die Luft geflogen; pulverisiert, nichts mehr da. Knallte es, frage ich. Sie hält den Hörer hoch, als sei er eine Stehlampe. Alles still. Ich werfe ruckartig den Kopf nach vorn, und Bern ist wieder da, vorhanden, und es streicht meinen Auslandurlaub. Ich nehme gnädig an und überreiche der Beamtin einen Geldschein. Pflicht ist gut, bezahlte Pflicht ist besser. Sie aber ist sehr *präzis* korrupt und hat sich als Vergünstigung genau fünfzehn Franken weniger gedacht, als ich ihr gegeben habe. Gibt mir exakt diese Summe zurück, es ist eine genau abgezählte Bestechlichkeit. Jeder Gesetzesbruch wird beziffert, die Zähmung erfolgt nach der Übertretung. Darf ich jetzt ins Ausland, frage ich. Sie ruft nochmals an. Nein, sagt Bern in der Schweiz.

Der Saal ist vollständig weiß, Bänke, Empore, Kanzel mit grünem Billardstoff überzogen, durch die karierten Fenster ein Ausblick auf den Hintergarten. Vor der Rosette: Der lebende Vater spielt mit zwei Kindern (während der tote Vater den Kindern ein Spielzeug würde). Agnes spielt Orgel mit zwei Füßen, die schwarzen Pedale haben einen Gummiüberzug. Die Pfeifen sind auf einen Haufen zusammengeballt, die die Luft transportierenden Kabel sind sichtbar, auch das Innere der Orgel, das ich aber nicht sehen will. Ich lehne an einem geistlichen Tresen mit Gesangbuch-Ablagen und sehne die Geliebte herbei. Versuch von Telekinese. Sie sollte endlich kommen, meine Energien sind angespannt zum äußersten, ich sollte in ihr die Herkomm-Energien erzeugen können. Nichts da. Die Imago-Kondensatoren, worin sich diese Wunsch-Energie speichert, bis alles fast birst, haben keinen telekinesierenden Einfluß: Das Aktionsfeld des Wunsches in der Wirklichkeit ist begrenzt, und die durch ihn erzeugten Spannungen muten wie Vergeblichkeiten wider besseres Wissen an, die auch noch zur Summe zusammengezogen wurden. Der Mensch ist ein Fantast, und sündigt er da, tapert er tief in den Napf hinein, so etwa bis zum Hals. Eine Alte kratzt sich in der Kniekehle, mit einer Rolle Klebpapier. Grauer Mantel, dürre Fesseln, klobige Schuhe. Urlauberinnen in Höschen, die so kurz sind, daß die Hüftknochen sichtbar werden. Die Frauen beugen sich, um deren Hervortreten zu begünstigen, stark zurück, fahren sich mit den Händen vom Bauch her über die Brust und spreizen die Augen weit. Ich empfinde undifferenziert Mitleid, sowohl für den Schwarzen in blauen weißen Hosen, der die rue Froideveaux wischt, wie auch für: die Tschechoslowakei ganz allgemein. Hoffentlich kriege ich das Mitleid wieder differenziert hin. Eine dralle Runde, um die 100. Blutung herum, Goldarmbändchen, auf der Haut pulsierende Levi's Hosen, schwenkt lauthals Triumphe schreiend einen Plastikbeutel Bohnerwachs. Rennplatz, die Wagen rasen vorbei, weiß getünchte Randsteine, Holztribünen, die Wagen haben hinten Elefantenreifen, Sonnenschirme, fahrbare Küchen und Kioskwagen. Eine Schere, vom Alter geschwärzt, mit Schrauben als Scharnier für die Schneideblätter, ein Überbein aus Stahl, damit die Finger nicht zusammenstoßen. Die Schere bleibt immer offen, sie ist blockiert, als fürchtete der Konstrukteur, es werde etwas Falsches oder Schlimmes geschnitten. Ein abgeschnittener Weg heißt Abkürzung, ob er gleich eine echte topographische Abschneidung ist. Wer will schon so lange und um so viele vereiste Kurven ins Kino laufen, wie der Stadtplan es vorschreibt, der, wie jeder blasebalgartig ausfaltbare und harmonikabälgisch sich verzettelnde Falk-Plan, die abgebildete Stadt erst erzeugt und schnittfertig anbietet. Emanuel läuft ins Miramar. Im leeren Kino. Es riecht durchdringend nach Bohnerwachs. An den Vorhängen Plakate aufgesteckt mit kleinen Nadeln: wieder einmal ein neuer Film über die alte Schweiz. Die Lämpchen gleichen Bienenstöcken oder Miniatur-Reifenstapeln. Ich stehe vor einem billigen Kriminalfilm, lauter Handlungen, die am Schluß wunderschön aufgehen. Zähe Musik, ich liebe, nachmittags entflohen und aus dem engen Korsett hinaus (in noch engerem: aber das ist eben Erlösung!), ich liebe diese plump ziselierte Melancholie. Kaninchenpistole Marke Hämmerli-Super. Flic-Self-Defence-Patrone. Jeder-jede-jedes will sich selber schützen, deshalb eine Gas-Pistole bitte. Beliebiges Jahr, bewaffnet: Treffe Agnes beim Optiker. Sie ist offiziell mit einem Stück ihres Lebensplans beschäftigt, nämlich mit dem Anprobieren von Kontaktlinsen, und so unterhält sie sich ausgezeichnet mit mir, der ich die Waffe nicht ziehe, insbesondere weil noch zwei Parallelaktionen laufen, nämlich: 1. der Optiker probiert, 2. ihr Vater muß gleich kommen. In diesen Spannungen kommt ein Gespräch zustande, das seine Schalheit nicht merkt, da ich sozusagen die Rosine auf der Torte des Wartens darstelle. Zum Schluß ziehe ich die Pistole und schieße mehrmals dem Optiker in die Brillensammlungen. Alle unterhalten sich, werden jovial, bitten um Wiederholung. Als es noch keine Heilmittel gab, war die Macht der Unvermeidlichkeit größer. Die Resignation lebte auf breitestem Fuß, und die Krone der Schöpfungstätigkeiten bestand im Hinnehmen, als wärs gottgegeben. Was es, auch und gerade mangels Gott, auch war. Die Literatur ist stärker als Agnes, immer klarer zieht sie den Karren auf ihre, die abstrakte Seite. Die Glocken der versunkenen Kapelle läuten, wenn jemand ertrinkt. Sie töten dir das Gehör, wenn zwei freiwillig ins Wasser gehen. Emanuel kauft etwas Ekelhaftes, zum Beispiel ein ausgelöstes, noch arbeitendes Tierhirn, will es loswerden, öffnet die Tür eines stehenden Autos, um den Ekel hineinzuwerfen, wird gesehen, wird wegen Diebstahls verhaftet und muß das ekelhafte Paket während sechs Jahren auf sich tragen, es ist ihm angewachsen, und in seine Nervenleitimpulse mischen sich allmählich die diskreten Signale des Hundes, der das, was dem Ekel-Träger seitlich unter dem Arm heraussteht, einmal im Schädel trug. Sein oder Nichtsein, die Frage löste der Kynos mit Wurscht oder Nichtwurscht, und innerhalb dieser Begrenzungen gelangen ihm unbeschreibliche philosophische Feinabstufungen; den ganzen Existentialismus, für Tiere durchaus gültig, schied das neophyte Hirn recht säuberlich in Fleischarome. Paris: Eine Ägypterin mit trocken-länglichen Fischaugen stellt die Loterie Nationale dar. Auf der Papiertischdecke zeichnen sich fettige Ringe, die Abdrücke von Tasse und Schüsseln. Weintupfen. Volle Aschenbecher, Gestank, Schwüle. Scheiben beschlagen. Meine Kusine lädt einen echten schweizerischen Bundesminister, einen der sieben obersten Räte, zum Tee ein. Er sprach langsam. Immer langsamer. Brauchte ein Jahr pro Satz. Emanuel sagte: die längste Rede der Menschheit – aber es war sein Lebenskommentar. In fünfundsiebzig Sätzen legte er die Menschheitsbedürfnisse dar und erfüllte sie sich alle nicht. Die Enttäuschung darüber war unverdaulich, wurde mit einer dürftigen Mahlzeit aufgewogen, nach welcher ihm schlecht wurde, und darüber bekam die Enttäuschung das verträglichere Objekt, auf Haustiergröße geschrumpft. Grobgemüse, Seefische, Geflügel und Blumen, Obst, Möhren. Mahlzeiten als weiche, penetrierbare, versehrte, Non-Ordo-Zustände. Diesen, noch beim

Kauen, mit harten Kategorien begegnen! Die 4 cartesianischen Punkte wurden von Descartes aufgestellt, und Emanuel legte bei Befolgung die Hände an die Hosennaht. 1. Niemals etwas als wahr annehmen, wenn ich nicht ganz sicher erkenne, daß es wahr ist. Sich vor Übereilung und Vorurteil hüten. 2. Jede schwierige Frage in so viele Einzelheiten zerlegen, daß eine bequemere Lösung ermöglicht wird. 3. Bei der Erforschung der Wahrheit sind alle meine Gedanken stets in eine bestimmte Ordnung zu bringen: mit dem Einfachsten beginnen, zum Schwierigeren aufsteigen. 4. Bei Betrachtung der einzelnen Schwierigkeiten vollständige Aufzählungen und Übersicht geben, so daß ich sicher bin, nichts auszulassen. Überall an den Türklinken hafteten zerquetschte, aus dem Hinterleib tropfende Wanzen. Überall sterbend klebende, zum Teil noch die Beine bewegende Insekten, welchen es gelb aus dem Chitinpanzer sickerte. Agnes hatte die Klinken mit dem Tanglefoot-Fliegenpapier überzogen. Sie heiratete einen toten Mann. Und doch war sie der unauffälligste und angepaßteste Mensch, den ich kannte. Er verlor sein Zeitgefühl. Zum erstenmal merkte er, daß er sich am liebsten in dunklen Räumen abschloß. Er blieb länger drin, als er glaubte. Er wusch sich den Nacken, wenn es da Wasser gab. Mal blieb er dreißig Jahre drin, es waren beschleunigte Jahre. Draußen war gerade ein halber Tag vorübergegangen. Dann gab er diese Wagnisse auf.

Der Kopf ist, abgesehen davon, daß er spricht und eine ausdrucksvolle Fläche, Gesicht genannt, aufweist und vermutlich in seinem Inneren Gedanken vernichtet, abgesehen von alldem ist er höchstens ein Armstummel nach Amputation, eine bewegungsgehinderter Rest eines Körperteils. Eine Hand ist ein kleiner Mensch, der an einem großen Menschen aufgehängt ist und sich bezüglich diesem frei bewegen kann. Oft ist der kleine Mensch für z. B. die Kamera wichtiger und lohnender als der große, der ohnehin nie von seinen Stühlen, Krücken, Armlehnen, Beinschemeln, kurz Körperkorsetts wegkommt. Aber so ein kleiner Mensch, eine Hand, die ist doch, sobald der große Mensch sich einmal in einem seiner vorübergehenden Korsetts eingezwängt hat, ein sehr aktives, neugieriges und unverschämtes Wesen. Sie greift Bootshaken, Nebelhorn, weißes Licht, Motor-Griffverlängerung. Dieser See ist Wasser, umschlossen von Land, und dennoch ist er das Festeste im Lande. In meinem Land, da leben Leute, zu denen hab ich weniger Beziehung als zu sibirischen Bauern. Sobald ich ins Innere fahre, spüre ich die Verständnislosigkeit, die ich ihnen entgegenbringe. Ich spreche auch nur englisch und sage, ich sei der Gouverneur von Burma gewesen. Gottlieb Hummel, der Taubstumme, der aus der Taubstummenanstalt Münchenbuchsee geflohen ist. Ein Mann in der Badehose, der einen Ledergürtel trägt. Glattes braunes Leder, daran ein Eisenhaken. Am Eisenhaken eine dünne Kette, daran wieder ein Eisenhaken. An diesem Eisenhaken das glatte braune Leder eines Halsbandes. Im Halsband der Hals eines Tigers, aufgesperrt starrendes Gebiß. Tiger neben Mann in der Badehose mit Ledergürtel. Laubmann gibt mir den Brief des Schizophrenen und das braune Buch des Wyrsch. – Es gibt zwei Wyrsch, schreibt Wyrsch darin. Gerade bei Schizophrenen scheint der Replikant, das hypostasierte Doppel ein Desiderat; unsicher nur, ob sie ihn, den Doppelgänger, sich schizophren wünschen oder nicht; haben sie die Wahl? Muß Polen verkohlen? Da war eine Dame aus Basel-die sagte, das ist doch Gefasel-übern darinliegenden Knochen-sonst hätt er ihn jetzt gebrochen-und meinte damit einen Fricker aus Basel. Ostern: Die Nachkommen der Gäste versammeln sich vor der Reception zur Ostereiersuche. Kellner haben die Eier im Garten verborgen. Dann schwärmen die Nachkommen aus, zerstreuen sich und suchen mit den Geigerzählern die Eier. Die Geigerzähler haben sie, solange sie an den Osterhasen glauben. »Sehe ich nicht aus wie ein Osterhase, nur habe ich weniger Haare, aber das Ei hat auch nicht mehr viele«, sagt ein Kind beim Frühstück. Ostern: Die italienische Post streikt. Aus den Eiern, die unterwegs sind, kriechen die Küchlein und wimmern in den Paketen, welche sie mit den Schnüren erwürgen. Ostern: Gestern schälte ich braunes Osterei. Ich befürchtete, es würde bluten, und tatsächlich blutete es, das Gelbe lief mir über die Hände, und mit jedem Schalenstück kommt ein Stück halbhartes Eiweiß mit, als wären die Piranhas am Ei gewesen und hätten große Stücke aus ihm rausgefressen. Mein Schälen bedeutet die Vernichtung des Eis, mit dem letzten Schalenstück ist auch das letzte Eistück, daran angeklebt, weg. Ostern: Ein riesiger drohender langhaariger Hund läuft vorüber, am linken Hinterbein eine Flußschlamm-Umkleisterung, in der allerlei Stöcke und Pflanzen eingekittet im Rhythmus seines Ganges mitschwingen. Ich wollte auf seinem Bein eine Margerite pflükken, doch sobald ich seinen Namen, ein Grunzen, von mir gebe, weicht er weg. Es gibt Tage, da kann Emanuel die Augen nicht von der Zeitung nehmen, Emanuel saugt sie aus, und wenn sie leer ist, schlägt Emanuel damit weiter Fliegen und die Zeit tot. Er hegt die Zweifel, über die er sich erhaben dünkt. Libidinöse Hohlräume. Und die ganz perverse Sau, kriegt als Leiter einen Gau! In Mülhausen, auf dem dreckigen Bahnsteig, Ordensschwester im Wind, der ihr die Röcke bläht, sie schreit jemandem etwas zu, der sie kaum sieht. Ein Handwagen mit einer in Stahlleisten eingehakten Schlußlaterne mit rotem Glas versperrt den Weg über den Bahnsteig. Die Ordensschwester streicht sich glatt und wirft einen mißtrauischen Blick auf die Rohrmündung im Treppenfundament. Sie könnte in der Kanalisation eine Wasserratte gesehen haben. Mit dem geretteten unschuldigen Lächeln, Goldzähne vorn zwei, steigt sie zum Zug hoch, der am Himmel vorbeifährt, eine Bahnbeamter nimmt eine Handlaterne und steigt ihr nach. Sie betritt einen Laden für Reliquien und kauft sich einen Holzsplitter und eine Kamera. Ladentrick: Emanuel schickt den Artikel, den Emanuel loswerden will, an Wöchnerinnen, die können sich nicht bewegen und müssen den Artikel, ehe sie ihn zurückschicken, auf den Sims legen, von wo er ihnen die ganze Woche über zublinzelt, und der Absender, nämlich der Laden, kennt die Lüsternheit von Kranken nach Geschenken. Da öffnet sich geräuschlos die Doppeltür, der Ehemann in Flanell erscheint bei der Wöchnerin und fragt: Was ists? – Ein Junge, antwortet sie. – Ja doch! ruft er, du hast dir einen Blumenstrauß und den Artikel auf dem Sims reichlich verdient. – Aber nicht doch! – Ich möchte dich für deine Mühen und Ungelegenheiten entschädigen, sagt er und nimmt den Artikel vom Sims und legt in ihr auf den Schoß. – Du hast es verdient, brauchst kein schlechtes Gewissen dabei zu haben. Beim Artikel handlt es sich um eine Leihvideokamera für DM 39.90 im Monat. Ein Herr mit grünem Handkoffer, Dame mit schwarzer Einkaufstasche, prall beide. Frau und Mann in der Straßenbahn mit schwarzer Badetasche, flach, ist nichts drin, tauschen die Badetaschen, und da die Träger identisch sind, wird der Tausch nie bemerkt; es kann der Grad der Nicht-Identität an der Lautstärke der Verwünschungen abgelesen werden, sobald der Tausch bemerkt wird. Amerikaner, in weißem Lumber und randloser Pilotenbrille, das potente Objektiv starrt am Riemen hängend nach schrägrechts. Shoot your surroundings, oder, wie wird alles, was ich tue, sogleich geschichtlich, wie krieg ich für mein Erzählen rasch die Bildbeweise her? Antwort: durch die festgehaltenen totgeschossenen Objekte, ich zeige ein Foto vom Eiffelturm, ICH habe das Foto gemacht, der Eiffelturm erinnert mich an mich selber, wie ich den Eiffelturm knipste, so gibt er eine Story für mich ab, dieser Eiffelturm sagt jetzt mehr über mich selbst aus als ein Foto von meinem Gesicht. Erst als ich Amerikaner in Paris the Eiffelturm shot, hatte ich das, was ich von ihm erzählen würde, nämlich mich selber.

Tamaras sämtliche Doktorarbeiten: über das Utraquistische Hibernertheater. Ein Altaier in Gorno-Altaisk. Horrality: The Textuality of Horror-Films (Essaytitel von Philip Brophy). Ein Punk mit rostrot gefärbter *sog.* Tomahawk-Frisur. Skinhead-Bands: Murphy's Law, The Agnostic Front, The Cro-Mags, Reflex from Pain, The Crumbsuckers. Das zu diesen Bands geübte Slam-Dancing (der Tanz heißt auch *Pogo*) ist eine ritualisierte Prügelei, in der jeder jeden anderen auf der Tanzfläche mit heftigem Anrempeln zum Rhythmus der Musik niederzuschlagen versucht; oft Arm- und Rippenbrüche, da Emanuel auch das Podium der Band erklettert und sich von dort auf die Tanzenden hinunterwirft, egal ob einen jemand auffängt oder nicht: sehr oft fallen die Springer in die

Verstärkeranlage, müssen aus den Holzsplittern und Kabeln befreit und zum Arzt gebracht werden. Ein Interview-Text auf englisch, in dem das ewige »you know« der Interviewten mit »yk« abgekürzt wird (deutsch: »wd« weißt du). I've got to get my adrenaline rushes: ich brauch was, das mich antörnt. The Tontine Building: Gebäude in NYC. Skinheads akzeptieren bei einer fremden Frau die Bezeichnung »she's cool« als Kennwort. Sagt das einer der ihren über die Fremde, darf sie mittun, Emanuel antwortet ihr und nimmt sie in die eignen Räume mit. 29.4. beliebiges Jahr, immer wiederkehrend: Heute literarisch weniger denn nichts herausgeschaut aus der Existenz, sie gab nichts her, einfach nihil. Auch geht die Tiefe zugunsten der Konstruktion verloren. Ich mag nicht mehr tief sein, dafür schlecht gebaut; andrerseits hält ein guter Bau alles an der Oberfläche des schmalen Seins. Es ist schlimm, im Thema ohne Brücke zu waten, es ist mindestens so schlimm, überall im Thema bereits Brücken erdacht zu haben. Nun sind sie wieder hinter mir her, bis sie mich zur Strecke gebracht haben. Nie noch war ich so paranoisch, und auch dem Wahn wachsen lappige Flügel. Etwas weniger Angriffslust in meiner Intelligenz, und ich wäre verloren. Der Intelligenzzerfall im Alter ist offenkundig. Andere nehmen ihn nicht zur Kenntnis, wenn Emanuel geschickt verfährt. Emanuel schickt andere für sich an die Front und versucht sie in der Etappe zu verwalten. Funktionäre sind vorzeitige Greise, sie verstopfen alles, geben sich als naturnotwendig aus. Frühgealterte Paniker. Meine Küchenseife heißt »Miß Helen«. Das erinnert mich daran, daß ich meine Küchenseife begehre, besonders nachts, in den Träumen, in denen der Penis steif wird und wo rein will, Träume, unter den blau-weißen Vorhängen. Betonmischwagen: Sie fahren langsam vorwärts und drehen gleichzeitig ihre Trommel. Das Gemisch muß feucht bleiben, sonst bindet es ab, klebte als Klotz in der Trommel, ließe den Mischwagen kippen. Langsam wie die Fahrt dreht sich die Trommel, aus dem weiten Spundloch in der Mitte gurgelt es knirschend. Ungeheure Musikdosen, spielen den Verfestigungswalzer, indem sie ihn verhüten. Vor den ländlichen Schlachtereien meines Landes stehen Kartonschweine mit einer Serviette um den Hals, die Knoten der Serviette bilden im Nacken zwei weiße Fähnchen und winken. Die größte Satire wäre ein totales Recording der Ära, ein Bandgerät, das mit sechs Sinnen registriert. Emanuel ließe es eine Woche laufen, und kein Satiriker könnte für den Rest des Jahrhunderts den Mund mehr auftun. Die Wirklichkeit schlägt sie alle. Auch Karl Kraus verlor das Match. Da seine Wirklichkeit verschollen ist, ist der Verlierer in die Rolle des Siegers gewachsen. An der Rue de Lyon gegenüber dem Touristenhotel betrachte ich mein Gesicht im Spiegel. Mund straff. Wangen nicht schlappig. Das Ganze gut zusammengehalten, mit einigen schmutzigen Haarspitzen bis mitten in die Stirn. Daraus wird was, denke ich, und der Schmerz zernagt mich, während ich ihn verleugne. Wenn ich nicht schreibe, einen Prosafaden unter der Hand habe, kann ich nicht planen. Ich kann mir nicht vorstellen, wie etwas klingt, außer, ich schreibe es. Gehöre zu den Präsenten, zu den Praktikern. Ich weiß noch heute nicht, was ist Geschriebenes ohne eine Absicht, ohne einen Plan zu seinem Einsatz in einem bestimmten Zusammenhang. Die Frage bleibt, ob das, was einmal geschrieben ist, neue Zusammenhänge schaffen soll, in denen es weiterverwendet werden kann, oder ob die Gesamtheit der Zusammenhänge als eine prästabilierte Ordnung gesehen werden muß, innerhalb welcher nur so und so viel geschrieben werden kann. Die Frage, ob die kombinatorischen Möglichkeiten, die zweifellos endlich, wenn auch nicht klein sind – ob sie von vornherein gewisse Notizen als unbrauchbar aussondern, oder ob alles, was jemals in den Geist kam, seine Berechtigung habe. Das nur vielleicht Brauchbare wird so zum Träger einer Hoffnung, die größer ist als die auf die ewige Wiederkehr des Selben. Clutcher kam zur Witwe Seafer auf Besuch. »Ich möchte Sie heiraten«, sagte Witwe Seafer. Clutcher nahm einen Zucker aus der Büchse und sagte, »Meinetwegen.« »Gleich«, äußerte die Witwe. Sie sah, wie Clutcher nickte. Als sie ihn berührte, zersprang er in kleine Stücke. Witwe Seafer erzählte allen: »Die Zuckerbüchse hat ihn angesteckt. Nicht daß sie ihn krank gemacht hätte, nein, sie gab das Material, aus dem sie gemacht war, an ihn weiter.« Abends sah sie auf dem Eingangstisch die Zuckerbüchse atmen. Vielleicht regnete es durchs Dach, oder: Das Tischtuch mit den Spitzen war feucht, wenn die Büchse urinierte. Diese aß nichts. Die Witwe brachte ihr Steaks. »Armer Clutcher«, sagte die Witwe, niemand hörte sie. Die Zuckerbüchse lag eines Morgens kalt da und stank nach kurzer Zeit entsetzlich. Natürlich drang die Witwe mit ihren Ansichten durch. Eine Autopsie ergab einen unversehrten Leichnam Clutchers. Emanuel warf die Büchse zu ihm ins Grabesloch. Aufs Mal stank jetzt er, und die Büchse wäre bei Witwe Seafer weiterhin brauchbar gewesen. Es ekelte ihr davor, und ein Autopsiearzt schaufelte dunkle schneeige Wintererde über alles.

Was die USA mich lehrten, ist die wichtigste Lehre, die mir ein Land je beigebracht hat. Ich habe sie zu Herzen genommen. Danach war ich nicht mehr derselbe wie vorher. Kaum war ich angekommen und in meine Wohnung gelangt, die bloß im ersten Stockwerk lag, dafür klang schon gleich Schuberts fünfzehntes Streichquartett mir entgegen, jahrelang waren die USA für mich das Schubertsche Streichquartett, es paßte nicht, es war eine hazard-Erinnerung, aber nicht zu löschen, das nächste Mal bereits spielten sie es mir nicht mehr, Lage dieser Wohnung enttäuschend niedrig, Niveau der Bewohner erstaunlich hoch, bis Schubert waren sie aus eigenem Antrieb gekommen!, Tausende Kilometer östlich von ihnen hatte er komponiert, ostwärts mußten sie gegangen sein in die tiefste Depression, kaum stand ich in der Wohnung, bekam ich Hunger. Ich rannte ohne einen Gruß hinaus, lief zur Ecke, wo ein winziger Grocery-Store stand, den ein Wind umwerfen zu können schien. Im Store bestellte ich ein Pfund Roastbeef. Was mir gegeben wurde, war ein Klumpen blutiges Fleisch, in den ich mit meinem Hunger sogleich hineinbiß. Die Zähne trafen auf etwas Weiches, schnitten sich hindurch. Blut troff; als ich an mir hinunterblickte, waren mein Hemd, meine Ärmel mit Flecken besprinkelt. Ich ließ von diesem Tag an vom Roastbeef nicht mehr. Die USA haben mich gelehrt, blutiges Fleisch zu essen, es hat einen großen, den größten

Teil meiner Verpflegung in den USA ausgemacht. Kannst du das verstehen? Sowie ich den Fuß in Luxemburg wieder auf europäisches Festland setzte, brachte ich kein Fleisch dieser Art mehr über die Lippen. Emanuel streckte es mir entgegen, mir wurde schlecht, augenblicklich schlecht. – »Und dann wird Manl wütend, erzählt mir Tamara, weißt du, dieser kleine Manl steht in meinem Zimmer und dampft über den ganzen Körper und schleudert mit den gräßlichsten Flüchen nach mir.« – »Zerschmettert er Geschirr?« frage ich. Als Antwort zieht sich Tamara einen gelben Tellerscherben aus dem Haar. Duchamps Abhandlung über: Opposition und Schwesterfelder. Blocked Pawns at Chess. The only means to win is to move the kings. Happens once a thousand times. Flash: Ein karminroter Schmetterling ließ sich in Cadenazzo langsam auf einen Container nieder. Fast wurde ich sentimental. Die ungemachten Betten des Kinderheims Wettstein sowie des Altersheims Lamm, das bereits von den Baggern gefressen wurde. In der allgemeinen Rede firmierte es als das »Heim zum Lamm«, und über dem Türbogen stand geschrieben »Zum Schaf«. Kam ein Insasse, so ermahnte ihn das Lamm zur Friedlichkeit, und etwas Bibel wurde nachgestreut, überstieg er die Schwelle, nannte ihn die entweihte Sprache beim Namen des Schafes, und dann fuhr der Bagger heran. Morgens kippte im Frühstücksraum die Seitenwand und Ernst Wibliger, Lamm und Schaf zu gleichen Teilen, männlicher Greis von 72, befand sich mit einem Marmeladenbrot in der Baggerschaufel und wurde langsam hochgehoben, er aß auf dem Laster fertig, der ihn aus der Stadt hinausbrachte. Das Kinderheim scheint ein Waisenhaus zu sein, Emanuel hat den Waisen, die Vater und Mutter verloren, ein Stück des seltenen und kostbaren Basler Bodens übergeben, hoffentlich wissen sie das zu schätzen. Wahrscheinlich müssen sie auf einem Erdquadrat auf Teufelkommraus Rüben züchten. Diese bis in den späten Vormittag ungemachten Betten, deren Laken draußen über die Verandengeländer hängen und Winden eine Zausebeute sind, sie erinnern mich an die klebenden Marmeladeschnitten auf den klebenden Frühstückstabletts im Kinderinstitut Lichtenfels in Adelboden, wo ich eine Waise war.

Ich liebte meine Eltern nicht und kam ohne sie nicht aus, aber diese Unfähigkeit auf sie zu verzichten, führte noch nicht zur Liebe. Lichtenfels: Ein Bursche namens Perry – damals haßte ich alle Ausländer, der Bedauerliche kam aus Mittelengland – dieser Bursche fiel auf durch Pickel im Gesicht und durch häufiges Hinfallen beim Skifahren. Ich fiel auch oft hin, also verglich ich mich mit ihm. Wer war abends weniger hingefallen, er oder ich? Warum will Emanuel solche Vergleiche nicht gewinnen? Schien ich weniger hinzufallen als er, gab ich mir fünfmal Hinfallen hinzu, ihm nahm ich fünfmal weg. Gewann ich abends, mit der frisierten Addition, noch immer, verlor ich den Glauben an die ausgleichende Gerechtigkeit. Deren Ausgleichen konnte immer nur heißen: Mir mußte es noch schlechter gehen, damit ich büßte für das, was ich mehr hatte als andere. Das Genie ist darum so selten, dozierte ich mir leise, weil alle, die es in sich fühlen, sich bald umbringen, damit Gerechtigkeit herrsche: Einer hatte mehr als andere, dafür lebte er kürzer. Ich konnte sehr böse auf ihn werden, da verschwand meine immense, ich darf sagen, grenzenlose und in der Menschheit kaum je gesehene Gutmütigkeit, auf einen Schlag und ich wurde ganz leicht, ein klitzebißchen nur, aggressiv. Mensch, greif durch. Schlachtgerät in einem Schaufenster in der brutalen Zentralschweiz. Die Zentralschweiz ist das brutalste aller Schweizländer, und sie ist darauf stolz. Betäubungsbuchten, Betäubungsgeräte, Entblutebahnen mit Hebezug und Ablaßvorrichtung, Brühbottiche für alle Beheizungsarten, Brühmulden, Enthaarungsmaschinen und Nachenthaarungstische, Schlachtgassen und -bänder, Entblutewinden, Entblutebahnen, Ausschlachteständе, Unterlegböcke, Untersuchungsgehänge für 1-, 2-, 3-Phasen-Schlachtsysteme, Abwurftrichter, Rutschrohre, Sammelbehälter für Nebenglieder, Ablagetische für Darmpakete, Kaldaunengarnituren, Kalbsgekröse-Reißmaschinen, Düngerspülen – Substantive der Hölle. Zum Glück können Tiere nicht lesen. Aber das weiß Emanuel nicht sicher. Zu Musik geben Kühe nicht nur mehr Milch, sie lassen sich auch leichter dazu schlachten. Eine Orchesterprobe fand im Bühnenbild zu Pinters ›Geburtstagsfeier‹ statt. Ich blies Klarinette vor einem mittelständischen Bartisch mit Hockern aus Leichtmetall. Eine ausgestopfte Frau saß im ersten Stock in einem Dachkämmerchen, in einer Ecke saß sie gebeugt und ließ ihr weißblondes Haar durch die Lukarne hängen. Schassieren heißt, sich mittels eines kurzen, gleitenden Schrittes *geradlinig* fortbewegen. Gleich betraten McCann und Goldberg die Szene und machten den armen Stanley fertig, der einmal zu sagen hatte, zu Hause sei es am besten, bloß leider habe er geschäftlich wegmüssen, und in diesem Augenblick ist in Goldberg der Plan einer einzigartig handelsunüblichen Geburtstagsfeier bereits gereift, nur Stanley weiß es noch nicht, es muß ihm erst mitgeteilt werden. McCann schlägt als erster, doch war das Ganze bereits an der Hauswirtin ablesbar. Das ist nicht schwer, nach dem Schritt aber folgt ein Sprung, und damit kriegst du höchstens noch eine Acht hin, wenn du dir nicht gleich was brichst. Am Gotthard: Auch ein schwarzer Leichenwagen fährt durch den Tunnel, nachdem er sich auf den Transportwaggon parkiert hat. Auch ein schwarzer Leichenwagen hat sich vorher in unsere heitere Kolonne eingegliedert. Zweiunddreißig Grad im Schatten. Innen die Leiche. Konservierung von Leichen nur im ewigen Eis gesichert. Ich habe mir ein Thermometer mit einem Saugnapf an die Windschutzscheibe geklebt. Die Insassen der Fahrerkabine, die Totenbeförderer, tragen beide ein dunkelrotes Hemd, trinken ständig Mineralwasser. Die Scheidewand zwischen ihnen und der Totenladefläche läßt ahnen, daß der Sarg gekühlt ist. Das Bestattungsunternehmen hat sein Mutterwerk in Lugano. Im Tunnel sinkt während der Durchfahrt gegen das Ende die Temperatur auf dreißig, beim Tunnelausgang erhitzt sich alles wieder. Der Tote will offenbar ins Mendrisiotto. Auch da stirbt Emanuel. Die beiden Dunkelroten lassen den schwarzen Wagen vor dem Restaurant und halten sich ans Personal. Mit allen zusammen betrachtet Emanuel die Straße. Starkes Bedürfnis, Verkrampfung der Blase. Zystoskopie. Auf der Urologieabteilung des Basler Kantonspitals. Live-Sendung aus der Harnblase. Die Jagd nach dem Nierenstein. Bloß, wie Teufel sieht Emanuel in der dunklen Blase was? Vorschlag: Ich Patient schlucke augenblicklich harnsäureempfindliche Kodakfilme. Sodann schlucke ich eine haselnußgroße Kamera mit Kugelblitzlicht nach. Das gelangt alles nach dem Magen in die Blase. Die Weiche müßte richtig gestellt sein, sonst versackt es irgendwo und wird von außen als neue Ausbuchtung sichtbar. Emanuel weigerte sich, worauf sie ihn im Krankenhaus behielten und den Schlüssel zweimal drehten. Nachts schlief er dann mit offenem Mund. Immer wieder tauchte der Schein der inneren Blitze aus seinem offenen Mund, von tief unten aus seinem Leib, den Krankenraum in grellgoldenes Licht.Ich werde jetzt porträtiert, dachte er und hielt sich für nützlich. Scheinwerfer fuhren auf und beleuchteten ihn von schräg oben. Bin ich ein Bühnencharakter, sag? Wenn Emanuel mich sieht, fragt Emanuel da gleich: Wie ist er geworden, was er ist? Erzähl mir nicht, Emanuel konstruiere eine Vergangenheit zu mir. Scheiße, das geht gegen meine Prinzipien, das ist unerhört. Ich kann mich nicht fassen, wenn ich höre, ich sei mehr als das, was jetzt gerade vor dir steht. Ist doch wenig genug, nein?

Nachdem sie sich angekleidet hatte, ging Tamara ins ›Nugar‹ für eine kleine Mousse zwischen den Mahlzeiten. Beim Öffnen der New Yorker Eingangstüre, auf dem grellgelben Fußabstreifer noch, eine leichte Deplazierung, lokale Dissolution, ein Knirschen ›out of joints‹, und der Union Square mit seinen verkrüppelten Eiben sackte durch die Falltür semi-erregten Bewußtseins. Tamara schob sich eine starre Hand unter ihren dunklen dünnen Gürtel beim Hüftknochen, und ihr entgegen trat eine Epiphanie in Spinatfarbe: Herrenrunde, klein-international. Nordwestschweiz, Südbaden und oberstes Elaß sind vertreten. Emanuel ißt Mittag in einem der besten Restaurants Basels, das auch eines der kleinsten ist. Über dem Tisch hängt ein schweres Holzbrett, darauf ist ein Pranger gemalt, der offenbar in England steht. Zwei reizende ältere Servierdamen laufen mit den Rahmsaucen und Röstis herum, die beiden sind dafür bekannt, daß sie verschiedene Launen haben. Die eine ist immer in Konterstimmung zur anderen. Emanuel ist beim Dessert, der Mousse au Chocolat, angelangt. Die Herrenrunde muß zusammengeschweißt werden über die Grenzen hinweg mit einem krachenden Stimmungsbild, das den Schweizer, den Deutschen und den Franzosen zusammenhält. Es ist dem Schweizer gegeben, das Bild zu finden. Er steht halb auf, mehr schafft er mich nicht mehr, und hebt an: »Meine Herren, was ich noch sagen wollte, ich möcht ja endlich einen Grünen zu fassen kriegen, die Kerle machen mich wahnsinnig, brüllen, die Natur gehe kaputt, und hintenrum siehst du sie mit ihren dicken Wagen rumfahren und alles versauen, morgen schon sitzen sie wieder vor dir oder im Parlament und reißen den Zustand der tadellosen Natur herunter, den sie am Vortag selber kaputtgemacht haben.« Die Schweizerrede hat Stammtischcharakter. Ihr ist zuzutrauen, daß sie die Runde eint. Fast lägen sich die drei Nationalitäten in den Armen. Schweizer landete Hit. Männerverein umklammert sich. Darauf entnehmen wir: Der Schweizer hat die längste Stammtischerfahrung, er weiß wie diese Runden sich drehen. Mit einer guten Anekdote läßt sich die Welt umdrehen. Grüne als Naturzerstörer; Emanuel bricht auf, die Serviertöchter schaukeln die Lotte à l'estragon daher, als draußen die schweren Motoren aufheulen. Emanuel fällt her über: Vierter Stock Krankenhaus. Ich esse einen Riegel Schokolade. Vor dem Café ein Verkehrsunfall, an dem mindestens fünf Betten beteiligt sind, sie sind ineinandergefahren und stehen nebeneinander. Eine Liegefläche von fünf Betten entsteht. Emanuel kann eine halbe Stunde auf der Fläche herumwaten, bis er seinen Liegeplatz gefunden hat. Emanuel kann sich auch in die Mitte der Riesenfläche legen, dann erreichen ihn die Messer der Ärzte nicht mehr. Taktik: Ein Patient, der listigerweise vor der Operation immer neue Betten ins Zimmer verlangt, man will ihn rausrollen, aber er sagt immer nur, Erfüllt mir einen letzten Wunsch, der euch nichts kostet, rollt mir erst noch ein leeres Bett ins Zimmer. Auch im OP-Raum will er zwei Betten stehen haben, das seine und ein zweites, leeres. Zur Operation müssen Ärzte sich zu einem ins Bett legen und im Liegen handeln. Wahnsinn ist eine Lösung. Eine elegante. Die Dame von fünfundfünfzig, die offene Klodeckel »entsetzlich« findet, noch ehe sie sie überhaupt gesehen hat. Erich Lang ist wie geboren für ein Buch der Rekorde, dessen Disziplinen noch nicht feststehen. Er ist schon einmal der Größte an Wuchs, aber nicht an Höhe, da sowas wie Krummwüchsigkeit nicht erfaßt wird. In französischen Museen kannst du auf Jagdhörner treffen, die winzige Instrumente sind. Zieht Emanuel sie lang, d. h. dröselt Emanuel ihre Windungen auf, kommt ein viele Meter langes Rohr zum Vorschein: als entflöchte Emanuel einen Haarzopf und staunte über das, was Emanuel aß, so steht Emanuel verblüfft vor dem Rohr, in das Emanuel blies. You Dunce!, jetzt bin ich von Erich Lang abgekommen: der ist arg verschneckt, aber er hat auch die größten Zornesröte aller Anwesenden, dann reckt er sich hoch, und: wehe Weihe, er würde Gottfried Kellers Rosen fressen, wenn ihm jemand welche entgegenstreckte. Doch daran denkt Lang nicht, es erspart ihm die Enttäuschung. Es wird für ihn kommen die Prüfung seiner Treue, und ich wette, er ist der flüchtigste Kumpan, den die Menschheit je hatte. Meine Damen und Herren: Erich Lang! Soviel zu diesem Thema. Paare sind die bessere Existenzform. Serge & Olga (= beliebige Zwei) fauchen sich an. Einer macht ein Friedensangebot. Nach dem Angebot schweigt er oder spricht so, daß das Angebot unausgesprochen in der Luft hängt. Der andere kann das Angebot erst nicht annehmen, weil er sonst das Gesicht verlöre, er faucht weiter. Nach dem Angebot also schweigt der Angebot-Macher, der andere faucht weiter, aber das Angebot ist gesagt, es schwebt und drückt bei jedem neuen Wort. Dann nimmt der andere das Angebot an. Jetzt muß der Angebotmacher wieder aufs Einlenken des andren reagieren. Nimmt er an, dann kann die Debatte friedlich weitergehen, bis das erste Kampfangebot fällt: die Entwicklung hin zum Kampf läuft über dieselben Situationen wie die Entwicklung weg vom Kampf. Nur daß beim Kampf nicht gilt: ich darf erst spät annehmen; wenn ich zu früh friedlich bin, verliere ich das Gesicht. Beim Kampf gilt: ich muß den Kampf so früh wie möglich annehmen, sonst bin ich ein Friedlicher und verliere das Gesicht. 1. Deklarierte Situation, beide befinden sich übereinstimmend darin, 2. Einer deklariert die Situation um, der zweite muß auf die Neudefinition reagieren, 3. Die Situation ist neu definiert, beide bekunden erst etwas Mühe, gewöhnen sich daran: die neue Stabilität ist gefunden. Nun beurteilt Emanuel dies alles. Alle ästhetischen Urteile sind Urteile ad personam. Darum sind Urteile ad personam meist nicht so transzendental, also, schwach. Jemanden einen Anus zu nennen, den Berlichingen zu zücken und die eiserne Hand einzuführen bringt nicht viel, aber herauszufinden, womit der andere sich identifiziert, wofür er steht, woran ihm viel liegt, und ihm vor seinen Augen diese Vorlieben zu liquidieren, ist unendlich grausam. Vielleicht aber mißversteht er einen, und es macht ihm nichts aus. Die Welt ist eine Täuschung, das hat sie leider begriffen, sie spielt längst damit und hat ihren grundsätzlichen ästhetischen Hervorbringungen dieselbe Täuschungs-Technik verordnet. Wahrheit ist ein Betriebsunfall im Supra-Text, auch wenn der Subtext sämtlicher Vorgänge, gräbt Emanuel nur genug, immer ein Medium von Wahrheit ist. Doch ohne Schaufel und Grabarbeit ist nichts! Was einer tut, tut er aus einem immer anderen als dem vorgegebenen Motiv. Sie zum Beispiel sorgt für den Sterbenden ganz rührend, hat aber sein Testament im Kopf. Er sorgt für den Sterbenden nicht, aber er hat Vorteile, wenn der Sterbende kein Testament hinterläßt. Es lassen sich verschiedene Begründungen und Motivfindungen betreiben. Also: eine gewisse Situation, jeder handelt und deklariert so und so, aber die »wirklichen Motive« sind nicht so, können irgendwo anders liegen. Die Suche nach dem »wirklichen Motiv«, eine klassische Aufklärergeste, die längst zum festen Bestandteil dramaturgischer Berechnung geworden ist: Tamara liebt ihre Mutter, eigentlich haßt sie sie. Tamara haßt ihre Mutter, aber im Grunde spürt Emanuel die Liebe. Tamara liebt ihre Mutter, weiß aber, daß sie sie eigentlich haßt, und indem sie ihr in kritischer Lage ihren Haß offen gesteht, beweist sie ihr, daß sie Vertrauen darin hat, daß die Offenlegung ihres Hasses von der Mutter gnädig aufgenommen wird, daß sie also, indem sie ihren Haß gesteht, der Mutter einen Liebesbeweis liefert. Alles hängt davon ab: wie nimmt die Mutter das auf? Sagt Tamara zur Mutter »Ich hasse dich«, so kann die Mutter schreiend ohnmächtig werden und durch nichts mehr zu beruhigen sein: die Beziehung ist gebrochen, Tamara weint, die Mutter ist trotzig. Tamara sagt zur Mutter »Ich hasse dich«, und die Mutter wird damit fertig: Liebessteigerung. Höchste Gefühligkeit wird so ganz leicht erreicht. Ich kann die Ambiguität mit einfachsten Mitteln auf die Spitze treiben. Klassische Lage. Ich lasse von jemandem eines meiner Hemden beurteilen: Ich schaffe eine ambivalente Lage: Ich weiß, der andere wird via Mode und Ästhetik ad personam reagieren. Das ist schon schlimm, noch schlimmer ist es, ob er weiß, und dann, ob ich weiß, daß mit doppeltem Boden gespielt wird. Annahme: Ich bin weder das Ich dieses Vorfalls noch sein Beurteiler, sondern ein Zuschauer bei dieser Lage: Ich kann Information liefern darüber, was sich (meiner Meinung nach) tatsächlich abspielt, oder ich kann ausgesprchen nichts verstehen. Daraus entsteht eine neue Lage: Zwei streiten sich, wie oben, ein Friedensangebot wird nicht gemacht. Mit der Zeit richten sich die beiden aggressiv Aufgeladenen auf ein außerhalb von ihnen stehendes Drittes, über das sie ihren Haß ausschütten. Man kann es anders handhaben. Schweizerische Technik: Gefühle werden umgebogen, in etwas anderes hineingesteckt. Das sieht man beim Stücke-Schreiben. In Stücken sollen die Figuren »emotional reden«, also so, als ginge sie auch das Entlegenste noch vital an. Epiphanie-Behandlung von: in Stücken sollen, von der Handlung aus gesehen, die Figuren in die Lagen gebracht werden, in welchen ihnen das höchstmögliche emotionale Engagement abverlangt wird. Es soll nicht objektiv erzählt werden, daß die Unterkünfte schlecht sind, sondern es soll einer gezeigt werden, der den Befehl kriegt, auf dem Boden zu schlafen. Nächste Nacht nochmals, und mittwochs auch. Allmählich reicht es ihm, und dann darf er den Boden mit Wachs einreiben, »für die Sauberkeit«, und abermals darauf schlafen. The event number X attacks the epiphany: Zwei spielen alle obenerwähnten Strategien durch, aber »spöttisch«, will sagen, mit innerer Distanz und damit, daß sie den anderen durch den Spott, mit dem sies nehmen, a. weiter beleidigen, b. aus der geschärften Streitlage herausretten (Subtext: Alles noch schlimmer, so nen Streit nehm ich noch gar nicht ernst – oder – alles halb so schlimm, so nen Streit kann ich nur lustig finden). Epiphanische Szene wirkt: jemand montiert im Haushalt Elektrostecker um. Schneidet erst alle ab. Sagt, »So, weg.« Hebt dann die Enden der Schnüre hoch. Sagt, »So siehts aus.« Wirft die Schnüre verächtlich auf den Boden. Sagt, »Siehste, so ists, abers mußte sein.« Zaubert dann eine Tüte anderer, kleinerer Stecker aus einer zweiten Tüte. Fängt mit der Neumontage an. Kein einziges Elektrogerät geht. Die Epiphanie resorbiert schwammartig nun: Olga erzählt Serge Geschichten, um ihn zu Nacherzählungen zu verlocken. Sie weiß, der Nacherzähler bringt 30 bis 35 % des Gesagten wieder. Also muß sie Geschichten dreifach ausschmücken, damit 100 % der Geschichte von Serge zurückkommen, die sie vielleicht erzählt hätte. Serge weigert sich immer mehr, erwidert mit Narrativ-Stummeln wie »Die haben sich halt getroffen, hä«, oder »Scheiße, was soll das, sie lieben sich, oder?« Die Epiphanie setzt sich nun zusammen aus: Das Quietschen seiner Rollstuhlräder ist Ausdruck seiner Pesönlichkeit. Hätte er nicht das ihm eigene Temperament, würden die Räder anders quietschen. Quietschten sie nicht, es wäre ein Schrecken. Solange er beim Fahren Lärm macht, ist mit seinem Charakter noch nicht alles verloren.

Unten stand die verkrüppelte Reinemacherin mit nur anderthalb Armen. Kaum war Emanuel die enge, sich um eine Mittelachse drehende Matrosenstiege zu Perkins Wohnung hochgestiegen, ging die dicke Tür, ein dunkelgrünes Brett, vor ihm, dem Keuchenden, auf, Perkins bat ihn herein, ließ sich auf einen Sessel fallen, bot ihm keinen an, zeigte dann auf ein dumpf und unbeleuchtet auf dem zweitobersten Regal liegendes Buch von Kafka. Lies den Titel. Kann nicht. Wie heißts? Mein Lieblingsbuch. Wenn ich den Titel nicht lesen kann, welches ist dein Lieblingsbuch? Das Schloß, na, der Prozeß, der Prozeß etwas früher, das Schloß ein Spätwerk, etwas fahl, doch ästhetischer Zugewinn dank der Fahlheit, eine Finsternisgeschichte gemäß Taschenlampenkriterien. Ich hatte mich im Badezimmer aufgestellt und ließ luftholend ein Stück Seife zwischen den Händen vergehen. Perkins war ein unfreundlicher Gastgeber, und Emanuel mußte gewärtigen, die Matrosenstiege von ihm hinuntergeworfen zu werden. Perkins Arme hatten die handelsübliche Spannkraft, stärkten sich aber bei ihrem Austritt aus den kurzen Ärmeln seiner groben Weste beachtlich. Sie nahmen bald eine Breite an wie der Amazonas in seinen besten Gegenden, und Perkins wirkte seltsam, verblüffend, wenn seine riesig breiten Arme, in deren Massen die Ellbogen verschwanden, an den winzigen Schultergelenken hingen und fast nur noch als Ventilatorflügel zu gebrauchen waren. Bring mir den Rest der Seife, ich vollziehs gleich hier. Als er da hochsteigt, nein, als er nicht hochsteigt, sondern im Dorf die Wirtin, na, die Wirtin trifft, besser gesagt, auf die Wirtin stößt, wie sie hinter dem Schanktisch steht und einfach so ragt in statuenhafter Härte, da wendet sich der Landvermesser einmal in sich selber, und das Beste ist, wir kriegens weder im Text noch in irgend einer Poetik mit; alles bleibt sich gleich, aber er hat sich einmal in sich gewendet und behält von da an die Fähigkeit, das jederzeit zu tun. Perkins warf eine Hand auf die Lehne seines Sessels; sie knackte. Verlegen und in dienender Haltung brachte Emanuel ihm die Reste seiner Seife. Durch das Treppenhaus hörten sie die Reinemacherin mit ihrem abgehackten einen Arm Lauge in einen Kessel gießen, dann den Kessel schwenken und ihn vom ersten Treppenabsatz aus die Stufen hinableeren, als beteilige sie sich an einem Wettbewerb mit dem Thema Flurspülung und erwarte ihre Benotung. 97 Fifth Avenue: Als Emanuel aus seinem Restaurant trat und den Blick hob und kurz in dem engen Hemd ruckelte, sah er eine noch treffendere Stätte: The Book Review Restaurant. Sogleich betrat er es, blieb mit dem Gürtel an der Türe hängen und riß sich hinten den Mantel auf. Kaum saß er, brachte ihm der Kellner die Speisekarte. Emanuel bestellte eine Kritik. Kellner wies ihn darauf hin, daß es ein ganz normales Restaurant sei. Er solle Fleisch bestellen. Dann wenigstens kritisches Fleisch, sagte Emanuel. Fragend sah Kellner ihn an und schlug sich mit der gedrehten Serviette auf die Handwurzel. Sie betrügen die Kundschaft, drückte Emanuel aus, da ihm das Wort für

Kundschaft nicht einfiel. Es wurde ein scharfes »Sie betrügen«, und das Objekt fiel weg. Emanuel stieß an dessen Stelle einen kurzen heiseren Laut aus. Ich hol den Chef, damit zog sich Kellner in die Kulissen zurück. Ein chinesischer Lehrling stapelte Teller mit zwei dünnen, parallel laufenden Goldrändern, zog Untertassen aus der Spalte eines Porzellanwärmers heraus, dessen schwarze Schnur sich hinter der Anrichte zu einem Stecker schlängelte. Faulkner! rief Emanuel in das Lokal, bringen Sie mir eine Kritik von »Licht im August«. Im Hintergrund prasselte es. Der geholte Chef brach durch die Anrichte-Vorbereitungen und ochste auf den Tisch des Sitzenden zu. Davor blieb er stehen und kraulte sich an der tiefblauen Fliege. Die Modernität wuchs in dem Maße, wie die geradegezogenen Straßen buckliger wurden. Dadurch wurden die Transporte zerbrechlicher Gegenstände undenkbarer, weil die Gegenstände im Transporter hin und her sprangen, gegen die Decke schlugen und zerbrachen. Bei einem bestimmten Straßenzustand trat der exakte Punkt ein, wo die Stadt sich selbst mit neuen Maschinen nicht mehr versorgen konnte. Sie gingen intakt bei den Fabriken ab und kamen, transportiert, zerbrochen an. Deshalb konzentrierte New York sich in jedem Bereich auf die dafür zuständige und repräsentative Ur-Maschine. Es fuhren nur die Aufzüge, die schon zu Edisons Zeiten erfunden wurden, und war irgendwo ein neuer eingebaut, wurde er mit kostspieligen Techniken herausgebrochen und ein alter wieder eingesetzt. Die Häuser waren aus dem Impuls heraus entstanden, Häuser zu bauen: schon wahr. Doch kaum stand das zwei- oder dreistöckige Einfamilien- oder Geschäftshaus, wurde der große Architekt und Erbauer von Enttäuschung gewürgt darüber, daß er die Form wieder nicht geschafft hatte. Er ließ sich eine Stehleiter kommen, montierte auf den Dachkranz ein Fundament – es wurde nur von der Dachtraufe des darunterliegenden Hauses gestützt, und sie wurde auch gleich wieder abgebrochen – und errichtete ein zweites Haus über dem ersten. Die Form des neuen, nun nicht nur mehr doppelstöckigen, sondern doppel-lagigen Gebäudes mußte so würgend wirken, daß die Desillusion des Architekten einen Höhepunkt erreichte, er selber einen Tiefpunkt; da das erste Hoch-Fundament noch hielt, baute er auf dem zweiten Hause ein drittes, undsofort, bis sein Gebäude langgezogen, sozusagen gestreckt, in die Höhe ragte und nun so eigentümlich geworden war, daß alle Vergleiche versagten, der Architekt durch sie nicht mehr in die Niedergeschlagenheit getrieben werden konnte; er fand sich allmählich selber gut. Nachdem die Stehleiter nicht weiter ausgeklappt werden konnte, hörte er mit seinen gestapelten Häusern in einer Höhe von 200 bis 300 Metern regelmäßig auf und legte das folgende Fundament neben das unterste erste, zog die zweite Häuserbeige hoch. Der Fahrer hatte hinter dem Vordersitz seines Taxis ein Brett durchgeschoben, damit die Rücklehne nicht nach hinten fiel. Der Wagen stand vor dem Zusammenbruch, das war klar. Aber auch diese Wagen wirkten diesmal solider. Am solidesten wirkte jener Skateboardfahrer, der sich hinten aufs Brett einen winzigen Motor montiert hatte, vom Motor ging ein Drehstab aus, den er, auf dem Brett stehend, oben greifen konnte, und durch Manipulationen mit dem steifen Ding brachte er das Brett in Fahrt, durch seitliches Lehnen trieb er es in die Kurve, wobei er sich einwärts neigte und fast den Boden streifte, ehe er einem Taxi ausweichen mußte, dessen Fahrer gerade Emanuel betrog, indem er einige Wohnblocks zu weit ausholte und einige Blocks zu weit südlich fuhr, sodaß die ganze Route nicht mehr stimmte. Als das Taxi vor dem Skateboard bremste, flog Emanuel in das Brett, das den Vordersitz stützte. Möchten Sie was trinken, atmete der Fahrer nach hinten, Emanuel nickte und kriegte einen Becher kalten Kaffee, in dem eine Spinne um ihr Überleben kämpfte. Er hielt den Becher schräg, ließ sie in seinen leicht geöffneten Mund hinein und hörte, wie ihr Hinterleib unter seinen Zähnen platzte. Emanuel war nun nicht mehr weit von Perkins weg. Perkins wohnte um die Ecke. Emanuel mußte an Shakespeare vorbei. Im Shakespeare brachte die Dicke hohe Eisbecher. Perkins wohnte im dritten. Eine enge Seemannstreppe führte zu seiner Wohnung hoch. Lief er darauf dazu, schwankte das Haus, als herrsche ein starker Wind. Der herrschte draußen oft, blies Papiere, leichte Abfälle, Schnüre,

Pizzateile und leere Schuhe die Straße hoch. Ich hatte mich auf einen Besuch bei Perkins gefreut, als Emanuel hergeflogen war. Während einer ersten Zeit in der Stadt war die Freude intakt geblieben. Ich setzte zu nichts in Beziehung, was mir in der ersten Zeit geschah. Man weiß, da ich es sagte, daß ich müde und erschlafft, abgehundet, zerrieben und der restlichen Welt höchst überdrüssig war. Demnach auch des Perkins überdrüssig; was das genaue Gegenteil dessen war, was ich für ihn empfinden wollte. Ich wollte mich auf ihn freuen. Allzu lange hatte ich schon gewartet. Als erstes mußte ich Perkins aus meiner Müdigkeit herausnehmen. Die persönliche Gleichung lautete nun: Ich habe genug von der restlichen Welt minus Perkins. Damit war Perkins ausgeklammert, meine Gefühle betrafen ihn nicht, sofern sie nicht Freude waren und Erwartung. Dieses Herausnehmen aus meinen Gefühlen verlieh Perkins sogleich etwas Starres, Museumsartiges. Ich hatte ihn in einen Schrein gelegt, oben war Glas, und gegen Entrichtung eines Eintrittsgeldes konnte der Besucher Perkins in seinem Schrein sehen. Der lebendige Mensch Perkins war allmählich zu einem Ausstellungsstück geworden, an den sich kein Gefühl mehr heranwagen durfte außer dem allerpositivsten. Dieser Zwang zum Gutes-Denken, zum Erwarten, zum Sich-Freuen auf Perkins hatte aus Perkins allmählich etwas gemacht, das man nicht mehr erwarten, worauf man sich in guten Treuen nicht mehr freuen konnte. Ja, mehr noch. Hätte ich nicht von meiner ursprünglichen Freude und Erwartung gewußt, sondern wäre mir Perkins so eingeschreint, wie er jetzt war, begegnet und hätte ich ihn nie anders gekannt, so wäre er mir als ein ekelhafter Mensch sogleich aufgefallen, als etwas vom Entsetzlichsten, was sich unter Menschen überhaupt herumtreiben konnte, ja seine unmäßige Schrecklichkeit wurde nur dadurch einigermaßen gemildert, daß er sich eben nicht herumtrieb, sondern in seinem Glasschrein gefangen war. Es war keineswegs sicher, als ich an Shakespeare und der Dicken mit dem taumelnden Eisbecher vorüberging, ob Perkins in seinem Schrein frei herumlief, sich also innerhalb von Gefängniswänden trotzdem frei herumtrieb, oder ob er daran festgenagelt war. Auch dies war selbstverständlich möglich. Steckte Perkins in seinem Glasschrein und tobten meine ganz und gar negativen Gefühle vor diesem Glasschrein und zahlten Eintritt, um das Perkins-Museum zu besuchen und, sobald im Museum, sich auf den Glasschrein mit Perkins zu stürzen, Perkins aus den Scherben herauszuzerren und zu lynchen, zu teeren und zu federn, zu zerstückeln gar, so durfte Perkins unter Umständen in seinem Glasschrein nicht frei herumlaufen, da er sonst die ihn schützende Scheibe von innen durchstoßen hätte und sich so in die Gewalt meiner negativen Vibrationen gebracht. Ich war mit dem lieben, mir teuren, dem von mir erwarteten und dem mir Grund zur Freude seienden Perkins in einer mißlichen Lage. Während draußen auf der Straße der straffe Wind über Hundekote, menschlichen Samen in leeren Präservativen und über Birnenkerne fuhr und alles zu einem unappetitlichen Haufen zusammenblies und gleich wieder zerstreute, mußte ich, um Perkins vor meiner Freude und den sonstigen Gefühlen zu schützen, immer schwierigere Maßnahmen treffen, die ihn beeinträchtigten. Ich stand unten an der Seemannstreppe, für die ich nur große Vorfreude und eine grenzenlose Erwartung empfunden hatte, und ich hatte Perkins starr vor mir, er lag zusammengekrümmt unter dem Glassturz, und ich war zum Erklimmen der Treppe bereit, nichts konnte mich mehr von dem Besuch seiner Wohnung abhalten. Allerdings würde, sobald ich oben an der Treppe angelangt sein würde, eine psychologische Maschine, ein Seelenzahnradwerk zu laufen anfangen, das jederzeit auch mich in seine malmenden Zähne ziehen konnte – falls ich bis dahin nicht zu einer sauberen und irgendwie klinischen Lösung gefunden hatte, wie ich meine seelischen Bedürfnisse und Perkins versöhnte. Das Wetter, bei meinem Aufbruch schön und strahlend, hatte sich schrittweise verschlechtert, aber nicht so, daß eine Katastrophe vorhersehbar war, sondern es hatte sich in die schlimmste Zweideutigkeit zurückgezogen, denn am Himmel wirkte der Wind Wolken von einer Ecke in die andere, die Luft hatte sich in ihrer Beschaffenheit verändert, die Sonne war in den seltenen Auftritten, die ihr noch gewährt wurden, umso heißer und unlogischer in Bezug auf den Gesamtzusammenhang, und mir war klar, dieselbe Sonne, die auf mich schien, schien nun ein paar Stufen weiter oben auch auf den armen Perkins, der von mir so schändlich behandelt wurde, weil er in mein Getriebe gekommen war. Würde die Treppe rechtzeitig zusammenbrechen? Es war ein leichtsinniger, kindlicher Wunsch, der voraussetzte, daß Emanuel die Möglichkeit hatte, seine Wünsche sich von der Umgebung ausführen zu lassen. Unnötig zu sagen, daß er diese Fähigkeit durchaus hatte; und hatte sich die Treppe, als sie zum ersten Mal Gegenstand seiner Gedanken wurde, beim ersten Aufflammen seiner aus der Lage natürlich hervorgehenden Idee noch geweigert zusammenzubrechen, so fiel bei seiner zweiten Idee, die genau dieselbe war, eine Stufe aus der Reihe der Gleichartigen, und wo vorher ein Holzbrett Grund geboten hatte, klaffte nun eine Lücke, schwarz, zweifellos unendlich tief. Er besuchte jemanden in der 94. Straße. Er fuhr nach dem Besuch stadtabwärts. Er übernachtete in der 19. Straße. Als er am folgenden Morgen das Haus verlassen wollte, kam der andere mit seinem haarigen Hund auf dem Morgenspaziergang an Emanuels Haus vorbei. Sein Haar lag schräg hoch im Wind, und der Hund roch an einem Stapel Scheiße, die auf zwei Rädchen neben ihm nachgezogen wurde, damit er etwas zu riechen hatte. Er lebte in einem Hotel. Am Washington Square. Der Kassierer war ein Japaner. Er hielt auf höchste Effizienz. Er hatte einen Computer angeschafft. Die Hotelzimmer waren innen braun. Emanuel hatte eine kalte Jahreszeit gewählt. Mitten im Zimmer stand ein Radiator. Tiefbraun. Alle zwanzig Minuten durchfuhr den Radiator ein Strom heißen Wassers. Der erhitzte ihn auf dreihundert Grad. Die Wärme füllte das Zimmer. Erstickt riß er die Fenster auf. Die Wärme verflog. Er fror bis zum nächsten Wasserstoß. Ins Badezimmer drang die Wärme nie. Dies Badezimmer war ein länglicher Raum. Innen war er weißlich. Etwas Grau mischte sich darunter. Die Badewanne lag sehr tief. Sie war in den Boden eingelassen. Das Klosett war bis zum Sitzrand voll Wasser. Die Badewanne wies drei Hähne auf statt der in Europa üblichen zwei. Das Wasser des Klosettbeckens wirkte wie ein Fernsehschirm. Warf man ein Produkt des Alltagslebens hinein, zog man die Spülung. Die versetzte den Wasserteich in immer raschere Drehung, das darin liegende Produkt auch. Gleichzeitig senkte sich der Teichspiegel, allerdings mit gelegentlichen steil aufschießenden Fontänen, die den länglichen weißen und mit Grau durchmischten Raum des Badezimmers in eine weitere Wasserfläche verwandelten. Ich fürchtete mich. Das Übergreifen der Wassermassen in das Schlafzimmer wurde von dem Radiator verhindert. Er ließ alle zwanzig Minuten alles verdunsten. Hinter dem Hotel lag Shakespeare. Es handelte sich um ein Pub, gleichfalls braun. Ausgeschlagen mit braunen Paneelen, was ziemlich gemütlich schien. Im Shakespeare schwenkten weibliche Obers volle Sahnebecken mit Sonetten und Strohhalmen, die in der Mitte steil aufragten. Jedes Kommen und Gehen durch die Eingangshalle des Hotels wurde von dem Japaner auf dem Bildschirm festgehalten. Die Sonette wurden nachgerechnet. Jedes Telefongespräch wurde auf die Sekunde genau ausgedruckt, und überdies wußte der Computer, wen ich angerufen hatte, noch nach Tagen. Ich wußte es nicht mehr. Die menschliche Intelligenz, wenn sie so beschaffen wie meine, wird vom Gedächtnis des Computers ideal ergänzt. Die Gesprächsinhalte wurden mir nicht mehr mitgeteilt. Obgleich ich sie vergessen hatte. Es waren allesamt Gefühls-Gespräche gewesen. Psychologische Austausche, worin Inhalte nur die Rolle hatten, die augenblickliche Stimmung nicht allzusehr Stimmung werden zu lassen. Der Washington Square war der Washington Square. Die Universität hatte ihn vollständig in Besitz genommen. Im Park um den kleinen Triumphbogen herum, der logischerweise vor der Fünften Avenue steht, kurvten Polizeiautos zu den Klängen schwerer Radios, die an den Rasenborden standen. Es herrschte keine Verbrüderung, gar keine. Die Polizei kam, damit die drei oder vier männlichen oder weiblichen Kühnen, die in der Kälte im Offenen des Washington Square sich herumtrieben, rollschuhfahrend oder hockeyspielend, ihrem Geschäft in Ruhe nachgehen konnten. Im Augenblick aber, wo die Polizei mit ihren länglichen blauen Wagen und dem deutlich daran angebrachten roten Drehlicht um den Triumphbogen herum kurvte, hatten sämtliche Aggressoren und Banditen das Weite gesucht. So daß die Polizei etwas bewachte, was ihre Bewachung gar nicht zu wollen schien. Sie wirkte lächerlich. Sie hatte keine Computer, nur Funkgeräte an der Schulter. Gewisse Servierer im Shakespeare waren so dick, daß die Sahnebecher mit den Sonetten nie am Ziel ankamen. In der Nähe lag eine Buchhandlung, die sich dadurch auszeichnete, daß ich alle Bücher, die ich drin kaufen wollte, und es war sozusagen die ganze Buchhandlung, zum Schluß zu kaufen vergaß. Ich dachte darüber nach. Die Bücher waren nicht wichtig gewesen. Darum hatte ich sie vergessen. Oder sie waren mir sehr wichtig gewesen. Ich wünschte die Zeit zu sparen, die mich ihre Lektüre gekostet hätte, und machte es mir unmöglich, sie zu lesen, indem ich sie einfach nicht kaufte. Mitten im dunklen Zimmer stand ein Doppelbett. Später hatte es ein Gast an die Wand geschoben. Die Decke auf dem Bett war gefährlich dünn. Die Regale, die um das Bett herumliefen, ohne einen miesen schmutzigen Tisch überflüssig zu machen, wirkten abgeschabt, erfolglos, pleite. Der Japaner unten wußte um die Atmosphäre aller Zimmer. Er hatte deren Preis verdoppelt. Der dritte Hahn der Badewanne betätigte die Brause. Der Brausenkopf lag genau über dem Wannenhahn. Dieser Wannenhahn lag auf Fußbodenhöhe, da die Wannenwölbung sich unterhalb Fußbodenhöhe befand. Die Wanne war in den Badezimmerfußboden eingegraben. Es handelte sich um ein gekacheltes, mit Wasser spülbares Grab. Vor dem Grab hingen zwei trübe Vorhänge. Sie waren aus weißlichem, samenfarbenem Plastik. Zog ich sie in der Mitte zu, ließen sie eine Spalte offen, wodurch das Wasser der Brause, wenn ich mich duschte, komfortabel in das Badezimmer geriet. Wenn das Klosett auch spülte, kamen dessen Fontänen zu dem Vorhangwasser hinzu, das aus dem gekachelten Grab drang. Auf dem Bett lag ich. Ich lag anfangs stundenlang still und hatte keinen Gedanken, außer den, daß ich lag, was ein kurzschlüssiges Rundherum ergab, denn ich lag ja tatsächlich, und man liegt sehr gut, auch ohne daß man denkt, man liegt. Ich war in New York vollkommen erschöpft angekommen. Es war mir ein Vergnügen, nichts zu tun, nicht zum Fenster hinauszuschauen, nicht einmal den Hotelgang vom Hof her zu betreten. Der Hotelgang sah aus wie ein Kammergang innerhalb einer Pyramide, zum Beispiel vom Sterbezimmer hin zum Aufbahrungszimmer, oder, wenn es kein Sterbezimmer gab, vom Einbalsamierungssaal hin zum letzten Totensessel. Allerdings stand in diesem Gang kein Sessel, ganz im Gegenteil kam man unmittelbar vom Lift zu der Zimmertür. Kaum öffnete sich der Aufzug, stand man vor der eigenen verschlossenen Tür. Ich öffnete sie mithilfe eines klugen Schlüssels. Er bestand aus einer Karte, die wie ein Busfahrschein aussah. Der Busfahrschein war in eine Spezialzange eines blatternarbigen, räudigen, von der Lepra bis auf seine Unterarme abgefressenen Fahrkartentwerters geraten. Der hatte ihn mit Löchern versehen. Die Löcher bildeten eine Geheimschrift. Das Schlüsselloch konnte diese Geheimschrift entziffern. Jedes Schlüsselloch hatte eine andere Geheimschrift, worauf es reagierte. Zweifellos ein Werk des findigen Japaners, der mir das Sinnbild aller schweigenden Wirksamkeit zu werden schien. Blähen sich zum Beispiel wirksame, und deshalb besonders stinkend schwitzende, Schweizer in meinem Kopf zu riesigen Ungetümen auf, die ihren Unschlitt unaufhörlich an mich loswerden wollen, so glänzte der wirksame Japaner in meinem Verstand damit, daß er sich alsbald, wie es sich für den wahren dienstbaren Geist gehört, verkleinerte und schließlich, vor lauter Nachdenken, worin er vorkam, gar nicht mehr vorhanden war und als Denkfigur auch gar nicht mehr aufgesucht werden konnte. Nie in meinem Leben habe ich an pflichteifrige Japaner denken können, obschon ich ihrer ehrenhalber und pflichtschuldig reichlich gedacht. Mein Denken zeichnete sie dadurch aus, daß es sie zum Verschwinden brachte. Sie waren ein Rätsel, das sich im strikten Sinn des Wortes auflöste. Denkt man zu oft an diese dienstbaren stillen Japaner, sieht man sie stets, sich auflösend, davongehen auf die jenseitigen Wiesen ihrer Nichts-Werdung. Man täusche sich aber nicht dahingehend, daß man die Annahme treffe, mit dem gedachten verschwinde auch der wirkliche Japaner. Er, von meinem, deinem, unserem Denken unberührt, bleibt bestehen, steht an seiner Maschine, tippt digital etwas auf ihr Tastenbrett und lebt der Gewißheit, das Getippte werde den Weg in die Maschine finden. Nicht alle Maschinen des Hotels waren auf der Höhe der Eingangs-Maschine. Der Getränke-Automat im hinteren Eingangs-Salon, wo die Landsleute des Japaners ihre Koffer vor der Abreise stapelten, um sie nicht am letzten Tag ihres Aufenthaltes in der Stadt umhertragen zu müssen, war ein an der Wand befestigter Getränke-Automat mit Zweitdüse, Azeton à discretion fürs Säubern der von der Drüse des Automaten gespendeten Trinkbecher fürs Sprite und das neue opiateske Dopa mit der fischgrünen Tönung an der Oberfläche der gefaßten und gezähmten sumpfigen Flut, die perlende Bläschen warf und auch sonst begeisternd anzusehen war, bis sie durch schieres Trinken schluckend zum letzten Tropfen getilgt war.

Tamara in Montereau bei Paris, Industrieviertel, südwestlich Eiffelturm, Distanz achtzig Kilometer, Mündungsneigung zwanzig Grad nach oben, Abschnitt 12/368: Wohnblöcke wie Staudämme, die Quadratur der Trostlosigkeit. Aus dem Leben: Larry Rogers war zuerst Veterinär, fand dann heraus, daß diese Welt ihren Mitgliedern zuviel Spannung und Druck zumutet. Da aß Larry Rogers plötzlich Fleisch und wurde Lastwagenchauffeur bei einer aldi-ähnlichen Vertriebsorganisation, hatte viel mit der Verteilerzentrale zu schaffen und glaubt, daß sehr viele Männer ihn um seine Karriere beneiden, weil sie gerne dasselbe täten wie er. Einzelne Freunde, sagt er vorwurfsvoll, schämen sich für ihn, wenn er mit ihnen ausgeht, und stellen ihn immer als »zurückgezogenen Tierarzt« vor. Larry Rogers spricht verächtlich von ihnen: »Nur die Frauen sind schuld, daß sie auf ihren hohen Posten bleiben«, sagt er. Plötzlich sackt er in sich zusammen. Er kann gerade noch aufspringen, in die Kabine, und sich selbst hinbringen. Untersuchung. Ein Spatel wühlt in seinem Kot für eine Probe. Spaziergang im Spitalkorridor. Nachts hat wieder einer mit überschnappender Stimme in regelmäßigen Abständen von einer Minute entsetzlich geschrien. Auf der Urologie klingt es ständig wie in einer Folterkammer mit Abteilen. Papierkörbe auf Rädern. Mehrstöckige Wäschewagen mit vogelscheuchenartigem Gelump seitlich raushängend. Die Wagen sind Holzgitter, hochhackig, mit vier wie nachträglich angebaut wirkenden altmodischen Speichenrädern. Betten stehen überall parkiert, mit gezogener Radbremse. Ab und zu ein Blick in ein anderes Zimmer. Alles gleich aussehend; in so kurzer Zeit kann Emanuel keinen von sich selber unterscheiden. Im Büro sitzt keine Schwester, entsetzlich, diese verwaiste Organisationszentrale; die Abteilung wird gleich kentern. Staubsauger werden gerollt. Heizbare Essenwagen flutschen geräuschlos zu den Hungrigen. Leere Spritzenkolben dick wie ein Arm, Emanuel saugt mit ihnen auf einmal das Blut eines ganzen Menschen aus, dessen Haut entleert vorn an der Nadel hängt und abgestreift wird wie ein Unterhemd. Auf den Menschen im Spritzkolben drückt Emanuel dann und jagt ihn einem anderen in den Arm. »Kriegst du auch Menschen gespritzt?« Die Nadeln dieser Kolben sind fingerdick. Es braucht sog. Vor-Nadeln, die erst eine Eingangsöffnung für die Nadel aufreißen. Manchmal wird die Haut auch gesprengt, eine Dynamitpackung wird um den Ellbogen gebunden. Alles ist schrecklich, alles dient der Gesundheit. Unter meinem Bett hängt jetzt ein Körbchen mit einem Blutdruckmeßgerät und einem Stethoskop. Das Stethoskop probierte ich aus, es bohrte sich mir in die Ohren von beiden Seiten wie eine Zange, plop-plop das Herz, wenn auch nicht sehr deutlich. Im Hotel de la Couronne in Avenches Filets de perches à gogo dinieren. Meine Achtunddreißigerchen: kleine Füße. I red erst wieder mit dir, wennd nix mehr sagst. Warten = ins Leere bluten. Fantome mit haariger Brust und weit auseinanderstehenden Telleraugen. Die Stirn ist einen Menschen breit. Bootshaken, Nebelhorn, weißes Nachtlicht, Motor-Griffverlängerung. Auf dem Tabur Yak, genannt »Badewanne«, eine Uferfahrt machen. Die Pubertätsbücher von Zane Grey, Max Brand, Western au bon marché. Der Obermotz, der Subcouturier. Agnes: Finden Sie es indiskret, wenn ich Sie frage, ob Sie oft handeln? – Emanuel: Ich geniere mich zu sagen, daß ich meist nicht handle. Ich hasse Oblomow mit der Kraft meiner verworfenen Seele und meine, mein Unbewußtes tue mit; doch ätsch, ich schaffe noch weniger als er, dessen Rumlungern vor Weisheit troff. – Agnes: Eine solche Antwort höre ich selten. Überrascht Sie das? – Emanuel: Ich müßte lügen, wenn ich ja sagte. Es läßt mich gleichgültig. Ich hoffe, meine Antwort beleidigt Sie nicht. – Agnes: Sie wollen mich doch beleidigen. Bringt Sie das aus der Reserve? Ich setze noch eins drauf: Sie haben es doch von Anfang an nur darauf abgesehen, mir die Scham- und Wutröte ins Gesicht zu jagen. Ich kann Ihnen den Gefallen nicht tun. Um Gotteswillen, was rede ich da. – Emanuel: Bin ich böse, wenn ich Sie daran erinnere, daß ich mächtiger bin als Sie? Daß Sie noch immer von mir abhängen? Weshalb wohnen Sie schon so lange in dieser Wohnung? Na? Übrigens, ist ja unwichtig, nicht? – Agnes: Ich bitte um Ihre Verzeihung. Ich flehe Sie an, das nicht als unaufrichtig oder als taktisch geschickt anzusehen. Es ist mir ein Anliegen. – Emanuel: Kam etwas plötzlich. – Agnes: Auch ein Anliegen hat das Recht, plötzlich zu kommen. Sie sollten die Plötzlichkeit meines tiefen Anliegens nicht mit Berechnung oder Anpassung verwechseln. Ich bin einer der unabhängigsten Geister. Ich habe Großes im Sinn. – Emanuel: Wieviel? – Agnes: Nur das Größte ist für mich gut genug. Ich weiß, ich darf mich nicht überschätzen. Ich schaue mich immer sorgfältig um. Ich hoffe, Sie nehmen mir die offene und einfache Sprache nicht übel. Jetzt wäre ich glücklich, wenn ich von Ihnen hörte, Sie wollten mich ins Eßzimmer führen. – Emanuel: Oh, bitte. Ist es vermessen, von Ihnen zu verlangen, daß Sie daran denken sollten, die Tür zu schließen? – Agnes: Es ist vermessen. – Emanuel: Oh, ich verstehe. Sie schließen die Tür nicht. – Agnes: Ich habe noch nie eine Tür mit eigenen Händen geschlossen. Sie? – Emanuel: Dafür daß Sie von mir abhängen und nicht mal über einen Bruchteil meiner Macht verfügen, sind Sie ganz schön happig. – Agnes: Ich schließe nie eine Tür. – Emanuel: Erlauben Sie mir zu sagen: Sie sind verwöhnt. Bitte, ich intendiere keine Injurie, aber ganz so wird es nicht weitergehen können. Lassen Sie sich hospitalisieren: Die Schwester serviert mir einen heißen Tee in der Thermosflasche. Ich mag lieber kalten Tee. Ich schraube den Deckel der Thermosflasche auf und lasse die Wärme herausdampfen. Das hätte ich lieber nicht getan. Es ist mehr oder weniger offene Rebellion. Dreimal fragt mich die Schwester, Ach so, Sie wollen den Tee lieber kalt. Ja, sage ich, sehr viel lieber – aber aus ihrer grenzenlosen Ratlosigkeit, die gleich in Mißtrauen umschlägt, ersehe ich, das ich die Revolte gegen die Funktion der Thermosflasche nicht zu weit treiben sollte. Die Schwester hat den abgeschraubten Deckel übrigens gleich mitgenommen, sodaß ich, wenn ich mich anders entscheide, nicht etwa doch noch warmen Tee trinken könnte. Nein, jetzt muß er kalt werden, hattu selber so gewollt, deine Schuld, löffle aus, was du dir eingebrockt hast. Vielleicht ist die eigentliche Spezialität eines Krankenhauses nicht die Heilung, sondern die Schuldzumessung. Zwischenfrage: Was heißt hier »vielleicht«. Anfangs will man gesund werden, dann, nach zwei Tagen, ist man an seiner Krankheit schuld, nach sieben Tagen dieser eigenen Schuld an der Krankheit spricht man schon gar nicht mehr davon, und darauf haben sie gewartet; im Augenblick, wo man vor Scham über das eigene Versagen, oder über das Versagen der eigenen Gesundheit, kein Wort mehr sagen kann, ist auch die Krankheit gebannt. Man wird entlassen, weil man schwieg; dies honoriert das Krankenhaus augenblicklich. Der Besuch der Angehörigen dauerte kurz. Der ältere meiner Brüder bekam sogleich einen Krampf und sagte, immer seit seiner Nierenkrankheit ziehe sich alles zusammen, wenn er einen Nierenkranken sehe oder auch nur das Gefühl habe, da sei bei einem auf diesem Organ etwas los. Mein jüngerer Bruder saß mir gegenüber auf dem grünen Armsessel, den die Schwester soeben aus den Fünfzigerjahren geholt hatte. Er schwieg und verausgabte sich nicht. Im Krankenhausgarten spielten vier Genesende Karten, alle die Hände in dicken Verbänden. Das Mischen geriet durcheinander, das Einheimsen der gestochenen Stiche wurde zu einem scheibenwischerartigen Fahren über die Tischfläche. Am Ende des Spiels lagen ihnen die Karten zu Füßen. Vater besuchte mich am folgenden Tag, erzählte mir von Neu Delhi, Erinnerungen, Erinnerungen. Der Orchesterbeauftragte rief an und teilte mit, es bahne sich ein Konzert im Stadttheater an. Ich war geschmeichelt (es sollte schlecht herauskommen, Pinters Bühnenbild verfinsterte die

Solisten). Mit Agnes verabredete ich mich gleich, aber schon bei der Verabredung kamen mir die Körperteile in den Sinn, an denen ich krank war. Ich zog die Verabredung zurück, die sie ohnehin nicht eingehalten hätte. Kaum hatte ich mir den Anruf und die Kartenspieler im Garten ausgedacht, waren meine Angehörigen wieder verschwunden. Später sollte ich mich mit Tamara auf halb drei verabreden, noch immer telefonisch; wenn die eine nicht kam, kam immer die andere. Sie teilte mit, sie werde die Nacht durchmusizieren (»stecke mitten in einem unendlichen Blockflötensolo«). Am folgenden Tag, es war Sonntag, gab es, mit getrennten Glaubensrichtungen, Gottesdienst im sechsten Stockwerk und keine Blutentnahme. Das zweite wurde geschätzt. Kurz vor dem Gottesdienst lief die Gegenorder: DOCH Blutentnahme. Das Knurren schallte durch die Gänge. Dafür lagen auf einmal Kärtchen mit handgeschriebenen Bibelstellen auf dem Nachttisch, deren Tinte war noch feucht. Es gab nur eine Erklärung: Die Blutabzapferinnen hatten sie mit einer Hand, die ihnen offenbar frei blieb, dahingelegt. Die Bibelstellen waren einfach und wollten nicht zuviel. »Tue Gutes, so du willst, daß Emanuel dir Gutes tue.« Irgendwie stand er nun auch bei den Propheten im Mittelpunkt, nachdem er es schon vor Jahren ohne Aufhebens bei den Aposteln geschafft hatte. »Du sollst nicht Emanuels Ehe brechen.« Bezog sich das auf ihn oder auf sie? Es lohnte die Zeit es zu lesen nicht, aber als ein Satz, der sogar noch mit der Ökonomie haushälterisch umging, war er zwar verächtlich, aber in seiner Formulierungsleistung nicht geringzuschätzen. Es ging etwas von ihm aus, wahrscheinlich das Versprechen, es werde Gutes getan werden, auch ohne daß Emanuel sich selbst daran beteiligen müsse. In diesem Sinne drückte die nasse Tinte eine Realität aus. Die Blutentnahme war besonders schmerzhaft, und dem Gottesdienst, wo man zum Allmächtigen sich wandte und dessen Paranoia, entkam ich durch einen langen Spaziergang, der in der Besenkammer auf einem Eimer endete, unter dem sich ein längliches, mit einer farblosen Flüssigkeit gefülltes Glasgefäß befand.

Mehr Gin, bitte. Das Errol-Garner-Adjektiv stellt sich stets eine semantische Viertelkategorie falsch vor das Substantiv. Sein Effekt ist unwiderstehlich anfeuernd. Lachen oder kalter, tödlicher Zorn begleiten sein Lesen. Es wurde noch nie ein Errol-Garner-Adjektiv gelesen, ohne daß die Lust, das zugehörige Substantiv kennenzulernen, übermächtig geworden wäre. Das Bud-Powell-Adjektiv hingegen schlüpft durch, geht in dem folgenden Substantiv auf, dieses nur leicht verstärkend. Das Substantiv ist ohne das Adjektiv nicht denkbar, allerdings wird das Adjektiv dadurch etwas Selbstverständliches. Das bringt automatisch eine Wertminderung mit sich. Es ist nicht leicht vorstellbar, daß fürs Finden eines *Bud*-Powell-Adjektivs große Anstrengungen gemacht wurden. Darum läßt der lieber Gelobte es besser weg und bringt das Substantiv kahl. Nach etwa neunzig dieser Adjektive erst schleicht ein leiser Irrsinn sich ein, und der Leser wird ins Asyl eingeliefert, wo er zu seinem Erstaunen erfährt, daß er erwartet wird, und wo er sogleich das George-Shearing-Adjektiv eingebettet von sich gibt: »Zu blöd, daß die Idioten finden, ich sei blöd.« »Blöd« ist ein E-Musik-Adjektiv: unsäglich eindeutig läßt es keinen Wunsch und keine Möglichkeit mehr offen, hat alles gleich gnadenlos abgetötet und ist in seiner Denunziation jeder Veränderung so wirksam, daß jede Wiederholung sich erübrigt. Aus der Kategorie »blöd« steigt keiner mehr heraus. Freud: »Der flugfähige Witz liegt mir in den Haaren, aber dort ist ein lämmer Käfig.« (sic!) – Freud wollte damit ausdrücken, daß ein Kitz nachts in seinem Stall liege, wenn es nicht, ausnahmsweise, bei seiner Mutter liege. »Dann aber«, so Freud, »sind Lämmer für die Unschuld unbrauchbar.« »Unbrauchbar« ist hier ein Bud-Powell-Adjektiv. Nach neunzig von dieser Sorte steht Emanuel wieder da, wo Emanuel hergekommen ist. Relaxin' at Camarillo. Proff. Gauß und Weber. 1833 verbindet ein Telegraph Göttingen mit der Göttinger Sternwarte. »Ich stehe hier und vernehme Sie da drüben«: meist war die Struktur der ersten Botschaften so: bare Mitteilung der Tatsache, daß Kommunikation stattfinde. Er stand vor ihr, nackt. »Die Hände in die Taschen stecken möcht ich«, sagte er, »wieso hab ich keine Taschen an den Oberschenkeln?« – »Laß dir welche nähen«, sagte sie. Die junge Frau mit den beiden winzigen Kindern in der Bierhalle. Sie sitzen ihr gegenüber. Lauter ältere laute Männer, die sich Bierschaum von der Lippe wischen und nichts sehen. »Eigentlich wollte ich abnehmen. Und auch nachhause muß ich gleich wieder.« – »Das ist nicht dasselbe, wie wenn Emanuel sie den ganzen Tag hindurch hat. In der Nacht ... ah, dann ...« – »Was hat er gesagt?« – (sie zieht die Oberlippe hoch, entblößt die Zähne, wirft die Schultern nach hinten, rosa-gelbe Bluse strafft sich, Zigarette) »Natürlich, es reicht ja auch gar nicht.« – »Jetzt müssen wir wieder antreten!« (mit Widerwillen gesagt) – »Ja, können Sie denken!« (die beiden können es denken) – »... und über Mittag zu seiner Frau sagt ... am Samstag und am Donnerstag ...« Rhein-Donau-Club, Skat & Schützengruppe, Schuhplattler-Riege, Nachtklub-Seilschaft. Plüschverziertes Etablissement. Edelfiguren. Faltenlose Augenwinkel. Wimpernschattierungen mit Lichteinfallsregler. Brustwarzentönungen. Mutige Hüften. Samthände. Elfenfüße. Gesichtmuskulatur bloßgelegt. Einwandfreie Körperkonturen. Mumienartige Bandagierung zum Feuchthalten. Störende Talgansammlungen. Talgosmose. Jugendstilstühle. Emanuel, Gin trinkend: Du bist soeben an einer Neunvoltbatterie vorüber. – Emanuel: Hab ich übersehen. – Emanuel: Diese beiden silbrigen Pole hätten dir auffallen müssen. – Emanuel: Die Pole schon. Aber die Batterie nicht. – Emanuel: Hast du sie dir angeschaut? – Emanuel: Die Batterie? – Emanuel: Die Pole sind anschlußfertig. – Emanuel: Ich habe sie für zwei Silberfäden hinter langen Erlen in der hübschen Landschaft gehalten. – Agnes, unter starkem Gin-Einfluß, den Monolog mithörend: Du hältst alles für etwas anderes, was? – Emanuel:Diese Pole schon. Die Batterie sah ich ja nicht. – Emanuel: Die Pole, anschlußfertig. Nun mußt du dir eine Frage beantworten. Wen oder was schließen wir daran an. Berücksichtige, die Spannung ist neun Volt. – Agnes: Neunzig Volt. Du meinst, neunhundert? – Emanuel: Das würde die Frage des Anschlusses lösen. – Agnes: Schau auf dem Zähler nach. – Emanuel: Er zeigt neun Volt. Aber er ist geschmolzen wie eine tagelang gebratene Gans. – Agnes:

Dann sinds neunhundert. – Emanuel: Anschlußproblem gelöst. Gib mir die Hand. Wir erhalten einen Schlag. Wir sind bereits tot. Der Limbo ist ein Zwischenreich des Wartens, er soll genau zwischen Himmel und Hölle sein. Eine gebeizte Schwingtür mit meergrünen Scheiben, mit einem Messinggriff und einer Messing-Fußleiste. Der ganze Raum ist dunkel gebeizt. Eine Wirtshauslaterne hängt bis auf den Ecktisch herunter. Ein gebeiztes Thermo-Barometer, dessen Zeiger sich seit Jahren nicht mehr bewegt haben, sondern auf ›feucht‹ stehengeblieben sind. – Agnes: Was wurde aus Alberts Sohn, der Geige spielte? – Emanuel: Mein Weizen blüht, ich muß das solange tun, wie mein Weizen blüht. – Agnes: Die Blumen vertrocknen mir in der Hand. – Emanuel: Diese tiefen Gespräche über wesentliche Dinge müssen wir unbedingt fortsetzen. – Agnes: Du mußt anfangen. – Emanuel: Du fängst ja immer an. – Agnes: Das Krötenrufen ist außer Mode gekommen. Es handelt sich um einen Summlaut. Du stellst dich vor einen Stein, unter dem du einen Raum vermutest. Bei deinem Summen kommt die Kröte raus. – Emanuel: Ach, ich hatte solche Angst vor dem Dunkel. Wenn meine Eltern ausgingen, mußte der Butler kommen. – Agnes: Die Familiengeschichte meines Vaters ist dunkel. – Emanuel: Er schlägt mich, wo immer er kann. – Agnes: Und wem hast du das gesagt? – Emanuel: Dem Fernand. – Agnes: Der sagts ihm weiter. – Emanuel: Fernand begreift nie, was ich sage, das ist ein Glück. Er ist unser stillster Vertrauter. – Agnes: Und was tut Emanuel, wenn ers ihm sagt? – Emanuel: Er wird erwidern: wirres Zeug. Oder dann hat er solche Angst, daß wir schon wissen, daß er es weiß, daß er gar nichts tut. Scheißfreundlich wird er sein, wir haben nichts zu befürchten. – Agnes: Und wenn er den Gürtel mit den Revolvern nimmt und abends einen Besuch macht? – Emanuel: Diese Besuche sind nicht mehr, was sie waren, Agnes. Ganz ohne bin auch ich nicht. – Agnes: Du wärst also nachts da? – Emanuel: Wenn ich nicht verreist bin, unbedingt. – Agnes: Schenk mir nach. – Emanuel: Viel? – Agnes: Etwas mehr.

Agnes: (zum toten Emanuel) Wie sahs bei ihm aus? – Agnes: (zum toten Emanuel) Er saß in seinem Zimmer. Verließ es nicht. Er rannte alle Augenblicke zum Telefon. – Agnes: (zum toten Emanuel) Ich sehe. – Agnes: (zum toten Emanuel) Seiner Abteilung sind die Zulieferabteilungen weggestrichen worden. Die Abteilung liegt in den letzten Zügen. Seine Männer zerstreuen sich aufs Gebäude. Er kann sie nicht mehr halten. Was haben Sie da? – Agnes: (zum toten Emanuel) Taschenmesser. – Agnes: (zum toten Emanuel) Geben Sie her. Nein, behalten Sie. – Agnes: (zum toten Emanuel) Schweiz: Ich habe noch nie so viele freundliche, umgängliche und dabei intellektuell heruntergekommene, glückselig verblödete Individuen auf einem Haufen gesehen wie in einem schweizerischen Kollektiv. Dabei sind sie eigentlich nie so dummbeutlig, wie Emanuel sie beschreiben muß. Die Mitte, Punkt aller Sehnsüchte, erdrückt alles. Was hat sie Ihnen denn gegeben? – Agnes: (zum toten Emanuel) Körperwärme. – Agnes: (zum toten Emanuel) Etwas wenig, nicht? – Agnes: (zum toten Emanuel) Ich wollte nicht mehr. – Agnes: (zum toten Emanuel) Sogar sehr wenig. – Agnes: (zum toten Emanuel) Sie kennen ihre Körperwärme nicht. – Agnes: (zum toten Emanuel) Das ist doch nicht alles. – Agnes: (zum toten Emanuel) Eine riesige Körperwärme. Warum brabbeln Sie so? – Agnes: (zum toten Emanuel) Ich drücke mich deutlich aus. – Agnes: (zum toten Emanuel) Immer wenn es auf Körperwärme kommt, brabbeln Sie. Haben Sie Hemmungen? Also Sie waren auf Körperwärme aus. – Agnes: (zum toten Emanuel) Schau an, jetzt können Sies aussprechen. Ihre Körperwärme, sagte ich, ist riesig, einhüllend. Ich ... – Agnes: (zum toten Emanuel) Ja, Herr Richter. – Agnes: (zum toten Emanuel) Lassen wir das einstweilen. Also, Sie reden, was Sie reden. – Agnes: (zum toten Emanuel) Das Schutzsuchen im inferioren Kollektiv, dem qua Masse eine zusätzliche Intelligenz zugesprochen wird, die es qua Masse ja gerade verliert. Die Abstimmungsmehrheit ist immer intelligenter als die Minderheit, ebenso wird einer, der zum Politiker gewählt wurde, plötzlich intelligenter, als er es vorher war. Geht die Wahl daneben, war er doch nicht so intelligent, wie Emanuel gedacht hatte. Justificatio a posteriori, Rechtfertigung durch den Hintern. Die Kollektive, die aufzusuchen ein innerer Lemming jeden Schweizer zwingt, sind natürliche Maßstabsetzer und unermüdliche Bremser. Ein Watzlawick sähe die Konsequenzschlaufe gleich, die sich erstickend um den Hals legt: Dadurch daß jeder sich im Kollektiv geborgen fühlt, wird er sich auch im Kollektiv völlig entspannt und lässig benehmen, was das Kollektiv auf eine noch bewältigungs-unfähigere Stufe bringt, sodaß es real gesehen noch viel weniger Geborgenheit ausstrahlen kann. Unser helvetischer Watzlawicker braucht nun aber just wiederum diese von ihm mitverschuldete Inferiorität des Kollektivs, weil das Kollektiv ihn nicht dadurch bergen soll, daß es stärker ist als er, sondern dadurch, daß es viel schwächer ist als er. Das Kollektiv ist in der Schweiz darum so gemütlich, weil die Gesamtmasse dem Einzelnen nie über den Kopf wächst. So verlaufen auch Gespräche über die oberste Regierung. »Unsere Bundesräte« wird meist im Tonfall gesprochen, mit dem Emanuel über Zwerge spricht, die Emanuel nach Belieben aus dem Westentäschchen holt und wieder dahin versorgt. Die Kollektive regieren streng, aber die Auffassung, die von ihnen herrscht, verkleinert sie auf familiäres Format. Der Deutsche, ist er aufgeklärt, fürchtet das deutsche Kollektiv, der Schweizer ärgert sich höchstens über das seine – neueste Entwicklungen vorbehalten, die zur Fürchterlichkeit des Kollektivs und zur Furchtsamkeit seines Mitglieds tendieren. Immerhin sind mit Tell und Winkelried zwei schwere Symbolfiguren geschaffen, über deren Semantik hinweg, sie steht für Zerschlagung des Kollektivs, ein Kollektiv nicht Sieger wird, auch wenn, paradox, ihre Namen von den Kollektivhörigsten vereinnahmt sind. Ein Kollektiv, das seinem Mitglied befiehlt: »Glaub an Tell!«, sägt am Ast der eigenen Existenz, denn der Aufgeforderte holt sich eine Armbrust, legt an und knallt den Rudelführer ab. Ist das Mitglied ein Tell, so pinkelt es auf den Glauben, dessen Inhalt Tell ist, und verwirklicht sich dadurch. Ganze Sonntage lang können sie auf Äpfel schießen. Ihr Autismus ist hochentwickelt, als wärens rote Gesichter. Nur ist in den Monaden nicht viel drin. Die Verproviantierung klappt nicht, denn Nahrung gibts nur durch die Fenster. – Agnes: (zum toten Emanuel) Spiel doch mit dem Kaffeefilter. – Agnes: (zum toten Emanuel) Er ist ziemlich leer. – Agnes: (zum toten Emanuel) Spiel einfach damit. – Agnes: (zum toten Emanuel) Sie hat ihn gerade benützt. Guter Kaffee. Magst du guten Kaffee? – Agnes: (zum toten Emanuel) Wo hat sie das Kochen gelernt? – Agnes: (zu Emanuel) Muß schon lange her sein. Alaska vielleicht. – Agnes: (zum toten Emanuel) Sie war in Alaska? – Agnes: (zum toten Emanuel) Ich vermute es. Ihr Fisch. Die Art des Bratens in Öl. Eskimoartig. – Agnes: (zum toten Emanuel) Da kann sie nicht allein gewesen sein. – Agnes: (zu Emanuel) Sie war mit mir. – Agnes: (zum toten Emanuel) Ach. – Agnes: (zu Emanuel) Wir waren gern in Alaska. Es ist anders als das Mittelmeer. – Agnes: (zum toten Emanuel) Das weiß ich ja nun am besten. (schaut auf seine Weste) Ein Hänger. – Agnes: (zum toten Emanuel) Was? – Agnes: (zum toten Emanuel) Da ist ne Masche locker. Ich nenne das Hänger. Ich liebe Hänger. – Agnes: (zum toten Emanuel) Kann ich nachfühlen. – Agnes: (zum toten Emanuel) Spiel doch noch etwas mit dem Kaffeefilter. – Agnes: (zum toten Emanuel) Mir fällt damit nichts mehr ein. (schüttet Kaffeesatz aus) Da, ein Fleck auf dem Laken. – Agnes: (zu Emanuel) Du meinst, wie in Alaska. – Agnes: (zum toten Emanuel) Oh, Alaska, na weißte, das ist so kalt, da treibt Emanuel sowas nicht. – Agnes: (zum toten Emanuel) Wie meinst du das? – Agnes: (zu Emanuel) Einfach so. Du willst, aber es, na, gefriert in dir. Spiel du mit deinem Hänger, ja? – Agnes: (zum toten Emanuel) Ich möcht noch etwas Fisch. – Agnes: (zum toten Emanuel) Ach ja, Emanuel ißt immer Fisch. Aber kaum je im Leben solchen. – Agnes: (zum toten Emanuel) Ich kann mein Benehmen in der Familie direkt auf meins in der Öffentlichkeit übertragen. Mir wird, bis ich achtzig bin, der Familiencodex umgehängt werden, und jeder meiner öffentlichen Auftritte wird von Gefühlen begleitet, als rezitiere der Junggymnasiast unterm Weihnachtsbaum Schillers Glocke. Wann strandet er?, oder: Er strandet nicht, oder: Der kanns aber auswendig, oder: Der kanns nie auswendig hersagen. Größere Beteiligung der Zuschauer ist nie drin.

Schau, die Dose mit dem Ameisentöter. – Agnes: (zum toten Emanuel) Ordentlich klein. Das Streuloch. Beachtlich winzig. – Agnes: (zum toten Emanuel) Denk ihn dir größer. Gelingt dir das? – Agnes: (zum toten Emanuel) Ja, schwillt er an? – Agnes: (zum toten Emanuel) Etwa emanuelsgroß. – Agnes: (zu Emanuel) Ich sehe ihn vor mir. – Agnes: (zum toten Emanuel) Es freut mich, das du so gehorsam bist. – Agnes: (zum toten Emanuel) War ich bisher auch. Oder nicht? – Agnes: (zum toten Emanuel) Ich hab dir noch nie so was Schweres befohlen. Ist er menschengroß? – Agnes: (zu Emanuel) Eine enorme Dose, ja. – Agnes: (zum toten Emanuel) Nimm sie. – Agnes: (zum toten Emanuel) Ist schwer. – Agnes: (zum toten Emanuel) Kipp sie. – Agnes: (zum toten Emanuel) Sie fällt auf mich drauf! – Agnes: (zu Emanuel) Roll dich unter ihr weg! Idiot! – Agnes: (zum toten Emanuel) Da kommt oben was raus. – Agnes: (zum toten Emanuel) Da ist das Loch! Idiot! – Agnes: (zum toten Emanuel) Auf mich drauf. Ich bin voll Pulver. – Agnes: (zum toten Emanuel) Stellst du dir vor. – Agnes: (zum toten Emanuel) Bin aber tatsächlich mit diesem ganzen weißen Zeug überschüttet. – Agnes: (zum toten Emanuel) Lecks weg. Leckst du? – Agnes: (zum toten Emanuel) Bleibt mir nichts anderes übrig. – Agnes: (zum toten Emanuel) Du wirkst ernst. Nicht komisch. Warum verneigst du dich? Ist nicht befohlen. – Agnes: (zum toten Emanuel) Mein Magen. – Agnes: (zum toten Emanuel) Ameisentöter. Leg dich hin. Ruh dich aus. – Agnes: (zum toten Emanuel) Auf die Bank? – Agnes: (zu dem zerzausten und seinem äußeren Aussehen nach mitleiderweckenden und seinem inneren Zustand nach zu Mord einladenden, immerhin schon toten Emanuel) Natürlich. Auf die Bank. Laß dich zudecken. – Emanuel: Du hast viel gesagt. Ich sage zu allem nein, falsch. (er gehorcht in diesem Augenblick, aber nicht früher, und sagt leise: Limbo, Zwischenreich)

Agnes: Du bist so naseweis und wie altklug: »Der Herbst ist der Tod für den, der ihn bewußt erlebt. Also leben wir im Sommer. Weil wir nämlich leben.« Damit nicht genug. Agnes spricht auch von einem Onanierriegel: Nagel mit Ring um

Vorhaut, Pissen geht noch, aber kann nicht über die Eichel zurückgezogen werden. Damit nicht genug. Agnes spricht auch von Tamaras Geschichtlichkeitswut. Sie kann alles nur in der Perspektive seiner früheren Entstehung sehen. Damit nicht genug. Agnes spricht auch von: Ich habe meine Meinung nicht, um sie mit jemandem zu teilen. Emanuel spricht auch von: Die Leute benennen nach der Straße, an der sie wohnen. Damit nicht genug. Agnes spricht auch von: ›Hochfeld‹ und die Posensorgfalt. Alles wirkt unecht, ist aber einstudiert. Als wüßte Hochfeld das, schlüpft er immer wieder in photogene (und sogleich photographierte) Erstarrungen hinein, in welchen er »etwas ernst meint«. Läßt Hochfeld sich gehen, dann scheint er zu befürchten,sein Kurswert sinke. Unwahr. Hochfeld sinkt keineswegs, höchstens verwandelt er sich in einen zurückgebliebenen Jungen, der sich vor Beliebtheit dann gar nicht mehr retten kann. Wie rasend werden die Fotos zerrissen, da nur ein zerrissenes Foto volle Befriedigung vermittelt. Agnes spricht auch von: Anschauen nützt eine Fotografie ab. Nach dem Anschauen sie sogleich zerreißen, dann gibt es sie nur noch im eigenen Gedächtnis. Anderes Anschauen entweiht sie nicht mehr, und Emanuel hat auch noch einen Wissensvorsprung, den Emanuel sich teuer abkaufen lassen kann. Beruf: »Beschreiber von nicht mehr einsehbaren Fotos« (tarifpflichtig). Hochfelds Lupe, womit er seine Manuskripte liest. Seine Frau spricht von Kochrezepten und von der guten Art, Schnittlauch in Torf zu stecken. Damit nicht genug. Gestus des Skorpions: Ist er umzingelt, d.h. sieht er überall Feuer um sich, sticht er sich mit dem erhobenen Schwanz, den er nach vorn krümmt, selbst tot. Herr Rass und die verinnerlichten SS-Praktiken. Einst war er das Opfer dieser Staffel, jetzt nimmt er seit Jahrzehnten Rache an der Öffentlichkeit für das damals Erduldete. Wer weiß, vielleicht zu Recht. Damit nicht genug. Agnes spricht auch von: Herrn Klattenbergs priapischer Senilität. Agnes spricht auch von: Estate und das fremde Kind, das am Ende als sein einziger Gesprächspartner übrigbleibt. Damit nicht genug. Gestus des Wolfes: Der Unterlegene bietet dem Sieger den entblößten Hals zum Durchbeißen an. Hinter dem Spiegel schaut die Welt anders aus. Bestimmt nicht spiegelbildlich. So harmlos ist das nicht. Es geht um die Reihenfolge der Auftrags-Schichten. Hinterglasmalerei-Prozeß: Das Bild wird mit der vordersten Farbschicht angegangen, zunächst die Details, dann der Hintergrund, alles anders als bei der Malerei. Le dompteur dompté: Dressier nie das Tier! Sondern den Dresseur! Agnes spricht auch von: Ihr Kind geht zur Schule? Meins auch. In Ihrer Schule gibt es eine Lehrerin? In meiner auch. Sie hat zwei Hände? Meine auch. Fühlen Sie sich allein, wenn niemand bei Ihnen ist? Ich auch. Weinen Sie, wenn Sie traurig sind? Tu ich ja auch. Wir haben viel gemeinsam, glaube ich. Sicher finden Sie das auch. Diese Übereinstimmung ist Klasse. Unheimlich. Fast meine ich, ich bin Sie. (einfaches Identifikationsschema) Damit nicht genug. Agnes spricht auch von: Sie schreiben? Ich leider nicht. Sie haben großen Erfolg? Der blieb mir versagt. Ist ja nicht wichtig, der Erfolg. Ich freue mich, wenn Sie welchen haben. Ich freue mich ganz uneigennützig. Daß ich keinen Erfolg habe ... sagen Sie mir, ist das schlimm? Das ist also schlimm, sagen Sie. Hm. Daran dachte ich bisher gar nie. Ich bin jedem Vergleich völlig abgeneigt. Ich beziehe meinen Wert aus anderem als aus dem Erfolg. Ich bin soviel wert, wie ich bin, nämlich, weil ich ich bin. Sie verdienen auch noch viel Geld? Ich verdiene natürlich fast nichts. Es gibt Wesentlicheres als Geld. Finden Sie auch? Sehen Sie! Finden Sie auch! Ich glaube, Sie sind einfach mehr wert als ich. Das akzeptiere ich. Weil ich Sie inzwischen liebgewonnen habe. Ich freue mich sehr, wenn Sie mir jetzt sagen, Sie seien noch minderwertiger als ich. Stellen Sie sich das vor: Sie, noch minderwertiger als ich Minderwertige. Ich bedaure, daß Sie nun auch noch so leiden müssen. Mir macht mein geringer Wert nichts aus, da ich meinen eigenen inneren Wert spüre. Der ist mir so klar, daß nichts meine Zuversicht trübt. Der höchstbezahlte Versager seien Sie, sagen Sie. Das sage ich auch immer, nur sage ich nicht ›höchstbezahlt‹, sondern etwas anderes. Das Gegenteil von ›höchstbezahlt‹, wie lautet es schon wieder? Wie Sie lachen! Ich lache auch! Nicht wahr, in einer Debatte wie der unseren sollte Agnes alle zehn Minuten ausgiebig lachen. Finden Sie auch? Sie finden das auch! Wie ich Sie liebe! Sie zeigen mir, daß zwischen einem großen und einem kleinen Leben heute kein Unterschied mehr besteht, außer dem gewissen kleinen. Sie lehren mich, auch den nicht schwer zu nehmen. Wissen Sie was? Manchmal fühle ich mich genial. Ihnen unterläuft das auch? Ich wollte Ihnen sagen, daß Sie genial sind. Ich hingegen halte mich bloß dafür. Wissen Sie was? Ich glaube, das macht letztlich keinen Unterschied. Ich fühle mich subjektiv genauso wie Sie. Ich lebe subjektiv unter denselben Bedingungen wie Sie, nur natürlich, Ihre Bedingungen sind von der Wirklichkeit gedeckt. Ich bin eine Illusionistin, das ist mir schon klar. Wie? Sie auch? Schau an, auch da ähneln wir uns. Finden Sie auch? Sie gehen jetzt in Ihr Haus? Ich auch. Ich gehe in meine Wohnung. Sie drehen sich in Ihren acht Zimmern einmal um sich selber? Auch ich tue das in meinem Zimmer. Nachher rufen wir uns an, nicht? Sie betreten nunmehr Ihre dezente Absteige. Im Hiltonhotel signalisiert der Kühlschrank im Zimmer das Entnehmen einer Flasche Mineralwasser nach unten an die Kasse. Sobald Emanuel eine Flasche aus dem Kühlschrank nimmt, hat Emanuel sie auch auf der Rechnung. Die Kasse weiß auch, ob Emanuel Bier oder Orangensaft trinkt. Die Haarfarbe der Zimmerbesucherinnen wird gemeldet, aber sie kommt nicht auf die Rechnung, sondern in die Kartei. Emanuels Freund Zany Bowler beleidigte einen Hiltonportier im Sudan. Als er zwei Wochen später das Hilton in Miami betritt, haut ihm der dortige Portier eine runter. Alles war schon gemeldet, und die Portiers hatten eine gegenseitige Hilfsorganisation, eine Rache-Runde, bei der alles, was Bowler einem von ihnen antat, auf der nächsten Station von einem anderen an ihn zurückfiel. Bowler hielt sich seine Wange. Da traf ihn ein kräftiger Uppercut in den Magen. Warum?, fragte er. Vergeltung, vom Sudan her, ich erinnere mich, sagte der Portier und drehte die Drehtür so unglücklich, daß Bowler ein Bein verlor. Nun fährt Bowler ins Hilton nach Cannes und wird dort vom Rollstuhl aus mit der Krücke den Cannes-Portier erledigen. Die rächen sich dann, fürchte ich. Ich rate Zany ab, solange ich kann. Am Schluß gibt es wieder Tote im Hilton, es ist immer dasselbe. Einstweilen genüge das. Die

Steigenberger sind nicht besser. In jedem Doppelzimmer ein Toter, der zur Hölle sinkt.

Es war eine russische Geste. Die leere Ginflasche flog über die Schulter und barst an der rückwärtigen Wand. Emanuel: Deine Kompanie, ja. – Emanuel: Meine Kompanie. – Emanuel: Das will ich nicht sagen. – Emanuel: Macht nichts. Sie lag übrigens meist an der Sonne. – Emanuel: Du meinst, Tamara. – Emanuel: Wo? – Emanuel: In Algier. – Emanuel: Macht nichts. Ja, auch Tamara lag meist an der Sonne. Abends ging sie aus, ohne mich zu fragen. Ich war vielleicht wütend. – Emanuel: Das war doch deine Kompanie. Du hast dich abends entfernt ohne Urlaub. Dein Oberst war wütend. – Emanuel: Ach, ich hab nicht um Urlaub gebeten, sagst du? – Emanuel: Was war mit Tamara? Warum ging sie aus? – Emanuel: Ich ging auch aus, richtig. Aber Tamara ging auch aus. – Emanuel: Und warum? – Emanuel: Wer? Ich oder Tamara? – Emanuel: Zuerst Tamara. – Emanuel: Sie ging aus, weil ... na, ich sag dir zunächst, warum ich meine Kompanie verließ. – Emanuel: Das ist was anderes. – Emanuel: Freilich. Aber auch erzählenswert. – Emanuel: Ich möcht wissen, was du bei der Kompanie getrieben hast. – Emanuel: Warum denn das? – Emanuel: Ich war nie in einer Kompanie. – Emanuel: Tamara auch nicht. – Emanuel: Wir Frauen kennen keine Kompanien. Was ist denn da so los? – Emanuel: Ach weißt du, ich sagte es schon: Man wartet viel, liegt meist an der Sonne. Vorausgesetzt man ist da eingerückt, wo es Sonne gibt. Naja, in Algier ist das nicht schwer. – Emanuel: Tamara war doch in Algier? – Emanuel: Freilich. Da haben wir uns kennengelernt. – Emanuel: An der Sonne vermutlich. – Emanuel: Na, daran erinnere ich mich nicht mehr genau. Es war das erste Mal seit meinem Einrücken. Ich habe fantastisch weit gespritzt. Dann haben wirs getrieben. – Emanuel: Das hab ich vom Obersten gehört. – Emanuel: Du? Was hast du mit dem Obersten zu tun? – Emanuel: Er hat mir erzählt, was du mit der Kompanie getrieben hast. Sag mal, bist du verurteilt worden? – Emanuel: Ich wurde dreimal scharf verwarnt. Aber sie haben mich gebraucht. Na, mir geschah nichts. –

Emanuel: Dafür der Tamara. – Emanuel: Ich möchte dir von Dublin erzählen. – Emanuel: Nicht schon wieder was anderes. Von Tamara, bitte. – Emanuel: Ach, da hab ich doch alles erzählt. Was willst du denn noch wissen. – Emanuel: Na ja, Details. – Emanuel: Sag mal, was ist denn da mit dir und dem Obersten? – Emanuel: Nichts. Eine Gemeinsamkeit, in der man sich Geschichten erzählt. Er weiß, das ich dich kenne, also hat er mir von dir erzählt. Er kennt dich ja wirklich gut. – Emanuel: Hm. Allerdings. – Emanuel: Er kennt dich fast zu gut. In- und auswendig, behauptet er. – Emanuel: Das erzählt er dir doch nicht einfach so, was? – Emanuel: Seine Zunge läuft ihm davon. – Emanuel: Ach, deine alte Technik. – Emanuel: Ich weiß ja kaum was. Was war denn da? – Emanuel: Wo? – Emanuel: Stichwort: Kompanie. – Emanuel: Du meinst, in Algier? – Emanuel: Wo sonst? – Emanuel: Na, in Oran zum Beispiel. (seufzt) Du hast recht. In Oran wars ganz ähnlich. Ich kann ebensogut von Algier erzählen. Tatsache ist, daß sie ausging und mich nicht fragte ... – Emanuel: Jetzt bist du wieder bei Tamara. – Emanuel: Na und? Du kannst dir denken, welche Schweinerei bei einer in Nordafrika stationierten Bewacherkompanie herrscht. Fernand blieb da und sagte immer, du wirst alles erben, warts nur ab. – Emanuel: Wer ist Fernand? – Emanuel: Ich dachte, es sei Zeit, dich einzuweihen. – Emanuel: Ach, Fernand ist die Lösung. – Emanuel: Ein Geheimnisträger. Sorry, daß ich ihn dir so lange vorenthalten habe. Du sollst es wissen. – Emanuel: Was sagte er? – Emanuel: Also, zunächst sagte er: Laß sie ziehen, sie kommt ohnehin bald zurück. Dann sagte er: Du wirst alles erben, Mann, du kannst dir die Zeit an den Fingern abzählen, bis es soweit ist. – Emanuel: Abscheulich. – Emanuel: Er war nie anders, weißt du. – Emanuel: Das kenn ich noch nicht. – Emanuel: Naja, Fernand hab ich lange unter Verschluß gehalten. Ich weiß gar nicht, ob mit Recht. Soviel ist ja nicht dran. – Emanuel: Und das sagst du mir? – Emanuel: Macht doch nichts. Ich hab ja geerbt. – Emanuel: Wieviel? – Emanuel: Ziemlich. – Emanuel: Sag bitte nicht, wieviel. (Pause) Es ist dunkel geworden. Stimmungsvoller. – Emanuel: Finsternis ist billiger. – Emanuel: Sei nicht profan. – Emanuel:

Werde dafür bezahlt. Das Dunkel kostet nichts. – Emanuel: Wenn eingebrochen wird, schon. – Emanuel: Willst du das wirklich sagen? – Emanuel: »Wenn eingebrochen wird, schon«, das will ich sagen. – Emanuel: Na klar. Entschuldige. Mir schien sich soeben ein zweiter Sinn einzuschleichen. Zu dumm. – Emanuel: Was? – Emanuel: Na, daß ich daran dachte, du meinst was anderes, als du sagst. – Emanuel: Denkst du sonst nie daran? – Emanuel: Ich gebe zu, bei Tamara dachte ich ein bißchen daran. – Emanuel: Kannst du mir die Situation näher schildern? – Emanuel: Es war am zwölften August, glaube ich, um 8 Uhr 47 morgens. Das Jahr, vergessen. – Emanuel: Das ist die Kompanie. – Emanuel: Freilich. – Emanuel: Du warst bei Tamara. – Emanuel: Wir beide waren bei Tamara. Es langweilt mich, darum spreche ich zur Abwechslung von der Kompanie. – Emanuel: Du bist schon bei Fernand gewesen. – Emanuel: Fernand steht ja im hintersten Glied. Der Morgenappell also. Der Oberst tritt vor die Reihen und ... – Emanuel: Das weiß ich besser. – Emanuel: Na klar. Also? – Emanuel: Alle warten auf den Oberst. Er kommt nicht. Dann kommt er, verspätet, die Reifen des Jeeps quietschen auf dem glühenden Kasernenhof. Der Oberst wirft sich aus dem Wagen, noch ehe der hält. Er läuft auf die Truppe zu. – Emanuel: Tatsächlich. Naja, auch Tamara lief auf dem Strand, weißt du. – Emanuel: Kurz bevor er die Truppe erreicht, bricht er lautlos zusammen. Zunächst stolpert er, dann liegt er auf dem glühenden Belag des Hofes. – Emanuel: Na. Ich erinnere mich anders. – Emanuel: Wie denn? – Emanuel: Also, Fernand ... – Emanuel: Doch nicht Fernand jetzt! – Emanuel: Ja. Der Oberst. Ich stand vor ihm und umarmte ihn, meine Lippen suchten ... – Emanuel: Nicht Tamara! – Emanuel: Ach ja. Deine Darstellung verwirrt mich, glaub mir. Also, der Oberst erhebt sich im Jeep, ganz richtig, will hinausspringen, ganz richtig, aber im selben Augenblick sieht die ganze Truppe, er hat auf dem Rücksitz eine Frau dabei. – Emanuel: Eine Frau? – Emanuel: Ungeheures, berstendes Gelächter. Du kannst dir nicht vorstellen, wie so ne Kompanie loslegt. – Emanuel: Hat er mir nie erzählt. – Emanuel: Die haben auch bei Tamara so fürchterlich losgelegt. – Emanuel: Du meinst, ihr alle habt sie ... – Emanuel: Ausgelacht, ganz richtig. Wir haben uns über ihr Kleid ... zutode gelacht. – Emanuel: Und die Frau im Jeep? – Emanuel: Na ja. Lassen wir das. – Emanuel: Tamara natürlich. Was hatte sie mit dem Obersten? – Emanuel: Seit wann, meinst du? – Emanuel: Zum Beispiel. – Emanuel: Seit etwa ... na, seit dem vorangegangenen Abendappell. (lacht) – Also ganz frisch. – Emanuel: Noch feucht, wenn man so sagen darf. – Emanuel: Ungeheuerlich. – Emanuel: Jetzt weißt dus. – Emanuel: Ich kann mich nicht fassen. – Emanuel: Damit mußt du fertigwerden. – Emanuel: Empörend. Eine Schweinerei. – Emanuel: Was? Daß sie ... – Emanuel: Ich bin nicht prüde. – Emanuel: So? – Emanuel: Die kann tun, was sie will. Empörend ist, daß er mir nichts gesagt hat. – Emanuel: Richtig. Er hat kein Wort zu dir gesprochen. – Emanuel: Ich blieb uneingeweiht. – Emanuel: Ach, nicht ganz. Er kam ja wieder zum Jeep zurück. – Emanuel: Zum Jeep. – Emanuel: Naja, dort saß sie ja, die Frau. – Emanuel: Welche Frau. – Emanuel: Tamara, belle, das ist doch jetzt egal. – Emanuel: Das Dunkel ist aber schön. – Emanuel: Ja. Gleich wird eingebrochen. (es wird eingebrochen. Kisten und Schachteln wandern, von eingemummten Jägern getragen, zum Fenster hinaus) Siehst du? Sollte man was unternehmen? – Emanuel: Du schon. – Emanuel: Und du? Bist du das Eindringen in die eigene Wohnung gewohnt? – Emanuel: Ich bin eine Frau. – Emanuel: Darum reagierst du auf Einbrecher nicht. Machen sie dir angst? – Emanuel: In Quiberon-a-la-mer haben sie mir mal angst gemacht. – Emanuel: Was? Davon weiß ich gar nichts. – Emanuel: Es war in Mailand, als ich unter dem Dachboden lebte. – Emanuel: Du warst bei Quiberon-à-la-mer. – Emanuel: Naja, in Quiberon-à-la-mer hab ich auch ziemlich hoch im Haus gelebt. Aber in Mailand sind die Häuser schon noch etwas höher. – Emanuel: Das nehme ich an. – Emanuel: Steil in die Höhe ragen sie. Hart und klar. Senkrecht die ganze Zeit. – Emanuel: Hm. Senkrecht, sagst du? – Emanuel: Sehr hoch. In Quiberon-à-la-mer wirken sie weicher. – Emanuel: Ach. – Emanuel: Dort liegt auch mehr Schnee. – Emanuel: Das hab ich mir irgendwie immer gedacht. Und du wohntest weit oben, an beiden Orten? Auf der Zinne, gewissermaßen? – Emanuel: Auf der Zinne, ganz richtig. Dort hab ich ihn kennengelernt. – Emanuel: Ach so. Wir haben ihn verlassen, als er den Jeep bestieg. – Emanuel: Damals war er noch zärtlich. – Emanuel: Das ging vorbei, was? – Emanuel: Nein, das wurde schlimmer. – Emanuel: Der Oberst war auch der Kompanie gegenüber zärtlich, wenn ich so sagen darf. – Emanuel: Du darfst. – Emanuel: Jeder kam an die Reihe. – Emanuel: Du zuerst, was? – Emanuel: Naja, so schlimm wars nicht. Aber daß er nach seiner Entlassung gleich nach Quiberon-à-la-mer fährt, hätte ich nicht gedacht. – Emanuel: Brauchst du nicht. Er fuhr nach Mailand. – Emanuel: Unterschied? – Emanuel: Naja, in Mailand wars etwas anders. Wir fuhren nach Rom, begaben uns an den Strand. – Emanuel: Also, was ich in Algier getan habe. – Emanuel: Und in Oran. – Emanuel: Ist also völlig natürlich. – Emanuel: Natürlich, du mit Tamara am Strand in Algier. Ich mit dem Obersten am Strand von Rom. – Emanuel: Und was war mit Quiberon-à-la-mer? – Emanuel: Ach, weißt du ... (kichert) – Emanuel: Sag schon. Ich kenn ihn ja. In- und auswendig. – Emanuel: Aber Tamara nicht. – Emanuel: Tamara kennt den Obersten nicht, richtig. Kommt noch. – Emanuel: Nein. Ich meine, du kennst Tamara nicht. – Emanuel: Tamara! – Emanuel: Ist wahr. Ich war in Quiberon-à-la-mer mit Tamara zusammen. – Emanuel: Und der Oberst? – Emanuel: Beim Morgenappell? – Emanuel: Aber da war ich am Strand. – Emanuel: Allein. – Emanuel: Da, ich hatte gerade geerbt. – Emanuel: Ach so. Seither bist du reich, was? – Emanuel: Wie Fernand es sagte. – Emanuel: Und von wem erbtest du? – Emanuel: Von Fernand. – Emanuel: Wann war das genau? Beim Morgenappell? Aber wir waren nicht bei der Kompanie, sondern auf dem Strand. – Emanuel: Und da vermachte Fernand dir sein Geld? – Emanuel: Nein. Da starb er plötzlich, und ich erbte. – Emanuel: Also, das hast du ja wohl nicht gleich gewußt. – Emanuel: Selbstverständlich nicht. Ich war erschüttert. – Emanuel: Man hat die gewaltigsten Emotionen, wenn es um Geld geht, nicht um Menschen. – Emanuel: Ja, schon. Ich war erschüttert über seinen Tod. – Emanuel: Schlaganfall. – Emanuel: Ja, Schlaganfall. Er blutete schrecklich am Kopf. – Emanuel: Ach. Unglücklich hingefallen, was? – Emanuel: Sehr unglücklich. Sein ganzer Schädel war gespalten. Hirn trat zum klaffenden Riß heraus, du weißt, diese rote gestriemte breiige Masse, bei deren Anblick man nie denkt, daß sie denken kann. – Emanuel: Er fiel hin und hatte den Kopf gespalten. So war das in Algier. Und Tamara? – Emanuel: Tamara schaute zu. Aber er lag so, daß sie glaubt, er ruht sich aus. Sie schöpft keinen Verdacht. – Emanuel: Da gibt es doch den Appell. – Emanuel: Bei der Kompanie schon. Bei Tamara nicht. – Emanuel: Ich weiß noch immer fast nichts über die Kompanie. – Emanuel: Ich half nach. – Emanuel: Bei Tamara? Da mußt doch du nicht nachhelfen. – Emanuel: Nein, bei Fernand. – Emanuel: Mord. – Emanuel: Naja, er hat mir dabei geholfen. – Emanuel: Bei seinem eigenen Mord. Das war aber ein seltsamer Mann. – Emanuel: Das Gespräch über einen geringen Ausschnitt des Krieges bricht hier ab. – Emanuel: Ich möchte mich jetzt gleich an einer bestimmten Stelle des Körpers berühren. Sie liegt am lateralen Fußrand auf der Grenzlinie der dorsalen und ventralen Haut, hinter dem Höker des 5.Metatarsalknochens in einer Grube. Die Berührung bricht bei der Erwähnung der Körperstelle ab. Ich fuhr mit der Hand sorgsam hin, da, die falsche Stelle, die vollkommen irrige Buchtung. – Emanuel: Fernand, den Spaten. Und bitte, ein Stück Frankreich, Streifen Ost, das Maginot, hier. Er vollzog einen Vorwärtsschritt steil nach schräg rechts oben, scherte über die eigene Schulter aus und landete an der rückwärtigen Wand. Eine russische Geste, denn so, wie es aussah, hatte die Ginflasche Emanuel nach dem Austrinken über seine eigene Schulter nach hinten geworfen. Er entsagte jeder Wiederholung und hielt es lange durch.

Er schlüpft in seine Stiefel. Dann setzt er sich aufs Kinderfahrrad. Am Fahrrad ist ein Papierflieger befestigt, der nicht fliegt, nachgezogen wird. Enttäuscht steigt er nach zwei Runden in der engen Vorhalle vom Kinderfahrrad und kriecht in seinen Schlafsack. Handlungen aus Handlungen heraus entwickeln ist Emanuels ständige Aufgabe. Seine Requisiten und

Örtlichkeiten spulen neue Handlungen aus sich heraus. Er steht unter beträchtlichem Druck. Zum Beispiel, jetzt, entwirft er ein statisches Bild: Eine alte Frau liegt im Bett, Vogelmaske auf dem Gesicht, unbeweglich. Leere Flasche neben dem Bett. Sie könnte auch sehr betrunken sein. Junge Frau betritt den (näher zu definierenden) Raum, tritt zielbewußt, nicht schnell auf die alte Frau im Bett zu, nimmt ihr die Vogelmaske vom Gesicht. Unter der Maske ist nichts, kein Gesicht, nichts. Die junge Frau greift zielbewußt, nicht allzu schnell, nach der halbleeren Flasche, leert sie, verläßt langsam den (näher zu definierenden, gegenüber vorher leicht veränderten) Raum, über dessen Dach sie ein sterbendes Flugzeug wahrnimmt. Der hintere Höhenflossenträger ist mit einer V-Verstrebung am Rumpf angeschlossen. – Der linke Stab des Höhenflossenanschlusses ist gerissen. – Es liegt nahe anzunehmen, daß diese Beschädigungen von der am Erdboden reflektierten Druckwelle herrühren, in ähnlicher Weise, wie das früher beim Rumpfheck der Fall war. – Jetzt zeigen das rechte und das linke Seitenleitwerk an der Flossenvorderkante unten Verbeulungen, die in den Fotos 11919, 11920 und 11921 sichtbar sind. – 11942, 11943, 11944, Verbeulungen, 11945, Verbeulungen. Zu viele Verbeulungen an der Flossenvorderkante. Und weiter so. Nach vorn blättere ich mich in der Dokumentation. 2357, Verbeulungen. Das ändert sich nicht mehr. Bereits über 400 registrierte Zerstörungen. – Die Zurrung ist lose, und die außen sitzenden Blechlappen sind abgebogen. 897, 896, 895. Abgebogen. Jetzt sind es schon 783 Zerstörungen. – Von diesen Aufhebungen zusammengeschweißter Tatbestände sich erschöpfen zu lassen ist eine Ehre auf dem Schlachtfelde positivistischer Bestehenstheorie. Ich war so erschöpft, daß ich nicht einmal mehr differenziert leiden konnte. Wie auf einer Palette flossen die Schmerzempfindungen ineinander, es war eine Weh-Soße. Keine Tür ging mehr auf. Alles tat gleichzeitig und gleichstark weh. Ein Schmerzregenbogen, aber mit nur einer Farbe. Grelles Weiß. Was soll ich genau beschreiben, da der Schmerz mir gerade die Beschreibungsfähigkeit wegnahm? Das ist alles. »Wir haben getanzt und uns umarmt, obwohl da überall Blut lag«, sagte die Billigzeitschrift nach Mogadischu. Es war alles. Das rührt bei Agnes an alte Komplexe. Als sie noch ein Mädchen war, geschah folgendes ... (Jugendtrauma) ... das ist alles, an mehr leidet sie nicht. Während Emanuels Tür kreischend steckenblieb, öffnete sich Agnes' Tür mit hoher Leichtigkeit und ließ seinen schlimmsten Feind, den Kritiker der Musik, ein. Emanuel steigt die Leiter hoch. Oben zieht er eine Zange aus der Hosentasche. Der Telefondraht ist durchschnitten. Er ist schon weit oben. Das obere Türscharnier ist mit der Säge, die im Halfter am Gürtel steckt, leicht zu erreichen. Er sägt das Türblatt so an, daß es beim nächsten Öffnen dem Eintretenden entgegenkippt und ihn unter sich begräbt. Das ist längst getan. »Wir wollen oft von uns selber nicht einmal vernommen werden.« – Zunächst griff er den Musikkritiker mit einem Notenständer an. Dann ergriff er eine Rübe. Die hatte mit Musik nichts mehr zu tun. Kritische Kämpfe werden nie im Medium ausgeführt, das Gegenstand der Kritik ist. Der Kritiker widerstand auch dem Angriff mit der Rübe. Einfach indem er sich bückte. Zum Schluß brach die Nacht herein. Er zog eine Taschenlampe hervor und leuchtete den Kritiker an. Der stand ruhig und hatte nichts dagegen, gesehen zu werden in der Nacht. »Verschwinden Sie!« zischte Emanuel. Knurrend zog sich der andere unter den Türrahmen zurück und feuerte unter geröteten Lidern hervor. Das Recht auf Verzicht. Die Tugend der Beschränkung. Die Annehmlichkeit der Unvollständigkeit. Die Hoffnung auf Niederlage. Das sittlich Aufrichtende einer Beleidigung. Emanuel wertete ständig Erniedrigendes und Beleidigendes um zu einem Preziosum. »Es dürfte Ihnen«, fauchte der Kritiker unter dem Türrahmen hochbefriedigt, »nicht entgangen sein, wie sehr und so ganz durchgehend sich Agnes während meiner kurzen Präsenz verändert hat.« Das Miserable dieser Handlung schien ihm ein vergoldetes Königreich. Der Lohn der Bescheidenheit, zum Beispiel. Wir blicken hundert Jahre zurück auf unser eigenes Selbst. Theater der Verletzten, der Opfer, der Irregeführten. Nichts weiter. Die Auktion des Todes. Das ist es. Mein Gefühl ist mein Feind. Eine Stop-and-go-Technik, Trial-and-Error-Vorgehen, Black-Box-Analyse. Unmittelbar anrührend wie eine Kaltnadelradierung mit Glasur. Tamara: Sie sind nicht wiederzuerkennen. – Agnes: Besseres, ja, Aussehen als vorher. – Tamara: Ganz anders sind Sie. – Agnes: Beunruhigend. Dachte, es sähe gleich aus. – Tamara: Sieht es auch. – Agnes: Ja? – Tamara: Natürlich. – Agnes: Hab ich doch gesagt: Alles sieht gleich aus. – Tamara: Natürlich. Beunruhigend, daß ich gleich aussehe. Dachte, ich sähe jetzt anders aus. – Agnes: Beunruhigend sehen Sie aus. Sagte ich das schon? – Tamara: Ungewöhnlich. Dies bei meiner Stabilität. – Agnes: Sehnsucht tritt nur ein, wenn ein Mangel als Mangel erkannt ist und wenn ich weiß, ich kann ihn nicht GEWALTSAM beheben. Um einen Mangel als solchen zu erkennen, muß ich einmal im Zustand gewesen sein, in dem ich unter dem Mangel nicht gelitten habe. Und in diesem Zustand, der ein viel reicherer war als der jetzige, habe ich gesteckt und war glücklich, das kannst du mir glauben. Das ist beileibe keine Romantisierung im nachhinein, das ist ja das Traurige an der Sache, daß das keine Romantisierung im nachhinein ist. – Tamara: Und wie behebst du den Mangel? – Agnes: Um einen Mangel, egal welchen, zu beheben, muß ich im Zustand gewesen sein, in dem ich zuschauen konnte, wie der Mangel langsam verschwand. Ich muß bereits einem therapeutischen Prozeß beigewohnt haben, das hat Emanuel in der Regel nicht, denn therapeutische Prozesse geht Emanuel nur einmal durch, aus begreiflichen Gründen. Ich stehe also hilflos da, der Mangel ist bereits da, und ich weiß nicht, wie ich ohne diesen Mangel ausschaue, der Mangel müßte weg, und ich weiß auch nicht, wie das ausschaut, wenn ein Mangel weggeht. Eine Heilung müßte eintreten, da ich mich krank fühle, aber ich weiß nicht, wie Gesundheit aussieht, also habe ich kein Ziel. Ich weiß nur: weg aus diesem Zustand mit mir, aber wohin? – Tamara: Ist das nicht ein guter Mangel, dieses Nichtwissen, wohin Emanuel soll? – Agnes: Du Monster! – Tamara: Überlegs dir ... wenn du ja weißt, du willst den Zustand nicht, wenn du Sehnsucht empfindest, aber nicht weißt, wohin, dann ist doch Bewegung in dir, und daß sie nicht zielgerichtet ist, macht die Sache zumindest nicht langweilig für dich. – Agnes: Du Aas. Ich sterbe vor

Mangel und du preist, daß ich mich nicht langweile! – Ja. Langeweile ist das Schlimmste. Du darfst erst vom Sterben reden, wenn dir alles eins wird, so daß du, ohne den Zustand zu ändern, auch DA hineingleiten kannst. – Tamara: Du täuschst dich. – Agnes: Ja. Der Tod ist eine unmerkliche Modulation, oder er ist nicht.

Abends nahm mich meine Mutter aus dem Bett. Ich mußte dann drei Stunden im dunklen Zimmer stehen. Nachher weinte ich natürlich. Sie wartete im Nebenzimmer, bis ich weinte. Als sie es hörte, durfte ich ins Bett zurück. Mein Vater kam oft dazwischen und schlug sie. Er hatte ihr das Spiel mit mir verboten. Das hat die Sache für mich nicht verbessert. Ich weiß nicht, ob ich das Ganze als Schmerz oder als Vergnügen erlebt habe. Emanuel weiß nie genau, was das ist, wenn die eigenen Eltern einen schlagen. Dieser Mensch ist nicht erfüllt. Er wird sich Erfüllung suchen. Wie kommt ein in seiner Jugend von seiner Mutter völlig im Stich gelassener und mit ihrer Liebe nie versehner Mensch dazu, im Alter von dreiundsechzig Jahren seinem Lebensgefährten, einem Einkäufer eines Engros-Lebensmittelkonzerns, das bei Schmaad & Co. in Biberist gekaufte Bratenmesser, die Nummer 3 aus einem Set von sieben verschiedenen Größen, Klingenriffelungen und Griffstärken, durchs Bauchfell zu stechen, im Bauch umzudrehen, es herauszuziehen, es abzuwischen, es ganz ungerührt im Etui des Sets einzuschließen, indem er den Reißverschluß zuzieht? Wie kommt der im Stich Gelassene anschließend dazu, seinem Lebensgefährten mit dem Messer Nummer 1 des Biberist-Sets beide Beine bis auf den Knochen durchzuschneiden, seinen Penis aber stehenzulassen? Das Leben ist bedeutsam und unerforschlich. Beschreibung, wie jemand einen Elektromotor anstellt. Emanuel denkt nach über: Könnte der bessere Herr hinter dem Elektromotor nicht eine Vergangenheit aufweisen, in welcher außer seiner Mutter und ihrem Versagen sonst noch etwas drinsteckt? Unerforschlich. Mein Gott, die Panzerdivision Brunete bei El Alamein. Du liebe Zeit, du weißt ja, ich lief über. Plötzlich war ich statt bei den Achsenmächten, wo ich natürlich hingehörte, bei den Aliierten, grauenhaft, Teufel nochmal, aber es hatte seine Reize. Nachts hob ich wie üblich eine Zeltlasche und wollte zu Rommel zum Abendrapport hineinschlüpfen. Ich sitze schon auf dem Feldsessel, da dreht sich Rommel um. Es ist Alexander! Mensch nochmal, so ein Schwein im hohlen Zahn. Ich will durch die Ritze, die ich offengelassen hatte, verschwinden, habe mich schon auf den Bauch gelegt, um rauszurobben. Da kommt tatsächlich Montgomery herein. Und keiner der beiden erkennt mich, Wahnsinn. Die reden ganz ungezwungen von der Taktik, mit der sie Rommel erledigen wollen. Reden, als wäre ich nicht da. Ich denke mir, wenn die mich nicht wahrnehmen, kann ich ja verschwinden, wenn ich alles weiß. Das gelingt mir tatsächlich, ist ganz leicht. Ich laufe und laufe durch die leere Wüste zu den Achsenmächten rüber. Etwas Sand rinnt durch eine Persenningritze herein. Die sind plötzlich weit weg. Mitten auf dem Weg geht die Sonne auf, taucht mich in helles Licht. Ich höre MGs knattern. Der Angriff beginnt. Es hat mir knapp nicht zu Rommel gereicht mit meinem Wissen. Katastrophe, das brauch ich nicht erst zu sagen. Er beging alle Fehler, von denen Alexander und Montgomery im Zelt gesprochen hatten. Sämtliche Taktiken liefen schief, weil die anderen sie vorausgeahnt hatten. Und dann: die verfluchte Überzahl! Die erdrückten ihn ganz einfach. Ich muß ohnmächtig geblieben sein während des Kampfes. Mein Panzer flog in die Luft. Am ersten Abend huschte ich durch die Wüste zu den Alliierten. Sie gaben mir einen nagelneuen Sherman, und am nächsten Morgen fuhr ich, wie viele, gegen Rommel. Wäre Hitler Literaturverweser gewesen, hätte das die deutschsprachige Literatur im tausendjährigen Reich nachhaltiger verändert, als sie ohnehin, indirekt, durch sein Regime verändert worden ist? Sicher ist eine richtige, und im Quiz anzukreuzende, Antwort auf diese Frage, daß die Literatur sich gleichgeblieben wäre, Hitler aber als Literaturverweser nie Reichskanzler geworden wäre. So entsetzlich sich im Sinne der Kritik ein Hitler als Verweser ausnimmt, vom Standpunkt des staatlichen Wohlergehens hätte Emanuel sich einen Hitler als Literaturverweser wünschen müssen, weil dadurch das Schlimmste, nämlich

Hitler als Kanzler, nie eingetreten wäre. Die Literatur hat sich an der Geschichte versündigt, indem sie Hitler nicht Literaturverweser werden ließ; sie hätte ihm das Amt freiwillig antragen müssen. So klug ist die Literatur indes nie gewesen. Sie ließ ihn Schriftsteller werden, mithin blieb ihm genug Zeit, Kanzler zu werden; der Kunst kann der Vorwurf nicht erspart werden, Hitlers Freizeit nicht genügend ausgefüllt zu haben, die Aquarellthemen zogen seine Aufmerksamkeit nur ungenügend auf sich, während es die Aufgabe von Kunst ist, den Künstler dergestalt zu besetzen, daß er niemals Kanzler werden kann. Sämtliche heute arbeitenden Künstler sind doch Regentenkarrieren, die uns erspart blieben, Freizeitpolitiker sind sie, doch arbeiten sie so ernst, daß ihnen keine Zeit für Freizeit bleibt. Das Leben ist unerforschlich. Der Aperitif-Kritiker. Je nachdem, ob Emanuel vor der Präsentation des Kunstwerks einen Aperitif mit ihm getrunken hat oder nicht, wechselt er seine Meinung. Das ganze Kunstwerk ist in einem Gläschen farbigen Alkohols enthalten. Der weitere Lebensweg des Künstlers entscheidet sich darin, ob er dem Aperitif-Kritiker »Prostgesundheitwohlbekommscheerio« zuruft oder nicht. Falls Zuruf, bitte im richtigen Moment. Zuruf muß in regelmäßigen Abständen wiederholt werden. Das Angebot des Gläschens auch. Die ganze Lebenskarriere liegt in der Sieben-Deziliter-Flasche mit farbiger spiritisierter Flüssigkeit. Schon während Emanuel über einen Aperitif-Kritiker schreibt, vernachlässigt Emanuel vermutlich einen zweiten, weiteren. Prost, du edle Gruppe, das Kunstwerk wartet, es ist ein Gin-Kunstwerk heute. Indem ich trinke, was ich kann, nur selten noch mich nüchtern zeige und im Grunde einem schweren Glas-Fetischismus verfallen bin – die Liköre werden in immer hübscheren und feiner geblasenen Gebilden angeboten –, erreiche ich erst den höchsten Grad meiner zu allem bereiten berstenden Ausdrucksfähigkeit. Es geht hier um den Kampf von Droge gegen Droge; auch wenn die Stellung des bewährten Alkohols durch neuere Marktprodukte wie Koff, Zane, Mitcho, Wunsy, Pake und Horo akut gefährdet erscheint, ist seine Stellung doch nie wirklich gefährdet gewesen. Alkohol löst jede Angst vor Injektionen, aber er hält den

Genuß bereit, daß Emanuel bereits keine Injektion mehr braucht, die Emanuel sich schon gar nicht, wie neuerdings üblich, durch die Haut zwischen den Fingerwurzeln stechen mag. Gerade da nicht. Eine unsympathische Körperstelle, die das ganze erfolgreiche Marketing für die härteren Drogen über den Haufen wirft; ebenso wie mit der weggefressenen Nasenscheidewand kein Staat mit Koks mehr zu machen ist. Es bleibt beim Hergebrachten und bei seiner Langsamkeit und seiner, bei mir oft beobachteten, Wirkungslosigkeit; ja, bin ich nicht gerade dann besonders vertrauenswürdig, wenn ich wieder einmal entdeckt habe, was gut für mich ist?

Eine braune Mappe liegt auf einem Kassettengerät, das sie ganz zudeckt, auf der Mappe ein Kassettenkoffer, daneben die Beige mit den Musikblättern, zuunterst Kuhlau Flötensonaten zweistimmig, darüber gestapelt Möbelkataloge schwarzgebunden, mit dem Zweck, mich auch die Möbelfachsprache zu lehren, links Plattengestelle aus schwarzem Draht, darin leere Plattenhüllen gebündelt zu Hunderten in Kunststofftragtaschen, darauf schräg in einem Gestellschlitz mein mit Bleistift angefertigtes Selbstporträt gerollt, daneben eine zweite Tragetasche voll Schreibzeug, kein Stift ist mehr brauchbar, dann die Riesenpappekiste mit der Aufschrift GARNI AKTION, höchst rätselhaft, wieder mal wird etwas billiger gegeben, auf dem ganzen Berg oben liegen einige Dutzend nie geöffneter Postsendungen, ich öffne keine Post, die an mich gesandt wird, an der Wand hängt ein hellbraunes Tantrazeichen, ein Kreis mit Nischen, in denen sich Spiralen und manchmal Segelschiffe zusammendrängen.

Emanuel: Ich sehe wohl schlecht aus, was? – Tamara: Zu wenig gespielt heute. – Emanuel: Spielen? – Tamara: Das »Wohin«-Spiel. – Agnes: Ach. – Emanuel: Bekannt, was? – Tamara: Ich fang an. Leiser als eben, bitte. – Emanuel: Wohin? – Tamara: Wo es leiser ist. – Tamara: Agnes: Wo ist es leiser? – Emanuel: Dort drüben? – Tamara: Komm mit. – Emanuel: Jetzt du. – Tamara: Dasselbe. – Tamara: Es hat sich bewährt. – Tamara: Wohin? – Wo es schöner ist. – Tamara: Wo ist es schöner? – In der Nähe. Hier ist es am schönsten. In der Nähe ist es noch schön. – Tamara: Bleib da. – Tamara: Ich will mitgehen mit dir. – Tamara: Gehen wir. – Tamara: Du sollst mich nicht einladen! Ich muß drängen! – Nein. – Tamara: Das »Wohin«-Spiel ist gestört. – Tamara: Leider. – Tamara: Jetzt noch mehr. – Tamara: Ich sehe schlecht aus, was? – Wegen dem Spiel. – Emanuel: Tut mir leid. – Tamara: Dir, leid! – Der Rest fällt aus. – Emanuel: Langweilig. – Tamara: Heute bleibt wie gestern. – Tamara: Kein Spiel mehr? – Werds mir überlegen.

Agnes, Einwurf: Ich leide auf einmal an hartnäckigem trokkenem Husten, Appetitlosigkeit, einem Auftreibungsgefühl des Leibes, Aufstoßen, einer Neigung zu Durchfall und Erbrechen, an Neigung zu Ödemen, meine Bauchdecke ist bretthart gespannt oder atonisch, allgemeine Mattigkeit ergreift mich, Kälteempfindlichkeit, meine frierenden Extremitäten sind eine Legende, aus solidem Tuch gewoben.

Emanuel: Ach, es. – Tamara: Ja, das. – Tamara: Anschauen. – Tamara: Angeschaut. – Tamara: Gleich nochmal. – Angeschaut zwei. – Tamara: Und gleich nochmal. – Tamara: Angeschaut drei. – Tamara: Jetzt du. – Tamara: Werde wegblikken. – Tamara: Verlust? Bedeutet es einen Verlust für dich? – Ja. – Tamara: Wieviel? Ziffer, bitte. – Tamara: Hier oder drüben? – Wieviel? – Also hier. Großer Verlust. Keine Ziffer. – Tamara: Ausführlicher! – Ich weiß nichts. – Tamara: Du. – Tamara: Du schon. – Tamara: Großer Verlust also. – Tamara: Frage nur, wieviel. – Tamara: Wieviel wohl? – Pro Minute könnt ichs sagen. – Tamara: Ja. – Tamara: Moment. Ich kanns auch da nicht sagen. Fünfzig pro Minute. Es kann auch hundert sein. – Tamara: Genug Verlust. – Tamara: Genügend Verlust. Ich schau lieber weg. Begreifst du? – Angeschaut vier. Ich sehe nichts Neues. – Tamara: Ich würd gern hinsehen. Ich schaffs nicht. – Tamara: Mußt auch nicht. – Tamara: Läge es drüben, der Verlust wäre kleiner. – Tamara: Liegt aber nicht. – Tamara: Ich habe nichts mehr. – Tamara:

Verarmt? – Total. Mir bleibt nichts mehr. – Tamara: Ich kenne dich nicht so. Beschreib, was du noch hast. – Tamara: Klar. – Tamara: Wie konnte ich mit dir reden? – Ich war soeben noch reich. – Emanuel: Reich. Ach so. Mit Reichen red ich. Zu dumm, daß alles verloren ist. – Tamara: Schade. – Tamara: Du nimmst es weniger schwer als ich. – Tamara: Ich werd wieder reich. Ich hab einen Plan. Dessen Utensilien sehen so aus.

Vorn liegen Kohlepapiere in rotem Umschlag, nie gebraucht, ich fand sie nie, wenn ich sie brauchte, jetzt fand ich sie, brauche sie aber nicht, nie mußte ich aus einem Blatt zwei machen, ein Blatt, das ich vollgeschrieben hatte, reichte immer, daneben steht ein rotes Tragradio, das mir am Morgen die Franzosen ins Bett bringt, die sind heiter, kann ich dir sagen, reden ihr Tagwerk mit dem Mund, dann ein Umschlag, ein gefütterter, an der Ecke eingerissener, dann eine Autoleuchte, paßt nicht hierher, wurde aber auch gefunden, ihr Stecker ist hin, wollte sie am Armaturenbrett anschließen letzte Nacht, aber sie blieb finster, ist das Armaturenbrett hin oder die Leuchte, ihre Drähte fasern aus und fallen gleich ab, daneben liegt eine Presseeinladung zum Film »All The President's Men«, du kannst lachen, aber ich bin mit dieser Einladung nie fertiggeworden, sie liegt noch heute da, an der Stelle, hinter welcher eine Raumzeit-Falte sich auftat und den Film längst so verschlungen hat, daß er »lange her«, »weit vergangen« oder »früher mal« ist, eigensinnige Indexierungen, die seine Lage auf der Zeitachse approximativ markieren; es gibt keinen Grund, warum nicht hier und jetzt der Film »All The President's Men« laufen sollte, auf dem elenden Reality-Channel läuft er ständig, doch als Film läuft er nicht, weil er auf der Zeitachse weiter hinten liegt, konkret gesagt: Seine spezifische Munition ist vergangen, was heißt, verschossen. Er ist kein zeitloses, sondern ein Zeitachsen-Kunstwerk auf der Vergangenheits-Rutsche. An der Ecke des Tisches liegt ein nie abgeschickter Brief im Riesenformat, ich weiß nicht, wie viele Briefmarken draufgehören, keiner sagts mir, zudem komm ich nie bis zur Post, er geht nicht in den Kasten, diese Kasten rechnen nur mit Kleinformaten, der ist aber viel viel größer, daneben liegen fünfzehn Zettel des stadtbekannten Schizophrenen, der verleumdet die Zeitung, er behauptet, sie habe ihm widersprochen, behauptet er, die Zeitung konnte nicht anders, und er habe behauptet, so behauptet er: »Das Licht ist das Ergebnis des Scheinens«, weiter nichts. Und er lädt ein zu: Kauf seines Standardwerkes, das alles erklärt. Die komplexen Lichttheorien werden entkräftet zugunsten der einfacheren, denn im Prinzip unbestritten ist, daß das Licht das Ergebnis des Scheinens ist. Dein Zorn, sage ich ihm, deine Wut eines Zurückgewiesenen ist keine Wut, sie ist das Resultat deiner Empfindung. Ein Stempel HELVETAS liegt auf den eingegangenen Briefschaften, mein Adreßbuch ist geschlossen, zum Glück kenne ich keine auswendig, ich will von keinem nichts wissen. Das Miniatur-Tonband, das ich mal kaufte, aber nie transkribieren lernte, liegt unberührt, fetischartig, mit durchsichtigem Spulenkasten, eine unbrauchbare Handschlaufe wie bei einer Kamera, aber ich kann die Welt höchstens in Lauten, nie im Bild aufnehmen, das Bild der Welt läßt mich kalt, das Reden der Welt ist alles, denn höre ich ihrem Reden zu, höre ich bereits, wie sie sich selber abgefiltert hat, das Bild ist bloß krud. Mein Lieblingsnotizblock, packpapierfarben und rauh, Rechnungen einer Zeitung, immer dieselbe Zeitung, auf 890 Mark, es ist, wie bei den Nutten im Bordello, die Verarmungsstrategie des Feuilletonvaters, Emanuel arbeitet für ihn, kriegt was, wird ihm aber gleichzeitig noch viel mehr schuldig, als Emanuel kriegt, ständig lebt Emanuel glänzend von Vorschüssen, die als immer schwerer werdender Pferdefuß auf den Abrechnungen immer auftauchen, sich addieren, es ist das Fürchterliche an Zeitungsvorschüssen, daß sie sich addieren können, also immer ähnlich sind, nie einzeln nacheinander auftreten, sondern nur in zusammengezählter Form, immer schwerer, immer größer, eine riesenhafte Minus-Summe, der Preis des bisher gelebten Lebens, der an den Hausvater des Feuilletonbordellos zu entrichten ist, für das Emanuel stundenweise Fremdes an sich ranläßt, um dann zu entbinden von Vertrautem, in der Reihenfolge: Fremdes ranlassen und Vertrautes aus sich rausziehen, Emanuel ist dazu da, Emanuel existiert, um das Fremde einzusaugen und das Vertraute von sich zu geben, Emanuel ist die Umwandlungsmaschine, die das, was noch außerhalb der Reichweite des Zeitungsvaters liegt, umwandelt in etwas, was der Zeitungsvater kennt, dies ebenso vergleichbar der Arbeit im Bordello, wo die durchaus männlichen Mädchen ständig Fremde einlassen, sie eine Stunde im engen Zimmer behalten und sie dann als Vertraute des Hauses in die Nacht hinausschicken, sodaß, so fremd ein Bordello zunächst in der Stadt wirkt, bereits nach einem Monat keiner mehr dem Bordello fremd ist, sondern eine allesumspannende Wärme der Gemeinsamkeit herrscht, damit wird das Bordello ein Teil der Stadt, und der gesamteuropäische, transozeanische, weltumspannende Zeitungs-, ja Medienvater wird in alle möglichen vorstehenden Gremien gewählt, von welchen aus er das Schicksal seines Bordellos per Verfügung selber weiter regeln kann, ohne es noch jemals zu betreten, daneben liegt ein Beziehungsdiagramm, wie ich sie in meiner Frühzeit der Personenkunde oft zeichnete mit meinen mäßigen Zeichenfähigkeiten (das Bild läßt mich kalt, jedes Bild läßt mich unberührt), dieses Beziehungsdiagramm erstreckt sich über 18 Szenen mit drei Figuren, und nachdem Emanuel es gezeichnet hatte, wußte ich alles über die Szenen und Figuren und schrieb das Stück selbstverständlich nicht, eines von Hunderten nichtgeschriebener Stücke, dann ein in der Mitte gefalteter Fenster-Umschlag, auf dem steht Emanuel Will Es Nicht (EWEN, das Desapprobations- und Refüsier-Kürzel des anorektischen Zeitgenossen), das sind schon wieder ein Stapel Sachen, die Erinnerungen lösen. Tonnen Papier. Die Wände naiv bemalt. In der Ecke schläft Emanuel und will von allem nichts wissen.

EWEN: Das weißliche wie mit Schmutzwasser frisch gewaschene Hotel Schweizerhof mit seinen sehr engmaschigen Balkonen, auf die ich treten möchte, wüßte ich nicht, daß bisher jeder Balkon mit jedem, der ihn betrat, in die Tiefe gesaust ist. Daneben sticht der abgetrennte Phallus der Bank für Internationalen Zahlungsausgleich in den Ruß des Himmels, diese Bank gleicht aus, oh, darauf kann Emanuel sich verlassen, sie gleicht überall dort aus, wo noch eine Ungleichheit besteht, darum heißt sie, wie sie heißt, das Geld fließt frei über die Grenzen, und die Defizite werden mit den Überschüssen gestützt, oder sie liefern das, was sie nicht haben, an die Überschüsse ab. Entweder sind nach dem Ausgleich beide gleich groß, oder nach dem Ausgleich ist einer nicht mehr und der andere doppelt so groß. Darum die nicht zu öffnenden, in Blei gefaßten Fenster. Eine unübersehbare häßliche Steinplastik steht davor auf den sich herauswuchtenden Rostlametten, die Bildende Kunst hat noch jedem öffentlichen Gebäude geholfen, weil ein Gebäude von öffentlichem Interesse auch für die Bildende Kunst von hohem Interesse ist, denn wo Interesse ist, ist es immer ein Interesse für viele, und es wäre billig und gemein anzunehmen, ausgerechnet die Kunst ließe sich in dieses Interesse nicht einbinden, überdies wirft die Bildende Kunst immer ein sinniges Monument vor die öffentlichen Gebäude, diesmal hat sie etwas Bulliges hingestellt, etwas Tretendes und Breittretendes. Die Skyline wird ergänzt vom Lonzagebäude, das die Umgebung leicht überragt, leider noch immer zu klein ist für einen Wolkenkratzer. Vielleicht wächst es noch. Gebäude haben damit Mühe. Oder die umliegenden Gebäude wachsen nach, dann entsteht Einebnung, was ich begrüßen könnte. Vorn steht erdrückend das Basler Hilton mit seinen braun senkrecht von oben nach unten verlaufenden Streifen in der Fassade, jedes Zimmerfenster ist so breit wie der Abstand zwischen den Streifen. Spiegelscheiben. Nur nachts sehe ich, wer im Hilton drin ist, aber ich sehe nur, wie viele Zimmer belegt sind, und nicht, wer in den einzelnen Zimmern liegt. Schaue ich tagsüber von vorn aufs Hilton, bietet sich mir das rückwärtige Environment nochmals zum Anblick an. Schaue ich zurück, sehe ich das Rückwärtige, schaue ich aufs Hilton, sehe ich ebenfalls das Rückwärtige, erst mit der Erstellung des Basler Hiltons und seiner Spiegelscheiben ist das Rückwärtige für den Blick allesbeherrschend geworden, während es das Hilton nur noch als spiegelnde Instanz gibt, also eigentlich gar nicht, oder: ebensowenig wie vor seiner Erbauung. In diesem Hohen Hause verbrachte ich meine Verlobungsnacht. Eine Verlobung, dies ist deutlich, ist keine Heirat, ebenso wie der Verlobungszustand nicht mit einer Ehe gleichgesetzt werden kann; die Verlobung harrt noch einer Sache, die Ehe immerhin harrt auch, wenn sich auch die Thematik des Harrens leise verändert hat. Ebenso kann eine Verlobungsnacht nicht mit einer Hochzeitsnacht gleichgesetzt werden, dies hieße die Gewichte leichtfertig zuungunsten der Hochzeitsnacht zu verschieben, die die Krönung sein und bleiben will. Ich nehme an, wir betraten schon gleich unser Zimmer im Hilton vollkommen anders. Durch Erbauung wurde dieser Siebenstöcker einfach weggebaut, indem sie Spiegel auf Spiegel setzen, brachten sie diesen Siebenstöcker zum Verschwinden. Je mehr Mühe sie hineinsteckten, desto weniger war davon da. Die Fensterflächen sind unterteilt in eine große und eine kleine Fläche. Die kleine läßt sich öffnen. Das Hilton steht auf Säulen, sie sind anderthalb Stockwerke hoch, die Gäste würden bei einer Überschwemmung leicht gerettet. Vor dem Hiltonhotel stehen einige matte, milchige, vollkommen runde Lampen auf schwarzen Ständern. So schaut Basel aus, kurz ehe ich mich umbringe.

Agnes, Einwurf: Einer mit der Abkürzung BdE sagt zu der Abkürzung D: Wenn Sie vor L das Wort ›Verlobung‹ aussprechen, geschieht eine Katastrophe: damit hilft der Stenogrammname BdE sich und F, dem Autor, der eine Szene angekündigt bekommt. Er schreitet sodann zu äußerster Verfeinerung des Vorgehens. BdE weiß, daß die Katastrophe berechtigt ist, D aber glaubt, es sei bloß eine von Ds Schrullen; die Figuren kennen sich selber dermaßen als Schrullige, daß die Möglichkeit einer solchen Reaktion auf ›Verlobung‹ wahrscheinlich erscheint. (BdE = Bois d'Enghien, F = Feydeau = Ich, L = Lambert(?), D = Doline(?))

Noch im Hilton, kaum lag ich auf meiner Seite des Bettes und hatte eine Cola aus dem Eisschrank am Munde, kamen mir cerebrale Durchblutungsstörungen, Halbseitenlähmung, Kopfschmerzen, Entzündung der Sehnerven und deren mangelhafte Durchblutung, Grüner Star, es war schlimmer als bei meinem Besuch im China-Restaurant, der bloß ästhetisch eine Niederlage war, hier aber Entzündung der Nasennebenhöhlen, Nasenpolypen, Ellenbogenfurunkel, Entzündung der Mundschleimhaut, Tubenkatarrh, Kaumuskelkrampf, alles zog ich mir beim Liegen zu; dafür hatte der Eisschrank die Entnahme der Cola gleich an die Rezeption weitergemeldet, ich hatte die Flasche nicht ausgetrunken, als in einem Beutel außen an der Tür, einem sogenannten Doorknob-Bag, die ausgedruckte Rechnung steckte.

Schwammkragen um den Hals der Gewürzflaschen im China-Restaurant. Der Tischlampenfuß zeigt zwei Koalas auf einem blauen Korallenriff. Daraus, aus dem Riff nämlich, ragt ein weißer Palmwurzelschaft empor, an Stelle seiner Krone steckt im Gewinde die Birne der Lampe. Die Lampe ist bald als Lampe, bald als Riff mit Koalas ansehbar. Die Muster des Blendschirmes zeigen YangTseKiangLandschaften, mit Dschunkengrün eingeweicht. Breite Simse. Kletterpflanzen in einem dunkeln Grün, das gegen Braun geht. Die Schicksalregie führt Figuren ein. Am Nebentisch, wir sind in Frankfurt, bedeutungslose, aber überzeugte Industrieangestellte, mittlere Höhe, welche, gedämpfte Tomaten mit Lokkennudeln vor sich, rasch die Wirtschaft aus dem Tief herausholen. Um das besser tun zu können, müßten sie nur rasch Bundeskanzler sein und durchgreifen können. Der Kanzler aber, zu schade, sitzt nicht im China-Restaurant. Die Nützlichkeit der Schwammkragen wird erst in diesem Licht deutlich: Der Tropfen Soja, der fallen sollte, bleibt im porösen Gewebe immer wieder hängen. So bleibt alles in der Kanne. Der jüngste der Industrieangestellten rettet soeben Nordrhein-Westfalen. Die anderen geben ihm dreieinhalb Minuten, dann kommen die Cappuccinos. Alles wie in China.

F (=Feydeau=Ich): Eigenmächtiges Herbeiführen von Spielsituationen durch die Figuren. Die Figuren sind zum größten Teil Regisseure, Unter-Regiebeamte, die, um ihrem momentanen Ziel näherzukommen, andere Figuren benützen, Situationen umbauen müssen, sich helfen lassen wollen, das Potemkinsche Dorf zu erbauen, das jene, die es gar nicht sehen, hinters Licht führen soll. Die Aufbauten fürs Potemkinsche Dorf sind zum Teil, ohne daß die Erbauer es wissen, auch schon Potemkinsch, so entsteht eine Verschachtelung des Illusionismus, dessen Aufdröseln in eine einfache, solide Täuschung viele weitere Szenen in Anspruch nimmt. F hat offenbar jede Verwicklung einzeln skizziert und sie dann wie Filmspuren nebeneinander laufen lassen und sie zusammenmontiert. Die Logik ist die Klammer, die das Disparate zusammenhält. Die Verschiebungen betreffen das Erscheinen / das Verschwinden, den Ort / den Unort, den Erkannten / den Verwechselten. Die Figuren, also: die Unterregisseure, kriegen ihren Aufbau immer nur mitxminus 1 Elementen in den Griff. Das ihnen entgehende eine Element stiftet das Verbindungsglied zum nächsten Malheur. Gebe Gott, das sei alles.

Der bemerkenswerteste Satz. Ich weiß, daß ich ich gewesen. I know I have been I. Die Dissolution würde beschrieben mit: Ich weiß, daß ›Ich bin ich gewesen‹ ich ist. I know I have been I is I.

Ein beliebiger Wunsch wird mit den Folgen seiner Erfüllung konfrontiert. Ich bin Hamlet. Hamlet ist der beste Darsteller des Hamlet. Es gibt mich jetzt als Rolle. Ich bin Hamlet und spiele auch den besten Hamlet. Hamlets Hamlet ist unübertrefflich. Hamlets Hamlet heißt: ich. Ich bin unüberbietbar insofern, als ich mich selber spiele. Zum Glück bin ich Hamlet, sonst könnte ich die Rolle nie. Es wäre zuviel auswendigzulernen. Ich schaffte auch den Shylock nie, nur den Trick mit dem Messer konnte ich. Als Hamlet kann ich brabbeln, was mir durch den Geist fährt, es ist immer genau das, was Shakespeare geschrieben hat. Es ist wunderbar, wenn die Improvisationen des eigenen kleinen Verstandes immer mit den Texten eines großen Dichters übereinstimmen. Die Wortwörtlichkeit dieser Übereinstimmung hat mich so nervös gemacht, daß ich mir redend die größten Exzesse leistete. Ich mußte mir sagen lassen, daß ich gerade da am stärksten mit Shakespeare übereinstimmte. Früher, als ich moralische Wallungen hatte, kam ich monatelang nicht aus Schiller heraus. Nun ich völlig wild und zerfahren geworden bin, fahre ich auf den Schienen shakespearescher Wortkunst wie ein Pullmanzug auf der unterbauten Schnellstrecke. Ich spiele mich jeden Abend genau vier Stunden. Nachher sind alle in mir tot. Ich bin mehrere. Ich fürchte, ich bin sie alle, Polonius, Ophelia, Laërtes, Rosenkranz. Ich bin Hamlet, sagte ich. Ich verschwieg, daß ich das ganze Stück bin. Keine Minute, in der der Totengräber nicht meinen Schädel in die Höhe hielte. Mein Hals ist ein Stück von Totengräbers Arm, den er mir zwischen den Schultern herausstreckt. Liege ich auf dem Diwan, gluckert das Gift in meinem Ohr. Übrigens auch auf meiner Zunge. Ich vermute, daß ich, indem ich über meine Vershakespearung, nichts Alltägliches!, spreche, zum erstenmal nicht an Shakespeares Text haftenbleibe. Aber nichts ist sicher. Der alte Barde schrieb mir auch das. Wie kommt Emanuel von ihm los? Hilf mir, Agnes, hilf mir.

Ja, Sauerstoffmangel im Raum. Ein Element des Erzählens ›anwesend halten‹. Das areopagitische Schrifttum. Emanuel will in sich haben: Alle Menschen sind jetzt so nahe zusammengerückt, es herrscht auf dem Planeten ein solches Gedränge, daß ich, wie die Theorie das vorsieht, dank meiner Nebennierenrinde zeugungsunfähig geworden bin. Die Eroberung Burmas. Der Verlust Aquitaniens. Das Abstoßen von Portugal. Der Verzicht auf die Normandie. Peinvoll für die Betreffenden. Emanuel will in sich haben: Das Lullen der Umwälzpumpe eines Schwimmbeckens. Magenvergiftung durch Sandwich-Thunfisch-Mayonnaise. Mit einem kräftigen Schluck Azeton behoben. Schultermuskelschwund: Der Kopf fällt zur Seite und muß mit beiden Händen aufrechtgehalten werden. Schwierige Körperstellung, zumal wenn von. Dauer. Manchmal wird der Hals länger (siehe Shakespeare: der Totengräber steckt seinen Arm aus dem Loch zwischen den Schultern heraus), und der Kopf baumelt am Körper herunter wie ein angebundener Kürbis. Er kann unter dem Arm getragen werden. Der Hals ist ein Schlauch. Vier Meter, länger läßt sich kein Hals dehnen. Der Hals kann mehrmals um die Hüften gewickelt werden. Der Kopf wird in einer Gürteltasche getragen. Akute Lumbalgie, Ischialgie, Spasmen und Lähmungen der Beinmuskulatur, Unterschenkelneuralgie, Fersenschmerz, Hexenschuß, Schmerzen am Fußrücken, Spasmophilie, Epilepsie, Peronäuslähmung. Wie es dazu kommt, daß einer, obgleich er Maler ist, plötzlich lächelt, wenn ich ihm ein Kameraobjektiv entgegenhalte. Das jederzeitige Kippen aus der Sicherheit in die Totalangst. Ich bin mir keines meiner Zustände jemals sicher. Ich unterscheide mich von allen anderen dadurch, daß ich blitzschnell einen Zustand herstellen und dann an ihn glauben kann. Dies muß tagsüber geschehen. Die Rache folgt nachts. Da kommen andere Zustände vor. Meine Glaubens-Leichtigkeit macht, daß ich auch an sie sogleich glaube. Ein Arbeitskollege, er trug einen dreißig Zentimeter breiten Schnurrbart und war völlig entfleischt, erzählte mir von schlechten »Reisen«, er supponierte Heroin als Grundstoff. »Plötzlich bist du eine Kerze und brennst echt ab«, sagte er. Seine Überzeugung teilte sich mit, als hätte Emanuel sie selbst ein Leben lang gehabt und bedürfe inniger Erinnerung. Ich wurde vom Zuhören fast verrückt, er vom Erzählen. Ich bemerkte, daß er dieses Erzählen brauchte, um nicht mehr auf »Reisen« gehen zu müssen. Er merkte, daß er mir etwas mitzuteilen hatte; ich war der Letzte, der noch kein Heroin genommen hatte, der Letzte, der noch nicht von oben (dem Docht) bis unten (dem Wachsrest) abgebrannt war. »Du kannsts auf Löschpapier nehmen, 's wird aufgesaugt, ein Viertel eines Kreises Löschpapier genügt, wenns durchtränkt ist, du schneidst den Kreis aus dem Gesamt-Löschpapier«, versetzte er fiebrig. Eine Mystikerin des Alleinschlafens. Sie lebte in München. Sie sah aus wie Jugendstil. Eine Antiquität, aber begehrt. Alle versuchten es. Die Mystik wurde immer stärker. Plötzlich schlief sie mit zwei. Für alle anderen, minus diese zwei, galt weiterhin die Mystik. Alleinschlafen war gesund. Alle bohrten wie Naturpark-Hirsche auf Samstagsurlaub. Die zwei wurden wieder entlassen. Wie wars, wurden sie gefragt. Die Auskunft blieb ungenau. Plötzlich zog sie von Wien nach Hessen, irgendwo nach Hessen. Alles änderte sich. Sie lockerte sich. Keiner sah sie mehr. Ich hörte in Wien Erzählungen über ihre Spätphase. Die Mystik war nicht weg. Offenbar mußte sie ein Zimmer für sich haben. Sie war sehr hübsch. Etwas Jugendstil im Auftreten. Keiner konnte es mehr versuchen, da keiner von uns in Hessen war. Wir erzähltens uns. Es genügte nicht, war aber ganz befriedigend. Das Vorhandensein meiner warmen Fußdecke ist ein Gottesbeweis. Aber auch, daß ich schlafen kann. Könnte ich es nicht, ich würde fromm in den freien Stunden, ehe ich stürbe an Übermüdung. Es sollen die wenigen Stunden, da Emanuel vor einem Erschöpfungstod noch bei Bewußtsein ist, die schönsten des Lebens sein. Das Schlagen eines Tierorgans auf die Erde. Vor meinem Fenster. Ich liege dazu mit schweren Rückenschmerzen im Bett. Sonnenwasserfall, Mondsteinschlag, Lawinenschlucht, Regenflecken. Die kniefällige Verehrung des. Dompropstes. Haltlos an der Glans. Alles verschabt. Beutel klebt. Ausrüstung wächsern. Streichel die Eichel. Kitzel den Witzel. Anoint the point. Lande die Hand. Reibe die Bleibe. Komm fromm. Orgasmiere spastisch. Gib jeden Zuck zurück. Den Geist in einen Schoß zurückführen. Meine Bekehrung zum Vorsokratismus. Suizidär wegen leichtem Magenleiden. Meine Fähigkeit, mich in alles aufs äußerste hineinzusteigern, ist auf einmal wieder da. Eine Mauer bis auf Augenhöhe. Die Berliner Mauer, die höher ist, ist gnädiger. Eine Mauer sollte, um ihren Zweck zu erfüllen, so hoch sein, daß Emanuel auch mit Hochhüpfen nicht darüber hinwegsehen kann. Fünf Stationen auf dem Weg zur Tatsache, daß einige Geistliche in einem Hinterhof Süditaliens miteinander Korbball spielen. Er glaubt, er werde sterben. Sie sagt nie, sie werde sterben. Es macht sie nicht tröstlicher. Ich glaube, jemand werde mich töten. Ich glaube, ich bin überwacht. Ich unterhalte ausgezeichnete Beziehungen zu meinen Verfolgern. Wenn du mich masturbierst, kriegst du ein Interview. Zur schweizerischen Literatur: Ein schreibender Moralist ist gut, zwei schreibende Moralisten sind eine Bereicherung, mehr schreibende Moralisten sind eine große Armseligkeit. Jeder Moralist ist ein

Mortalist, er schreibt vom Sterben als von der Strafe, die auf Verstöße gegen die herrschende Moral steht. Starke Moralisten lassen ihr Figurenpersonal stark sterben. Das Sterben des Personals, als Sühne, ist derart vorprogrammiert, daß sie auf das Ende ihrer Romane – sie kommen häufig über das Traktätchenhafte hinaus – keine Mühe verwenden müssen. Das Ende steht von Anfang an fest; es im Auge, erlauben sie ihrer Aufmerksamkeit, sich auf die Teile zu richten, welche das Ende begründen sollen. Der Heros, die Heroine werden durch alle Wollüste dieser Welt hindurchgejagt. Es zeichnet die schweizerischen Moralisten vor allen anderen aus, daß ihnen nicht einmal die Wollustkapitel in ihren Todesromanen gelingen; sie denken schon gar nicht an ein Leben, das der Tod büßt. Ihre Figuren leben lang, von Geburt an solid, oder es ist die Reihenfolge Jugend (solid) – Pubertät (unsolid) – Ehe (halbsolid) – Alter (solid) – Tod (solid) zu beobachten. Der schweizerische Moralismus läßt die Moral nie wanken, um sie desto stärker triumphieren zu lassen; sie ist ebenförmig, glattgestrichen da, und über ihrem unerschütterlichen Bestehen waltet allenfalls ein milder Predigerton. Er sagt zu jedem, den er gut findet: »Deine Texte sind so musikalisch.« Einige finden das Kompliment nicht mehr so doll. Er hat es zu vielen gesagt. Allmählich war jeder musikalisch. Das Epithet kam in die Inflation, wertete sich ab. Er war aber nicht der Schlimmste, insbesondere sein Kompliment mit der Musikalität nahm Emanuel gern entgegen, insbesondere wenn er durch flüchtige Aussprache und, manchmal, durch Verwechseln des Vornamens des Angeredeten, zu erkennen gab, daß dieses Kompliment in großer Auflage herausgegeben wurde. Puritanische Schriftsteller: Emanuel sieht es den Inhalten an, wie schwer sie sich einer Psyche entringen mußten, die sie lieber für sich behalten hätte. Schreibende, die als Schweigende viel zufriedener wären und sich damit auch größere Freude machten. Sie haben mit dem sich entringenden Schreiben große Erfolge, aber ihre wahren Kunstwerke schüfen sie durchs Leerlassen ihres Papiers. Die konsequent Puritanischsten sind die Lehrreichsten: Sie stellen alle zwei Monate vier kurze, rhythmisierte Zeilen her und setzen damit ein Zeichen für ihre inneren Widerstände, die ja auch die unseren sind, auch wenn wir uns nichts anmerken lassen. Die Geosomatiker: Jedesmal wenn sie sich krank fühlen, zerstören ihre Psychen die Umwelt. Der Bankdirektor sagt zB zu seinem Vize: »Sie minderwertige Ausgabe!« Der Vize wagt keine Erwiderung, und anstatt daß er gedemütigt zusammensinkt, bricht vor seinen Augen die Bank ein und begräbt den Direktor in ihrem Schutt. Die Rache des Geosomatikers. So der Titel. Der Geosomatiker ist ständig auf der Flucht, da er regelmäßig die Örtlichkeiten zerstört, in denen er sich unwohl fühlt. Er fürchtet ständig, von den Auswirkungen eines depressiv-geosomatischen Schubs erschlagen zu werden. Kaum hat demnach der Direktor »Sie minderwertige Ausgabe!« gesagt, flieht der Vize Hals über Kopf vor den Haupteingang und wird erst draußen auf der Straße niedergeschlagen. Theorie: Jedesmal wenn ein Mensch einem Brand, einem Einsturz, einem Erdbeben, einem Leitungsbruch zum Opfer fällt, ist er selbst daran schuld gewesen. Die Welt ist voll von Geosomatikern, die nicht rasch genug fliehen, wenn sie schwarzer Stimmung sind. – Ich muß Ihnen mitteilen: Ich bin nicht mehr derselbe. – Dann lasse ich einen anderen kommen. – Es ist kein anderer da. – Dann lasse ich Ihren früheren Zustand bitten. – Da bin ich. Jetzt bin ich wieder ich. – Jetzt scheinen Sie mir anders. – Es ist nur eine unbedeutende Veränderung. Nichts, was an die Identität geht. – Sind Sie der Ichjetzt oder der Ichfrüher? – Der Ichfrüher. – Bitte stellen Sie mit diesem Kerl, der Sie rufen ließ, was an. – Mit Ihnen. – Unsinn. Mit dem da. – Sie stehen ganz schön neben sich selbst. – Wen meinen Sie? – Wen meint wer? – Ach so. – Keine Handlung hat mehr einen Urheber. Damit das bekannt ist. – Diese Anonymisierung ist gräßlich. Wäre ich ich, ich würde mich unbehaglich fühlen. – Bestrafung/Erpressung: 1. Ich. 2. Ihr Gefühl für mich. 3. Mein Wissen um ihr Gefühl für mich. 4. Meine Reaktion auf ihr Gefühl für mich. 5. Ihre Vorwegnahme meiner Reaktion auf ihr Gefühl für mich. 6. Mein Niederschlagen ihrer Vorwegnahme meiner Reaktion auf ihr Gefühl für mich. Emanuel ist 1,20 Meter hoch und 1,30 Meter breit, fast quadratisch, ungeheuer muskulös, er ließe eine linke Gerade vorschnellen und träfe mich am Oberschenkel, erstaunt würde ich mich bücken, da würde er mich noch im Gesicht erwischen, und läge ich erst mal am Boden, wären auch seine 1,20 Meter Größe schon viel höher als ich. Daliegender. Dann würde Emanuel mir gefährlich. Ich liebe diesen Zwerg, aber ich gehe vorsichtig mit ihm um. Dies und anderes: peinvoll gestreift. »Im Grunde ist er für uns genauso wichtig wie Sokrates.« So das Mitglied eines Philosophenseminars auf einer Fläche nahe Hannover über Emanuel; es sprach für alle, irrte, schadete, wußte es nicht.

Wer weiß es noch? Es gehe nun allmählich auf ein Aufhören zu. EWEN. Ich tue das, aber ich weiß nicht, wer das tut. Ich stehe, aber ich weiß nicht, ob ich stehe. Ich spreche, aber ich lasse mich aus dem Spiel. Ich rede mit dir, aber ich bin nicht da. Schau nicht von mir weg in die Ecke; dort bin ich. Ich liebe dich, aber ich habe keine Ahnung, wer dich liebt. Ich liebe dich, aber ob ich dich liebe, weiß ich nicht. Ich weiß es nicht, aber daß ich es nicht weiß, ist nicht so sicher. Ich liebe dich. Ich weiß es fast. Ich liebe dich. Drei- oder viermal habe ich schon gesagt, daß ich dich liebe. Hast du mich gehört, als ich es sagte? Ich sage mir ja, ich hätte es nicht gesagt. Ich dürfte es also kaum gesagt haben. Zumindest nicht oft genug. Obwohl mich das Sagen schmerzt. Es schmerzt mich, aber ich weiß, es schmerzt mich nicht, nur weiß ich es nicht. So ist es, wenn es nicht ist, es ist ja auch nicht so. Was ich auch sage, es wird nichts draus, nur wenn ich nichts sage, bleibt etwas übrig. Ich liebe dich, aber ich weiß nicht, ob du die bist, die ich liebe. Ich liebe. Ich – dich. Liebe dich. Dich liebe ich. Ganz bestimmt. Ich liebe dich. Ich zweifle nicht daran, daß ich nicht mehr daran zweifle. Ich komme auf dich zu, aber ich werde mich dir nicht nähern. Ich beuge den Arm, aber die Hand bleibt in einer Linie mit dem Arm. Ich küsse dich, aber ich bins nicht, und überdies tue ich nichts. Ich bin, aber ich weiß nicht, wer ist. Ich denke, aber ich glaube nicht, daß ich Gedanken habe. Das ist verzeihlich, denn es gibt keine Gedanken, bitte verzeih mir das nicht. Ich bin ein Nullredner, denn was immer ich sage, es bleibt am Ende nichts übrig. Das, und mehr. Er teilt die Menschen, insbesondere die Männer, in Grade verschiedener Feuchtigkeit ein. Es gibt feuchtere und weniger feuchte. Tränenfluß, Augenhyperämie, Kopfschmerz, Schwindel, Ohrensausen, Nacken-, Rücken-, Kreuzschmerzen, Hirnkongestion. Das arbeitstechnisch bedingte stundenlange Ruhenlassen der Augen auf dem bißchen Schwärze eines ganz engen Bezirks von weißer DIN-A4-Standardgröße – die Augen so lange auf einem Fleck stillzuhalten, hat psychische Konsequenzen: Ich werde davon ruhiger, und nach einiger Zeit stellt sich, ohne daß ich etwas vollbracht habe, das Gefühl einer vollbrachten Leistung ein. Das wird dann gleich vernichtet durch die stechende Ahnung, draußen, außerhalb des Papiers etwas versäumt zu haben: nur dem Papier und nicht der Umgebung verpflichtet gewesen zu sein. So kann ich mich, auch wenn ich nichts arbeite, mit dem Ruhighalten der Augen ins Gefühl hineinbringen, etwas getan zu haben. Und auch wenn ich geschrieben hätte, hätte ich nicht mehr getan als: ich habe mich ruhig gehalten; ich habe, solange ich schrieb, mich nur einfach ruhiggehalten. Meine Leistung liegt in dieser Ruhe. Er spricht nur Dickicht mit sich. Es ist kein Spaß, Angst vor mir zu haben. Den einen ist er allzu, den anderen ist er nicht genug. Das, mindestens das. Ihre Hoffnung auf eine Trennung ist meine auf ein langes Zusammensein. Das, mindestens das, ist einzubeziehen. Mein Leiden – Ihre Gleichgültigkeit für mein Leiden – Ich erpresse sie mit ihrer Gleichgültigkeit für mein Leiden. Für kurze Zeit nimmt sie Anteil. Sie bestraft mich sodann für diese Art von Erpressung mit noch größerer Gleichgültigkeit. Das, mindestens das. Ein Buch, das zeigt, wer er ist, indem es zeigt, was er kann. Das, mindestens das, ist einzubeziehen. Naß, nicht gewickelt, krähend, warm, pflegeleicht, kurz: ein Ammensucher. Das, mindestens das, ist einzubeziehen. Ein durch einen Buchstaben umdeutbarer Raymond-Roussel-Satz: Das Kritzeln des weißen Schreibers zeichnet die Banden des alten Gewinn-t/fisches. 1. Ein weißes Schreibgerät zeichnet die Ränder eines Spieltisches. 2. Ein weißer Reporter porträtiert einen alten Straßenräuber. Das, und mehr. Bewegt sich das noch? – Nicht mehr sehr. – Tamara: (zu Agnes) Siehst du es noch? – Für mich bewegt es sich nicht. – Tamara: (zu Agnes) Wie klein ist es geworden? – Agnes: Wie klein muß es denn werden? – Tamara: So klein, daß es nicht mehr gehen kann. – Tamara: (zu Agnes) Gestern konnte es nicht mehr. – Tamara: (zu Agnes) Und seither. – Tamara: (zu Agnes) Seit wann? – Agnes: Gestern also. EWEN, weißt du. – Tamara: (zu Agnes) Ich verstehe nicht. – Tamara: (zu Agnes) Gestern ging er, heute liegt er still. – Tamara: (zu Agnes) Das ist doch ein Mensch. – Tamara: Da gab es ein Gehen, das zuende war. – Tamara: (zu Agnes) Inzwischen ging er mal kurz. – Tamara: (zu Agnes) Wieder? – Agnes: Jetzt nicht mehr. – Tamara: (zu Agnes) Wird es größer? – Agnes: Selten. – Tamara: Wozu schauen wirs an? – Agnes: Der Zustandswechsel ist faszinierend. – Tamara: Mich fasziniert nichts mehr. – Agnes: (zu Tamara) Schade. – Tamara: (zu Agnes) Ich erkenne mich in dem, was da liegt. – Agnes: (zu Tamara) Also fasziniert es dich. – Tamara: (zu Agnes) Gar nicht. Ich möchts nie mehr sehen müssen. – Agnes: (zu Agnes) Das ist einzubeziehen, und das, mindestens das. Karge Gefühle zeigen, mit den Gefühlen eine Herbstlandschaft eröffnen, in welcher jedes Blatt zählt. Kurz vor den Toren Stuttgarts liegt, neben einem brennenden Autoreifen der Marke Pirelli, der sich um eine Speichenfelge spannt, ein solches Blatt, das zählt. Stuttgart zählt, aber auch dies Blatt. Die Schwaben. Rosen aus dem Süden. Das Schwäbische: Jede ihrer Affektzuwendungen ist an eine inwendige Rechenmaschine angeschlossen. Sie bedient ein Gebläse, das portionenweise Luft durch ein Mundstück schickt, die Zuwendung wird nur künstlich-atemstoßweise freigelassen. Die Menschen stecken tief in befriedigungslosen Zigarrenkisten, die immer dieselbe Kälte und Innenhumidität garantieren. Ihre Seele ist die Davidoff, welche ohne Kuba auskommen muß. Eine letzte Unze Feuchtigkeit in ihrem geschwollenen Blatt. Längst reagieren die Stuttgarter auf ihren Zustand mit einem eingespielten Empfindungsdavidoff-Feedback, das den Zustand nur festigt, niemals lockert. Unmöglich, sie auf die Naivität zurückzubringen, in der das Individuum einfach merkt, daß ihm etwas fehlt, und das holt es sich. Die Schwaben haben sich mit ihrem tropfenweise bedienten Innenleben, das anderen nur tröpfchenweise Gutes tut, ihnen den Brand ins Gesicht setzt, abgefunden. Sie wollen nicht anders sein, als sie sind, da sie sich in dem, was sie sind, erkennen. Wären sie anders, ginge es ihnen besser, aber sie verlören die Identität, die sie gewohnt sind. Lieber identisch und krank, als anders und gesund. Das, mindestens das, ist einzubeziehen. Ein Gespräch, bitte. – Tamara: (zu Agnes) Worüber. – Tamara: (zu Agnes) Über nichts. Ein Gespräch eben. – Tamara: (zu Agnes) Gespräch genügt nicht. – Tamara: (zu Agnes) Doch. – Tamara: (zu Agnes) Wird was draus. – Tamara: (zu Agnes) Was? – Was Wirkliches. – Tamara: (zu Agnes) Ja. Ein Gespräch. – Tamara: (zu Agnes) Wenig wirklich, nicht? – Tue mein Möglichstes. – Tamara: (zu Agnes) Zerstörung. – Tamara: (zu Agnes) War einmal. – Tamara: (zu Agnes) Was nachher? – Fortsetzung. – Tamara: (zu Agnes) Und die Zerstörer? – Alles wandelt sich neu. – Tamara: (zu Agnes) Bauen sie neu auf? – Fast. Sie zerstören zuende. Und wir – – – Alles wiederaufgebaut. – Tamara: (zu Agnes) War einmal, es war einmal. – Tamara: (zu Agnes) Neues Wirtschaftswunder. – Tamara: (zu Agnes) Hm. – Tamara: (zu Agnes) Das Atomzeitalter kennt auch seinen General Marshal. – Tamara: (zu Agnes) Ach ja. Vergaß ich. – Tamara: (zu Agnes) Sowas nie vergessen. – Tamara: (zu Agnes) Marshal bleibt unvergessen. – Kommt wieder. Wiederaufbau. – Tamara: (zu Agnes) Wiederaufbau, da fühlt Emanuel sich wohl. – Tamara: (zu Agnes) Die Lage muß kommen, in der Wiederaufbau möglich ist. – Tamara: (zu Agnes) Ich bin ein Fan, ein Fanatiker des Wiederaufbaus. Nie war es schöner als beim Wiederaufbau. – Tamara: (zu Agnes) Nach seiner Vollendung sacken alle Gefühle zusammen. – Tamara: (zu Agnes) Mehr aufbauen. – Tamara: (zu Agnes) Jederzeit, mit mir. – Tamara: (zu Agnes) Bis dann – – – Sooft wir – – – Nachdem Sie – – – Sie? – Die Zerstörer. – Tamara: (zu Agnes) Wir. – Tamara: (zu Agnes) Leider wir. Aber unumgänglich wir. – Tamara: (zu Agnes) Mehr aufbauen, noch mehr. – Tamara: (zu Agnes) So wird es. Ich sag gleich noch was. – Tamara: (zu Agnes) Sie werden kommen. – Tamara: (zu Agnes) Adieu. – Tamara: Nach dem Adieu steht der Anfang. – Tamara: (zu Agnes) Frisch. Zerstörung. Von neuem. – Tamara: (zu Agnes) Wo etwas existiert, wird es zerstört. Unwichtig. Der Anfang zählt. Es wird einen Anfang geben. – Agnes: (zu Tamara) Du bist fast am Ende. Ich liebe Anfänge. – Tamara: (zu Agnes) Wo arbeitet Emanuel besser als am abgeräumten Tisch? Erst noch rasieren. – Agnes: (zu Tamara) Na also. Nichts kann schiefgehen. – Tamara: (zu Agnes) Wir? Wir sind dann weg. – Agnes: (zu Tamara) Unsere Nachkommen, Freund, die nachher. Sie regelns. Asche=Aske=Impotenz bei Munch. Gustaf Vigeland-Park mit schweren Nordo-Figuren. Das Zeughaus der freiwilligen Feuerwehr Altneudörfl. Grenzlandmolkerei Radkersburg. Kleopatra am Comer See, Ahasver im Allgäu, Aschenbrödels Waterloo, Roderich der Wagnerianer, Anton auf den Antillen, Ezechiel der Flame, Reynard the Fox and Ermelind, der Bosniake in Konstantza, Michael Panther, Stanislaw Przybyszewsky, Toddy Pindor. Altmodisch-komisch wie ein Paar Knickerbocker über dünnen Altherrenwaden. Weltmeister im Schwiemeln, Konfliktcamoufleure der Sonderklasse, buntgespickte Mittelmäßigkeit, sechs Millionen dialektsprechende Helveto-Credos, die sich unschwer in vier Großgruppen unterteilen lassen.

Noch eine Korrespondenz. Während Emanuel sein Stück ›Wittgenstein in Graz‹ schrieb, brach die Hinterwand seines Schreibzimmers durch. EWEN 3. Ps. Impf.: Emanuel Wollte Es Nicht. Der Durchbrecher trug einen silbrigen Schlagring in der Faust, teilte damit nach allen Seiten Tritte aus; er konnte ihn gegen die Mauer halten, die brach gleich zusammen (Tamara und Agnes schrieben das Stück, Emanuel schaute zu, Agnes hatte die Ideen, Tamara vollzog die Schreibarbeit, dann hatte Tamara Ideen, gab aber den Stift nicht an Agnes ab, welche dadurch, daß sie nicht schreiben mußte, noch mehr Ideen hatte), den Mauerstaub der Hereingebrochenen saugte ein zweiter Mann mit einem verwinkelten schwarzen Rohr weg. Die beiden hatten einen 6 cm tiefen Elektroschaltkasten in eine Wand zu versenken (die Rückwand meines Zimmers), die selbst nur 6,2 cm dick war. Natürlich brachen sie durch, schwere Gesteinsbrocken kotzkippten langsam zu

Emanuel herein, nur noch von der Innentapete scharnierhaft gehalten: Sie fielen nicht herunter, sondern drehten sich um die Tapetenachse, klappten auf meine Österreicher herunter, die alle plötzlich angestaubt dalagen, und in diesem Augenblick kam mir die Erleuchtung wie ein Halogenblitz: Alle alle Figuren müssen durch alle Böden hindurch ganz tief in einen Raum fallen, der für sie der philosophische wird. Die mit dem Schaltkasten beschäftigten zwei Bohrer verklebten den Einstich mit breiten Paketklebestreifen und erzählten sich vor der Ritze Witze, die allesamt auf einem schmutzigen »Hä!-Hä!« endeten. Dann klingelte der eine und stellte sich bei Emanuel innen ans Büchergestell, um die Gesteinsbrocken von den Büchern zu heben und wieder an die Wand zu drükken, sodaß der andere sie außen wieder festzementieren konnte. Bei all dem unterbrachen Emanuel und die zwei Damen die Arbeit an Wittgenstein in Graz keine Sekunde, und zum Schluß hatten die einen den Elektroschaltkasten und die drei ihr Stück.

»Ich versuche zu sein, während ich weine. Gertrude Stein.«

Agnes: Ich hab schreckliche Angst vor Hunden. – Agnes: Das merken die Hunde. – Agnes: Sogar ich merks. – Agnes: Dann muß die Angst stark sein. – Agnes: Die Hunde merken sie nicht. – Agnes: Die Erfahrung lehrt anderes. – Agnes: Alle meine Hunde sind gegen die Erfahrung. – Agnes: Das können nur Hunde. – Agnes: Der Hund kann alles. Darum hab ich so schreckliche Angst vor ihm. – Agnes: Das merkt er aber immer. – Agnes: Ich merks ja auch. – Agnes: Das ist doch klar. – Agnes: Sagen Sie das mal dem Hund. Ich muß immer daran denken, daß ich das nicht mehr hören kann. Wenn ich nicht daran denke, daß ich es nicht hören kann, kann ich es immer wieder hören. Indem ich nicht daran denke, daß Emanuel das nicht hören kann, setze ich mich immer wieder dem Hören aus. Denken! Denken!

Ich empfinde ein überwältigendes Elend mit mir. Ich möchte mich davonschleichen, aber so, daß ich es selber nicht merk.

Ich habe noch einiges vor. Oder vor mir. Je nach Standpunkt.

Agnes: (in der Gestalt dreier Herren aus der Gestalttherapie, Öffnungen des Körpers, woraus Stimmen, um alle Öffnungen herum kiemenhaft flappende Lippen) Hier. – Agnes: Sonstwo nicht? – Nur hier. Es. – Agnes: Wo? – Das hier. – Agnes: Ich denke – – – Sie und die Uhr. – Agnes: Ich sehe. Welche Uhr? Diese? Zum Schein diese? – Diese Uhr, da, hier. – Agnes: Wortkargheit zwischen uns. – Leider. – Agnes: Bedauerlich. – Agnes: Ich rede nicht viel. Emanuel verrät sich zu gern. – Agnes: Bin nicht neugierig. – Agnes: Gut so. Diese Uhr – – – Er soll mithören! – Tut er längst, ja? – Nein. – Agnes: So hol ihn. – Agnes: Bin schon weg. – Agnes: (erster, allein) Er ist weg. Bin allein. Denke an die Schönheit und die Einsamkeit, an die Schönheit des Alleinseins. – Agnes: (anderer, allein) Ich werd ihn überraschen. Bin früher da, als er meint. Mit ihm. – Agnes: (allein) Ende der Einsamkeit. Die soziale Kontrolle hat mich wieder. (zum anderen und dem dritten) Erklärt ihm, was Sache ist. – Agnes: Er spricht zu dir von der Uhr. – Agnes: Hier. – Agnes: Sonstwo nie. – Agnes: Es. – Agnes: Wo? – Sie hier. – Agnes: Könnte ich einen Sessel bekommen? – Diese Uhr, von der wir sprachen – – – Einen anderen Sessel. – Agnes: Diese Uhr – – sie ist schön. Einsamkeit ist auch schön. Aber diese Uhr ist das Thema. Möchten Sie sie haben? – Als Thema? – Nein, als Uhr. – Agnes: Ist das Ihre Frage? – Das wäre alles. – Agnes: Für heute? – Zieh ihm den Sessel weg. – Agnes: Schön ist sie, die Uhr. – Agnes: Zieh den anderen Sessel weg. – Agnes: Schön. Die Uhr. – Agnes: Schön. Das wars. Gewesen. – Führ ihn hinaus. – Agnes: (der andere und der dritte gehen ab) – Erster: (allein) Die sind weg. Von neuem. Einsamkeit. Denken wir was. Die Zahl zwei kann nicht gedacht werden, las ich mal. Schön. Schönerer Gedanke als die Uhr. – Agnes: Da bin ich wieder. – Agnes: Ach, Ende Einsamkeit. Soziale Kontrolle. Ich darf nicht mehr denken, die Zwei lasse sich nicht denken. (zum anderen) Was hat er gesagt? – Wann? – Als ihr draußen wart. – Agnes: Er hat sich nicht getraut. – Agnes: Ich war ja weg. Da hat er sich getraut. – Agnes: Er zeigte sich überrascht. – Agnes: Überrascht? – Überwältigt wär richtiger. – Agnes: Dazu hat er auch Grund. Wollte er die Uhr? – Ich fürchte nein. – Agnes: Das wäre alles. – Agnes: Scheint mir schrecklich überflüssig. – Agnes: War es auch. Ich behalte die Uhr für mich. – Agnes: Und ich? – Als Gedanke kannst du sie haben. – Agnes: Sie ist schön. – Agnes: Ist sie. – Agnes: Rund. – Agnes: Ist sie auch. – Agnes: Einmalig. – Agnes: Der Trick mit ihr ist selten, stimmt. – Agnes: Wozu das mit den Sesseln? – Das Wegziehen? – Zum Beispiel. – Agnes: Um Druck auszuüben. – Agnes: Aber wir haben ihn weiter nicht bedroht. – Agnes: Ein Mangel des Systems. – Agnes: Was? – Es sah eine Anfangsdrohung vor, aber keine Enddrohung. – Agnes: Ich glaube, Sie reden jetzt mehr. – Agnes: Ich will mich entlarven. – Agnes: Das ist gefährlich. – Agnes: Keiner wirds weitersagen, verstehst du? – Agnes: Ich. – Agnes: Das wollte ich sagen. Weihnachten wars, es war um Weihnachten herum, Weihnachten stand vor der Tür oder war gewesen, nicht mehr lange bis Weihnachten, es war um diese Zeit, eine weihnächtliche Stimmung breitete sich im Vorraum aus, im Vorraum geschah es, er war rechteckig und spärlich möbliert, die Tatsache geschah im Vorraum, ich hatte frische Mailänder vor mir liegen, haufenweise, Mailänder hatte ich gebacken, alle Mailänder in den Ofen gesteckt und gebräunt wieder herausgezogen, immer um Weihnachten herum buk ich Mailänder, die ich ganz frisch und heiß aus dem Ofen nahm und allen anbot, niemand wies je einen Mailänder zurück, ihr Geruch im Vorraum, noch lange nach Weihnachten rochen die Vorhänge des Vorraums, zitronengelb, nach den Mailändern, fertiggebacken, ich zog sie aus dem Ofen, das schwarze Kuchenblech hatte einen Rand, den meine Hand ergriff, sie zuckte zurück, alles heiß. Starker Backgeruch im Ofen, der Geruch steckte im Ofen und ließ sich nicht mehr daraus vertreiben, ich erwartete Besuch, Besuch hatte sich angekündigt, ich sollte über die Festtage nicht allein bleiben, wie ich geglaubt hatte, zunächst hatte ich geglaubt, diese Festtage vor oder nach Weihnachten wirst du allein verbringen, und ich war darüber sehr glücklich gewesen, dann klingelte das Telefon, und womöglich war auch jemand vorbeigekommen, der gesagt hatte, mehrere werden dich aufsuchen und die Festtage mit dir verbringen, so hatte das Telefon wie der Besuch gesprochen, und ich hatte ihm geglaubt. Ich glaubte dem Telefon, ich glaubte den Besuchen, ich glaubte die Ankündigungen, zudem wich mein Glück, allein sein zu dürfen, dem Glück, in Gesellschaft sein zu dürfen, und der Ankündigung wegen hatte ich Mailänder gebacken und das spärliche Mobiliar des Vorraumes in eine neue, noch nie gesehene Ordnung gebracht. Ordnung mußte sein, aber ich haßte die alte Ordnung, also legte ich mir eine neue zurecht, die ich mit den Möbeln gleich durchführte. Zum Schluß standen sie neu. Die Anordnung hatte ich noch nie gesehen. Es war eine unbekannte Ordnung. Sie sollte die Besucher überraschen, ebenso wie mich die Ankündigung, Besucher würden kommen, überrascht hatte. Weihnachten wars, es war in etwa Weihnachten, Weihnachten stand vor dem Tor und hinter dem Schlitten, so war es gewesen, nicht mehr lange bis Weihnachten, es war um diese Zeit, eine weihnächtliche Stimmung breitete sich im Vorraum aus. Ich finde mich richtig. Ich übe Kontrolle über mich aus. Ich stehe vor der Tür, bis ich sie öffne. Dann geh ich durch und steh hinter der Tür. Ich freu mich auf Weihnachten. Ich sag zu oft »und«, ich hab so ne Verbindungstriebhaftigkeit, eine tolle Verbindungstriebhaftigkeit. Bin ich oft überrascht? Ja, doch, am meisten dann, wenn ich an nichts denke. Dann tritt ein, woran Emanuel nicht denkt, und peng da ist die Überraschung. Hängt mit meiner Liebe zu Weihnachten zusammen. Ich freue mich. Ich liebe Ordnung. Dinge aufreihen. Hinstellen in Reihen. Ich muß vieles. Alles, was ich tue, muß ich tun. Alles was ich denke, muß ich denken. EWEN. Meine Handlungen werden mir befohlen. Ich mag das. Ich mag Verantwortung nicht. Ich tu zwar alles, aber ich bin nicht schuld. Ich möcht ne Ankündigung machen. Alles war schon, dabei könnte es sein. Wenn es wäre, würd ich sagen: alles IST. Ich bin, aber alles sonst WAR. Seltsam, zu sein in etwas, das vollständig gewesen ist. Da steht ein Präsens in einem Imperfekt. Ich mag Stimmung. Ich mag gewisse Stimmungen nicht. Jetzt die Ankündigung. Bald ist

Weihnachten. Ich breite mich überallhin aus. Ich bin, wo Sie sind. Wo Sie sind, da bin alsbald auch ich. Sie können nicht allein sein. Ich mag Gesellschaft. Ich suche sie mir gut aus. Peng, das ist ein Gewehr, ein Schuß einer Pistole, peng, dazu muß Emanuel abdrücken, und dann muß einer hören, daß abgedrückt wurde. Es wird nicht, es wurde. Alles bereits geschehen. Ich hab mal eine aus Mailand gekannt. Sie kam mit der Eisenbahn. Sie konnte auch fliegen, das entschied sich immer vor Ort. Hier, ja, hier entschied sie, ob sie fahren oder fliegen sollte. Mit mir fuhr sie immer. Eisenbahn. Wir bestiegen zusammen den Zug. Ich hätt gern mit ihr eine Linienmaschine bestiegen. Hochsteigen. In Mailand landen. Sie landete immer in Mailand, wie sehr Emanuel sie auch vom Weg abbringen mochte.

Erzählen Sie mir, wer Ihnen in der letzten Zeit gesagt hat, daß er Sie haßt. Da das System darüber Buch führt, welche Dinge im Gespräch erwähnt werden, kann es auch eine mögliche Frage interpretieren, um festzustellen, ob der Frager sie auf Grund einer früheren Aussage selbst beantworten könnte. – Emanuel: (apodiktisch) Der kurze Sinn dieses Satzes lautet: Wenn das System auf deine Fragen hin schweigt, so ist es der Ansicht, du könnest die Antwort selbst finden. Andrerseits mag das System es nicht, wenn du einfach Antworten in die Welt setzt, ohne es vorher gefragt zu haben. Das schaut nach den Worten des Systems so aus, als verbreitetest du einfach ungeprüfte Behauptungen über es, wollest ihm also ohne vorherige Rückfrage schaden. Es ist also ein gewichtiger Unterschied, ob du fragst: System, sag mir, bist du schmutzig?, und darauf keine Antwort kriegst, oder ob du, ganz so als hätte es dir bestätigend geantwortet, einfach aussagst: Siehste wohl, System, du bist schmutzig. Das Zweite ist strafbar, das Erste nur vielleicht. Du brauchst den Verlust deiner Tochter als Vorwand, um deine Beziehungsprobleme mit deiner Frau nicht sehen zu müssen. Das Lachen geschieht auf Kosten der ersparten Entrüstung. Freud, der Witz, meine Pointe, sagt Sigmund Freud, der knappste aller Gefühls-Ökonomen; auf daß nichts, nichts verlorengehe, auf daß alles, alles umgesetzt werde an der unermeßlichen Konvertier-Börse des Bewußtseins. Trockener Mund und Rachen, Schmerzen im Hals und in der Brust, inneres Getriebensein, Herzklopfen, Unruhe in kleinen Zimmern, Frieren von innen heraus, Hautfarbe dunkel, livide Lippen, dunkle Augenringe. Wer hat in jenen Tagen, die Sie noch im Gedächtnis haben, über Sie gelacht? Wer spielte Ihnen den gemeinen Streich, der gerade so süß war, daß Sie ihn nicht zum Thema machen durften; der Sie aber heimlich ungeheuer geärgert hat? Welches Tages-Projekt nahmen Sie sich morgens vor, erfüllten Sie tagsüber, und standen doch abends damit wieder ganz am Anfang? Wer verdächtigte Sie eines ungedeckten Schecks? Wie hieß die Frau, eine Bekannte Ihrer Lebensgefährtin und Freundin, die Sie mit einer geringfügigen Geste wissen ließ, Sie kämen nicht in Frage für bestimmte Dinge? Was zerbissen Sie alles und schluckten Sie hinunter? Was, glauben Sie, denken Ihre Nachbarn über Sie? Dasselbe wie Sie über Ihre Nachbarn? Es ist anzunehmen, daß wir unseren Mitmenschen die Gedanken in den Verstand legen, die wir selbst hegen. Der Aggressivste wird so zum größten Paranoiker, da er, der rabiat Verfolgende, sogleich von rabiaten Verfolgern gejagt wird, und je rabiater er wird, desto rabiater die Verfolger. Zum Schluß sieht er die Verfolger als so wildwütend an, daß er sich »mit dem Rücken zur Wand« auf die Hinterbeine stellen muß und »in Notwehr« (er betont: Notwehr) zurückschlägt. Damit hat er, über einen Umweg, genau das getan, was er ohnehin tun wollte: zuschlagen. Er war dafür zu scheu und mußte erst ein paar Verfolger erschaffen, »gegen welche« er zuschlug. Fühlen Sie sich von Ihrem Innenminister gerecht beurteilt? Glauben Sie auch, Emanuel sollte die existierenden Karteien und Dateien mitunter etwas korrigieren? Sind Sie auch in der Perversion befangen, Emanuel wisse das Schlimmste über Sie gar nicht, und möchten Sie es auch, so wie viele, gewaltsam der Allgemeinheit zur Kenntnis bringen? Halten auch Sie die Tatsache, daß Sie noch nicht zwanzig Jahre unbedingt gekriegt haben, für einen Justizirrtum? Wie groß darf das Verbrechen sein, das Sie in der Zeitung lesen, bis Sie es sich selbst nicht mehr zutrauen? Möchten Sie mal für zwei Stunden Außenminister sein? Möchten Sie sich Ihrem Polizeiminister, der gerade Ihre Akte liest, selber mündlich erklären? Könnten Sie es besser als die Akte? Glauben Sie, Ihr Bundeskanzler könnte mit Ihnen etwas anfangen, wenn Sie ihn allein im Wald anträfen? Wie würden Sie sich verhalten, wenn in einer Ansprache des Papstes, die Sie am Fernsehschirm sähen, plötzlich Ihr Name fiele, und zwar im Zusammenhang mit der Verletzung eines Sakramentes? Würden Sie sich mit einem Leserbrief zur Wehr setzen, wenn Rom auf einmal die Behauptung aufstellte, Sie wiesen sämtliche Ihnen dargereichten Oblaten zurück? Und, falls ihr verteidigender Leserbrief von Rom mit feinsten Einzelheiten widerlegt würde: Würden Sie einen zweiten schreiben, um Rom mit noch feineren Einzelheiten (Zungenstellung, Arbeit des Adamsapfels) abermals zu widerlegen? Könnten Sie sich vorstellen, dem Papst zu unterliegen und dennoch weiterzuleben? Ich bin verstört, daß du gerade jetzt von unserem ungewollten Kind sprichst. Ich könnte dafür vom Tod deiner Mutter sprechen. Soll ich? Ach, unser Kind war gewollt? Na, warte mal, jetzt pack ich aus. Und Edmond und die tiefe Schlucht in Alaska? Du weißt, daß du hinter ihm gingst. Was, das Kind hat deine Mutter vor ihrem Tod zuletzt gesehen? Wann hast du Will, den Seemann, der sein Seemannsheim eröffnen wollte, bei dir empfangen? Ich bin verstört, daß jetzt auch noch mein Vater ins Gespräch kommt. Der Mann meinte es zutiefst gut, nur immer gut hat er es mit dir gemeint. Er hat dich gleich akzeptiert. Den andern war deine jüdische Abstammung ein Dorn im Auge. Weißt du das? Ach, du bist Friesin? Bayerin? Na, habe nichts anderes behauptet. Bitte, laß das Kind weg. Du kannst das Kind bringen, wenn du zugibst, daß es ungewollt ist. Meinetwegen kannst du das Kind bringen, sogar wenn es gewollt sein sollte, aber füg ehrlicherweise an, daß ich es mal nicht gewollt habe. Na also, sprich halt von allem, so wie du es findest. Ja. Ich gebe klein bei. Nein, Edmond bring ich nicht. Was, ich soll von Edmond reden? Nein, tu ich nicht, könnte dir so passen. Ja, ich geh aufs Zimmer. Nein, aufs Zimmer links. Nein, du kommst nicht mit. Du hast mit Edmond – es war Frühling, die Krokusse trieben diese grünen Stengel, da hast du – na, lassen wirs. Zeig mir den Weg zur Treppe. Gestern war ich blind. Heute bin ich blind. Findest du das nicht toll? Sag doch. Ich finds großartig. Wenn er meint, ich nähme seine schleimige, verfettete und verlogene Tratscherei über dich gut auf, dann täuscht er sich. Es wird ihm ergehen wie seinem Dienstmädchen. Es bekam mein Entsetzen über die Ruchlosigkeit der freien Nachrede zu spüren. Hielt von da an den Mund und biß die Zähne zusammen, die ihm blieben. In New York gehört: Anna begräbt einen Biber in Illinois. Zunächst war der Biber in New York. Dann gab Anna ihn einer Freundin. Die Freundin Myrtle zog nach Illinois. Anna wußte nicht, wo das ist. Plötzlich eines Tages erhielt sie eine Karte: Fred tot, Begräbnis nächsten Dienstag. Anna bestieg den Zug, auf dem vorn stand: Illinois, und traf ihre Freundin in der Bar beim Bahnhof. Was geschah, fragte Anna. Er tauchte ins Wasser, blieb unten, sagte die Freundin Myrtle. Wer hält die Totenrede, fragte Anna. Freds Frau, sie kam eigens deswegen vom Damm, sagte Myrtle. Langsam gingen sie zur Kapelle in der Nähe des Busbahnhofs. Freds Frau bestieg die Kanzel, ihr breiter Schwanz klatschte hinter ihr. Oben auf der Kanzel stieß sie ein paar schwere tierische Schreie aus. Anna hatte etwas Englisches erwartet, in der Tradition von Samuel Johnson. Hol sie runter, sagte sie zu Myrtle. Freds Frau schien zu glauben, im Kirchenschiff stehe Wasser. Sie sprang kopfüber von der Kanzel. Sie wurde mit Fred begraben. Myrtle weinte. Anna bestieg den Zug und kam nach einigen Stunden in New York an. In einem Tiergeschäft an der Lexington Avenue kaufte sie sich einen Raben. Er konnte wenige Worte sprechen, sagte sie aber nie. Anna saß in ihrer Wohnung vor ihm und versuchte ihm die Wetterkarte beizubringen. Sie ging davon aus, daß der Rabe sich fürs Klima interessierte. Er erwies sich als schweigsam. Eines Abends erzählte ihm Anna von Freds Frau und ihren tierischen Schreien beim Begräbnis ihres Männchens. Da fing der Rabe zu sprechen an. Er forderte Anna auf, die Schreie zu wiederholen. Langsam übersetzte er sie ihr sodann. Als Anna die Botschaft gehört hatte, die Freds Frau, ehe sie kopfvoran ins Wasser gesprungen war, abgegeben hatte, lief Anna zur Wanne und ertränkte sich. Der Rabe schrie, niemand kam. Er verhungerte. Myrtle blieb in Illinois und wanderte nach ein paar Jahren allmählich, in kleinen Stationen, auf St.Louis zu. Die wundervoll instabile Fläche der Reflexion (deKooning über die Surrealisten). Das spermatisch getrübte und spermatisch riechende Wasser der Wadden Zee unmittelbar vor De Zooi. Wir waren in Polen gewesen, hatten einen Schwenk über Westberlin gemacht, konnten den Schwung des Wagens nicht bremsen und rasten über die Porta Westphalica nach den Niederlanden weiter. Dort brausten wir tangential auf die nördliche Grenz-See zu, gleichzeitig wuchs die Hitze. Als ein Strand, völlig unvermittelt, mit schlüpfrigen Ufersteinen gespickt rechts vom Wagen entlangzog, sprang ich in voller Montur zur Tür raus und benützte das Tempo zu einem pfeilenden Kopfsprung. Ich war in einer grenzenlosen, gigantischen, unerschöpflichen Soße von Sperma gelandet, in dieser Wadden Zee. Nach dem Bad konnte ich die Strümpfe nicht mehr anziehen und erfüllte den gleichmäßig schnell flitzenden Wagen mit dem Gestank meines in Sperma getunkten Körpers. Das Zeug nistete in den Kleidern, die im Zugwind trockneten. Abends stand ich in Haarlem vor einer protestantischen Kirche und fragte mich, ob ich das Schiff besichtigen sollte. Mein Entschluß, es zu unterlassen, kam der sicheren Abweisung durch den Sakristan zuvor, der spätestens, wenn als ich hinter einer Säule verschwunden wäre, den schlimmsten möglichen Verdacht gefaßt haben würde. Nie darf das holländische Meer in eine holländische Kirche dringen, oder: Wer da badet, sollte sich nachher waschen. In Haarlem kommt nur in die Kirche, wer auf seine Taufe durch die Wadden Zee rechtzeitig verzichtet hat. Das Luftschiff Bayard-Clement als Phallus. Das Einrad von Harper. Emanuel pedalt mitten in einem 2-m-Rad. Die elektrosexuelle Nähmaschine von Dominguez. Die schweren hölzernen Kunstkörperklaviere von Nancarrow, er punzt Papier, gibt es ihnen zu fressen, sie kacken unregelmäßige Rhythmen, auch 456:764 ist ihnen ein Kinderspiel. Die Verfeinerung der Rechts-Links-Handunabhängigkeit bringt im Sinne der Verfeinerung nicht viel. Kein Mensch kann nachprüfen, ob 456:764 richtiger gespielt ist als 457:765. Es ist die Verheißung absoluter Präzision (die mit höchster Kälte durchgehalten wird), welche eine neue Art von Spannung ermöglicht. Befriedigt hält der Hörer eine Forderung für erfüllt, die er nur dank der Erfüllungskapazität der Maschine überhaupt aufstellen konnte. Neuchâtel. Emanuel fährt auf breitem Uferweg ein. Der See wird aufgefüllt, etwas Ufer-Land gewonnen. Der Schriftsteller als Automat von Jaquet-Droz 1770, Musée de l'Histoire, Neuchâtel, Suisse. Die Armprothesenabbildung in Herders Konversationslexikon. Selbstmord des Partners als Antwort auf den Selbstmord des anderen Partners: Einer läßt sich mit Magenschmerzen ins Spital einliefern, der andere bearbeitet sich monatelang mit fast totalem Schlafentzug, obgleich das den Magenschmerzen des anderen nicht hilft. Zum Schluß wird der Ulcus immer größer, während der andere durch immer stärkere Traumunterdrückung schizophren wird. Meist genügt ein einfaches »Hören Sie auf. Es nützt nichts!«, vom Arzt in beide Richtungen energisch ausgestoßen. Logische Argumentation ist sinnlos, da jeder der Partner bis zum Exzeß ›logisch gewappnet‹ ist. Es handelt sich bei einem logischen Gewappnetsein nicht um etwas Lächerliches, etwa um die Logik des Schwächeren, sondern um genau dieselbe Logik wie die Logik schlechthin. Die Partner haben auf ihre Weise recht: darin, daß der eine mit-leidet, wo der andere auch schon leidet, sieht jeder Partner etwas für den anderen Tröstliches. Es ist die Enttäuschung darüber, daß der jeweils andere die vom einen als tröstlich empfundene Situation als noch grauenhafter einschätzt, als wenn nur er allein litte, was den Mit-Leidenden endgültig knickt. Welcher stirbt zuerst? In unserem Falle der mit dem Schlafentzug. Ist er tot, so kann der mit dem Ulcus ohne weiteres gesund werden, es wäre denn, zwischen den beiden Leiden liege entwicklungstechnisch so wenig Abstand, daß auch der mit dem Ulcus, obgleich er rechtzeitig bremst, noch über die Mauer geht. Ein Toter ist in der Entwicklung fast gewiß, tragisch wird es erst, wenn es zwei Tote werden. »Hören Sie auf!« sagen. Keine Ohrfeigen geben. Schlafkur kann helfen. Drei Wochen.

EWEN: Es geht nun zu Ende. Ein »Dubito« Voltaires beweist fast schon die Existenz Gottes. Sphärentanz. Die Erdkruste besteht aus einzelnen, auf glutflüssigem Magma driftenden Platten. Bei ›Kalenderidioten‹ schläft eine Gehirnhälfte, die andere ist zu unerhörten Partialleistungen fähig. Einschlagskrater. Spaltensystem. Vulkanmassiv. Grabensystem. Einschlagsbecken auf allen Kontinenten abzirkeln. »Nur die Überlebenden sind tot«, sagt Paul Haines. Ein Mäusenest in der Fuchsmanteltasche. Der Fuchs wurde erschossen. Ius ultimae noctis: Beischlaf mit sterbenden Frauen. Die Revirginalisierung der eigenen Mutter, mittels des eigenen Nähzeugs. Athlet & Asket. Hat sich der Hirsch gehäutet? Was tut die plumpe Haubitze? Zeigst du ihr, wo der Docht in der Lampe steckt? Ein Soft Place ist ein erotisches Speakeasy. Ein Maverick ist ein Mann ohne systemimmanenten Schutz, ohne Lobby. In Mooren abgelagerter Faulschlamm organischer Herkunft. The Aura will Prevail: Wenigstens die Aura überlebt. Ein totes Mädchen steckt in einer Kartonschachtel, ihr eineiiger Zwilling sitzt daneben und sagt ein Jahr lang kein Wort mehr. Masselose Halbleiter. Die Teamsters. Belacquah Shuah, eine von Becketts ersten Figuren. »She cries with the soaps«: diese Schauspielerin macht nur noch bei Billigserienfilmen mit. Der Caretaker. Der Gamester: Spieler. Eine hibernische Gleichgültigkeit. Der Peripatetiker. Sitzt in einem länglichen Altwohnungszimmer, philosophiert, schreit; bei den Nachbarn fürs Schreien bekannt. Die Virgo genitrix. Sog. Taschen-Narrationen. Er bezieht eine neue Wohnung mit winzigen würfelförmigen Zimmern, die keine neue Wohnung ist, sondern ein würfelförmiges Doppel seiner alten im selben Hause, alles steht am selben Ort, er brauchte kein einziges Objekt mitzunehmen, dank der Duplikationskraft des Hauses war alles schon so da, wie er es in seiner alten Wohnung verlassen hatte, er hatte einen linken Strumpf nicht angezogen, war mit einem umhüllten und einem bloßen Fuß zwei Treppen hinunter, trat vor sein neues Doppelbett und fand denselben linken Strumpf auf dem Teppich davor, in dem Augenblick, wo er ihn berührte, hörte er durch die Decke einen Knall, und alle seine alten Objekte weiter oben in der früheren Wohnung waren verschwunden, entmaterialisiert, dafür waren deckungsgleich die neuen da, die, obgleich die alten, ihm einen leichten Schwindel verursachten, langsam betrat er die Küche, wo gerade das oben zurückgelassene Ei zu brutzeln anfing, selbst auf dem Fenster, das er noch nie berührt hatte, sah er seine Fingerabdrücke, so war denn nun alles wieder gleich, und gleichzeitig war alles umgezogen, und als er sich daran gewöhnt hatte, jagte es ihm einen Schauer über den ohnehin kalten Rücken, daß die Telefonnummer, ausgerechnet sie, neu war, dies erwies sich auch sogleich als die Fuchsfalle, der er nun nicht mehr gewachsen war, indem nämlich ein Herr anrief, der zwar seine Wohnung meinte, nicht aber wußte, daß in seiner Wohnung nun er saß, oder ähnlich, jedenfalls wünschte dieser Herr ein Rendezvous mit ihm zu vereinbaren und gab ihm auch gleich die Stunden, wo er, so die Kenntnis des Herrn, geöffnet sei, Um zehn fängts in der Regel bei Ihnen an, sagte der Herr, und erstaunt ließ er sich befehlen, die Besuchszeit einzutragen, gleich darauf klingelte ein weiterer Herr, den er offenbar ergebnislos an seine alte Wohnung verwies, denn er kam wieder die Treppe herunter, und nachdem er, der Umgezogene, den ersten Vormittag und den ersten Nachmittag verplant hatte, sinnierte er über eine neue Telefonnummer nach, diese neue, beziehungsweise jene, die in der neuen Wohnung, welche die alte war, tatsächlich neu geworden war (und somit das einzige ›normale‹ Objekt in seinem neuen, archäo-identischen Kosmos bildete), und er beschloß, über Nacht diese neue Herren-Anrufe mit dem Steueramt zu verbinden, wo jene Rendezvous-Sucher gewiß gern empfangen würden, für ihn selber aber, so, dachte er, sei es dem Amt zu erklären, komme nur die alte Nummer in Betracht, die man in der Zentrale umstecken müsse, und er rief an, wurde beim ersten Mal abgewiesen, weil er seinen Anschluß-Vorgänger nicht nennen konnte und das Amt drei gleichlautende Nummern seiner Art fand, so beschloß er, den Hörer nicht mehr abzuheben, insbesondere nachdem zwei weitere Vor- und Nachmittage mit Verabredungen verplant waren, durch sein naturgegebenes Zögern bei der Beantwortung allerdings auch die Angebote der

Herren, die eine neue geschlechtliche Verfahrensweise wittern, sprunghaft in die Höhe geschnellt waren, wobei keiner zu sagen oder zu drucksen wußte, was ihn seiner Meinung nach erwarte oder erwarten solle, es war der abstrakte Wunsch nach einer Verlängerung der Palette während des Malaktes an einem Bild, das seine Monochromie kaum leugnen konnte, und als hätte der Apparat in der duplizierten, aber freilich weiter unten im Wohnblock gelegenen Wohnung seine Intention des Nicht-mehr-Abhebens erkannt, klingelte er plötzlich besonders verbiestert, als sei in dem kistenförmigen Plastikgehäuse eine zweite Glocke versteckt, die ein energischer und unduldsamer Notfall zum Schwingen bringen könne, dannzumal hob er ab und sagte Scheiße, Scheiße, Arsch, in sich steigernder Lautstärke, hoffend, solcherart am anderen Ende eine mutlose Ermattung herbeizuführen, doch eine glockenhelle weibliche Stimme sagte, Wir, das heißt die Stadt Osnabrück, wollten Sie einladen zu unserem Wettbewerb und dem großen Preis für den besten im vergangenen Jahr über einen Wohnungsumzug veröffentlichten Artikel, erster Preis ist ein Doppelbett, zweiter Preis ein Flug nach Burma mit Besuch eines Reisfelds, der dritte Preis, von der Osnabrücker Industrie auf Abzahlung gestiftet, besteht in einem Fahrrad mit achtzehn Übersetzungen und einem hochziehbaren Kabriolett-Dach für schwere Unwetter, wir dürfen sicher mit Ihrem Kommen rechnen. Nicht endenwollende Beschimpfungen entquollen ihm, der ihr nun die ganzen vorangegangenen Anrufe an den Kopf warf und sie haarklein über seine Rendezvous und die merkwürdigen Begleit-Bemerkungen der Anrufer aufklärte, bis sie, die glockenhelle Stimme, fragte, ob seine Küche diese unverwechselbare Zylinderform habe, hach doch, es sei ihre Wohnung, sie habe sich schon bei der Nummer, die sie angerufen habe, gewundert, sie arbeite jetzt in Osnabrück, und sie gab ihm ihre neue Nummer. Am folgenden Tag verabredete er sich auf Donnerstag dreizehn Uhr dreißig mit ihr, und kaum hatte er aufgelegt, meldete sich das Amt, das ihm seine neue Telefonnummer in Form der alten gab. Sie wurde sogleich wirksam. Um sie zu treffen, Fahrt nach Osnabrück. An der ihm angegebenen Adresse stand aber ein Bus-Depot des Städtischen Verkehrsbundes. Für ein Schäferstündchen blieben nur die Mittagspause machenden Chauffeure übrig. Er trank einen Kaffee vom Automaten. Gleichzeitig würde sie ihn nie mehr anrufen können, weil er seiner neuen Nummer einen neuen Namen gegeben hatte, seinen zweiten Vornamen, den er in eine GmbH umgewandelt hatte. Als er zu Hause wieder eingetroffen war und sein allabendliches Ei brutzeln ließ, klingelte der erste Herr, er lief zum Telefon, aber es war die Klingel der Eingangstür. Er öffnete und sagte, Ich bin soeben umgezogen. Das beeindruckte den anderen nicht, im Gegenteil. Er, so der Herr, sei Erotiker, und ehe dem anderen, dem Öffnenden, dem Mann hinter dem Gesetz das Schlimmste schwane, wolle er den Grad seiner Erotik nennen mit einem Aufsatz über einen Umzug, den er, der Herr, im Industrieviertel vor kurzem hinter sich gebracht habe, etwa acht Blatt werde er vor seinen Augen schreiben, alles, was er wolle, sei, sich dazu ausziehen, und er, der andere, müsse seine Augen auf seinen Rücken dabei richten. Ein wilder Rücken, fragte er. Er fröstelte, und als der andere gegangen war, sammelte er die acht Blatt, die ganz vorzüglich lauteten, und band sie provisorisch mit einer Heftklammer, nun konnte er zu dem Wettbewerb fahren, in Osnabrück, dessen genaue Adresse er nun beim Amt würde erfragen müssen in zäher Verhandlung, denn er würde da seine ganzen Erlebnisse ausbreiten müssen, und fraglich war es, wie das Amt darauf reagieren würde. Vielleicht nahmen sie ihm den neuen Telefonanschluß wieder weg und montierten ihm dafür ein drittes Waschbecken. Bewegliches Eigentum war keine Fahrhabe. Die Reform nach rückwärts. »Sie halten mir mein Paket, oder Sie sind nicht hier!«, so lautet die sog. Wittgensteinsche Aufforderung. »Sie sind lieb, oder es gibt Sie nicht!«, lautet die sog. Wittgensteinsche Drohung. Meist wirkungslos. Versäumter geistiger Wiederaufbau. Die vorschnelle Bewertung einzelner Fakten ist dem Systematiker im Wege. Ein Speakeasy ist eine Flüsterkneipe. Sein Fatum erfüllen. Vaginismus – Azoospermie. Die Methexis ist die Teilhabe an. Der Gußeisenbarock. An overdressed little sparrowfart ist ein überkandidelter kleiner Spatzenfurz. Das Telos.

Der Primat. Ein versöhnlicher Abglanz fällt auf. Die gyroskopische Ausschaltung des Bewußtseins. Die dunklere Hälfte von Becketts Geist. Der betrogene Fürst eines unendlichen Raumes. Die Verschnaufpause. Die ererbten zwanzig acres Moräne. Das koagulierende Fragment, das als Briefmarke endet. Das ist nicht Französisch, das ist ideologisch. Der Mystagoge. Ein Loi-Lumière-Haus in einem Pariser Vorort. »Die machen dich schmutzig«, sagt der Vater über die Freier seiner Tochter. Der Psychofakt. Gasthäuser, die vor vier Jahrhunderten nur errichtet wurden, damit der Herzog von Buckingham seine Pferde tränken konnte. Eisenhower steckt sich Nixon-Buttons auf die Kontaktkappen seiner Brustelektroden (nach dem Herzinfarkt). Die kontinentale Landmasse. Die Faillite. Der Mezzogiorno der Sinnlichkeit. Die Necessität. Die Ideation. Konstruktiv-mimetisch. Die Invariante. Die Adäquanz. Prof. A. Popow erfindet erstes Radio, 1895 vor Marconi, sein erstes Radiogramm besteht aus den Worten »Heinrich Hertz«. Rufus swang his face at last to the wind, then his neck snapped (Archie-Shepp-Tune). Der Stuntman. Der Caretaker. Ein Ampere. Der Magnetclip. Love-and-Larceny-Story. Katze mit herausragendem rosa Darm. Kitsch as kitsch can. Das Fahrtenmesser. Der Flachmann. Er hat mit allen Menschen freundlichen Umgang, aber auf dem Spielbrett seiner Intelligenz sind das alles nur einfach Bauern, die einen Zug ausführen dürfen, den er ihnen vorberechnet, gleich nach diesem Zug werden sie geopfert. Jedesmal wenn ich sage »Ich habe Medizin studiert«, schiebe ich das Kinn nach links, bis mein Gesicht eine nierenförmige Gestalt hat, ganz so, als wäre mir eine schwierige Operation mißglückt. Was sie dazu meint? Sie kneift ihre Lippen zu einem schmalen blutleeren Strich und bläht die Nüstern. Alle Hautkrankheiten, insbesondere Gesichtsausschläge, Schmerzen im Bereich der Schultern und Arme, Dickdarmentzündung, entzündliche Schwellung der Kieferwinkel und Halsdrüsen, Zahnschmerzen im Unterkiefer, Gerstenkorn im Auge, vor lauter Schreiben und Anstrengung an der Welt. Wenn ich so spreche, und nur spreche, ohne meine Inhalte mitzukriegen, dann zerfalle ich in kleine Brösel. Muß ich die selbst auf die Schaufel wischen und wegwerfen, oder besorgt es mir wer? Ortlos, masselos, ziellos: Niemand. Er johlte vor Schmerz, stieß sich die Karatehand zwischen den eignen Rippen durch und kam mit dem zuckenden Herz heraus. Er ließ es auf der flachen Hand liegen, und es machte Flecke auf seine Schuhe. Er krächzt vor Zerrüttung. Die Wimpernablöse-Schere. Jedesmal wenn einer ein Buch sieht, erbricht er einen Kübel voll. Einen Krockethammer mit Blasenbrei bestreichen. Winterbierhaus mit angegliederter Delikatessenabteilung. Der Blutbund des apostolischen Doppelkreuzes. Er gibt sich gern bekümmert. Er überspielt seine Schwächen. Er will immer der Unüberbietbare sein. Immer wenn er sich an seinen Vornamen erinnert, scheint ihn die Person zu betreffen. Wird er wütend, wird sein Mund ganz klein. Einer bricht sich immer die Glieder. Einer ist ein Miesepeter, der sich und anderen von allem abrät. Einer erzählt immer Geschichten, in denen er oder der Angesprochene unterlag. Einer schließt immer vom Einzelnen aufs Allgemeine, vom Momentanen aufs Ewige. Einer macht immer Annäherungsversuche. Tamara ist traurig. Wenn sie schon leidet, kann sie genausogut traurig sein. Nach dem Schmerz ist sie auf einmal verspielt. Sie trauert, bis die Trauer ein Leiden wird. Sie leidet, bis sich das Leiden als ein bloßes Vormachen herausstellt. Sie trauert aus echtem Leid. Sie leidet vor lauter Trauer, sie leidet an der Trauer, nicht mehr am Objekt der Trauer. Sie ist grau geworden vor Trauer. Wir wissen nichts über ihr Inneres, reden aber nur davon. Sie leidet sich an einer wirklich erlösenden Trauer vorbei. Sie würde lieber echt mal trauern, statt so vor sich hin zu leiden. Sie steckt in einer Trauer, aber nicht einem wirklich großen Leiden. Es ist nur Trauer, kein Leiden. Es ist zwar ein Leiden, aber doch wenigstens keine Trauer. Tamara leidet sich in eine tiefe ständige Trauer hinein. Marschkolonnen der fühllosen Außenwelt stampfen im Stechschritt über die zarte Sofitte ihrer Trauer. Sie ist mir eine Qual. Seltsam – ich ekle mich nicht vor ihrer Qual. Sie ist nicht eklig. Ich will sagen, ich ekle mich noch nicht einmal vor ihrer Qual. Tiefe Gleichgültigkeit kommt auf, wenn sie Anzeichen dafür zeigt, daß sie leidet. Wie äußert sich ihre Qual? Nicht besonders ekelhaft. Sie zieht sich zusammen, wird aber nicht kleiner. Nicht einmal kleiner wird sie. Keine Änderung geht vor. Höchstens so, daß sie sich nicht mehr so fühlt, daß sie »Jubelfest« sagen würde. »Hab Mitleid« sagt sie mir. Ziemlich fordernd. Nicht einmal, »Ekelst du dich vor mir?« fragt sie. Wozu auch. Ich ekle mich nicht vor ihr. »EWEN!«, das weiß sie. Unsere Beziehung bleibt unsere Beziehung. Ich verspüre keine Abneigung. Nicht die geringste. Sie leidet oft und unsäglich. Natürlich nicht meinetwegen. Sie litt schon, ehe ich sie kannte, und als ich sie kennenlernte, dachte ich, ihr Leiden wird verschwinden dank mir. Es war nicht der Fall. Noch nicht einmal, wenn sie unsäglich leidet, erwacht in mir der Wunsch, den Kopf wegzudrehen. Das Leiden, so spüre ich es, ist Bestandteil unseres Bekanntschaftsvertrages. Agnes ist mir nie eine Qual gewesen. Ob sie sich vor ihrer Qual ekelt? Sie dürfte sich ekelhaft finden. Sie müßte aber noch viel weiter gehen, sich viel weiter gehen lassen, um mich abzuschrecken. Ich stehe zu ihr. Oder doch wenigstens dazu, daß ich sie kenne. Ich möchte nicht, daß es aufhört.

Emanuel schleppte sich, als es zu Ende ging, über die Straße. Die Fanelli-Bar und ihre heitere Schwärze mitten in der sonnigen Prince Street. Sie war eine seiner ersten Entdeckungen. Ich glaubte sie nicht, als ich sie sah. Sie bleibe ein Beispiel für fröhliche südländische bereits exilierte Lichtlosigkeit. Makler und ihre kleinen Kinder, die ihnen die schweren Einkaufstaschen trugen, standen an der Theke und gossen das Zeug in sich hinein. Die Kinder hatten niedrige Kindertheken und schütteten den Stoff aus kleineren grünen Flaschen in die nach oben gerichteten Münder. Dann gossen die Makler von oben noch etwas auf sie; die Feuer(wasser)taufe; die Kinder schüttelten sich das genäßte Haar wie Hunde, und das Sägemehl am Boden roch durchdringend nach Pflaumenschnaps. Emanuel zitierte erregt: Und eine große Zahl, die war wie sie, dürstende und gnadenlose Parasiten, Blutegel an den Essays, die erschienen, Schnecken, die überall klebten und ihren Schleim über Stellen von Rimbaud zogen, Mallarmé lutschten, sie einander weitergaben und den *Ulysses* oder *Die Auf-*

zeichnungen des Malte Laurids Brigge mit dem Leim ihres niedrigen Verstehens bestrichen. Ahoi! »Das ist so schön«, sagte sie, und mit einer reinen und inspirierten Gebärde schlug sie die Augen auf und steckte in ihnen einen »göttlichen Funken« an, sagt Nathalie Sarraute in den Tropismen. Fantasie befreite nicht. Sie kerkerte erst recht ein. Aber sie maß den Kerker auf den Millimeter genau aus. Der mit Fantasie hatte keine Spur mehr Freiheit als der ohne. Aber er wußte aufs Wort genau, wieviel er hatte. Und er konnte sich ja immer welche dazunehmen. Allerdings nahm er sich, weil er wußte, wieviel Freiheit blieb, dann, wenn er sich Freiheiten nahm, in Wirklichkeit keine Freiheit, denn im Denken der Abmessungen, Dosen und Portionen von Freiheit konnte nur abgemessene, dosierte, portionierte Freiheit vorkommen, also: keine Freiheit. Wenn sich der mit Fantasie, der genau um die zugelassene Dosis Freiheit wußte, Freiheit nahm, so wußte er auch, daß, was er sich nahm, die Negation von Freiheit war: Verkerkerung mithin. So trieb die Fantasie, jene genaueste Landvermesserin aller Zeiten, den mit Fantasie immer tiefer in den Kerker, bis er in seiner Erkenntnis, die ihn grenzenlos fesselte, gefangen lag. Was er zusätzlich konnte, war allenfalls, eine Mitteilung über die Ausmaße der Freiheit an jene zu geben, deren Meßgeräte auch ausschlugen. Der mit Fantasie konnte sich nicht hindern zu denken, daß der ohne Fantasie der einzige realistische Freie bleibt, bis zu dem Punkt, wo die Verkerkerung so real wird, daß auch der ohne Fantasie sie an seinem Körper fühlt. Solange er die Verkerkerung nicht fühlt, ist der ohne Fantasie grenzenlos frei, er muß nicht nachdenken, wie frei er ist, demnach denkt er über Grenzen nicht nach. Er hat es schön, die einzige Beeinträchtigung seiner Annehmlichkeit besteht im Spott, den der mit Fantasie über ihn ausgießt; ein unberechtigter Spott; es gibt niemanden, der der Welt überlegener wäre, als der ohne Fantasie. Zumindest gilt dies für eine Welt mittlerer Entsetzlichkeitsstufe, ehe sie in die hohe Entsetzlichkeitsstufe gerät. Der mit Fantasie dürfte zum Zeitpunkt, wo der ohne Fantasie »Ein Kerker!« brüllt, bereits weggeflohen sein, oder, falls eingeholt vom Ort der Welt, zugrundegegangen. Der Zeiger des

Meßgerätes hat zu stark ausgeschlagen und den mit Fantasie mit einem Ruck an die Kerkerwand geworfen, wo er sich das Hirn aufriß. So kommen alle zu ihrer Bestimmung, der ohne Fantasie lebt frei und reagiert spät, der mit Fantasie lebt begrenzt, reagiert dafür früher; allerdings reagiert er unbegründet, will sagen, nur auf Vorstellungsbasis. Diese braucht nicht zu stimmen, sie kann vorgaukeln; es gibt keinen mit Fantasie, der im Ernst behauptete »Meine Fantasie stimmt: ich habe keine Freiheit, es gibt keine mehr«. Er glaubt seiner Fantasie; was nicht dasselbe ist wie die Einsicht, sie habe recht. Der ohne Fantasie sitzt, imaginativ gesehen, einer Lüge auf, was ihm aber nur Vorteile bringt. Der mit Fantasie wird den Lügen seiner Fantasie immer aufsitzen; denn Lügen umgeben uns doch immer, nicht wahr. Kutusow weicht vor Napoleon in die Weite der sarmatischen Steppen zurück! Q. bringt alles, was ihm zustößt, mit Tod, Ficken, Glauben, Ernährung, Krankheit, Körper, Nerven, Kunstproduktion, Überich, Bedrohtsein, aktivem Überwindenwollen, guter Laune, Erzählenwollen-der-Geschichte in Verbindung. Der Mann steckte sich die Zigarette wieder ins Gesicht und setzte sich auf den Bettrand neben den offenen Koffer. Als ich einen Blick hineinwarf, sah ich den viereckigen Kolben eines automatischen Revolvers unter einer schlecht zusammengelegten Hose hervorschauen, sagt Chandler in der Kleinen Schwester. Mit der Kindernadel oder mit der Spitze einer feinen Japannadel vom Hinterkopf bis zum siebten Brustwirbel abwärts beiderseits paravertebral in einer Kadenz von etwa achtzigmal in der Minute strichweise die Haut berühren, sie fein punktieren, bis an jeder Stichstelle eine leichte Rötung auftritt. Fieber ohne Schweiß, schmerzhafte Milchstauung, Schwellung des ersten Karpometakarpalgelenkes. Emanuel könnte auf dem Muster der Vorhänge spazierengehen und im gemalten Wald verschwinden. Rostrote, hinten gelblich werdende, frauen-brust-runde Hügel sind vorn mit großen, zum Fluchtpunkt hin kleinerwerdenden Ahornbäumen bepflanzt, ihre Zweige stehen ab, oben auf ihnen liegt Schnee, er ist schmutzig gelb geworden, sogar auf den Vorhängen. Sind diese Vorhänge gezogen, faltet sich der Wald im Licht der

Innenlampe, die Fantasie kriegt Knicke, der Ernst des Lebens strömt in seiner Tiefstform, als Dunkel, herein. Ein Lamm auf dem Feldberg. Einsame Digitalanzeigen im Schaufenster beim frühern Kino Forum, das ein Suqash-Center wurde, der Funke Leben bei Nacht. Ein Ausflug in den Chrischonaër Wald. Ein Herbstblatt rot oben am Steilhang, bei seiner Betrachtung blenden sich alle andern Millionen Blätter aus. Nurwi vergerbert sich immer stärker, das geflügelte Wort, weil er mit einer geht, die Gerber heißt und in Liebesspielen erfahren ist, sie, die Gerber, wird sich ver-nurwi-en, bis sie beide zusammen die berüchtigte Kompromißpersönlichkeit bilden, bei der einer im anderen so aufging, daß nicht einmal mehr die Nähte früheren Umrisses zu sehen sind. Es entsteht ein Responsorium-Chor, auf »Nurwi« oder »Gerber« antworten stets beide, und tödliche Enttäuschung, wenn man nur eine oder einen will. Emanuel, aus seiner Perspektive, will die Gerber. Agnes, in ihrer Lage, tendiert zu Nurwi. Tamara lud das Paar ein und probte mit ihnen das »Lichtschalter-Kippen«. Resorptionsfähigkeit der Hominiden untereinander; auch wenn ab und zu gespritzt wird, ist es das Aufsaugen, das herrscht, Kopulation der Schwämme, mit einem »schlurp!« wird aus zwei eins, und keiner glaube, daraus würden je wieder zwei; das Taumeln bei der Trennung: endgültig sich verloren hat Emanuel. Begegnung mit dem Mann, unvermutet, der sich für den Vetter des Fürsten von Liechtenstein hält; eine moderate Megalomanie, in späterer Phase wird er sich für den Onkel jenes von Monaco halten, diese ganzen Reiche Popo. Emanuel hat die kulturelle Aufgabe, einen Hornisten aus Nordbritannien zu entführen, dessen Platten so vielversprechend sind, daß immer das Original im Salon spielen muß. »Hätt es mehr Land auf der Welt gegeben, die Portugiesen wären auch dort gelandet.« Rechts von dir die Kassetten, genau vor dir rollt der Bleistift, hinter dir die zugeschobene Schiebetür, über dir das Teleskop, keplere dich ad astra, links von dir die Lichtbilder, tu damit was du willst, aber liefere uns in zwei Stunden ne tolle Schau, okay? Ein gieriges, aber nicht ausgehungertes Kind, das drei Bananen auf einmal ißt. Sind Sie für ein Spiel zu haben? – Ja. Welches?

– Ich gehe hinaus. – Ist das das Spiel? – Und wenn draußen ein Brief für Sie ist, bringe ich ihn. – Das ist kein Spiel. Bedienung. – Und dann geraten wir über den Brief in Konflikt. – Echter Konflikt? – Spiel. Narr. – Konflikt, ohne daß ich den Brief lese? – Ohne. – Einverstanden. Spiel gut. Gehen Sie nachschauen. – Dann gehe ich also. (zögert) – Wozu denn? – Ob ein Brief für Sie da ist. – Will ich ja nicht unbedingt wissen. – Dann gehe ich trotzdem. – Hm. Trotzdem? Was heißt das? – Ob ein Brief für mich da ist. – Ein Brief für mich, wollen Sie sagen. – Jetzt gehe ich. Da wäre ja schon ein Konflikt. – Nicht der echte, noch. Warten Sie ab, was Sie tun, wenn ein Brief für mich da ist. – Unangenehm. – Dumm. Spiel abgebrochen. – Tut mir leid. – Hätte keine Erleichterung gebracht. Was tragen Sie denn für Schuhe? – Nicht ablenken. – Lenke nicht ab. – Die kommen noch ins Spiel. – Ach. – Sobald der Konflikt ausbricht. Ich gehe jetzt. – Ich mag nicht spielen. Lassen Sie meinen Brief draußen. – Darf ich Ihnen die Geschichte meiner Schuhe erzählen? – Nicht jetzt. – Es würde mich erleichtern. – Ach, selbstverständlich. Ich habe nur Ihre Erleichterung im Sinn. – Emanuels heutige Krankheiten. Gastritis. Ulcus Ventriculi. Cholezystopathie. Röntgenkater. Zentrales und vestibuläres Reizsyndrom. Postoperatives Erbrechen. Vestibulärer Schwindel. Dies alles, und mehr, beim bloßen Schreiben erlebt und durchdacht. Er heilt seine Gastritis. Es bleibt ein bißchen was übrig. Wir starrten einander an. Das brachte uns aber beide nicht weiter. Wir hatten das beide in unserem Leben zu oft getan, um noch Wunder zu erwarten, sagt Chandler in der Kleinen Schwester. Die Resignation hat sich in den Austausch von Blicken zurückgezogen, welcher der Resignation wegen bereits unterlassen wird. Selbstverständlich ist die aus Resignation unterlassene Bewegung austauschenden Blickens eine chose mineure, doch fühlen wir das leise Pathos, das darin steckt, daß die Resignation klein gehalten wird dadurch, daß auch etwas nur Kleines unterlassen wird. Die Unterlassung ist denkbar gering, also hat das Motiv, das zu der Unterlassung führt, niemals eine Chance, groß zu werden. Rückgeführt auf den Wert, den wir einem austauschenden Blicken zumessen, müssen wir entscheiden: Hat Chandler recht, die sich kreuzenden Blicke geringzuschätzen und damit seinem Helden die erfahrende Einsicht mitzugeben, dieses Kreuzen der Blicke lohne sich nach einer gewissen Lebenszeit nicht mehr? Zielt er nicht vielmehr darauf ab, in uns einen hysteretischen Spät-Schock auszulösen im Sinne: Guter Gott, jetzt blicken sie sich aus reiner Mutlosigkeit bereits nicht einmal mehr an! In diesem Fall wäre ihm eine Pathetisierung des unterlassenen Blickaustauschs perfekt geglückt, und anstatt über diese sich kreuzenden Augenlinien denkt der Angesprochene sogleich über das Leben nach, ganz allgemein, ein großes und etwas fahles Sujet mithin, und darüber, was es an früher regelmäßig Geübtem mit der Zeit überflüssig macht. Wir knirschen mit den Zähnen und sagen uns: Nun tötet es ihm auch noch den freundlichen austauschenden Blick, er darf nicht mehr nach außen sehen, da er erkannt, es nützt nichts. Er bleibt nun bei sich und allein, und das ist entsetzlich!, du übles, schlimmes, schmutziges Leben! Bei diesen Injurien heben wir den Zeigefinger und deuten, nachdem wir über das Leben ganz allgemein nachgedacht haben, nun auf das Leben ganz allgemein, das in seiner fahlen Gestalt vor uns auf dem Lehnsessel mit der großen Sitzfläche sitzt und die Beine übereinandergeschlagen hat, die wir auch nicht mehr sehen wollen, weil »es uns nie etwas gebracht hat«. Wir könnten dieselbe Chandler-Stelle bis zum Bersten positiv aufladen, doch das schaffen wir nicht mehr. »Wir hatten das beide zu oft getan, um ...« Die Resignation und ihr Resigna-Ton, die finale Mattwerdung liegt in diesem Satz, in seiner leisen, zunächst durchaus rhetorischen Konstruktion. Rechtzeitig erreichte Emanuel den Flughafen, das System hatte ihm ein Ticket bereitgestellt, etwas, wozu das System 1870 oder 1860 oder gar 1850 nicht in der Lage gewesen war. Noch immer liefen in den größeren Städten die Lichtspieltheater, während bei den Flughäfen sich diese Lichtspieltheater bereits in den Äther erhoben, ohrenzerreissender Lärm, ein Bersten, dann war der Gürtel, der die kochende Humanhölle unten behalten wollte, gerissen, und die halbe Stadt, welche oben dieselben Spiele sich ansah wie unten, befand sich auf der Todesbahn einer unauffälligen Sekante, die aus großen

Dreiecken kleinere mit ebenso vielen Schenkeln schnitt, bis in den Hunderten von Landhäusern allmählich der Tag anbrach, der so lange vorbeigewesen war und nun, jenseits jedes Polarkreises, der Tag schlechthin wurde; ein gefräßiger, organisierter, seine Gnadenwahl mitverschlingender Kegel Licht im Inferno.

Inhalt